Von der Autorin sind im Knaur Taschenbuch
bereits erschienen:
Die Hexe von Nassau
Das Pestkind
Der Fluch der Sommervögel

Über die Autorin:
Nicole Steyer wurde 1978 in Bad Aibling geboren und wuchs in Rosenheim
auf. Doch dann ging sie der Liebe wegen nach Idstein im Taunus. Nach der
Geburt ihrer beiden Kinder begann sie zu schreiben, beschäftigte sich mit
der Idsteiner Stadtgeschichte und begann zu recherchieren. Das Ergebnis
dieser Recherchen war ihr erster historischer Roman, *Die Hexe von Nassau*, der
sich mit den Hexenverfolgungen in Idstein und Umgebung befasst und ein
großer Erfolg wurde. Für *Die Kunst des Teufels* hat sie umfangreiche Recherchen
in Passau und Umgebung betrieben.
Besuchen Sie die Autorin auf ihrer Homepage: www.literatur-steyer.de

Nicole Steyer

Die Kunst des Teufels

Roman

KNAUR

Besuchen Sie uns im Internet:
www.knaur.de

Theaterstück S.119
Leicht verändert zitiert nach:
Jakob Bidermann, *Cenodoxus aus Paris*, Stuttgart 1965,
bibliographisch ergänzte Ausgabe 2000

Originalausgabe Mai 2016
© 2016 bei Knaur Taschenbuch
Ein Imprint der Verlagsgruppe
Droemer Knaur GmbH & Co. KG, München
Alle Rechte vorbehalten. Das Werk darf – auch teilweise –
nur mit Genehmigung des Verlags wiedergegeben werden.
Redaktion: Ilse Wagner
Umschlaggestaltung: ZERO Werbeagentur, München
Umschlagabbildung: akg-images; FinePic®, München
Karte: Computerkartographie Carrle
Satz: Adobe InDesign im Verlag
Druck und Bindung: CPI books GmbH, Leck
ISBN 978-3-426-51785-7

2 4 5 3 1

Gewidmet meinem Großvater
Fred Pauli († 06.12.1980)
In meiner Erinnerung ist mir nur ein kleiner Augenblick mit Dir geblieben.
Doch in diesem Moment hast Du gelächelt.

»Teufel hilf mir,
Leib und Seel geb' ich Dir.«

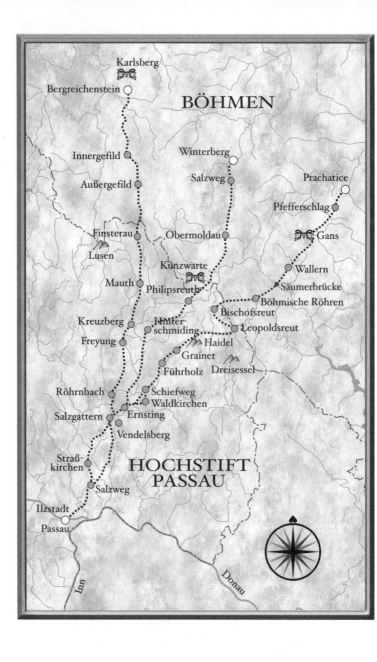

Prolog

Funkelnde Kristalle lösten sich von den mit Eis überzogenen Ästen, die über ihm in den flammend roten Abendhimmel ragten. Sie tanzten durch die glasklare Luft und schmolzen auf seiner Haut. Wald, Wiesen und Felder waren schneebedeckt. Eisige Stille hatte sich über das Schlachtfeld gelegt und die Geräusche des Todes mit kaltem Hauch betäubt.

Langsam versank die Sonne hinter den Hügeln, die Zweige verloren ihren glitzernden Zauber, und der Abendstern kündigte die Nacht an. Bald würde der ganze Himmel von hellen Lichtern erfüllt sein, dachte er wehmütig. Früher hatte er oft mit seinem Vater, dem nächtlichen Frost trotzend, vor dem Haus gesessen. Gemeinsam hatten sie den Nachthimmel betrachtet, in ihrer Phantasie Sternbilder erschaffen oder geschwiegen.

Auch jetzt fühlte er die Kälte nicht, obwohl sie ihm bereits vor Stunden in die Glieder gekrochen war. Sie dämpfte den Schmerz, der ihm den Atem geraubt hatte. Er wandte den Kopf zur Seite, sah den rot gefärbten Schnee, spürte die heißen Tränen auf seinen Wangen. Wie lange würde es dauern, bis das Grauen begann? Wie viel Zeit blieb noch, um die Prophezeiung aufzuhalten? Er wusste es nicht. Vor seinem inneren Auge sah er die schwarz gedruckte Schrift, die ihm Unverwundbarkeit versprochen hatte. Einen Pakt mit dem Teufel hatte er geschlossen – und verloren. Er zitterte vor Angst. Am liebsten hätte er sich zusammengerollt wie ein kleines Kind. Doch er hielt an dem Gedanken fest, dass er es schaffen könnte. Nur noch wenige Stunden musste er durchhalten, dann wäre seine Seele frei. Seine Augenlider wurden schwer. Seine Finger krallten sich in den Schnee. Er versuchte, den Kopf zu heben und sich aufzurichten, aber ihm fehlte die Kraft dazu. Es war vorbei, das spürte er. Gleich würde der Teufel kommen, seine Seele holen und ihn hinabreißen in die Hölle, weil er so dumm gewesen war und an eine Lüge geglaubt hatte. Seine Hände entspannten sich, und die Sterne verblassten vor seinen Augen, bis sie in vollkommener Dunkelheit verschwanden.

Auf dem »Goldenen Steig«

Kapitel 1

Teresa saß auf dem Wagen des Händlers Kaspar Eggli und reckte ihr Gesicht in die milde Oktobersonne. Sie mochte es, auf dem mit allerlei Tand beladenen Wagen mitzufahren. Eggli war ein kleiner, untersetzter Mann mit großen braunen Augen und Halbglatze, die er unter einer braunen Wollmütze versteckte. Mit der Haarfülle ist der Herrgott bei mir geizig gewesen, hatte er einmal augenzwinkernd zu Teresa gesagt, während sie ihm dabei geholfen hatte, seine Glaswaren, Unmengen von Tongeschirr, Honiggläser, Kerzen und viele bunte Perlenketten auf seinem Wagen zu verstauen. Seit dem Sommer war er Witwer, doch von seiner verstorbenen Frau, die Teresa nicht mehr kennengelernt hatte, sprach er nur selten. Eines Morgens hatte sie tot neben ihm im Bett gelegen. Er war fest davon überzeugt, dass die Hitze seine Frau umgebracht hatte, denn besonders im Sommer war sie oftmals schwach auf den Beinen gewesen. Still war sie gegangen, genau so, wie sie im Leben gewesen war. Eine zarte, kinderlos gebliebene Person. Teresa hatte aus seinen wenigen Worten die Traurigkeit herausgehört. Er musste seine Frau wirklich geliebt haben.

Neben Kaspars Wagen lief Teresas Bruder Rupert, mit ernster Miene, seine Kraxe voller Holzspielzeug auf dem Rücken. Sie wusste, dass er es nicht gern sah, wenn sie bei Kaspar Eggli mitfuhr. Nicht, weil er Kaspar Eggli nicht mochte, sondern weil es

Gerede geben würde, denn es schickte sich nicht für ein junges Mädchen, auf dem Wagen eines alten Witwers mitzufahren. Einige der Händler wurden von ihren Frauen begleitet – geschwätzige alte Hennen –, die den ganzen Tag nichts Besseres zu tun hatten, als sich das Maul über andere zu zerreißen. Besonders die Frau des Lederers, Mechthild, war für ihr Schandmaul bekannt. Teresa war den Weibern von Anfang an ein Dorn im Auge. Wenn es nach den Frauen gegangen wäre, hätten sich der junge Bursche und das vorlaute Mädchen aus Berchtesgaden niemals der Gruppe anschließen dürfen. Kaspar winkte Rupert zu sich her.

»Wir erreichen bald die Herberge Vendelsberg. Dort werden wir eine längere Rast einlegen, denn die Pferde brauchen Ruhe. Hast du nicht gesagt, dass euch beiden das Geld ausgeht? Etwa eine Stunde Fußweg von hier entfernt liegt Waldkirchen, ein großer Ort, wo ein befreundeter Händler von mir ein Kontor leitet. Ich könnte mir gut vorstellen, dass er an deinem Spielzeug Gefallen findet.«

Rupert wollte etwas erwidern, doch Teresa war schneller.

»Das hört sich gut an. Bestimmt können wir dort einige Sachen verkaufen, nicht wahr, Rupert?«

Ruperts Miene verfinsterte sich, und Teresa zog den Kopf ein. Sie hatte ihm mal wieder vorgegriffen, und das mochte er gar nicht. Kaspar reagierte nicht auf Teresas Worte, was Rupert ein wenig besänftigte.

»Ist vielleicht keine schlechte Idee«, erwiderte Rupert. »Bevor wir den Nachmittag in der Herberge vertrödeln. Ein paar Kreuzer könnten wir gut gebrauchen.«

»Dann werde ich dir nachher erklären, wo du das Kontor in Waldkirchen findest«, antwortete Kaspar. »Wenn du dem Händler sagst, dass ich dich schicke, empfängt er dich bestimmt.«

Rupert nickte. Von vorn erklang der Ruf, dass die Herberge in Sicht kam.

Einige Zeit später stand Teresa vor einem der wenigen Stadttore Waldkirchens. Sie war umgeben von Säumern, Wein- und Tuchhändlern, armseligen Glasträgern, Landsknechten, einem Bauern mit einer Herde Ochsen und den berüchtigten ungarischen Sauschneidern, die erbärmlich stanken. Teresa wich vor einem der Männer zurück, reckte sich und suchte die Menge nach ihrem Bruder ab. Wie er es mit seiner Kraxe voller Holzspielzeug auf dem Rücken so schnell zwischen den vielen Leuten hindurch geschafft hatte, war ihr ein Rätsel. Natürlich hatte er es abgelehnt, sie nach Waldkirchen mitzunehmen, war sogar laut geworden, als sie nicht zu betteln aufgehört hatte. Trotzdem war sie ihm den ganzen Weg nachgelaufen, obwohl er sie mehrmals zum Umkehren aufgefordert hatte. Jetzt war er endgültig verschwunden, und Teresa war hoffnungslos in der bunten Menge steckengeblieben. Sie schob sich an der Herde Ochsen und einer Gruppe Frauen vorbei, die mit Äpfeln gefüllte Huckelkiepen auf dem Rücken trugen. So schnell würde er ihr nicht entkommen. Doch auf der anderen Seite des Stadttors geriet sie in eine Gruppe böhmischer Säumer, die sie aufhielten. Die Männer trugen die für Säumer typischen Gewänder, weiße oder rote Leinenhemden mit grünen oder blauen Filzüberwürfen darüber, einen Strick als Gürtel und braune Hosen aus Wildleder. Einer von ihnen hielt Teresa lachend am Arm fest.

»Seht nur, Männer, ein hübsches Küken habe ich gefunden, das ganz allein zu sein scheint.« Er grinste breit.

»Lass mich los«, schimpfte Teresa. Sie wollte sich losreißen, aber der Bursche hielt ihr Handgelenk fest. Er sprach mit böhmischem Akzent, sein Atem roch nach Pfeifentabak und Wein. Teresa spuckte ihm wütend ins Gesicht.

»Eher ein zickiges Hühnchen, Jiri«, sagte ein anderer, ebenfalls mit böhmischem Akzent, und zeigte beim Lachen seine fauligen Zähne.

»Lasst mich los. Rupert, so hör mich doch! Rupert!«, rief Teresa laut.

»Sie ruft nach ihrem Gatten«, sagte ein weiterer Bursche, der strohblondes Haar und helle blaue Augen hatte. Hätte er nicht so hämisch gegrinst, Teresa hätte ihn beinahe hübsch gefunden. Sein Gesichtsausdruck wurde gehässig, er machte einen Schritt auf sie zu.

»Ist dir dein Ehegatte abhandengekommen, mein Täubchen?« Er drehte sich zu seinen Kameraden um. »Was machen wir denn jetzt mit dem hübschen Mädchen? Allein können wir es schlecht zurücklassen. Oder was meint ihr?«

»Lasst sie gehen«, erklang plötzlich eine tiefe Stimme. »Am helllichten Tag ein Mädchen belästigen, euch werde ich Beine machen.«

Teresa wandte den Kopf. Ein Bär von einem Mann schob sich durch die Menge. Er hatte dunkles Haar, einen Vollbart, starke Oberarme und war braungebrannt. Die ersten Leute blieben neugierig stehen. Hilfesuchend schaute sich Teresa um, doch ihr Bruder war weit und breit nicht zu sehen. Der dunkelhaarige Mann trat näher an den Böhmen heran.

»Lasst das Mädchen los und verschwindet. Gesindel wie euch können wir hier nicht gebrauchen.«

»Gesindel nennst du uns«, antwortete der blonde Böhme und richtete sich zu voller Größe auf. »Uns, die tapferen Burschen, die das Weiße Gold nach Böhmen bringen.«

Der bärtige Mann machte einen Schritt auf den Blonden zu. »Tapfere Männer, dass ich nicht lache. Was hat euch das Mädel getan, dass ihr es so unflätig behandelt?«

Er griff nach Teresas Arm und wollte sie zu sich ziehen, aber der Säumer ließ sie nicht los. »Verschwinde. Es ist unsere Sache, mit welchen Weibern wir es haben.« Er spuckte vor dem Hünen auf den Boden.

»Du elender, respektloser Bursche, dir werde ich es zeigen.«
Der Hüne machte einen schnellen Schritt auf den Säumer zu,
umfasste mit seinen riesigen Pranken seinen Hals und begann
ihn zu würgen. Überrascht ließ der Säumer Teresa los. Weitere
Männer mischten sich ein.

Teresa wurde zur Seite geschubst und fiel zu Boden. Um sie
herum sah sie nur noch Stiefel und Hosenbeine, lautes Gebrüll
drang an ihr Ohr. Neben ihr zog ein Bursche seinen Dolch aus
dem Gürtel. Erschrocken riss sie die Augen auf und versuchte,
auf allen vieren der Menge zu entkommen. Einige Male trat
irgendjemand gegen ihre Beine, ein harter Schlag traf sie am
Kopf, ihre Haube ging verloren, und ihr Zopf löste sich. Da
drang plötzlich die Stimme ihres Bruders an ihr Ohr, und sie
spürte seine Hände, die sich um ihre Taille legten. »Komm
schnell, lass uns verschwinden.«

Gemeinsam flohen sie vor dem Pöbel über den Marktplatz
und suchten in einer engen Gasse Schutz.

Nach Luft japsend, ließ sich Teresa gegen eine Hauswand
sinken. Nach einer Weile wischte sie sich die Tränen aus dem
Gesicht und richtete ihr Haar. »Die Haube ist weg«, sagte sie,
während sie ihren Zopf neu flocht.

Ihr Bruder stand neben ihr. Eine der Holzfiguren, ein kleines
Pferdchen, war zu Boden gefallen. Teresa bückte sich und hob
es auf.

»Wärst du nur bei den anderen geblieben, dann wäre das
alles nicht passiert«, rügte Rupert sie.

»Um mich zu langweilen, während du dich über den Tisch
ziehen lässt?« Teresas Ton klang vorwurfsvoll.

»Nein, damit du in Sicherheit bist. Du siehst doch, was passiert ist.«

»Wärst du bei mir geblieben, hätten mich die Männer erst
gar nicht angefasst«, antwortete Teresa schnippisch und ver-

schränkte die Arme vor der Brust. Rupert seufzte. Sie hatte recht. Er hätte besser auf sie achtgeben müssen. Er war seit dem Tod ihrer Eltern das Familienoberhaupt, derjenige, der den Ton angab. Jedenfalls sollte das so sein, aber die Wirklichkeit sah anders aus. Teresa hatte wie schon so oft ihren Willen durchgesetzt.

»Nimmst du mich jetzt mit?«, fragte sie.

»Ich kann ja doch nicht verhindern, dass du mir nachläufst«, antwortete er resigniert. Wieder einmal hatte sie gewonnen. »Aber ich rede, und du hältst dich zurück.« Er hob mahnend den Zeigefinger.

Über Teresas Lippen huschte ein Lächeln. »Versprochen, ich werde ganz still sein. Eine Unterstützung im Hintergrund, mehr nicht.« Sie hängte sich bei ihm ein, und die beiden verließen die Gasse. Auf dem Marktplatz wurden sie von der warmen Oktobersonne empfangen. Der Tumult am Stadttor hatte sich aufgelöst. Die böhmischen Säumer waren genauso verschwunden wie der dunkelhaarige Hüne. Teresas Stimmung besserte sich. Sie summte eine Melodie und atmete tief den Duft von frisch gebackenem Brot ein, während sie an Marktständen und dem Stadtbrunnen vorbeiliefen. Rupert schaute sorgenvoll nach vorn, wo das Haus des Händlers auftauchte, dem er ihre Ware anbieten wollte. Hoffentlich würde alles gutgehen.

Wenig später betraten die beiden Geschwister den weitläufigen, vierkantigen Innenhof, der komplett von Gebäuden umschlossen war. Während Rupert einer Magd ihr Anliegen erklärte, schaute sich Teresa um. Kunstvolle Malereien, die Säumer mit ihren Pferden und Schiffen auf dem Fluss zeigten, zierten die Wände des Anwesens. Ein Holzbalkon umrahmte den Hof, auf dem eine Magd Wäsche aufhängte. Sie musterte die beiden Neuankömmlinge genauso neugierig wie der schmächtige rothaarige Bursche, der auf zwei große Brauereipferde achtgab, die, vor einen Wagen gespannt, unruhig mit den Hufen scharrten. Vor einer offenen Tür saßen zwei Mägde, Hühner rupfend und schwatzend, in der Sonne. Als Teresa und ihr Bruder an ihnen vorübergingen, verstummten sie. Teresa konnte ihre abfälligen Blicke im Rücken spüren, doch sie wandte sich nicht um. Sie wusste genau, was die beiden Mägde dachten, genauso wie Rupert, der ihr einen warnenden Blick zuwarf. Niemals würde sie sich damit abfinden können, dass Geschäfte Männersache waren. Immerhin hatte sie die Ware hergestellt, die heute verkauft werden sollte. Stunde um Stunde hatte sie in der Werkstatt des Vaters zugebracht, um die vielen Holzpferdchen, Kutschen und Soldaten zu schnitzen. Noch einmal so viel Zeit hatte sie für das Bemalen gebraucht, da sie dabei nicht ganz so geschickt war. Der Vater hatte es besser gekonnt, sowohl das Schnitzen wie auch das Bemalen der Figuren. Schon als kleines Mädchen hatte sie ihn – im Gegensatz zu Rupert, der noch nie Interesse an Holzarbeiten gehabt hatte – gern bei der Arbeit beobachtet. Die Liebe zum Schnitzen hat Rupert nicht geerbt, hatte der Vater einmal zu ihr gesagt, die muss im Herzen sein. Teresa wusste, was er gemeint hatte. Wenn sie ein Schnitzmesser in der Hand hatte, dann gab es nur noch die Figur, die sie erschaffen wollte.

Ihr Vater hatte ihr nie das Gefühl gegeben, als Mädchen wertlos zu sein. Doch ihr Bruder tat es. Am liebsten wäre sie jetzt nach Hause gelaufen, um sich weinend in die Arme des Vaters zu werfen. Doch er würde sie niemals wieder umarmen und schweigend über ihr Haar streichen, wie er es so oft getan hatte. Sie würde ihn nicht mehr in seiner Werkstatt sitzen sehen, das Schnitzeisen in der Hand, von Holzspänen umgeben. Der letzte Winter mit seiner schrecklichen Kälte, die sich in seiner Lunge festgesetzt hatte, hatte ihn geholt. Qualvoll war es mit ihm zu Ende gegangen. Sie hatten ihn neben der Mutter und den beiden Geschwistern, die der Herrgott viel zu früh zu sich genommen hatte, beerdigt.

Der Händler öffnete die Tür zu einem Lagerhaus. Mit allerlei Waren vollgestopfte Regale säumten die Wände: Geschirr, Keramik, Holzwaren, feinste Spitze, Glaskaraffen und Gläser, die in den nahen Glashütten gefertigt wurden. Stoffballen lagen in einer Ecke neben aufgestapelten Weinfässern und Salzkufen, wie die Holzgefäße für den Transport des Weißen Goldes genannt wurden.

Rupert stellte seine Kraxe auf dem breiten Tisch ab, der die Mitte des Raumes ausfüllte. Der Händler befingerte neugierig die bunten Figuren, die daran hingen. Er war ein dicklicher Mann mit schütterem Haar und kleinen Augen, die unter Schlupflidern verschwanden. An seiner Kleidung war sein Wohlstand zu erkennen. Ein samtenes Wams mit goldenen Knöpfen umspannte seinen runden Leib, seine Stiefel waren aus feinstem Leder.

Rupert legte einige der Spielzeuge auf den Tisch. Teresa bemerkte, dass seine Hände leicht zitterten und Schweißperlen auf seiner Stirn standen. Wieder war er aufgeregt, was er nicht sein durfte. Händler waren wie Tiere, die die Angst rochen. Auch dieser hier beobachtete sein Gegenüber genau, hob die kleinen Holzspielzeuge in die Höhe und betrachtete sie von allen Seiten. Am liebsten hätte Teresa ihn angeschrien, ihr Spielzeug mit mehr Respekt zu behandeln, denn ihre Seele hing an jedem Stück, doch sie hielt sich wie versprochen zurück. Schweigend hörte sie den ersten Preisvorschlag, der viel zu niedrig war. Ihr Bruder zögerte. Der Händler schaute ihn abwartend an. In ihr brodelte es. Rupert würde womöglich darauf eingehen. Energisch schob sie ihn zur Seite.

»Es ist zu wenig«, sagte Teresa herausfordernd. Irritiert blickte der Händler von ihr zu Rupert, der den Kopf einzog, da er schon wusste, was kommen würde. Und Teresa wusste es auch. Wieder einmal hatte sie sich nicht beherrschen können, was nicht zum ersten Mal für einen Rauswurf sorgen würde. Doch der Händler reagierte anders. Abschätzend schaute er Teresa an. So ein eigenwilliges Mädchen war ihm noch nie begegnet. Sie wirkte stolz, mit ihrem vorgereckten Kinn und dem Ausdruck von Eigensinn in den Augen. Sein Blick fiel auf ihre Hände, die von Schrammen übersät waren. Er verstand: Das Mädchen hatte die Spielzeuge geschnitzt. Sein Blick wanderte von ihr zu Rupert. Ein schmächtiger braunhaariger Bursche mit unstetem Blick, Schweiß auf der Stirn und feingliedrigen Händen, ohne Schrammen. Teresa glaubte, die Gedanken des Händlers zu erraten. Langsam schob sie eines der Pferde nach vorn.

»Man kann auf ihnen pfeifen.«

Der Händler griff danach und setzte es an die Lippen. Ein schriller Pfiff erklang. Überrascht schaute er das Kunstwerk an, dann musterte er Teresa erneut. Wie alt mochte das selbstbewusste und durchaus talentierte Mädchen sein, vielleicht sechzehn oder siebzehn? Er legte die Pfeife zurück und beugte sich zu ihr vor.

»Ihr habt recht, meine Schöne. Es ist zu wenig dafür, dass so zarte Hände leiden mussten.«

Seine Stimme wurde schmeichelnd. Er griff nach ihrer Hand und begann, sie zu streicheln. Sein Blick wanderte zu ihren Brüsten. Abrupt zog sie ihre Hand weg. Er zuckte zurück, räusperte sich und sagte: »Ich lege noch zwanzig Kreuzer drauf. Mein letztes Wort.«

Zum ersten Mal reagierte ein Händler anders auf Teresas Einmischung, was sie verwirrte. Beschämt senkte sie den Blick, während ihr Bruder nach vorn trat und sie behutsam zur Seite schob. Der Mann legte die Münzen auf den Tisch, und Rupert steckte sie in seinen Beutel. Die kleinen Holzpferdchen, Kutschen und Soldaten hatten ihren Besitzer gewechselt. Wie aus dem Nichts trat ein unscheinbares Mädchen, nicht älter als vierzehn Jahre, näher. Den Kopf gesenkt, verstaute sie die neue Ware in einem Weidenkorb und verschwand zwischen den Regalreihen, während Rupert seine Kraxe wieder aufsetzte.

Auf dem Hof legte ihm der Händler kameradschaftlich den Arm über die Schultern.

»Wollt ihr nicht heute Nacht hierbleiben? Wir haben ein Gästezimmer und guten Wein. Dann könnt ihr von der Lage auf dem Steig berichten.« Der Händler schaute zu Teresa, die errötete und den Blick abwandte. Rupert bemerkte die Unruhe seiner Schwester. Sie mochte ihn für einen unnützen Taugenichts halten, aber er wusste sehr wohl, was die plötzliche Großzügigkeit des Händlers ausgelöst hatte.

»Euer Angebot ist verlockend«, antwortete er freundlich, »aber wir müssen heute noch weiter. Wir reisen in einer Gruppe, die uns Schutz bietet, Ihr versteht.«

Noch einmal wanderte der Blick des Händlers zu Teresa, die näher zu ihrem Bruder ging.

»Ich verstehe«, antwortete er zögernd. Rupert trat auf die Straße, und Teresa folgte ihm erleichtert. Sie wollte nur noch fort von dem Anwesen, das sie noch vor kurzem beeindruckt hatte. Der Händler blieb im Eingang stehen.

»Dann wünsche ich sicheres Weiterkommen. Gott zum Gruß.« Während Rupert den Abschiedsgruß erwiderte, beobachtete Teresa schaudernd eine schwarze Katze, die dem Händler in den Innenhof folgte. Erleichtert atmete sie auf, als sich das Hoftor hinter ihm schloss.

»Sehen wir zu, dass wir weiterkommen. Die anderen warten bestimmt schon auf uns«, sagte Rupert. Teresa folgte ihm schweigend über den Marktplatz. Die letzten Strahlen der Oktobersonne fielen auf die Dächer der Häuser, und ein Mückenschwarm tanzte in der milden, von Laubgeruch erfüllten Luft. Bald würde es dunkel werden.

In einigen Wochen wollten sie Nürnberg erreicht haben, wo ihr Oheim lebte, der für Teresa ein Unbekannter war. Selbst Rupert kannte ihn kaum. Nur ein Mal war der Händler aus Nürnberg in Berchtesgaden gewesen. Trotzdem hatte er den beiden eine Zukunft in seinem Kontor zugesagt.

Teresa kämpfte mit ihrem schlechten Gewissen. Wieder einmal war sie vorlaut und ungerecht zu Rupert gewesen.

»Es tut mir leid.« Sie setzte eine betretene Miene auf.

Rupert blieb stehen und atmete tief durch. Wie gut er ihr aufbrausendes Wesen und ihre Ungeduld kannte. Allerdings verstand er sie auch, denn es war ihre Arbeit, die nur deshalb nicht angemessen anerkannt wurde, weil Teresa eine Frau war. Sie hatte die letzten Monate all die Spielzeuge geschnitzt, die er auf dem Rücken trug. Ihre Hände waren voller Schrammen und Schnitte, nicht die seinen. Er wünschte sich, der starke Bruder zu sein, der für sie sorgte, aber er war es nicht.

Er legte den Kopf schräg. Plötzlich umspielte ein spitzbübisches Grinsen seine Lippen. »Er hätte dich am liebsten hinter die Fässer gezerrt.«

Teresa errötete bis unter die Haarwurzeln. Sie schlug nach ihm, doch er wich ihr aus. Kichernd wie kleine Kinder liefen sie die Gasse hinunter, schlüpften durch eines der Stadttore und schlugen den Rückweg zum Vendelsberg ein.

Am Abend saß Teresa an einem Tisch in der hinteren Ecke der Gaststube und ließ ihren Blick durch den gut besuchten Raum schweifen, in dem die Gerüche von Pfeifentabak, gebratenem Fleisch und Schweiß die Luft schwängerten. Eine große Gruppe Tuch- und Weinhändler aus Tirol, die am späten Nachmittag eingetroffen war, saß, verteilt über einige Tische, im Raum und sang Lieder, einer von ihnen fiedelte sogar auf einer Geige. Fröhlich klatschten auch die anderen Gäste der Herberge, hauptsächlich Säumer und Händler, den Takt mit oder tanzten, ein Mädchen im Arm, durch den Raum. Ihr Bruder saß neben ihr, ihm gegenüber ein Landsknecht, den Teresa auf den ersten Blick abstoßend fand, obwohl er durchaus gutaussehend war, wenn man die breite Narbe nicht beachtete, die seine rechte Wange zierte. Sein blondes Haar hatte er zurückgebunden, und seine blauen Augen leuchteten im Licht der Kerzen. Immer wieder zwinkerte er Teresa zu, während er von der Zeit berichtete, als er noch Teil des Passauer Kriegsvolks gewesen war, das vor gut zehn Jahren in der Nähe von Passau gelagert hatte. Ruhmreich waren sie für Kaiser Rudolf den II. nach Böhmen gezogen, um es zu erobern. »Das waren noch Zeiten, damals, im Jahre des Herrn 1610. Was da heute gen Böhmen zieht, das kann uns längst nicht das Wasser reichen.«

Rupert hing an seinen Lippen, doch ein an ihrem Tisch sitzender Händler ließ sich von der Prahlerei des Landsknechts nicht beeindrucken. »Ruhmreich, dass ich nicht lache. Den guten Passauer Namen habt ihr in Verruf gebracht mit euren Überfällen und Plünderungen. Unser Vieh und unsere Leinwand habt ihr gestohlen und die Kornfelder zerstört. Nur Not und Elend habt ihr über Passau gebracht, um dann wie ein Heuschreckenschwarm Oberösterreich zu plündern. Immerhin wurde euer Anführer Laurentius Ramee für die vielen Grausamkeiten zur Rechenschaft gezogen und hingerichtet. Ein Tropfen auf den heißen Stein, wenn ihr mich fragt.«

Der Landsknecht verzog nur kurz das Gesicht. »Jeder, wie er meint«, antwortete er gelassen und zwinkerte Teresa erneut zu. »Wir haben unsere Arbeit getan, nicht mehr und nicht weniger.«

Der Händler erhob sich kopfschüttelnd. »Wenn Ihr Raubzüge und Plünderungen als Euren ehrenwerten Dienst anseht, dann ist es besser, wenn ich jetzt gehe.« Er verschwand zwischen den Tanzpaaren.

Rupert wollte ebenfalls aufstehen, doch der Landsknecht hielt ihn am Arm zurück. »Er mag recht haben. Einige Dinge sind damals tatsächlich nicht wie geplant gelaufen. Aber jetzt sind die Zeiten noch unsicherer. Böhmen ist ein Pulverfass, das jeden Moment hochgehen wird. Und vergesst nicht die Belagerung der nicht fernen Wallerer Schanze, erst vor wenigen Monaten.«

»Wie meint Ihr das?«, fragte Rupert.

»Truppen bringen das Übel mit sich, welches Heer es auch immer sein mag. Tilly lagert nicht weit von hier. Ihr solltet Euch in Acht nehmen, damit Euch und Eurer hübschen Begleitung« – er schaute zu Teresa – »kein Unheil geschieht.«

Rupert legte beschützend den Arm um seine Schwester. Der Name »Tilly« hatte sie erzittern lassen, denn es war der Name des Feldherrn, der die Katholische Liga anführte und über den in der letzten Zeit öfter gesprochen worden war. Flugblätter, in denen von einer großen Schlacht in Böhmen die Rede war, hatten ihre kleine Gruppe erreicht. Tilly sollte mit seinem Heer dorthin unterwegs sein, um den Aufstand der protestantischen Böhmen endgültig niederzuschlagen.

Der Landsknecht beugte sich über den Tisch. »Räuberbanden und Marodeure ziehen die Heere an, die besonders gern Händlergruppen plündern.«

Rupert wurde blass, und Teresas Herz begann, schneller zu schlagen. Bisher hatten sie sich in ihrer Reisegruppe immer sicher gefühlt. Erst jetzt wurde sich Teresa klar darüber, dass nur wenige der Männer bewaffnet waren.

Der Landsknecht schien ihre Gedanken zu erraten. »Ihr solltet Euch besser schützen.«

»Ich trage einen Dolch bei mir, genauso wie die anderen Händler. Doch Kämpfer sind wir alle nicht«, erklärte Rupert unsicher.

Der Landsknecht erwiderte verständnisvoll: »Das dachte ich mir. Manche Gruppen haben Geleitschutz, aber der muss bezahlt werden.« Er rückte noch näher an Rupert heran und senkte seine Stimme. »Aber vielleicht kann ich Euch ja weiterhelfen.«

»Wenn Ihr uns Geleitschutz anbieten wollt, dann kann ich das nicht allein entscheiden.« Rupert deutete zum gegenüberliegenden Tisch hinüber, wo sich die anderen Händler bei einem Würfelspiel vergnügten.

»Nein, Geleitschutz kann ich Euch keinen anbieten, da auch mein Weg nach Böhmen führt. Aber warum nicht auf einen Schutzzauber vertrauen.«

Er zog ein kleines Bündel Zettel aus seiner Tasche und faltete einen von ihnen auseinander. Da Teresa kaum lesen konnte, hatte sie Mühe, die Buchstaben zu entziffern, die in schwarzer Schrift auf das zerknitterte Papier gedruckt waren. Doch ihr Gefühl sagte ihr, dass diesem Zettelzauber nicht zu trauen war. Sie stupste Rupert in die Seite, um seine Aufmerksamkeit auf sich zu ziehen, aber er reagierte nicht. Wie hypnotisiert las er den Text auf dem Papier.

»Ich überlasse Euch den Zettel für sechs Kreuzer. Für vier weitere erhaltet Ihr noch einen zweiten für Eure bezaubernde Begleitung. So manch tapferem Burschen hat der Zauber das Leben gerettet, das kann ich Euch sagen.«

Teresa bemühte sich, die Buchstaben zusammenzufügen, schaffte es aber nur bei einem Wort. »Teufel«, sagte sie laut und riss erschrocken die Augen auf. Rupert zuckte zusammen. Teresa schaute den Händler vorwurfsvoll an und begann, laut zu schimpfen: »Einen schönen Schutzzauber wollt Ihr uns da verkaufen, der mit dem Teufel zu tun hat.« Ihre Stimme ging jedoch im plötzlich aufwallenden Gegröle der anderen Gäste unter. Die Musik war verstummt, und die Tiroler Weinhändler begannen eine handfeste Prügelei mit einer Gruppe Ochsenhändlern, in die sich schnell Säumer, Tuchhändler und Glasträger einmischten. Stühle und Tische wurden umgerissen, Gläser und Flaschen zerschlagen. Die Frauen kreischten, während die Männer mit den Fäusten aufeinander losgingen. Teresa und Rupert sprangen auf und eilten, wie viele andere Gäste auch, zum Ausgang, vor dem ein Tiroler Weinhändler gerade einem am Boden liegenden Glasträger mit einem Schlag ins Gesicht die Nase brach. Ein weiterer Glasträger eilte seinem Freund zu Hilfe und zog dem Weinhändler ein Stuhlbein über den Kopf, was dem grobschlächtigen Kerl wenig auszumachen schien. Er drehte sich um, als wäre nichts gewesen, packte den schmächtigen Glasträger am Kragen, hob ihn wie eine Marionette vom Boden hoch und schleuderte ihn an die gegenüberliegende Wand. Teresa ließ im Gedränge die Hand ihres Bruders los. Sie sah nur noch fliegende Fäuste und verzerrte Gesichter. Rupert war verschwunden. Eine dickliche Frau, die direkt hinter ihr stand, schob sie mit aller Macht in den Flur, wo ein kleiner Bursche mit dem Diebstahl von Feuerholz beschäftigt war, während neben ihm ein aus einer Kopfwunde blutender Landsknecht an einem Becher Wein nippte. Teresa beeilte sich, auf den Hof hinauszukommen. Dort stützte sie sich, nach Luft japsend, an der Hauswand ab.

»Grundgütiger«, sagte sie zu der dicklichen Frau, die sich mit puterrotem Gesicht auf eine Bank vor dem Haus setzte. Sie begutachtete einen Riss in ihrem Kleid und antwortete:

»Das ist jetzt schon die dritte Schlägerei, die ich erlebe. Als hätten wir nicht andere Sorgen, als uns jeden Abend im Rausch die Schädel einzuschlagen.«

Immer mehr Menschen kamen nach draußen. Manche von ihnen taumelten, andere wurden getragen, einer wurde sogar durch die Tür geworfen. Hoffnungsvoll hielt Teresa nach Rupert Ausschau. Doch er tauchte nicht auf, was ihr Sorgen bereitete. Die dickliche Frau bemerkte ihre Unruhe. Aufmunternd tätschelte sie ihr den Arm. »Sind alle irgendwann rausgekommen.«

Keine Minute später torkelte ein Mann mittleren Alters an den beiden vorüber, und die Frau verabschiedete sich augenzwinkernd von Teresa.

»Was treibst du dich hier draußen herum?«, sprach plötzlich jemand von hinten Teresa an.

Teresa drehte sich erschrocken um. Mechthild, die Frau des Lederers Beppo, der mit ihnen zog, stand vor ihr.

»Wir Frauen sind alle in der Kammer, wie es sich gehört. Wenn du so weitermachst, wirst du noch als Hure enden.« Teresa verdrehte die Augen. Sie wusste, dass es sicherer war, in einer Gruppe zu reisen, doch besonders Mechthild brachte sie mit ihren ständigen Ermahnungen zur Weißglut.

Eine Gruppe junger Burschen rannte an ihnen vorbei. Einer strauchelte, verlor das Gleichgewicht und riss Mechthild zu Boden. Der Bursche rappelte sich erstaunlich schnell wieder auf und verschwand ohne ein Wort der Entschuldigung, während Mechthild mit schmerzverzerrter Miene sitzen blieb.

»Ich glaube, der Arm ist gebrochen«, jammerte sie.

Teresa konnte sich eine schadenfrohe Bemerkung nicht verkneifen, während sie Mechthild die Hand hinhielt, um ihr aufhelfen. »Hättest wohl besser in der Kammer bleiben sollen.«

Die Alte schlug Teresas Hand weg und erwiderte ruppig: »Ich komme schon zurecht.«

»So siehst du auch aus«, antwortete Rupert für Teresa. Wie aus dem Nichts stand er plötzlich hinter Mechthild und zog sie auf die Beine. Noch immer hielt sich die Alte den Arm, ihre Augen funkelten wütend.

»Fass mich nicht an, du Anhängsel dieser dahergelaufenen Hure«, giftete sie.

Teresa wich erschrocken zurück. Doch Rupert ließ sich von dem Gerede nicht einschüchtern. Schon lange war er wütend darüber, wie die Weiber der Händler seine Schwester behandelten. Jetzt platzte ihm endgültig der Kragen. »Halt endlich dein Schandmaul, Mechthild. Wenn du noch einmal meine Schwester als Dirne beschimpfst, dann breche ich dir auch noch den anderen Arm. Hast du mich verstanden?«

Mechthild zog den Kopf ein. Mit so einer forschen Antwort hatte sie nicht gerechnet.

»Danke fürs Aufhelfen«, murmelte sie eingeschüchtert, dann ging sie davon.

Verblüfft schaute Teresa ihr nach. »Anscheinend hast du den richtigen Ton getroffen.«

Rupert grinste. »Anders kennt sie es von Beppo doch auch nicht. Den ganzen Tag schreit er sie an.«

Teresa nickte, dann musterte sie ihren Bruder genauer. Er schien keine Blessuren davongetragen zu haben. Plötzlich bemerkte sie den Zettel in seiner Hand.

»Was hast du da?«, fragte sie, bereits ahnend, was es war.

Schnell versteckte Rupert den Zettel hinter seinem Rücken. »Ach, nichts weiter«, antwortete er ausweichend.

Teresa machte einen Schritt auf ihn zu. »Du hast doch nicht etwa einen dieser Zettel gekauft?«

Rupert wich ihrem Blick aus. Ihre Hände begannen zu zittern. »Dem Burschen kann man nicht trauen. Wir hätten es dem Händler gleichtun und weggehen sollen.«

»Du verstehst das nicht«, erwiderte Rupert. »Er hat recht mit dem, was er sagt. Die Katholische Liga ist auf dem Weg nach Böhmen, überall sind Räuberbanden, Marodeure und Diebe unterwegs. Es herrscht Krieg, und wir sind mittendrin. Dieser Zettel wird mir dabei helfen, uns zu beschützen – dich zu beschützen.«

In seine Augen traten Tränen, seine Stimme bebte. Teresa schaute ihren Bruder fassungslos an. So kannte sie ihn gar nicht.

»Dieser Zettel sichert unser Leben, auch wenn das bedeutet, dass ich für kurze Zeit einen Pakt mit dem Teufel schließen muss.« Er hielt das Stück Papier in die Höhe. »Einen ganzen Tag lang wird er mich vor Hieb und Stich schützen.«

Teresa konnte nicht glauben, was sie da hörte. »Gott wird uns beschützen, nicht irgendein falscher Zauber«, sagte sie mit Nachdruck. »Der Teufel verteilt keine Geschenke ohne Gegenleistung, das müsstest du doch wissen.«

Rupert ließ die Hand sinken. »Diese Gegenleistung wird er nicht bekommen«, erwiderte er.

Teresa machte einen Schritt auf Rupert zu. »Was möchte er denn haben?«

»Sollte ich doch an diesem Tag sterben, so gehört ihm meine Seele«, antwortete er und fügte eifrig hinzu: »Was aber nicht passieren wird, denn der Zauber schützt mich.«

Er umfasste Teresas Schultern und schaute ihr eindringlich in die Augen. »Ich bin nur ein einfacher Bauer und Spielzeughändler, kein Krieger und Held. Mit der Hilfe dieses Zettels werden wir sicher in Nürnberg ankommen. Das verspreche ich dir.« Teresa wollte etwas erwidern, doch er hob die Hand. »Der Zauber wird uns schützen. Das ist mein letztes Wort.« Er ließ sie los und ging über den Hof davon. Teresa schaute ihm nach und murmelte leise: »Ein Zauber, den der Teufel selbst erfunden hat.«

Kapitel 2

Am nächsten Morgen, das graue Licht des Tages kroch bereits in den Raum, lag Teresa neben ihrem Bruder, lauschte seinen Atemzügen und spürte seine Wärme. Erschöpft von den Ereignissen des Abends, waren sie aufs Lager gesunken, ohne den Zettel noch einmal zu erwähnen. Doch heute würde sie Rupert darauf ansprechen, denn einen Pakt mit dem Teufel sollte niemand schließen. Sie musterte ihn von der Seite. Bartstoppel zierten sein Kinn, sein braunes Haar hing ihm wirr in die Stirn. Sie lächelte. Wie sehr sie diese stillen Momente der Nähe genoss. Dann fühlte es sich ein wenig so an, als wären sie noch in Berchtesgaden unter dem Dach des alten Bauernhauses, auf ihrem Strohlager, das sie sich als Kinder geteilt hatten. Besonders im Winter hatten sie eng aneinandergekuschelt der Kälte getrotzt und aus der fensterlosen Dachluke auf die im Mondlicht schimmernden Berggipfel geblickt.

Auch jetzt war die kalte Jahreszeit nicht mehr fern. Der Geruch der kühlen Herbstnächte erinnerte Teresa an ihren Vater. Wenn es nach feuchten Blättern, nach Erde und Moos geduftet hatte und die Arbeit auf den Feldern getan war, dann war er in seine Werkstatt gegangen und hatte zu schnitzen begonnen. Auch im letzten Jahr war das so gewesen, dachte Teresa wehmütig. Das Laub hatte sich golden verfärbt, war zu Boden gefallen und vom Schnee zugedeckt worden.

Ihr Leben hatte sich durch den Tod des Vaters verändert. Wie sehr sie ihn vermisste. Er hatte sie oft auf seine Wanderungen mitgenommen, hatte ihr Geschichten von steinernen Riesen, Wichteln und Berghexen erzählt. Als Kind hatte sie sich vor ihnen gefürchtet, doch nach und nach waren die Märchen und Sagen ein Teil von ihr geworden, genauso wie der vertraute Anblick des Watzmanns mit seinem eindrucksvollen Gipfel, der jetzt weit weg war.

Teresa setzte sich leise auf. Ihr Bruder drehte sich grummelnd zur Seite. Liebevoll legte sie ihm die Decke über die Schultern, erhob sich und verließ den Stall. Draußen empfing sie ein nebliger Herbstmorgen. An die Stallungen grenzte eine kleine Weide, auf der Pferde grasten. Teresas Blick fiel auf einen Holzstoß, der neben der Eingangstür aufgestapelt und ihr am gestrigen Abend gar nicht aufgefallen war. Sie ging darauf zu und prüfte mit fachmännischem Blick die einzelnen Scheite. Nach einer Weile nahm sie ein etwas kleineres Stück Holz in die Hand und begutachtete es von allen Seiten. Es war Lindenholz, das sich besonders gut zum Schnitzen eignete. Sie blickte zur verschlossenen Eingangstür des Gasthofes. Das Holzstück war sehr klein, kaum der Rede wert. Sicher würde niemandem auffallen, dass sie es genommen hatte. Aus dem Augenwinkel nahm sie eine Bewegung auf dem Hof wahr und drehte sich erschrocken um. Erleichtert atmete sie auf, als sie ein Tier wahrnahm. Eine kleine Katze, dachte Teresa im ersten Moment, doch als das Tierchen näher kam, war es besser zu erkennen. Ein Eichhörnchen mit braunen Knopfaugen schaute Teresa an, bevor es über den Holzstoß und aufs Hausdach kletterte und von dort aus auf die Äste des dahinterstehenden Kastanienbaums sprang. Fasziniert schaute Teresa dem Tier zu, dann blickte sie auf das Holzstück in ihrer Hand. Ein Eichhörnchen hatte sie noch nie geschnitzt. Sie ging über den Innenhof, setzte sich vor dem Schuppen auf eine Bank und zog ihren Umhang enger um sich. Die letzten Tage hatten stets klar und mit goldenem Licht begonnen, doch heute wirkten die mit Rauhreif bedeckten Wiesen wie eine bittere Vorankündigung des nahenden Winters. Sie griff in ihre Rocktasche, holte ihr Schnitzmesser hervor und begann, die Rinde des Holzes zu entfernen. In solchen Momenten kam es ihr oft so vor, als würde sie die Stimme ihres Vaters hören, seinen Geruch, seine Nähe wahrnehmen und seine Hand auf der ihren spüren, die sie leitete.

Langsam erwachte das Gasthaus hinter ihr zum Leben. Ein Hahn krähte, Rauch stieg aus dem Kamin auf, und irgendwo weinte ein Kind.

»Heute wird die Sonne noch durchbrechen«, sagte plötzlich jemand. Erschrocken sprang Teresa auf, das Stück Lindenholz und ihr Schnitzmesser fielen zu Boden.

Eine Frau, die einen kleinen Esel am Zügel führte, stand vor ihr. Sie war schmächtig, trug einen von Flicken übersäten, schwarzen Mantel und einen dunkelbraunen Leinenrock. Graue Strähnen durchzogen ihr geflochtenes braunes Haar. Ein breiter Filzhut war ihr in den Nacken gerutscht.

Sie bückte sich, hob das Stück Holz und das Schnitzmesser auf und hielt es Teresa hin.

»Entschuldige, ich wollte dich nicht erschrecken.« Ein herzliches Lächeln umspielte ihre Lippen. Teresa entspannte sich und steckte ihr Schnitzmesser in die Rocktasche.

»Einem schnitzenden Mädchen begegnet man nicht alle Tage«, sagt die Frau anerkennend. »Normalerweise ist das doch Männersache.«

»Mein Vater hat mir das Schnitzen beigebracht«, antwortete Teresa.

»Er fehlt dir, nicht wahr?«

»Woher wisst Ihr das?«, fragte Teresa verdutzt.

»Sagen wir: Ich habe eine gute Beobachtungsgabe. Der Schmerz über seinen Verlust steht in deinen Augen. Es ist nie leicht, einen geliebten Menschen zu verlieren. Aber irgendwann wird der Kummer erträglich, das verspreche ich dir.«

Teresa wollte etwas erwidern, doch sie wurde jäh unterbrochen.

»Was treibst du dich hier herum, du elende Ketzerin. Scher dich fort, du Unglück bringendes Weibsbild, bevor ich die Hunde auf dich hetze.« Eine Magd kam, mit den Armen fuchtelnd, über den Hof gerannt. »Keiner will dich hierhaben, du elende Grubenheimerin. Verschwinde endlich in die Hölle, aus der du hervorgekrochen bist.«

Die Frau hob abwehrend die Hände. »Ist ja schon gut. Ich wollte keinen Ärger machen.« Sie schaute noch einmal zu Teresa, dann drehte sie sich um, zog den Esel auffordernd am Zügel und verschwand im Nebel, der sich bereits lichtete. Sie hat recht gehabt, dachte Teresa und blickte nach oben, wo bereits der blaue Himmel zu erkennen war. Bestimmt würde es ein schöner Tag werden. Nach Atem ringend, blieb die aufgebrachte Magd neben Teresa stehen und rief laut: »Und lass dich hier bloß nie wieder blicken.«

Mitleidig musterte sie dann Teresa von der Seite.

»In Eurer Haut möchte ich jetzt nicht stecken.«

»Warum?«, fragte Teresa verwundert.

»Na, weil die Grubenheimerin Unglück bringt. Wer ihr begegnet, ist des Todes, sagt man.«

Teresa erstarrte. Die Magd drehte sich um, ging zurück zum Haus und murmelte: »Der Herrgott möge uns allen beistehen.«

Einige Zeit später prüfte Teresa, ob ihre Ware auch gut an der Kraxe befestigt war, während die anderen Händler ihre Pferde von der Weide holten und vor ihre Wagen spannten. Der Bierbrauer Nikolaus lief mit einem mächtigen Brauereipferd an ihr vorüber. Teresa zuckte zurück. Vor dem hoch aufgewachsenen, stämmigen Mann mit dem breiten Kreuz hatte sie besonders viel Respekt, obwohl er noch nie mit ihr gesprochen hatte. Allerdings hielt sich seine Gattin Else nicht mit Anfeindungen zurück. Ein schnitzendes, in ihren Augen vorlautes Mädchen passte nicht in ihr Weltbild. Else folgte ihrem Mann, ein weiteres Pferd am Zügel, und blickte demonstrativ in die andere Richtung. Mechthild kletterte mit der Hilfe ihres Mannes auf das mit Fellen und gegerbtem Leder beladene Fuhrwerk. Ihr rechter Arm lag in einer Schlinge. Teresas Mitleid hielt sich in Grenzen. Keiner hatte Mechthild angeschafft, sich auf dem Hof herumzutreiben und andere Leute zu ermahnen.

»Ist alles gut befestigt?« Rupert riss sie aus ihren Gedanken. »Ja, alles gut«, erwiderte sie abwesend. Er folgte dem Blick seiner Schwester.

»Lass dich nicht von ihr ärgern. Du musst die Weiber nur noch bis Passau ertragen. Von dort fahren wir mit dem Schiff weiter. Kaspar kennt einen Fährmann, der uns mitnehmen könnte.« Er legte ihr die Hand auf den Arm. »Ich weiß, dass ich nicht gut im Handeln oder Schnitzen bin, aber ich werde uns sicher ans Ziel bringen, das verspreche ich dir.« Er atmete tief durch. »Du bist unserem Vater so viel ähnlicher als ich. Derselbe ehrgeizige Blick, das gleiche kantige Kinn. Wollen wir hoffen, dass unser Oheim dein Talent erkennt und es fördert. Es wäre Vaters Wunsch gewesen, dessen bin ich mir sicher.«

Teresa nickte, Tränen traten ihr in die Augen, eine lief über ihre Wange. Sanft wischte Rupert sie ab. Nur der Vater hatte gewusst, wie er Teresa beruhigen konnte, denn er hatte sie verstanden. Sie waren nicht nur Vater und Tochter, sondern auch Seelenverwandte gewesen. Er selbst suchte nicht nach Anerkennung, war ausgeglichen wie seine Mutter und mit kleinen Dingen zufrieden. Ihm genügte ein ruhiges Leben mit einem guten Auskommen. Er schaute auf seine Tasche, in der der Brief seines Oheims neben dem Zauberzettel steckte. Der Brief versprach eine Zukunft und der magische Zettel Sicherheit in einer auseinanderbrechenden Welt. Teresa holte ein Taschentuch aus ihrer Rocktasche, putzte sich die Nase und zwang sich zu einem Lächeln. Er zwinkerte ihr aufmunternd zu und strich eine Haarsträhne aus ihrem Gesicht, die sich aus ihrem Zopf gelöst hatte. Wie sehr er seine Schwester liebte. Sie beide mussten es nach Nürnberg schaffen, wo sie ein neues und hoffentlich besseres Leben erwartete.

Hufgetrappel ließ ihn aufblicken. Eine große Gruppe Landsknechte kam auf den Innenhof des Gasthauses geritten. Sie sprangen von den Pferden und zogen ihre Schwerter. Die Knechte, die sich eben noch um die Pferde gekümmert hatten, suchten sofort das Weite. Der Wirt, der gerade auf den Hof gekommen war, um nach dem Rechten zu sehen, verschwand in der Gaststube, gefolgt von zwei laut kreischenden Mägden. Rupert griff hastig nach Teresas Hand, und sie liefen hinter Beppos Wagen, dann zog ihr Bruder sie zum Eingang der Scheune. Sie schlüpften durch die angelehnte Tür und durchquerten den von Dämmerlicht erfüllten Stall. Die Pferche standen leer. Heu stapelte sich in einer der Ecken, daneben lehnten Rechen und Sensen an der Wand. Der gellende Schrei einer Magd ließ Teresa erzittern. Sie konnte nur erahnen, was die Männer mit dem Mädchen machten.

Rupert schaute sich um. »Diese gottverdammte Scheune muss doch einen Hinterausgang haben«, fluchte er und zog Teresa mit sich in den hinteren Teil des Stalles, wo sie tatsächlich einen Ausgang fanden. Erleichtert liefen die beiden darauf zu. Doch kurz bevor sie das rettende Stalltor erreichten, stellte sich ihnen ein Landsknecht in den Weg. Jäh wichen sie zurück, aber dann erkannten sie, wer vor ihnen stand. Es war der Landsknecht, mit dem sie gestern Abend am Tisch gesessen hatten.

»Ach, Ihr seid es«, sagte Rupert erleichtert.

Auf den Lippen des Landsknechts breitete sich ein breites Grinsen aus. Teresa trat instinktiv einen Schritt zurück.

»Habe ich Euch nicht gesagt, dass die Zeiten unsicher sind«, sagte er und machte einen Schritt auf die beiden zu. »Doch besonders das Täubchen wollte nicht hören.« Er griff nach Teresa und zog sie zu sich. Sie spürte seinen nach Branntwein stinkenden Atem auf der Haut.

»Hört auf damit. Ihr seid betrunken.« Sie wollte sich losreißen, aber sein Griff wurde fester.

»Das sind die Soldaten der Liga, die nach Böhmen ziehen. Mutige Männer, leider ohne Manieren. Und ich bin einer von ihnen.«

»Lasst sofort meine Schwester in Ruhe«, befahl Rupert. Der Bursche lachte laut auf. Er zog Teresa noch näher an sich heran, presste seine Lippen auf ihre und schob ihr seine Zunge in den Mund. Sie biss zu. Mit einem Aufschrei wich er zurück. Teresa nutzte den Moment und floh hinter ihren Bruder.

»Das sollst du mir büßen, du gottverdammtes Biest«, rief der Landsknecht. Er wischte sich über die blutigen Lippen, zog sein Schwert und trat näher an die beiden heran. »Die Kehlen werde ich euch aufschlitzen, ganz langsam.«

Rupert schob Teresa ganz hinter sich. »Gar nichts werdet Ihr«, erwiderte er, griff in seine Tasche, holte einen Zettel hervor, steckte ihn in den Mund und schluckte ihn hinunter. Es ging so schnell, dass Teresa ihn nicht aufhalten konnte.

Der Landsknecht lachte laut auf. Er ahnte, was Rupert getan hatte. »Der Teufel kann dir jetzt auch nicht mehr helfen«, rief er.

Rupert zog seinen Dolch. Der Landsknecht machte einen Schritt auf Rupert zu und wich lachend wieder zurück, als Rupert nach vorn preschte.

»Ein einfacher Spielzeughändler, was für ein Gegner«, ereiferte sich der Landsknecht und umrundete Rupert, den die Kraxe auf dem Rücken in seiner Bewegungsfreiheit einschränkte. Teresa hielt den Atem an, während ihr Bruder immer wieder mit dem Dolch ins Leere stieß. Brandgeruch zog in den Stall. Der Landsknecht schaute zum Hof hinüber.

»Ich spiele gern. Aber jetzt wird es Zeit, es zu beenden.« Er machte einen Ausfallschritt und schlug Rupert mit seinem Schwert auf die Hand. Der Dolch fiel zu Boden. Teresa schrie auf. Rupert wollte sich rasch bücken, um den Dolch aufzuheben, doch da war der Landsknecht bereits über ihm, schubste ihn zur Seite und rammte ihm sein Schwert in die Brust. Rupert sackte in sich zusammen und ging zu Boden. Der Landsknecht zog die Klinge aus Ruperts Brust und drehte sich zu Teresa um.

»Der Teufel hat gewonnen«, sagte er mit einem breiten Grinsen. »Eine weitere Seele, die ich ihm geliefert habe.« Er richtete sein Schwert auf Teresa. »Er gewinnt immer, musst du wissen.«

Teresa stieß mit dem Rücken gegen einen herumstehenden Karren. Der Landsknecht hielt ihr die Spitze des Schwertes an den Hals. Sie spürte kurz das Metall auf ihrer Haut. Er ließ das Schwert sinken, machte einen schnellen Schritt auf sie zu, drückte sie gegen den Karren und küsste sie, heftig und leidenschaftlich. Eng drängte er sich an sie und versuchte, mit seinem Knie ihre Beine auseinanderzudrücken.

»Diesmal beißt du mich nicht, meine Schöne«, sagte er und griff mit einer Hand an ihre Brüste. »Schon gestern Abend wollte ich dich besitzen.«

Teresa spuckte ihm ins Gesicht. Lachend wischte er sich den Speichel von der Wange und öffnete mit einer Hand seine Hose, während er Teresa mit der anderen festhielt. Teresa griff in ihre Rocktasche. Fest umschlossen ihre Finger das Schnitzmesser. Genau in dem Moment, als der Landsknecht sie zu Boden zerrte, holte sie es heraus und rammte es mit ganzer Kraft in seinen Rücken. Er riss die Augen auf und starrte sie ungläubig an. Er wollte noch etwas sagen, doch nur noch ein Röcheln kam über seine Lippen, und alle Farbe war aus seinem Gesicht gewichen. Teresa rollte sich zur Seite. Er sackte neben ihr auf den Boden. Sie schloss für einen Moment die Augen, dann zog sie ihr Schnitzmesser aus seinem Rücken und eilte zu ihrem Bruder. Er lag in einer Blutlache, seine Augen waren erstarrt. Sie warf sich über ihn und begann zu schluchzen.

»Du darfst nicht tot sein, hörst du. Bitte, du musst wieder aufwachen. Wir müssen fort von hier. Bitte, so wach doch auf, du darfst nicht sterben, tu mir das nicht an. Du darfst nicht dem Teufel gehören. Deine Seele muss frei sein. Bitte, so hör doch! Wach wieder auf.« Ihre Tränen tropften auf seine Wangen. »Bitte, so wach doch auf«, murmelte sie verzweifelt. »Wir müssen weiterziehen nach Nürnberg. Ich verspreche, immer auf dich zu hören. Was soll nur ohne dich werden?«

Das Knarren des Stalltors und Stimmen holten sie in die Wirklichkeit zurück. Erschrocken richtete sie sich auf. Die Landsknechte, der Überfall. Panisch schaute sie um sich, dann wieder auf ihren toten Bruder. »Es tut mir so leid«, murmelte sie, berührte ein letztes Mal seine Wange, rannte zur Hintertür und zerrte an dem Riegel. Es kam ihr wie eine Ewigkeit vor, bis das Stück Holz endlich nach oben sprang und sich die Tür öffnete. Die Stimmen näherten sich, irgendwo schnaubte ein Pferd. Teresa rannte über die von Rauchschwaden erfüllte Pferdeweide zum nahen Waldrand. Sie stolperte über Wurzeln, fiel hin und rappelte sich wieder auf. Das Unterholz war hier dicht. Brombeergestrüpp zerriss ihren Rock, Äste zerkratzten ihre Wangen, sie spürte es kaum. Tränen verschleierten ihren Blick. Sie stolperte erneut über eine Wurzel, verlor das Gleichgewicht, fiel hin und rollte einen Abhang hinunter. Die Bäume, der Himmel, das Sonnenlicht, die Blätter und der Waldboden vermischten sich, während sie immer weiter den Hang hinabkugelte und irgendwann in einem Laubhaufen liegen blieb. Erleichtert atmete sie auf, doch dann drang plötzlich eine Stimme an ihr Ohr.

»Grundgütiger. Es regnet junge Mädchen.«

Kapitel 3

Teresa schaute auf einen von Flicken bedeckten Leinenrock und die Hufe eines Esels. Ihr Herz schlug ihr bis zum Hals, doch die Stimme kam ihr bekannt vor. »Haben wir selten, dass es junge Mädchen regnet, nicht wahr, Burli? Geht es dir gut, kleine Schnitzerin?«

Teresa setzte sich auf. »Ich denke schon.« Sie zupfte sich ein Blatt aus den Haaren.

»Siehst aber nicht so aus«, erwiderte die Frau. »Hat dort oben Ärger gegeben, nicht wahr?« Sie deutete den Berg hinauf. »Hab ich im Gespür gehabt, aber auf mich will ja niemand hören.«

Teresa horchte auf. »Im Gespür gehabt?«, wiederholte sie. Die Frau half Teresa beim Aufstehen und musterte ihr Gesicht. »Nur ein paar Kratzer von den Zweigen, das vergeht.« Sie griff nach den Zügeln ihres kleinen Esels. »Komm. Hier kannst du nicht bleiben. Das Heer der Katholischen Liga liegt bei Salzweg im Wiesengrund. Sie rauben und plündern schon seit Tagen. Ich wollte den Wirt warnen, denn er ist ein kluger Bursche, jedenfalls manchmal. Aber seine Magd ist ein dummes und geschwätziges Ding. Hat es nicht besser verdient, wenn sie nicht wahrhaben will, was gut und böse ist.«

Teresa stolperte hinter der Frau den Waldweg entlang. Die Sonne schien durch die lichten Bäume, und unter ihren Füßen raschelte das Herbstlaub. Es wirkte alles so friedlich, und doch war ihr eben der Teufel persönlich erschienen, der alles zerstört hatte. Sie blieb stehen und schaute zurück. Vor ihrem inneren Auge tauchte das Gesicht ihres Bruders auf, sein lebloser Blick. Unerbittlich holte der Schmerz sie ein. Sie hatte ihren geliebten Bruder, auf dem Boden liegend und im Qualm der gefräßigen Flammen, zurückgelassen. Sie blickte wieder nach vorn. Die Frau ging – den Esel am Zügel – weiter. Bald würde sie aus ihrem Blickfeld verschwinden. Was würde dann aus ihr werden? Sie ballte die Fäuste. Warum nur hatte Rupert diesem zwielichtigen Burschen vertraut. Tränen traten ihr in die Augen. Die Frau blieb stehen und drehte sich zu ihr um. Teresa schüttelte den Kopf. Sie konnte Rupert nicht zurücklassen. Wenigstens in geweihter Erde musste er beerdigt werden, damit Gott ihm seine Sünde vergab. Sie musste für ihn beten und einen Pfarrer holen. Das war sie ihm schuldig. Sie schaute den steilen Abhang hinauf. Mücken tanzten im hellen Sonnenlicht, eine Amsel hüpfte von Ast zu Ast, eine weitere folgte ihr. Plötzlich legte sich von hinten eine Hand auf ihre Schulter.

»Du kannst nicht zurückgehen.« Teresa drehte sich um. Sie schaute in das Gesicht der Frau, das von dem breiten Filzhut beschattet wurde. Die Worte der Magd kamen ihr wieder in den Sinn. Sie hatte die Frau als Unglücksbringer, Ketzerin und Grubenheimerin beschimpft. Auch wenn Teresa mit dem letzten Wort nichts anfangen konnte, so musste es für die Abscheu der Magd einen triftigen Grund geben. Sie machte einen Schritt rückwärts. Die Hand der Frau rutschte von ihrer Schulter. Womöglich war das alles tatsächlich deswegen geschehen, weil sie mit ihr gesprochen hatte. Wäre sie doch nur bei Rupert im Stall geblieben, dann wäre niemals etwas passiert.

Sie hob abwehrend die Hände. »Fass mich nicht an. Am Ende hat die Magd recht gehabt. Du bist gekommen und hast das Unglück über uns gebracht. Mein Bruder ist tot, vielleicht nur wegen dir. Ich hab ihn verloren, hörst du!« Ihre Stimme wurde laut. Sie deutete den Hügel hinauf. »Er liegt dort oben in der verdammten Scheune, und ich kann ihm nicht helfen.« Tränen rannen über Teresas Wangen. »Verstehst du? Ich konnte ihm nicht helfen, konnte den Landsknecht nicht aufhalten.«

Die Frau ging auf Teresa zu und nahm sie in den Arm. Teresa wollte sie wegstoßen, die Umarmung nicht zulassen, doch der Griff der Frau blieb fest. Sie drückte Teresa an sich, bis deren Anspannung wich. Wut und Verzweiflung bahnten sich ihren Weg, und Teresa wurde von einem Weinkrampf geschüttelt. Lange verharrten sie in der Umarmung. Die Frau wusste, dass Wut und Trauer das Mädchen für lange Zeit begleiten und eine tiefe Narbe in ihrem Herzen hinterlassen würden.

Irgendwann löste sich Teresa aus ihren Armen und wischte sich die Tränen von den Wangen. »Es tut mir leid, ich wollte nicht …«

Die Frau winkte ab. »Dir muss nichts leidtun. Ich hätte mich von dieser dummen Dirne nicht vertreiben lassen dürfen.«

Teresa ging nicht auf ihre Worte ein.

»Er wollte mich beschützen, weil er doch jetzt das Familienoberhaupt ist. Er hat geglaubt, er müsste dem Landsknecht tapfer entgegentreten. Ein Mal war er mutig, doch er schaffte es nicht …« Ihre Stimme brach.

Die Frau legte Teresa die Hand auf die Schulter.

»In diesen Zeiten wollen oder müssen alle mutig sein. Aber die wenigstens sind es tatsächlich. Manch einer glaubt, er müsse in den Krieg ziehen, um sich und anderen zu beweisen, wie tapfer er ist. Viele von ihnen vergessen ihre Menschlichkeit und werden schlimmer als jedes Tier, das nur tötet, weil es sich ernähren oder seine Jungen beschützen muss. Ein Wolf würde niemals wegen Ruhm und Ehre sterben.«

Teresa schüttelte den Kopf. »Er wollte mich beschützen, deswegen ist er tot. Und was mache ich? Ich laufe davon und lasse ihn allein. Wir hatten doch nur noch einander. Keiner sollte den anderen zurücklassen, aber ich habe es getan.«

»Manchmal ist das Leben ungerecht«, sagte die Frau und wischte Teresa eine Träne von der Wange.

Teresa schniefte. »Wir wollten nach Nürnberg. Allein werde ich es niemals bis dorthin schaffen.«

Die Frau nickte bestätigend. »Das stimmt. Aber immerhin bist du jetzt nicht mehr allein, denn du hast mich. Irgendein Ausweg wird sich schon finden.« Die Frau zwinkerte Teresa aufmunternd zu. »Aber erst einmal musst du mir sagen, wie du heißt. Ich kann ja nicht immer Mädchen zu dir sagen.«

Jetzt musste sogar Teresa lächeln. Sie nannte ihren Namen. Die Frau griff nach den Zügeln des kleinen Esels. »Mein Name ist Annemarie, und das hier ist Burli.« Das Tier schüttelte seine graue Mähne, als ob es verstanden hätte, dass von ihm gesprochen wurde. Wolken schoben sich plötzlich vor die Sonne, und ein Windstoß wirbelte die trockenen Blätter in die Höhe. Besorgt schaute Annemarie zum Himmel. »Wir sollten sehen, dass wir weiterkommen. Das Wetter schlägt um. Sicher wird es bald Regen geben, und bis zu meiner Hütte ist es noch ein ganzes Stück. Dort können wir beratschlagen, wie es weitergeht.« Sie setzte sich, ohne eine Antwort von Teresa abzuwarten, in Bewegung. Der Wind rauschte über ihnen in den Baumwipfeln, und Teresa zog ihren Umhang enger um sich. Der Weg wurde abschüssig und ging in einen Wiesengrund über. Als sie diesen durchquerten, fielen die ersten Tropfen vom Himmel. Teresa blieb noch einmal stehen und schaute zum Waldrand zurück. Irgendwo hinter den vielen Bäumen war ihr Bruder. Seufzend schüttelte sie den Kopf. Nein, dort war er nicht mehr, sondern in der Hölle. Nur weil er sie beschützen wollte. Irgendwie würde sie einen Weg finden, seine Seele reinzuwaschen, denn das war sie ihm schuldig. Sie drehte sich um und beschleunigte ihre Schritte. Es regnete stärker, und der Wind schien in den Bäumen regelrecht aufzuheulen.

✳

44

Teresa folgte Annemarie zu einer kleinen, im Schutz einer Felswand stehenden Hütte. Ihre Füße schmerzten, und sie war vollkommen durchnässt. Das Gelände war steil und unwegsam gewesen. Annemarie hielt nicht viel davon, auf den Hauptwegen zu laufen, auf denen sich, vor allem in der Dämmerung, Gesindel herumtrieb. Selbst auf den Nebenwegen hatten sie sich immer wieder im Unterholz versteckt, doch meistens waren es nur Tiere gewesen, die sie aufschreckt hatten. Oftmals Schweine, die die Bauern auf die sogenannte Waldweide trieben, damit sie Eicheln fressen konnten. Nur ein Mal war eine Gruppe böhmischer Säumer an ihnen vorbeigezogen, die Annemarie argwöhnisch beäugt hatte. Der Steig, auf dem sie sich befunden hatten, war einer der Schmugglerwege und nur wenigen bekannt. Sicher waren sie keine ehrlichen Burschen. Annemarie vermutete in ihren Fässern eher Branntwein als Salz.

Annemarie brachte den Esel in einem schäbigen Verschlag neben der Tür unter. Einen Stall schien es nicht zu geben. In der Hütte brauchte Teresa einen Moment, um sich an das Zwielicht zu gewöhnen. Eine forsche Stimme, die in dem hinteren Teil der Hütte ertönte, ließ sie zusammenzucken.

»Wo hast du die ganze Zeit gesteckt? Ich hab schon gedacht, du hättest dich endgültig aus dem Staub gemacht. Ist kalt hier drin. Wolltest mich wohl erfrieren lassen.«

Annemarie legte einige Holzscheite unter einen Kupferkessel, der über einer offenen Feuerstelle in der Ecke hing.

»Ich habe einen Gast mitgebracht, Vater.« Sie ging nicht auf sein mürrisches Gerede ein. »Ein Mädchen, Teresa heißt sie. Vendelsberg ist überfallen worden.«

»Was geht mich das an«, antwortete er. »Überfallen haben sie uns auch. Hat uns irgendjemand geholfen? Sollen sich doch alle zum Teufel scheren.«

Teresa wich erschrocken zurück, doch Annemarie trat schnell zu ihr und raunte ihr eine Erklärung ins Ohr: »Gib nicht viel auf sein Gerede, er meint es nicht so.« Laut sagte sie: »Sollen wir dann auch nicht mehr barmherzig sein?« Sie zwinkerte Teresa zu, entzündete zwei Talgkerzen und stellte sie auf einen kleinen Tisch. Dann forderte sie Teresa auf: »Du solltest die nassen Sache ausziehen, damit ich sie übers Feuer hängen kann, sonst holst du dir den Tod.« Sie senkte ihre Stimme zu einem Flüstern. »Er ist blind.«

»Was murmelst du da? Ich kann dich hören«, erklang erneut die mürrische Stimme. Eine Gestalt trat näher. Teresa erkannte einen schmächtigen alten Mann, der sich an der Hüttenwand entlang bis zu einer Bank neben der Feuerstelle tastete und sich stöhnend setzte. Im Licht des Feuers wirkten seine Wangen eingefallen, seine Augen lagen in tiefen Höhlen, und sein graues, verfilztes Haar fiel bis auf seine hageren Schultern herab. Annemarie griff nach einer wollenen Decke und legte sie ihrem Vater fürsorglich über die Beine. Erneut ging sie nicht auf seine Frage ein.

»Gleich mache ich den Buchweizenbrei warm. Das wird dir guttun und auch unseren Gast stärken.«

Sie winkte Teresa näher heran. Unsicher machte Teresa einen Schritt auf den alten, nach Urin und Schweiß stinkenden Mann zu. Sie wollte angewidert den Kopf abwenden, doch sie riss sich zusammen. Auch wenn er verbittert schien und blind war, gebot es der Anstand, dass sie ihm Höflichkeit entgegenbrachte.

»Guten Abend. Ich werde Euch nicht zur Last fallen, das verspreche ich.«

Der alte Mann schnaubte verächtlich. »Aber das tust du doch schon. Mein Essen und meinen warmen Schlafplatz muss ich mit dir teilen, weil meine liebe Tochter mal wieder zu gutmütig ist.«

Annemarie legte ihren Beutel auf den Tisch und holte einige Äpfel und einen halben Laib Brot heraus.

»Die Unterleitnerin war heute Morgen so gütig und hat mir zum Dank für meine Warnung etwas zu essen geschenkt.« Sie blickte zu Teresa, die gerade ihr Mieder aus grobem Leinen aufschnürte. »Gibt auch kluge Leute, die mir zuhören.« Teresa senkte den Blick. Sie kam sich schäbig vor, obwohl sie gar nichts getan hatte. Aber vielleicht war ja ihre Untätigkeit der Fehler gewesen. Womöglich würde ihr Bruder noch leben, wenn sie sich eingemischt hätte, als die Magd Annemarie verscheucht hatte.

»Warum verjagen sie dich überhaupt?«, fragte Teresa und schlüpfte aus ihrem Rock. Annemarie nahm ihn ihr ab und hängte ihn an eine Stange.

Sie wollte etwas erwidern, doch ihr Vater kam ihr zuvor.

»Weil sie dumm und verbohrt in ihrem Glauben sind. Andersgläubige werden nicht geduldet, sondern verjagt, geächtet und verfolgt. Wir gehören den Böhmischen Brüdern an und sind Vertriebene, die als Ketzer beschimpft werden, nur weil wir nicht den katholischen Glauben annehmen wollen. In alten Höhlen und Hütten müssen wir uns verstecken, was uns den Namen Grubenheimer eingebracht hat. Doch bekehren tun sie mich nicht mehr und Annemarie auch nicht. Wir lassen uns nicht verbiegen, niemals!« Seine Stimme wurde laut, er begann zu röcheln und bekam einem Hustenanfall.

Annemarie schenkte eine Flüssigkeit in einen Holzbecher, eilte zu ihrem Vater und half ihm beim Trinken. Der Anfall ließ nach.

»Reg dich nicht so auf. Es ist eben, wie es ist. Ändern können wir es nicht.«

Er sackte in sich zusammen. Teresa stand unsicher neben dem Feuer. Sie kam sich fehl am Platz vor. Diese beiden Menschen lebten als Geächtete in großer Armut, trotzdem teilten sie mit ihr das Wenige, das sie besaßen.

Der Alte hob den Kopf und schaute in Teresas Richtung. Seine Augen waren nicht mit einem Tuch verbunden und sahen unnatürlich aus. Anstelle der schwarzen Pupille wiesen sie einen hellgrauen Kreis auf. Schweigend hielten beide dem Blick des anderen stand. Teresa begann, sich zu fragen, ob er wirklich vollkommen blind war, denn die Art, wie er sie musterte, wirkte so, als würde er sie sehen.

»Teresa also«, brummelte er nach einer Weile. »Ich sehe nicht mehr viel, nur noch Umrisse und Schatten.« Er deutete neben sich. »Komm, setz dich, Mädchen, und erzähl mir von dir, wenn du jetzt schon hier bist.«

Teresa setzte sich zögernd neben den alten Mann, während Annemarie einen Topf in die Ofenstelle schob, den sie aus einer Nische hervorgeholt hatte.

»Sie ist eine Schnitzerin, Vater. Kannst du dir das vorstellen, ein Mädchen, das wie ein Mann schnitzen kann?«

Der alte Mann antwortete nicht, stattdessen griff er nach Teresas Händen und strich mit den Fingern darüber. Er nickte, und plötzlich lag ein Lächeln auf seinen Lippen.

»Das Schnitzen ist eine hohe Kunst. Damals in Böhmen habe ich es auch gern gemacht, sogar Bildhauer wollte ich werden.« Er ließ ihre Hände los. »Ach, es ist so lange her.« In seiner Stimme lag Wehmut. Teresa wischte sich die Hand an ihrem Unterkleid ab. Der alte Mann begann wieder zu husten, und erneut hielt Annemarie ihm den Holzbecher an die Lippen. Als der Anfall nachgelassen hatte, wechselte er das Thema.

»Vendelsberg hat es also erwischt?«

»Waren Landsknechte der Katholischen Liga, die nicht weit von hier ihr Lager aufgeschlagen hat. Sicher wollen sie nach Böhmen wie all die anderen auch«, beantwortete Annemarie seine Frage.

48

»Dann sind sie wenigstens bald wieder weg«, erwiderte der Alte.

Seine Worte klangen hart und abweisend. Teresa dachte an ihren Bruder. Ob er wohl noch immer auf dem Boden des Stalles lag? Vielleicht hatte ihn jemand beerdigt. Ob sie einen Pfarrer geholt hatten? Sie hoffte es inständig. Sie sah seinen erstarrten Blick vor sich und dachte daran, wie Rupert die Augen des toten Vaters geschlossen hatte. Er hatte ihn schlafen gelegt, damit er seinen Frieden finden würde. Ruperts Augen hatte niemand geschlossen. Sie hätte es tun müssen, damit auch er in Frieden ruhen konnte. Aber war das nicht sowieso gleichgültig? Seine Seele war dem Teufel, und er würde niemals den ewigen Frieden finden.

»Ich hätte doch zurückgehen sollen«, murmelte sie. Erneut füllten sich ihre Augen mit Tränen. »Ich bin nicht für ihn da gewesen und habe ihn allein gelassen. Ich hätte mich um ihn kümmern müssen. Er hatte doch nur noch mich.«

»Zu wem hätte sie zurückgehen müssen?«, fragte der Alte und schaute in Annemaries Richtung.

Annemarie ging vor Teresa in die Hocke und griff nach ihren Händen. »Du hättest ihm nicht mehr helfen können. Diese Männer sind zu allem fähig. Es gleicht einem Wunder, dass du ihnen entkommen bist.« Sie wandte sich an ihren Vater. »Ihr Bruder ist bei dem Überfall umgekommen. Die beiden wollten nach Nürnberg, zu ihrem Oheim.«

Der Alte sog scharf die Luft ein. »Also hast du eine verarmte Waise angeschleppt, mit der wir nichts anzufangen wissen. Oder willst du das Mädel nach Nürnberg bringen?« Er schüttelte den Kopf.

Teresa schaute den Alten verdutzt an. Mit so einer schroffen Antwort hatte sie nicht gerechnet. Sie stand auf und wischte sich die Tränen von den Wangen.

»Ich glaube, ich gehe jetzt besser«, sagte sie trotzig und zerrte ihren Rock von der Eisenstange herunter. »Ich möchte niemandem zur Last fallen.«

Annemarie warf ihrem Vater einen finsteren Blick zu.

»Er meint es nicht so. Ich kann es dir erklären.«

Teresa zog ihren Rock an und griff nach ihrem feuchten Mieder. »Du musst mir nichts erklären. Ich habe schon verstanden.« Sie eilte zum Ausgang, nahm ihren Umhang von einem Haken an der Wand und verließ den Raum. Annemarie folgte ihr nach draußen, wo die feuchte und kühle Luft des herbstlichen Abends sie empfing. Es nieselte leicht, doch Teresa spürte die wenigen Regentropfen nicht, als sie sich von der Hütte entfernte.

»Teresa, bitte warte. Er hat es nicht so gemeint, das musst du mir glauben.« Annemarie rannte hinter ihr her. »Bitte, bleib stehen. Das hat doch keinen Sinn.«

Teresa hielt in der Bewegung inne. Die kalte Luft kühlte ihre erhitzten Wangen. Sie drehte sich um.

Annemarie sah sie hilflos an. »Er ist alt, verbittert und versteht oft nicht, wie weh seine Wort tun. Ständig vergisst er Dinge und bringt alles durcheinander. Doch dann scheint er wieder vollkommen klar im Kopf zu sein. Das Leben ist hart zu ihm gewesen, hör einfach nicht hin, wenn er grob wird.«

Unsicher machte Teresa einen Schritt auf Annemarie zu.

»Aber er hat recht. Ich bin nur eine Belastung für euch. Eine verarmte Waise, die ihren Platz im Leben verloren hat.«

Annemarie streckte die Hand aus. Teresa ergriff sie und ließ zu, dass Annemarie den Arm um sie legte.

»Wir werden eine Lösung finden. Irgendwie wird es schon weitergehen, lass mich nur machen. Komm, wir gehen wieder hinein. Es ist kalt hier draußen.« Sie führte Teresa zur Hütte zurück. »Ich kenne da einen Gastwirt in der Nähe von Straßkirchen. Er hat gute Verbindungen zu einigen Fährmännern in Passau. Vielleicht kann er dir ja weiterhelfen.«

Als sie die kleine Stube betraten, empfing sie erneut die mürrische Stimme des Alten. »Da bist du ja wieder. Wo hast du so lange gesteckt. Es ist kalt hier drin. Warum habe ich keine Decke?«

Teresa hatte verstanden. Sie ging zu dem alten Mann hinüber, hob die zu Boden gerutschte Decke auf und legte sie ihm wieder über die Beine.

»Ach, die Schnitzerin«, sagte er. »Ich habe auch gern geschnitzt, weißt du. Damals in Böhmen, da wollte ich Bildhauer werden.«

»Ach, tatsächlich«, antwortete Teresa und setzte sich neben ihn.

Als die beiden Frauen am nächsten Morgen aufbrachen, schlief der alte Mann noch. Teresa hatte ein schlechtes Gewissen, ihn allein zurückzulassen, aber Annemarie meinte, dass er bis zum Mittag schlafen würde. Bis dahin wollte sie wieder zurück sein.

Die Wolken der Nacht hatten sich verzogen. Sonnenstrahlen fielen durch die bunten Blätter der Bäume auf den Waldboden und hellten Teresas Stimmung auf. Sie liefen den Weg zurück, den sie gekommen waren. An einer Wegkreuzung blieb Teresa stehen und beäugte neugierig ein verwittertes Schild, das an einem der Bäume angebracht war.

»Was bedeutet dieses Schild?«, fragte sie.

Annemarie, die schon weitergegangen war, drehte sich um.

»Darauf steht, dass es bei Strafe verboten ist, diesen Weg zu benutzen, weil er ein Schmugglerweg ist. Für die Säumer besteht der Wegezwang.« Teresa zog die Augenbrauen hoch.

Annemarie fuhr lächelnd fort: »Aber wir sind keine Säumer und schmuggeln auch nichts. Das Schild hängt schon viele Jahre hier. An die Regeln halten sich nur wenige. Obwohl es den Säumern übel ergehen kann, wenn sie einem der Zollaufseher, dem sogenannten Überreiter, begegnen, denn dann sind Ware und Pferde verfallen. Allerdings hat der Überreiter oft das Nachsehen, weil Bauern und Säumer fest zusammenhalten. Manch einer von ihnen macht aus Angst davor, verprügelt oder getötet zu werden, lieber gemeinsame Sache mit ihnen.«

Sie gingen weiter, und Annemarie erklärte Teresa genau, was es mit dem Steig auf sich hatte. Ein Handelsweg nach Böhmen sei er, um hauptsächlich Salz zu transportieren, aber auch Getreide, Tuch oder Wein. Andere Händler nutzten den Weg, um nach Passau zu gelangen und von dort über den Fluss weiterzureisen. Teresa hörte aufmerksam zu und verstand allmählich, warum die Händlergruppe, denen sie sich angeschlossen hatten, diesen Weg gewählt hatte. Einige von ihnen hatten in den Gaststätten und Ortschaften Waren zu- oder abverkauft, besonders der Weinhändler hatte in den Herbergen gute Geschäfte gemacht. Sie begegneten niemandem, was Annemarie bedauerte. »Seitdem es vor einigen Jahren den Salzkrieg gegeben hat, werden die Säumer immer weniger. Das Geschäft lohnt sich nicht mehr, sagen sie. Bayern hat den Salzhandel an sich gerissen und die Preise kaputt gemacht. Der Gegenwert der getauschten Ware ist einfach zu gering.«

Teresa versuchte, Annemaries Ausführungen zu folgen. Sie verstand nicht alles, fand es aber bemerkenswert, was die ältere Frau darüber wusste. Der Weg wurde an einer sumpfigen Stelle von Holzbohlen überspannt, die von Moos überzogen und deshalb glitschig waren. Teresa musste achtgeben, wo sie hintrat. Ein Stück weiter schien es, als wäre der Steig tief in den Boden hineingegraben worden. Über die Jahrhunderte hinweg war der Weg immer weiter abgesunken, erklärte Annemarie, als Teresa nach dem Grund dafür fragte. Bald verließen sie erneut den Hauptweg und erreichten das Ufer der Ilz, deren schwarzes Wasser im herbstlichen Sonnenlicht funkelte. Sie folgten einem am Ufer entlangführenden Trampelpfad. Einige Blesshühner tauchten nach etwas Essbarem, und am gegenüberliegenden Ufer suchte ein Reh erschrocken das Weite. Teresa ließ ihren Blick über das glitzernde Wasser schweifen, auf dem bunte Blätter trieben. Vielleicht hätten sie Passau jetzt schon erreicht, überlegte sie wehmütig. Dann wäre sie mit Rupert auf ein Schiff gegangen und über die Donau weitergereist. Sie dachte an die leuchtenden Augen ihres Bruders, als er von der Weiterfahrt auf dem Fluss berichtet hatte. Schon als kleiner Junge hatte er davon geträumt, einmal auf diese Art zu reisen. Gewiss hätte es ihm gefallen, von Deck aus das Ufer zu betrachten, vielleicht sogar bei der Arbeit zu helfen.

Annemarie riss Teresa aus ihren Gedanken. »Nicht mehr weit, und wir haben das Gasthaus erreicht. Eigentlich eine Mühle, aber Alfred ist ein tüchtiger Bursche. Das Geschäft mit den Händlern lässt er sich nicht entgehen.«

Vor ihnen tauchte ein großes, von Viehweiden umgebenes Anwesen auf. Auf den Wiesen rund ums Haus grasten Pferde, Maultiere und Ziegen. Das Klappern des Mühlrades war zu hören.

»Wir gehen besser hintenherum.« Annemarie bedeutete Teresa, ihr zu folgen. »Ich begegne den Säumern und Händlern nicht gern. Einige von ihnen sind nicht gut auf mich zu sprechen.«

»Weil du eine Grubenheimerin bist?«, fragte Teresa.

Annemarie warf ihr einen kurzen Blick zu. »Wer sitzt schon gern in derselben Gaststube mit einer Andersgläubigen, die Unglück bringt.«

»Aber Gott ist doch für alle gleich.«

»Gott vielleicht, aber der Glauben nicht. Es sind in den letzten Jahren schlimme Dinge passiert, die niemals hätten geschehen dürfen. Ist besser, wenn wir kein Aufsehen erregen.«

»Und wenn du einfach das glaubst, was alle anderen glauben? Dann wäre es viel leichter, und du müsstest dich nicht andauernd verstecken.«

»So einfach ist das nicht mit dem Glauben, weißt du. Niemand kann aus seiner Haut. Jetzt wäre es dafür sowieso zu spät. Zu viel ist geschehen, das sich nicht mehr rückgängig machen lässt.«

Sie liefen über einen kleinen Schleichweg zum Hintereingang.

»Alfred hat bestimmt etwas zu essen für uns«, sagte Annemarie, als wolle sie vom Thema ablenken.

Teresa gab es auf, weiter nachzufragen, obwohl sie gern gewusst hätte, was damals geschehen war. Es mussten schreckliche Dinge gewesen sein, wenn sie nicht wiedergutzumachen waren. Sie traten näher an die Hintertür heran. In Teresas Magen breitete sich ein mulmiges Gefühl aus. Sie kam sich wie ein herumschleichender Dieb vor, der etwas ausgefressen hatte.

Die Tür war geöffnet. Annemarie bedeutete Teresa zu warten und lugte vorsichtig in den Raum. Sofort wurde sie freudig begrüßt.

»Na, wen haben wir denn da. Annemarie, lange nicht gesehen.«

»Guten Morgen, Alfred«, grüßte Annemarie und winkte Teresa näher heran.

»Ich hab mir schon Sorgen gemacht«, sagte ein dicklicher kleiner Mann mit einem breiten Schnurrbart. Sein Blick war freundlich. Teresa entspannte sich ein wenig.

»Hab schon gedacht, sie hätten dich gekriegt.«

Annemarie betrat die Küche. »Du weißt doch: Ich bin zäh. So schnell werden sie mich nicht aufspüren.«

Der Mann musterte Annemarie besorgt. »Seitdem so viel Volk auf dem Steig unterwegs ist, ist es bestimmt schwerer geworden, unentdeckt zu bleiben. Wie geht es denn deinem Vater? Hilde hat erst neulich nach euch beiden gefragt.«

»Ach, hat sie das?«, erkundigte sich Annemarie verwundert. Hilde, die Gattin des Wirtes, war ihr nicht so wohlgesinnt wie Alfred.

Er warf ihr einen strafenden Blick zu.

Sie zuckte mit den Schultern und beantwortete die Frage. »Wie es ihm eben so geht. Die lichten Momente werden weniger. Bald wird er endgültig in seiner eigenen Welt leben.«

»Das tut mir leid«, antwortete der Wirt betroffen, dann bemerkte er Teresa, die in der Tür stehen geblieben war.

»Du hast jemanden mitgebracht?«

Annemarie bedeutete Teresa, näher zu treten. »Wir sind uns gestern auf dem Steig begegnet. Oder sagen wir mal: Sie ist mir direkt vor die Füße gerollt. Vendelsberg ist von einer Gruppe Landsknechten heimgesucht worden. Es ist ein Wunder, dass sie entkommen konnte.«

Der Händler schüttelte den Kopf. »Es wird immer schlimmer. Keiner ist mehr sicher. Auch wir haben uns in den letzten Tagen mehrfach im Wald versteckt, weil Boten immer wieder von Plünderungen erzählt haben. Aber gekommen ist – dem Herrgott sei Dank – niemand. Gestern Abend hat eine Gruppe Säumer berichtet, dass Tilly sein Lager abgebrochen hat und weiter Richtung Böhmen zieht. Er scheint wohl den Weg über Freyung und Kreuzberg zu nehmen, was gut für uns ist. Doch wir sollten trotzdem auf der Hut sein, denn so ein Tross hat jede Menge Räuberbanden und Marodeure im Gepäck.« Er warf Teresa einen mitleidigen Blick zu. »Hast Glück gehabt, dass sie dir dein Leben gelassen haben, mein Kind.«

Teresa nickte schüchtern. Der Mann gefiel ihr, genauso wie die ganze Küche. Die von Balken durchzogene Decke war niedrig. Eine Ecke wurde von einer großen Feuerstelle ausgefüllt, über der ein geräucherter Schinken und allerlei Töpfe und Pfannen hingen. Daneben standen mit Kürbissen und Äpfeln gefüllte Körbe, und auf einem Tisch lagen zwei Laib Brot. Der verführerische Duft von frisch Gebackenem hing im Raum.

Die Tür zur Gaststube öffnete sich, und eine korpulente kleine Frau, die ein mit Tontellern und Schüsseln beladenes Tablett trug, betrat den Raum. Ihr lockiges rotes Haar hatte sie mit einem beigefarbenen Tuch zurückgebunden, ihre Wangen waren von der Anstrengung gerötet. Sie stellte das Tablett auf den Tisch neben die Brote.

»Eben ist noch eine Gruppe Säumer angekommen. Jakob versorgt gerade die Pferde. Wenn das so weitergeht, haben wir bald keine Eier mehr.« Sie bemerkte die beiden Frauen und begrüßte Annemarie. »Guten Morgen, Annemarie, lang nicht gesehen. Was treibt dich denn zu so früher Stunde zu uns herunter?«

Alfred antwortete für sie. »Sie hat gestern das Mädel gefunden. Vendelsberg ist überfallen worden.«

Die Frau musterte Teresa und zuckte mit den Schultern. »Waren nicht die Einzigen, wie ich gehört habe. Eben hat einer der Säumer davon berichtet, dass letzte Nacht eine Herberge bei Freyung niedergebrannt worden ist. Es wird gemunkelt, dass alle den Tod gefunden haben.«

Annemarie machte einen Schritt auf die Wirtin zu. »Grüß Gott, Hilde. Wie schrecklich. Wir können alle nur beten, dass dieser Irrsinn bald ein Ende hat. Auch Vendelsberg hat es hart getroffen.« Sie deutete auf Teresa. »Teresa, meine Begleiterin, ist um Haaresbreite entkommen. Leider ist ihr Bruder bei dem Überfall getötet worden. Sie wollten nach Nürnberg zu ihrem Oheim.«

Alfred, dessen Hände in einem Brotteig steckten, schaute hoch. »Nach Nürnberg! Da hatten die beiden aber noch einen weiten Weg vor sich.«

»Ich weiß«, erwiderte Annemarie und begann zögernd, ihr Anliegen vorzutragen. »Ich dachte, ihr könntet ihr vielleicht irgendwie helfen. Ihr kennt doch immer irgendjemanden, der jemanden kennt. Vielleicht ja in Passau. Ihr wisst doch …« Sie verstummte. Hildes Gesichtsausdruck wurde abweisend, und Teresas gutes Gefühl verflog. Wie hatte sie auch nur einen Moment annehmen können, dass ihr hier jemand helfen würde.

Hilde schaute zu ihrem Gatten. Alfred atmete tief durch. Doch noch bevor er antworten konnte, flog die Küchentür auf, und ein kräftiger rothaariger Bursche betrat den Raum.

»Bekommt man hier nichts mehr zu trinken«, sagte er ruppig und schaute in die Runde. Sein Blick blieb an Annemarie hängen, und seine Augen weiteten sich. Annemarie wurde kreideweiß und trat einen Schritt zurück.

»Die Grubenheimerin«, murmelte der Bursche.

Annemarie verließ fluchtartig den Raum. Verwundert schaute ihr Teresa nach, während sich Alfred vor den Burschen stellte und beruhigend die Hände hob.

»Ist gut, Otto. Ich bring dir gleich dein Bier. Wir wollen hier keinen Ärger haben.«

Der Bursche schob Alfred wortlos zur Seite und folgte Annemarie. Alfred, Hilde und Teresa rannten hinter ihm her. Alfred rief immer wieder Ottos Namen, während sie über die Wiese rannten. Am Weidezaun holte Otto Annemarie ein. Grob packte er sie am Arm. Ihr markerschütternder Schrei ging Teresa durch und durch. Genau in dem Moment, als sie die beiden erreichten, zog Otto ein Messer und schlitzte Annemarie die Kehle auf, so schnell, dass niemand es verhindern konnte. Blut spritzte aus der Wunde, und Annemaries Gekreisch verstummte. Als Otto sie losließ, sank Annemarie ins Gras. Teresa war wie erstarrt. Otto wischte sein Messer an der Hose ab und steckte es in seinen Hosenbund. Annemarie wollte noch etwas sagen, Panik stand in ihren Augen, sie bewegte die Lippen und schaute Teresa an, dann erstarrte ihr Blick. Teresa schlug die Hand vor den Mund, Übelkeit stieg in ihr auf. Sie wandte sich ab und übergab sich in die Wiese.

»Musste das sein?«, brüllte Alfred und schlug Otto gegen die Schulter. »Sie hat keinem was getan. Eine Unschuldige musstest du töten. Ihr seid alle so verdammt stur.«

»Du verstehst das nicht«, antwortete Otto. »In ihr steckte der Teufel. Einer Ketzerin gleich, ist sie mit ihrem Vater, diesem Mörder, durch die Wälder gezogen. Irgendjemand musste sie aufhalten.«

»Ich glaube eher, in dir steckt der Teufel«, antwortete Alfred. »Du hast sie wegen einer Jahre zurückliegenden Sache wie ein Tier abgeschlachtet, obwohl sie damals nicht einmal dabei gewesen ist. Ihr Tod macht deinen Vater nicht wieder lebendig.«

Otto trat nahe zu Alfred. »Was du denkst, ist mir gleichgültig. Auslöschen sollte man sie alle, wie sie sich auch immer nennen. Grubenheimer, Böhmische Brüder. Ketzer sind sie, sonst nichts. Es wird Zeit, dass dem ein Ende gemacht wird.« Otto wandte sich zum Gehen.

Alfred schüttelte den Kopf. »Das sinnlose Morden des Glaubens wegen. Es muss endlich mal vorbei sein. Niemandem ist damit geholfen.«

Otto blieb stehen und drehte sich um, Hass in den Augen.

»Durch die Hand ihres Vaters ist der meinige gestorben.«
Er deutete auf Annemarie. »Ich hab geschworen, Rache zu
üben an seiner Sippe, an ihnen allen. Sollen verrotten in ihren
Höhlen und Hütten und zurückkehren in die Hölle, aus der sie
gekrochen sind, verdammtes ungläubiges Volk.« Seine Stimme war laut geworden. Er deutete mit dem Finger auf Alfred.

»Und du, nimm dich in Acht. Sonst wirst du der Nächste
sein, der dran glauben muss. Überleg dir genau, wen du deine
Freunde nennst.« Er ging davon.

Alfred ließ die Schultern sinken, seine Anspannung wich. Er
drehte sich um und sah Teresa neben Annemarie im Gras sitzen. Ihr Gesicht war kreideweiß, und sie murmelte: »Wegen
mir ist sie gestorben.«

Wie eine Wachspuppe sieht sie aus, dachte er im ersten Moment, doch dann schob er den Gedanken beiseite. Hilde trat
neben Teresa und legte die Hand auf ihre Schulter.

»Du kannst nichts dafür. Irgendwann musste es passieren.«
Alfred bückte sich, schloss Annemarie die Augen und sagte:

»Möge Gott ihrer Seele gnädig sein.«

✳

Am späten Nachmittag desselben Tages stand Teresa vor Annemaries Grab. Ein einfaches, aus zwei Ästen gebundenes
Kreuz wies es als letzte Ruhestätte eines Menschen aus, darauf
ein Strauß Astern, den sie gepflückt hatte. Das Grab lag am
Waldrand, nicht weit von der Stelle entfernt, wo Annemarie
getötet worden war. Alfred hatte es schweigend ausgehoben,
während Teresa mit Hilde in der Küche gesessen hatte. Hilde,
die kein besonders herzlicher Mensch war, hatte Teresa schnell
spüren lassen, dass sie wenig von ihr hielt. Sie hatte ihr ein
bisschen Brot und Käse hingestellt, war wortkarg geblieben.

Auf ihre vielen Fragen würde Teresa von dieser Frau keine Antworten bekommen.

Ein kühler Windstoß ließ Teresa erzittern. Aufziehende Wolken verdeckten die tief im Westen stehende Sonne. Besorgt dachte Teresa an Annemaries Vater, der allein in seiner Hütte saß. Heute würde niemand zurückkommen, Feuer machen und ihm eine Decke über die Beine legen. Wann würde er bemerken, dass etwas nicht stimmte? Sie schaute zu der alten Mühle. Vielleicht würden sich ja Alfred und Hilde um den alten Mann kümmern.

Ein Knacken am Waldrand ließ Teresa aufblicken. Ein Reh war aus dem Unterholz getreten und stand ganz ruhig vor ihr. Teresa schaute dem Tier in die braunen Augen, die eine für ein Reh ungewöhnliche Ausgeglichenheit ausstrahlten. Annemarie hatte denselben herzlichen und vertrauensvollen Blick gehabt, doch innerlich war sie nervös und ständig auf der Hut gewesen. Hinter Teresa begann eines der Maultiere zu brüllen, und das Reh verschwand im Dickicht. Wehmütig schaute Teresa ihm nach. Dann bemerkte sie ein Holzstück und hob es auf. Es hatte genau die richtige Größe für ein Eichhörnchen. Sie dachte an den Moment zurück, als sie Annemarie kennengelernt hatte. Den ersten Schnitzversuch hatte sie nicht beendet. Bestimmt würde sich Annemarie darüber freuen, eine Figur aus ihrer Hand auf dem Grab sitzen zu haben. Teresa holte ihr Schnitzmesser aus der Rocktasche und schlenderte über die Weide zum Gasthaus zurück. Die ersten Rindenstücke fielen zu Boden. Als sie die Hintertür erreichte, blieb sie stehen. Laute Stimmen drangen nach draußen.

»Ja, das Mädchen macht einen ordentlichen Eindruck, aber noch eine Magd kann ich nicht gebrauchen. Wieder ein hungriges Maul mehr, das gestopft werden muss, und hübsch ist sie zudem. Am Ende schwängert einer der Knechte sie, und was dann?« Hildes Stimme klang abweisend. Teresa zuckte zusammen.

»Du übertreibst«, antwortete Alfred. »Unsere Knechte sind anständige Burschen. Für sie würde ich die Hand ins Feuer legen. Auf einen Esser mehr oder weniger kommt es doch nicht an.«

»Wenn es um hübsche Weiber geht, seid ihr alle gleich«, schimpfte Hilde. »Ihr glaubt, ich hätte keine Augen im Kopf. Vorhin hat unser Sepp das Mädchen entdeckt und wäre fast gegen den Türstock gelaufen. Die bringt nur Ärger, das hab ich im Gefühl. Glaub mir, es ist besser, wenn sie verschwindet.«

»Und wohin soll sie verschwinden? Sie hat doch niemanden mehr.«

»Ist das meine Sache?«, erwiderte Hilde. »Da draußen sind viele, die niemanden haben. Soll ich sie alle aufnehmen und durchfüttern?«

Teresa trat von der Tür weg. Sie hatte genug gehört. Mit hängendem Kopf lief sie um die Mühle herum und setzte sich im Innenhof auf eine vor dem Eingang stehende Bank. Eine Weile beobachtete sie eine Gruppe Säumer, die gerade ihre Pferde bepackten. Die Männer hofften, noch vor Einbruch der Dunkelheit Passau zu erreichen.

Passau, dachte Teresa niedergeschlagen. Rupert hatte von dieser Stadt gesprochen. Von drei Flüssen, die sich dort trafen. Auf einem von ihnen, der Donau, wäre ihre Reise weitergegangen. Teresas Augen füllten sich mit Tränen, und sie schleuderte das Stück Holz auf den Boden. Sie hätten niemals fortgehen dürfen. Der Brief des Oheims war an allem schuld, denn er hatte Begehrlichkeiten geweckt. Ihr bescheidenes Leben war doch gut gewesen. Plötzlich vermisste sie ihre Heimat – die Berge und dunklen Wälder, den alten Hof und die Werkstatt ihres Vaters.

Einer der Säumer bemerkte ihre Traurigkeit, trat näher und hob das Holzstück vom Boden auf.

»So hübsch und so unglücklich. Es kann doch gar nicht so schlimm sein.«

»Was weißt du schon«, erwiderte Teresa ruppig. »Verschwinde! Verschwindet alle!«

Er legte das Stück Holz neben sie auf die Bank und hob beschwichtigend die Hände.

»Schon gut, schon gut. War nicht so gemeint.« Kopfschüttelnd ging er zu seinem Kumpan zurück, der ihn lachend in die Seite knuffte.

»Hat sie dich abblitzen lassen, das Kätzchen. Scheint scharfe Krallen zu haben.«

Die Burschen brachen auf. Ihre Stimmen und ihr Lachen wurden immer leiser, bis sie irgendwann nicht mehr zu hören waren. Plötzlich kam Teresa der Hof sonderbar friedlich vor. Nur ein paar Hühner, die im Staub nach Körnern suchten, liefen geschäftig herum, und zwei junge Katzen lugten unter einem Karren an der gegenüberliegenden Hauswand hervor. Das Klappern des Mühlrads war zu hören. Teresa nahm das Stück Holz zur Hand, griff nach ihrem Schnitzmesser und entfernte weiter die Rinde. Span für Span fiel zu Boden. Am Anfang waren ihre Bewegungen hektisch, doch nach einer Weile beruhigten die vertrauten Handgriffe sie. Immer wieder drehte sie das Holzstück hin und her und begutachtete es von allen Seiten. Der Hals musste schmaler sein, der Bauch runder, die Pfötchen sollten am Maul liegen. Ich schnitze doch immer irgendetwas, hätte sie jetzt Rupert geantwortet, wenn er sie nach ihrer Arbeit gefragt hätte. Es war erst gestern gewesen, als sie nebeneinandergelegen, Pläne geschmiedet und von einer besseren Zukunft geträumt hatten, dachte sie, während immer mehr Späne zu Boden fielen und die ersten Formen zu erkennen waren. Die Gedanken begannen, in ihrem Kopf zu kreisen. Sie bringt Unglück, hatte die Magd gesagt.

Doch das Unglück hatte nicht Annemarie über sie gebracht. Der Teufel selbst war aus der Hölle gekrochen und hatte ihr den Bruder entrissen. Sie hätte Rupert den Zettel wegnehmen und ihn warnen sollen, stattdessen hatte sie geschwiegen und war feige gewesen. Hätte sie doch an dem Abend noch mit ihm gesprochen, dann wäre er vielleicht heute noch am Leben.

Sie schnitzte weiter, formte die spitzen Ohren. Er hatte sie beschützen und endlich mutig sein wollen. Tränen tropften auf das Holz. Er hätte es verdient, ein gutes Leben zu führen. Sie hatte ihn dazu verdammt, in der Hölle zu schmoren. Aber war es wirklich ihre Schuld? Rupert hatte gewusst, was geschehen würde, wenn er den Zettel aß.

»Du schnitzt wirklich gut, Mädchen.«

Erschrocken schaute Teresa hoch. Alfred saß neben ihr, eine Pfeife im Mund. Tabakgeruch hing in der Luft. Teresa seufzte erleichtert. Sie hatte ihn gar nicht kommen hören.

»Ein Eichhörnchen soll es werden, nicht wahr?«

Sie nickte und schnitzte weiter.

Er zog an seiner Pfeife und schaute über den Hof. »Bald ist es dunkel, dann wirst du dir die Augen verderben.«

Teresa antwortete nicht. Sie arbeitete die Ohren weiter aus.

»Selten ein Mädchen gesehen, das so gut schnitzen kann. Wer hat dir das beigebracht?«

»Ihr müsst keine Freundlichkeit heucheln. Ich weiß, dass ich hier nicht willkommen bin«, antwortete Teresa schnippisch.

Er schaute sie erstaunt an.

»Ich stand vorhin an der Tür.« Teresa ließ das Schnitzmesser sinken und deutete mit einem Kopfnicken zur Rückseite des Hauses hinüber.

»Sie meint es nicht so«, rechtfertigte Alfred die Worte seiner Frau.

63

»Doch, sie meint es genau so«, widersprach Teresa. »Hier ist kein Platz für mich. Ich bin eine Fremde, das Mädchen, das mit der Grubenheimerin, der Ketzerin, gekommen ist. Am Ende bringe auch ich Unglück oder werde geschwängert, von einem Burschen, der nicht an sich halten kann und gegen den Türstock läuft.«

Ihre Stimme war laut geworden.

Alfred hob beschwichtigend die Hände. »Ist ja gut, Mädchen. Ich habe verstanden, dass du gelauscht hast.«

»Gar nichts versteht Ihr. Vor ein paar Tagen war noch alles gut. Mein Bruder war bei mir, und wir wollten nach Nürnberg in das Kontor meines Oheims. Er hätte uns aufgenommen, Rupert hätte eine Aufgabe gehabt, und ich hätte bestimmt weiterhin schnitzen können, denn das Spielzeug verkauft sich gut.«

»Welches Spielzeug?«, unterbrach Alfred sie.

Teresa schaute ihn irritiert an. »Unser Spielzeug, die Berchtesgadener War.« Sie griff in ihre Rocktasche und holte das kleine Pferdchen hervor, das sie neulich in Waldkirchen vom Boden aufgehoben hatte.

Bewundernd drehte es Alfred in den Händen hin und her.

»Man kann darauf pfeifen.«

Teresa nahm es ihm aus der Hand, setzte es an die Lippen und pfiff. Alfreds Augen weiteten sich. Sie gab ihm das Pferdchen zurück. Sogleich setzte er es an die Lippen. Als ein heller Pfiff erklang, schaute er das Holztierchen begeistert an.

»Das ist ja ein richtiges Kunstwerk.«

»Ich habe es geschnitzt«, antwortete Teresa, Wehmut in der Stimme. Plötzlich wurde ihr bewusst, dass sie vielleicht niemals wieder eines dieser Pferdchen schnitzen würde.

Alfred gab es ihr zurück. Ehrliche Bewunderung lag in seinem Blick. Er steckte sich seine Pfeife in den Mund und begann, laut nachzudenken.

»Ich hätte da eine Idee. Es könnte gehen. Einen Versuch wäre es jedenfalls wert.«

»Was könnte gehen?«, fragte Teresa und steckte das Pferdchen zurück in ihre Rocktasche.

»Ein Freund von mir ist Klingenschmied in Passau. Er stellt die berühmten Passauer Wolfsklingen her. Letztens war ich bei ihm, und er hat mir gesagt, dass einer seiner Burschen einfach abgehauen wäre. Derjenige, der die Holzgriffe schnitzte. Schrecklich geflucht hat er, weil er viele Bestellungen hätte, die er jetzt nicht ausliefern konnte.«

»Holzgriffe«, wiederholte Teresa, »für Messer?«

»Ja, Holzgriffe. Vielleicht könntest du bei ihm bleiben. Er ist manchmal etwas ruppig, aber ein guter Kerl. Ich könnte dich zu ihm bringen.«

Hildes harte Stimme war zu hören. Sie schien nicht bester Laune zu sein. Alfred sah Teresa mit erwartungsvoll glänzenden Augen an.

»Warum nicht«, antwortete sie zögernd. »Kann ja nicht so schwer sein, Holzgriffe zu schnitzen.«

Freudig sprang Alfred auf und schlug ihr auf die Schulter.

»Das wollte ich hören, Mädchen. Gewiss wird auch er von deiner Arbeit begeistert sein.«

Hilde rief erneut nach ihrem Gatten, doch er reagierte nicht, stattdessen sprach er weiter: »Ich weiß, du hast etwas anderes erwartet ...«

»Euer Angebot ist mehr, als mir zusteht«, unterbrach Teresa ihn.

»Also brechen wir morgen auf?« Er sah sie fragend an, während sich Hildes Stimme beinahe überschlug.

Teresa nickte und antwortete: »Ja, wir brechen morgen auf.«

Drei Flüsse, eine Stadt

PASSAU

Kapitel 4

Teresa stand am Ufer und schaute über den Fluss hinweg auf die prachtvolle, vollkommen von Wasser umgebene Stadt, deren viele Türme und Zinnen in den vom Abendrot gefärbten Himmel ragten. Noch nie in ihrem Leben hatte sie so etwas Wunderschönes gesehen. Auf dem Weg hierher hatte Alfred ihr zu erklären versucht, wie Passau aussah, doch dieser Anblick übertraf all seine Beschreibungen. An so einem wunderschönen Ort musste es für sie eine Zukunft geben, dachte sie und umschloss mit ihren Fingern das kleine Holzpferdchen in ihrer Rocktasche. Die vielen unterschiedlich großen Boote, die auf dem Fluss unterwegs waren, erinnerten sie schmerzlich an Rupert. So freudig hatte er davon erzählt, dass es von hier aus mit einem Handelsschiff weitergehen würde. Auf einem der Boote schwenkte ein Junge fröhlich seine Mütze. Sie winkte zurück und rang sich ein Lächeln ab. Sein Boot trieb auf der Donau weiter flussabwärts, und der Bursche verschwand hinter den trutzigen Mauern einer direkt am Wasser stehenden Burganlage, die bis zum Hügelkamm hinaufreichte.

Teresa drehte sich um und hielt nach Alfred Ausschau, der am Ufer der Ilzstadt, wie dieser Teil von Passaus genannt wurde, nach einer Mitfahrgelegenheit über den Fluss suchte. Die Häuser schmiegten sich eng aneinander und waren direkt an das Ilzufer gebaut. Es herrschte dichtes Gedränge, denn die

Fischer holten gerade ihre Netze ein. Der Geruch von feuchtem Schlick hing in der Luft, und das laute Geschrei einiger Möwen war zu hören, die über den Fischerbooten kreisten und auf Beute hofften. Fluchend scheuchten die Fischer die diebischen Vögel fort, während sie ihren Tagesfang sichteten. Teresa entdeckte Alfred zwischen einer Gruppe Säumer, die Getreidesäcke auf einem der Schiffe verstauten. Er redete eifrig auf einen dicklichen Mann ein, der, wie Teresa annahm, der Fährmann war. Sie gesellte sich zu den beiden.

»Nur zwei Leute, Hannes. Jetzt sei doch nicht so stur. Du bist doch sonst nicht so.«

Der Fährmann bemerkte Teresa und beäugte sie misstrauisch.

»Woher hast du die Kleine? Ist ja ganz niedlich, aber Gesindel wird in der Stadt nicht gern gesehen.«

Teresa wollte etwas erwidern, doch Alfred legte ihr beruhigend die Hand auf den Arm.

»Sie ist ein gutes Mädchen. Vendelsberg ist überfallen worden, und sie hat ihren Bruder verloren. Jetzt weiß sie nicht, wohin. «

Hannes' Blick wurde milder. Er zog seine Mütze ab, kratzte sich nachdenklich am Kopf und antwortete: »Schlimme Sache. Aber wo willst du mit ihr hin? Dienstboten und Mägde gibt es in Passau in Hülle und Fülle, arme Witwen und Waisen auch.«

»Sie kann mehr als Kinder hüten und das Haus versorgen. Richtige Kunstwerke kann die Kleine schnitzen. Komm, Mädchen, zeig es ihm.« Er sah Teresa auffordernd an.

Teresa griff in ihre Rocktasche und holte das Holzpferdchen hervor.

Alfred nahm es ihr aus der Hand. »Man kann sogar darauf pfeifen.« Er setzte es an die Lippen, und ein heller Pfiff erklang.

Die Augen des Fährmanns weiteten sich. Gierig griff er nach dem Spielzeug und ließ mehrmals den fröhlichen Pfiff erklingen.

Ungläubig schaute er von Alfred zu Teresa. »Und dieses kleine Kunstwerk hat wirklich das Mädchen geschnitzt?«

Alfred nickte. »Ich hab sie mit eigenen Augen schnitzen sehen. Ein richtiges Talent ist sie, das kann ich dir sagen.«

Hannes gab Teresa das Pferd zurück, und sie steckte es wieder in ihre Rocktasche.

»Was ist nun? Bringst du uns jetzt in die Stadt?«

Hannes prüfte noch einmal seine Ladung. »Meinetwegen. Wird schon gehen«, brummelte er und zog an seiner Pfeife. Tabakgeruch stieg Teresa in die Nase. »Am besten setzt ihr euch ans Heck, da liegen nicht so viele Säcke. Nicht, dass mir der Kahn noch absäuft.«

Alfred atmete erleichtert auf und schob Teresa auf das Holzboot.

Der Fährmann folgte ihnen, und wenige Minuten später trieben sie in die Mitte der Ilz, vorbei an der mächtigen Wehranlage, Feste Ober- und Unterhaus genannt, wie Alfred Teresa erklärte. Das Boot fuhr in die breitere Donau hinein, wo sich das schwarze Wasser der Ilz mit dem blauen der Donau vermischte. Der Himmel war inzwischen flammend rot geworden und die Sonne hinter den Hügeln verschwunden. Fasziniert bewunderte Teresa das abendliche Farbschauspiel auf der Wasseroberfläche.

»Bei wem willst du die Kleine denn unterbringen?«, erkundigte sich Hannes. »Vielleicht bei einem Schreiner, der eine Aushilfe gebrauchen kann. Leicht wird es gewiss nicht werden.«

»Nicht bei einem Schreiner«, erwiderte Alfred. »Ich dachte, sie könnte bei Thomas Stantler unterkommen, einem der Klingenschmiede. Er ist ein guter Freund von mir. Ihm ist letzte Woche einer seiner Gesellen davongelaufen, derjenige, der die Griffe schnitzt.«

Der Fährmann richtete das Ruder nach rechts aus. Das Boot steuerte auf die Donaulände zu, die außerhalb der Stadtmauern als Anlegeplatz für die Schiffe diente.

»Und du denkst, er wird ihr den Platz eines gestandenen Gesellen geben? Das wird die Zunft nie zulassen. Du weißt doch: Die Regeln sind streng.«

Teresa zuckte bei diesen Worten zusammen. Was hatte sie erwartet? Sie war eine Frau, und natürlich gab es hier Regeln, obwohl ihr das Wort Zunft nichts sagte. Sicher würde dieser Thomas Stantler sie fortschicken. Was würde dann in dieser fremden Stadt aus ihr werden? Plötzlich verloren die Türme und Zinnen der Stadt ihre Strahlkraft, und ihr Magen verkrampfte sich. Fröstelnd schlang sie die Arme um ihren Oberkörper.

Alfred bemerkte Teresas Unruhe. Aufmunternd zwinkerte er ihr zu und antwortete Hannes: »Er braucht jemanden, der ihm ordentliche Griffe schnitzt. Im Moment lässt er sie beim Schreiner machen, aber das wird auf die Dauer zu teuer. Sind alles Halsabschneider, hat er gesagt. Wenn er klug ist, nimmt er das Mädchen auf. Jede Zunft hat ihre Schlupflöcher. Irgendwie wird es schon gehen.«

Sie erreichten das Ufer. Hannes lief an den beiden vorüber und warf einem schmächtigen Burschen am Ufer ein Tau zu, das dieser geschickt auffing.

Alfred half Teresa beim Aussteigen, dann gab er Hannes einige Münzen. »Danke für die Überfahrt, mein Freund. Es wird schon alles gutgehen. Thomas ist ein netter Bursche. Wenn er ihr Talent sieht, wird er sie nicht fortschicken, dessen bin ich mir sicher.«

Der Fährmann winkte ab, während er das festgemachte Tau überprüfte und der Mautner näher trat, um die Ware zu begutachten.

»Du wirst schon wissen, was du tust«, antwortete er und wandte sich an den Mautner, der bereits die Getreidesäcke zu zählen begann. Alfred drehte sich zu Teresa um, die zwischen den vielen Knechten, Fischern, Händlern, Getreidesäcken und Weinfässern etwas verloren wirkte. Liebevoll nahm er sie bei der Hand und führte sie durch ein einfaches Wassertor auf den Fischmarkt. Teresa blieb abrupt stehen und schaute sich staunend um. Der Platz war voll von Marktständen, und der Dunst von frisch gebratenem Fisch hing in der Luft, der aus einer Bierhütte direkt an der Tormauer zu kommen schien. Fröhliches Geplauder vermischte sich mit den Rufen der Marktfrauen, die an den Marktständen ihren Fang anpriesen. Alfred reckte seine Nase in die Luft und schaute sehnsüchtig zu der Bierhütte, die auch Bratfischwinkel genannt wurde, hinüber.

»Dieser wohlige Geruch. Es geht doch nichts über einen frisch gebratenen Fisch und ein gutes Bier.«

Teresa war von der Fülle der Eindrücke überwältigt. Viele Menschen drängten sich zwischen den Ständen, die im Schatten eines mächtigen Gebäudes standen, dessen bunt bemalter Turm in den Himmel ragte – schöner als jeder Kirchturm, den Teresa jemals im Leben gesehen hatte.

»Ist schon etwas Besonderes, unser Fischmarkt, nicht wahr?«, fragte Alfred. Teresa nickte, während sie sich durch die Reihen der Stände schoben und Alfred genau erklärte, aus welchem Fluss welche Fische stammten. Die Hechte und Forellen kamen aus der Ilz, die mächtige Huche, die Barben und Waller aus den Wassern des Inns. Manchmal fanden sich sogar Störe in Inn oder Donau, die durch ihre Größe wie Ungeheuer zwischen den anderen Fischen wirkten.

Teresa verstand nicht alles, was er sagte. Ihr Interesse an Fischen hielt sich in Grenzen. Sie bedauerte das eine oder andere Tier, das in einem Holztrog dem Tod entgegenschwamm, und von den ungewohnt lauten Rufen der Marktfrauen schmerzten ihr schon bald die Ohren. Erst als sie in eine kleinere Gasse traten, die aufsteigend hinter dem Rathaus vom Fischmarkt wegführte, wurde es ruhiger, und Alfred verfiel in Schweigen.

Die eng aneinandergebauten Häuser, deren untere Geschosse meist aus Granit und Gneis gefertigt waren, raubten das letzte Licht des Tages, und es wurde kühl. Teresa zog ihren Umhang enger um ihre Schultern, während sie Alfred die Stufen den Hügel hinauf folgte. Es gab kleine Holzbalkone, verwinkelte Erker, gotische Mauerdachzinnen und Hinterhöfe, in denen Federvieh schnatterte. Ab und an meckerte eine Ziege, und ein Esel schaute sie traurig an, als sie an einem offenen Hoftor vorbeiliefen. Noch nie war Teresa in so einem beengten Ort ohne Baum und Strauch gewesen. Es gab keine freie Sicht auf den Horizont, und der Gestank der Aborte und Stallungen raubte ihr den Atem. Sie bogen in eine breitere Gasse ab, wo Alfred seine Schritte beschleunigte, so dass Teresa Mühe hatte, mitzuhalten. Immer wieder schreckte sie vor Fuhrwerken und Kutschen zurück, die rücksichtslos an ihr vorbeiratterten. Mägde und Knechte hetzten durch die Gasse, und Händler boten auf die unterschiedlichste Weise lautstark ihre Waren feil. Mal befanden sich ihre Geschäfte in Häusern, mal in kleineren Marktständen, oder sie verkauften direkt aus der Hand. Der verführerische Duft nach frisch gebackenem Brot, der aus einem Bäckerladen herüberzog, erinnerte Teresa schmerzlich daran, dass sie seit dem Morgenmahl nichts mehr gegessen hatte. Alfred trieb sie zur Eile an. Sie folgte ihm seufzend. Ein Stück weiter öffnete sich die Gasse zu einem weitläufigen Platz, auf dem viele hölzerne Verkaufsbuden standen.

»Ist der Kramplatz«, erklärte Alfred. »Allerlei Plunder wird hier feilgeboten.« Teresa beachtete seine Worte nicht. Auch die Holzbuden und das bunte Kramhaus nahm sie nicht wahr. Sie hatte nur Augen für das beeindruckende Gebäude dahinter. Eine hohe Kuppel mit bunten Glasfenstern und ein großer mächtiger Turm dominierten den hinteren Teil des Platzes. Ehrfürchtig bestaunte sie die geschwungenen Bögen, die Bilder in den Fenstern und die prachtvollen Patrizierhäuser neben dem einzigartigen Kirchenbau.

Alfred ließ sie für einen Moment gewähren.

»Was für eine Schönheit«, murmelte Teresa.

»Ja, unser Passau ist schon eine schöne Stadt. Dank dem ehrenwerten Herrn Bischof«, bestätigte Alfred.

»Nur ein Mal in eine solche Kirche gehen dürfen«, murmelte Teresa.

»Oh, das ist keine Kirche«, widersprach Alfred, den Teresas Begeisterung angesteckt hatte. Wie oft war er schon über diesen Platz gelaufen. Der Anblick des Doms war für ihn alltäglich geworden, doch jetzt nahm auch er seine Schönheit wieder wahr.

»Es ist ein Dom. Der Dom zu Passau. Nur Städte mit einem Bischof dürfen ein Gotteshaus so benennen.«

Teresa ging wie hypnotisiert auf die große Kuppel zu.

»Ein Dom. Kirche wäre auch nicht das passende Wort für so eine Pracht gewesen.«

Alfred wollte ihr folgen, doch ein vorbeifahrendes Pferdefuhrwerk hinderte ihn daran. Er sprang erschrocken zurück, als die Räder nur knapp vor ihm übers Pflaster ratterten.

»So pass doch auf«, fluchte der Fuhrmann, die Faust erhoben.

Teresa stand direkt vor dem hinteren Eingang zum Dom, der in die Sakristei führte. Alfred beobachtete sie kopfschüttelnd. Das Mädchen barg immer neue Überraschungen. Er legte ihr die Hand auf die Schulter. Sie schien es gar nicht zu bemerken.

»Bestimmt kannst du ihn mal von innen ansehen. Aber jetzt müssen wir weiter. Die Dunkelheit bricht bald herein, und dann sind die Gassen nicht mehr sicher.«

Teresa reagierte noch immer nicht. Wie verzaubert schaute sie auf das Gotteshaus. Eine so große Kirche, um den Herrn zu preisen, dachte sie. Wenn sie darin für ihren Bruder beten würde, dann würde Gott sie bestimmt erhören, und alles würde gut werden. Ein Gebet, das in solch einem Dom gesprochen wurde, war sicher mehr wert als das in einer einfachen Kapelle.

Alfred wurde ungeduldig und griff nach Teresas Hand.

»Komm jetzt, Mädchen. Der Dom läuft dir nicht fort. Aber unser Gastgeber wird unwirsch, wenn wir in der Dunkelheit eintreffen. Am Ende öffnet er uns nicht mehr die Tür.«

Er zog Teresa mit sich die Gasse hinunter.

Wenig später betraten sie durch ein großes Spitzbogentor das Haus des Klingenschmieds. Neugierig schaute sich Teresa um. Der geräumige Flur war von zwei rußgeschwärzten Kreuzjochen überspannt, im hinteren Bereich führte eine Treppe neben der geöffneten Hintertür in die oberen Stockwerke. Geräusche aus der Werkstatt drangen an ihr Ohr, und Rauchgeruch hing in der Luft. Teresa wurde plötzlich unruhig. Die Worte des Fährmanns fielen ihr wieder ein, und sie griff nach Alfreds Hand.

»Und was machen wir, wenn er mich nicht haben will? Was ist, wenn der Fährmann recht hat? Ich möchte nicht, dass wegen mir gegen Regeln verstoßen wird.«

Alfred tätschelte beruhigend ihre Schulter. »Lass mich nur machen. Hannes jammert gern. Wenn Thomas erst sieht, wie talentiert du bist, wird er bestimmt eine Lösung finden.«

Er bedeutete ihr, im Flur zu warten, und betrat die Werkstatt des Klingenschmieds. Sofort verstummten die klirrenden Schläge, und er wurde freudig begrüßt. Teresa atmete tief durch und wischte sich die schweißnassen Hände an ihrem Rock ab. Erst jetzt fiel ihr auf, wie schmutzig dieser war. Überall waren braune Flecken, am unteren Saum prangte sogar ein Loch. Wie sollte sie in diesem Aufzug einen guten Eindruck machen? Sie sah wie ein heruntergekommenes Bettelweib aus. Ihr Blick blieb an der geöffneten Hintertür hängen. Vielleicht gab es ja dort draußen eine Möglichkeit, sich zu reinigen. Nur kurz über den Rock wischen und Hände und Gesicht waschen. Das würde schon genügen. Lautes Lachen war aus der Werkstatt zu hören. Sie zögerte noch einen Moment, dann durchquerte sie schnellen Schrittes den Flur, trat nach draußen und blieb ruckartig stehen. So einen Hinterhof hatte sie noch nie im Leben gesehen. Mit offenem Mund bewunderte sie die von Efeu umrankten Arkadengänge, die den Innenhof umschlossen und über mehrere Stockwerke führten. Langsam trat sie in die Mitte des Hofes und begann, sich im Kreis zu drehen. Auch in Berchtesgaden hatte es prachtvolle Höfe gegeben, doch keiner von ihnen hatte so viele Stockwerke und so wunderschöne, von Efeu umrankte Arkaden mit Rundbögen besessen. Der Boden des Hofes war gepflastert, jedoch wuchs zwischen den Steinen Gras und Unkraut. Holz war neben einem Schuppen aufgestapelt, daneben lehnte ein Wagenrad an der Wand. Das laute Lachen zweier Jungen drang von der Gasse herein und ließ Teresa zusammenzucken. Sie entdeckte einen steinernen Trog, der in der hinteren Wand des Hofes eingelassen war, und erinnerte sich daran, warum sie nach draußen gelaufen war. Eilig steckte sie die Hände in das kalte Wasser, wusch sich das Gesicht, befeuchtete ihren Ärmel und versuchte, notdürftig ihr Kleid zu reinigen, was nicht so recht gelingen wollte. Die braunen Flecken schienen nur noch größer zu werden. Enttäuscht ließ sie irgendwann die Hände sinken.

»Was machst du hier?«, fragte jemand. Teresa wandte sich um. Eine junge Magd stand vor ihr und beäugte sie misstrauisch.

»Ich bin mit …« Sie wusste nicht weiter. Plötzlich war sie vollkommen verunsichert. Was sollte sie dem Mädchen sagen? Dass sie sich nur mal eben die Hände waschen wollte, um einen guten Eindruck zu machen? Die Magd blickte Teresa herausfordernd an.

»Wie kommst du überhaupt hier rein? Bettler und Gesindel haben hier nichts zu suchen. Sieh zu, dass du fortkommst, bevor ich den Herrn hole.«

Teresa wollte etwas erwidern, doch in dem Moment trat Alfred auf den Hof. Erleichtert seufzte er auf, als er seinen Schützling erblickte.

»Hier steckst du. Ich habe dich schon gesucht. Thomas möchte mit dir reden.«

Er griff nach Teresas Hand und zog sie zurück ins Haus. Verdutzt schaute die Magd hinter den beiden her. Alfred führte Teresa in die Werkstatt des Klingenschmieds.

Hitze schlug ihr entgegen, und sie rang nach Atem. Decke und Wände waren verrußt, überall lagen oder hingen halb fertige Klingen, und neben der offenen Feuerstelle stand ein klobiger, bis zum Rand mit Wasser gefüllter, steinerner Trog. Ein großer Blasebalg hing an der Wand, daneben lagen unterschiedlich große Schmiedeeisen und Hämmer auf einer Werkbank unterhalb eines vollkommen verdreckten Fensters. Ein Mann bearbeitete an einem Amboss ein glühendes Stück Metall. Alfred und Teresa beobachteten ihn schweigend bei der Arbeit. Er faltete das Eisen, schlug es mit dem Hammer flach, und faltete es erneut. Er drehte es immer wieder um, besah es von allen Seiten und faltete es weiter. Dazwischen hielt er das Eisen immer wieder in die heiße Glut, aus der er es nach kurzer Zeit wieder herausnahm. Der Klingenschmied gefiel Teresa auf den ersten Blick. Die Art, wie er das Eisen drehte, und die Genauigkeit seiner Schläge zeigten deutlich, wie gut er sein Handwerk verstand. Er war mittleren Alters, hatte blondes, kurz geschnittenes Haar und war kräftig gebaut. Er trug eine lederne Schürze.

Zischend stieg heißer Dampf auf, als er das Eisen ins Wasser steckte. Teresa wich einen Schritt zurück. Der Mann legte die abgekühlte Klinge auf den Tisch unter dem Fenster und drehte sich um. Abwertend schaute er Alfred und Teresa an.

»Was willst du noch hier, Alfred? Ich habe dir gesagt, dass ich das Mädchen nicht aufnehmen kann. Das hier ist kein Ort für eine Frau.«

Seine harten Worte trafen Teresa bis ins Mark. Wieso war der Mann so ungehalten? Er kannte sie doch gar nicht und bildete sich ein Urteil über sie, ohne gesehen zu haben, was sie konnte.

»Ich dachte, wenn du das Mädchen erst einmal siehst, und ihre Arbeit …«

»Du willst es nicht begreifen«, unterbrach der Klingenschmied ihn und stützte seine Hände auf den Tisch. »Sie ist ein halbes Kind, und ein Mädchen noch dazu. Frauen sind nicht zum Schnitzen gemacht. Keine Zunft der Welt würde akzeptieren, dass sie die Messergriffe für mich herstellt. Auch wenn sie es gut kann, was ich ehrlich gesagt bezweifle. Es ist gegen die Regeln.«

Alfred wollte etwas erwidern, doch Teresa hielt ihn am Arm zurück. Sie hatte verstanden. Mit Worten war dieser Mann nicht zu überzeugen. Sie griff in ihre Rocktasche, holte das Holzpferd heraus und hielt es dem Klingenschmied hin.

»Mein Vater hat mir das Schnitzen beigebracht«, sagte sie. »Er hätte es auch lieber gesehen, wenn mein Bruder geschnitzt und das Talent geerbt hätte, aber ich bin diejenige gewesen, die schon als Kind in der Werkstatt gestanden und jeden Winter mit ihm geschnitzt hat. Ihm war es gleichgültig, dass ich ein Mädchen bin. Für ihn zählten weder Zunft und Regeln noch das Gerede der Leute.«

Tränen traten ihr in die Augen. Thomas Stantler schaute auf das Pferdchen in ihrer Hand. Teresa machte einen weiteren Schritt auf ihn zu.

»Alles, was ich kann, was ich bin, ist das Schnitzen. Mir ist meine Heimat geraubt und meine Familie genommen worden. Aber das Schnitzen und mein Talent kann mir niemand nehmen, denn es ist im Herzen.« Sie legte ihre Hand auf die Brust. »Ich habe Euch beobachtet«, Thomas Stantler nahm ihr das Holzspielzeug aus der Hand. »Ihr bearbeitet das Metall mit Leidenschaft, mit Gefühl und unglaublicher Genauigkeit. In Euren Augen steht derselbe Ausdruck wie in den Augen meines Vaters.« Thomas Stantler schaute hoch. Schweigend standen sie sich eine Weile gegenüber. Nur das Feuer knackte ab und an, ansonsten war es still im Raum. Auch Alfred wagte es nicht, zu atmen. Hier waren zwei Menschen aufeinandergetroffen, die einander verstanden.

Der Klingenschmied brach als Erster das Schweigen. Er gab Teresa das Holzpferd zurück. Ihre Finger berührten sich kurz. Er bemerkte die Schrammen und Narben an ihren Händen, atmete tief durch und schüttelte den Kopf.

»Ich würde dich gern aufnehmen, aber es geht nicht. Ein Mädchen kann niemals die Arbeit eines Gesellen erledigen. Es tut mir leid.«

Teresa nahm seine Antwort enttäuscht hin. Immerhin hatte sie versucht, ihn umzustimmen.

Alfred legte ihr tröstend die Hand auf die Schulter.

»Wir müssen uns mit deiner Entscheidung abfinden. Können wir trotzdem für diese Nacht bei dir bleiben. Morgen früh lässt es sich leichter überlegen, wie es weitergeht.«

Thomas Stantler schaute von ihm zu Teresa. Er hatte Tränen erwartet, aber das Mädchen wirkte gefasst.

»Natürlich. Betrachtet euch für heute Abend als meine Gäste. Bei Tageslicht sehen viele Dinge anders aus. Sicher wird sich eine Bleibe für das Mädchen finden.«

Wenig später saß Teresa – eine kleine Schüssel mit Gemüsesuppe vor sich – in der gemütlichen Wohnküche des Klingenschmieds und beobachtete die Köchin dabei, wie sie für ihren Herrn und Alfred das Essen richtete.

»Wenn er mir gesagt hätte, dass er Besuch erwartet, dann hätte ich mehr Gemüse und ein gutes Stück Fleisch eingekauft, damit die Brühe nach etwas schmeckt. Auch frisches Brot hätte ich backen können. Jetzt muss ich die alten Reste von gestern auftischen.«

Teresa ließ den Löffel sinken. Ihr Magen war wie zugeschnürt. Die Köchin, die Burgi gerufen wurde, weil Waldburga allen zu lang war, blieb – die Hände in die Hüften gestemmt – vor ihr stehen. Teresa setzte eine schuldbewusste Miene auf. Burgi machte ihr ein wenig Angst, denn ihre Gesichtszüge ähnelten einer Stuckfratze, die in Berchtesgaden an der Hausecke des Nachbarhofs gehangen hatte. Die Köchin war pausbackig, hatte kleine Kulleraugen, eine dicke Knollennase und ein großes Muttermal auf der Wange, aus dem einige Haare wuchsen.

»Isst ja gar nix. Schmeckt es dir nicht?« Ihr Ton war barsch. Schuldbewusst hob Teresa den Löffel und begann zu löffeln.

»Doch, doch«, nuschelte sie, »es schmeckt sehr gut. Ich bin nur nicht sonderlich hungrig.«

Argwöhnisch blickte Burgi sie an. Sicher würde jetzt gleich etwas Abwertendes kommen, dachte Teresa. Eine Waise hatte Hunger zu haben. Immerhin war der Klingenschmied so großzügig und gab ihr etwas zu essen. Doch die Miene der Köchin veränderte sich. Mitleid stand plötzlich in ihrem Blick. Sie setzte sich Teresa gegenüber und wischte sich die Hände an ihrer Schürze ab.

»Nebenan wohnt die Kati. Ganz oben, unter dem Dach, in einer Kammer, die nur halb so groß ist wie dieser Raum. Sie hat drei Kinder, davon ist eines eben erst geboren. Ich hab dem Herzchen auf die Welt geholfen. War eine harte Nacht, das kann ich dir sagen.« Teresa beeilte sich zu nicken. Sie verstand zwar nicht, was die Kati mit ihrem Appetit zu tun hatte, aber vielleicht würde sich das gleich aufklären.

»Sie ist genauso wie du gekommen. Nur eben guter Hoffnung und mit den Bälgern, die keiner haben will. Aber der Moosbacher Toni hat sie aufgenommen. Ein feiner Kerl ist das, das kann ich dir sagen. Wo soll eine Witwe auch hin in diesen Zeiten? Sie hält sich mit Näharbeiten über Wasser. Manchmal steck ich ihr was zu, ist ja genug da. Auch heute habe ich ihr von der Suppe gebracht, damit sie nicht vom Fleisch fällt. Muss ja auch noch das Kindchen ernähren, das ständig an ihrer Brust hängt. Von den drei anderen rede ich erst gar nicht.«

Teresa verstand. Wenn sie nicht gekommen wären, dann wäre die Suppe dicker gewesen. So hatte Burgi sie mit Wasser strecken müssen, damit nicht auffällt, dass sie etwas unterschlagen hatte.

»Aber es ist eben, wie es ist«, redete die Köchin weiter. »Da draußen herrscht Krieg. Soll bald eine große Schlacht in Böhmen geben. Die Männer spielen die Helden, und wir Frauen bleiben allein zurück. Die Kinder verhungern, die Witwen jammern, und so junge Dinger, wie du eines bist, wissen nicht, wohin sie sollen. Da ist es doch wichtig, dass wir füreinander sorgen. Wenigstens ein wenig, oder?«

Teresa wusste nicht, was sie erwidern sollte. Burgi legte ihr die Hand unters Kinn und musterte ihr Gesicht.

»Bist ein hübsches Ding, allein und ohne Kinder. Wäre ja gelacht, wenn du nicht irgendwo unterkommen würdest. Ich kann den Herrn nicht verstehen. Für einen mehr würde es auch noch reichen, und anpacken kannst du anscheinend auch.« Sie deutete auf Teresas Hände.

Teresa schob die Schüssel von sich. Die Freundlichkeit der Köchin schnürte ihr noch mehr den Magen zu, und plötzlich traten ihr Tränen in die Augen. Sie wischte sie schnell ab, doch Burgi hatte sie gesehen. Liebevoll tätschelte sie Teresas Hand.

»Wird schon werden, Kindchen. Ich werde mich morgen mal umhören. Wäre doch gelacht, wenn wir für dich keine Anstellung finden würden.«

Teresa zog die Nase hoch und zwang sich zu einem Lächeln. Burgi schob Teresas Suppenschüssel wieder näher zu ihr hin. »Aber jetzt iss noch ein wenig, mir zuliebe.« Dann stand sie auf, schnitt das aufgebackene Brot in Scheiben, legte es neben die gut gefüllten Suppenschüsseln auf ein großes Tablett und verließ ohne ein weiteres Wort den Raum.

Als die Köchin verschwunden war, lehnte sich Teresa zurück, schloss die Augen und atmete den anheimelnden Duft ein, der sie an zu Hause erinnerte.

Plötzlich sah sie ihre Mutter in der heimischen Küche am Herd stehen, wie immer vor sich hin summend. Wehmut breitete sich in ihr aus. Niemals wieder würde sie ihrer Mutter lauschen und in der wohligen Wärme der alten Bauernküche unter der niedrigen Holzdecke sitzen. Sie öffnete die Augen. Hier gab es keine niedrige Decke aus Holz, sondern zwei steinerne Kreuzjoche überwölbten den Raum, und die Wände waren grau. Allerlei Schüsseln und Schalen stapelten sich auf einem langen Regal, das neben dem schmiedeeisernen Ofen an der Wand befestigt war. Getrocknete Kräuter hingen von der Decke herab. Hier war sie nicht zu Hause, dachte Teresa. Trotz der Wärme des Ofens begann sie zu frösteln. Der Raum verlor seine Vertrautheit, und sie wollte nur noch fort. Hastig eilte sie in den von einer Öllampe notdürftig erhellten Flur. Kühle Luft wehte durch die geöffnete Hintertür in den Raum. Sie trat nach draußen, und die kalte Herbstluft raubte ihr für einen Moment den Atem. Trotz der Kälte setzte sich Teresa auf eine der beiden Steinstufen, die zur Hintertür führten, lehnte den Kopf gegen den Türrahmen und schaute zum Mond hinauf, der – umschlossen von den dunklen Hauswänden – kaum zu erkennen war. Zu Hause hatte der Mond frei über den Bergen gestanden und die Welt in silbernes Licht getaucht. Plötzlich dachte sie an den nahen Fluss. Sicher würde das Mondlicht auf dem Wasser wunderhübsch aussehen, fast ein wenig wie in den Bergen.

Ihr Blick wanderte zum Hoftor. Zum Fluss war es nicht weit. Sicher würde es niemandem auffallen, wenn sie für eine Weile fort war. Nur kurz aus diesem finsteren Innenhof entfliehen, um das Licht zu sehen und sich ein wenig frei zu fühlen, das wäre bestimmt möglich. Sie stand auf, schaute noch einmal zum Haus, in dem nur noch ein Fenster erhellt war. Dann überquerte sie rasch den Hof und schlüpfte durch das Tor.

Sie folgte der Gasse in die Richtung, aus der sie gekommen waren. Diffus erhellte das Mondlicht Winkel, Ecken und Hinterhöfe. Zwei Ratten flohen in einen Mauerspalt. Der Ruf des Nachtwächters verkündete unweit von ihr die zehnte Stunde, und fröhliche Musik drang aus einer hell erleuchteten Schenke. Irgendwann stand sie wieder vor dem großen Dom, der in der Dunkelheit eher bedrohlich als einladend wirkte. Sie ging an ihm vorbei und bog ein Stück weiter in eine schmale Gasse ab. Treppen führten sie bis zu einem kleinen schmiedeeisernen Tor in der Stadtmauer, das nicht verschlossen war. Sie öffnete es vorsichtig, schlüpfte hindurch und trat ans Ufer des Inns. Auf der anderen Seite standen die Häuser der Innstadt dicht an dich. Die dahinterliegenden Hügel wurden vom Mond in ein silbernes Licht getaucht, genau so, wie sie es sich gewünscht hatte. Sie ließ ihren Blick über das schimmernde Wasser bis zur nahen Brücke schweifen. Unweit von ihr schaukelten einige Boote im Wasser, niemand war zu sehen. Eine sanfte Brise wirbelte ihren Umhang in die Höhe. Sie zog ihn enger um sich, trat näher ans Ufer heran und suchte mit den Augen die Böschung ab. Nach einer Weile hatte sie gefunden, wonach sie gesucht hatte. Sie hob einen flachen Stein auf, ließ ihn über die Wasseroberfläche springen und schaute auf die weiten Kreise, die er zog. Wie oft hatte sie dieses Spiel mit Rupert am heimischen Weiher gespielt. Er war stets besser als sie gewesen. Einmal hatte er es sogar geschafft, einen Stein von dem einen zum anderen Ufer springen zu lassen. Doch dieser Fluss wäre auch für ihn zu breit gewesen. Sie hob einen weiteren Stein auf und warf ihn ins Wasser. Eine Gruppe Enten saß unweit von ihr, die Köpfe ins Gefieder gesteckt. Eines der Tiere hob den Kopf und schaute in ihre Richtung. Langsam kroch die abendliche Kühle unter Teresas Kleidung und ließ sie frösteln. Trotzdem dachte sie nicht daran, zurückzugehen. Hier gab es kein vertrautes Zuhause, das auf sie wartete. Nicht willkommen war sie in diesem Haus, in dieser Stadt, die sie eben noch königlich mit dem rotgoldenen Licht des Abends empfangen hatte. Sie schlug die Arme um ihren Oberkörper. So sehr wünschte sie sich plötzlich die Nähe ihres Bruders und das vertraute Lager mit dem Blick auf die Berge. Doch was war ihr Kummer gegen den ihres Bruders, der in der Hölle dem Teufel ausgeliefert war. Ihr Blick blieb an einer hölzernen Brücke hängen. Und wenn sie ihm einfach folgen würde? Wer wollte sie in dieser Welt überhaupt haben, in der sie nur noch eine Belastung und wertlos war? Sie ging langsam am Ufer entlang, die Brücke fest im Blick. Wenn sie sich umbringen würde, dann würde sie nicht in den Himmel kommen und ihren Bruder wiedersehen. Hatte sie es nicht ebenso verdient, im Fegefeuer zu enden wie er? Ihretwegen hatte er den teuflischen Zettel gekauft, um ihr zu beweisen, dass er sie beschützen konnte, dass er nicht feige war.

Sie lief in die Mitte der Brücke und blieb am Geländer stehen. In ihrer Verzweiflung schrie sie ihre Gedanken laut über den Fluss.

»Hörst du! Du bist nicht feige gewesen. Ich wollte das nicht. So hör mich doch!«

Ihre Stimme brach. Sie schloss die Augen, klammerte sich am Brückengeländer fest und schaute in die Tiefe, auf die im Mondlicht schimmernden Wellen, die sie gleich verschlingen und ihr das Leben rauben würden. Dann wäre es vorbei, und Rupert wäre endlich wieder bei ihr.

Doch unvermittelt drang eine Stimme an ihr Ohr. »Also, ich würde nicht springen, solltest du gedenken, das zu tun.«

Sie schaute hoch und erkannte die Umrisse einer Gestalt, die langsam näher kam.

»Du musst keine Angst haben. Beruhige dich. Nichts kann so schlimm sein, dass es sich dafür zu sterben lohnt.«

»Was geht dich das an?«, antwortete Teresa, überrascht darüber, wie forsch ihre Stimme klang.

Der Mann hob beschwichtigend die Hände. »Es geht mich sehr wohl etwas an, wenn sich ein junges Mädchen vor meinen Augen in den Fluss stürzen möchte.« Seine Stimme klang warm, schmeichelnd und freundlich. Er streckte ihr die Hand hin.

»Bitte, tu es nicht.«

Teresa schaute noch einmal in die Tiefe. Der Mann nutzte den Moment aus, trat neben sie und zog sie hastig vom Geländer weg. Zuerst wehrte sie sich gegen ihn, doch dann ließ ihre Gegenwehr nach, und sie begann zu weinen.

»Er ist tot, verstehst du?«, sagte sie mit erstickter Stimme.

Langsam führte er sie von der Brücke herunter. Sie spürte seine Wärme, sein nach Wein riechender Atem streifte ihre Wangen. Mit jedem Schritt beruhigte sie sich ein wenig, und in ihrem Magen begann es zu kribbeln.

»Kann ich dich loslassen?«, fragte er, als sie das Ufer erreicht hatten. Sie bejahte, löste sich aus seiner Umarmung und musterte ihren Retter genauer.

Im fahlen Licht des Mondlichts erkannte sie nur vage seine Gesichtszüge, doch der Stimme nach schien er eher jünger zu sein.

»Es tut mir leid. Ich wollte nicht …«

Er legte den Zeigefinger auf die Lippen. »Dass du das nicht wolltest, ist mir durchaus bewusst. Mir musst du nichts erklären. Ich bin nur froh darüber, dass du nicht gesprungen bist.« Er deutete auf ihr Kleid. »Du bist viel zu dünn angezogen und frierst.« Er öffnete seinen Umhang und legte ihn Teresa um die Schultern. »Wo wohnst du? Ich würde dich gern nach Hause begleiten, wenn ich darf.«

Teresa wusste nicht, wie ihr geschah. So viel Fürsorge war sie nicht gewohnt. Sie überlegte kurz, ob sie begleitet werden wollte, und blickte zu dem kleinen Tor in der Stadtmauer. Es wirkte wie ein finsteres Loch, das in eine unbekannte Welt führte. Würde sie überhaupt allein zurückfinden? Ohne auf den Weg zu achten, war sie durch die dunklen Gassen gelaufen. Der Mann sah sie abwartend an. Würde er auch so reagieren, wenn er sie bei Tageslicht sehen könnte, überlegte sie. Dann würde er ihr schäbiges Kleid bemerken, in dem sie wie eine Bettlerin wirkte. Oder war sie nicht schon eine Bettlerin? Sie sah das Gesicht des

Klingenschmiedes vor sich. Er wusste, dass sie das Schnitzen beherrschte, und trotzdem schickte er sie fort. Am Ende würde sie morgen Abend wieder hier stehen, ohne ein Zuhause und ohne Zukunft, und doch noch von der Brücke springen.

Ihr Gegenüber wurde unruhig. Teresa bemerkte erst jetzt, wie unhöflich ihr Schweigen war.

»Er ist Klingenschmied, Thomas Stantler, mehr weiß ich nicht. Wir sind Gäste in seinem Haus.« Ungebetene Gäste, die er am liebsten gleich wieder hinausgeworfen hätte, fügte sie in Gedanken hinzu.

»Thomas Stantler«, wiederholte der Mann. »Er wohnt in der Klingergasse. Das ist nicht weit von hier. Ich bringe dich hin.« Er legte fürsorglich den Arm um Teresa, führte sie zu dem winzigen Tor in der Stadtmauer und öffnete die schmiedeeiserne Tür.

»Mein Name ist übrigens Christian, und deiner?«

Teresa nannte ihren Namen. Sie wollte es sich nicht eingestehen, aber die Wärme seines Körpers tat ihr gut. Instinktiv schmiegte sie sich in seinen Arm. Während sie schweigend durch die leeren Gassen liefen, begann sie sich darüber zu wundern, warum der junge Mann sie nicht nach dem Grund für ihren geplanten Sprung ins Wasser gefragt hatte. Als sie wenig später vor dem Haus des Klingenschmieds eintrafen, standen sie sich eine Weile schweigend gegenüber. Teresa wusste nicht so recht, was sie sagen sollte. Am liebsten hätte sie sich niemals wieder aus seinem Arm gelöst.

»Wie lange wirst du bleiben?«, fragte er plötzlich. Teresa zuckte zusammen. Es kam ihr vor, als hätte er durch seine Frage eine Art Zauber gebrochen.

»Ich weiß nicht«, antwortete sie zögernd, nahm wehmütig seinen Umhang ab und gab ihn zurück. Er legte ihn um seine Schultern.

»Vielleicht sehen wir uns wieder«, sagte er. Etwas Hoffnungsvolles lag in seiner Stimme, und ihr Herz begann schneller zu schlagen.

»Vielleicht«, erwiderte sie leise. »Vielen Dank für die Begleitung.«

»Stets zu Diensten.« Er salutierte vor ihr. Sie lächelte, und das Kribbeln in ihrem Magen verstärkte sich.

»Und halte dich von der Brücke fern. Ich kann nicht immer in der Nähe sein, um ein Unglück zu verhindern.«

Teresa nickte. »Das mache ich. Fest versprochen.«

Er trat einen Schritt auf sie zu. Plötzlich war sein Gesicht ganz nah vor dem ihren. Sie konnte seinen Atem auf der Haut spüren. »Und nicht mehr traurig sein, was auch immer der Grund dafür ist. So ein hübsches Mädchen wie du sollte nicht weinen.« Er wich zurück, verbeugte sich noch einmal, wünschte ihr eine gute Nacht und lief die Gasse hinunter, bevor sie noch etwas erwidern konnte.

Verdutzt schaute Teresa ihm nach. Ihre Haut kribbelte, in ihrem Magen rumorte es, und ein unsagbares Glücksgefühl breitete sich in ihr aus. Es war, als hätte der junge Fremde all ihren Kummer wie mit Zauberhand verschwinden lassen. Sie öffnete das Hoftor und schlüpfte in den Innenhof. Wenn es doch nur eine Möglichkeit gäbe, hierzubleiben, dachte sie wehmütig, dann würde sie ihn vielleicht wiedersehen. Ihr Blick fiel auf den Holzstapel neben dem Schuppen. Plötzlich hatte sie eine Idee. Schnellen Schrittes ging sie auf das Holz zu und suchte sich einen etwas schmaleren Scheit heraus. Sie musste Thomas Stantler zeigen, dass sie wirklich schnitzen konnte, vielleicht würde sie dann doch bleiben dürfen. Sie zog ihr Schnitzmesser aus ihrer Rocktasche, und noch während sie zurück ins Haus ging, fielen die ersten Holzspäne zu Boden.

Kapitel 5

Thomas Stantler stand am Fenster seiner Kammer und blickte über die von grauem Nebel eingehüllten Dächer der Stadt. Lang hatte er am gestrigen Abend über Teresa nachgedacht. In ihren Augen hatte die Hoffnung gestanden, dass durch ihn alles gut werden würde, doch er musste sie enttäuschen. Ihr Blick hatte ihn tief getroffen. Er wusste, wie sich Verlust anfühlte, da seine Gattin letztes Jahr in seinen Armen gestorben war. Voller Freude hatte er sie herumgewirbelt, als sie ihm von der bevorstehenden Geburt ihres ersten Kindes berichtet hatte. Doch das Schicksal hatte es anders gewollt. Ihr Bauch hatte sich noch nicht wirklich unter ihrem Kleid gewölbt, als sie stark zu bluten begonnen hatte. Auch die eilig herbeigerufene Hebamme konnte sie nicht mehr retten. Immer schwächer war sie geworden, und alle Farbe war aus ihrem zarten Gesicht gewichen. Er hatte sie gehalten, ihren Kopf in seinen Schoss gebettet und sie bis zu ihrem letzten Atemzug gestreichelt. Der Schmerz über ihren Verlust hatte sich grausam in seinen Körper gebohrt und war geblieben. Niemals wieder würde er einen Menschen so sehr lieben wie sie. Sie waren einander bereits als Kinder versprochen worden. Stets war sie in seiner Nähe gewesen. Mit den Jahren war aus dem blonden, pausbäckigen Mädchen eine hübsche und selbstbewusste Frau geworden. Seine Gattin, die zugleich Gefährtin, Vertraute und Geliebte für ihn gewesen war.

Er knöpfte langsam sein Hemd zu und steckte es in die Hose. Teresa erinnerte ihn schmerzhaft an Marie. Warum, das konnte er nicht sagen, denn äußerlich ähnelten sich die beiden Frauen kaum. Marie war blond und blauäugig gewesen, während Teresas Haar und Augen braun waren. Vielleicht war es die Art, wie sie ihm gestern voller Stolz entgegentrat. Auch seine Marie war stets selbstbewusst durchs Leben gegangen, das Herz auf dem rechten Fleck. Das kleine Holzpferd war eine großartige Arbeit, doch die Regeln der Zunft verboten ihm, Teresa zu beschäftigen. Regeln, die er schon oft verflucht hatte, die es aber zu achten galt, denn sie waren wichtig, hielten sie doch das Ganze zusammen. Er wandte sich seufzend vom Fenster ab, griff nach seiner ledernen Schürze und verließ schweren Herzens den Raum. Er würde sie gehen lassen müssen, ob er wollte oder nicht.

Als er seine Werkstatt betrat, war etwas anders als sonst. Auf dem Tisch brannte eine Talgkerze, und an der Werkbank saß eine Gestalt, den Kopf auf die Arme gelegt, und schlief. Langsam trat er näher und erkannte Teresa. Im dämmrigen Licht des Morgens musterte er ihr Gesicht. So viel Weichheit lag in ihren feinen Zügen. An ihrem Kinn erkannte er ein kleines Grübchen, ihre Wangen waren gerötet, und einige Haarsträhnen fielen ihr in die Stirn. Die Kerze war bereits weit heruntergebrannt, gleich würde sie ausgehen. Neben ihr auf dem Tisch lag ein Schnitzmesser. Erst jetzt fielen ihm die vielen Holzspäne auf dem Boden auf. Neben dem Schnitzmesser lag eine weitere Klinge, die er sofort als sein Werkzeug erkannte. Fassungslos schaute er auf den Holzgriff. Er nahm das Messer und strich bewundernd über den Griff. Er war länglich geschnitzt und lag gut in der Hand. Die Kanten waren abgerundet, und sogar eine Riffelung schmückte den oberen Rand. Er war ein kleines Meisterwerk, geschnitzt in nur einer Nacht. Er wäre vollkommen verrückt, wenn er sie fortschicken würde. So eine Arbeit bekam er beim Schreiner nicht in zwei Tagen. Was würde sie erst für Kunststücke erschaffen, wenn sie mehr Zeit bekäme? Die Talgkerze erlosch. Nur noch das schummrige Licht des Herbstmorgens erfüllte den Raum. Schweigend beobachtete er Teresa beim Aufwachen. Sie richtete sich stöhnend auf, streckte die Arme in die Höhe und schaute sich um. Als sie ihn bemerkte, zuckte sie erschrocken zurück.

»Es tut mir leid, ich ...« stammelte sie.

Er hob beruhigend die Hände. »Ich wollte dich nicht erschrecken.« Teresas Blick fiel auf das Messer in seiner Hand. »Eine gute Arbeit«, erklärte er. Sie nickte wortlos.

Er strich mit der Fingerspitze über den Griff. Teresa schaute ihn abwartend an.

»Wir werden eine Lösung finden«, sagte er. »So viel Talent darf nicht vergeudet werden.«

Teresa schlüpfte in den Rock, der auf ihrer neuen und ordentlich zurechtgemachten Bettstatt lag. In der ihr zugewiesenen Kammer war es wegen des Laubengangs vor dem Fenster düster. Trotzdem war sie guter Dinge, atmete die Gerüche von Kernseife und Lavendel tief ein und ließ ihren Blick zu dem kleinen Tisch unter dem Fenster schweifen, auf dem allerlei Krimskrams lag: eine Haarbürste, einige bunte Bänder, verschieden große Garnrollen, ein Handspiegel, zwei Kopftücher und sogar eine Kette mit bunten Holzperlen. Daneben hingen einige Kleidungsstücke an einer Wäscheleine, die Magda, ihre neue Mitbewohnerin, quer durch den Raum gespannt hatte. Die Leine ersetzte anscheinend den fehlenden Schrank. Vorsichtig berührte Teresa die Holzkette. Vor ihrem inneren Auge tauchten die fröhlichen braunen Augen von Kaspar Eggli auf, der so viele solcher Ketten auf seinem Karren gehabt hatte. Was aus ihm geworden war, konnte sie nur erahnen. Sie ließ die Hand sinken. Magda betrat den Raum, stellte sich wie selbstverständlich hinter Teresa und band ihr eine Schürze um die Taille. »Burgi hat mir die Schürze gegeben. Damit das Kleid besser sitzt.«

Ihre Stimme und Berührung holten Teresa in die Wirklichkeit zurück. Die Magd, die kaum älter als sie selbst war, musterte ihre neue Mitbewohnerin kritisch. »Bist ein bisschen dünn. Aber das kriegen wir schon wieder hin. Der Herr geht gut mit seinen Dienstboten um. Hungern muss hier niemand.«

Teresa fühlte sich von der Fürsorge des Mädchens, das ihr Burgi gerade erst in der Küche vorgestellt hatte, geschmeichelt. Ihre leuchtend blauen Augen hatten etwas Einnehmendes. Mit ihren rosigen Wangen und dem blonden Haar glich sie einem der Engel, die auf dem Altarbild in der Berchtesgadener Kirche zu sehen waren.

Magda schaute prüfend in Teresas Gesicht, dann zog sie ein blaues Tuch von der Wäscheleine.

»Damit können wir dein hübsches Haar bändigen. Burgi mag es nicht, wenn wir es offen zur Schau stellen, aber mehr als ein geflochtener Zopf ist trotzdem machbar.« Sie trat hinter Teresa, öffnete ihr Haar und wickelte eine Strähne um ihren Finger. »Braun und glänzend wie Kastanien, wunderschön.« Teresa ließ Magda gewähren. Schnell türmte diese Teresas Haar kunstvoll in die Höhe. Während Teresa geduldig wartete, fiel ihr Blick aufs Bett. Darauf lag ihr alter Rock – schmutzig und am Saum zerschlissen –, daneben ihre Leinenbluse, die schäbig geworden war. Schwarze Ränder zierten die löchrigen Ärmel. Teresa dachte daran, wie ihr die Mutter die Bluse über den Kopf gezogen und in den Rock gesteckt hatte. Es war ein besonderer Moment gewesen. Wie eine richtige Frau, hatte die Mutter damals gesagt und ihr lächelnd auf die Nase gestupst. Wie oft hatte sie mit der Mutter in der Kammer auf deren Bett gesessen. Sich gegenseitig die Haare flechtend, hatten sie über Dinge gesprochen, die nicht für Männerohren bestimmt gewesen waren. Bei der Erinnerung daran wurde es Teresa warm ums Herz. Das Flechten der Haare war etwas Besonderes gewesen. Sie dachte an das schwere, wellige Haar der Mutter, das wie glänzende Seide bis auf ihre Taille herabgefallen war. Plötzlich kam es ihr wie Verrat vor, ihre Frisur zu ändern, und sie drehte sich um. Magda ließ die Hände sinken. »Ich möchte es doch lieber geflochten«, sagte Teresa, Tränen in den Augen. Schnell wischte sie sie ab.

Verdutzt schaute Magda Teresa an, dann nickte sie. »Ich wollte nicht ...«

»Ist nicht schlimm«, fiel Teresa ihr ins Wort. »Du hast es nur gut gemeint.«

»Nein, ich habe mich aufgedrängt. Burgi sagt oft, ich soll mich zurückhalten. Wir kennen uns kaum, und ich behandle dich bereits wie meine beste Freundin.«

Teresa griff nach ihrem Haar, unterteilte es in drei Strähnen, flocht es mit geübtem Griff zu einem dicken Zopf und schlang das Kopftuch darüber.

»Es ist nur ...« Magda stockte kurz, dann setzte sie neu an. »Du ähnelst Ella.«

»Ella?«

»Meine Halbschwester. Sie sah dir sehr ähnlich, braunes Haar, braune Augen. Wir sind in der Nähe von Vilshofen aufgewachsen. Genauso wie du sind wir als Gestrandete in diese Stadt gekommen. Die Mutter ist im Kindbett gestorben, nachdem sich der Vater dem kaiserlichen Heer angeschlossen hatte. Eines Nachts ist unser Dorf überfallen worden, und wir sind geflüchtet, haben mit vielen anderen Schutz hinter den Passauer Stadtmauern gesucht. Wie durch ein Wunder sind wir gleich am ersten Tag Burgi in die Arme gelaufen. Sie war auf der Suche nach einer neuen Küchenmagd. Der Herr hat uns beide aufgenommen, obwohl Ella bereits viel zu schwach zum Arbeiten war. Burgi sagte, es wäre die Schwindsucht gewesen, doch ich glaube, der viele Kummer hat sie umgebracht. Sie war zu zart für diese gottlose Welt.« Magda zwang sich zu einem Lächeln. »Sie ist immer bei mir, tief im Herzen.« Sie legte ihre Hand auf die Brust.

Teresa dachte an Rupert und überlegte, ob sie Magda von ihm erzählen sollte. Sie verwarf den Gedanken wieder. Magda war eine Fremde, obwohl sie ihr gerade ihr Herz geöffnet hatte, was Teresa sonderbar fand. Leutseligkeit hatte ihre Mutter schon immer verteufelt. Ist nicht gut, wenn Fremde zu viel von einem wissen, hatte sie immer gesagt. Trotzdem tat Magdas offene Art Teresa gut, und sie fasste ein wenig Vertrauen. Vielleicht würde sie ihr, wenn sie sie besser kannte, von Rupert und Berchtesgaden erzählen. Sie strich mit den Händen über ihre Schürze und zupfte die Schleife zurecht.

»So eine hübsche Schürze habe ich noch nie gehabt«, erklärte sie. Magda wollte etwas erwidern, doch polternde Schritte auf dem Flur unterbrachen sie. Abrupt wurde die Tür geöffnet, und Burgi schaute die beiden vorwurfsvoll an.

»Das neue Mädchen sollte sich nur schnell ein sauberes Kleid anziehen. Was bitteschön dauert da so lange? Der Herr erwartet heute Abend Gäste, und der Fisch muss noch zubereitet werden. Er wird bestimmt nicht aus dem Fluss auf die Teller springen.«

Teresa und Magda warfen sich einen kurzen Blick zu, dann eilten sie rasch an Burgi vorbei und liefen die Treppe hinunter.

Wenig später steuerten die beiden den Fischmarkt an, den Teresa bereits bei ihrer Ankunft gesehen hatte. Noch ehe sie den Platz erreichten, stieg ihnen bereits der Geruch von frisch Gebratenem in die Nase, der von einer kleinen Holzbude stammte, die neben dem Rathaus stand. Teresa reckte die Nase in die Luft und atmete den verführerischen Duft tief ein. Wenige Schritte später blieben sie hoffnungslos in der Menge stecken.

»Was ist denn heute los«, schimpfte Magda. »Als wollte ganz Passau gerade jetzt Fisch kaufen.«

»Wäre besser, wenn sie wegen dem Fisch kommen würden«, antwortete eine Verkäuferin hinter ihnen mit grimmiger Miene. Sie deutete zur Höllgasse hinüber, wo sich die Menschen um den Pranger drängten. »Es geschieht den beiden Tratschweibern ja recht, aber gut fürs Geschäft ist es nicht. Zwei Bütten Fisch sind mir schon umgeworfen worden, und niemand kommt für den Schaden auf. Eine Schande ist das.«

Magda stellte sich auf die Zehenspitzen. Gerade wurde die Strafe offiziell verlesen. Bis zum zehnten Schlag sollten die beiden am Pranger in der Schandgeige stehen, wegen schandhaftem Zank und Gerede.

»Das sind die Gruberin und die Stangelbauerin aus der Messergasse«, erklärte Magda. »Elende Tratschweiber, für die jedes Mitleid zu schade ist. Keiner weiß so recht, warum sie sich streiten und immer wieder falsche Gerüchte und Lügen über die andere in die Welt setzen. Sie stehen nicht zum ersten Mal dort oben.«

Teresa konnte jedoch aus der Entfernung nicht mehr als Filzhüte, Kopftücher und Hauben ausmachen. »Eine Schandgeige habe ich noch nie gesehen. In unserem Dorf hat es keinen Pranger gegeben. Zänkische Mägde oder ungehorsame Eheweiber bekamen es meist mit der Rute.«

»Die Rute würde ich so manchem Weib auch geben«, sagte plötzlich jemand hinter ihnen. Erschrocken wandten sich die beiden Frauen um. Ein schlaksiger braunhaariger Bursche grinste sie süffisant an. »Nicht wahr, Magda. Den Herrn würde es bestimmt interessieren, wo du dich nachts herumtreibst und wie es um deine Unschuld steht.«

Der Blick des Burschen blieb an Teresa hängen. Sie erwiderte ihn für einen Moment. Seine graublauen Augen waren voller Hohn.

»Nimm dich vor ihr in Acht, meine Hübsche. Nicht, dass auch du bald deine Tugend verlierst. Oder ist sie vielleicht schon verloren?«

»Verschwinde, Leopold. Keiner hat dich um deine Meinung gebeten«, herrschte Magda ihn an.

Der Bursche wandte den Blick nicht von Teresa ab, als er antwortete: »Langsam wird es Zeit, dass der Herr erfährt, welch liederliches Weib er sich ins Haus geholt hat.«

Magda machte einen schnellen Schritt auf den Burschen zu, packte ihn am Kragen und zog ihn näher zu sich heran. Erschrocken riss Teresa die Augen auf. »Gar nichts wirst du dem Herrn sagen, du Taugenichts und Handlanger. So einen wie dich würde ich im Leben nicht an mich ranlassen. Kannst froh sein, dass er dich aufgenommen hat, Sohn eines Ketzers.« Leopold erblasste. Magda ließ ihn los. Er machte einen Schritt nach hinten und fiel hin. Eine Gruppe junger Burschen wurde auf die Szene aufmerksam.

»Seht euch den Schwächling an. Nicht einmal gegen ein Weibsbild kann er sich durchsetzen.«

Mit hochrotem Kopf rappelte sich Leopold auf und räumte das Feld. Teresa schaute ihm schaudernd nach. Sein kalter Blick hatte sie bis ins Mark getroffen.

»Wer ist der Bursche?«, fragte sie, während sich die Menge um sie herum zerstreute.

»Unser Knecht«, erwiderte Magda. »Aber er ist harmlos, hört sich nur gern selber reden und glotzt einem ab und an in den Ausschnitt.«

Teresa schaute nachdenklich in die Richtung, in die der Bursche verschwunden war. Harmlos war der sicher nicht.

✳

Froh darüber, einer munter schwätzenden Burgi entkommen zu sein, folgte Teresa Magda am nächsten Morgen in den Innenhof.

»Gewöhn dich daran«, sagte Magda schulterzuckend. »Wenn sie viel redet, hat sie wenigstens gute Laune.«

Teresa zog eine Grimasse. Noch immer schwirrten Namen und Ereignisse in ihrem Kopf herum. Von der Hofhaimerin und ihren toten Hühnern war die Rede gewesen und vom Hagenauer Josef, dem armen Tropf, den sie gestern Abend tot in der Lederergasse gefunden hatten. In einer Schenke in der Schustergasse musste es eine Schlägerei gegeben haben, was ihr bereits heute Morgen die Schachnerin erzählt hatte. Nichts als Gesindel würde sich auf den Gassen herumtreiben, seitdem dieser elende Krieg im Osten immer schlimmer wurde, hatte sie lautstark gezetert.

»Ist das jeden Morgen so?«, fragte Teresa und griff nach dem Waschbrett, das Magda ihr hinhielt.

»Meistens«, erwiderte Magda, die unausgeschlafen wirkte. Wann sie gestern Abend in die Kammer geschlüpft war, konnte Teresa nicht sagen, denn sie war erschöpft und müde von den Eindrücken des Tages sofort eingeschlafen.

»Du wirst dich daran gewöhnen. Meistens ist es unwichtiges Zeug, was sie erzählt. Obwohl ich den Hagenauer gern hatte. Er hat auf seiner alten Fiedel wunderschöne Melodien gespielt, die einem so richtig ans Herz gingen. Er war einer von den wenigen Landstreichern, die in der Stadt geduldet wurden. Sogar in den Schenken hat er ab und an aufspielen dürfen, was ihm oftmals einen warmen Schlafplatz und eine Mahlzeit eingebracht hat.«

Teresa wollte etwas erwidern, doch sie wurde von Burgi unterbrochen, die unbemerkt hinter sie getreten war.

»Teresa, du begleitest mich in die Grünau. Die Kohlköpfe können geerntet werden, und du wirst mir beim Tragen helfen.« Sie schaute zu Magda, ihre Augen verengten sich.

»Ich will gar nicht wissen, wo du gestern gewesen bist. In der Küche stapeln sich Teller und Becher, die gespült werden müssen. Wenn du damit fertig bist, besserst du die Wollhemden des Herrn aus.«

Burgis Stimme hatte einen Tonfall angenommen, der Teresa nicht gefiel. Zum ersten Mal wurde sie sich klar darüber, dass sie eine Magd war, die tun musste, was andere befahlen. Fröstelnd dachte sie an die Mägde in Berchtesgaden, die es manchmal sogar mit der Rute bekommen hatten. Burgi verließ ohne ein weiteres Wort den Hof. Magda ließ das Waschbrett zurück in den Eimer fallen. Unsicher blickte Teresa Magda an. Die Magd wedelte mit den Armen.

»Beeil dich, sonst verliert sie ihre gute Laune. Um die Wäsche können wir uns später kümmern. Wenn die Wiesen trocken sind, lassen sich die Leintücher sowieso besser zum Bleichen auslegen. In der Grünau wird es dir gefallen. Der alte Gustl ist ein lieber Kerl.«

Teresa zog eine Augenbraue hoch. »Das nennst du gute Laune?«

»Du willst sie nicht erleben, wenn sie schlechte Laune hat.«

»Wo bleibst du denn?«, rief Burgi ungeduldig. Teresa raffte ihre Röcke und eilte auf die Gasse, wo Burgi mit zwei Körben in den Händen auf sie wartete.

»Da bist du ja endlich. Das kann ja heiter werden, wenn du jetzt schon trödelst. Wir haben schließlich nicht den ganzen Tag Zeit.«

Teresa murmelte eine Entschuldigung, griff nach dem Korb, den Burgi ihr hinhielt, und folgte ihr die Gasse hinauf. Wäscheleinen waren von Haus zu Haus gespannt, und zwei Frauen unterhielten sich über ihre Köpfe hinweg. Die Enge war beklemmend. Während Burgi die beiden Frauen höflich grüßte, zog Teresa ihren Umhang fröstelnd um sich. Ihr Blick wanderte in düstere Innenhöfe und die hohen Mauern hinauf, die das Sonnenlicht und die Luft zum Atmen raubten.

»Das sind die Sonnleitnerin und die Vogl. Haben den ganzen Tag nichts anderes zu tun, als die Leute auszurichten«, erklärte Burgi. »Beinahe wäre die Vogl wegen ihrem elenden Schandmaul schon mal am Pranger gelandet.«

Die alte Köchin beschleunigte ihre Schritte, als wollte sie sich von den beiden distanzieren. Teresa hatte Mühe, mit ihr Schritt zu halten. Ein Stein drückte in ihrem Schuh. Sie blieb stehen, während Burgi schwatzend weiterlief. Hastig zog Teresa ihren Schuh aus und drehte ihn um. Als sie ihn wieder anzog, kam ein kleines Kätzchen aus einem der Hinterhöfe und strich ihr schnurrend und mit hoch aufgerichtetem Schwanz um die Beine. Teresa hob das kleine Tier lächelnd in die Höhe.

»Na, du neugieriger kleiner Kerl. Du bist ja niedlich.« Sie schaute nach vorn, wo Burgi bereits das Ende der Gasse erreicht hatte und sich mit einer beleibten Frau unterhielt, die eine Huckelkiepe auf dem Rücken trug. »Wahrscheinlich bist du die Dunkelheit genauso gewohnt wie die beiden.« Sie deutete auf die Frauen. Das Kätzchen hing wie ein nasses Säckchen auf ihrem Arm und schaute sie ruhig an. Doch sein kleines Herz schlug schneller. Seufzend setzte Teresa es wieder auf den Boden.

»Ich wollte dir keine Angst machen, Kleines.« Sofort verschwand das Tier in dem finsteren Hinterhof, aus dem es gekommen war. Teresa schaute nach vorn. Burgi lachte laut auf, die andere Frau kicherte meckernd wie eine Ziege. Für einen Moment schloss Teresa die Augen und wünschte sich sehnlichst in das heimatliche Dorf zurück, das sich an die sattgrünen Hänge der Berge schmiegte. Der Blick war weit gewesen, und die Hügel wurden vom hellen Licht der Sonne vergoldet.

Wie sollte sie es in dieser engen und kalten Stadt, in die bald der Winter mit seiner eisigen Hand und seiner Finsternis kriechen würde, nur aushalten?

Die beiden Frauen verabschiedeten sich voneinander, und Burgi drehte sich um. Hastig eilte Teresa die Stufen hinauf.

»Was trödelst du da unten so lange herum?«, rügte Burgi sie vorwurfsvoll, als Teresa zu ihr aufgeschlossen hatte.

»Ich hatte einen Stein im Schuh«, antwortete Teresa und blickte zu Boden. Sie kam sich, obwohl sie die Wahrheit sagte, wie eine Lügnerin vor. Burgi musterte sie einen Augenblick, dann ging sie weiter und verfiel erneut in das gewohnte Plappern. »Das war Johanna. Sie ist Magd beim Apotheker, der gar nicht mehr weiß, wen er zuerst bedienen soll. Immerhin ist es wenigstens für einen gut, wenn so viel fremdes Volk in der Stadt und Kriegsvolk nicht fern ist. Auch der Bader macht gute Geschäfte.«

Sie überquerten den weitläufigen Exerzierplatz, auf dem ihnen mehrere Mönche begegneten, die schweigend hintereinander herliefen. Nur einige wenige unterhielten sich leise murmelnd. Burgi wies zu einem weitläufigen Gebäudekomplex hinüber. »Das Kloster St. Nikola liegt unten am Inn. Augustinermönche, sehr freundlich. Gibt aber auch viele Geschichten, besonders über den Komponisten und früheren Rektor der Klosterschule – Leonhard Paminger. Ist Protestant geworden und soll ein Freund Luthers gewesen sein, was ihn am Ende seine Stellung gekostet hat. Sogar verheimlicht soll er den falschen Glauben über lange Zeit haben.« Burgi schüttelte den Kopf. »Sind alles Ketzer, diese Andersgläubigen. Das sage ich dir. Sogar in den Kreisen der Klingenschmiede hat es so einen gegeben. Der ist aus Passau geflohen und hat Frau und Kind in Schimpf und Schande zurückgelassen, obwohl der Hofrat damals befohlen hat, dass der Vater seinem Sohn den sektischen

Glauben ausreden soll. Gebracht hat es nichts, und jetzt sitzt
der Herr auf einem Versprechen, das er seinem Freund gegeben hat. Wenn du mich fragst, ist der Bursche keinen Pfiffer-
ling wert, genauso wenig wie sein ketzerischer Vater. Aber der
Herr war schon immer gutmütig. So ist er eben.«

Teresa schaute auf die weiß getünchten Mauern des Klos-
ters. In den Fenstern spiegelte sich das Licht der Sonne, und
der Kirchturm ragte in den blauen Himmel. Bei dem Wort
Ketzer war sie zusammengezuckt. War nicht Annemarie, die
Grubenheimerin, eine Ketzerin gewesen? Oder waren das wieder andere Ketzer? Gab es da überhaupt Unterschiede? Sie
wusste nicht viel über den neuen Glauben, denn in Berchtesgaden hatte es nur einen Glauben gegeben.

»Also ich hätte den Bengel ja beizeiten auf die Straße ge-
setzt«, schwatzte Burgi weiter. »Kein Talent für nichts und nur
Flausen im Kopf. Aber der Herr wird schon wissen, was er tut.
Ins Unglück wird er uns alle noch stürzen, das sage ich dir.«

Teresa folgte der alten Köchin, die das Kloster links liegen
ließ und auf ein einfaches schmiedeeisernes Tor zusteuerte, das
in eine halbhohe Steinmauer eingelassen war. Sie ahnte, von
wem Burgi sprach, wollte aber nicht weiter nachhaken. Sicher
würde Magda ihr später alles erklären. Sie schloss die Gartentür hinter sich. Als sie sich umwandte, weiteten sich ihre Augen. Die grüne Au, wie Burgi die weitläufigen Gartenanlagen
nannte, erschien Teresa wie ein Paradies. Apfelbäume teilten
sich weitläufige Wiesen mit Pflaumen- und Birnbäumen, die
bereits abgeerntet waren. In rechteckigen Beeten gab es die
unterschiedlichsten Sorten von Kräutern. Die Gerüche von
Rosmarin und Thymian erfüllten die Luft, und ganze Teppiche
von Kamillen- und Arnikablüten verbreiteten ihren süßlichen
Duft. Teresa reckte die Nase in die Höhe und ließ im Vorbeigehen ihre Hände über Salbei- und Rosmarinblätter gleiten. Es

gab Brennnesseln und Hagebutten sowie Frauenmantel und Giersch. Viele der Pflanzen waren bereits verblüht oder welk, doch Teresa erkannte die meisten von ihnen. Abgegrenzt wurde der Kräutergarten von einer Reihe Holunderbüschen, die schwer an ihren schwarzen Beeren trugen. Dahinter lag der eigentliche Nutzgarten. Himbeerbüsche teilten sich eine Ecke mit Johannisbeer- und Heidelbeerbüschen, an denen noch die ein oder andere Beere aufblitzte. Auf den Feldern wuchsen Karotten, Rüben, Fenchel, Spinat, Weiß- und Rotkraut. Bohnen rankten an hölzernen Gittern neben Gurkenpflanzen in die Höhe. Dahinter reihten sich an der sonnigen Mauer Rebstöcke aneinander, an denen reife Trauben hingen. Teresa glaubte, bis zum Horizont Obstbäume, Weinreben und Hopfenpflanzen zu erblicken. Gerade eben hatte sie noch die grünen Hänge Berchtesgadens vermisst und die Dunkelheit dieser Stadt verteufelt, und schon war sie eines Besseren belehrt worden. Ihr wurde leichter ums Herz, und ein Lächeln umspielte ihre Lippen. Am liebsten wäre sie jetzt losgelaufen, um unter den Obstbäumen zu tanzen, von den Heidelbeeren zu naschen, zufrieden ins hohe Gras zu fallen. Sie atmete noch einmal tief die vielen unterschiedlichen Gerüche ein und folgte Burgi, die sich nach rechts wandte und vor einem wackelnden Holunderbusch stehen blieb. Nur ein blauer Filzhut war zwischen den Zweigen zu erkennen.

»Guten Morgen, Gustl«, sagte Burgi laut. Zwei schmutzige Hände schoben die Zweige auseinander, und ein rundes, wettergegerbtes Gesicht mit freundlichen blauen Augen kam zum Vorschein, die beim Anblick von Burgi zu leuchten begannen.

»Ja, die Burgi. Dass du dich auch mal wieder zu uns heraus traust.«

Der Mann trat hinter dem Busch hervor und umarmte die Köchin überschwenglich. Burgi schob den Kräutler lachend von sich. »Jetzt tu nicht so. Erst letzte Woche bin ich zur Apfelernte hier gewesen.«

Gustl nahm seine Mütze vom Kopf und kratzte sich auf seiner Glatze. Nur noch wenige, bereits ergraute Haare waren ihm an den Schläfen geblieben.

»Verzeih einem alten Mann, der seine Sinne nicht mehr alle beisammen hat«, erwiderte er grinsend. Sein Blick fiel auf Teresa. »Du hast Besuch mitgebracht?«

»Das ist Teresa, unsere neue Magd. Sie soll mir beim Tragen helfen.«

Der Mann streckte Teresa die von den Beeren blau verfärbte Hand hin. Teresa drückte sie kurz.

»Grüß dich Gott, mein hübsches Kind. Sie muss einen Narren an dir gefressen haben, wenn sie dich heute schon mitbringt. Ich soll es nicht zu laut sagen, aber sie ist in mich verliebt. Nur weiß sie es selber nicht.« Er schaute zu Burgi. Die Köchin schlug ihm errötend auf die Schulter. »Red nicht solchen Unsinn, Gustl. Was soll das Mädel denn denken.«

Teresa konnte ein Grinsen nicht unterdrücken. Gustl gefiel ihr auf Anhieb. Der kleine, stämmige Mann strahlte Herzlichkeit und Wärme aus, und der Schalk schien ihm im Nacken zu sitzen. Gustl schaute auf seine blauen Hände.

»Alle Jahre dasselbe. Sollen ja gesund sein, die kleinen Beeren, und es gibt nichts gegen einen guten Holunderwein einzuwenden, aber die Finger sind kaum sauber zu bekommen.«

»Steck sie in Essig, dann geht es leichter ab«, empfahl Burgi und deutete auf den Weißkohl, der direkt hinter der Holunderbuschhecke wuchs.

»Wir wollten Kraut zum Einmachen mitnehmen, wenn es recht ist. Die Abrechnung kannst du wie immer dem Herrn schicken.«

Gustl verzog das Gesicht. Anscheinend wollte er nicht über Kohlköpfe reden.

»So ist sie«, sagte er und zwinkerte Teresa zu. »Jetzt wollte ich sie gerade auf ein Glas Holunderwein einladen, da redet sie von Krautköpfen.«

Teresa musste erneut schmunzeln. Die beiden verhielten sich ein wenig wie das alte Ehepaar vom Nachbarhof in Berchtesgaden, die auch immer so lustig miteinander geschäkert hatten. Allerdings waren die beiden verheiratet gewesen.

»Du mit deinem Holunderwein. Das Gebräu ist schon eher ein Schnaps. Damit es mir wieder die Sinne vernebelt«, antwortete Burgi lachend.

»Manchmal ist es gar nicht so schlimm, ein wenig zu vergessen«, erwiderte Gustl ernst. »Und wenn es nur wegen dem Holunderwein ist.«

So schnell, wie der Anflug von Traurigkeit aufgetaucht war, so schnell verschwand er wieder.

»Aber unsere Burgi fängt dann immer zu kichern an und kann nicht mehr aufhören.« Er zwinkerte Teresa zu.

»Richtig. Und kichernd lässt sich schlecht Weißkraut einkochen. Also trinkst du deinen Wein lieber allein.«

»Siehst du, Mädchen.« Gustl griff sich theatralisch an die Brust. »So straft sie mein Herz.«

Burgi schlug ihm erneut auf den Arm. »Jetzt hör mit dem Unsinn auf. Wir haben keine Zeit zum Trödeln. Ich hätte gern acht Kohlköpfe, und ein paar Lorbeerblätter wären auch gut.«

Seufzend fügte sich Gustl in sein Schicksal. Er zog ein Messer aus seinem Gürtel und machte sich daran, die Kohlköpfe zu ernten, die einer nach dem anderen in Burgis und Teresas Körbe wanderten. Im Kräutergarten kamen dann noch einige Lorbeerblätter und etwas Wacholder dazu.

Beim Abschied zwinkerte Gustl, während er Burgi an sich drückte, Teresa noch einmal zu. Sie lächelte schulterzuckend.

Als die beiden Frauen wenig später den Exerzierplatz überquerten, lag dieser im hellen Sonnenlicht. Funkelnd schimmerte das Wasser des Inns, und die Rufe der Schiffer drangen zu ihnen herüber. Der milde Wind, in dem noch ein Hauch des Sommers lag, raschelte in dem bunten Blätterdach einer Buche, die am Rand des Platzes stand. In ihrem Schatten sammelte eine Schar Kinder Bucheckern. Teresa sah ihnen lächelnd dabei zu. Für einen Moment schienen ihre Sorgen und das Gefühl der Enge, das sie eben noch empfunden hatte, nicht mehr wichtig zu sein.

Sie nahm all ihren Mut zusammen und fragte Burgi: »Ihr beiden kennt euch schon sehr lange, oder?«

»Es ist nicht, wie es aussieht«, antwortete Burgi schroff. Teresa zog den Kopf ein. Schon bereute sie ihre Frage. Burgi stellte ihren Korb auf den Boden, richtete sich auf und drückte ihr Kreuz durch. Sollte sie dem Mädchen erzählen, wie sinnlos es war, auf das Werben des Kräutlers einzugehen? Auch wenn sie ihn geheiratet hätte, was in dieser Stadt voller Regeln niemals möglich gewesen wäre, so wusste sie doch, wie es sich anfühlte, alles zu verlieren. Und darauf konnte sie getrost verzichten. Sie schloss für einen Moment die Augen. Oftmals glaubte sie, noch immer zu hören, wie damals, in einem anderen Leben, die schweren Stadttore von Grafenau hinter ihr zugeworfen wurden, um den Schwarzen Tod auszuschließen. Ihre Kinder hatte er geholt, das vermutete sie jedenfalls. Sie waren im Schlaf gestorben. Ihre Tochter war kaum ein Jahr alt gewesen, der Junge nur wenige Tage. Ihr Gatte war vom Steig nicht zurückgekehrt, wie so viele vor ihm. Sie hatte die Kinder liegen lassen und war über die Straße ihres Heimatdorfes Lichteneck gelaufen. Durch den heißen, vom Sommerwind aufgewirbelten Staub war sie den anderen gefolgt, die ebenfalls voller Angst flohen. Doch vor dieser Krankheit konnte niemand fliehen. Sie fraß sich in Täler, Wälder und Wiesen. Jahreszeiten, der Stand des Mondes, ob kalt oder warm – es war gleichgültig. Grafenau war verschont geblieben, doch Heimat war ihr diese Stadt nicht geworden. Die ausgemergelten Gesichter, die schreienden Kinder, das Leid der Flüchtlinge, der Heimatlosen und Alten hatte sie nicht ertragen. Irgendwann hatte sie sich einer Gruppe Säumer angeschlossen. Sie kannte die Männer, waren sie doch oft mit ihrem Gatten über den Steig nach Böhmen gezogen. Mit ihnen gemeinsam war sie nach Passau gekommen und geblieben. Sie hatte die Erinnerungen über die Jahre verdrängt und den Schmerz weit weggeschoben, so weit es eben ging. Gefühle wollte sie niemals wieder zulassen.

Sie griff nach ihrem Korb, ging weiter und sagte mehr zu sich selbst: »Ist besser, wenn es so bleibt, wie es ist.« Teresa bemerkte die Traurigkeit, die in den wenigen Worten lag, doch sie erwiderte nichts. Schweigend bogen sie in die Klingergasse ein, wo ihnen die aufgeregte Magda entgegengelaufen kam.

»Da seid ihr ja endlich. Burgi, du musst uns helfen, die kleine Grete, sie stirbt.«

Durch das winzige, verdreckte Fenster drang kaum Licht in die enge Dachkammer, in der es erbärmlich nach Schweiß, Urin und verfaulten Essensresten stank. Auf dem Boden lagen löchrige Strohmatratzen, darauf alte Decken und schmutzige Kleidungsstücke. Vier blasse, magere Kinder sahen Teresa, die, um Fassung ringend, in der Tür stehen geblieben war, an. Ein etwa zweijähriges Mädchen, das ein schmutziges Kleid trug, kam auf Strümpfen auf sie zugelaufen und streckte seine dünnen

Ärmchen nach ihr aus. Auf einer der Matratzen hatte sich eine Frau, ein röchelndes Kind im Arm, zusammengerollt. Von ihr war nicht viel mehr als ein dünner Arm und strähniges braunes Haar zu erkennen. Nackte Füße lugten unter der zerschlissenen Wolldecke hervor, die sie notdürftig über sich und das Kind ausgebreitet hatte.

Burgis Stimme durchschnitt schroff die Stille. »Wie oft soll ich dir noch sagen, Hanna, dass du kommen sollst, wenn es wieder losgeht.«

Sie befreite das Kind behutsam aus der Umarmung der Frau, die sich kaum regte, geschweige denn antwortete.

»Teresa, mach das Fenster auf. Dieser Gestank ist ja kaum auszuhalten«, befahl Burgi. Dann begann sie, beruhigend mit dem nach Luft ringenden Mädchen zu sprechen: »Es wird alles gut, Grete. Gleich geht es dir besser. Ich verspreche es dir.«

Teresa öffnete das winzige Fenster, und sofort drang die milde, nach trockenen Blättern und Heu duftende Herbstluft in den Raum. Einige Sonnenstrahlen fielen auf den alten Dielenboden.

Magda hob das kleine Mädchen mit den löchrigen Socken auf den Arm, das inzwischen zu weinen begonnen hatte. Beruhigend strich sie über seinen Rücken. Von den anderen Kindern sagte keines ein Wort, verschüchtert saßen sie in einer Zimmerecke. Zwei Buben und ein Mädchen, keines älter als acht Jahre, vermutete Teresa. Burgi fischte aus dem Korb, den sie eilig in der Küche zusammengepackt hatte, ein Fläschchen mit einem Kräutersirup. Sie bat Teresa, etwas davon in einen Holzbecher zu schütten, und flößte es Grete vorsichtig ein. Tapfer trank das Mädchen mit kleinen Schlucken. Ein Teil des Kräutersirups tropfte auf ihr Kleid, aber das war nicht wichtig. Hoffentlich würde das Gebräu schnell Wirkung zeigen, damit das scheußliche Röcheln aufhörte. Eines der anderen Kinder kratzte sich am Kopf. Wahrscheinlich haben sie Läuse, dachte Teresa und unterdrückte den Impuls, sich ebenfalls zu kratzen. Sie schaute zu der jungen Frau, die zusammengekauert neben Burgi saß. Ihr Blick wanderte unstet durch den Raum, und sie zwirbelte einen Strohhalm zwischen ihren Fingern. Am liebsten hätte Teresa sie angeschrien. So durfte keine Mutter sein. Doch sie brachte es nicht über sich. Diese Frau wirkte so verloren wie eine zerbrechliche Puppe, die sich in die Gleichgültigkeit geflüchtet hatte, um nicht vollkommen zugrunde zu gehen.

Burgi trat mit dem Kind ans Fenster. »Tief einatmen. Gleich geht es besser.«

»Vielleicht sollten wir mit der Kleinen zum Fluss hinunter gehen. Bestimmt wird ihr die frische Luft guttun.« Teresas Stimme klang unsicher. Sie schaute in die Zimmerecke zu den Kindern. »Wollt ihr nicht auch mitkommen? Draußen scheint so schön die Sonne.« Sie versuchte, aufmunternd zu lächeln.

»Das ist eine gute Idee«, stimmte Magda zu. »Wir könnten ans Ufer der Donau gehen und die Schiffe beobachten.«

Die kleine Grete hatte sich ein wenig erholt, aber sie atmete noch immer schwer. Burgi schaute nach draußen.

»Das machen wir. Die Luft wird Grete guttun. Möchtest du uns begleiten, Hanna?«

Die Frau reagierte nicht auf die Frage. Sie lag auf der Matratze, die Knie angezogen, den Strohhalm zwischen den Fingern.

Teresa schaute sie mitleidig an. Was auch immer passiert war, es musste schrecklich gewesen sein.

Magda winkte die Kinder zu sich. Zögernd kamen sie näher. Aufmunternde Worte auf den Lippen, verließ sie mit den Kindern den Raum. Teresa hob Burgis Korb auf, während diese beschützend die Arme um das kranke Kind legte und sich noch einmal an Hanna wandte.

»Wir bringen dir deine Kinder heil zurück. Versprochen. Später hole ich etwas Brot und Hühnersuppe, das wird dich und die Kleinen stärken.« Sie ging an Teresa vorbei und verließ den Raum. Das Röcheln des Kindes wurde leiser. Teresa blieb noch einen Moment vor der Frau stehen, dann ging auch sie.

Wenig später saßen sie im hellen Sonnenlicht am Ufer der Donau im Gras. Der milde Wind zauberte funkelnde Wellen auf den Fluss, und die Kinder wateten mit nackten Füßen ins Wasser. Grete saß auf Burgis Schoß. Sie hatte schon vor einer Weile aufgehört zu röcheln, und ihre Wangen hatten wieder etwas Farbe bekommen.

Schiffe, mit Salz, Getreide und Weinfässern beladen, zogen an ihnen vorüber. Eine Gruppe Frauen wusch neben ihnen die Wäsche und breitete die Laken zum Bleichen auf der Wiese aus. Wären nicht der Geruch der trockenen Blätter und die tief stehende Sonne gewesen, es hätte ein Sommertag sein können, dachte Teresa versonnen.

Burgi hatte die ganze Zeit nur mit der kleinen Grete gesprochen oder geschwiegen. Magda hatte sich zu den Kindern gesellt, sprang lachend mit ihnen im Wasser herum und achtete darauf, dass keines zu weit in den Fluss geriet. Teresa schaute ihnen lächelnd zu. Dann schloss sie die Augen und wandte sich der Sonne zu. Bald würde der Winter kommen und ihre wärmenden Strahlen rauben, und die Welt würde in grauer Tristesse versinken.

»Sie ist vor einigen Monaten mit den Kindern gekommen«, sagte Burgi. »Aus einem der Dörfer, den Inn aufwärts. Sie war geschändet und geschlagen worden. Dass sie und die Kinder überlebt haben, grenzt an ein Wunder. Am Anfang hat sie noch gesprochen, aber nicht viel. Ihren Namen, mit leiser

Stimme, und ständig hat sie geweint. Mehr als die Dachkammer können wir ihr nicht bieten. Aber besser als betteln ist es allemal.«

Magda kicherte laut, als einer der Buben sie nass spritzte.

»Was genau geschehen ist, hat sie nicht gesagt?«, fragte Teresa.

Burgi schüttelte den Kopf. »Ehrlich gesagt, will ich es auch gar nicht wissen. Wie viel Leid erträgt ein Mensch? All die Geschichten, die vielen Schicksale und Tragödien. Ich sehe es in ihren Augen, mehr braucht es nicht. Die Vergangenheit wird ein Teil von ihr bleiben, auch wenn sie irgendwann wieder aufstehen und weitermachen wird.«

Teresa schaute auf das Mädchen in Burgis Arm. »Es ist eingeschlafen.«

»Ist besser.« Zärtlich strich Burgi dem Kind über die Wange. »Wie wir sie alle über den Winter bringen sollen, das ist mir ein Rätsel.«

Burgis Worte schmerzten. Doch Teresa wusste, dass sie recht hatte.

Ein junger Bursche mit einem Bündel Zettel in der Hand trat lächelnd näher.

»Morgen Nachmittag findet die große Aufführung des Jesuitenkollegs auf dem Pfaffenplatz statt. Cenodoxus aus Paris.«

Er blieb vor Teresa stehen und reichte ihr mit einem Augenzwinkern einen der Zettel. »Vielleicht möchtet Ihr gern dabei sein.«

Auch Magda trat jetzt neugierig näher. »Eine Aufführung, auf dem Pfaffenplatz. Oh, wie schön!« Sie klatschte freudig in die Hände. »Wir dürfen doch hingehen, Burgi. Nicht wahr?« Bittend schaute sie die alte Köchin an.

»Aber nur, wenn das Weißkraut bis dahin fertig eingekocht ist«, erwiderte Burgi und hob mahnend den Zeigefinger.

Teresa blickte auf den Zettel. Der Titel des Stückes war darauf gedruckt, darunter die schwarzen Umrisse eines Mannes und des Teufels.

»Ganz bestimmt wird es fertig sein. Du kommst doch mit, Teresa. Das wird sicher ein großer Spaß.«

Magdas Worte drangen wie von fern an Teresas Ohren. Wie hypnotisiert starrte sie auf das Papier in ihrer Hand. Trotz der wärmenden Sonne bekam sie plötzlich eine Gänsehaut. Magda knuffte sie in die Seite. »Warum antwortest du nicht? Kommst du mit?«

Teresa schluckte den dicken Kloß hinunter, der sich in ihrem Hals gebildet hatte, und antwortete: »Aber gern.«

Kapitel 6

Teresa beförderte eine große Portion geschnittenes Weißkraut in den übergroßen, zwischen ihr und Magda stehenden Topf auf dem Küchenboden.

»Bald haben wir es geschafft«, sagte Magda, legte den letzten Krautkopf auf den Tisch und zerteilte ihn in zwei Hälften. »Dann können wir endlich losziehen, was auch Zeit wird, denn wenn wir zu spät kommen, sind die besten Plätze weg.«

Teresa beeilte sich, zu nicken, obwohl sie Magdas Euphorie nicht teilte. Sie war müde, und das aus der Werkstatt herüberdringende Hämmern dröhnte in ihrem Kopf. Auch war sie nicht sonderlich begeistert davon, dass sie erneut Küchendienst verrichten musste.

Magda schaute Teresa besorgt an. »Geht es dir auch gut? Bist ein bisschen blass um die Nase.«

»Es ist nichts«, wich Teresa aus. Sie wollte der neu gewonnenen Freundin nicht die gute Laune verderben.

Magda zog die Augenbrauen hoch. »Du bist keine gute Lügnerin.«

Teresa legte das Messer zur Seite und deutete in den Flur.

»Der ständige Lärm. Wie hältst du das nur aus.«

Magda zuckte mit den Schultern, während sie eine Ladung fertig geschnittenes Kraut in den Topf schob. »Man gewöhnt sich daran. An manchen Tagen hämmert er gar nicht, oder wir müssen Besorgungen erledigen, so wie du gestern in der Grünau. Wie war es denn? Hat es dir gefallen?«

Schon allein die Erwähnung dieser wunderbaren Gartenanlage sorgte dafür, dass sich Teresas Stimmung aufhellte.

»Es war wunderbar. Diese Gärten, die weitläufigen Wiesen, Obstbäume und Weinreben. Stundenlang hätte ich dort bleiben können.«

Magda nickte lächelnd. »Ja, die Gärten sind wie eine andere Welt. Und Gustl ist ein lieber und herzlicher Mensch.« Teresa nickte bestätigend.

Magda erriet ihre Gedanken. »Ja, er liebt Burgi.«

Überrascht schaute Teresa sie an. »Woher weißt du …«

Magda ließ sie nicht ausreden. »Jeder sieht es sofort. Doch diese Stadt ist nicht für die Liebe geschaffen.«

»Wie meinst du das?«, fragte Teresa.

»Dienstboten dürfen nicht heiraten«, erwiderte Magda. »Die Lizenz dafür ist nicht zu erhalten, wenn der Grundherr sie nicht geben möchte. Und keiner wird sie dir geben. Wir sind wie Gefangene, denen die Liebe verwehrt wird. Als niederes Gesindel werden wir betrachtet, das keine Gefühle haben darf. Ein notwendiges Übel für die prachtvolle Residenzstadt, die trotzdem an allen Ecken zum Himmel stinkt.« Magda beförderte ihr restliches Kraut in den Topf und fuhr fort: »Viele verlassen die Stadt, um anderswo ihr Glück zu finden, doch ist es dort wirklich besser? Um uns herum sammeln sich die Truppen. Es kommen jeden Tag mehr Flüchtlinge und Bettler. Was ist die Freiheit wert, wenn ich sie nicht genießen kann? Die Stadtmauern mögen uns einsperren und die Regeln des Bischofs mögen uns ungerecht erscheinen, aber sie bieten Halt in diesen unsicheren Zeiten.«

Teresa dachte an Vendelsberg zurück. Schutzlos waren sie den Landsknechten ausgeliefert gewesen. Sie unterdrückte die aufsteigenden Tränen. Nein, sie durfte jetzt nicht daran denken, durfte den Schmerz nicht zulassen. Rupert war tot, und hier war ihr neues Leben. Ein Leben, das sie erst noch kennenlernen musste, aber allzu schlecht schien es nicht zu sein. Und ob sie jemals heiraten wollte, wusste sie nicht. Am Ende war es vielleicht besser, eine einfache Dienstmagd zu bleiben. Alle Menschen, die ihr etwas bedeutet hatten, waren tot. Sie wusste nicht, ob sie noch einmal die Kraft dafür aufbringen würde, so etwas durchzustehen. Sie ließ ihr Messer sinken.

»Ich glaube, ich muss ein wenig an die frische Luft.«

Magda nickte. »Wir sind hier eh gleich fertig. Ich kümmere mich um den Rest.«

Teresa stand auf, doch dann hielt Magda sie am Arm zurück. »Ich wollte dich nicht erschrecken.«

Teresa zwang sich zu einem Lächeln. »Es liegt nicht an dir. Wahrscheinlich ist es der Geruch des Essigs, den ich nicht vertrage.« Sie deutete auf eine Schüssel neben dem Ofen und verließ den Raum.

Vor der geöffneten Tür zur Werkstatt blieb sie stehen. Thomas Stantler stand mit dem Rücken zur Tür. Auf dem Ofen brannte ein Feuer, und stickiger Qualm hing trotz des Abzugs im Raum. Der Klingenschmied schlug immer wieder auf ein Stück Metall ein. Teresa beobachtete ihn dabei, wie er die unfertige Klinge im Wasserbecken abkühlte, sie dann erneut in die heiße Glut hielt und mit dem Schmiedehammer bearbeitete. Das Geräusch, wenn Metall auf Metall schlug, klang hart und unerbittlich. Teresas Körper vibrierte bei jedem Schlag. In der Werkstatt ihres Vaters war nur das Schaben des Schnitzeisens zu hören gewesen, sonst nichts. Genau diese Ruhe hatte sie so sehr geliebt. Mit nur wenigen Worten und Gesten hatte der Vater ihr erklärt, was sie zu tun hatte. Dann waren sie nebeneinandergesessen, das Schnitzeisen in der Hand, oft in Gedanken versunken. Sie schloss die Augen. Die Schläge schienen auf sie einzustürzen, immer lauter zu werden wie ein böser Feind, der sie verletzen wollte. Sie ballte ihre Fäuste und glaubte, gegen das Geräusch ankämpfen zu müssen. Hier gab es keine Stille und nicht die warmen, beruhigenden Hände ihres Vaters, die sich auf die ihren legten, um sie anzuleiten. Eisen würde hart auf Eisen treffen, jeden Tag, jede Stunde, jede Minute.

»Was tust du hier?«

Erschrocken öffnete Teresa die Augen.

Thomas Stantler stand vor ihr.

»Ich wollte nur ...« Teresa verstummte verunsichert.

Er lächelte. »Ich muss Burgi erst erklären, wofür du da bist. Sie glaubt, dass sie dich unter ihre Fittiche nehmen kann. Sie wird es schwer damit haben, zu begreifen, dass du zum Schnitzen hier bist. Sie kann recht stur sein, aber handwerklich begabte Mädchen laufen nicht alle Tage durch Passau.« Er zwinkerte Teresa aufmunternd zu.

Sie nickte zaghaft, blickte in die Werkstatt und fragte: »Werde ich hier arbeiten?«

Er neigte den Kopf zur Seite. »Du magst den Lärm nicht.«

Teresa schlug die Augen nieder.

»Keine Sorge. Du arbeitest drüben in der Innstadt. Ich werde dir morgen alles zeigen.«

Magda betrat den Flur. Verwundert schaute sie die beiden an. Thomas Stantler sprach nicht sonderlich viel mit seinen Mägden. Wenn es etwas zu klären gab, machte er das meistens mit Burgi aus.

Der Klingenschmied wandte sich an Magda.

»Das Schauspiel der Jesuiten auf dem Pfaffenplatz, ich weiß. Aber wenn die Vorstellung zu Ende ist, kommt ihr sofort nach Hause. Meine Mägde treiben sich nicht in den Schenken herum.« Er hob mahnend den Zeigefinger, holte ein paar Münzen hervor und reichte sie Magda. »Als Spende.« Sein Tonfall war scharf.

Magda nickte eifrig und ließ die Münzen in ihrer Rocktasche verschwinden.

»Habt Dank, Herr. Ihr seid zu gütig.«

Thomas Stantler schaute noch einmal zu Teresa, dann drehte er sich ohne ein weiteres Wort um und ging zurück in seine Werkstatt.

Das herrliche Wetter des Vortages war ihnen treu geblieben. Viele Menschen strömten durch die Gassen Richtung Pfaffenplatz, denn die Schauspiele der Jesuitenschüler waren eine beliebte Abwechslung, obwohl es ausschließlich Dramen waren, die dargeboten wurden. Teresa hatte noch nie eine Theateraufführung erlebt, wenn man mal von dem Puppenspieler absah, der ab und an nach Berchtesgaden gekommen war, um die Leute mit seinen lustigen Handpuppen zu unterhalten. Sie war aufgeregt, verspürte aber auch ein wenig Angst, denn sie hatte noch immer das Bild des Teufels vor Augen. Magda hatte sich bei ihr eingehängt, als würden sie sich schon ewig kennen. Anfangs war Teresa die Nähe der Magd befremdlich vorgekommen, doch als sie wenige Schritte später in einer der engen Gassen in der Menge steckenblieben, war sie froh darüber, dass Magda in ihrer Nähe war. Bunt gemischt war das Volk, das sie umgab. Feine Herren und Damen, Mägde und Knechte, Mönche und Ordensschwestern lachten miteinander und reckten die Hälse, um zu sehen, wann es endlich vorwärtsgehen würde. Als die beiden jungen Frauen wenig später auf den weitläufigen Pfaffenplatz geschoben wurden, weiteten sich Teresas Augen vor Erstaunen. Seit ihre Ankunft in Passau hatte sie den Dom nicht mehr aus der Nähe gesehen. Hatte bereits die Rückseite dieses Gebäudes sie beeindruckt, so war seine Vorderseite atemberaubend. Gewaltig wirkte die breitlagernde Fassade mit ihrem mächtigen Steinleib und ihren zwei Türmen, dem Chor- und Querhaus. Eingerahmt wurde der Dom von den herrschaftlichen Herrenhäusern der Geistlichen, die mit ihren gotischen, teils aber auch romanischen Fassaden der prachtvollen Kirche den richtigen Rahmen boten. An den Rändern des Platzes waren Buden aufgestellt worden, an denen warme Fleischküchlein, Hefegebäck, Wein und Bier feilgeboten wurden. Der herzhafte Duft stieg Teresa in die Nase, und ihr Magen begann zu knurren. Magda steuerte zielstrebig einen der Stände an. Als sie an der Reihe waren, bestellte Magda Fleischküchlein und zwei Becher Bier. Sie bezahlte mit den Münzen, die Thomas Stantler ihr gegeben hatte.

Teresa zog die Augenbrauen hoch, als Magda ihr den Becher und das Küchlein reichte.

»Die Münzen waren doch als Spende gedacht.«

Magda zuckte mit den Schultern, biss in ihr Fleischküchlein und nuschelte: »Ja, wir spenden es dem Wirt. Der Herr hat nicht gesagt, wer es bekommen soll, und ich bin mir sicher, dass unsere milde Gabe bei ihm gut aufgehoben ist.«

Teresa grinste. Magda schob sie Richtung Dom, vor dem die Bühne aufgebaut war, doch irgendwann blieben sie hoffnungslos in der Menge stecken. Während Teresa ihr vorzüglich schmeckendes Küchlein verspeiste, nahm sie die Bühne in Augenschein, die aus mehreren, durch Türen miteinander verbundenen Räumen bestand. Teresa erkannte einen Garten, ein bürgerliches Gemach mit Haustür und ein Stadttor.

Immer mehr Menschen drängten hinter ihnen auf den Platz. Teresa nippte an ihrem Bier und verzog das Gesicht. Das Gebräu war ausgesprochen bitter, belebte aber die Sinne. Sie kam sich vor, als stünde sie inmitten eines Bienenstocks. Magda hatte eine Bekannte in der Menge entdeckt und winkte aufgeregt, während Teresas Blick auf den Boden wanderte, wo einer der Ankündigungszettel lag. Der darauf abgebildete Umriss des Teufels schien sich zu bewegen und die Hände nach ihr auszustrecken. Sie schloss die Augen und öffnete sie wieder. Der Teufel sah wieder normal aus.

»Gleich geht es los.« Magdas Stimme holte sie in die Realität zurück. »Das hier ist Luise. Sie ist die Tochter des Hofapothekers Stephan Gmainwieser.«

Teresa grüßte die pausbäckige blonde junge Frau. Während Magda und Luise lachend zu tratschen begannen, wanderte ihr Blick zurück auf den Boden, doch der Zettel war verschwunden.

Magda berührte ihren Arm. »Du siehst blass aus. Geht es dir gut?«

»Es ist nichts«, wiegelte Teresa ab. Auch Luise musterte Teresa besorgt und äußerte sogleich eine Vermutung.

»Also ich mag solche Menschenmassen auch nicht gern. Manch einer ist in der Menge schon umgekippt.«

»Das wird es sein«, erwiderte Teresa und zwang sich zu einem Lächeln.

Luise wedelte sich mit der Hand Luft zu. »Ist aber auch warm heute, eher wie ein Sommer- und nicht wie eine Herbsttag. Ich sage euch, wir werden die milden Tage noch bereuen. Sicher bekommen wir einen eiskalten Winter mit viel Schnee.«

Um sie herum wurde es unruhig. Applaus brandete auf, und die drei jungen Frauen schauten nach vorn. Ein Mann war auf die Bühne getreten, der mit schwarzen Kniehosen und einem weiten Hemd einfach gekleidet war.

Als der Applaus abflaute, begann er zu sprechen: »*Wir wollen euch heut erzählen, von einem Doktor aus Paris, der Cenodoxus hieß. Ein weithin bekannter kluger Mann, der doch sich selbst nur sehen kann. Doch Hoffart ist nicht gern gesehen und führt ins Unglück ihn. So lasst uns berichten, was genau geschehen, mit diesem klugen Mann, der zu spät erkannt die Sünde, die er selbst getan.*«

Der Mann verneigte sich und verschwand hinter den Kulissen. Nach ihm betraten zwei Männer die Bühne, und Teresa erlebte den ersten Akt, in dem der Diener des Cenodoxus einen Schmarotzer mit einer List des Hauses verwies, damit sich dieser nicht immer auf Kosten des Doktors durchfressen würde. Sie entspannte sich ein wenig und schmunzelte – wie auch die anderen Zuschauer – über die komische Darstellung.

In der zweiten Szene tauchten der Teufel mit seinen Gesellen und die Gleißnerey auf. Teresa fürchtete sich seltsamerweise nicht vor den in Schwarz gekleideten Figuren, die gemeinsam planten, sich die Seele des Cenodoxus zu holen. Die hochtrabend gewählten Worte, die Hypocrisis, die Gleißnerey, laut über die Bühne schleuderte, verstand sie nicht immer und hatte Mühe, sich an die Sprache zu gewöhnen.

»*Wenn er den Leuten schaut ins Gesicht, dann ist er voller Tugend voll, damit man ihn nur loben soll. Ist aber niemand da um ihn, so ist die Tugend schnell dahin. Schön simulieren, verdecken und fingieren. Auf niemand etwas halten, nur auf sich. Und wütend wird er, wenn ein anderer kriegt die Ehr. Das Seinige, das lobt er gern, alles andre ist ihm fern. Nicht leiden kann er seinesgleichen, wartet drauf, dass der Nächste bald wird weichen. Das kann er alles meisterlich, das kann er lehren sogar mich.*«

Die Teufel planten, sich die Seele des Doktors zu holen, und verließen die Bühne. Teresa atmete auf. Sie dachte erneut an ihren Bruder, der niemals hoffärtig gewesen war oder sich in den Vordergrund geschoben hatte. Nur ein Mal im Leben hatte er geglaubt, er müsste Mut beweisen, und dies war ihm zum Verhängnis geworden.

Eine bekannte Stimme riss sie aus ihren Gedanken. Irritiert schaute sie zur Bühne.

Ein junger Mann lief geschäftig in der Kulisse des Gemachs auf und ab und schien mit sich selbst zu sprechen.

»*So mancher kann nicht ruhen, weil er voller Sorgen ist. Ein anderer kann nicht schlafen, weil ihm ein Unglück widerfahren ist. Doch ich hab keine Ruh vor lauter Glück, das mir zufällt so oft und dick. All Gnade und Gabe sind nur in mir, daher man stets fragt nach mir und will mich wie auf Händen tragen.*«

Wie hypnotisiert schaute Teresa den Mann an. Weitere Worte, die jemand hinter der Bühne sprach, hörte sie nicht mehr, denn sie hatte seine Stimme sofort wiedererkannt.

Christian stand dort auf der Bühne. In ihrem Magen begann es zu kribbeln, und ihre Hände zitterten. Sie sah seine kantigen Gesichtszüge und sein dunkelblondes Haar, das zu einem Zopf gebunden war. Seine Haltung war elegant, seine Kleidung – wie die der anderen Darsteller – einfach. Er trug Kniehosen, dazu ein weißes Hemd und eine weinrote Weste. Sie schaute zu Magda, doch die hatte ihren Blick nach vorn gerichtet wie all die anderen, die der seltsamen Stimme lauschten, die den Doktor in den Himmel lobte und sich mit Schmeicheleien selbst übertraf. Es war die eigene Liebe, die es sehr gut mit ihm meinte. Der Doktor ließ sich das gefallen und lobte sich selbst noch um einiges mehr. Am Ende der Szene liebte ihn die ganze Welt, und er war fest davon überzeugt, das dies auch dem Herrn gefällt.

Teresa verfolgte den nächsten Akt, achtete jedoch auf den Inhalt kaum noch. Christian, der Mann, der sie gerettet und ihr Mut gemacht hatte, spielte den Cenodoxus, den Doktor von Paris, der seine Seele verloren hatte, weil er der Hoffart verfallen war. Sollte es etwa Schicksal sein, dass der Teufel sie verfolgte? Vielleicht hatte dieser ein Auge auf sie geworfen und wollte sie verführen, genauso wie er ihren Bruder verführt hatte.

Die Leute um sie herum lachten, weil der Schmarotzer als vermeintlich tollwütig abgeführt wurde und mal wieder auf den Trick des Dieners hereingefallen war. Auch Teresa musste über die lustige Darstellung des Schmarotzers schmunzeln. Sie entspannte sich wieder. Es war Zufall, nur ein Theaterstück und sonst nichts.

Der Anschein einer Komödie verflog schnell wieder. In der nächsten Szene bemühte sich der Schutzengel des Cenodoxus darum, seinen Schützling zur Vernunft zu bringen, was ihm natürlich nicht gelang. Bald darauf kamen das Gewissen und der Schutzengel überein, dass sie es nicht schaffen würden, die Hoffart des Cenodoxus zu vertreiben. Sie befürchteten das Schlimmste. Die letzten Worte des Schutzengels trafen Teresa mitten ins Herz.

»Es wird einmal die Zeit noch kommen. Er wird uns um Gnade bitten, dann wird es aber zu spät sein.«

Erneut dachte sie an Rupert. Hatte auch er seinen Schutzengel um Gnade angefleht? Doch wo war dieser damals überhaupt gewesen? Er hatte ihn verlassen, wie er auch Cenodoxus verließ. Aber sollte ein Schutzengel so etwas tun? Sie wusste es nicht. Gab es denn Schutzengel? Oder waren sie nur eine Ausgeburt unserer Phantasie. Ein Wunschgedanke, um die Welt zu verbessern.

Im Stück nahm der Schutzengel dann doch noch einen Anlauf und erschreckte den Cenodoxus mit dem Teufel, drohte ihm mit dem Höllenschlund, wenn er nicht endlich einlenken und seine Hoffart aufgeben würde. Doch der Doktor war nicht zur Vernunft zu bringen. Die Stimme des Cenodoxus hörte sich plötzlich nicht mehr wie Christians Stimme an. Sie klang mit jeder neuen Szene aufgewühlter und klagender. Bald darauf starb der Doktor, und wieder erschienen die finsteren Gestalten des Teufels auf der Bühne, die nur darauf gewartet hatten, sich dessen Seele einzuverleiben. Teresa folgte gespannt dem Reigen, den sie tanzten.

»Bereit ist schon dein Sitz und Stuhl, zutiefst drunten in der Hölle. Jetzt hilf kein Bitten, denn uns kannst du nicht entrinnen. Dieses Opfer gehört in

die Hölle, das ist der Lohn, der auf uns wartet. Jubiliert, lacht und macht die Hölle auf. Bald verschluckt den Raub der Hölle Grund. Jetzt gilt's zu reißen, nagen, beißen. Fort mit ihm zur Hölle zu.«

Teresa erschauderte. Und wenn Rupert ebenfalls drei Gesellen auf so schreckliche Art und Weise in den Höllenschlund gerissen hatten. Gespannt verfolgte sie das weitere Geschehen, wie Cenodoxus Christus um Vergebung anflehte und vor ihm auf die Knie sank, wie er sich dreimal hintereinander in seinem Sarg erhob und damit die Menschen zu Tode erschreckte. Angeklagt sei er, vor Gottes gerechtem Gericht, sagte er am ersten Tag. Am zweiten Tag erhob er sich wieder und sprach von seiner Verurteilung, und am dritten Tag, als eine große Menschenmenge den aufgebahrten Leichnam umgab, sprach er von seiner Verdammung. Das Publikum johlte und klatschte jedes Mal, wenn sich der Leichnam aufrichtete, einige bestätigten sogar lautstark Jesus Christus' Urteil, was Teresa erschreckte. Es war doch nur ein Theaterstück, eine Aufführung, und nicht die Wahrheit.

Als das Stück zu Ende war, verbeugten sich die Darsteller vor ihren begeisterten Zuschauern. Teresa hatte nur Augen für Christian, der mehrmals allein auf die Bühne treten musste und frenetisch gefeiert wurde. Jetzt hatte er den verbissenen Gesichtsausdruck wieder verloren, und seine Augen strahlten. Er warf Kusshände ins Publikum und verbeugte sich tief. Plötzlich kam er ihr wie eine unwirkliche Traumfigur vor. Dieser Mann konnte unmöglich derjenige gewesen sein, der sie neulich Abend nach Hause gebracht hatte.

Nur langsam räumten die Menschen den Platz. Es wurde laut gelacht, diskutiert und herumgealbert. Viele waren aber auch still und in sich gekehrt. Das Drama hatte so manch einen tief im Inneren berührt, und vielleicht dachte der eine oder andere über sich selbst und die Hoffart nach.

Magda griff nach Teresas Hand und zog sie zur Bühne.

»Komm, wir wollen dem Cenodoxus und seinem Gewissen grüß Gott sagen.«

Teresa wusste nicht, wie ihr geschah. »Du kennst die beiden?«, stammelte sie, während Magda sie zum rechten Seitenrand der Bühne zog.

»Aber natürlich. Sie sind sehr nett. Du wirst sie mögen.« Das Kribbeln in Teresas Magen verstärkte sich, als sie am Teufel und seinen Gesellen vorbeiliefen. Erst jetzt fiel ihr auf, dass das durchwegs junge Burschen waren, oftmals mit noch kindlich wirkenden Gesichtszügen. Magda zog Teresa weiter zu den Räumlichkeiten der Bühne, die bereits abgebaut wurden. Eine Gruppe Frauen beschäftigte sich damit, die Stoffe der Vorhänge zusammenzulegen. Zwei Burschen hoben die hölzernen Kulissen auf einen Karren. Ein Stück weiter vorn waren Stimmen zu hören, auch die von Christian. Teresa wäre jetzt am liebsten stehen geblieben, doch unerbittlich hielt Magda ihr Handgelenk umklammert. Wie würde er reagieren, wenn er sie wiedersah? Womöglich würde er Magda von ihrem peinlichen Aufeinandertreffen berichten. Doch würde er sie überhaupt erkennen? Es war dunkel gewesen, und auch sie hatte sein Gesicht nicht richtig gesehen. Vielleicht hatte er die Episode am Fluss wieder vergessen. Immerhin war sie nur eine unwichtige Magd und er ein gefeierter Schauspieler und Student des Jesuitenkollegs. Magda tippte einem dunkelhaarigen Burschen neben Christian auf die Schulter. Er drehte sich um, grinste breit, hob Magda in die Höhe, drehte sich mit ihr im Kreis und drückte ihr einen Kuss auf den Mund. Lachend gab Magda ihm einen Klaps auf die Schulter, nachdem er sie wieder auf den Boden gestellt hatte.

»Du Schuft. Doch nicht vor allen Leuten. Nicht, dass es Gerede gibt.«

Der blauäugige Bursche lachte laut auf. Er hatte etwas Verwegenes an sich, mit seinem Dreitagebart und dem halblangen dunkelbraunen Haar, das ihm wirr in die Stirn hing.

»Du immer mit deinen Leuten. Dann trage ich dich eben zum nächsten Traualtar, damit jeder sehen kann, wie gern ich dich hab.«

Magda errötete und gab ihm noch einen Klaps. »Versprich nichts, was du nicht halten kannst, du untreuer Wicht.«

Kurz wurde sein Gesichtsausdruck ernst, doch dann legte er grinsend seine Arme um ihre Taille.

»Niemals würde ich eine andere anschauen. Bist doch nur du mein Augenstern, meine Liebste.« Sein Blick fiel auf Teresa.

»Du hast jemanden mitgebracht.«

»Das ist Teresa. Sie ist unsere neue Magd.«

Auch Christian drehte sich um. Seine Augen weiteten sich kurz, aber Teresa hatte es gesehen. Er hatte sie erkannt. Sie spürte, wie ihr die Hitze in die Wangen stieg.

»Nett, dich kennenzulernen«, drang die Stimme des dunkelhaarigen Burschen an ihr Ohr, der sich als Michael vorstellte. Christian sagte nichts. Er musterte Teresa mit seinen grünen, unergründlich blickenden Augen. Sie erwiderte seinen Blick, und in ihrem Magen begann es zu kribbeln.

Michael holte Christian mit einem Schlag auf den Rücken in die Realität zurück.

»Willst du die Kleine nicht begrüßen?« Christian zuckte zusammen, dann lächelte er und machte eine formvollendete Verbeugung.

»Cenodoxus aus Paris, zu Euren Diensten, meine Dame. Ihr könnt mich gern Christian nennen.«

Teresa lächelte erleichtert. Er würde sie nicht verraten. Eine Weile standen sie sich schweigend gegenüber. Ein Bursche rempelte Teresa an, als er an ihr vorbeilief, Magdas Stimme drang an ihr Ohr, und irgendwo ging etwas laut klirrend zu Bruch. Doch Teresa kam es so vor, als wären sie in ihrer eigenen Welt. Sie glaubte, seinen Geruch wahrzunehmen, so wie damals, als er seine Arme um sie gelegt und sie seine Wärme und Nähe gespürt hatte. Erst Magda schaffte es, sie aus ihrer Erstarrung zu lösen, als sie ihr unsanft in die Seite stieß.

»Bist du taub? Wir müssen uns beeilen, wenn wir noch ins Tanzhaus wollen.«

»Welches Tanzhaus?« Verwirrt schaute Teresa von Magda zu Christian.

»Ja, das Tanzhaus«, bestätigte er. »Es ist nicht weit von hier, gleich neben dem Rathaus. Komm, ich zeig es dir.« Er streckte ihr die Hand hin. Teresa ergriff sie dankbar. Michael legte den Arm um Magda, und lachend zog die Gruppe durch die Zengergasse und über den Kramplatz. Die Sonne war bereits untergegangen, als sie wenig später den leeren Fischmarkt überquerten. Schon von weitem waren lautes Lachen und Musik zu hören. Sie folgten dem Strom der Menschen, meist junge Leute, die über den Platz liefen, magisch angezogen von den Vergnügungen, die das Tanzhaus bot. Magda und Michael verschwanden schnell in dem Gedränge am Eingang. Im Inneren des Gebäudes tat sich eine große steinerne Halle auf, die von Bögen überspannt und mit bunten Girlanden geschmückt war. Die ersten Paare wirbelten bereits zu fröhlicher Geigenmusik über die Tanzfläche. Eine Gruppe junger Männer stand auf einer Holzbühne in der Ecke und spielte auf, was das Zeug hielt. Rechter Hand des Eingangs befand sich eine Theke, an der junge Mägde Wein ausschenkten. Magda und Michael standen in der langen Schlange, um einen der Becher zu ergattern. Teresa wollte es ihnen gleichtun, doch Christian zog sie auf die Tanzfläche, legte seinen Arm um ihre Taille und begann, sie herumzuwirbeln. Teresa wusste nicht, wie ihr geschah. Der

Raum, die bunten Girlanden, Christians lachende Augen, die vielen Gesichter und Menschen – alles drehte sich und schien ein Teil von ihr zu werden. Die Musik floss durch ihren Körper und vibrierte in ihrem Magen. Als die Musiker eine Pause machten, hielten sie inne. Erst jetzt bemerkte Teresa, wie atemlos sie war. Magda und Michael tauchten neben den beiden auf, und Magda reichte Teresa ihren Becher.

»Du bist ja ganz außer Puste. Hier trink, das belebt die Sinne.« Teresa nahm einen kräftigen Schluck. Prickelnd lief der Schaumwein ihre Kehle hinunter und wärmte ihren Magen. Teresa gab Magda den Becher zurück, die ihn in einem Zug leerte, während die Musiker erneut zu spielen begannen. Michael griff übermütig nach Magdas Arm und zog sie mit sich. Der Becher fiel zu Boden und rollte zwischen die Beine der Tanzenden. Teresa bückte sich, um ihn aufzuheben, genauso wie Christian. Sie stießen mit den Köpfen zusammen, Teresa verlor das Gleichgewicht und taumelte. Schnell griff Christian nach ihrer Hand, und gemeinsam richteten sie sich wieder auf. »Hast du dir weh getan«, fragte er fürsorglich. Teresa schüttelte den Kopf. Sie standen still zwischen den Tanzpaaren. Die Musik war fröhlich und laut, einer der Männer sang sogar, doch sie löste in Teresas Magen nicht mehr das wunderbare Kribbeln aus. Magda und Michael tanzten an ihnen vorüber und winkten lachend. Teresa winkte zurück. Magda sah so glücklich und wunderhübsch aus. Christian winkte den beiden ebenfalls lachend zu, dann griff er nach Teresas Hand und zog sie zum Ausgang.

Draußen empfing sie die Kühle des herbstlichen Abends. Die Stände des Fischmarkts waren geschlossen, nur die Bierhütte hatte noch geöffnet, vor der sich einige trinkfeste Gesellen tummelten. Teresa atmete tief durch. Die klare Luft tat ihr gut. Christian warf ihr einen fragenden Blick zu.

»Das Mädchen von der Brücke?«

Sie erwiderte seinen Blick.

»Ich dachte nicht, dass wir uns wiedersehen.«

Er grinste. »So groß ist Passau nicht.«

»An jenem Abend war Passau nah und doch so fern.«

Sein Blick veränderte sich. »Doch jetzt bist du hier, oder?«

Sie nickte. Er stellte keine Fragen, was sie wunderte. Doch seine zurückhaltende Art gefiel ihr. Bereits damals auf der Brücke und auf dem Weg durch die dunklen Gassen hatte er sie damit in seinen Bann gezogen. Er spürte, was sie brauchte, und wusste es auch jetzt wieder. Sie hatte mit ihm allein sein wollen. Die vielen Menschen, die laute Musik – es war schön und doch fremd, vielleicht sogar ein wenig erschreckend gewesen. Er schaute zum Fluss, auf den sich weißer Nebel gelegt hatte. Verwaist lagen einige Boote am Landungssteg, schlafende Möwen hockten darauf. Ein laut lachendes Pärchen zog an ihnen vorüber. Er küsste sie im Vorbeigehen mehrfach auf den Hals und den Mund. Sie schob seine Hände weg und ließ ihn doch gewähren. Wo die beiden enden würden, war offensichtlich. Teresa blickte nachdenklich hinter ihnen her. Sie dachte an Magdas Worte. Als hätte Christian ihre Gedanken erraten, sagte er plötzlich: »Sie werden in irgendeiner Kammer verschwinden und einander lieben, vielleicht sogar ein Leben lang. Allerdings werden sie niemals den Bund fürs Leben schließen.«

»Magda hat davon gesprochen. Sind die Regeln wirklich so streng? Ich meine, irgendeinen Ausweg muss es doch geben.«

Er schüttelte den Kopf. »Ich kenne den Mann. Er ist Buchdruckergeselle und sie eine Magd. Sie wollen heiraten, doch all ihre Anträge wurden bisher abgelehnt. Sie sollen sich ein Gewerbe erkaufen, aber dafür fehlt das Geld. Es ist, wie es ist.

Und für uns Studenten gelten noch ganz andere Regeln, mit denen ich dich lieber nicht langweilen möchte. Die Nacht ist viel zu schön, um sie mit solchem Gerede zu verderben.«

Die beiden schlenderten über den Platz und an der Stadtmauer entlang. Teresa dachte an den heimatlichen Hof zurück. Auch in Berchtesgaden hatte es Liebschaften zwischen den Dienstboten gegeben. Einmal hatte ein Bauer nach dem Tod seiner Gattin die Magd heiraten wollen, doch der Pfarrer hatte die beiden nicht getraut. Drei Bälger hatte die Frau in die Welt gesetzt, bevor sie im Kindbett gestorben war. Großes Gerede hatte es deshalb nicht gegeben. Kam immer mal wieder vor, hatte Teresas Mutter gesagt und mit den Schultern gezuckt. Damals war Teresa die Tochter eines angesehenen Bauern und Spielzeugmachers gewesen. Doch hier war alles anders. Sie war eine einfache Magd, und auch für sie galten die Regeln dieser Stadt. Sie blieb stehen. Christian drehte sich zu ihr um und musterte sie abschätzend.

»Ich habe dir Angst gemacht, nicht wahr?«

»Nein, du nicht«, wiegelte Teresa ab. In ihrem Magen verstärkte sich das Kribbeln. »Ich bin auch nur eine einfache Magd.«

Er trat einen Schritt auf sie zu, legte seinen Finger unter ihr Kinn, hob es an und schaute in ihre Augen. Erneut blickte sie im dämmrigen Licht des Abends in sein Gesicht. Er kam ihr so schrecklich vertraut vor, obwohl sie ihn kaum kannte.

»Es mag verrückt klingen«, sagte er plötzlich, »aber es kommt mir so vor, als hätte ich mein Leben lang nach dir gesucht, obwohl ich dir eben erst begegnet bin.«

Teresa schaute ihn verwundert an. Er beugte sich vor, und seine Lippen berührten die ihren. Sie zuckte nicht zurück. Er griff nach ihrer Hand, hielt sie fest, zog sie mit der anderen Hand näher an sich heran und küsste sie.

Seine Zunge spielte mit ihrer. Sie ließ es geschehen, schloss die Augen und spürte die Wärme seines Körpers.

Nur langsam lösten sie sich nach einer Weile voneinander, und Teresa fühlte sich wie verzaubert.

»Es ist mir gleichgültig, wer du bist«, flüsterte er. Sie lächelte. Der Nachtwächter lief an ihnen vorüber und rief laut die Uhrzeit.

»Schon so spät. Ich sollte längst zu Hause sein.« Teresa schaute zum Fischmarkt zurück. »Wir sollten schon längst zu Hause sein.«

Unsicher fragte sich Teresa, ob sie nach Magda suchen oder ohne sie zurückgehen sollte. Immerhin waren sie gemeinsam losgezogen. Womöglich sorgte sich Magda um sie. Christian schien auch diesmal ihre Gedanken zu erraten und zerstreute ihre Bedenken.

»Magda findet allein zurück. Sie weiß, dass du mit mir zusammen bist und dass ich dich nach Hause bringe.«

Teresa beruhigte sich. Magda kannte sich in Passau aus. Vielleicht war sie schon längst in ihrer Kammer und wartete auf sie.

»Du hast sicher recht«, erwiderte sie zögernd.

Christian legte erneut den Arm um Teresa und zog sie in eine der stillen, von einer einsamen Straßenlaterne erhellten Gassen. »Sie ist kein Kind von Traurigkeit, das kannst du mir glauben. Bestimmt liegt sie irgendwo in Michaels Armen und hat dich längst vergessen.«

Seine Worte trafen Teresa. Sie hatte Magda vertraut, sie sogar für nett gehalten. Doch plötzlich begriff sie, dass sie die Magd kaum kannte. Wenn Christian nicht gewesen wäre, wäre sie allein zurückgeblieben. Sie erreichten die Klingergasse und blieben vor dem Hoftor stehen.

»Wann sehe ich dich wieder?«, fragte Christian und legte zärtlich seine Hand auf ihre Wange. Erneut kribbelte es heftig in Teresas Magen, doch die Realität hatte sie eingeholt und ließ sich nicht mehr vertreiben.

»Ein Student und eine Magd«, flüsterte sie. »Noch weniger wert als ein Geselle und seine Geliebte.«

Er zuckte zurück. Doch dann umspielte plötzlich ein Lächeln seine Lippen. »Wir werden einen Weg finden.« Er zog sie wieder an sich, doch diesmal berührten seine Lippen die ihren nur flüchtig, dann ließ er von ihr ab, verneigte sich kurz und verschwand ohne ein weiteres Wort in der Dunkelheit. Versonnen schaute sie ihm eine Weile nach. Dann schlüpfe sie durch das Hoftor und stellte kurz darauf fest, dass er recht gehabt hatte. Ihre Kammer war verwaist.

Kapitel 7

Teresa beschleunigte ihre Schritte und huschte durch das finstere Gewölbe des Innbrucktors, das ihr nicht geheuer war. Thomas Stantler war bereits auf der Brücke, die vom Morgennebel genauso verschluckt wurde wie das grüne Wasser des Inns. Teresa dachte an das Theaterstück des Vortages und schauderte. Plötzlich kam ihr das von grauen Nebelschwaden bedeckte Wasser wie der Eingang zur Hölle vor, unergründlich und verwunschen. Sie dachte an Christian, seine Rolle als Cenodoxus und an seinen Kuss. Seine Lippen hatten sich warm und weich angefühlt, und in ihrem Magen hatte es so wunderbar gekribbelt. Doch das aufregende Gefühl ihrer kurzen Begegnung war heute verschwunden.

Das Schnauben eines Pferdes drang durch den Nebel, und ein Karren tauchte vor ihnen auf. Einer der Lederer brachte gemeinsam mit seiner Frau seine Waren zum Kramplatz, wo bald die ersten Läden öffnen würden. Thomas Stantler grüßte das auf dem Kutschbock sitzende Ehepaar nur knapp und eilte weiter. Für Teresa hatten die beiden kein Wort übrig. Finster und wie erstarrt blieben ihre Mienen, als sie an ihr vorbeifuhren, obwohl sie grüßte. Sie ballte die Fäuste und hob das Kinn. Noch immer mochte sie eine Fremde in dieser Stadt sein, aber sie hatte ihren Platz gefunden, denn sie war jemand und konnte etwas. Sie griff in ihre Rocktasche und umschloss das kleine Pferdchen mit den Fingern. Es war ihr Glücksbringer geworden. Heute Morgen hatte sie es Magda zeigen wollen, die irgendwann in der Nacht leise ins Zimmer geschlüpft war. Doch Magda war müde und hatte sich mürrisch angekleidet. Tiefe Schatten hatten unter ihren verräterisch funkelnden Augen gelegen. Der Abend schien gehalten zu haben, was er versprochen hatte. Allerdings hatte Burgi Magda bei ihrer Rückkehr erwischt, und es gab eine gewaltige Standpauke, was beim Morgenmahl zu einer angespannten Stimmung geführt hatte. Teresa war erleichtert gewesen, als Thomas Stantler sie zu sich gerufen hatte.

Plötzlich drang Musik an Teresas Ohr. Eine einfache, aber hübsche Melodie, die durch den Nebel zu tanzen und ihn ein wenig heller zu machen schien. Der Ursprung der Melodie war schnell ausgemacht. Am Ende der Brücke saß ein Bettler und spielte auf einer hölzernen Flöte. Teresa verlangsamte ihre Schritte, als sie an ihm vorbeilief. Er legte den Finger an seinen Filzhut und verzog die Lippen zu einem kurzen Grinsen. Sie lächelte zurück. Seine blauen Augen strahlten so viel Herzlichkeit aus, obwohl er augenscheinlich ein armer Schlucker war. Er trug zerschlissene Hosen, weder Schuhe noch Strümpfe, und an seinem Hemd fehlten einige Knöpfe. Am liebsten wäre Teresa stehen geblieben, um ihm noch ein Weilchen zuzuhören, doch Thomas Stantler war bereits im Nebel verschwunden. Sie zuckte bedauernd mit den Schultern, deutete nach vorn und sah nicht mehr, wie der Bettler verständnisvoll nickte.

Nur wenige Schritte weiter schienen sie ihr Ziel erreicht zu haben, denn der Klingenschmied öffnete ein unscheinbares Holztor. Sie betraten einen engen Hinterhof, der wenig mit dem hübschen Hof in der Klingergasse gemeinsam hatte. Hier gab es keine Laubengänge, sondern nur einfache Fenster ohne Balkon oder Efeu. Der Putz bröckelte von den Wänden, in einer Ecke des Gebäudes waren die Fensterrahmen verrußt, die Scheiben fehlten. Teresas Blick blieb an der Stelle hängen.

»Es hat vor kurzem gebrannt«, erklärte Thomas Stantler, der ihre Gedanken erriet. »Das halbe Dach war weg. Musste

133

alles neu aufgebaut werden, aber langsam wird es wieder.« Seine Stimme klang seltsam kühl und abweisend, was Teresa irritierte.

Sie dachte an den Morgen zurück, als er sie in der Werkstatt entdeckt hatte. Damals war er freundlich und verständnisvoll gewesen. Irgendetwas Schreckliches musste hier vorgefallen sein, überlegte sie schaudernd und schaute zu den rußverschmierten Fenstern hinauf. Eine Tür wurde geöffnet, und ein älterer Mann, der eine lederne Schürze trug, begrüßte den Klingenschmied lächelnd.

»Thomas, da bist du ja. Wir dachten schon, du würdest heute gar nicht rüberkommen und dich wieder in deiner Werkstatt verkriechen.« Sein Blick fiel auf Teresa. »Ach, du hast das Mädchen gleich mitgebracht.«

Thomas begrüßte den alten Mann mit Handschlag. »Guten Morgen, Josef. Ja, das ist das Mädchen. Du kannst ihr doch sicher alles zeigen, oder?«

Teresa glaubte, einen Schatten über das Gesicht des alten Mannes huschen zu sehen, während er nickte. »Aber natürlich. Willst du nicht hierbleiben? Es wäre schön …«

Thomas Stantler hob die Hand, der Alte verstummte. Sein Blick war voller Mitleid. Plötzlich wurde es Teresa klar: Die Stimme des Klingenschmieds hatte nicht kalt und abweisend, sondern traurig geklungen. Schweigend standen sich die beiden Männer einen Augenblick gegenüber. Teresa glaubte, erneut die Flötenmusik wahrzunehmen. Ganz entfernt nur, doch sie drang zu ihnen herüber und machte das schmerzhafte Schweigen erträglicher.

»Schick mir nachher den Leopold. Zwei neue Klingen sind fertig. Sie müssen heute noch ausgeliefert werden.«

Der Alte nickte, während die Flötenmusik verstummte und die ersten Sonnenstrahlen durch den Nebel brachen.

Thomas Stantler wandte sich an Teresa: »Geh mit Josef, Mädchen. Er wird dir alles zeigen. Später bringt dich der Leopold zurück, findest dich ja in den vielen Gassen nicht zurecht.«

Teresa nickte, der Klingenschmied nickte dem Alten noch einmal zu und verließ den Hof. Kopfschüttelnd schaute Josef hinter ihm her und murmelte: »Für immer wirst du nicht fortlaufen können.«

Das Hoftor fiel ins Schloss. Stille hüllte sie einen Moment ein. Josef wandte sich um. »Schnitzen also.« Teresa nickte. »Ich habe den Messergriff gesehen, den du gemacht hast, Mädchen. Gute Arbeit. Hätte der Schreiner nicht besser machen können.« Er schaute ihr in die Augen. »Und hübsch bist du auch noch. Da werde ich auf den Leopold aufpassen müssen. Langsam fängt er an, den Mädchen schöne Augen zu machen.«

Er zwinkerte Teresa fröhlich zu, legte den Arm um sie und führte sie in die Werkstatt. Teresa entspannte sich. Der alte Mann gefiel ihr. Josef hatte braune, von Falten umgebene Augen und ein wettergegerbtes Gesicht. Sein Haar war bereits ergraut. Er war nur ein kleines Stück größer als Teresa und ging etwas gebückt.

»Als mir Thomas gestern von dir erzählt hat, dachte ich, er wäre verrückt geworden. Ich wollte es ihm gleich wieder ausreden, denn die Zunft wird ihm Schwierigkeiten machen. Doch dann hat er mir den Griff gezeigt, den du in nur einer Nacht geschnitzt hast. Und von dem kleinen Pferdchen hat er erzählt, auf dem man pfeifen kann. Wo hast du nur so gut schnitzen gelernt, Mädchen?«

Teresa errötete, denn so viel Lob war sie nicht gewohnt. »Mein Vater hat es mir beigebracht. Unser Holzspielzeug ist sogar bis ins ferne Amerika gereist.« Sie holte das kleine Pferdchen aus ihrer Rocktasche und hielt es Josef hin. Neugierig griff er danach, betrachtete es von allen Seiten, setzte es an die Lippen und pfiff.

»Ein Meisterwerk. Besser als jeder Bildhauer es machen könnte.« Er gab es Teresa zurück. »Schon lange haben die Augen des Herrn nicht mehr so geleuchtet.« Er schüttelte den Kopf.

Teresa steckte das Spielzeug zurück in ihre Rocktasche.

»Was ist denn geschehen?«

Josef bedeutet Teresa, ihr zu folgen. Sie betraten die warme Schmiede, die um einiges geräumiger war als die in der Klingergasse. Unterschiedlich große Klingen waren an der Wand aufgereiht. Einige Holzstücke fielen krachend auf der großen Feuerstelle zusammen, neben der ein breiter Amboss und ein Wassertrog standen. Die Wände waren – trotz des großen Kaminabzugs – rußgeschwärzt, genauso wie die beiden Fenster, von denen eines geöffnet war. Josef ging an der Feuerstelle vorbei, öffnete eine Seitentür und führte Teresa durch einen engen Gang in eine weitere Kammer. Sie riss erstaunt die Augen auf. Unterschiedlich große Bretter lehnten an den Wänden, auf dem Boden lagen Holzspäne, und verschieden große Holzscheite stapelten sich in einer Ecke neben einem kleinen Ofen. Eine Werkbank, ähnlich der ihres Vaters, stand neben dem Fenster. Fein säuberlich hingen Schnitzeisen, Messer und Holzklöppel darüber an der Wand. Wie verzaubert strich Teresa mit den Fingerspitzen über die Kante der Werkbank und berührte die einzelnen Werkzeuge. Sie hätte nicht gedacht, noch einmal eine solche Werkstatt zu sehen und den Geruch von gehobeltem Holz und Sägespänen in der Nase zu haben. Plötzlich sah sie ihren Vater, der auf dieselbe Art in seiner Werkstatt Ordnung gehalten hatte. Sogar einen Haken für sein ledernes Etui hatte es an der Wand gegeben. Teresa seufzte. Das Etui war auf dem Goldenen Steig zurückgeblieben, genauso wie ihr altes Leben. Tränen stiegen ihr in die Augen. Sie wischte sie verschämt ab, doch Josef hatte sie gesehen.

»Hast auch deine Geschichte, Mädchen.« Er trat neben sie, griff nach einem der Schnitzmesser und strich mit den Fingern über die Klinge. »Früher ist der Herr anders gewesen, ein offener und fröhlicher Mensch. Doch dann ist seine Frau gestorben. Er hat sie geliebt und zu einem übermenschlichen Wesen gemacht. Die beiden waren so viel mehr als einfache Eheleute. Sie waren füreinander bestimmt und im Geist verbunden gewesen. Lange haben sie auf ein Kind gehofft, und als es sich endlich angekündigt hatte, ist das Unglück über sie hereingebrochen. Sein Bruder Caspar hat ihn aufgefangen, als er zusammengebrochen ist und das Leben nicht mehr leben wollte. Doch dann kam das Feuer, und Caspar ist darin umgekommen – gerade als wir dachten, der Herr hätte den Tod seiner Frau überwunden, als er wieder zu lachen und seine Augen zu leuchten begonnen hatten. Über ein Jahr ist das jetzt her. Die verrußten Fenster und verkohlten Balken dort draußen sehen mich jeden Tag an wie ein Mahnmal des Todes. Seitdem verkriecht er sich in seiner kleinen Werkstatt in der Klingergasse und versucht, den Schmerz zu betäuben. Aber so einfach ist das nicht mit solch einem Kummer. Er sitzt tief im Herzen. Irgendwann wird er vielleicht erträglich, aber verschwinden wird er niemals.«

Er schaute Teresa, der nun doch Tränen über die Wangen kullerten, in die Augen. Sie hatte verstanden. Diese Werkstatt war Caspars Reich gewesen. Langsam strich sie mit der Hand über das Holz der Werkbank. Josef stupste sie sanft auf die Nase und nickte ihr aufmunternd zu.

»Du hast den Herrn begeistert. Seit langem lag mal wieder ein Lächeln auf seinen Lippen. Und sogar ich alter Mann muss zugeben, dass ich selten eine so perfekte Arbeit gesehen habe. Du hast Talent, Mädchen. Ein Jammer, dass kein Junge aus dir geworden ist. Eine große Karriere als Bildhauer wäre dir sicher gewesen.«

»Ich hatte einen Bruder«, erzählte Teresa stockend. »Er war wunderbar, obwohl er nicht schnitzen konnte und auch sonst eher unscheinbar und still gewesen ist. Er hat mir beweisen wollen, dass er stark sein kann, aber es ist ihm nicht gelungen. Wäre er doch nur so geblieben, wie er war.« Sie verstummte, nach einer Weile fuhr sie fort: »Mein Vater hat nie einen Unterschied zwischen uns gemacht. Ob Mädchen oder Junge, das war ihm gleichgültig. Als er bemerkt hat, dass ich das Talent zum Schnitzen in mir habe und nicht mein Bruder, hat er es eben mir beigebracht. Das Spielzeug war unser Zubrot, es gab keine Zunft und keine Regeln, die mir verboten, das zu tun, was ich liebe. Es gab nur ihn und mich und das schabende Geräusch der Schnitzmesser.«

»Da ist also unser Wundermädchen«, sagte plötzlich jemand hinter Teresa. Sie erkannte die Stimme sofort und drehte sich um. Der schlaksige braunhaarige Bursche von neulich lehnte mit verschränkten Armen hinter ihnen an der Wand und schaute sie aus seinen graublauen Augen feindselig an.

Teresa zuckte zurück, doch Josef ließ sich nicht einschüchtern.

»Leopold, wo hast du dein Benehmen gelassen?«

Leopold veränderte seine Haltung nicht. »Niemand hat gesagt, dass ich höflich sein soll.« Seine Augen fixierten Teresa. »Das Weibsbild hat hier nichts verloren. Mag sein, dass sie ein bisschen schnitzen kann. Na und, das kann ich auch.«

Josef ging zu Leopold hinüber. Er senkte seine Stimme, Teresa verstand jedoch jedes Wort.

»Der Herr hat mit dir gesprochen. Niemals wirst du Caspars Platz einnehmen. Ich weiß, was er deinem Vater versprochen hat – meiner Meinung nach der reinste Irrsinn. Du bist ein ta-

lentfreier Schmarotzer und nicht mehr wert als dein ketzerischer Vater. In dieser Werkstatt habe ich das Sagen. Du wirst
das Mädchen in Frieden lassen, verstanden!«

Eben noch hatte Josefs Stimme freundlich geklungen, doch
jetzt klang sie angespannt. Teresa wich zurück. Plötzlich hatte
dieser Raum seine Atmosphäre der Geborgenheit verloren. Sie
schauderte. Wie hatte sie nur annehmen können, dass alles gut
werden würde? Sie war eine Fremde in diesem Haus, in dieser
Stadt, in diesem gottverdammten neuen Leben, das sie niemals
gewollt hatte.

»Und was ist, wenn ich zur Zunft gehe und ihnen sage, dass
sich ein dahergelaufenes Bettelweib in unserer Werkstatt herumtreibt? Wie lange wird die Kleine dann noch hier sein?«

»Das wagst du nicht«, konterte Josef. »Der Herr hat dich
aus Mitleid aufgenommen, damit du nicht auf der Straße en-
dest, nachdem sein bester Freund ketzerisch geworden und
nach Solingen geflohen ist. Was glaubst du, wird geschehen,
wenn die Zunft herausbekommt, wer da wirklich bei Thomas
Stantler in die Lehre geht? Der Herr muss umnachtet gewesen
sein, als er deinem Vater das Versprechen gegeben hat, sich
deiner anzunehmen. Aber uns wirst du nicht ins Unglück stürzen, dafür werde ich sorgen.« Josef machte einen weiteren
Schritt auf Leopold zu und flüsterte etwas, was Teresa nicht
verstand. Leopold erbleichte, und sein hämisches Grinsen verschwand. Was Josef auch immer gesagt hatte, es hatte Wirkung gezeigt. Fürs Erste schien die Gefahr gebannt.

»Jetzt geh hin zu dem Mädchen und stell dich anständig
vor.« Josef nickte zu Teresa hinüber. Leopold atmete tief durch,
richtete sich zu seiner vollen Größe auf und trat näher an Teresa heran. Eine Weile standen sie sich schweigend gegenüber,
dann breitete sich ein Grinsen auf Leopolds Gesicht aus.
»Grüß Gott, Teresa. Es ist mir ein Vergnügen, dich kennenzu-

lernen.« Er machte eine knappe Verbeugung, sein Blick war zynisch. Teresa erwiderte seine Begrüßung nur kurz. Ihre Hände waren eiskalt.

»Dann wäre das ja geklärt«, hörte Teresa Josef erleichtert sagen. »Ihr werdet euch schon noch anfreunden. Jetzt sieh zu, dass du dich an die Arbeit machst, Junge. Beim Herrn müssen zwei Klingen abgeholt werden, und heute Abend muss das Schwert für den Mitterer fertig sein.«

Leopold nickte, immer noch das hämische Grinsen auf den Lippen. Im Vorbeigehen flüsterte er Teresa etwas ins Ohr.

»Wir sehen uns, vielleicht ja im Tanzhaus oder in einer der Schenken, und wenn ich dich dann nach Hause bringe, wirst du mich dann auch küssen?«

Teresa erstarrte, als die Tür hinter ihm ins Schloss fiel.

Josef trat neben sie und begann zu erklären, welche Griffe zu welchen Klingen gehörten, doch seine Worte drangen kaum zu ihr durch. Vor ihrem inneren Auge tauchte Christians Gesicht auf. Niemals hätte sie zu diesem Theaterstück und ins Tanzhaus gehen sollen. So schwer es ihr fiel, aber wenn sie ihr neues Leben behalten und bei ihrem neuen Dienstherrn nicht gleich in Ungnade fallen wollte, durfte sie Christian nicht wiedersehen.

Passau schien keine von der Sonne verwöhnte Stadt zu sein, dachte Teresa, als sie am nächsten Morgen aus dem Fenster schaute. Erneut raubten graue Nebelschwaden die spärliche Sicht auf den Himmel. Magda, die gerade in ihren Rock schlüpfte, schien Teresas Gedanken zu erraten.

»Drei Flüsse, viel Feuchtigkeit in der Luft. Du wirst dich mit der Zeit daran gewöhnen.«

Teresa wandte sich vom Fenster ab, setzte sich aufs Bett, zog ihre wollenen Strümpfe an und sagte: »Solch graue Tage hat es auch bei uns im Tal gegeben. Dann sind wir meistens auf die höher gelegenen Bergweiden der Ziegen gelaufen, wo oft die Sonne schien. Rupert und ich waren gern dort oben, denn der graue Dunst machte uns Angst. Die alte Gertie vom Breitnerhof hatte uns einmal erzählt, dass der Nebel von den Herdfeuern der Riesen, Feen und Hexen käme, die ihr Essen im Wald kochen würden. Er sollte uns in die Irre führen, damit wir sie nicht entdeckten.«

»Und die Geschichte habt ihr geglaubt?«, fragte Magda erstaunt.

Teresa zuckte mit den Schultern. »Anfangs schon, aber dann hat Mutter gesagt, dass die alte Gertie nicht mehr ganz richtig im Kopf wäre. Allerdings hat auch sie sich vor der undurchsichtigen Wand gefürchtet. Nicht wegen der Riesen und Hexen, sondern wegen der Krankheiten, die sie in sich trug. Der Nebel soll über so manches Dorf die Pest gebracht haben.«

Magda blieb die nächste Bemerkung im Hals stecken. Die Pest war nichts, das man auf die leichte Schulter nehmen sollte. Hier in der Region hatte es schon viele Ausbrüche der Pest gegeben, und ganze Dörfer waren ausgestorben. Aber dass Nebel für so eine Krankheit verantwortlich sein könnte, hörte sich sonderbar an.

»Die Leute haben wirklich gesagt, dass der Nebel die Pest bringt?«

Teresa zuckte mit den Schultern. »Meine Mutter hat fest daran geglaubt. Sie hat es immer vermieden, an nebligen Tagen aus dem Haus zu gehen. Die Pest ist nie gekommen, auch nicht bei Sonnenschein.«

Misstrauisch schaute Magda zum Fenster. »Im Herbst ist es hier oft tagelang trüb. Wir werden uns daran gewöhnen müssen, ob es uns gefällt oder nicht. Allerdings glaube ich weder an die Geschichte mit der Pest noch an die Herdfeuer der Hexen und Riesen.«

Teresa schlüpfte in eine Weste aus festem Wollstoff, die bis auf ihre Hüfte hinabreichte. Sie sorgte für mehr Wärme und schränkte ihre Bewegungsfreiheit nicht ein. Auch Magda schloss die Schnürung einer ähnlichen Weste. Beide Westen waren in einfachen Brauntönen gehalten und überlappten ein wenig, damit die Bluse darunter an Ort und Stelle blieb. Teresa war froh um das praktische Kleidungsstück, denn in der Schnitzwerkstatt war es – im Gegensatz zur Schmiede – sehr kalt. Sie sollte die Türen offen lassen, hatte Josef sie angewiesen, dann würde die Wärme des Feuers herüberziehen. Leider funktionierte das nicht sonderlich gut. Dass es einen kleinen schmiedeeisernen Ofen in der Ecke gab, schien den Schmied nicht zu interessieren. Teresa ließ die Tür trotz der Kälte meistens geschlossen, denn noch immer hatte sie sich nicht an den Lärm des Schmiedehammers gewöhnt. Das Geräusch ließ sie jedes Mal erzittern und lenkte sie von der Arbeit ab. Wenn die Türen geschlossen waren, drangen die harten Schläge kaum noch bis zu ihr durch, und manchmal, wenn sie die Augen schloss und tief den Geruch der Holzspäne einatmete, fühlte es sich fast ein wenig so an, als wäre sie zu Hause.

»Du hast es gut.« Magda riss sie aus ihren Gedanken. »Du kannst dich heute in deine Werkstatt flüchten und bist nicht Burgis Launen ausgesetzt. Ich glaube, sie hatte mit ihrem geliebten Kräutler Streit, da er keine Spätäpfel bringt. Jetzt lamentiert und jammert sie den lieben langen Tag, dass das geliebte Kompott des Herrn nicht über den Winter reichen würde. Ständig gängelt sie mich und lässt mich sämtliche Böden scheuern, als ob es das besser machen würde. Meine Finger sind schon ganz schrumpelig.« Zur Bekräftigung ihrer Worte hob sie die Hände in die Höhe.

Teresa zog ihr beigefarbenes Kopftuch am Hinterkopf fest. »Streit, die beiden? Das kann ich mir nicht vorstellen. Sie machten auf mich eher den Eindruck eines alten Ehepaars.«

»Das ist es ja gerade«, erwiderte Magda und öffnete die Zimmertür. »An dem einen Tag glaubst du, er würde sie vom Fleck weg heiraten, und am nächsten reden sie kein Wort mehr miteinander.«

»Na, dann wollen wir mal hoffen, dass sie sich bald wieder vertragen«, sagte Teresa, während sie die Treppe hinunterliefen.

Die beiden jungen Frauen betraten die gut geheizte Küche, in der es nach Haferbrei duftete. Trotzdem schien hier Eiszeit zu herrschen. Burgi begrüßte sie mit einem mürrischen Nuscheln, was Teresa als ein »Guten Morgen« deutete.

Die alte Köchin würdigte die beiden jungen Frauen keines Blickes und stellte zwei Schüsseln Haferbrei auf den Tisch. Schweigend setzten sich Teresa und Magda und begannen zu essen. Der Haferbrei schmeckte wässrig. Burgi hatte sowohl an der Milch als auch am Honig gespart. Nach einer Weile stellte die alte Köchin zwei Becher warmen Würzwein auf den Tisch und wandte sich an Magda.

»Heute sind die Böden im Obergeschoss an der Reihe. Im Flur fängst du an. Und achte auf die Spinnweben in den Ecken, die hast du gestern vergessen.«

Magda deutete ein Nicken an, ihre Augen auf Teresa gerichtet, die den Blick senkte. In der Werkstatt mochte es kühl sein, aber dort war sie wenigstens nicht Burgis Launen ausgesetzt.

Plötzlich waren schlurfende Schritte zu hören, und Leopold betrat den Raum. »Guten Morgen, die Damen«, grüßte er, ein scheinheiliges Grinsen auf den Lippen. Teresa wandte angewidert den Blick ab.

»Josef schickt mich. Ich soll Brot und ein Fass Würzwein abholen.« Er schaute zu Teresa. »Und die neue Magd soll mit mir kommen, damit sie den Weg findet.«

Teresa ließ den Löffel sinken. Sie spürte, wie sich ihr Magen verkrampfte.

»Der Korb ist bereits gepackt«, antwortete Burgi. »Steht draußen im Flur.«

Teresa stand abrupt auf und ging an Leopold vorbei.

»Ich finde allein in die Werkstatt.« Ihre Stimme klang abweisend. Sie lief die Treppe nach oben, um ihren Umhang aus der Kammer zu holen.

Dort angekommen, setzte sie sich keuchend aufs Bett. Wie sollte sie diesen schrecklichen Kerl jeden Tag ertragen? Er war gefährlich, das spürte sie, und nicht immer würde Josef in der Nähe sein, um sie zu beschützen.

Die Tür öffnete sich, und Magda betrat den Raum. Sie blieb vor Teresa stehen, musterte sie eine Weile und sagte dann: »Doch lieber Böden schrubben?« Sie setzte sich neben sie. »Ich mag ihn auch nicht, aber ich glaube, er ist harmlos.« Teresa schüttelte den Kopf. »Nein, das ist er nicht. Er hat mich neulich gesehen, als Christian mich nach dem Tanzhaus nach Hause begleitet hat.«

Verwundert schaute Magda Teresa an. »Christian hat dich nach Hause gebracht? Davon hast du gar nichts erzählt.«

Teresa nickte, plötzlich wurde es ihr ganz warm ums Herz.

»Ja, und er hat mich geküsst.«

Magda richtete sich auf. »Er hat was getan?«

»Und Leopold hat uns dabei beobachtet«, fügte Teresa kleinlaut hinzu.

Magda zog die Augenbrauen in die Höhe. »Oh!«

»Genau«, erwiderte Teresa.

Magda winkte ab. »Ach, soll er das mit dir und Christian doch wissen. Das mit Michael und mir weiß die ganze Stadt.

Aber nützen wird es uns nicht viel, denn heiraten wird er eine andere. Er ist nur zum Studieren hier, wird irgendwann in sein richtiges Leben zurückkehren und mich hierlassen.« Sie schlug mit der Faust aufs Kissen, ihre Stimme wurde lauter. »Wir Dienstboten dürfen nichts. Sie verbieten uns das Tanzen, besteuern die Musik, und selbst Flachs dürfen die Mägde in den Spinnstuben nicht mehr spinnen, weil es die Unsittlichkeit fördert und sie mit ihren unehelichen Bälgern der Gerichtsbarkeit zur Last fallen. Aber heiraten und eine richtige Familie gründen wird uns verwehrt. Am liebsten würde ich mit Michael fortgehen, irgendwohin, wo es diese sonderbaren Regeln nicht gibt. Das würde er allerdings niemals tun.« In Magdas Augen traten Tränen. Sie wischte sie schnell ab.

Magdas unerwarteter Ausbruch hatte Teresa seltsamerweise kaum berührt. Nur das Wort Spinnstuben hatte sie aufhorchen lassen, denn es erinnerte sie an die langen Winterabende in Berchtesgaden, an denen die Frauen beieinandergesessen und gesponnen hatten, spielende Kinder zu ihren Füßen. Sie selbst war eines von ihnen gewesen und hatte diese Geborgenheit geliebt. Das Gelächter, das Jammern und Lamentieren, das Erzählen und Kichern, das warme Kerzenlicht und Knarren der alten Dielen. Den ganz eigenen Geruch der Schafwolle im Raum. Was sollte daran verwerflich sein? Sie schaute noch einmal zum Fenster. Draußen war es immer noch diesig.

»Mir ist diese Stadt mit all ihren sonderbaren Regeln so fremd. Wird sie mir jemals Heimat werden?«

Magda folgte ihrem Blick. »Vielleicht hat der Nebel tatsächlich nichts Gutes an sich«, sagte sie nachdenklich. Teresa nickte und antwortete: »Das glaube ich auch.«

*

Später am Tag malte die Sonne tanzende Kreise auf den alten Dielenboden der Holzwerkstatt, doch Teresa nahm sie genauso wenig wahr wie den Wind, der an den Fensterläden rüttelte. Sie hatte nur Augen für die Zeichnung eines Familienwappens, die ihr Thomas Stantler gegeben hatte. Voller Erwartung stand er neben ihr und wartete auf ihre Antwort. Es war ein großer Auftrag. Keine Wolfsklingen, aber zwölf Kurzschwerter mit Holzgriffen, in die ein steigender Adler eingearbeitet werden sollte.

»Selbst mein Bruder hätte diese Arbeit nicht machen können«, sagte er. »Aber ich dachte, du könntest es vielleicht. Immerhin bist du eine richtige kleine Künstlerin.«

Seine Worte schmeichelten Teresa. Sie strich mit den Fingern über die Linien auf dem Papier und konnte es kaum glauben. Thomas Stantler vertraute ihr. Sie durfte mehr sein als das Mädchen, das einfache Griffe schnitzte oder Hausarbeit erledigte. Das Wappen war nicht sehr aufwendig, es würde nicht schwierig werden, es in die Griffe einzuarbeiten.

»Wir haben früher oft Bilder und Wappen ins Holz geschnitzt«, erklärte sie. »Meistens waren es Holzteller oder -becher. Aber auch der eine oder andere Messergriff war darunter. Allerdings waren es keine Griffe für Kurzschwerter gewesen, sondern Jagd- und Taschenmesser, die wir ausgestattet haben.«

Thomas Stantler schüttelte lächelnd den Kopf. »Und ich wollte dich fortschicken. Wie blind ich gewesen bin.«

»Ihr wart nicht blind«, widersprach Teresa ihm. »Regeln werden aus bestimmten Gründen aufgestellt und sind wichtig. Wenn Eure Zunft Frauen das Schnitzen verbietet, dann ist das eben so, auch wenn es mir nicht gefällt.«

»Du bist wirklich ein sonderbares Mädchen, Teresa. Langsam beginne ich zu begreifen, was dein Vater in dir gesehen hat. Wärst du ein Junge, ich würde dich sofort an den besten Bildhauer der Stadt verweisen, damit du bei ihm in die Lehre gehen kannst. Aber das kann ich nicht.«

Teresa legte die Zeichnung des Wappens auf die Werkbank. »Ihr bietet mir mehr, als mir zusteht.«

Thomas Stantler machte einen Schritt auf sie zu. Plötzlich war sein Lächeln verschwunden, und Schmerz stand in seinen Augen.

»Talent ist ein großes Gut. Niemand sollte es mit Füßen treten. Ich habe es getan, und es tut mir leid. Dein Vater hatte Glück, dass er keiner Zunft gerecht werden musste. Doch manche Regeln gilt es zu brechen, auch wenn es schwer erscheint.«

»Und was wird sein, wenn die Zunft von mir erfährt?«

»Das wird sie irgendwann«, erwiderte er, »denn in dieser Stadt bleibt nichts verborgen. Aber das soll nicht deine Sorge sein. Ich habe dir erlaubt zu bleiben, also werde ich dafür geradestehen. Irgendeine Lösung wird sich schon finden. Du hast es geschafft, mich mit deinem Talent zu beeindrucken, also werden wir auch die anderen davon überzeugen, dessen bin ich mir sicher.« Er deutete auf das Familienwappen. »Aber jetzt zurück zu den Messergriffen. Wie viel Zeit wirst du für die Arbeit benötigen?«

Teresa brauchte einen Augenblick, um die Worte des Klingenschmieds zu verarbeiten. Plötzlich kam ihr alles so einfach vor. »Vielleicht zwei Wochen«, erwiderte sie.

Thomas Stantler nickte. »Gut. Ich werde Leopold sagen, dass er dir zur Hand gehen soll. Er ist manchmal etwas ungeschickt, aber unter deiner Anleitung wird er schon zurechtkommen.«

Teresa erstarrte. Thomas Stantler nickte ihr noch einmal zu, dann verließ er den Raum. Laut fiel die Tür hinter ihm ins

Schloss, und einige Holzspäne wirbelten in die Höhe. Teresa beobachtete, wie sie wieder zu Boden sanken. Das gute Gefühl war so schnell wieder verschwunden, wie es gekommen war. Doch dann fiel ihr plötzlich ein, was ihr Vater immer zu ihrer Mutter gesagt hatte, wenn der alte Willi von der Mühle bei ihnen zu Gast war. Besonders ihre Mutter hatte ihn nicht leiden können, weil er ein hinterlistiger Gauner gewesen war, der Frau und Kinder verprügelte und bei der Abrechnung betrog. Ihr Vater sagte: Du kannst nicht allen gerecht werden. Diese Sorte Mensch wird es immer geben, und wir müssen mit ihnen leben lernen, ob es uns nun gefällt oder nicht.

Teresa atmete tief durch, schaute noch einmal auf die Zeichnung des Wappens und verließ den Raum, um sich im Innenhof auf die Suche nach dem passenden Holz für die Griffe zu machen. Irgendeine Ausrede würde sie schon finden, um Leopold loszuwerden.

Als sie nach draußen trat, hörte sie laute Stimmen, die vom Fluss zu kommen schienen. Neugierig ging sie zum Hoftor, um nachzusehen, was die Unruhe auslöste. Genau in dem Moment, als sie es öffnete, kam Josef aufgeregt winkend aus der Werkstatt gelaufen.

»Da bist du ja, Mädchen. Komm schnell. Am Fluss schupfen sie wieder einen der Bäcker.«

Josef stürmte an ihr vorbei auf die Gasse.

Hastig folgte sie ihm. »Was machen sie mit dem Bäcker?«

»Sie tauchen ihn in den Fluss, weil er beim Brotgewicht betrogen hat. Das ist sehenswert.«

Teresa wusste nicht, ob sie so ein Spektakel wirklich sehen wollte. Trotzdem folgte sie dem alten Mann zum Inn, wo sich bereits viele Menschen auf der engen Holzbrücke drängten, um das Schauspiel nicht zu verpassen. Josef verschwand in der Menschenmenge, und Teresa blieb zwischen zwei Frauen stecken, die mit Äpfeln gefüllte Huckelkiepen auf dem Rücken trugen, und wurde gegen das Brückengeländer gedrückt. Über dem Fluss hing ein großer, aus Korbgeflecht gefertigter Käfig, in dem ein pitschnasser, zusammengekauerter Mensch saß. Die Menge grölte laut, viele schwangen die Fäuste. »Ja, taucht ihn in den Fluss, diesen Betrüger«, keifte eine der Frauen neben Teresa. Ein kleines Kind neben der Frau begann zu weinen, während der Käfig erneut nach unten abgesenkt wurde und im Wasser verschwand. Der Bäcker begann, laut zu kreischen und um Gnade zu winseln. Die Menge grölte. Einige warfen faules Gemüse in den Fluss. Der Käfig wurde wieder nach oben gezogen, und der Bäcker japste nach Luft. Erneut flehte er um Gnade. Noch mehr Menschen drängten sich auf die Brücke, und Teresa wurde weitergeschoben. Ein kräftiger Bursche mit einem zerschlissenen Umhang stieß sie unsanft zur Seite, als sie gegen ihn gedrückt wurde. Er stank widerlich nach Urin, Pfeifentabak und Schweiß. Teresa hielt den Atem an. Die Enge tat ihr nicht gut. Ihr wurde schwindelig, und sie schloss kurz die Augen. Der Bäcker wurde erneut ins Wasser getaucht. Wieder wurde das Grölen der Menge lauter, und die Menschen hinter Teresa drängelten weiter nach vorn. Mit letzter Kraft klammerte Teresa sich am Geländer fest. Das grüne Wasser des Flusses verschwamm vor ihren Augen, ebenso die Gesichter der Leute. Das Kindergeschrei, die lauten Rufe und das Lachen – alles vermischte sich zu einem unwirklichen Getöse in ihren Ohren, und schwarze Punkte begannen, vor ihren Augen zu tanzen. Ihre Knie fühlten sich ganz weich an, und sie sank in sich zusammen. Plötzlich spürte sie, wie sie festgehalten wurde. Eine ihr wohlbekannte Stimme drang an ihr Ohr. »Teresa.« Mehr hörte sie nicht mehr, denn alles wurde schwarz um sie herum.

Christian beugte sich über sie, als sie wieder zu sich kam. Erschrocken schnellte Teresa in die Höhe, doch sofort wurde ihr wieder schwindelig.

»Nicht so schnell«, sagte Christian. Sie spürte seine Hände auf den Schultern, die sie sanft zu Boden drückten. Teresa blinzelte in die hellen Strahlen der Herbstsonne. Erneut tauchte Christians Gesicht über ihr auf. »Immer schön langsam. Mit so einer Ohnmacht ist nicht zu spaßen.« Er setzte eine Trinkflasche an ihre Lippen. Teresa trank bereitwillig, was sie sofort bereute. Hustend und spuckend schoss sie in die Höhe. Ihr Hals brannte wie Feuer, und Tränen traten ihr in die Augen. Der beißende Geruch von Branntwein hing in der Luft.

»Bist du verrückt geworden!«, japste sie. »Du willst mich wohl umbringen?«

»Hab ich dir doch gesagt, mein Freund, ein Schluck von dem Zeug, und sie ist wieder putzmunter.«

Teresa schaute nach rechts. Neben Christian stand der heruntergekommene Bursche, den sie eben auf der Brücke gesehen hatte. Er grinste breit und zeigte seine verfaulten Zähne. Angewidert wandte sie den Blick ab.

»Hab Dank für deine Hilfe«, sagte Christian und drückte dem Burschen eine Münze in die Hand. Teresa schaute sich um. Sie saß unweit der Brücke am Ufer des Inns, der im milden Licht der Nachmittagssonne grünlich schimmerte. Der Bäcker war inzwischen aus seinem Korb befreit worden, die Menge hatte sich zerstreut. Der zahnlose Bursche verschwand mit einem süffisanten Grinsen, und Christian setzte sich neben Teresa ins Gras. »Hast mir einen ganz schönen Schrecken eingejagt.«

Er begann, kleine Steine ins Wasser zu werfen. »Vielleicht solltest du Brücken in Zukunft besser meiden. Ich werde nicht immer da sein, um dich retten zu können.«

Teresa senkte beschämt den Blick. »Es war plötzlich so eng.« Christian schaute zur Brücke. »Das Schupfen der Bäcker ist beliebt, was ich gar nicht verstehen kann. Mir gefallen all diese Dinge nicht sonderlich. Ob Schandgeigen, an den Pranger stellen oder Hinrichtungen. Die Menschen feiern es wie Volksfeste, sich an dem Leid anderer ergötzen zu können.«

»Ich habe nicht einmal gewusst, was Schupfen ist«, gestand Teresa. »Josef sagte, dass es sehenswert wäre. Mir hat der Bäcker leidgetan.«

»Leidtun muss er einem nicht, der alte Gabler Johannes. Das ist jetzt schon das dritte Mal, dass er gegen die Regeln verstößt. Langsam müsste er es besser wissen.«

Teresa blickte zur Brücke hinüber, über die gerade ein breites, mit Getreidesäcken beladenes Fuhrwerk fuhr. »Dann habe ich auch kein Mitleid.« Sie schaute Christian an. »Es ist ein wenig wie bei Cenodoxus. Seinen Abgang in die Hölle hat am Ende auch niemand bedauert.«

»Vielleicht ja doch«, mutmaßte Christian und warf erneut einen Stein in den Inn. Teresa beobachtete die Kreise auf der Wasseroberfläche, wie sie sich ausbreiteten und irgendwann wieder verschwanden. »Mein Bruder Rupert hat die Steine immer übers Wasser hüpfen lassen. Bis ans andere Ufer unseres Teichs sind sie oftmals gesprungen. Aber flach müssen sie sein, sonst geht es nicht.« Sie suchte im Kies einen flachen Stein und versuchte ihr Glück, doch es funktionierte nicht.

»Das Spiel kenne ich«, sagte Christian. »Das haben wir früher oft am Mühlenteich gespielt.«

Auch er suchte einen flachen Stein, der tatsächlich einige Meter über den Fluss sprang, bevor er unterging.

»Ich habe wohl kein Talent dazu«, sagte Teresa schulterzuckend und beobachtete ein mit Fässern, Tuchballen und Salzkufen beladenes Handelsschiff, das unter der Brücke hindurch

Richtung Donau trieb. Genau auf so einem Schiff hatte Rupert weiterreisen wollen, die Donau hinauf bis Regensburg. Er hatte so zuversichtlich geklungen. Wieder dachte sie an Cenodoxus, der in der Hölle schmoren musste, weil er voller Hoffart und unbelehrbar gewesen war. Rupert hatte nur ein Mal im Leben gesündigt, wofür seine Seele bis in die Ewigkeit büßen sollte. Wo blieb da die Gerechtigkeit? »Glaubst du, dass Gott beim Jüngsten Gericht Gnade walten lässt, wenn ein Mensch nur einen einzigen Fehler begangen hat?«

Christian schaute sie verwundert an. »Ich glaube, das kommt auf den Fehler an.«

Teresa überlegte, ob sie von Rupert und dem Zettel erzählen sollte. Immerhin studierte Christian an einem Jesuitenkolleg, also musste er sich mit solchen Dingen doch auskennen. Aber was war, wenn er ihr nicht die erhoffte Antwort geben und ihr das letzte Stück Hoffnung rauben würde? Sie beschloss, nichts zu sagen. Rupert würde nicht wieder zurückkommen, und für seine Seele konnte sie nur noch beten. Sie blickte die Gasse hinunter, die im Schatten des späten Nachmittags versank.

»Ich sollte in die Werkstatt zurückgehen. Josef wird sich bestimmt Sorgen machen.«

Sie wollte aufstehen, doch Christian hielt sie am Arm zurück. »Geh noch nicht. Ich weiß nicht, warum ich das jetzt sage, und ich habe es noch nie zu einem Mädchen gesagt. Aber ich möchte, dass du noch ein Weilchen bei mir bleibst.«

Überrascht schaute Teresa Christian an. Er sah sie abwartend an. Am liebsten hätte sie ja gesagt und wäre einfach bis in die Ewigkeit neben ihm in der Sonne sitzen geblieben. Aber das hier war nicht die Wirklichkeit. Magdas Worte kamen ihr in den Sinn. Irgendwann würde auch Christian fortgehen und sie allein zurücklassen. Noch einmal würde sie es nicht ertragen, einen geliebten Menschen zu verlieren. Aber war er überhaupt ein geliebter Mensch? Sie kannte ihn kaum, und doch gab es eine Vertrautheit zwischen ihnen, die sie verwirrte.

Eine schwatzende Gruppe Frauen riss sie aus ihren Gedanken, und Teresa stand auf. Auch Christian erhob sich. Plötzlich wirkten beide unsicher.

»Ich glaube, ich gehe jetzt besser. Vielen Dank fürs Retten, schon wieder«, sagte Teresa.

Er lächelte. »Aber gern doch.«

Sie gingen vom Ufer weg. Christian begleitete sie noch ein Stück die Gasse hinunter, dann verabschiedeten sie sich förmlich mit einem Gruß voneinander.

Teresa blieb einen Moment am Eingang stehen und beobachtete ihn dabei, wie er über die Brücke ging. Sie seufzte. Wehmütig dachte sie an ihren letzten Abschied, der mit einem Kuss geendet hatte. Sie schob den Gedanken beiseite und öffnete das Hoftor.

Leopold saß mit einem Becher Bier in der Hand in einer Ecke der gut gefüllten Schenke und starrte vor sich hin. Eine Gruppe Hübschlerinnen hatte sich unter die Männer gemischt, was für große Erheiterung sorgte. Der Wirt ließ es durchgehen, auch wenn Hurerei eigentlich verboten war. Die Frauen belebten das Geschäft, und das Vermieten der einen oder anderen Kammer sorgte für zusätzlichen Umsatz. Eines der Mädchen, ein junges Ding mit goldfarbenen Locken, setzte sich neben Leopold.

»Was sitzt du so allein in der Ecke?« Leopold warf ihr einen finsteren Blick zu. »Ich bin die Kathi, und wie heißt du?«, fragte sie unbefangen, rückte näher an ihn heran und schob ihr Schultertuch zur Seite, so dass ihre Brüste zu sehen waren.

»Du gefällst mir. Ich mag schweigsame Männer.« Ihr Geruch stieg ihm in die Nase. Eine seltsame Mischung aus Schweiß und Rosenduft, die ihm den Atem raubte. Er schaute in ihr hübsches Gesicht. Sommersprossen tanzten über ihre bezaubernde Stupsnase. Es würde sich lohnen, zwischen den runden Apfelbrüsten eine Nacht zu versinken und alles zu vergessen. Sie legte ihm die Hand auf das Bein. Er spürte die Erregung in sich. Doch dann fiel sein Blick auf den Griff des Messers, das neben seinem Becher auf dem Tisch lag. Ein Holzgriff, an dem er die letzten Tage gearbeitet hatte. Ihre Hand wanderte zwischen seine Beine. Er genoss ihre Berührung, die seine Lenden zum Beben brachte, doch dann stieß er sie plötzlich grob von sich. »Verschwinde!« Sie schlug mit dem Kopf gegen einen Balken. Erschrocken riss sie die Augen auf.

»Lass den lieber in Ruhe, Mädchen.« Ein hagerer Bursche mit rotblondem Haar trat an den Tisch. Kathi zog ihr Schultertuch zurecht und floh in den Gastraum, wo sie von einem kräftigen Burschen lachend aufgehalten wurde. Leopold griff nach dem Messer und drehte es in den Händen hin und her, während sich der hagere Bursche neben ihn setzte. »Lang nicht gesehen, mein Freund.« Leopold schaute hoch. »Lukas. Hat dich der Fluss noch nicht geholt, wie er es längst hätte tun sollen, du alter Gauner.« Der Bursche verzog das Gesicht. »Das Gauner verbitte ich mir. Ein ehrenwerter Schifffahrer bin ich.«

»Ehrenwert, dass ich nicht lache.« Leopold spie die Worte aus. »Ein Halsabschneider bist du, nicht mehr und nicht weniger.«

»Lieber ein Halsabschneider und Gauner als ein armer Schlucker wie du«, erwiderte Lukas seelenruhig, bedeutete der Bedienung, ihm ein Bier zu bringen, und musterte seinen Freund.

»Früher hättest du so ein hübsches Mädel nicht abgewiesen. Wo drückt denn der Schuh?«

»Ist das wichtig?«

»So wie du aussiehst, schon.«

Leopold nippte an seinem inzwischen warm gewordenen Bier. Angewidert verzog er das Gesicht. »Vor dir werde ich niemals etwas verheimlichen können, mein Freund.«

»In diesem Leben nicht mehr.« Lukas grinste breit, warf der Bedienung einige Münzen hin, nahm einen kräftigen Schluck aus seinem Becher und wischte sich den Schaum von den Lippen.

»Ich war so verdammt nah dran«, sagte Leopold. »Beinahe war ich am Ziel, und dann kam dieses verdammte Weib, das doch nicht mehr als eine Hure ist. Endlich hätte ich eine richtige Aufgabe gehabt und wäre nicht mehr der dumme Handlanger und verhasste Sohn eines Ketzers gewesen.«

Lukas schaute sich erschrocken um und hob beschwichtigend die Hände.

»Nicht so laut, mein Freund.«

»Es weiß doch sowieso jeder in dieser verdammten Stadt, die mir oft wie ein Gefängnis erscheint«, konterte Leopold und schaute seinem Freund in die Augen. »Du, mein alter Freund, kannst jederzeit den Mauern und Gassen und dem Gerede der Leute entfliehen. Wenn sie mit dem Finger auf dich zeigen, dann nimmst du einfach dein Schiff und fährst davon.«

»So leicht ist das auch nicht«, widersprach Lukas.

»Ich hatte den Herrn fast so weit, dessen bin ich mir sicher. Es war meine Werkstatt, meine verdammte Aufgabe, die mir endlich mehr Ansehen verschafft hätte. Schon so lange habe ich an diesen gottverdammten Griffen gearbeitet, und dann kommt dieses Weib und macht das Gleiche in nur einer Nacht.«

Lukas zog eine Augenbraue hoch. »Ein Mädchen, das schnitzen kann?«

»Eine Hure ist sie, die sich mit den Studenten herumtreibt und den Ruf von Thomas Stantler in den Dreck zieht. Aber wahrhaben will das niemand. Sogar bei der Zunft hat der Herr wegen ihr vorgesprochen. Sie wird geduldet. Ein verdammtes dummes Ding aus irgendeinem Loch in den Bergen wird anerkannt, aber mich sieht niemand. Mein ganzes Leben werde ich der Sohn eines Ketzers bleiben, ein Nichtsnutz und Handlanger, der für ein paar Almosen Dankbarkeit zeigen muss. Doch ich kann etwas und bin jemand. Das müssen sie doch sehen. Ich bin mehr wert als eine billige Hure. Verdammt noch eins.« Er schlug mit der Faust auf den Tisch. Lukas hob beschwichtigend die Hände. Einige der Gäste sahen neugierig zu ihnen herüber.

Lukas beugte sich zu ihm hinüber und antwortete: »Immer ist es das alte Lied, von dem du mir vorjammerst. Erst ist es der Alte, wie hieß er noch gleich, Josef. Dann ist es der Sturkopf deines Herrn oder die Köchin, die dich nicht leiden kann, jetzt irgendein dahergelaufenes Weib. Doch vom Jammern wird es nicht besser. Thomas Stantler war mit deinem Vater befreundet und hat ihm ein Versprechen gegeben, an das er sich halten muss, auch wenn es ihm nicht gefällt. Du solltest ihm endlich klarmachen, was du möchtest.«

»Und du glaubst wirklich, er wird mir zuhören?« Leopold winkte ab. »Ich kann froh sein, dass ich unter seinem Dach leben darf. So hat es jedenfalls Josef gesagt. Wenn es nach dem Alten ging, dann würde ich schon längst auf der Straße sitzen.«

»Aber der Alte ist nicht Thomas Stantler«, gab Lukas zu bedenken.

»Du willst das nicht verstehen, oder? Josef ist nicht nur ein einfacher Knecht. Er ist ein Teil der Familie, verwachsen mit dieser verdammten Werkstatt, hat er sich seinen Platz geschaffen. Und er weiß genau, welche Macht er hat, auch wenn er es nur selten zeigt.«

»Trotzdem ist er nur ein Knecht und muss sich seinem Herrn beugen. Du hast gesagt, die Kleine treibt sich mit einem Studenten herum. Das ist doch gut für dich. Sicher wird Thomas Stantler darüber nicht erfreut sein.«

Lukas griff nach dem Messergriff und betrachtete ihn von allen Seiten. »Eine gute Arbeit, ordentlich und sauber. Mit der passenden Klinge daran würde ich dafür einen guten Preis bezahlen.«

»Wirklich?«, fragte Leopold.

»Wenn ich es doch sage. Habe ich dich jemals belogen? Ich würde mit ihm reden. Thomas Stantler kennt dich, seitdem du ein kleiner Junge warst. Aus welchem Grund sollte er dich nicht anderweitig beschäftigen. Und wenn das Mädchen gegen die Regeln verstößt, so kann das nur zu deinem Vorteil sein.«

»Vielleicht hast du recht.« Leopolds Stimme klang zögernd. »Ich sollte endlich auf den Tisch hauen.«

Er stand auf und schob entschlossen das Kinn vor. »Ich bin jemand, und es steht mir zu, nicht mehr länger der Handlanger und einfache Knecht zu sein. Meine Zeit ist gekommen. Es muss sich etwas ändern. Ich werde mit ihm reden. Am besten gleich jetzt. Er darf mir nicht mehr ausweichen. Das ist er mir und meinem Vater schuldig.« Irritiert schaute Lukas Leopold an. »Jetzt, um diese Zeit?«

Leopold griff nach seinem Becher, leerte ihn in einem Zug und knallte ihn auf den Tisch. »Ja, jetzt. Ich kann und will nicht mehr warten.« Entschlossen und ohne ein Wort des Abschieds, wandte er sich um, drückte der kleinen blonden Hübschlerin im Vorbeigehen einen Kuss auf die Wange und verließ die Schenke.

✳

Thomas Stantler saß an seinem Schreibpult. Schon vor einer Weile hatte er die Schreibfeder sinken lassen und starrte vor sich hin. Auf dem Fensterbrett und auf seinem Schreibtisch brannten Kerzen. Flackernd tanzte ihr warmes Licht über die weiß getünchten Wände. Sein Blick wanderte zur leeren Ofenbank. Ihr Strickzeug lag noch immer dort neben ihrem Lieblingskissen, das sie mit Blumen bestickt hatte. Wie oft hatte er sie bei ihrer Arbeit beobachtet. Wie sie in sich versunken jeden Stich an die richtige Stelle gesetzt oder die Stricknadeln gehalten hatte. So gern hatte er sich mit einem Glas Wein in der Hand neben sie gesetzt. Dann hatten sie geredet, meistens über alltägliche Dinge, doch oft auch über Literatur. Sie war gebildet, fleißig und doch bescheiden gewesen. Er konnte sich nicht entsinnen, jemals einer Frau wie ihr begegnet zu sein. Manchmal, wenn sie in ihrer Kammer im Bett lagen, dann hatte er einfach seinen Kopf in ihren Schoß gelegt, und nichts außer ihr war wichtig gewesen. Ohne sie kam ihm das Leben sinnlos vor. Er fühlte nur noch Leere in sich, die sich mit nichts vertreiben ließ. Er schaute auf das Rechnungsbuch hinunter, die Zahlen verschwammen vor seinen Augen. Früher hatte sie die Eintragungen gemacht. Er blätterte zurück und strich vorsichtig mit den Fingerspitzen über die Zahlen und Buchstaben, die doch nur Einnahmen und Ausgaben betitelten. Für ihn bedeuteten sie mehr. Oft hatte sie genau an diesem Platz gesessen, während er in der Werkstatt gewesen war. Die Bücher waren Frauensache, hatte sie immer gesagt. Er hatte gelacht, denn das war nicht so. Doch er wollte sie nicht einschränken, ihr niemals das Gefühl von Wertlosigkeit geben. Seufzend blätterte er die Seiten zurück und schaute auf seine Schrift. Seine Zahlen waren schief, seine Buchstaben eilig hingeworfen. Er war Klingenschmied, kein Mann der Bücher. Sie hatte ihn so gut gekannt.

Lautes Klopfen an der Tür riss ihn aus seinen Gedanken. Er richtete sich auf und sagte schroff: »Herein.«

Leopold betrat den Raum. Thomas Stantler zog eine Augenbraue hoch. »Was willst du?«

Leopold trat näher. »Ich wollte …« Er zögerte kurz und atmete tief durch.

»Was wolltest du?«, hakte der Klingenschmied nach, der Leopold, ebenso wie die anderen Mitglieder des Haushaltes, nicht leiden konnte. Der Bursche war ein notwendiges Übel, wegen eines Versprechens, das er bereute. Conrad Lampl war sein Freund gewesen, ein begabter Klingenschmied, der eine große Zukunft vor sich gehabt hätte, vielleicht sogar hatte, er wusste es nicht. Nach Solingen hatte er gewollt, wo die Protestanten nicht verfolgt wurden. Seinen Sohn hatte er zurückgelassen, nachdem seine Frau im Kindbett gestorben war. Die lange Reise wäre für den Jungen zu beschwerlich gewesen. Niemals hätte er dieses Versprechen geben dürfen, doch der Säugling hatte ihm leidgetan. Ein Kind ohne Zukunft, ein Waise, den niemand liebte. Aber zu einem Sohn war er ihm nie geworden. Inzwischen sah er in dem hinterlistigen Burschen immer mehr seinen ketzerischen Vater, der ihre Freundschaft und die Zunft verraten hatte. Der Apfel fällt nicht weit vom Stamm, wie oft sich dieser Spruch doch bewahrheitete.

Leopold stand jetzt direkt vor dem Schreibtisch. »Ich wollte Euch fragen, wie es mit Eurem Versprechen aussieht.«

»Mit welchem Versprechen?«

»Ihr sagtet, dass die Holzwerkstatt einmal mir gehören wird, weil ich Talent habe. Das habt Ihr mir versprochen.«

Thomas Stantlers blickte Leopold missbilligend an. »Ein Versprechen hat es nie gegeben. Vielleicht wollte ich dich ermutigen, es mit dem Holz zu versuchen, denn zum Klingenschmied taugst du nicht.«

»Das ist nicht wahr«, polterte Leopold los. »Ihr habt es mir versprochen. Ich kann sehr gut schnitzen.« Er zog ein Messer aus dem Gürtel und warf es auf den Tisch. »Besser als diese dahergelaufene Bettlerin allemal.«

Thomas Stantler schaute auf das Messer. Der Griff daran war ordentlich, aber einfach gearbeitet. So etwas fertigte Teresa in wenigen Stunden, während Leopold gewiss mehrere Tage dafür gebraucht hatte.

»So ist das also«, konterte Thomas Stantler, immer noch erstaunlich ruhig. »Neid und Missgunst sind keine guten Begleiter, Leopold, das solltest du wissen. Teresa hat Talent, so etwas kann man nicht erlernen, es ist einfach da. Finde dich damit ab, dass sie den Platz meines Bruders eingenommen hat.« Er gab Leopold sein Messer zurück.

Wütend griff dieser danach. »Talent hin oder her. Sie ist eine Bettlerin, eine dahergelaufene Hure wie alle Weiber. Sie wird Euch enttäuschen, genauso wie Euch Eure Gattin enttäuscht hat.«

»Was fällt dir ein?« Thomas Stantler erhob sich. Jetzt war es um seine Selbstbeherrschung geschehen. »Verschwinde! Geh mir aus den Augen. Wie kannst du es wagen, so über meine Frau zu sprechen. Verlass sofort den Raum, oder ich vergesse jedes Versprechen, das ich irgendwem irgendwann gegeben habe.«

Leopold zog den Kopf ein. Er war zu weit gegangen. Wieder einmal hatte er die Kontrolle verloren. Hastig eilte er zur Tür.

»Du verdammter Sohn eines Ketzers. Wie kannst du es nur wagen«, brüllte Thomas Stantler.

Leopold knallte die Tür hinter sich zu, die letzten Worte des Klingenschmieds verstand er nicht mehr. Einen Moment blieb er im Flur stehen, dann verließ er durch den Hinterhof das Haus und bemerkte nicht, wie Teresa hinter dem Dielenschrank hervortrat. Nun war sie sich sicher, dass sie einen neuen Feind hatte.

Kapitel 8

Josef stand vor Teresa und stemmte die Hände in die Seiten. »Mädchen, du wirst dir noch die Augen verderben. Du kannst diese Arbeit unmöglich im Licht einer Talgkerze verrichten.«

Teresa ließ das Schnitzeisen sinken. Sie hatte gerade damit begonnen, das Wappen in den Griff einzuarbeiten. Immer näher war sie an die Kerze herangerückt, doch inzwischen war es wirklich eine Kunst, an der richtigen Stelle anzusetzen. Seufzend ließ sie das Schnitzeisen sinken. »Du hast recht, Josef. Ich dachte, ich würde heute noch fertig werden. Das hier ist der letzte Griff. Ich habe mir schon die Freude des Herrn ausgemalt, wenn ich ihm morgen die fertige Arbeit zeige.«

Josef trat näher an die Werkbank heran und ließ seinen Blick über die bereits fertigen Griffe schweifen, die ordentlich aufgereiht nebeneinanderlagen. Wieder einmal erstaunte es ihn, wie gut Teresa schnitzen konnte. Die Griffe sahen alle gleich aus, selbst die Wappen waren nicht zu unterscheiden. Er nahm das letzte, unfertige Stück und drehte es in den Händen hin und her. Auch hier waren die ersten Konturen des Wappens bereits zu erkennen, mussten aber noch feiner ausgearbeitet werden.

»Morgen wird der Herr keine Zeit dafür finden, deine Arbeit zu bewundern. Sein kleiner Neffe wird getauft, er ist letzte Nacht zur Welt gekommen.«

»Sein Neffe?«, fragte Teresa erstaunt.

»Burgi hat es dir nicht erzählt?«

Teresa schüttelte den Kopf.

»Seltsam« – Josef kratzte sich am Kopf – »sonst kann sie doch auch keine Neuigkeit für sich behalten.«

»Letzte Nacht, sagst du, ist der Kleine geboren?«, vergewisserte sich Teresa.

Josef nickte. »Muss wohl recht schnell gegangen sein. Bis die Hebamme da war, hat der Bengel schon seinen ersten Schrei getan.«

»Ich bin heute Morgen spät dran gewesen. Als ich in die Küche kam, war Burgi weg, und Magda hat etwas vom Kräutler gemurmelt.«

Josef winkte ab. »Ach, zu ihrem geliebten Kräutler ist sie gegangen. Dem verliebten Burschen.«

Teresa horchte auf. »Es stimmt also wirklich, dass er sie liebt?«

Josef nickte seufzend. »Hals über Kopf hat er sich in sie verliebt, damals, als wir noch jung gewesen sind. Doch das Schicksal hat es nicht gut mit den beiden gemeint.«

Teresa nickte. »Ich weiß.«

»Nein, nein«, widersprach Josef, »es ist nicht wie bei den anderen Dienstboten. Er hätte sie heiraten dürfen, sogar eine Sondergenehmigung hätte er erhalten. Der Dekan hatte einen Narren an ihm gefressen, warum auch immer.« Josef zuckte mit den Schultern. »Doch Burgi hat ihn abgewiesen, immer und immer wieder.«

Teresa schaute Josef verständnislos an. Er fuhr fort: »Warum, das weiß nur sie selbst. All die Jahre hat er die Hoffnung nicht aufgegeben. Inzwischen sind sie irgendwie doch ein Ehepaar. Aber über ihren Schatten springen kann sie bis heute nicht.«

Teresa dachte an ihren Bruder, und der vertraute Kummer über seinen Verlust kehrte zurück. Vielleicht ging es Burgi ja ähnlich.

»Es ist nicht schön, geliebte Menschen zu verlieren«, sagte sie.

Josef verstand, was Teresa meinte, trotzdem antwortete er:

»Keiner von uns kann sein Leben lang fortlaufen, denn dann hat die Angst gewonnen.«

Teresa dachte an Christian. Sofort schlug ihr Herz höher. Sie senkte den Blick.

Josef warf ihr einen kurzen Blick zu, nahm ihr das Schnitzeisen aus der Hand, legte es auf den Tisch und sagte:

»Pass auf dich auf. Ist in dieser Stadt nicht so einfach mit der Liebe.«

Irritiert schaute Teresa ihn an. Lächelnd wedelte er mit den Händen. »Ich bin ein alter Mann, aber nicht blind. Und jetzt sieh zu, dass du nach Hause kommst. Burgi wird sicher schon auf dich warten.«

Teresa erhob sich. Josef stand jetzt direkt vor ihr. Einem Impuls folgend, umarmte sie ihn. »Danke, Josef.«

Zögernd legte der alte Mann seine Hände auf ihren Rücken. »Ist schon gut, Mädchen.« Tränen traten ihm in die Augen. Wenn er eine Tochter gehabt hätte, so wie Teresa hätte sie sein müssen. Das Herz auf dem rechten Fleck, begabt und wunderschön. Doch der Herrgott hatte es anders gewollt, weder eine Frau noch ein Kind war ihm vergönnt gewesen. Teresa löste sich aus der Umarmung. Peinlich berührt ließ er die Hände sinken.

»Dann geh ich jetzt.« Ihre Stimme klang unsicher. Er nickte. »Wir sehen uns morgen in der Kirche.«

Das letzte Abendlicht stand im Westen und schimmerte auf dem Fluss, als Teresa gut gelaunt über die Innbrücke lief. Die Gerüche von feuchtem Holz und Schlick hingen in der Luft, genauso wie der Gestank von gegerbten Tierhäuten, die auf einem ihren Weg kreuzenden Fuhrwerk lagen. Sie hielt den Atem an. Der Mann auf dem Kutschbock nickte ihr kurz zu.

Einer der Lederer, die in der Innstadt ihrem Tagwerk nachgingen. Schon seit längerer Zeit waren sie dorthin verbannt worden, trotzdem zog der Gestank ihrer Werkstätten an so manchem Tag über den Fluss bis zum Dom hinüber. Teresa hastete weiter durchs Innbrucktor. Die dahinterliegende Gasse war menschenleer, nur eine gefleckte Katze huschte in einen Hinterhof. Irgendwo summte jemand eine Melodie, das Klappern von Tellern drang aus einem Fenster. Teresa atmete erleichtert auf, als sie den weitläufigen Kramplatz erreichte. Die Dämmerung hatte sich mittlerweile über die Stadt gelegt, sämtliche Läden und Stände waren geschlossen. Ein Bettler, die Augen verbunden und nach Wein und Urin stinkend, lief wimmernd zwischen den hölzernen Buden herum und streckte die Hände nach Teresa aus. Sie wich angewidert vor ihm zurück und eilte die Große Messergasse hinunter, vorüber an einigen Schenken, aus denen lautes Lachen drang, und erreichte wenig später die Kleine Klingergasse. Der Name wurde ihr wirklich gerecht, dachte Teresa, als sie das Hoftor des Klingenschmieds öffnete. Die Gasse war kaum breiter als zwei Armlängen, Pferdefuhrwerke oder breitere Karren passten nicht hindurch, was das Leben der Bewohner oftmals beschwerlich machte. Sie überquerte den finsteren Innenhof und betrat den von einer Öllampe erhellten Flur. Flackernd tanzte das Licht über das steinerne Deckengewölbe. Die Gerüche von Rosmarin und Thymian hingen in der Luft, und prompt knurrte Teresas Magen. Erst jetzt fiel ihr auf, dass sie den ganzen Tag noch nichts gegessen hatte. Sicherlich hatte Burgi wieder einen ihrer leckeren Eintöpfe gekocht, mutmaßte sie. Aus der Küche drang Gelächter nach draußen. Teresa vernahm Burgis und Magdas Stimmen. Gerade als sie die Küchentür öffnen wollte, fiel ihr Name. Sie hielt in der Bewegung inne, zog ihre Hand zurück und lehnte sich an die Wand neben der Tür.

»Schon wieder kommt sie zu spät. Glaubt, sie wäre etwas Besseres, nur weil sie schnitzen kann.« Burgis Worte trafen Teresa. »Den ganzen Tag treibt sie sich in der Werkstatt herum und spielt sich auf, als wäre sie ein Mannsbild. Derweil hätte ich eine zusätzliche Hilfe gut gebrauchen können. Mein Rücken bringt mich irgendwann noch mal um. Auch die steilen Gassen laufe ich nicht mehr so leicht wie früher.«

»Vielleicht solltest du noch einmal mit dem Herrn reden«, erwiderte Magda.

»Ach, der ist doch blind. Keine Ahnung, warum er so einen Narren an ihr gefressen hat. Seit dem Tod der Herrin ist er mir ein Fremder geworden. Wenn es nach mir ginge, würde ich ihr diese Flausen schon austreiben. Mit der Zunft hat er auch schon Ärger deswegen. Fortschicken hätte er sie sollen. Ich sage dir: Das Mädel wird uns alle noch in Teufels Küche bringen.«

Magda erwiderte nichts auf Burgis Worte, was Teresa aber nicht mehr wahrnahm. Wie betäubt lief sie die Treppe nach oben und warf sich in der Kammer aufs Bett, doch Tränen wollten keine kommen. Stattdessen breitete sich Wut in ihr aus. Sie schlug mit der Faust aufs Kissen. Wie hatte sie nur einen Moment daran glauben können, dass jetzt alles gut wäre? Sie drehte sich zur Seite und starrte auf den vom Mondlicht erhellten Boden. Als wenig später Magda in den Raum schlüpfte, war sie eingenickt.

»Du bist ja doch da«, begrüßte die Magd sie überrascht. Teresa öffnete die Augen. »Schon seit einer Weile«, murmelte sie.

Magda öffnete die Schnürung ihrer Weste. »Wir haben uns Sorgen gemacht.«

»Wenn du das Sorgen machen nennst«, zischte Teresa.

Magda drehte sich um. Im Dämmerlicht war ihr Gesicht kaum zu erkennen, nur ihr blondes Haar schimmerte im Mondlicht.

»Du hast uns gehört.« Teresa schwieg. Magda setzte sich seufzend auf ihr Bett. »Wenn ich ihr widerspreche, dann hackt sie wieder auf mir herum, weil ich mit Michael …« Sie verstummte, dann fuhr sie fort: »Sie meint es nicht so. Sie ist eine verbitterte alte Frau, die gern tratscht. Nimm es dir nicht so zu Herzen. Morgen hat sie ihre abfälligen Worte gewiss wieder vergessen. Eigentlich ist sie eine gute Haut.«

Teresa setzte sich auf. »Sie hat gesagt, es gibt Ärger mit der Zunft. Ich möchte nicht, dass der Herr wegen mir Schwierigkeiten bekommt.«

Magda legte sich in ihr Bett und wickelte sich in ihre Decke. »Ach, die Zunft meckert immer an irgendetwas herum. Früher wegen Leopold, jetzt wegen dir. Es ist nicht Burgis Aufgabe, das zu regeln. «

Teresa legte sich wieder hin. Sie beruhigte sich ein wenig. Nach einer Weile begann ihr Magen zu knurren, so laut, dass sogar Magda es hörte.

»Lauschen ist nicht gut«, sagte Magda laut auflachend. »Dabei kann man schnell verhungern.«

»Und derweil hat es so gut nach Rosmarin und Thymian geduftet«, erwiderte Teresa seufzend, drehte sich auf die Seite und schloss die Augen. Bestimmt hatte Magda recht, und sie sollte sich nicht alles so zu Herzen nehmen. Sie musste sich ein dickeres Fell zulegen, um hier bestehen zu können.

Am nächsten Tag hatte das Wetter umgeschlagen. Wolken hingen tief über der Stadt, und ein unangenehmer Wind trieb die ersten Schneeflocken vor sich her. Teresa folgte den anderen fröstelnd zum Pfaffenplatz, wo die Taufkapelle der Klingenschmiede lag. Viel lieber hätte sie sich jetzt in ihrer Werkstatt verkrochen, um den letzten Holzgriff zu vollenden, aber selbst die Dienstboten sollten bei der Zeremonie anwesend sein. Sie betraten die Kirche. Nur wenig Tageslicht drang durch das einzige runde Fenster über der Tür in die winzige Kapelle, in der sich die komplette Bruderschaft, gemeinsam mit ihren Familien, versammelte. Kerzen, die in schmiedeeisernen Haltern an den kahlen Wänden steckten, verbreiteten ihr warmes Licht. Teresa gesellte sich zu den anderen Dienstboten, die sich im Hintergrund hielten. Trotz der Enge war es bitterkalt. Teresa rieb sich ihre klammen, von der Kälte geröteten Finger und beobachtete teilnahmslos das Geschehen. Dem kleinen Neffen von Thomas Stantler schien die Taufprozedur nicht zu gefallen, denn er schrie ohne Unterlass, seit sie die Kapelle betreten hatten. Teresas Gedanken schweiften ab, während die Eltern und Paten nach vorn traten. Sie dachte an den Nachmittag zurück, als sie mit Christian am Inn in der warmen Sonne gesessen hatte. So wunderschön war dieser Moment gewesen, der ja eigentlich mit einem Unglück begonnen hatte. Doch Christian hatte sie gerettet. Er schien wie ein Schutzengel zu sein, der immer dann auftauchte, wenn sie in größter Not war. Seine Worte waren ihr nicht mehr aus dem Sinn gegangen, waren sie doch ein wenig wie ein Liebesgeständnis gewesen. Ihr Blick wanderte durch den Raum. An Leopold blieb er hängen, und das gute Gefühl verschwand. Leopold grinste anzüglich, als hätte er nur darauf gewartet, dass sie in seine Richtung schaute. Vielleicht war er ja wirklich nur ein Angeber, der sich gern aufspielte, wie Magda sagte. Doch eigentlich konnte sie das nicht glauben. Sie faltete die Hände.

Der kleine Junge wurde über das Taufbecken gehalten und brüllte noch lauter.

Magda, die direkt neben ihr stand, stieß Teresa in die Seite. »Der hat gute Lungen, der Kleine.«

Teresa zuckte mit den Schultern. Sie sehnte das Ende der Tauffeier herbei, denn das Geschrei des Jungen war inzwischen unerträglich geworden und schmerzte in den Ohren. Der Priester salbte die Stirn des Säuglings und sprach irgendwelche Worte, die keiner verstand.

Magda beugte sich grinsend zu Teresa hinüber. »Aber gute Lungen sind bei einem Mann nicht alles.«

Errötend schlug Teresa die Augen nieder. Erneut dachte sie an Christian. Sie wollte es sich nicht eingestehen, aber sie vermisste ihn.

»Mir kannst du nichts vormachen«, raunte Magda ihr zu. »Du bist verliebt.«

Teresa zuckte zusammen. Sie fühlte sich ertappt. Magdas Grinsen wurde breiter. Die Gemeinde erhob sich und sprach das Abschlussgebet. Teresas Lippen formten die Worte, in Gedanken war sie jedoch woanders. War das warme Kribbeln im Bauch tatsächlich Liebe? So einfach konnte es damit wohl nicht sein. Oder vielleicht doch? Der Priester verkündete das Ende des Gottesdienstes. Auch ihm war die Erleichterung anzusehen, und er entfloh in aller Eile durch eine Seitentür, nachdem er sich von den Eltern und Paten verabschiedet hatte.

Kurz darauf standen alle auf dem weitläufigen Pfaffenplatz. Der Herrgott hatte Erbarmen mit ihnen. Es hatte zu schneien aufgehört, durch die grauen Wolken spitzte hier und da ein Sonnenstrahl, und der frisch gefallene Schnee taute bereits. Um Teresa herum wurde laut gelacht, geredet und erzählt. Die Eltern des Kleinen hatten zu einem Umtrunk geladen – sogar für die Dienstboten sollte es heißen Würzwein geben –, was freudig begrüßt wurde. Burgi hatte sich dem Anlass entsprechend herausgeputzt. Sie trug ein dunkelblaues Leinenkleid, eine saubere weiße Schürze und eine neue Haube, die sie an einem der vielen Stände des Kramplatzes erstanden hatte. Eine wollene Weste schützte sie vor der Kälte. Sie hatte sich bei Josef eingehängt, der seine übliche Werkstattkleidung trug. Nur seine lederne Schürze hatte er abgelegt. Seine Stiefel hatte er am Morgen mit ordentlich Spucke geputzt, was seiner Meinung nach das Leder zum Glänzen brachte. Magda lief neben Burgi her. Die beiden unterhielten sich lachend. Plötzlich hatte Teresa das Gefühl, nicht dazuzugehören. Burgis Worte kamen ihr in den Sinn. In solchen Momenten vermisste sie Rupert mehr als alles andere, wenn das Gefühl der Hilflosigkeit zurückkehrte und sie seine aufmunternden Worte, seine Umarmung und Nähe brauchte.

Sie erreichten das Eingangsportal des Doms. Teresa blieb stehen, während die anderen schwatzend in der Zengergasse verschwanden. Sie erinnerte sich an den Moment, als sie den Dom zum ersten Mal gesehen hatte. Damals hatte sie sich fest vorgenommen, hier für Rupert zu beten, damit seine Seele gerettet werden würde. Und was hatte sie getan? Nicht ein Mal hatte sie das Gotteshaus betreten. Selbstsüchtig war sie gewesen und hatte nur ihr eigenes Glück gesucht, während ihr Bruder in der Hölle schmorte. Aber war es wirklich Selbstsucht oder nicht doch Überlebenswille gewesen? Wie hätte er an ihrer Stelle gehandelt? Sie kannte die Antwort, was den Schmerz in ihr vergrößerte. Er war für sie gestorben. Sie ging auf das Portal zu, drückte die Klinke nach unten und betrat den Dom. Von der Schönheit des Gotteshauses überwältigt, blieb sie am Eingang stehen. Die Kirche schien unendlich groß zu sein. Ehrfürchtig blickte sie sich um. Die hohe Decke war mit wunderschönen Gemälden bedeckt, ebenso viele Wände. Durch die großen Fenster fiel helles Tageslicht auf den marmornen Boden. Selbst die Kirchenbänke schienen hier noch strahlender und schöner zu sein, waren sie doch auf Hochglanz poliert und mit Schnitzarbeiten verziert. Tief beeindruckt lief sie durch den Mittelgang, blieb immer wieder stehen und drehte sich im Kreis. So viel für Gott geschaffene Schönheit, dachte sie, während ihr Blick an dem goldenen und reich mit Edelsteinen verzierten Kreuz auf dem Altar hängenblieb. Wenn sie hier für Rupert betete, dann musste der Herr sie hören. In so einem großen und wunderschönen Gotteshaus konnte ein Hilferuf nicht einfach ungehört verhallen. Sie trat in eine der Bankreihen, sank auf die Knie und faltete die Hände zum Gebet. Nur zögernd formten die Lippen die eine Bitte, die ihr auf der Seele lag. Ein Mal sollte der Herr gnädig sein. Rupert war ein Held, hatte er doch sein Leben für sie geopfert. Am Ende des Gebets flehte sie noch einmal die heilige Mutter Maria um Vergebung für ihre und Ruperts Sünden an. Möge auch sie Rupert vergeben, so wie sie selbst ihm vergeben hatte. Doch noch während sie diesen Gedanken dachte, überlegte sie, ob sie das wirklich getan hatte. Wie ein heißer Dorn stieß diese Frage in ihr Herz und versetzte ihr einen Stich. Sie öffnete die Augen, erhob sich und sank auf die Kirchenbank. Rupert hatte sie gerettet und verteidigt. Aber hatte sie wirklich gewollt, dass er mutig war?

»Wärst du bloß einfach feige gewesen«, sagte sie laut. »Vielleicht hätten wir doch noch flüchten können.« Sie schloss die Augen. Die Erkenntnis traf sie wie ein Schlag. Sie hatte ihm nicht verziehen. Es stand ihr nicht zu, Maria oder den Herrgott um Vergebung zu bitten. Er hatte sie allein gelassen, hatte geglaubt, er müsste ein Held sein, und hatte diesen gottverdammten Pakt mit dem Teufel geschlossen. Sie stand entschlossen auf und ballte die Fäuste. Wut stieg in ihr auf, die doch Verzweiflung war. Die Bilder der Heiligen verschwammen vor ihren Augen. Sie würden Rupert nicht helfen. Wenn sie ihm nicht verzeihen konnte, wie sollten es dann Gott und die heilige Mutter Maria tun? Sie schüttelte den Kopf und ging mit gesenktem Blick zum Ausgang. Plötzlich machte ihr der Dom Angst. Die Allmacht Gottes war hier allgegenwärtig, greifbar und nah. Wie sollte ein einfacher Sünder hier Bestand haben. Ein Sünder, dem nicht einmal seine eigene Schwester vergeben konnte. Als sie das Kirchenportal erreichte, nahm Teresa aus dem Augenwinkel eine Bewegung wahr. Sie wandte den Kopf, aber niemand war zu sehen. Nur in den Kirchenbänken saßen einige ins Gebet versunkene Gläubige. Sie öffnete die Tür und trat nach draußen. Der Pfaffenplatz war in helles Sonnenlicht getaucht, gleichzeitig schwebten vereinzelt dicke Schneeflocken wie Daunen zu Boden. Teresa glaubte erneut, eine Bewegung hinter sich wahrzunehmen, und schaute sich um. Doch wieder war niemand zu sehen.

»Ich sehe schon Gespenster«, versuchte sie, sich selbst zu beruhigen, und bog in die Zengergasse ein, die am Dom vorbei und zum Kramplatz führte. Aufkommender Wind riss an ihrem Umhang und ließ sie frösteln. Sie dachte an die anderen, die jetzt in der warmen Stube des Messerers saßen und sich am Wein labten. In den Dom hätte sie auch an einem anderen Tag gehen können. Wieder glaubte sie, Schritte zu hören. Sie blieb stehen. Nichts war zu hören. Sie lief weiter und lauschte in die Stille der engen Gasse. Erneut waren die Schritte zu hören. Sie drehte sich um, diesmal etwas schneller. Gerade noch sah sie, wie eine Gestalt sich in einen Hauseingang duckte. Ihr Herz begann, schneller zu schlagen. Sie wurde verfolgt. Der Schneefall verstärkte sich, während Teresa den Hauseingang fixierte. Doch die Person schien genauso zu verharren wie sie selbst. Nach einer Weile beschloss Teresa weiterzugehen. Sie musste den Kramplatz mit seinen vielen Verkaufsständen erreichen, denn unter den Menschen war sie in

Sicherheit. Niemals würde jemand wagen, sie dort zu überfallen. Sie zog ihren Umhang enger um sich und hastete die Gasse entlang, vorbei an einem Händler, der einen leeren Karren hinter sich herzog. Erneut glaubte sie, die Schritte hinter sich zu hören. Oder bildete sie sich das nur ein? Immer wieder drehte sie sich um, aber nur der Händler und sein Karren waren zu sehen. Sie erreichte den Kramplatz, auf dem trotz des winterlichen Wetters und der vorangeschrittenen Stunde noch rege Betriebsamkeit herrschte. Zwischen den Verkaufsbuden entspannte sie sich ein wenig. Die Auslagen waren reich bestückt, und sie sah sich die Waren an. Hier und da blieb sie sogar stehen. An einem Seifenstand schnupperte sie an einer Rosenseife, ein Stück weiter bewunderte sie feinste Spitze und edle Seide. In einem Laden des Kramhauses gab es fremdländische Gewürze, und sie steckte ihre Nase in jeden Tiegel. Am Stand der Filzerei bewunderte sie Hüte und bunte Taschen, und bald darauf roch es verführerisch nach Fleischbrötchen. Ihr Magen machte sich bemerkbar, doch sie hatte kein Geld dabei. Schweren Herzens wandte sie sich ab und schlenderte an der Bürstenmacherei und einem Weinhändler vorüber, der rotwangig und mit seligem Blick hinter seinem Verkaufstresen stand. Es sah so aus, als wäre er selbst sein bester Kunde. Sie lächelte. Der Mann bemerkte es und zwinkerte ihr fröhlich zu. Sie hob die Hand zum Gruß und setzte ihren Weg fort. Die Abenddämmerung sank langsam über den Kramplatz, und die Herbstsonne tauchte die aufgetürmten Wolken in rotgoldenes Licht. Teresa lief an der Kleinen Messergasse vorüber. Inzwischen war sie wieder guter Dinge und summte eine Melodie. Der Kramplatz mit seinen vielen Eindrücken hatte ihre Stimmung aufgehellt und ihre Angst vertrieben. Doch dann legte sich plötzlich von hinten eine Hand auf ihren Mund, und sie wurde in die Kleine Messergasse geschleift. Sie wollte schreien, aber ihr Angreifer ließ ihr keine Chance. Er drückte sie in einen Hauseingang und presste eine Klinge an ihren Hals.

»Ein Wort, und ich schlitze dir die Kehle auf.« Teresa erstarrte. Es war Leopolds Stimme. Seine Kapuze rutschte nach hinten. Fassungslos schaute sie ihn an.

»Lass mich los!«

Er hielt ihr mit der einen Hand das Messer an die Kehle und begann mit der anderen an ihren Röcken zu zerren. »Du bist eine Hure, eine dahergelaufene Bettlerin, der endlich jemand zeigen muss, wie viel sie wert ist. Talentiert, dass ich nicht lache. Soll ich dich auch nehmen wie der Student, mit dem du dich herumtreibst. Schande bringst du über uns und über das Haus von Thomas Stantler.«

Sie spürte die Klinge an ihrem Hals und seine Hände an ihren Beinen. Doch so schnell wollte sie nicht aufgeben. Sie hob die Hand, schob mit aller Kraft seinen Arm zur Seite und schlug sein Handgelenk gegen den steinernen Türrahmen. Er jaulte auf, die Klinge fiel zu Boden. Teresa nutze den Moment und trat heftig in seine Weichteile. Er krümmte sich zusammen. Sie raffte ihre Röcke und eilte zurück auf den Kramplatz, wo sie einer Gruppe Jesuitenstudenten direkt in die Arme lief.

»Oh, sieh nur«, rief einer von ihnen. »Was in dieser Stadt nicht Hübsches aus den Gassen gelaufen kommt.«

Teresa hastete durch die Reihen der jungen Burschen. Ihre anzüglichen Bemerkungen nahm sie kaum wahr. Voller Panik floh sie die Gasse hinunter und blieb erst nach einer Weile, nach Atem ringend, stehen.

»Warum rennst du, als wäre der Teufel persönlich hinter dir her?«, sagte plötzlich jemand hinter ihr. Teresa drehte sich um. Christian stand vor ihr und schaute sie fragend an.

Teresa wusste nicht, was sie antworten sollte. Christian machte einen Schritt auf sie zu. Teresa schloss die Augen und unterdrückte die Tränen, doch es half nichts. Sie kullerten über ihre Wangen. Christian nahm sie schweigend in den Arm und begann, beruhigend über ihren Rücken zu streichen. Teresa entspannte sich nur langsam. Irgendwann ließ sie ihren Kopf an seine Schulter sinken. Der Lodenstoff seines Umhangs kratzte an ihrer Wange.

Nach einer Weile griff er nach ihrer Hand. »Deine Finger sind eiskalt. Komm, ich bringe dich an einen Ort, wo du dich aufwärmen kannst.«

Teresa widersprach nicht. Dankbar darüber, dass er keine Fragen stellte, ließ sie zu, dass er den Arm um sie legte. Behutsam führte er sie den Steinweg hinunter. An der Ecke zur Berggasse waren die Fenster einer kleinen Schenke hell erleuchtet. Inzwischen war die Dunkelheit hereingebrochen, und die erleuchteten Fenster erschienen Teresa wie ein Stück Heimat, erinnerten sie sie doch an die Berggasthöfe und Almen, die mit ihrem warmen Licht Wanderer und Freunde in winterlichen Nächten empfingen. Als sie die Schenke betraten, kam es Teresa so vor, als pralle sie gegen eine warme Wand. Zigarrenrauch hing in der Luft, und die Gerüche von Wein und gebratenem Fleisch vermischten sich mit den Ausdünstungen der Gäste, die ausschließlich männlich zu sein schienen. Nur hinter dem Tresen der verwinkelten Gaststube standen zwei Frauen. Ein älteres Mütterchen, mit einem Strickzeug auf dem Schoß, lehnte an einem Kachelofen. Ihr Kopf war nach vorn gesunken, und sie schlief trotz des Lärms. Christian führte Teresa zu einem etwas abseits stehenden Tisch, der bereits besetzt war. Ein sich küssendes Pärchen hatte sich dorthin zurückgezogen. Als Christian die beiden lautstark begrüßte, schossen sie in die Höhe. Erstaunt schaute Teresa sie an. Magda und Michael standen vor ihnen.

Magda schaute Teresa einen Moment ungläubig an, dann grinste sie breit. »Deswegen bist du also so schnell verschwunden. Burgi und ich hatten uns schon gefragt, wo du bist.« Sie deutete neben sich. Teresa nahm die Einladung an und setzte sich auf die Bank, während Christian eine der Mägde am Arm festhielt und heißen Würzwein für alle bestellte.

»Schnell verschwunden?« Fragend schaute er Teresa und Magda an.

»Heute wurde der kleine Balthasar getauft. Danach gab es noch einen Umtrunk, aber Teresa war nach dem Gottesdienst plötzlich verschwunden. Wir haben uns schon gewundert. Aber jetzt weiß ich ja, warum.« Sie warf Teresa einen vielsagenden Blick zu. Vier Becher Würzwein wurden von einer Magd auf den Tisch gestellt, und sofort stieg der Geruch von Zimt und Nelken auf. Dankbar für die kurze Unterbrechung, legte Teresa ihre klammen Finger um den Becher. Sie wollte niemandem von ihrem Besuch im Dom erzählen.

»Mir war nicht nach einem Umtrunk«, erwiderte sie und nippte an ihrem Wein. »Ich brauchte ein wenig frische Luft und bin über den Kramplatz geschlendert.«

»Also, als ich dich gefunden habe, hat das nicht nach Schlendern ausgesehen«, unterbrach Christian sie. »Es wirkte eher, als wärst du vor jemandem geflohen.«

Teresa hielt den Becher mit beiden Händen umklammert. Abwartend schauten die anderen sie an. Nach einer Weile legte Magda die Hand auf Teresas Arm. »Was ist passiert? Uns kannst du es doch sagen.«

Teresa nahm all ihren Mut zusammen. »Ich bin in eine der Gassen gezerrt worden … er wollte …« Sie verstummte. Schockiert schauten die anderen sie an.

Teresa umklammerte ihren Becher so fest, dass ihre Fingerknöchel weiß wurden. Behutsam löste Magda Teresas Finger von dem Becher und stellte ihn auf den Tisch.

»Es war …« Teresa stockte. Plötzlich kam sie sich unsagbar verletzlich vor. Sie wollte nicht darüber reden, den Moment der Schwäche aus ihrem Gedächtnis löschen. Was hatte es für einen Sinn, wenn die anderen darüber Bescheid wussten. Tränen traten ihr in die Augen. Sie fühlte sich wie ein Tier in der Falle. Ein Geigenspieler begann, ein lustiges Lied zu fiedeln, und vom Nachbartisch drang lautes Lachen herüber. Die Männer spielten ein Würfelspiel. Voller Unbehagen schaute sich Teresa um. Die fröhliche Melodie, das laute Lachen der Gäste, die betretenen Mienen der anderen, die Gerüche von Würzwein und Pfeifentabak – das alles wurde ihr plötzlich zu viel. Sie wollte nur noch fort von hier, irgendwohin, wo sie allein war. Hastig sprang sie auf, durchquerte die Gaststube und rannte zur Tür.

Nach Schnee riechende Luft empfing sie auf der leeren Gasse. Sie raffte ihre Röcke und rannte los, Wut und Verzweiflung lösten sich in einem Weinkrampf auf, während sie am Nachtwächter vorbeilief, der gerade einen schlafenden Bettler wach rüttelte. Sie floh die Steingasse hinunter, rannte über den menschenleeren Rindermarkt und bog wenig später in die Kleine Klingergasse ein. Als sie das Hoftor des Klingenschmieds erreichte, blieb sie stehen. Schritte hinter ihr ließen sie aufhorchen. Mit klopfendem Herzen drehte sie sich um.

»Teresa, bitte.« Christian trat näher. Sie wich vor ihm zurück und hob abwehrend die Hände. Doch er nahm sie trotzdem in den Arm. Sie begann, auf ihn einzuschlagen, aber er ließ sie nicht los. Schluchzend sank sie in sich zusammen und ließ zu, dass er ihr die Tränen von den Wangen wischte. Ganz behutsam und zärtlich strich er mit den Fingerspitzen über ihre Haut und schaute sie stumm an.

»Du bist nicht allein«, sagte er eindringlich. »Niemals wieder.«

Sie schüttelte den Kopf. »Aber er hat mich alleingelassen, weil er tapfer sein wollte. Hätte er doch niemals diesen gott-

verdammten Zettel gekauft, dann wäre das alles nicht geschehen. Ich habe ihn so geliebt, wie er war. Aber vergeben kann
ich ihm nicht.«

Christian schaute sie verwundert an.

»Rupert, mein Bruder«, erklärte Teresa. Weiter kam sie
nicht, denn plötzlich legten sich Christians Lippen auf die ihren, und sie spürte, wie sich seine Zunge in ihren Mund schob.
Er zog sie an sich. Sie versank in seiner Umarmung und genoss
das Gefühl von Geborgenheit.

Kapitel 9

Am nächsten Morgen saß Teresa, in ihre Decke gewickelt, auf dem Bett und betrachtete die schlafende Magda. Immer noch glaubte sie, Christians Nähe zu spüren und den Geschmack von Würzwein auf der Zunge zu haben. Seine Umarmung gestern hatte alles verändert, was ihr seltsam vorkam, denn sie waren sich doch schon vorher nah gewesen. Er war immer da, wenn sie Hilfe brauchte, sich verlassen und einsam fühlte. Gab es ihn also wirklich, den einen Seelenverwandten, der fühlte und dachte wie man selbst, der genau wusste, was der andere brauchte? Plötzlich sah sie ihren Vater vor sich. Wie vertraut er ihr gewesen war. Seine Stimme, seine Gesten, sein Lachen und seine Traurigkeit. Sie waren eine Einheit gewesen, hatten einander ohne Worte verstanden. Vater und Tochter, miteinander verbunden wie Seelenverwandte. Sie wusste, dass Rupert oft darunter gelitten hatte. Vielleicht hatte er deshalb stark sein und den Vater beeindrucken wollen. Doch gegen das Band, das sie und ihren Vater verbunden hatte, war er nicht angekommen.

Magda drehte sich auf die Seite und öffnete die Augen. Eine Weile schaute sie Teresa an, dann sagte sie plötzlich: »Michael hat um meine Hand angehalten.«

Teresas Augen weiteten sich.

Magda setzte sich auf. »Stell dir vor: Er will nicht in sein anderes Leben zurück, will mich nicht zurücklassen. Gestern Abend hat er es mir gesagt. Ist das nicht wunderbar?«

Teresa wusste nicht so recht, was sie antworten sollte. Sie überlegte einen Moment. Wie sollte das gehen? Ein Student des Jesuitenkollegs aus reichem Haus und eine einfache

Dienstmagd. Doch Magdas Freude war ansteckend. Sie gönnte es ihr, so wie sie sich selbst das Glück mit Christian gönnte. Magda hatte jemanden gefunden, der sie liebte und den sie lieben konnte. War das nicht das Wichtigste im Leben?

»Wie wunderbar«, antwortete Teresa, sich zu einem Lächeln zwingend.

Magda spürte, dass Teresas Worte nicht ganz von Herzen kamen. »Ich weiß, es wird nicht einfach werden. In Passau wird es nicht möglich sein. Wir werden bald fortgehen und einen Neuanfang wagen. Nur wir beide, in einer neuen Stadt. Michael hat Verbindungen, seine Eltern sind vermögend. Bestimmt werde ich bald als Herrin in einem wunderschönen Haus leben, und dann muss ich niemals wieder die Fußböden schrubben.« Sie stand auf, griff nach Teresas Hand und zog sie hoch. »Er wird mich heiraten, mich glücklich machen, mir Kinder schenken.«

Teresa ließ sich von Magdas Übermut anstecken. Gemeinsam tanzten sie auf Strümpfen durch den Raum. Der Stuhl wackelte, als sie dagegenstießen, und die alten Dielen knarrten unter ihren Füßen. Teresa spürte Magdas offenes Haar an der Wange und atmete den Duft von Kamille ein, den die blonde Mähne verströmte. Wie Kinder sprangen sie durch den Raum. Es war, als würden alle Sorgen mit ihrem Jubel davonfliegen. Irgendwann sank Teresa japsend auf ihr Bett. Magda tanzte weiter, griff beschwingt nach ihren Kleidern und verwandelte die Morgentoilette in einen Liebesreigen, der so wunderschön anzusehen war, dass Teresa nur noch staunen konnte. Es war unwichtig, dass grauer Nebel vor dem Fenster hing und feuchte Kälte in den Raum kroch. Die Liebe erfüllte sie beide mit unsagbarer Wärme und vertrieb alle bösen Gedanken. Teresa dachte versonnen an Christian, an seine Umarmung, den Geschmack seiner Lippen, sein ebenmäßiges Antlitz. Jede Faser ihres Körpers sehnte sich nach seiner Nähe. Vergessen war der schreckliche Moment in der Gasse, vergessen war Leopold, wenigstens für diesen Augenblick. Magda flocht ihr Haar zu einem Zopf, drehte ihn am Hinterkopf hoch und schob ihn unter ihre Haube, dann öffnete sie die Tür und sagte: »Ich gehe schon mal vor und helfe Burgi. Beeil dich, sonst mosert sie wieder herum.«

Sie zwinkerte Teresa fröhlich zu und verließ den Raum. Laut fiel die Tür hinter ihr ins Schloss.

Teresa zuckte zusammen. Magdas Schritte entfernten sich, und mit ihr war der Zauber verschwunden. Eine Weile starrte Teresa auf den alten Dielenboden und auf die unter Magdas Bett liegenden Staubflusen. Dann erhob sie sich seufzend, schlüpfte in ihre Kleider, bändigte ihr Haar mit einem grauen Kopftuch und folgte Magda die Treppe hinunter.

Als sie die Küche betrat, schürte Magda das Feuer im Ofen. Verwundert schaute sich Teresa um. »Wo ist Burgi?«

Magda drehte sich um. Ihre Miene war ernst, verschwunden war das Leuchten in ihren Augen. »Sie ist bei Grete. Es geht ihr nicht gut. Sieht schlecht aus.«

Teresa erstarrte. Sie dachte an das kleine Mädchen in Burgis Armen, an die Kinder, mit denen sie am Ufer der Donau gespielt hatten. Erschüttert sank sie auf die Holzbank neben dem Ofen. »Glaubst du, die Kleine stirbt?«

Magda zuckte mit den Schultern. Ihre Miene war wie versteinert. »Vielleicht.« Das Feuer im Ofen loderte in die Höhe. Sie schloss die Tür und schob den schmiedeeisernen Riegel vor. »Ich schäme mich so sehr. Während ich mich mit Michael vergnügt habe, hat Burgi die ganze Nacht das fiebernde Kind im Arm gehalten, Wadenwickel gemacht und gebetet.«

Teresa nickte. Auch sie fühlte sich plötzlich schuldig. Schon seit einigen Tagen war es Grete schlechtergegangen, doch sie war nicht ein Mal hinübergelaufen, um nach der Kleinen zu sehen. Nur mit sich selbst beschäftigt, hatte sie die Welt um sich herum ausgeblendet.

Entschlossen stand sie auf. »Wir werden auch helfen. Josef wird heute auf mich verzichten müssen. Wir müssen Burgi beistehen und uns um Grete kümmern. Sie darf nicht sterben.«

Magda schaute Teresa erstaunt an. Mit dieser Art von Entschlossenheit hatte sie nicht gerechnet. Von Beginn an war Teresa kein besonders zugänglicher Mensch gewesen, hatte verschlossen und oft abwesend gewirkt. Oder hatte sie nur nicht sehen wollen, wer Teresa wirklich war? Zuerst hatte sie sie als Freundin haben wollen, doch dann war sie wütend auf sie gewesen, weil sie in die Werkstatt zum Schnitzen gehen durfte und nicht wie eine einfache Magd behandelt wurde. Der Herr verhielt sich seltsam vertraut ihr gegenüber, was nicht nur ihr, sondern auch Burgi sauer aufgestoßen war. Langsam hatte sie damit begonnen, eine Mauer zwischen sich und Teresa aufzubauen, ohne sich selbst wirklich zu verstehen. Letzte Nacht hatte sich dann endgültig etwas zwischen ihnen verändert, und die Mauer war wie ein Kartenhaus zusammengefallen. Irgendwann war Teresa schreiend aufgewacht und sogar aus dem Bett gesprungen. Es hatte eine Weile gedauert, bis sie sich wieder beruhigte. Dann hatte Teresa erzählt: vom Dom, von ihrem Bruder, von ihrer Heimat und von Leopold, der sie so schändlich in der Gasse überfallen hatte. Magda hatte nur zugehört, hatte wahrgenommen, dass Teresa die Tränen unterdrückte, mehrfach stockte und doch weitersprach. Irgendwann war sie dann verstummt, und ihre regelmäßigen Atemzüge hatten den Raum erfüllt. Noch eine Weile hatte Magda wach gelegen und gegrübelt. Was trieb Leopold nur dazu, Teresa zu überfallen. Lange hatte sie nicht überlegen müssen, um die Antwort zu finden: Leopold war eifersüchtig.

Er war ein einfacher Handlanger geblieben und würde es immer sein. Kein Wunder also, dass er wütend war. Eine Frau nahm den Platz ein, den er sich schon seit langem erhofft hatte.

Magda wischte sich die Hände an einem Küchentuch ab und nickte. »Wir gehen hinüber. Am besten nehmen wir den Haferbrei mit und etwas Brot und Ziegenmilch für die Kinder.« Sie deutete auf den großen Topf, der auf der Ofenplatte stand.

»Für welche Kinder«, sagte plötzlich eine Stimme hinter ihnen. Die beiden drehten sich um. Thomas Stantler stand in der Tür und ließ seinen Blick durch den Raum schweifen.

»Wo ist Burgi?«

»Die kleine Grete, sie stirbt«, beantwortete Magda seine Frage.

Der Klingenschmied nickte betroffen. »Es ist eine Schande, wie die Obrigkeit mit den Witwen und Waisen umgeht. Dieser Winter wird viele von ihnen das Leben kosten. Was ist der Sieg in Böhmen wert, wenn die Menschen sterben wie die Fliegen.«

Magda schaute den Klingenschmied verwundert an. »Wir haben gewonnen?«

Thomas Stantler nickte. »Gestern hat ein Bursche ein Flugblatt gebracht. Es hat eine große Schlacht in Böhmen am Weißen Berg gegeben. Der Aufstand der Protestanten ist von der Katholischen Liga niedergeschlagen worden. Möge jetzt endlich Frieden einkehren, und mögen sich alle wieder beruhigen, sonst wird dieser Krieg nicht nur unseren Wohlstand, sondern auch unser aller Leben kosten.«

Teresa dachte an die vielen Landsknechte und anderen Burschen, die zurzeit durch die Passauer Gassen streiften und unweit der Stadtmauern in den Senken am Fluss lagerten. Hohe

Abgaben waren zu bezahlen, die die Kassen der Stadt leerten. Sie mochte nicht viel von solchen Dingen verstehen – noch weniger von Schlachten und Kriegen –, aber auch sie wünschte sich, dass es für die Bürger der Stadt wieder besser werden und der alte Wohlstand zurückkehren würde. Obwohl nicht nur der Krieg für den Niedergang Passaus verantwortlich gemacht werden konnte, denn der Salzhandel, die Haupteinnahmequelle des Hochstifts, war weiterhin rückläufig. Der Niedergang der Stadt wurde von so manchem Bürger prophezeit. Auch Josef schimpfte oft lautstark über die Bayern, die ihnen das Geschäft gestohlen hatten. Irgendwann würde es auch den Goldenen Steig nicht mehr geben, und alle im Land der Abtei würden lernen müssen, was es bedeutete, zu hungern. Besonders wenn Josef getrunken hatte, klangen seine Prognosen düster.

»Ja, hoffentlich kehrt damit wieder Frieden im Land ein. Noch mehr Arme und Witwen können wir kaum noch verkraften«, erwiderte Magda.

Thomas Stantler nickte. Er war nie ein Freund des Krieges gewesen, obwohl er Geschäfte damit machte. Er schaute auf den Topf mit dem Haferbrei und auf den mit Ziegenmilch gefüllten Tonkrug. In eine Familie hineingeboren, die seit Generationen Wolfsklingen anfertigte und von Schlachten, Tod und Teufel lebte, hatte er früh lernen müssen, dass jeder Kampf und das Leid der Menschen sein Auskommen sicherten. Wie viele Väter mit einem Schwert aus seiner Hand auf den Schlachtfeldern ihr Leben gelassen hatten, wollte er sich nicht ausmalen. Wie viele Frauen waren zu Witwen, wie viele Kinder zu Waisen geworden, weil er perfekte Klingen anfertigte, grausame Waffen, die einem Mann mit einem Schlag den Schädel spalten konnten. Zahllose Gestrandete waren in den letzten Wochen in die Stadt gekommen und oftmals an den Toren abgewiesen worden. Er war der letzte Klingenschmied seiner Art in Passau. Wie lange es die Wolfsklingen noch geben würde, wusste er nicht. Auf den Schlachtfeldern verdrängten immer mehr Schusswaffen die Klingen und Schwerter, die seiner Meinung nach viel heimtückischere Waffen waren, hinterhältig und unberechenbar. Es gab keinen ehrenvollen Kampf Mann gegen Mann mehr. Es gab nur eine Kugel, die in Brust und Schädel eindrang und das Leben auslöschte. Ein kleines Stück Metall, das mehr Macht hatte als zehn Wolfsklingen zusammen.

»Dürfen wir die Sachen nach drüben bringen?«, fragte Magda und riss ihn aus seinen Gedanken.

Er schaute hoch. »Natürlich. Und nehmt einige von den wollenen Decken mit, die in meiner Kammer in der Truhe liegen. Die Kinder frieren bestimmt.«

Überrascht schaute Magda ihren Herrn an. Sie wusste, dass Burgi immer heimlich geholfen hatte. Suppen waren gestreckt, Gemüse und Obst vom Kräutler erbettelt und in aller Eile eingekocht worden. Oftmals hatte sie Brot unterschlagen und erzählt, dass die Ziege keine Milch gegeben hatte, obwohl der Eimer voll gewesen war. Jetzt verstand Magda, dass es all die Heimlichkeiten nicht gebraucht hätte. Thomas Stantler war kein geiziger Mann. Burgi hätte ihn besser kennen müssen. Obwohl sie schon lange unter einem Dach miteinander lebten, verstand keiner den anderen. Oder verstanden sie einander doch?

Thomas Stantler trat zur Tür. Seine Worte bestätigten ihre Ahnung. »Burgi weiß immer, was richtig ist. Geht, beeilt euch und helft. Vielleicht erhört der Herrgott unsere Gebete und lässt die Kleine am Leben.« Er verließ den Raum. Irritiert schaute Magda ihm nach.

Teresa griff nach dem Krug mit der Ziegenmilch. »Hast du wirklich geglaubt, dass er nichts von Burgis Freigiebigkeit mitbekommen hat?«

Magda zuckte mit den Schultern. »Er verkriecht sich den ganzen Tag in seiner kleinen Werkstatt oder starrt in der Wohnstube die Wände an. Manchmal höre ich ihn reden. Er spricht mit einer Toten und glaubt, sie würde ihm Antwort geben. Oft habe ich gedacht, er nimmt nicht wahr, was um ihn herum geschieht, genauso wie Burgi. Du bist die Erste seit langem, die er wirklich gesehen hat.«

Teresa zuckte zusammen. Lag da Eifersucht in Magdas Stimme? Sie dachte an den Morgen in der Werkstatt zurück, als der Herr sie geweckt und wie er sie und den Messergriff angesehen hatte. Er hatte verstanden, wofür sie kämpfte. Schmerz konnte Menschen genauso verbinden wie Liebe oder Fröhlichkeit. Ihr Abkommen war ohne große Worte geschlossen worden.

Magda legte Teresa den Arm über die Schultern.

»Heute bin ich froh, dass er dich gesehen und nicht fortgeschickt hat.«

Erleichterung machte sich in Teresa breit, niemals wieder wollte sie eine solche Ungewissheit erleben wie nach Ruperts Tod. Schnell schob sie den Gedanken beiseite.

»Jetzt ist ja alles gut. Ich durfte bleiben.« Sie griff nach dem Topf mit dem Haferbrei. »Komm, lass uns gehen. Burgi braucht uns.«

Die beiden jungen Frauen verließen den Raum und eilten über den Hinterhof zum Nachbarhaus hinüber.

Teresa hielt den Atem an, als sie wenig später die enge Dachkammer betrat, in der die Witwe mit den Kindern hauste. Eine Ratte floh durch die geöffnete Tür nach draußen, als hätte selbst sie genug von dem Elend, das sich ihr bot. Teresa schaute sich um. Die Kinder saßen zusammengekauert in einer Ecke. Sie teilten sich eine löchrige Decke und musterten sie aus ihren tief in den Höhlen liegenden Augen. Ihre blassen Gesichter erinnerten Teresa an die Köpfe der Porzellanpuppen, die an einem Stand auf dem Kramplatz verkauft wurden. Teresa stellte die Ziegenmilch auf den kleinen Tisch unter dem Fenster, Magda den Topf mit dem Haferbrei daneben. Die Witwe saß auf dem Bett, die kleine Grete im Arm, die rasselnd ein- und ausatmete. Burgi beschäftigte sich damit, Leinentücher in einer Schüssel auszuwaschen. Ohne eine Begrüßung begann sie, auf die Mädchen einzureden.

»Wir brauchen noch mehr Weidenrinde und Kräuter für einen Tee. Auch ein Aufguss könnte weiterhelfen, dafür benötigen wir Kamillenblüten. Eine von euch muss zu Gustl laufen. Meine Vorräte sind erschöpft.«

Teresa und Magda nickten. »Ich hole kochendes Wasser«, sagte Magda zu Teresa, »und du beeilst dich und läufst schnell in die Grünau.«

Teresa nickte.

Burgi wandte sich an Teresa. »Und er soll dir Lungenkraut und Anis mitgeben. Ach, er weiß, was gut ist.«

Sie schaute auf die kleine Grete, deren Augenlider unruhig zuckten. Schweißperlen standen auf ihrer Stirn.

»Wir werden das schon wieder hinkriegen, mein Kleines. Der Herrgott ist bei uns. Ich kann es fühlen.«

Teresa trat neben Magda, die bereits die Tür geöffnet hatte.

»Und ich benötige noch mehr kaltes Wasser für die Wadenwickel. Beeilt euch«, rief ihnen Burgi nach.

Schnellen Schrittes liefen Teresa und Magda die Treppe hinunter, über den winzigen Hinterhof und die Gasse zurück zum Anwesen der Stantlers, wo sich Teresa zwei Körbe für die Kräuter nahm, während Magda ins Haus schlüpfte, um das kochende Wasser zu holen.

Hastig eilte Teresa wenig später über den Exerzierplatz, auf dem einige Mönche leise tuschelnd Richtung Donau liefen. Tief hatten sie ihre Kapuzen in die Gesichter gezogen, dem kühlen Nieselregen trotzend, der unangenehm in die Kleider drang und sich auf die Haut legte. Teresa zog ihren Umhang enger um sich. Der nahe Inn schimmerte heute nicht grün, sondern wirkte wie ein grauer, unwirtlicher Strom. Auch zu dieser frühen Stunde trieben Handelsschiffe Richtung Schaiblingsturm, wo Salz und Getreide abgeladen wurden. Männer, in Umhänge gewickelt, steuerten die Boote durch die wilden Strömungen des schnell fließenden und unberechenbaren Flusses. Teresa erreichte die weitläufigen Gärten der Grünau und öffnete das schmiedeeiserne Tor. Ernüchtert betrachtete sie die abgeernteten Beete. Keine Hopfenpflanzen rankten an den gespannten Drähten in die Höhe, keine Beeren hingen an den Büschen, und die Äste der Apfelbäume waren leer und kahl. Teresa überlegte, wann zum letzten Mal die Sonne geschienen hatte. Die Stadt versank im Grau eines tristen Spätherbstes, der einen kalten Winter ankündigte. Sie ließ ihren Blick über die trostlose Anlage schweifen. Voller Sonne und Licht war dieser Ort noch vor wenigen Wochen gewesen und hatte sie verzaubert. Doch bereits damals hatte sich der Herbst angeschlichen, allerdings noch erfüllt von den Gerüchen reifer Früchte. Der Kreislauf des Lebens war hier besonders gut zu erkennen.

»Na, wen haben wir denn da? Die kleine Freundin der guten Burgi. Was führt dich denn bei diesem unwirtlichen Wetter zu mir heraus?«

Teresa drehte sich erschrocken um. Der Kräutler stand mit einer Hacke in der Hand vor ihr und schaute sie fragend an.

»Grüß Gott«, stammelte Teresa, die sich in seiner Welt fremd fühlte. »Burgi schickt mich. Ich soll Kräuter für die kleine Grete holen.«

Sie hielt die Körbe in die Höhe.

Der alte Mann nickte, seine Miene wurde ernst. »Ist es wieder schlimmer geworden. Das arme Ding.« Er bedeutete

Teresa, ihm zu folgen. »Ist nicht einfach, wenn die Lungen schwach sind. Ein ständiger Kampf, den die meisten Kinder verlieren.«

Sie durchquerten den Garten, liefen an Zwetschgen- und Quittenbäumen und an Weinstöcken vorüber, an denen noch einige dunkle Trauben hingen. Dahinter lag eine von Efeu überwucherte Steinmauer. Ein kleines hölzernes Türchen führte in einen weiteren Kräutergarten. Die noch verbliebenen Pflanzen waren verwelkt, doch Teresa konnte die meisten von ihnen benennen. Pfefferminze, die noch immer blühte, Salbei, Sauerampfer, Thymian, Rosmarin, Anis und Schnittlauch. In einer Ecke neben der Mauer wuchsen Brennnesseln und Melisse, daneben reckten Kamillenpflanzen ihre Blüten in die Höhe, als würde ihnen der kalte Nieselregen nichts ausmachen. Ein Holunderbusch überwucherte die kleine Holzhütte am Ende des Weges. Wie ein verwunschener Ort kam Teresa dieser kleine Flecken Erde vor, heimelig und beruhigend. Sie folgte dem alten Kräutler den schmalen Weg zwischen dem Kräutermeer hindurch und entdeckte immer wieder etwas Neues. Kleine Steinfiguren saßen in einigen Beeten, die sie aus großen Augen oft hämisch grinsend ansahen. Sie wirkten wie kleine Teufel, die ihren Schabernack zwischen den Pflanzen trieben. Buchsbäumchen, die wie Tiere aussahen, säumten den Weg: ein Eichhörnchen, eine Katze und ein Fuchs.

Gustl öffnete die Tür zu seiner Hütte. Er schien Teresas Gedanken zu erraten. »Ich mag die kleinen grünen Büsche und schneide sie immer wieder neu zurecht. Irgendwann einmal wollte der Bischof solche Figuren in seinem Garten haben, oben auf der Feste.« Er wies zur Donau hinüber. »Da habe ich ihm welche besorgt, sie beschnitten und mich verliebt. War gar nicht so einfach, die Ableger durchzubringen, aber nach einer Weile hat es geklappt.«

Teresa hörte ihm kaum zu. Staunend schaute sie sich in der von Kräuterdüften erfüllten Hütte um. An der niedrigen Decke hingen zahllose getrocknete Kräuterbündel. Regale, in denen unendlich viele Tiegel und Töpfchen standen, säumten die Wände. Ein schmiedeeiserner Ofen, neben dem eine bunt bemalte Tür nur angelehnt war, verbreitete wohlige Wärme.

»Das Eichhörnchen habe ich erst kürzlich geschnitten. Nächstes Frühjahr werden noch ein paar dazukommen. Dann sollen die lustigen Burschen den ganzen Wegesrand wie eine schützende Hecke säumen.« Während er redete, holte er mehrere Kräuterbündel von der Decke. Beiläufig erklärte er Teresa, was er in ihre Körbe legte. »Kamille ist gut, am besten in heißes Wasser geben und das Kind die heißen Dämpfe einatmen lassen. Salbei, Thymian, Lungenkraut und Fenchel lösen den Schleim und eignen sich besonders gut für einen Tee, in den ordentlich Honig hinein soll. Weidenrinde, gegen das Fieber, kann mit in den Tee, dann schmeckt es nicht so scheußlich, sonst trinkt die Kleine es nicht.«

Er lief zur gegenüberliegenden Wand, holte einen Tiegel vom Regal und legte ihn in Teresas Korb. »Ein Öl, gefertigt aus Anis. Reibt ihr damit Brust und Rücken ein, es wärmt und lässt sie freier atmen.« Teresa nickte. »Und öffnet das Fenster und lasst frische Luft in den Raum, auch wenn es kalt ist.« Er blieb vor Teresa stehen und musterte sie. »Du bist die Kleine, die schnitzen kann, nicht wahr?« Teresa nickte. »Burgi hat mir von dem Pferdchen erzählt, auf dem man pfeifen kann.« Teresa schaute den alten Mann verwundert an. Er winkte ab. »Sie ist ein stures altes Weib mit dem Herz auf dem rechten Fleck. Sie hat dich gern, auch wenn sie es nicht zeigen kann. Über den eigenen Schatten springen ist nicht leicht für sie.« Er zwinkerte Teresa aufmunternd zu. »Glaub mir, Mädchen, ich habe oft meine liebe Not mit ihr. Aber ich liebe sie nun mal, auch wenn die Zuneigung eines alten Mannes in dieser Welt nichts zählt.« Seine Stimme klang wehmütig, einen Moment hielt er inne, und Teresa glaubte, Tränen in seinen Augen aufblitzen zu sehen. Sie wollte etwas erwidern, doch da sagte er: »Ich rede schon wieder zu viel dummes Zeug. Schnell, beeil dich und lauf zurück. Die Kleine braucht die Kräuter.«

Teresa trat zur Tür. »Vielen Dank für alles.«

Der Kräutler winkte ab. »Ich wünschte, ich könnte mehr tun. Und jetzt lauf rasch los.«

Sie verabschiedete sich und durchquerte den verwunschen wirkenden Kräutergarten mit seinen Stein- und Buchsbaumfiguren.

Als sie die kleine Gartentür öffnete, hielt der Alte sie noch einmal zurück. »Warte, Mädchen!« Teresa drehte sich um.

»Und denk an die Freude.« Sie schaute ihn verständnislos an. »Kinder brauchen Freude. Das wirst du ja wissen.« Er zwinkerte ihr lächelnd zu. Sie nickte zögernd, dann verstand sie und lächelte ebenfalls.

Später am Tag saß Teresa mit Gretes Geschwistern in der Ecke. Auf ihrem Schoß lag die kleine Luisa, zusammengerollt wie ein Kätzchen, den Daumen im Mund und ein Lächeln auf den Lippen. Ihr Bauch war mit Haferbrei und Ziegenmilch gut gefüllt, genauso wie der der anderen Kinder. Teresa hatte ihnen Geschichten aus den Bergen erzählt, von den Waldwichteln und Berggnomen, den gewaltigen Gipfeln und glasklaren Quellen, an denen in warmen Sommernächten Nymphen ihre Lieder sangen. Sogar Grete hatte ihr eine Weile zugehört, doch jetzt schlief sie im Arm ihrer Mutter, die ebenfalls eingenickt war. Burgi war erschöpft neben die beiden auf einen Stuhl gesunken, während Magda frisches Wasser holte. Die Gerüche von Thymian, Salbei und Anis erfüllten den Raum. Neben einer dampfenden Tonkanne und drei Bechern lagen gebrauchte Leinentücher. Auch Burgi lauschte jetzt Teresas Worten. Sie mochte Märchen und Geschichten, die einem den Alltag erträglicher machten. Teresas Worte erinnerten sie an den Verlust ihrer Kinder, die Märchen so sehr geliebt hatten.

Als Teresa kurz innehielt, um dem Kind in ihrem Arm eine Haarsträhne aus dem Gesicht zu streichen, begann Burgi plötzlich zu reden: »Meine Tochter war immer schwach gewesen und früh des Lebens müde. Nur wenig Zeit hat Gott mir mit ihr gelassen, bevor er sie wieder zu sich holte. Als sie damals, dem Tode nahe, in meinen Armen gelegen hat, habe ich ihr ihre Lieblingsgeschichte erzählt. Immer und immer wieder.

Die hübsche Johanna, Tochter eines Grafen, liebte die schönen Dinge im Leben und war der Hoffart verfallen. Eines Tages aber begegnete ihr im Wald ein hässliches Männchen mit einer breiten Narbe auf der Wange. Es war eine Böschung hinabgerutscht und klammerte sich mit letzter Kraft an einem kleinen Bäumchen fest. Es graute ihr vor seinem hässlichen Antlitz, doch sein Bitten und Flehen erweichte ihr Herz. Sie suchte nach einem großen Ast und half ihm aus der misslichen Lage. Als das Männchen neben ihr am Abgrund stand, sah sie seine wunderschönen braunen Augen, die mit ihrer Strahlkraft die hässliche Narbe für einen Moment unsichtbar zu machen schienen. Es bedankte sich mit einem Lächeln, hob die Hand und verschwand ohne ein weiteres Wort im nahen Dickicht. Verwundert lief Johanna zur heimischen Burg zurück. In der darauffolgenden Nacht fand sie keinen Schlaf. Sie trat ans Fenster und schaute über den vom hellen Vollmond erleuchteten Burggarten. Plötzlich glaubte sie, ein Licht zu sehen, und eine glockenhelle und unbegreiflich schöne Stimme schien ihren Namen zu rufen. Sie warf hastig ihren Morgenmantel über, lief die Treppe hinunter und folgte dem hellen Licht. Immer tiefer ging es in den Wald hinein. Johanna war wie gefangen von dem Zauber der Stimme und der Schönheit des Lichts. Sie hörte nicht die warnenden Rufe der Vögel, sah nicht die Rehe und Eichhörnchen, die neben ihr hersprangen, um sie aufzuhalten. Das weiße Licht führte Johanna über eine Lichtung, auf der tausend Glühwürmchen zu tanzen schienen und an deren Ende ein düsterer Dornenwald lag. Die Tiere schreckten davor zurück, die Vögel hielten in ihrem Flug inne, doch Johanna folgte unbeirrt dem Licht und der bezaubernden Stimme, die unaufhörlich ihren Namen rief. Kurz bevor sie in den Dornenwald eintauchte, stand plötzlich das kleine Männchen vor ihr. Das Licht verharrte, die Stimme verstummte, und ein zierliches Wesen, einer Fee gleich, war plötzlich zu erkennen.

›Siehst du nicht, sie hat dich verzaubert mit ihrem Liebreiz. Doch sie ist eine Hexe, die dich für immer in ihrem Wald des Vergessens einschließen will‹, sagte das Männchen. ›Komm mit mir. Ich liebe dich und werde dich glücklich machen. Ich weiß, du hast ein gutes Herz, das mehr sieht als den schönen Schein.‹

Er streckte die Hand nach ihr aus. Johanna schaute verwirrt von dem hässlichen Wicht zu der bezaubernden Fee, die beide Arme nach ihr ausstreckte.

›Er lügt. Sieh mich an: Ich bin so wunderschön und lieblich. Niemals würde ich dir ein Leid zufügen.‹

Johanna dachte an den Nachmittag zurück, als sie das Männchen gerettet hatte. Unsicher schaute sie zu der schönen Fee. Betörend waren ihre Worte, ihr Liebreiz war wunderbar. Doch ihr Herz erwärmte sich erneut für das hässliche Männchen, das ihren Blick offen erwiderte und keine betörenden Worte und hellen Lichter brauchte. Sie griff nach seiner Hand, und er zog sie in seinen Arm. Da verwandelte er sich plötzlich in einen stattlichen Prinzen. Die Fee aber reckte wütend ihre Arme in die Höhe, und das helle Licht zerbarst in tausend Funken. Übrig blieb ein altes Mütterchen, das schnellen Schrittes in den dunklen Dornenwald entfloh, der sich wie von Zauberhand hinter ihr schloss. Von den Tieren des Waldes begleitet, führte der Prinz Johanna auf seine Burg, und die beiden lebten glücklich und zufrieden bis an ihr Lebensende.«

Burgi machte eine kurze Pause und wischte sich eine Träne aus dem Augenwinkel. »Immer und immer wieder habe ich diese Geschichte erzählt, bis ihre Seele in den Himmel gegangen ist, wo sie jetzt gemeinsam mit ihrem Vater und Bruder auf mich wartet.«

Teresa hatte die ganze Zeit über der kleinen Luisa über den Kopf gestreichelt, doch jetzt hielt sie in der Bewegung inne und schaute zu der alten Köchin. Eine Weile sahen sie einander schweigend an. Dann sagte Burgi: »Das Schicksal zeigt oftmals sein hässliches Gesicht. Aber wenn wir es trotzdem annehmen, werden wir auch die schönen Seiten erkennen.« Ein Lächeln umspielte ihre Lippen. »Jedes Märchen hat seine Botschaft.« Teresa erwiderte das Lächeln. Das kleine Mädchen in ihrem Arm hob verschlafen den Kopf, und Magda betrat mit zwei Eimern in den Händen den Raum. Auch die Buben an ihrer Seite regten sich wieder. Burgi streckte sich, trat ans Fenster und öffnete es. »Es hat aufgehört zu regnen.«

»Ja, sogar die Sonne kommt heraus«, bestätigte Magda und stellte die Eimer neben dem Bett auf den Boden. Die Buben sprangen auf. Auch die kleine Grete öffnete ihre Augen, und Teresa glaubte, ein Lächeln auf ihren Lippen zu erkennen.

»Vielleicht sollten wir ein wenig nach draußen gehen, hinunter zum Fluss«, schlug Teresa vor. Ihre Idee löste bei den Buben Begeisterung aus. Auch die kleine Luisa ließ sich vom

Übermut ihrer Brüder anstecken und plapperte munter irgendetwas, was keiner verstand.

»Gut, gut«, beschwichtigte Burgi die Kinder. »Teresa, nimm die Bälger mit nach draußen, bevor ich zu schimpfen anfange.« Sie hob mahnend den Zeigefinger, grinste aber. Selbst die Mutter der Kinder, die bisher teilnahmslos dagelegen hatte, lächelte. Es war, als würden die wenigen Strahlen der herbstlichen Sonne für einen Augenblick ihre Herzen erhellen und die Tragik im Raum vertreiben. Teresa holte das kleine Holzpferdchen aus ihrer Rocktasche und schaute es wehmütig an. Dann ging sie vor der kleinen Grete in die Hocke und legte es in ihre Hand.

»Es soll dir Glück bringen, so wie es mir Glück gebracht hat. Wenn du wieder zu Kräften gekommen bist, dann zeigst du mir, wie wunderbar du darauf pfeifen kannst.«

Sie schloss die Finger der Kleinen um das Tier. Burgi legte ihr von hinten die Hand auf die Schulter. »Ich glaube, das Schlimmste ist überstanden.«

Grete lächelte versonnen, ihre Wangen schienen wieder etwas Farbe zu bekommen. Teresa dachte an die Worte des Kräutlers und wiederholte sie. »Kinder brauchen Freude.« Sie wischte sich die Tränen aus den Augen, trat vom Lager weg und verließ mit Gretes Geschwistern den Raum. Polternd sprangen die Jungen die Treppe hinunter. Teresa folgte ihnen, die kleine Luisa auf dem Arm. Und plötzlich glaubte sie, einen leisen Pfiff zu hören.

Zwei Tage später saß Grete gemeinsam mit ihren Geschwistern in Burgis Küche am Tisch und löffelte eifrig Hühnersuppe, während Burgi sich mit Hanna unterhielt. Sie lachten ungezwungen miteinander. Teresa beobachtete die beiden, während sie die kleine Luisa mit Eintopf fütterte. Die Freude darüber, dass es der kleinen Grete wieder besserging, war im ganzen Haus zu spüren. Sogar den Herrn hatte sie angesteckt und ihn aus seiner Lethargie gerissen. Burgi hatte es geschafft, ihn davon zu überzeugen, dass Hanna als weitere Magd im Haus helfen durfte, was ihr und den Kindern eine sichere Unterkunft und regelmäßige Mahlzeiten einbrachte. Luisa schmatzte fröhlich. Die Hälfte des Eintopfs landete auf Teresas Schürze, doch das war heute nicht wichtig. Wie ein Festtag fühlte sich dieser Sieg an, den sie gemeinsam errungen hatten.

Magda betrat mit einem Flugblatt in der Hand den Raum. »Heute wird im Tanzhaus aufgespielt. Wollen wir hingehen, Teresa? Immerhin gibt es etwas zu feiern.« Sie zwinkerte Teresa grinsend zu. Sofort dachte diese an Christian, der sicher auch im Tanzhaus sein würde.

Burgi trat vom Herd weg. »Damit ihr wieder Unsinn treibt und euch von den jungen Burschen verführen lasst.« Mahnend hob sie den Zeigefinger. Doch ein Lächeln auf ihren Lippen verriet, dass sie die Rüge nicht allzu ernst meinte.

»Du könntest uns doch begleiten«, erwiderte Magda schmeichelnd. »Sicher würde dir das Tanzen auch Freude bereiten.«

Burgi winkte lachend ab. »Nein, nein. Das ist nichts für alte Weiber mit müden Knochen. Aber geht ihr zwei ruhig hin, das habt ihr euch verdient. Ich werde dem Herrn Bescheid geben. Kommt mir aber, um Himmels willen, nicht zu spät nach Hause und haltet eure Beine zusammen.«

Mit einem Blick auf die Kinder verstummte sie. Einer der Buben grinste frech, was ihm einen Klaps seiner Mutter einbrachte. Burgi nahm Teresa Luisa ab, und die beiden Frauen verließen die Küche.

Das Tanzhaus war bereits voller Leute, als sie wenig später dort eintrafen. Eine Gruppe junger Musikanten spielte fröhliche Melodien, einer von ihnen war besonders ausgelassen. Er stand mit seiner Fiedel auf einem Tisch und sang Gassenhauer, die nicht unbedingt für jungfräuliche Ohren gedacht waren. Teresa holte sich einen Becher Wein, während Magda mit Michael auf die Tanzfläche eilte. Wehmütig schaute sie den beiden zu, wie sie sich lachend im Kreis drehten. Michael hatte ihr eben eröffnet, dass Christian heute nicht kommen würde. Er hatte etwas von einem Regelverstoß gemurmelt, was Teresa nicht wirklich verstanden hatte. Seine Abwesenheit trübte ihre Stimmung, denn sie vermisste ihn mit jeder Faser ihres Körpers und hatte sich sehr auf ein Wiedersehen gefreut. Sie nippte an ihrem Wein und beobachtete Magda und Michael, die recht verliebt wirkten. Sie gönnte Magda ihr Glück, obwohl es sie auch ein wenig traurig stimmte. Magda würde fortgehen und ein neues Leben beginnen, gerade jetzt, wo sie sich angefreundet hatten.

Da legten sich plötzlich zwei Arme von hinten um ihre Taille. Sie zuckte erschrocken zusammen, doch dann hörte sie Christians Stimme.

»Hier steckst du. Ich habe dich schon gesucht.« Sie spürte seinen Atem an ihrem Hals, und ihre Haut begann zu kribbeln. Sie drehte sich um. Er ließ seine Hände sinken.

»Ich dachte, du würdest nicht kommen. Michael hat gesagt ...«

Er legte seinen Finger auf ihre Lippen. »Nicht doch. Ich bin hier. Das ist wichtig, nicht das, was Michael sagt.«

»Ich möchte aber nicht, dass du wegen mir Ärger bekommst. Regeln werden nicht umsonst aufgestellt.«

Lächelnd griff er nach ihrer Hand und zog sie auf die Tanzfläche. Teresa schaffte es gerade noch, ihren Becher auf einem kleinen Tisch abzustellen. Der Boden schwankte unter ihren

Füßen, und sie bemerkte, wie sehr ihr der Wein zu Kopf gestiegen war.

»Nein, Regeln sind dazu da, um gebrochen zu werden.« Er zog sie in seine Arme. Sein Atem roch nach Wein, seine Augen glänzten. Er war betrunken, was Teresa in diesem Augenblick jedoch gleichgültig war. Die Musik trug sie über den steinernen Boden, und das Lachen der anderen Tänzer, das Licht der Kerzen und Öllampen, die Gerüche nach Wein und Pfeifentabak wurden eins. Sie schlang ihre Arme um Christians Nacken, versank in seiner Umarmung und wirbelte so lange mit ihm im Kreis, bis sie glaubte, vor Glück zu zerspringen. Irgendwann zog Christian sie von der Tanzfläche weg und drückte sie in eine Nische, wo er sie ungestüm küsste. Sie wollte sich dagegen wehren, doch er hielt sie fest umklammert. Sie schnappte nach Luft, als er von ihr abließ. »Nicht hier. Wenn uns jemand sieht.«

Er grinste wie ein Lausbub, dann zog er sie erneut an sich. »Soll jeder sehen, dass ich ein hübsches Mädchen habe.« Er küsste ihren Hals, was sie erschauern ließ.

Entschlossener schob sie ihn von sich. »Du bist verrückt.« Er griff nach ihrer Hand und führte sie über die Tanzfläche, vorbei an Magda und Michael, die sie gar nicht wahrnahmen. Zielstrebig hielt er auf den Ausgang zu.

Draußen empfing sie schneidend kalte Luft, die Teresa für einen Moment den Atem raubte.

»Manchmal muss man ein wenig verrückt sein«, sagte er, breitete seine Hände aus und drehte sich übermütig im Kreis. Teresa schaute ihm lächelnd dabei zu, wie er wie ein kleiner Junge im Mondlicht über das feuchte Pflaster tanzte. Wie wunderschön er aussah, mit seinem kantigen Gesicht und dem dunkelblonden Haar. Er war ihr Ritter in goldener Rüstung, ihr Held, der immer dann auftauchte, wenn sie ihn brauchte. Er blieb vor ihr stehen und streckte die Hand nach ihr aus. Sie griff danach und ließ zu, dass er seinen Umhang um sie legte, sie in den Schatten der Hauswand zog und leidenschaftlich küsste. Weitere Pärchen traten lachend aus dem Tanzhaus. Teresa nahm ihre Stimmen kaum wahr. Er zog sie mit sich in die nahe Milchgasse, wo er in einer Kammer unter dem Dach lebte. Sie folgte ihm, beseelt von seiner Nähe, den Geruch seiner Haut in der Nase, berauscht vom Wein. Kichernd liefen sie die Stufen nach oben. In der winzigen Kammer angekommen, schob er Teresa zum Bett und nestelte an der Schnürung ihres Mieders. Sie ließ sich auf das Lager drücken und leidenschaftlich küssen. Seine Lippen wanderten ihren Hals entlang bis in ihren Ausschnitt hinunter. Sie wusste nicht, wie ihr geschah, denn seine Hände schienen plötzlich überall zu sein. Er schob ihre Röcke nach oben und berührte sie zwischen den Beinen, was sie überrascht aufschreien ließ. Langsam liebkoste er mit seinen Lippen ihre Schenkel und wanderte bis zu ihrer Scham. Sie ließ es, beseelt vom Wein, geschehen. Gierig umschlangen ihre Arme seinen Körper, als er sich über sie beugte und sein Kuss ihren Aufschrei dämpfte, während er vorsichtig in sie eindrang. Es fühlte sich an, als würde etwas in ihr zerreißen, doch sie hielt still und passte sich seinem Rhythmus an, der mit der Zeit immer schneller wurde, genauso wie sein Atem. Stöhnend richtete er sich auf, und sie spürte etwas Warmes in sich, dann sank er auf sie herab. Eine Weile blieb er auf ihr liegen. Sie wagte nicht, sich zu bewegen. Erfüllt von seiner Nähe, schloss sie die Augen. So fühlte es sich also an, wenn Mann und Frau sich vereinigten. Langsam zog er sich aus ihrem Körper zurück, rollte zur Seite und legte den Arm um sie. Teresa kuschelte sich eng an ihn. Schweigend lagen sie nebeneinander. Sie lauschte seinem Atem, der immer gleichmäßiger wurde, und schloss die Augen. Die Wärme seines Körpers tat so unsagbar gut. Sollten die Zweifel doch erst morgen kommen, dachte sie und schlief, von dem Gefühl getragen, geliebt zu werden, beseelt ein.

Kapitel 10

Eine dünne Schneedecke hatte sich über Nacht auf Wege, Brücken und Hausdächer gelegt und der Stadt ein wenig von ihrer grauen Tristesse genommen. Winterliche Sonnenstrahlen fanden zwischen aufgebauschten Wolken den Weg zum Boden und ließen die weiße Pracht wie Diamanten funkeln, was Teresas Stimmung zusätzlich hob. Beschwingt lief sie über die Innbrücke und öffnete das Hoftor der Werkstatt. Schweren Herzens hatte sie sich vor wenigen Stunden mit dem Versprechen, in der Dämmerung wiederzukommen, aus Christians Armen gelöst. Die ganze Welt erschien ihr heller und freundlicher zu sein, und Gewissensbisse wollte sie nicht zulassen.

Josef stand in der geöffneten Haustür, als Teresa näher trat.»Mädchen, du bist es«, sagte er überrascht. »Hat der Herr nichts zu dir gesagt?«

»Was sollte er mir denn sagen?«, fragte Teresa verwundert.

»Im Moment gibt es keine Aufträge für Klingen mit Holzgriffen. Er meinte, bis wieder ein Auftrag hereinkommt, sollst du Burgi zur Hand gehen.«

Seine Worte trafen Teresa, obwohl eine schlechte Auftragslage nichts Besonderes war und nicht zum ersten Mal vorkam. Doch gerade heute hatte sie sich in ihre vertraute Werkstatt zurückziehen wollen. Das Glücksgefühl drohte sie zu verschlingen. Sie musste sich beruhigen und wieder zu sich selbst finden, was am besten mit dem Schnitzmesser in der Hand funktionierte.

»Früher war es besser«, begann Josef zu lamentieren. »So viele Klingen konnten wir gar nicht schmieden, wie nachgefragt wurden. Ins ganze Reich haben wir sie verschickt, in Städte, von denen ich nie zuvor etwas gehört habe. Fürsten- und Königshäuser haben bei uns bestellt, und ganze Wagenladungen sind über die Donau auf Reisen gegangen. Doch die Aufträge werden immer weniger, obwohl der Krieg erneut sein grausames Gesicht zeigt. Damals, im Türkenkrieg, da haben wir vor allem in die Steiermark geliefert, die die slawische Grenze sichern sollte. Das waren noch Zeiten, da liefen die Öfen heiß, und unsere Klingen galten noch etwas. Die Wolfsmarke war bekannt und beliebt, zeugte sie doch von Qualität. Heute werden jedoch oft einfacher hergestellte Waffen aus Österreich und Bayern eingesetzt. Wenn das so weitergeht, wird es irgendwann keine Klingenschmiede in Passau mehr geben, und die ehrenwerte Wolfsmarke wird in Vergessenheit geraten.«

Teresa nickte ungeduldig. Sie fühlte sich jetzt nicht in der Lage dazu, seinen ausschweifenden Erklärungen zu folgen. »Aber was rede ich.« Er winkte ab und musterte Teresa genauer. »Siehst heute irgendwie anders aus als sonst, hast richtig Farbe im Gesicht.«

Teresa senkte errötend den Blick.

»Da erzähle ich von Wolfsklingen und der Steiermark, was bin ich nur für ein Dummkopf.« Ein Lächeln huschte über Josefs Gesicht, doch dann wurde er wieder ernst. »Die Liebe ist eine schöne Sache, aber nimm dich vor ihr in Acht. Schneller, als einem lieb ist, ziehen dunkle Wolken auf, und aus so manchem Sturm kommt man nicht mehr unbeschadet heraus.«

Teresa blickte auf. Wehmut lag in Josefs Blick. Er trat neben sie und legte die Hand auf ihre Schulter. »Nicht immer wird alles wieder gut.«

Seine Stimme traf Teresa bis ins Mark. Er zog seine Hand zurück und ließ sie stehen. Plötzlich schien das Glücksgefühl in ihr erstarrt zu sein. Über ihr klappte ein Fenster, wie ertappt zuckte sie zusammen und sah nach oben, doch niemand war zu sehen. Sie drehte sich um, aber Josef war verschwunden. Gerade eben hatte sie noch die ganze Welt umarmen wollen, doch jetzt kam sich Teresa nur noch schäbig vor. Wie eine Dirne hatte sie sich Christian hingegeben, schamlos, ohne über die Folgen nachzudenken. Doch der bloße Gedanke an die vergangene Nacht ließ sie erzittern, und erneut verspürte sie das wundersame Prickeln auf der Haut. Die Glücksgefühle waren einfach zu stark, um Zweifel zuzulassen. Als Dienstmagd wurde ihr eine Heirat verwehrt, aber niemand konnte ihr verbieten, bei dem Mann zu sein, den sie liebte. Sie wollte sich ihm hingeben, seine Nähe spüren, seine Stimme hören, seinen Geruch einatmen, ihn niemals wieder verlieren. Sie dachte daran, wie wunderschön sein Gesicht im Mondlicht ausgesehen, wie sein Küsse geschmeckt hatten. So viel Gefühl konnte keine Sünde sein. Ihre Hand fuhr instinktiv in ihre Rocktasche, doch sie griff ins Leere. Sie schloss die Augen. Das Pferdchen, es war fort. Die einzige Erinnerung an ihr altes Leben, die ihr Halt gegeben hatte.

Sie dachte an die Worte des Kräutlers und sah die leuchtenden Augen der kleinen Grete vor sich, die sie erst heute Morgen liebevoll an sich gedrückt hatte. Das Pferdchen trug sie, an ein Lederband gebunden, um den Hals, was Teresa mit Stolz und gleichzeitig mit Wehmut erfüllte. Ihr Blick fiel auf die Holzscheite, die im Schutz des Dachüberstands an der gegenüberliegenden Hauswand aufgestapelt waren. Und wenn sie sich einfach ein neues Pferdchen schnitzen würde, ganz für sich allein. Erneut dachte sie an die Worte des Kräutlers. Vielleicht konnte sie ja noch ein paar mehr Pferdchen herstellen. Für sich selbst und für die Kinder. Sie überquerte den Hof, suchte nach passenden Holzstücken und ging in ihre Werkstatt. Burgi würde auf sie verzichten müssen.

Als die Dämmerung hereinbrach, legte Teresa ihr Schnitzeisen aus der Hand und begutachtete ihr Werk von allen Seiten. Das kleine Pferdchen war schon gut zu erkennen. Die grobe Form hatte sie mit geübtem Griff herausgearbeitet. Wie vertraut ihr doch die einzelnen Arbeitsschritte waren. Wie viele der Tierchen sie bereits geschnitzt hatte, vermochte sie nicht mehr zu sagen. Doch dieses hier war plötzlich etwas ganz Besonderes, brachte es ihr doch die Heimat und den Vater ein wenig zurück. Ab und zu hatte sie in der Bewegung innegehalten und in die Stille gelauscht. Er war bei ihr, sie konnte es fühlen. Durch das Schnitzen waren ihre Seelen fest miteinander verbunden. Sie legte die halb fertige Schnitzarbeit auf die Werkbank und blies die Kerze aus. Der Raum versank im dämmrigen Licht des Abends. Sie trat ans Fenster und schaute in den Hof. Das Schnitzen hatte sie tatsächlich beruhigt. Christians Gesicht tauchte vor ihrem inneren Auge auf, seine grünen Augen und die hohen Wangenknochen, die sie zärtlich berührt hatte. Sie hatte ihm versprochen, in der Dämmerung zurückzukommen. Allein der Gedanke daran ließ sie schaudern, und sie genoss für einen Moment das warme Gefühl, das sie durchflutete. Doch plötzlich riss eine Stimme sie aus ihren Gedanken.

»Eine Hure, die kleine Pferdchen schnitzt.« Erschrocken drehte sich Teresa um.

Leopold stand an der Werkbank und hielt ihre Schnitzarbeit in den Händen. »Was wohl der Herr dazu sagen wird, wenn er davon erfährt, dass seine wunderbare Magd sich wie eine Dirne jedem dahergelaufenen Mannsbild hingibt und gegen seine Anweisungen sein Holz verarbeitet?« Leopold legte die Schnitzarbeit zurück auf die Arbeitsplatte und näherte sich Teresa. Sie trat einen Schritt zurück und stand mit dem Rücken zur Wand. Leopold griff nach ihrer Hand, umklammerte sie fest. Sie roch seinen nach Bier stinkenden Atem.

»Und wenn ich dich ebenfalls errette, wenn du in Ohnmacht fällst, oder mit dir tanzen gehe, lässt du mich dann auch ran wie diesen unnützen Studenten, der so vielen Lastern verfallen ist.«

Teresa drehte angewidert ihren Kopf zur Seite. »Ich weiß nicht, wovon du sprichst.«

Er lachte laut auf. »Doch, du weißt sehr wohl, wovon ich spreche.« Er leckte genüsslich ihren Hals ab und hielt an ihrem Ohr inne. »Oder willst du leugnen, dass du die letzte Nacht bei ihm gelegen hast.«

Teresa riss erschrocken die Augen auf. Woher wusste Leopold davon? Verfolgte er sie etwa noch immer?

Leopold grinste breit. »Hab ich es doch gewusst. Nicht mehr als ein liederliches Weib bist du, nicht anders als all die anderen Dirnen dieser Stadt.«

»Es ist genug, Leopold«, erklang plötzlich Josefs Stimme. »Was ist nur in dich gefahren?«

Teresa seufzte erleichtert, während Leopold erschrocken von ihr abließ.

»Lass das Mädchen in Ruhe, oder du bekommst es mit mir zu tun.«

Leopold verschränkte die Arme vor der Brust. »Du willst es auch nicht wahrhaben, Josef? Sie ist eine Dirne, nicht mehr als eine Hure. Den Teufel persönlich hat sich der Herr ins Haus geholt.«

»Schweig still«, rief Josef. »Von Neid und Missgunst zerfressen ist deine Seele. Du wärst niemals in der Lage gewesen, ihren Platz auszufüllen. Hätte es das Versprechen des Herrn nicht gegeben, schon längst hätte er dich Nichtsnutz vor die Tür gesetzt. Geh mir aus den Augen, bevor ich mich vergesse.« Er deutete zur Tür.

Doch so schnell ließ sich Leopold nicht einschüchtern. »Was glaubst du eigentlich, wer du bist, alter Mann. Zur Zunft werde ich gehen. Allen werde ich erzählen, was für eine liederliche Hure der Herr beschäftigt. Dann wird niemand mehr seine Klingen haben wollen, denn eine Dirne hat Hand an sie gelegt.«

Vor Wut schnaubend verließ er den Raum.

Teresa zuckte zusammen, als die Tür hinter ihm ins Schloss fiel. Josef atmete erleichtert auf, dann fragte er: »Geht es dir gut, Mädchen?«

Sie nickte zaghaft. »Wieso tut er das?«

Josef sah kopfschüttelnd zur Tür. »Er hat sich mehr vom Leben erhofft. Doch sein unsteter Geist lässt nicht zu, dass er zur Ruhe kommt und sich selbst findet.«

Teresa entspannte sich nur langsam. Josef stellte seine Laterne auf der Werkbank ab. Eigentlich hatte er – wie jeden Abend – nur noch mal nach dem Rechten sehen wollen. Sein Blick fiel auf die halb fertige Schnitzarbeit. Er griff danach und drehte sie in den Händen hin und her.

»Mein Großvater hat mir auch einmal ein kleines Holzpferdchen geschnitzt. Es war das einzige Spielzeug gewesen, das ich jemals im Leben besessen habe. Er hat gern geschnitzt, besonders in den Abendstunden oder im Winter, wenn sonst nichts zu tun gewesen war. Und oft hat er versucht, es mir beizubringen, doch ich habe mir nur in die Finger geschnitten oder das Holz verunstaltet.« Er lächelte bei der Erinnerung daran, legte das halb fertige Pferdchen auf die Werkbank zurück und trat näher an Teresa heran. »Warum hast du nicht Burgi geholfen, wie ich es dir gesagt habe?«

Teresa spürte, wie sich ein dicker Kloß in ihrem Hals bildete. »Die Kinder, sie sollen glücklich sein«, murmelte sie.

Josef sah sie verwundert an, doch dann breitete sich ein Lächeln auf seinem Gesicht aus, und er nickte. »Irgendwo muss ich das Pferdchen von meinem Großvater noch haben. Wenn ich es finde, dann zeige ich es dir.«

Josef legte liebevoll den Arm um Teresas Schultern. »Ich rede mit dem Herrn. Wir werden einen Weg finden, damit du hierbleiben und schnitzen kannst.«

✳

Eng schmiegte sich Teresa an Christian, der seinen Umhang zum Schutz vor dem immer dichter werdenden Schneefall um sie gelegt hatte. Der Wind trieb die Flocken durch die engen Gassen und über den verlassenen Kramplatz. Die meisten Fenster waren um diese Zeit dunkel, bei einigen waren sogar die Fensterläden geschlossen, um die Kälte auszuschließen. Teresa hatte sich vor dem Winter mit seinen kurzen Tagen gefürchtet, doch Christian machte jeden Tag zu einem Fest. Waren im November die Tage oftmals noch neblig und grau gewesen, so glänzte der Dezember mit klaren und eiskalten Wintermorgen. Letzten Sonntag hatte sich Teresa vom Kirchgang entschuldigt und war zur Donau hinuntergelaufen, um ihr Gesicht in die Sonne zu strecken, die allerdings wegen des eisigen Ostwinds nicht so recht wärmen wollte. Doch das war ihr gleichgültig. Sie hatte es genossen, am Ufer zu sitzen, den vorbeifahrenden Schiffen zuzuwinken und ihren Blick über die vom Frost überzogenen Felder, Wiesen und Hügel schweifen zu lassen. Majestätisch lagen die Feste Ober- und Unterhaus am gegenüberliegenden Ufer, wo die Ilz mit ihrem schwarzen Wasser in die Donau mündete. Auch Christian war gekommen, und gemeinsam hatten sie der Sonne dabei zugesehen, wie sie den Himmel in leuchtendes Rot tauchte, um wenige Augenblicke später hinter Wolkenfeldern zu verschwinden, die schlechtes Wetter ankündigten.

Zuerst waren es Graupelschauer gewesen, die mehrmals am Tag über der Stadt niedergegangen waren. Doch seit dem heutigen Nachmittag fielen nur noch Flocken vom Himmel. Sie schienen die Stadt leiser zu machen, unterbrachen die Geschäftigkeit der Händler und Schiffer. Der Vater hatte den Winter immer die stille Zeit genannt. Wenn alles etwas langsamer ging, die Leute in ihren warmen Stuben blieben und die Tage von wenig Licht erfüllt waren. Voller Wehmut dachte sie an die stillen Winternachmittage zurück, wenn unaufhörlich der Schnee vom Himmel gefallen war und sie mit ihrem Vater in der Werkstatt gesessen und geschnitzt hatte. Sogar in dieser großen, von Geschäftigkeit erfüllten Stadt schien der Schnee für Ruhe zu sorgen, was Teresa mit Zufriedenheit erfüllte.

Sie atmete den Geruch des Schnees tief ein und schmiegte sich noch enger an Christian, froh darüber, dass er sie heute nach Hause begleitete. Sie wollte es sich nicht eingestehen, aber gerade in der Abenddämmerung fürchtete sie sich davor, von Leopold überrascht zu werden. Christian hatte sie nichts davon erzählt. Sie wollte nicht, dass er sich Sorgen machte. Das Problem mit Leopold würde auch er nicht lösen können.

Sein Umhang duftete nach Holzrauch, sein Atem nach Tabak. Vertraute Gerüche, die sie inzwischen so gut kannte wie seinen Körper, den sie Stück für Stück und ganz vorsichtig erkundet hatte. Selbst im Schlaf hatte sie ihn beobachtet, wenn er im Traum lächelte oder seltsame Grimassen zog, die sie zum Schmunzeln brachten. Sie hatten sich in den letzten Tagen ihre Zweisamkeit gestohlen, oftmals nur kurze Momente der Leidenschaft und Zärtlichkeit, die Teresa für immer festhalten wollte.

Als sie die Klingergasse erreichten, glaubte Teresa Schritte hinter sich zu hören. Sie schaute sich um. Christian drehte sich ebenfalls um. Doch die Gasse war leer und von einer Schneedecke bedeckt, in der es keine anderen Fußspuren gab.

»Da ist niemand«, sagte er beruhigend. Teresa nickte, doch ihre Unruhe wollte nicht weichen. Leopold war wie ein Schatten, der sich leise von hinten anschlich und sie, ohne wahrgenommen zu werden, beobachtete. Sie erreichten das Hoftor des Klingenschmieds, und Teresa löste sich aus Christians Umarmung. Noch einmal wanderte ihr Blick die Gasse hinauf, aber nur Schneeflocken tanzten durch das Licht einer Laterne. Sie entspannte sich ein wenig. Christian machte einen Schritt auf sie zu, hob ihr Kinn an und strich sanft mit seinen Lippen über die ihren. Teresa schloss die Augen. Sie fühlte seinen warmen Atem auf der Wange, kalt schmolzen die Schneeflocken auf ihrer Haut, legten sich auf ihren Umhang und ihr Haar. Christian zog sie fester an sich, sein Kuss wurde leidenschaftlicher. Wie eine Ertrinkende klammerte sie sich an ihn. Wenn sie ihn jetzt einfach nicht mehr loslassen würde … Irgendwann lösten sich ihre Lippen dann doch voneinander, und er strich ihr eine Haarsträhne aus dem Gesicht. Sie wollte etwas sagen, aber ein plötzliches Poltern ließ sie zusammenzucken.

»Er ist es. Er folgt uns«, rief Teresa und wandte sich erschrocken um. Zwei Katzen tauchten im Lichtschein der Laterne auf und verschwanden fauchend in der Dunkelheit. Christian schaute sie fragend an. »Wer folgt uns?«

Sie ließ die Schultern sinken. »Leopold. Er ist überall und beobachtet mich.« Sie machte eine Pause und fügte hinzu: »Beobachtet uns.« Christian zog eine Augenbraue hoch.

»Er hat mich neulich in die Gasse gezogen.«

Christian griff nach Teresas Hand. »Warum hast du nicht gesagt, dass du ihn kennst?«

»Ich weiß nicht«, erwiderte Teresa zögernd. »Es ist nicht wegen dir, weißt du.«

»Wegen was ist es dann?«

Teresa dachte an den Vorfall in der Werkstatt, an den unglaublichen Hass in Leopolds Augen. Aber verabscheute er wirklich sie? Oder verdammte er nicht eher sein eigenes Leben als Verstoßener, der auf die Mildtätigkeit eines anderen angewiesen war und niemals Anerkennung finden würde? Thomas Stantler hielt sich an sein Versprechen, doch Leopold wollte mehr. Er wollte einen festen Platz im Leben, nicht nur der Handlanger und einfache Dienstbote sein, der als Nichtsnutz abgestempelt und von allen als Sohn des Ketzers gesehen wurde. Neid war es, was in antrieb.

»Er ist neidisch. Er denkt, ich hätte ihm seinen Platz weggenommen, doch das habe ich nicht, denn Leopold ist gar nicht in der Lage dazu, die Griffe für die Klingen zu schnitzen. Er mag ein halbwegs guter Messerer sein, aber mit einem Schnitzmesser kann er nicht umgehen. Ich bin in seine Welt eingedrungen und habe ihm seinen Traum gestohlen, deswegen hasst er mich.«

Christian verstand, was Teresa ihm sagen wollte. Trotzdem stieg Wut in ihm auf. »Das ist kein Grund dafür, dass er dich so bedrängt. Ich werde …«

»Gar nichts wirst du«, schnitt Teresa ihm das Wort ab. Christian schnappte nach Luft. Teresas Stimme klang plötzlich so anders, hart, selbstbewusst und stolz. Sie hatte das Kinn vorgeschoben, ihre Augen blitzten. »Ich brauche keinen Ritter in goldener Rüstung, der mich beschützt. Dieses Problem muss ich selbst aus der Welt schaffen.«

Sie hörte ihre Worte und wusste gleichzeitig, dass sie das nicht schaffen würde. Leopold wurde immer unberechenbarer. Harmlos, wie Magda gesagt hatte, war der Bursche nie gewesen. Christian trat einen Schritt zurück. Teresa atmete tief durch. Er hatte ihr nur helfen wollen, doch sie wollte seine Hilfe nicht. Wenn ein Unglück geschehen würde, dann sollte er weit weg sein, denn sie wollte ihn nicht verlieren. Sie schaute im eindringlich in die Augen. »Josef passt schon auf mich auf. Ich möchte nicht, dass du da mit reingezogen wirst. Leopold ist ein Teil dieses Hauses, und ich muss lernen, mit ihm zu leben, auch wenn es mir nicht gefällt.« Ihr Tonfall war milder geworden.

Christian entspannte sich.

»Wenn er mich das nächste Mal anfasst, dann kratze ich ihm einfach die Augen aus«, versuchte Teresa zu scherzen. Christian zog sie erneut in seine Arme. »Was für eine Wildkatze habe ich mir da nur eingefangen.«

Widerstandslos ließ sich Teresa küssen. Doch diesmal schloss Christian nicht die Augen, sondern behielt die verschneite Gasse im Blick.

Teresa vernahm in den frühen Morgenstunden das gewohnte Knarren der Tür. Magda schlich in die Kammer und ging leise zu ihrem Bett. Doch diesmal war etwas anders als sonst. Magda schlüpfte nicht unter ihre Decke, um noch ein wenig zu ruhen, sondern schluchzte leise. Teresa öffnete die Augen. Sie ahnte, was geschehen war. Magda hatte von einem neuen Leben an Michaels Seite geträumt. Wenn sie jetzt so unglücklich war, hatte es gewiss schlechte Neuigkeiten gegeben. Teresa dachte an Christian und verspürte sofort das einzigartige Glücksgefühl in sich. Wie würde es sich anfühlen, wenn dieses Gefühl verschwunden wäre?

»Ich weiß, dass du wach bist«, sagte Magda und zog die Nase hoch. Teresa drehte sich um. Magda saß auf der Bettkante. Sogar im morgendlichen Dämmerlicht waren ihre rot verweinten Augen zu erkennen. Teresa setzte sich wortlos neben Magda und legte den Arm um sie. Eine Weile sagte keine der beiden Frauen etwas, nur Magdas Schluchzen durchbrach die Stille. Irgendwann fischte Magda ein Taschentuch aus ihrer Rocktasche und wischte sich die Tränen von den Wangen.

»Ich weine nicht, weil er mich verlassen will.«

Teresa sah sie verwundert an. »Warum dann?«

»Michael hat mir gestern einen Brief seiner Eltern vorgelesen.« Teresa ahnte, was kommen würde. Magda schüttelte den Kopf. »Wie konnte ich nur so dumm sein und daran glauben, dass er mit mir fortgehen würde. Er ist wohlhabend, kommt aus gutem Hause und ist ein Student am Jesuitenkolleg, während ich nur eine einfache dumme Magd bin, die nicht einmal lesen und begreifen kann, dass sie in ihrer Welt gefangen ist.« Sie schaute zu Teresa. »Wir dürfen nicht glücklich sein, dürfen nicht lieben und Kinder bekommen.«

Teresa zog den Kopf ein.

»Michael hat gesagt, dass es ihm gleichgültig ist, was seine Eltern denken, hat beteuert, wie sehr er mich liebt. Wir werden einen Weg finden, hat er gesagt.«

»Aber das ist doch gut«, erwiderte Teresa. »Er liebt dich. Das ist wichtig, nicht das, was seine Eltern sagen.«

»Doch, es ist verdammt wichtig, was seine Eltern sagen.« Magdas Stimme wurde lauter, und sie sprang auf. »Sie bezahlen sein Studium, er ist ihr Erstgeborener und soll eine hohe Position im kaiserlichen Heer bekleiden. Er kann nicht wegen einer wie mir alles aufgeben, das bin ich nicht wert. Ich sollte ihn ziehen lassen, damit er glücklich wird. Ohne mich ist er doch viel besser dran. Aber mein Herz sagt etwas anderes. Ich liebe ihn so unendlich. Ohne ihn bin ich ein halber Mensch, eine Hülle ohne Leben, die irgendwie den Alltag übersteht.«

Teresa wusste nicht, was sie erwidern sollte. Sie verstand, was Magda meinte, fühlte sie doch genauso. Noch vor wenigen Wochen hatte sie keine Ahnung von der Liebe und dem übermächtigen Gefühl gehabt, das einen wie ein Sturm erfasste und in ein vollkommen neues Leben stürzte, ob man wollte oder nicht. Wie würde sie reagieren, wenn Christian sein Leben für sie aufgeben würde? Sie kannte die Antwort. Magda hatte wieder zu weinen begonnen. Sie klammerte sich an der Stuhllehne fest, ihre Tränen tropften auf die Tischplatte. Teresa trat neben sie und strich ihr liebevoll über den Rücken. Eine Weile beobachtete sie Magda dabei, wie sie immer mehr in ihrem Selbstmitleid versank, dann wurde es ihr zu bunt. War es nicht Michaels Entscheidung, was er auf die Forderungen seiner Eltern erwidern würde? Magda hatte einen Menschen gefunden, der sie liebte und alles für sie aufgeben würde, und doch war es ihr nicht genug. Energisch drehte sie die Freundin zu sich herum. Von Teresas plötzlicher Tatkraft überrumpelt, hörte Magda zu weinen auf.

»Du hörst mir jetzt mal zu«, sagte Teresa mit fester Stimme. »Michael liebt dich und will bei dir bleiben. Was gehen dich seine Eltern an? Er muss entscheiden, was er mit seinem Leben anfangen möchte. Und wenn er mit dir zusammen sein will, dann ist das so. Irgendein Weg wird sich finden. Sieh mich an. Das Schicksal hat mich nach Passau geführt, in eine Stadt, deren Namen ich vor wenigen Monaten nicht einmal kannte. Meine Eltern, meinen Bruder, alle habe ich verloren, trotzdem geht das Leben weiter und meint es gut mit mir. Es wird auch für dich und Michael weitergehen, davon bin ich überzeugt. Ihr werdet einen gemeinsamen Weg finden, dessen bin ich mir sicher.«

Magda war erstaunt. So forsch kannte sie Teresa gar nicht.

»Aber …«, versuchte sie zu widersprechen. Ein Blick von Teresa ließ sie verstummen. Sie hob abwehrend die Hände. »Schon gut. Ich habe verstanden. Sei bitte wieder die Teresa, die ich kenne.«

Teresa spürte, wie ihre Anspannung nachließ. »Heulsusen konnte ich noch nie leiden«, erwiderte sie trocken. »Besonders, wenn es keinen wirklichen Grund zum Heulen gibt.«

Magda wischte sich über die Augen. »Immerhin hörst du dich jetzt wieder wie die Teresa an, die ich kenne.«

Teresa bückte sich, hob ihre Strümpfe vom Boden auf und setzte sich aufs Bett. »Rupert hat mich immer Kätzchen genannt, ein Kätzchen mit scharfen Krallen.« Sie begutachtete missmutig ein kleines Loch in einem Strumpf, das gestern ganz sicher nicht da gewesen war.

Magda setzte sich neben sie. »Die Krallen hast du bisher gut versteckt.«

Teresa griff nach dem anderen Strumpf und fuhr mit der Hand hinein. »Immerhin, dieser ist heile«, murmelte sie und antwortete laut: »Bisher habe ich sie nicht gebraucht.« Sie zog den Strumpf an und dachte an den gestrigen Abend. »Vielleicht werde ich sie in der nächsten Zeit noch öfter ausfahren müssen.«

Magda blickte Teresa erst fragend an, doch dann nickte sie. »Leopold …«

»Es wird nicht einfach werden.« Teresa seufzte. Magda zuckte mit den Schultern, und plötzlich umspielte ein Lächeln ihre Lippen. »Aber vielleicht wäre es sonst ja auch langweilig.«

※

Burgi zog ein Taschentuch aus ihrer Rocktasche und putzte sich laut trompetend die Nase. Teresa saß noch am Tisch, Magda hatte bereits das Weite gesucht. Auch Teresa beeilte sich, ihren Haferbrei möglichst schnell zu verspeisen, denn mit Burgis Laune stand es nicht zum Besten. Nicht nur, dass sie seit Tagen von einer schrecklichen Erkältung geplagt wurde, sie hatte sich auch mal wieder mit Gustl überworfen. Warum genau die beiden sich diesmal in der Wolle hatten, wusste niemand, und keiner getraute sich, nach dem Grund zu fragen. Teresa legte den Löffel aus der Hand und leerte ihren Becher.

Burgi, die am Spülstein stand, würdigte Teresa keines Blickes. Hastig erhob sich Teresa, um wie alle anderen Hausangestellten möglichst schnell das Weite zu suchen. Doch so schnell entkam sie der alten Köchin nicht.

»Schön hiergeblieben, Mädchen.«

Teresa hielt in der Bewegung inne. Verdammt. Wäre sie doch nur schneller gewesen oder am besten gar nicht erst in die Küche gegangen. Auf dem Krammarkt wurden kleine Fleischbrötchen verkauft, und Josef brühte neuerdings in der Werkstatt Kräutertee auf.

»Heute wird es nichts mit der Herumtreiberei. Ich brauche dich zum Waschen. Die Wäscherin ist heute Morgen nicht gekommen, und Magda schafft die Arbeit allein nicht.«

Teresa rang um Fassung. Als Herumtreiberei galt ihre Schnitzarbeit also in Burgis Augen.

»Aber der Herr …« Weiter kam sie nicht.

»Mir ist gleichgültig, was der Herr sagt«, polterte Burgi los. »Du bist eine Magd dieses Hauses und hast mir zu gehorchen und sonst niemandem. Ich allein bin für die Mägde zuständig. Ein für allemal muss dieser Unsinn ein Ende haben. Wenn das so weitergeht, kommen wir alle noch in Teufels Küche. Eine Frau ist und bleibt eine Frau, und das Schnitzen in der Werkstatt ist Männerarbeit. Die Leute auf der Straße zerreißen sich schon das Maul. Ich kann sie hinter meinem Rücken tuscheln hören.«

Ein Niesanfall unterbrach Burgis Tirade. Teresa trat näher zur Tür. Jetzt wäre die Flucht günstig. Burgi putzte sich die Nase, dann lamentierte sie weiter. »Erst gestern hat mich die Wildbacherin davor gewarnt, dass das alles noch ein böses Ende nehmen wird.«

»Die Wildbacherin ist ein altes Tratschweib, mit der es ein böses Ende nehmen wird, wenn sie nicht endlich ihr Schandmaul hält«, antwortete jemand hinter Teresa. Erleichtert drehte sie sich um. Josef stand in der Tür. Sein Gesichtsausdruck war gelassen.

Nur kurz fehlten Burgi die Worte, dann konterte sie: »Eine Sünde ist es, was ihr da treibt. Der Herrgott im Himmel …«

»Wird es als Sünde ansehen, wenn wir so viel Talent einfach verschwenden«, beendete Josef ihren Satz.

Burgi rang nach Luft. Sie verdrehte die Augen, und ihr Gesicht verfärbte sich rot. Wild begann sie mit den Armen zu fuchteln. »Dann schert euch raus aus meiner Küche und kommt so schnell nicht wieder, elendes sündhaftes Gesindel. Der Teufel persönlich wird uns in den Höllenschlund ziehen, wenn ihr so weitermacht, das verspreche ich euch. So etwas hätte es zu Lebzeiten der Herrin nicht in diesem Haus gegeben, das könnt ihr mir glauben.«

Josef und Teresa zogen die Köpfe ein, eilten aus dem Raum und über den Flur auf den Hinterhof, wo sie der eiskalte, klare Wintermorgen und eine grinsende Magda begrüßten.

»Muss man sie nicht einfach gernhaben?«

Teresa zog eine Augenbraue hoch. »Ja, gerade heute ist sie besonders liebenswert.«

Josef nahm seine Mütze vom Kopf und atmete erleichtert auf. »Heilige Mutter Gottes, und das am frühen Morgen. Wollen wir dafür beten, dass sie bald diese Erkältung los ist und sich mit Gustl versöhnt. Das ist ja kaum auszuhalten.«

Teresa fröstelte. Ihr Umhang lag noch in ihrer Kammer auf dem Bett. Sie schaute zur Tür. Erneut ließ Burgi eine Schimpftirade los, die diesmal Hanna zu gelten schien.

»Lieber frieren, als zurückgehen«, entschied sie. »Damit du nicht auch noch einen Schnupfen bekommst und grantig wirst«, erwiderte Josef und setzte seine Mütze wieder auf.

»So schlimm kann der Schnupfen niemals werden«, erwiderte Teresa und schaute zu Magda, die ebenfalls fror.

»Immerhin holen wir uns gemeinsam den Tod«, erklärte sie grinsend. »Komm doch mit in die Werkstatt«, wandte sich Josef mitleidig an Magda. »Es müsste mal wieder gründlich gefegt und die Dielen sollten gescheuert werden. Vielleicht nicht die beste Arbeit, aber besser, als in der Kälte zu stehen oder Burgi zu begegnen, ist es allemal.«

Erleichtert nahm Magda das Angebot des alten Knechts an, schaute dabei aber Teresa in die Augen, die nickte. Magdas Pläne sahen für heute anders aus.

In der Werkstatt angekommen, schürte Josef das Feuer im Schmiedeofen, während sich Magda auf die Suche nach Eimer und Besen machte. Teresa rieb sich ihre kalten Hände, durchquerte den Raum und betrat ihre kleine Schnitzstube, in der sie wohlige Wärme empfing. An der Werkbank stand Thomas Stantler, eine ihrer Schnitzarbeiten in der Hand. Sie verharrte in der Tür.

Er drehte sich nicht um, als er zu sprechen begann: »Manche Dinge kann niemand ändern oder aufhalten, nicht wahr?«

»Herr, ich wollte …« Weiter kam Teresa nicht. Thomas Stantler hielt das halb fertige Holzpferdchen in die Höhe. »Wie habe ich nur glauben können, dich könnte die leidige Arbeit des Schnitzens von Messergriffen zufriedenstellen.«

Er schüttelte den Kopf, drehte sich zu Teresa um und schaute sie an. Sie erwiderte seinen Blick. Nach einer Weile lächelte er. »Burgi hat sich heute Morgen bei mir beschwert.«

»Ich weiß, sie ist krank, aber es ist kaum auszuhalten«, verteidigte sich Teresa.

»Sie ist nicht krank, sondern unausstehlich«, erwiderte er. »Selbst ich bin vor ihr geflohen, weil ich ihre Standpauke nicht mehr ertragen habe.« Er zog eine Grimasse. »Manchmal frage ich mich, wer der wirkliche Herr des Hauses ist.« Teresa trat näher. Er fuhr fort: »Trotzdem gibt es Regeln, an die wir uns alle halten müssen. Ich hatte dich gebeten, Burgi im Haus zur Hand zu gehen, weil im Moment keine Messergriffe anzufertigen sind.«

Teresa senkte den Blick. Sie wusste nicht, was sie erwidern sollte.

»Daran bin ich schuld«, sagte plötzlich Josef, der von den beiden unbemerkt den Raum betreten hatte. Der alte Knecht deutete auf das halb fertige Holzpferdchen in Thomas Stantlers Hand.

»Verzeih die dumme Idee deines Knechts. Aber ich dachte, aus diesem Talent könnten wir mehr rausholen als Messergriffe. Teresa hat doch erzählt, dass ihr Holzspielzeug bis nach Amerika verkauft worden war. Ich habe mich umgesehen. Auf dem Kramplatz wird Holzspielzeug angeboten, allerdings von minderwertiger Qualität. Ich weiß, wir sind Klingenschmiede, aber das Geschäft läuft immer schlechter und vielleicht …« Er verstummte. Thomas Stantler zog eine Augenbraue hoch.

»Und vielleicht?« Er schaute Josef abwartend an.

»Und vielleicht könnten wir das Spielzeug ebenfalls verkaufen. Ein kleines Nebengeschäft kann bestimmt nicht schaden.«

»Ein kleines Nebengeschäft«, wiederholte Thomas Stantler, der jetzt belustigt dreinblickte.

»Und wie erklären wir das der Zunft? Ein Klingenschmied, der Holzspielzeug verkauft, um seine Haushaltskasse aufzubessern. Ich werde zum Gespött der Leute.«

»Daran habe ich auch gedacht. Wir könnten das Spielzeug unter der Hand verkaufen. Ich habe bereits mit Conrad gesprochen, der auf dem Kramplatz das große Geschäft mit allerlei Krimskrams hat. Er würde uns die Pferdchen abnehmen, ohne großes Aufhebens darum zu machen. Natürlich würde er niemandem verraten, woher er das Spielzeug hat.«

Thomas Stantler schaute von Josef zu Teresa. »Also ist alles schon geplant.«

»Wasserdicht.« Josef machte einen Schritt auf seinen Herrn zu. »So viel Talent können wir doch nicht bei Burgi in der Küche verkommen lassen, wäre ewig schade drum.«

Thomas Stantler blickte auf die Schnitzarbeit in seiner Hand. Teresa sah ihn flehend an. »Also gut. Ich werde mit Burgi reden«, lenkte er ein. »Immerhin hat sie jetzt auch noch Hanna, die ihr zur Hand geht, das muss reichen.«

Er legte das Pferdchen zurück auf die Werkbank und sagte mehr zu sich selbst: »Ich werde aber trotzdem mit dem Zunftleiter sprechen. Ist besser, wenn er es von mir erfährt und nicht über fünf Ecken.«

Erleichtert atmete Teresa auf. Josef trat neben seinen Herrn und legte ihm die Hand auf die Schulter. »Du wirst diese Entscheidung nicht bereuen.«

»Dein Wort in Gottes Ohr, mein Freund«, erwiderte Thomas Stantler und verließ, gefolgt von einem strahlenden Josef, den Raum. Erleichtert sank Teresa auf einen Hocker, als die Tür hinter den beiden ins Schloss gefallen war.

✳

Leopold ließ seinen Blick über die Zelte und notdürftigen Unterstände schweifen, die dem kalten Winterwetter trotzten. Der Geruch von Holzrauch hing in der Luft. Vor vielen Zelten brannten kleinere Lagerfeuer, vor denen Männer unterschiedlichen Alters zusammensaßen. Manche reinigten ihre Waffen, andere spielten Karten oder machten Würfelspiele oder starrten vor sich hin. Auf einer kleinen Weide unweit des Zeltes standen einige Pferde im Schnee. Tillys Nachhut, wie die wenigen hundert Mann in der Lindau genannt wurden, machte einen heruntergekommenen und wenig ruhmreichen Eindruck. Auf den durch Passau geisternden Flugblättern war ein anderes

Bild der Truppen gezeichnet worden. Von tapferen Männern war darin die Rede, die sich ohne Furcht dem Feind entgegenstellten, für den Kaiser und den katholischen Glauben kämpften. Ausgerottet sollte der Protestantismus werden, der die Wurzel allen Übels war. Doch diese Männer sahen weder mutig noch heldenhaft aus. Sie wirkten eher müde und erschöpft. Leopolds Entschlossenheit begann zu bröckeln.

»Was stehst du hier unnütz in der Gegend herum«, sprach ihn plötzlich jemand von hinten an. Leopold drehte sich um und schaute in das von Falten durchzogene Gesicht eines alten Mannes.

»Ich wollte, ich meine ...« Leopold verstummte.

Der Alte musterte ihn mit seinem einen Auge genauer.

»Suchst wohl die Herausforderung in der Schlacht.«

Leopold wusste nicht, ob er das tatsächlich tat. An eine Schlacht hatte er noch gar nicht gedacht. Der Alte winkte ab.

»Siehst eher so aus, als würdest vor etwas davonlaufen.«

Verdattert schaute Leopold den Alten an.

»Ist bei den meisten so, die hier gelandet sind. Des Lebens überdrüssig, sind viele dem Alltag und der Armut entflohen. So manch einer hat seinen Hals gerade noch aus der Schlinge gezogen, wenn du verstehst, was ich meine.«

Leopold nickte zögernd. Der Alte setzte sich in Bewegung und bedeutete Leopold, ihm zu folgen. »Ist nicht das Schlechteste, hier zu landen, auch wenn es auf den ersten Blick nicht den Anschein hat. Es gibt immer genug Wein, und bei den Marketenderbuden kann man sich gut die Zeit mit den Huren vertreiben. Der Krieg ist weit fort, irgendwo in Böhmen, und als Nachhut lebt es sich ganz ordentlich.«

Der Alte grüßte eine Gruppe junger Burschen, die vor einer zusammengezimmerten windschiefen Holzbude beim Würfelspiel beieinandersaßen, einige von ihnen hatten ein Mädchen im Arm.

»Treibt es nicht zu bunt, meine Freunde.«

»Wir doch nicht, Georg«, erwiderten die Burschen grölend und prosteten ihm zu.

»Wir können froh sein, wenn es den Winter über so weitergeht. Aber ich glaube nicht, dass es so ruhig bleibt. Das Reich ist ein Pulverfass, und überall schwelen Brände. Tilly hat in Böhmen gewonnen, doch die große Schlacht ist noch längst nicht geschlagen.« Der Alte blieb stehen und musterte Leopolds Kleidung. »Siehst gar nicht wie ein Landstreicher oder Dieb aus.« Er hob seine rechte Hand, an der nur noch drei Finger waren. Leopold riss erschrocken die Augen auf. »Hätte nicht viel gefehlt, und ich hätte den ganzen Arm verloren. Ich weiß ja nicht, wovor du fortläufst, Junge, aber auf dem Schlachtfeld wirst du keine Erlösung finden. Die meisten von uns erwartet dort der Tod.«

»Unser Georg erzählt wieder Schauermärchen und vergrault die jungen Burschen.«

Ein in bunte Stoffhosen gekleideter Landsknecht blieb stehen und legte den Arm um den alten Mann. »So schlimm ist es auch wieder nicht bei uns. Sieh mich an. Drei Schlachten habe ich bereits geschlagen und bin immer noch quicklebendig, sogar zum Leutnant bin ich aufgestiegen.«

Er ließ von dem alten Mann ab und musterte Leopold von oben bis unten. »Bist ein kräftiger gesunder Bursche, genau der Richtige für meine Truppe. Erst kürzlich sind mir ein paar Männer abhandengekommen, frisches Blut kann da nicht schaden.«

Leopold wusste nicht, was er erwidern sollte. Unsicher schaute er von dem alten Mann zu dem jungen Leutnant.

»Wie ist dein Name, Bursche?«

Leopold nannte zögernd seinen Namen.

»Abhandengekommen«, höhnte der alte Mann. »Sag ihm doch, dass sie elendig am Blutlauf verreckt sind. Ein Wunder, dass nicht noch mehr von uns in ihrem eigenen Dreck gestorben sind.«

Leopold wich erschrocken zurück. »Am Blutlauf«, wiederholte er die Worte des Alten.

Der junge Leutnant warf dem Alten einen missbilligenden Blick zu. »Lass es gut sein, Georg. Du machst ihm mit deinen Schauergeschichten Angst. Krankheiten gibt es überall, auch in den Städten und Dörfern. Ich muss dich sicher nicht daran erinnern, wie viele Menschen in den letzten Jahren allein von der Pest dahingerafft wurden? Und das ganz ohne Krieg oder Armeetross?« Der Leutnant legte Leopold kameradschaftlich den Arm über die Schultern und zog ihn von dem alten Mann weg. »Lass dich von unserem Georg nicht einschüchtern, dem vernebelt langsam der Wein das Gehirn.«

Leopold ließ sich mitziehen, doch ein ungutes Gefühl blieb. War es wirklich so erstrebenswert, das sichere Leben bei Thomas Stantler gegen dieses wilde und unwirtliche Leben voller Gefahren einzutauschen? Vermutlich hatte der junge Leutnant, der sich ihm als Johannes vorstellte, recht damit, dass es auch in den Städten Krankheiten gab. Aber den Blutlauf hatte er selbst noch nie erlebt, und auch von den Schrecken der Pestwellen hatte er bisher nur gehört. Er blickte um sich. Die Männer wirkten ausgemergelt, manch einem fehlte ein Bein, einem anderen gar der ganze Arm. Eine Gruppe Kinder übte mit Holzschwertern fechten, während ihre Mütter im Wasser eines Bachlaufs Wäsche wuschen. Hatte er wirklich geglaubt, er würde in dieser Welt glücklich werden? Schon jetzt fühlte er sich fehl am Platz.

Er blieb abrupt stehen. »Ich kann das nicht«, sagte er mehr zu sich selbst, schüttelte den Kopf und machte einige Schritte rückwärts. »Es geht nicht.«

Johannes hob beruhigend die Hände. »Gib nichts auf Georgs Gerede. Du wirst sehen, nach einer Weile wirst du den

Tross lieben. Die meisten hier wollen nie wieder zurück in ihr altes Leben, das sie mürbe gemacht hat.«

Leopold spürte den Abscheu, den er diesem unsicheren Ort entgegenbrachte. In Passau mochte er nichts gelten und nur ein einfacher Handlanger sein, doch immerhin hatte er dort ein Dach über dem Kopf. Und vielleicht würde er eines Tages doch die Schnitzarbeiten übernehmen können. Irgendwann würde der Herr gewiss begreifen, dass in dem Mädchen der Teufel schlummerte, dessen war er sich sicher. Und vielleicht würde er ja ein bisschen nachhelfen können, damit die verdammte Hure endlich verschwand.

Johannes schaute ihn abwartend an. Leopold hob den Kopf und blickte dem jungen Leutnant in die Augen. »Ich dachte, es wäre ein Ausweg, doch das ist es nicht. Es tut mir leid.«

Der Leutnant überlegte kurz, dann umspielte ein Lächeln seine Lippen. »Dann lauf zurück in dein Passau, Kleiner. Feiglinge, die sich von einem alten Mann Angst manchen lassen, können wir hier nicht gebrauchen.« Spott lag plötzlich in seiner Stimme.

Leopold machte einen Schritt zurück, stolperte über eine Wurzel und fiel hin. Er wusste, dass seine Entscheidung richtig war, doch die Worte des Leutnants trafen ihn bis ins Mark. Der Leutnant lachte laut auf. Weitere Männer traten neugierig näher.

»Seht ihn euch an, den Angsthasen. Ist besser, wenn er schnell wieder nach Hause zu seiner Mutter läuft.«

Wut stieg in Leopold auf. Er rappelte sich hoch, drehte sich um, deutete auf den Leutnant und brüllte: »Ja, lacht nur. Doch will ich nicht wissen, vor was Ihr fortlauft!«

Der Leutnant wurde kreideweiß im Gesicht. Die Männer um ihn herum verstummten. Leopold verschränkte triumphierend die Arme vor der Brust. Er hatte den wunden Punkt seines Gegenübers getroffen.

»Verschwinde, Bursche!«, zischte der Leutnant und legte die Hand auf den Griff seines am Gürtel hängenden Messers. »So eine Frechheit muss ich mir von einem dahergelaufenen Habenichts nicht gefallen lassen.«

Die Umstehenden warteten schweigend auf Leopolds Reaktion. Da trat erneut der alte Georg näher und legte beruhigend seine Hand auf Leopolds Arm. Leopold zuckte erschrocken zurück. »Fass mich nicht an, alter Mann!«

Georg zog seine Hand weg.

»Niemand hier fasst mich an! Es war ein Fehler, herzukommen. Ein gottverdammter Fehler!« Leopold drehte sich um und rannte vorbei an den Zelten und den Buden der Marketender, den Holzrauch in der Nase. Irgendwo weinte ein Kind, eine Magd kreuzte seinen Weg, schnatterndes Federvieh auf dem Arm. Immer schneller wurden seine Schritte. Er wollte nur noch fort von diesem schrecklichen Ort. Wie hatte er bloß auf die Idee kommen können, dass die Armee ein Ausweg wäre. Erst nachdem er ein ganzes Stück von dem Lager entfernt war, verlangsamte er seine Schritte. Die eisige Winterluft brannte in seinen Lungen. Keuchend blieb er am Ufer des Inns stehen, auf dem bereits die ersten Eisschollen trieben, was für Dezember ungewöhnlich war. Eine Weile schaute er übers Wasser. Er dachte an seinen Vater. Tränen traten ihm in die Augen, und er ballte die Fäuste.

»Wärst du doch nie fortgegangen. Hörst du!«, schrie er über den Fluss. »Du verdammter Ketzer, warum hast du mich allein gelassen?« Es tat gut, die Wut hinauszuschreien, doch seine Probleme würde das nicht lösen. Er blickte den Weg zurück, der in der Abenddämmerung versank. Im Tross hätte keiner gewusst, dass er der Sohn eines Ketzers war, doch der Preis für diese Freiheit schien ihm zu hoch. Ein mit Getreidesäcken beladenes Schiff fuhr an ihm vorüber, und die lauten Rufe der

Schiffsmänner waren zu hören. Irgendeine Lösung werde ich finden, dachte er sich bei dem Anblick und setzte sich wieder in Bewegung. Der Armeetross würde es nicht sein, auch wenn so viele andere Männer ihn als Ausweg sahen. Ihm erschien er wie ein weiteres, noch viel beängstigenderes Gefängnis als die Mauern der Stadt, die jetzt vor ihm auftauchten. Lieber der Sohn eines Ketzers als ein Heimatloser.

Die ersten Häuser der Innstadt kamen in Sicht. Hastig eilte er durch die Lederergasse und versuchte, den beißenden Gestank zwischen den Häusern zu ignorieren. Als er die Werkstatt des Klingenschmieds erreichte, war die Dunkelheit hereingebrochen. Ein mit Schaffellen beladenes Fuhrwerk kreuzte seinen Weg, der Mann auf dem Kutschbock grüßte knapp. Von fern war der erste Ruf des Nachtwächters zu hören. Vertraute Abläufe, bekannte Geräusche, die ihn seit jeher begleiteten und ihm Sicherheit gaben. Er steuerte auf die Werkstatt zu, um sich in seiner winzigen Kammer zu verkriechen. Da öffnete sich plötzlich das Hoftor, und Teresa trat auf die Straße. Schnell wich er in den Schatten der Hauswand zurück. Eine Gestalt näherte sich, die er in der Dunkelheit nicht bemerkt hatte. Der Mann schlang die Arme um sie, ihr unterdrücktes Lachen drang an sein Ohr. Sein Magen krampfte sich zusammen, und er ballte die Fäuste, während das verliebte Pärchen über die Innbrücke verschwand und erneut der Ruf des Nachtwächters über den Fluss hallte.

Kapitel 11

Teresa schob ihr Haar nach hinten, lehnte den Kopf gegen die kalte Steinwand und schloss die Augen. Es war vorbei. Endlich hatte der Würgereiz aufgehört. Besonders morgens wachte sie neuerdings mit dem Gefühl von Übelkeit auf und musste regelmäßig zum Abort eilen. Die Kälte kroch ihre Beine hinauf. Sie trug nur ihre wollenen Strümpfe an den Füßen, die bereits durchnässt waren. Wenn sie noch länger stehen bleiben würde, dann würde zu der vermaledeiten Übelkeit noch ein Schnupfen dazukommen. Seit dem gestrigen Abend schneite es ununterbrochen. Kälte und Frost waren in diesem Winter besonders schlimm. Seit Wochen hatte es keinen milden Tag mit Tauwetter mehr gegeben, und dicke Eiszapfen hingen an den Dächern der Häuser. Teresa huschte über den schneebedeckten Innenhof und eilte die Treppe hinauf. In ihrer Kammer angekommen, setzte sie sich aufs Bett, zog die nassen Strümpfe aus und blickte zum Fenster. Eisblumen auf der Scheibe verwehrten die Sicht nach draußen. Fröstelnd wickelte sie sich fest in ihre Decke.

Magda lag mit offenen Augen im Bett. Bis zum Hals hatte sie ihre wollene Decke hochgezogen, über die zwei Schaffelle ausgebreitet waren. Auch Teresa hatte von Burgi zwei Felle erhalten, die jedoch viel zu klein waren, um wirklich für Wärme zu sorgen. Sehnsüchtig dachte sie an die große Felldecke, die ihre Mutter für sie und ihren Bruder angefertigt hatte. Mit Leichtigkeit hätten noch zwei Kinder daruntergepasst, so groß war sie gewesen. Sie hatte selbst in den kältesten Bergnächten, wenn der Himmel klar war und der Frost durch alle Ritzen ins Haus kroch, die Kälte abgehalten.

Magda drehte sich zur Seite, stützte den Kopf in die Hand und schaute Teresa eine Weile dabei zu, wie sie ihre feuchten Füße mit einem Zipfel der Decke trocken rieb.

»Schon wieder übel?«, fragte sie.

Teresa nickte. »Es ist schrecklich. Seit gut einer Woche geht das jetzt schon so. Vielleicht sollte ich mal mit Burgi reden. Sicher weiß sie, was zu tun ist.«

»Das würde ich an deiner Stelle lieber bleiben lassen.« Magda setzte sich auf und streckte sich gähnend. »Wenn es das ist, was ich vermute, dann wird sie eher fuchsteufelswild werden. Was der Herr dazu sagen wird, will ich lieber gar nicht wissen.«

Verwundert fragte Teresa: »Wieso wird sie wütend? Und was hat der Herr damit zu tun?«

Magda setzte sich neben Teresa und musterte sie genauer. Ihr waren die Veränderungen an der Freundin schon vor einer Weile aufgefallen, doch sie hatte nichts sagen wollen. Blass war Teresa geworden, sie war schneller erschöpft, und ihre Brüste schienen voller geworden zu sein.

»Wann hast du zum letzten Mal zwischen den Beinen geblutet«, fragte Magda.

Teresa schaute sie irritiert an. »Erst kürzlich, ich meine …« Sie verstummte. »Ich weiß es gar nicht mehr so genau.«

Magda seufzte. »Das mit der Übelkeit, das ist keine Krankheit. Du erwartest ein Kind, meine Liebe.«

Erschrocken riss Teresa die Augen auf. »Aber, ich meine, das ist doch …«

»Unmöglich«, beendete Magda ihren Satz und schüttelte verständnislos den Kopf. »Du liegst bei Christian, und das schon seit Wochen. Was soll also unmöglich daran sein, dass du ein Kind erwartest?«

Teresa sprang auf. Plötzlich schlug ihr das Herz bis zum Hals. »Aber das geht nicht. Ich kann kein Kind erwarten.

Wenn der Herr davon erfährt, wird er mich vor die Tür setzen. Eine Hure werde ich in den Augen aller sein und als Bettlerin auf der Straße enden.« Sie schlug die Hände vors Gesicht und begann zu weinen. »Nein, nein, das kann einfach nicht sein, es darf nicht sein. Sicher ist es das nicht, ganz bestimmt ist es bald wieder vorbei, bald wieder alles gut.«

Verzweifelt sah sie Magda an.

Magda stand auf und nahm Teresa in den Arm. Sie wusste, wie sich die Freundin jetzt fühlte, hatte sie selbst doch bereits das Gleiche durchgemacht. Die Angst, entdeckt zu werden und alles zu verlieren, war in jener Zeit ihr ständiger Begleiter gewesen. Aber sie hatte es überstanden, und seitdem war kein Kind mehr unterwegs gewesen. Sie wusste, was zu tun war, damit nichts mehr geschah. Michael hielt sich an diese Regel. Jedes Mal, bevor er sich in sie ergoss, zog er sich rasch zurück. Ein wenig vermisste sie dieses warme Gefühl, doch was war dieser Verlust schon gegen einen Bastard und die Schande, die sie ein Leben lang begleiten würden.

Teresa löste sich aus der Umarmung und wischte sich die Tränen aus den Augen. »Wie lange wird es dauern, bis man es sehen kann?«, fragte sie.

»Vielleicht vier Monate. Aber so weit werden wir es gar nicht erst kommen lassen. Bevor du dick und rund wirst, haben wir es längst weggemacht.«

Teresa riss erschrocken die Augen auf.

»Du bist nicht die Erste, der so etwas passiert.« Magda schwieg.

Teresas Augen weiteten sich. »Du etwa auch?« Magda nickte. Wie vom Donner gerührt, setzte sich Teresa auf ihr Bett. »Deswegen kennst du dich so gut damit aus.«

Magda setzte sich neben sie. »Mit der Übelkeit hat es auch bei mir angefangen, und ich war immer so müde.«

Teresa nickte. »Das bin ich auch. Den ganzen Tag könnte ich schlafen.«

Magda griff nach Teresas Hand. »Ich kenne da eine Frau, sie wohnt oberhalb der Innstadt im Wald und hilft Mädchen wie uns.«

Teresa zog die Augenbrauen hoch. »Du redest doch nicht etwa von einer Engelmacherin?«

Magda zuckte zurück. Ihre Miene verfinsterte sich. »Dieses Wort finde ich schrecklich.«

Teresa ließ Magdas Hand los.

»Und was ist mit den Säften, die auf dem Krammarkt verkauft werden«, erkundigte sich Teresa, der die Vorstellung, zu einer fremden Frau gehen zu müssen, nicht behagte. »Ich meine, da war neulich ein Medikus, der hat damit geprahlt, er fände gegen jede Krankheit und jedes Leiden den passenden Trank, auch gegen Frauenleiden und andere Sorgen. Ich habe zuerst nicht verstanden, was er gemeint hat, doch jetzt bin ich mir sicher, dass er davon gesprochen hat.«

Magda winkte ab. »Das wird nichts. Von dem Trank ist mir furchtbar übel geworden, und ich bekam einen schrecklichen Durchfall, aber das Kind ist geblieben. Nur die Frau im Wald kann dir helfen, das kannst du mir glauben.«

Teresa nickte betreten. Plötzlich dachte sie an die alte Gerda, die unweit ihres Hofes in einer heruntergekommenen Hütte gelebt hatte. Auch sie hatte den Ruf gehabt, eine Engelmacherin zu sein, aber Teresa hatte die Alte gern gemocht. Oft war sie ihr auf den Almen beim Sammeln der Kräuter begegnet, und sie hatte immer ein freundliches Wort für sie übriggehabt. Sogar als Hexe war sie von dem einen oder anderen im Dorf beschimpft worden. Trotzdem waren alle froh gewesen, dass sie da war, denn selbst diejenigen, die am lautesten geschimpft und gewettert hatten, waren zu ihr gerannt, wenn sie krank gewesen waren. Und meistens hatte sie helfen können. Wenn die Frau im Wald ein wenig wie Gerda war, dann wäre es vielleicht gar nicht so schlimm, überlegte Teresa.

»Es wegmachen lassen«, sagte sie laut und legte die Hand auf den Bauch. Plötzlich dachte sie an Christian. Immerhin war es auch sein Kind. Sie musste es ihm sagen. Durfte sie überhaupt so eine Entscheidung ohne ihn treffen?

Magda erriet ihre Gedanken. »Du darfst es Christian nicht sagen.«

»Aber warum denn nicht? Es ist doch auch sein Kind«, erwiderte Teresa.

»Er wird es nicht haben wollen. Und helfen kann er dir auch nicht. Oder glaubst du etwa, er wird dich heiraten?«

»Das sagst gerade du«, erwiderte Teresa schnippisch.

Magda zuckte zusammen. »Ob Michael mich tatsächlich heiratet, steht noch in den Sternen. Seit der Sache mit seinen Eltern haben wir nicht mehr darüber gesprochen. Am Ende tut er doch, was sie sagen, und verlässt mich.« Sie ließ die Schultern hängen.

»Entschuldige«, lenkte Teresa ein. »Ich wollte dich nicht kränken. Ganz bestimmt wird er dich heiraten. Er hat es doch versprochen. Lass ihm einfach ein wenig Zeit.«

Magda zwang sich zu einem Lächeln. Teresa legte die Hand auf ihren Bauch. »Irgendwie ist es ein schönes Gefühl, zu wissen, dass ich einen Teil von Christian in mir trage.«

»Damit fangen wir gar nicht erst an.« Magda hob mahnend den Zeigefinger.

»Mit was fangen wir gar nicht erst an?«, fragte Teresa.

»Damit, das Kind zu lieben«, erwiderte Magda.

*

Teresa eilte an den bunten Ständen und Geschäften des Kramplatzes vorüber, zwischen denen trotz des winterlichen Wetters dichtes Gedränge herrschte, denn die Weihnachtstage
standen vor der Tür, und jede Magd und Hausfrau hatte noch
etwas zu besorgen. Ob frisch geschlachtete Hühner, feinster
Schinken, edle Gewürze, im Licht der Wintersonne schimmernde Seidenstoffe, handbestickte Schuhe oder einen neuen
Besen – alles konnte man hier erwerben. Garnrollen und edle
Spitze türmten sich an einem Stand, daneben lagen feinste Le-
derwaren und warme Schaffelle. Die Filzerei hatte ihren bunten Stand voller Hüte, Taschen und Schuhen neben einem
Bäckerladen aufgebaut. Der verführerische Duft von frisch gebackenem Brot trieb die Kundschaft in den Laden des Bäcker-
meisters, der in der Adventszeit auch an süßem Gebäck gut
verdiente.

Teresa öffnete umständlich mit einer Hand die Tür zum
Kramladen des Kaufmanns Conrad Roth, der als Anführer der
Kaufmannsgilde einer der einflussreichsten Männer Passaus
war. Kräuterduft, vermischt mit den Ausdünstungen der vielen
Menschen, die sich zwischen den Regalen tummelten, schwän-
gerte die Luft. Ein schmiedeeiserner Holzofen rechts neben
der Ladentheke sorgte für Wärme. Teresa liebte den Laden des
Kaufmanns, denn zwischen den vollgestopften Regalen ließ
sich für einen Moment der Alltag vergessen. Doch heute hatte
der Laden nichts Gemütliches. Eine Gruppe Frauen sprach
über die richtige Stoffwahl, während zwei Mägde nicht schnell
genug die Ballen aus dem Regal holen und maßnehmen konnten. Eine weitere Magd erläuterte gerade einer Kundin, welches Gewürz besonders gut zu Hirschbraten passte, zwei kleine Mädchen spielten mit Stoffpuppen, die in einem hölzernen
Puppenwagen auf ein neues Zuhause warteten. Ihre Mutter
beschäftigte sich damit, einen Holzeimer auf seine Haltbarkeit

zu testen, indem sie ihn am Griff packte und ordentlich hin und her schwenkte.

»Sollte besser auf ihre Bälger aufpassen«, schimpfte hinter Teresa ein alter Herr, der wegen seines Schnupftabaks gekommen war und nur knapp dem Holzeimer ausweichen konnte.

»Ist ja hier kein Spielplatz für kleine Gören.«

Die Frau ließ von dem Eimer ab, warf dem Alten einen grimmigen Blick zu, ermahnte dann aber doch ihre Kinder.

»Annemie, Luise, kommt her. Wir wollen doch nichts beschädigen.« Missmutig ließen die beiden Mädchen von den Puppen ab und traten neben ihre Mutter, die beschützend den Arm um sie legte und dem alten Mann einen zornigen Blick zuwarf. Sie kaufte den Eimer, zwei kleinere Holzschüsseln, ein Bündel Kräuter und Wacholderbeeren, die für den Gänsebraten waren, wie sie lautstark verkündete.

Teresa musterte die beiden Mädchen, die kaum älter als fünf oder sechs Jahre zu sein schienen. Wie niedlich sie waren, mit ihren Zöpfen, den ordentlichen dunkelblauen Wollkleidern und sauberen Schürzen. So könnte ihr Kind auch einmal aussehen, überlegte sie. Ob es wohl braunes oder blondes Haar haben würde? Sicher würde es ebenso niedliche Zöpfe tragen und vielleicht einen roten Schmollmund haben wie die Kleine mit den Sommersprossen auf der Nase, die den Stoffpuppen einen sehnsüchtigen Blick zuwarf. Lautes Klirren riss Teresa aus ihren Gedanken.

»Mensch, Jockl. Jetzt sieh nur an, was du angerichtet hast«, schimpfte eine Frau im hinteren Teil des Ladens. Sofort eilte eine der Mägde nach hinten, um den Schaden zu begutachten. »Immer ist es dasselbe mit dem Bengel«, fuhr die Frau fort, während eine weitere Magd, mit Schaufel und Besen bewaffnet, in die Ecke eilte.

»Ist nicht so schlimm, Frau Gmainwieser«, beruhigte eine der Mägde die aufgebrachte Dame, die anscheinend ihrem

Sohn einen Klaps gegeben hatte, denn der Kleine hatte lautstark zu brüllen angefangen. Sein verweintes Gesicht tauchte zwischen den Regalen auf. Mitleidig schaute Teresa den kleinen Jungen an, der von seiner aufgebrachten Mutter hastig zur Tür geschoben wurde. »Natürlich komme ich für den Schaden auf. Schickt die Rechnung in die Apotheke, wie immer.«

Die Magd nickte. Frau Gmainwieser öffnete die Tür, und ein Schwall kalte Luft drang in den Raum.

»Auch für die Kräuter und die anderen Einkäufe, wie immer. Ach, ihr wisst schon.« Sie wedelte mit den Händen, dann fiel die Tür hinter ihr ins Schloss.

Die Magd atmete erleichtert auf. »Dem Herrgott sei Dank, sie sind weg.« Die andere Magd trat, die Schaufel in der Hand, neben sie. »Und diesmal ist nur ein Krug zu Bruch gegangen.«

Teresa schaute auf ihren Bauch und dann zur Tür. Magda hatte gesagt, sie dürfte das Kind nicht lieben. In ihr war kein winziger Mensch, sondern nur ein lästiges Etwas, das es schnell zu beseitigen galt.

Die Mägde gingen wieder an ihre Arbeit. Plötzlich tauchte aus dem hinteren Teil des Ladens Conrad Roth auf. Resigniert blickte er auf die Scherben in dem Holzkübel.

»Wenn das so weitergeht, bekommt der Bengel der Gmainwieserin bald Hausverbot. So ein ungezogener Lümmel aber auch, also, wenn das mein Junge wäre …« Er winkte ab und widmete seine Aufmerksamkeit seinem nächsten Kunden, der schon ungeduldig mit dem Fuß wippte.

»Paul, mein Freund, lang nicht gesehen. Was kann ich für dich tun?«

Teresa, der allmählich der Arm lang wurde, legte ihr Bündel mit den Holzpferdchen auf ein Fass und bewunderte einige der

Glasperlenketten, die an der Wand neben dem Eingang hingen. Hübscher, für sie aber unbezahlbarer Tand.

»Hab keinen Pfeifentabak mehr.«

Der Händler nickte grinsend. »Hätte mich auch gewundert, wenn du wegen etwas anderem zu mir gekommen wärst.« Er drehte sich um und fischte eine große Blechdose von einem der Regale hinter dem Tresen. Währenddessen besah sich der Kunde das letzte Holzpferdchen, das an einem kleinen Haken hing.

»Hübsches Spielzeug verkaufst du. Diese Arbeit kenne ich ja noch gar nicht.« Der Mann griff nach dem Pferdchen und betrachtete es von allen Seiten.

»Nicht wahr. Man kann sogar darauf pfeifen.«

Erstaunt zog der Kunde die Augenbrauen hoch. Plötzlich begann Teresas Herz schneller zu schlagen. Sie wusste nicht, warum, denn es schien ein normales Verkaufsgespräch zu sein, das der Händler führte. Der Mann setzte das Pferd an die Lippen, und der vertraute Pfiff erklang. Bewundernd musterte er das Tierchen, doch dann wurde seine Miene ernst.

»Wo hast du dieses kleine Meisterwerk her? Einer meiner Kollegen kann es nicht angefertigt haben, das wüsste ich.«

In Teresas Magen begann es zu kribbeln. Dieser Mann schien etwas von der Schnitzarbeit zu verstehen. Am Ende war er sogar Schreinermeister oder Bildhauer.

»Ich hab ein paar Stück einem fliegenden Händler aus Nürnberg abgekauft«, log der Händler und schaute zu Teresa, die seinen Blick erwiderte. Natürlich musste er lügen. Wie sollte er diesem Mann sagen, dass diese Pferdchen von der einfachen Magd des Klingenschmieds geschnitzt worden waren, sofern er davon überhaupt etwas wusste.

»Eine gute Idee«, erwiderte der Mann und hängte das Pferdchen zurück an seinen Platz.

»Nicht wahr? Wenn der Bursche das nächste Mal kommt, werde ich ihm noch mehr davon abkaufen. Gehen weg wie warme Semmeln, die Dinger.«

Der andere Mann nickte. »Das kann ich mir vorstellen.« Er legte einige Münzen auf den Tresen und verabschiedete sich. Teresa fing seinen Geruch auf, als er an ihr vorübereilte. Er duftete nach Pfefferminztabak und etwas anderem, seltsam Vertrautem, was sie nicht zuordnen konnte.

Als sich die Tür hinter dem Mann geschlossen hatte, winkte der Verkäufer Teresa zu sich heran. »Grüß Gott, Mädchen. Ist gut, dass du kommst. Eure Pferdchen verkaufen sich wirklich gut.«

Teresa legte das Stoffbündel auf den Tresen, grüßte freundlich und fragte neugierig: »Wer war der Mann?«

Conrad Roth schaute sie verwundert an, doch dann breitete sich ein Grinsen auf seinem Gesicht aus.

»Das war Paul Kriechbaum, einer der angesehensten Bildhauer der Stadt. Sein Vater, Martin Kriechbaum, gilt als Meister des berühmten Schnitzaltars vom Kefermarkt, ein wahres Meisterwerk, wie gesagt wird. Leider habe ich den Altar noch nie gesehen. Paul Kriechbaum hat seine Werkstatt drüben in der Milchgasse Nummer sieben.«

Der Händler beförderte die Holzpferdchen in einen kleinen Korb und plazierte diesen verkaufsgünstig auf dem Tresen. »Besonders die kleinen Buben mögen die Pferdchen.« Er zwinkerte Teresa zu. »Und du willst mir wirklich nicht sagen, woher sie der alte Klingenschmied hat?«

Seine Frage bestätigte ihre Vermutung. Conrad Roth zuckte mit den Schultern, öffnete seine Kasse und reichte Teresa einige Münzen. »Ließe sich noch mehr Geschäft damit machen.«

Teresa steckte das Geld ein. In Gedanken war sie noch immer bei dem Bildhauer.

»Was habt Ihr gesagt?«, fragte sie.

Der Händler wollte antworten, doch plötzlich setzte im hinteren Teil des Ladens lautstarkes Gezeter ein.

»Das ist mein Stoff. Ich hab ihn zuerst gesehen.«

»Nein, das stimmt nicht. Ich habe ihn aus dem Regal gezogen, als du noch gar nicht da warst.«

Seufzend trat der Händler hinter seinem Verkaufstresen hervor, straffte die Schultern und verschwand, ohne ein weiteres Wort an Teresa zu richten, im hinteren Teil des Ladens.

»Aber meine Damen. Sicher werden wir eine Einigung finden. Um welchen Stoff geht es denn?«

Teresa verließ schmunzelnd das Geschäft, während die eine Frau in weinerlichem Ton zu lamentieren begann.

Erleichtert darüber, der Enge entflohen zu sein, schlenderte Teresa zwischen den bunten Ständen hindurch und atmete den Geruch nach frisch Gebackenem tief ein. Am liebsten hätte sie sich jetzt eines der leckeren Rosinenbrötchen gekauft, doch sie durfte das Geld nicht verschwenden. Josef, bei dem sie die Münzen abgeben musste, würde sofort bemerken, wenn etwas fehlte.

Sie lief die Schustergasse hinunter, und plötzlich fand sie sich in der Milchgasse wieder. Die hohen Hauswände raubten das helle Licht der Wintersonne, und ein eisiger Ostwind wirbelte Teresas Umhang in die Höhe. Teresa blieb vor dem Haus mit der Nummer sieben stehen. Das Hoftor war nur angelehnt. Neugierig machte sie einen Schritt darauf zu und schaute sich dann unsicher um. Was tat sie hier eigentlich? Der Mann war Bildhauer und ein angesehener Bürger der Stadt. Vermutlich würde er sie nicht einmal ansehen. Hinauswerfen würde er sie, und recht hätte er. Sie benahm sich wie eine dahergelaufene Dirne. Sie schaute in die Richtung, aus der sie gekommen war. Sicher würde sich Josef bald Gedanken darüber machen, wo sie blieb. Immerhin dauerte es nicht lange, ein paar Holzpferdchen beim Kramer abzuliefern. Seufzend schalt sie sich selbst.

»Es war eine dumme Idee, herzukommen.« Sie wandte sich ab. Doch dann öffnete sich das Hoftor, und ein junger Bursche mit einer Holzkiste unter dem Arm trat auf die Gasse. Teresa senkte den Blick. Er musterte sie kurz, dann lief er weiter. Das Hoftor fiel nicht ins Schloss. Neugierig schaute Teresa in den Innenhof. Wie magisch angezogen, machte sie einen Schritt nach dem anderen und befand sich plötzlich inmitten unterschiedlich großer Holzbretter und -stücke. Die Gerüche von Sägemehl und Harz lagen in der Luft. Es duftete wie zu Hause in der Holzwerkstatt, viel vertrauter, als es in der Schmiede von Thomas Stantler jemals duften konnte, auch wenn sie dort ebenfalls von Holz umgeben war. Vorsichtig strich sie mit den Fingerspitzen über einige an der Wand lehnende Bretter und über den Griff einer daneben liegenden Axt. Eine wunderschön verzierte Eingangstür, aus Eichenholz gefertigt, führte ins Haus. Auch diese war nur angelehnt. Teresa schaute sich unsicher um. Sollte sie wirklich einfach hineingehen? Doch jetzt war sie schon so weit gekommen. Sie nahm all ihren Mut zusammen und schob die Tür auf. Ein dunkler, von Rauchgeruch erfüllter Flur öffnete sich vor ihr. Teresa setzte vorsichtig einen Fuß vor den anderen. Erneut kam sie sich wie ein Eindringling vor, der hier nichts zu suchen hatte. Und doch ging sie weiter auf eine offen stehende Tür am Ende des Korridors zu. Licht fiel auf den steinernen Boden, und plötzlich erklang lautes Hämmern, das sie erschrocken zusammenzucken ließ. Einen Moment lang wollte sie fortlaufen, doch sie tat es nicht. Das Hämmern klang anders als das in der Schmiede. Hier wurde nicht auf glühendes Metall eingeschlagen, um es für die Ewigkeit hart zu machen. Hier wurde mit einem Klöppel gearbeitet. Teresa schloss für einen Moment die Augen und lauschte dem vertrauten Geräusch, das sie so sehr an die Heimat erinnerte, dass es weh tat. Genauso hatte es geklungen, wenn der Vater mit dem Klöppel gearbeitet hatte. Mal hatte er hart, dann wieder vorsichtig zugeschlagen, und die Figur war Stück für Stück entstanden. Das Geräusch verstummte, doch Teresa horchte ihm noch eine Weile nach, gefangen in der Erinnerung an ein anderes Leben.

»Was tust du denn hier?«

Teresa zuckte erschrocken zusammen und öffnete die Augen.

Paul Kriechbaum stand vor ihr. Unsicher machte sie einen Schritt zurück. Sie wusste nicht, was sie erwidern sollte.

»Ich, ich wollte …« Sie verstummte.

»Wenn dich der alte Gschwendner schickt, dann sag ihm, dass die Figur nächste Woche fertig ist. Der ungeduldige Wicht, als hätte ich nur seinen Auftrag zu erledigen.«

Teresa starrte ihr Gegenüber an. Das äußere Erscheinungsbild des Mannes hatte sie im Laden gar nicht wahrgenommen. Paul Kriechbaum war mittleren Alters, hatte braunes volles Haar und wirkte etwas gedrungen. Seine Hände sahen nicht wie die eines Bildhauers, sondern eher wie die eines Schmieds aus. Teresa überlegte, wie die Hände des Vaters ausgesehen hatten, doch sie wusste es nicht mehr.

»Ist noch was?«, fragte der Bildhauer.

Teresa nahm all ihren Mut zusammen. Sie wusste nicht genau, warum sie hier war und ob sie diesem Mann vertrauen konnte, aber sie musste einfach die Wahrheit loswerden. Immerhin hatte der Mann ihre Arbeit bewundert und für gut befunden, ein echter Bildhauer und Künstler.

»Die Pferdchen im Kramladen, die habe ich geschnitzt«, platzte sie heraus.

Paul Kriechbaum brauchte einen Moment, um Teresas Wort zu begreifen, dann begann er zu lachen. »Ein Mädchen wie du, eine einfache Dienstmagd, so wie du aussiehst. Ich glaube eher, ich habe es mit einer kleinen Diebin zu tun.«

Teresa hob abwehrend die Hände. »Nein, ich bin keine Diebin. Ihr müsst mir glauben ...«

Sein Gesichtsausdruck wurde ernst. »Verschwinde, bevor ich den Büttel rufen lasse.«

Teresa trat auf den Innenhof. Die Sonne war hinter dicken Wolken verschwunden, und wie Watte fielen die ersten Schneeflocken vom Himmel. Sie stolperte über eine Unebenheit im Pflaster und taumelte.

Paul Kriechbaum war ihr nach draußen gefolgt. Wie Messerstiche durchbohrten seine braunen Augen ihren Körper.

»Elendes Gesindel, das sich in der Stadt herumtreibt. Dirnen seid ihr alle und gehört hinausgeworfen. Die Hand lass ich dir abhacken, du kleine Diebin!«

Teresa zuckte zusammen, doch neben ihrer Angst spürte sie plötzlich Wut in sich aufsteigen. Was bildete sich dieser ungehobelte Kerl eigentlich ein, so mit ihr zu reden. Sie war doch nur in seinen Flur gegangen und hatte sich ein wenig umgesehen, hatte mit ihm sprechen wollen.

»Ich bin keine Dirne und noch weniger eine Diebin«, erwiderte sie zornig. »Ich wollte nur mit Euch sprechen, wegen ...« Sie winkte unsicher ab. Sein Gesichtsausdruck blieb hart, doch er erwiderte nichts. Abwartend schaute er sie an.

»Ich hätte nicht herkommen sollen«, fuhr Teresa ruhiger fort. »Ihr habt recht. Wie sollte es auch sein, dass jemand wie ich so etwas Kunstvolles anfertigen könnte. Es tut mir leid, wenn ich Euch belästigt habe.« Sie trat zum Hoftor und schob es auf.

Verdutzt schaute er ihr nach. Diese Reaktion hatte er nicht

erwartet. Er kratzte sich am Kopf. »Warte, Mädchen.« Teresa drehte sich um. »Ich wollte nicht, ich meine …«

Sie hob die Hand. »Ich habe schon verstanden«, antwortete sie ruhig. »Ich bin nur eine einfache Magd, und einfache Mägde können nicht schnitzen. Jedenfalls nicht in Eurer Welt.«

Sie trat auf die Straße, ohne seine Antwort abzuwarten, und schloss das Hoftor hinter sich. Er folgte ihr nicht. Langsam ging sie die Milchgasse hinauf und schlug den Rückweg ein. Und während immer mehr Schneeflocken vom Himmel fielen, liefen ihr die ersten Tränen über die Wangen.

*

In der Zimmerecke der kleinen Dachkammer hingen Eiszapfen, nicht mal der warme Ziegelstein unter der Bettdecke schaffte es, die Kälte zu vertreiben. Teresa kuschelte sich eng an Christian. Sie spürte seinen Atem auf der Haut und sog seinen Geruch tief ein. Schweigend streichelte er über ihr Haar. Teresa legte ihren Kopf an seine Schulter.

Gestern war Heilig Abend gewesen. Teresa hatte angenommen, dass die Gassen auch in der Heiligen Nacht düster waren, doch sie hatte sich geirrt. Wie in Berchtesgaden hatten die Menschen auch hier Kerzen in die Fenster und Laternen vor die Haustüren gestellt, und so manche abweisend wirkende Fensterfront hatte wie ein verzaubertes Lichtermeer ausgesehen. Die Mitternachtsmesse für die Klingenschmiede war wieder in der kleinen Kapelle auf dem Pfaffenplatz abgehalten worden. Wehmütig hatte Teresa zum Dom hinübergeblickt. Doch auch in der kleinen Kapelle war der Gottesdienst schön gewesen, obwohl ihr vom Weihrauch schwindelig geworden war, was sie auf ihren kleinen Mitbewohner unter ihrem Herzen schob. Sie sollte verzweifelt sein und das ungewollte Wesen in sich hassen, aber sie tat es nicht. Immer mehr liebte sie das ungeborene Kind in ihrem Körper, obwohl es ihr nur Unpässlichkeiten einbrachte. Es war ein Teil von Christian, ein Teil von ihr selbst. War das nicht der Sinn des Lebens, der Liebe und der Schöpfung. Gott hatte ihnen ein Kind geschenkt, warum sollte sie es töten. Zärtlich strich sie mit der Hand über Christians Brust. Es war auch sein Kind, Leben, das er geschaffen hatte. Wieso sollte er nicht erfahren, dass es existierte? Würde er sie wirklich fortschicken?

Magdas eindringliche Worte kamen ihr wieder in den Sinn.

An jenem Morgen hatte sich alles so falsch angefühlt, doch jetzt schien es richtig zu sein. Sie schloss für einen Moment die Augen. Tief in ihrem Inneren wusste sie, dass sie nur träumte, denn die Wirklichkeit sah anders aus. Niemals würde sie das kleine Wesen in den Armen halten, es umsorgen, trösten, seinen Geruch einatmen, seinen Atem auf der Haut spüren. Sie würde es zerstören müssen, damit sie nicht in Schande leben musste, damit es eine Zukunft gab. Magda drängelte sie schon, redete immer wieder von der Frau im Wald. Doch Teresa fürchtete sich vor diesem Moment, der ihr das Glücksgefühl rauben würde, das so wertvoll war.

Laute Stimmen aus dem Treppenhaus ließen sie zusammenzucken, und sie öffnete die Augen.

Christian drückte sie fester an sich. »Ist schon gut«, sagte er. »Das ist nur der alte Beppo, der mal wieder zu viel getrunken hat und mit dem Hauswirt streitet.«

Polternde Schritte waren zu hören, eine Tür wurde zugeknallt, dann war es wieder still. Christian setzte sich auf und schlüpfte in sein Hemd. Teresa drehte sich zur Seite, kuschelte sich unter die Decke und beobachtete ihn dabei, wie er seine Hose anzog und die Schnürung schloss.

»Ich muss noch zu Michael. Er will mir etwas zeigen, hat recht geheimnisvoll getan.« Er beugte sich zu Teresa hinunter und drückte ihr einen Kuss auf den Mund. »Obwohl ich lieber bei dir bleiben würde, meine Liebste.«

Teresa lächelte, schlug die Decke zurück und hob ihr Hemd vom Boden auf. Als sie die Schnürung schloss, schaute sie Christian nachdenklich an. Sie musste es ihm sagen. Er hatte ein Recht darauf, zu erfahren, dass er Vater wurde. Auch wenn er das Kind nicht haben wollte, was sie verstehen konnte, so musste er doch davon wissen.

Sie zog ihre Bluse über den Kopf, legte ihre wollene Weste an, schloss sorgfältig einen Knopf nach dem anderen, atmete noch einmal tief durch und sagte: »Ich erwarte ein Kind.«

Christian, der gerade seine Schuhe zugebunden hatte, ließ die Hände sinken.

»Wir erwarten ein Kind«, fügte sie leise hinzu.

Er reagierte nicht, wirkte wie erstarrt. Sie wandte den Blick ab, und ein dicker Kloß bildete sich in ihrem Hals, Tränen traten ihr in die Augen. Sie drehte sich um und unterdrückte ein Schluchzen. Wie hatte sie auch nur einen Moment annehmen können, dass er sich freuen würde. Wie dumm sie doch gewesen war. Magda hatte recht gehabt. Niemals hätte sie es ihm sagen sollen. Doch da nahm er sie plötzlich in die Arme.

»Nicht weinen«, sagte er leise und legte zärtlich seine Hände auf ihren Bauch. »Wir werden einen Weg finden. Alles wird gut werden. Ich bin bei dir und lass dich nicht allein.« Er drehte sie zu sich herum, hob ihr Kinn an und blickte tief in ihre Augen. »So sehr liebe ich dich. Vom ersten Moment an habe ich das getan. Irgendwie werden wir das schaffen, und wenn nicht in dieser Stadt, dann in einer anderen. Gegen alle Regeln, wenn es sein muss.« Er strich Teresa sanft über die Wange. »Und glaub mir: Ich bin gut darin, die Regeln zu brechen. Du wirst sehen, bald wird alles wieder gut sein.«

Teresa nickte. Seine Lippen senkten sich auf die ihren, und sie schloss die Augen. Seine Worte hörten sich gut an.

✳

Michael hielt in der Bewegung inne und schaute sich misstrauisch um. Christian blickte sich ebenfalls um, doch die Gasse war leer.

»Du machst es aber spannend, mein Freund«, sagte Christian laut, während Michael das Hoftor aufschob und sie in einen engen Hinterhof schlüpften, in dem es widerlich nach verfaulten Essensresten und Urin stank.

Christian verzog das Gesicht. »Was soll es hier schon Wichtiges geben.«

»Unsere Zukunft, mein Freund.« Michael bedeutete seinem Freund, ihm zu folgen. Er ging zu einer unscheinbaren, im Boden eingelassenen Holzklappe neben einer Hausecke und öffnete sie. Wenige Stufen führte in die Dunkelheit hinab. Vom plötzlichen Tageslicht aufgescheucht, flohen zwei Ratten nach draußen.

Christian schaute misstrauisch in das finstere, von Spinnweben umrahmte Loch. »Und da unten soll unsere Zukunft sein?«

Michael nickte und trat auf die oberste Stufe. »Du wirst gleich sehen, welche Schätze dort ruhen.«

Er verschwand, Christian folgte ihm seufzend. Seitdem Michael von seinen Eltern mehr oder weniger verstoßen worden war, weil er eine einfache Dienstmagd zur Frau nehmen wollte, hatte er sich sehr verändert. Er selbst hätte Magda, die er für ein liederliches Weib ohne besonderen Liebreiz oder Anstand hielt, niemals ein Heiratsversprechen gegeben. Sie war mehr als gewöhnlich und benahm sich oft wie ein Trampel, was für viele Mägde dieser Stadt galt. Einfache Dinger, die höchstens für eine Nacht gut waren. Weiß Gott, er hatte versucht, Michael den Wahnsinn auszureden, aber sein Freund hatte nicht lockergelassen. Sogar seine Studien im Kolleg würde er für diese Frau aufgeben, obwohl er im Gegensatz zu ihm selbst ein hervorragender Schüler war, der es noch weit bringen konnte. Doch des Menschen Wille war sein Himmelreich, und wenn Michael mit diesem Weib in sein Unglück laufen wollte, dann sollte es eben so sein.

Während Christian durch die Dunkelheit seinem Freund folgte und angewidert einige Spinnweben wegwischte, dachte er plötzlich an Teresa, und sein Herz begann, schneller zu schlagen. Sie war anders als die anderen Mädchen, selbstbewusst und doch verletzbar. Ein Mädchen, das wusste, was es wollte, und einen festen Platz im Leben hatte. Niemals hatte er gedacht, dass er für eine Frau solche Gefühle empfinden konnte. Er hatte schon öfter überlegt, was das alles für einen Sinn machte. Doch wenn sie in seiner Nähe war, dann schien plötzlich alles gut, der Himmel blauer und das Sonnenlicht heller zu sein. Sie liebte so leidenschaftlich und schmeckte köstlicher als jeder Wein. Jetzt trug sie sein Kind unter dem Herzen. Ein Kind, das es nicht geben durfte, jedenfalls nicht in dieser Stadt. Aber wo sollten sie hin? Sein Oheim finanzierte mehr schlecht als recht seine Studien, die schon viel zu lange dauerten. Immer wütender und ungeduldiger klangen seine Worte in den Briefen, die in unregelmäßigen Abständen bei ihm eintrafen, was er gut verstehen konnte. Christian war kein so kluger und disziplinierter Mensch wie Michael, der in wenigen Monaten bereits seinen Abschluss machen könnte. Er war ein Lebemann, einer, der lieber in die Schenken oder das Tanzhaus ging und dem Wein und den Weibern zusprach. Ja, er wusste um seine Laster, die ihn wahrscheinlich genauso wie den alten Cenodoxus in die Hölle bringen würden. Doch seit er Teresa kannte, hatte sich etwas verändert, er hatte sich verändert. Würde sie es am Ende schaffen, dass er vernünftig und ehrlich wurde und endlich Verantwortung übernahm? Michael öffnete eine Tür, und sie betraten eine enge, dürftig von zwei kleinen Fenstern erhellte Kammer. Kisten und Weinfässer türmten sich in einer Ecke, neben einem schäbig aussehenden bemalten Schrank, an dem eine Tür fehlte. Überall hingen Spinnweben, und irgendwo raschelte es verdächtig.

»Ratten«, vermutete Christian. »Ekelhafte Viecher. Ausräuchern sollte man sie alle.«

Michael hob eine Wolldecke in die Höhe, und zwei kleine, unscheinbare Holzkisten kamen zum Vorschein. Er öffnete eine der Truhen und winkte Christian näher heran. »Das hier ist unsere Eintrittskarte in ein neues Leben.«

Er griff in die Truhe und ließ kleine weiße Perlen durch seine Finger rieseln.

Christians Augen weiteten sich. »Ilzperlen. Wo hast du die her?«

»Gefunden«, erwiderte Michael knapp.

Christian trat näher und nahm eine der Perlen in die Hand, ein wunderschönes, großes Exemplar, das sogar im schlechten Licht des Kellers schimmerte. »So etwas findet man nicht einfach.«

»Wenn ich es dir doch sage«, verteidigte sich Michael. Christian zog eine Augenbraue hoch.

»Ich war eben zur richtigen Zeit am richtigen Ort.« Christian griff nach einer weiteren Perle. »Was willst du damit sagen?«

»Es war drüben in der Ilzstadt. Ich war bei Ludwig, der dort in einer kleinen, schäbigen Kammer haust.«

Christian sah ihn ungeduldig an.

»In der Abenddämmerung auf dem Heimweg beobachtete ich zwei Burschen dabei, wie sie diese beiden Kisten hastig hinter einem großen Felsen versteckten und dann verschwanden. Ich ahnte, dass da etwas nicht stimmte, und verbarg mich schnell hinter einem Gebüsch. Keine Minute zu spät, denn die Männer der Stadtwache eilten kurz darauf an mir vorüber. Als es wieder ruhig geworden war, habe ich mir die Kisten angesehen und die Perlen entdeckt.«

»Und dann hast du sie einfach mitgenommen.«

»Hättest du sie zurückgelassen?« Christian atmete tief durch. »Das ist Schmugglerware. Wenn du damit aufgegriffen wirst, dann droht dir die Todesstrafe, das ist dir hoffentlich klar, mein Freund.«

»Wer soll mich schon damit aufgreifen? Niemand hat mich gesehen, und ich bin einen weiten Umweg gelaufen, bevor ich sie hierhergebracht habe. Außer uns beiden weiß niemand davon. Wir können sie auf dem Schwarzmarkt verkaufen, das machen doch viele Schmuggler. Dann habe ich endlich genug Geld zusammen, um mit Magda ein neues Leben zu beginnen.«

Christian lächelte, er konnte nicht anders. Michaels Stimme klang so hoffnungsvoll. Er schien Magda wirklich zu lieben, sonst würde er sich niemals in solch große Gefahr begeben. Nachdenklich schaute er auf die Perlen, die auch ihm wie die lange ersehnte Eintrittskarte in ein neues Leben vorkamen. Alles hinter sich lassen und noch einmal neu anfangen, irgendwo in einer anderen Stadt, wo einen niemand kannte. Der Gedanke war verlockend.

»Würdest du Teresa und mich vielleicht mitnehmen?«

»Du weißt es also«, fragte Michael.

Christian verzog das Gesicht.

»Magda ist und bleibt ein Plappermaul. Ja, Teresa hat es mir gesagt.«

»Und du denkst wirklich, dass sie in ihrem Zustand einer solchen Reise gewachsen ist? Vielleicht werden wir weite Strecken zu Fuß zurücklegen müssen, selbst zu Pferd oder mit einem Maultier könnte es beschwerlich werden.«

Michael legte Christian die Hand auf den Arm und schaute ihn eindringlich an. »Ich würde mich auch freuen, wenn Magda ein Kind erwarten würde, aber der Zeitpunkt ist denkbar schlecht.«

Christian senkte den Blick. »Ich weiß. Bald wird man es sehen, und dann werden Schimpf und Schande über sie hereinbrechen.«

»Wir müssen abwarten, bis es taut. Bei dieser Kälte können wir unmöglich über Land ziehen. Es bleibt genug Zeit, um es wegmachen zu lassen.«

»Du würdest uns also mitnehmen?«

Michael schaute auf die Perlen, dann nickte er. »In einer Gruppe ist es immer leichter. Doch das Problem mit Teresa muss erst noch aus der Welt geschafft werden.«

Christian nickte und sagte: »Und wir brauchen einen Schmuggler, dem wir vertrauen können. Daran hast du nicht gedacht, oder?«

Michael schloss den Deckel der Truhe. »Ich dachte, ich meine, ich habe überlegt …«

»Gar nichts hast du überlegt«, unterbrach Christian ihn. »Ich werde mich in den Schenken umhören, aber leicht wird es nicht werden. Jesuitenstudenten sind nicht gerade die richtigen Geschäftspartner für einen Schmuggler, wenn wir nicht aufpassen, werden wir über den Tisch gezogen oder Schlimmeres.«

Michael riss erschrocken die Augen auf. So weit hatte er tatsächlich nicht gedacht.

»Einer wäre perfekt. Über ihn wird häufiger in den Schenken gesprochen«, sagte Christian. »Aber ich glaube, er weilt nicht in Passau. Jedenfalls habe ich ihn schon länger nicht mehr gesehen.« Er legte Michael den Arm auf die Schultern, und gemeinsam verließen sie den Raum. »Lass mich nur machen. Irgendwas wird mir schon einfallen. Ich bin kein Unbekannter in den Schenken, mir werden sie vertrauen.«

Sie traten auf den Innenhof. Michael schloss die Luke zu dem Kellerraum und drehte sich zu Christian um.

»Dir kann es doch nur recht sein, dass wir Passau verlassen, denn studiert hast du schon lange nicht mehr.«

Christian fühlte sich ertappt. »Sagen wir mal«, erwiderte er ausweichend, »es war wohl mehr der Wunsch meines Oheims, mich hierherzuschicken, als der meinige.«

Michael grinste. »Was er wohl dazu sagen wird, wenn du mit deiner Geliebten aus der Stadt verschwindest?«

»Sehr wenig«, erwiderte Christian trocken, »denn ich werde es ihm nicht erzählen.«

＊

Teresa schaute aus dem Fenster. Der Himmel verfärbte sich bereits rot. Bald würde es dunkel werden, und dann musste sie ihre Arbeit beenden. Sie ließ das Schnitzeisen sinken und beobachtete nachdenklich, wie der Himmel sein abendliches Farbenspiel präsentierte. Das neue Jahr hatte gestern begonnen. Einen Neubeginn sollte es bringen, doch es fühlte sich nicht danach an. Es war jetzt ein Jahr her, dass sie im kalten Winterwind Hand in Hand mit ihrem Bruder auf dem Berchtesgadener Friedhof vor dem Grab des Vaters gestanden und den Worten des Pfarrers gelauscht hatte – schon längst das Vorhaben im Kopf, die Heimat zu verlassen, um anderswo ihr Glück zu suchen. Teresa schloss die Augen. Sie versuchte, sich das Gesicht ihres Bruders in Erinnerung zu rufen. In ihrer Vorstellung lächelte er nachsichtig, was er oft getan hatte. Doch allmählich verschwammen seine Züge, und der warme Schimmer seiner braunen Augen versank im grauen Nebel des Vergessens. Sie hob die Hand, um ihm durch sein weiches Haar zu streichen. Wie oft hatte sie das getan, wie gern hatte sie seine Nähe gespürt und seinem gleichmäßigen Atem gelauscht, wenn sie eng aneinandergekuschelt geschlafen hatten. Sie ließ die Hand sinken und öffnete die Augen, in denen Tränen standen. Der Schmerz über diesen Verlust würde niemals ganz verschwinden, das wusste sie. Am meisten fürchtete sie sich vor dem Moment, wenn sie endgültig sein Antlitz vergessen würde. Sie ballte entschlossen die Fäuste. Nein, niemals würde sie sein Grübchen am Kinn, die kleine Narbe über dem linken Auge und das große Muttermal auf seiner rechten Wange vergessen. Genauso wenig wie sie die Stimme des Vaters vergessen würde. Tief, warm und beruhigend hatte sie geklungen. Alles braucht seine Zeit, hatte er oft gesagt.

Teresa schaute auf ihre Werkbank, wo einige Pferdchen lagen. Gleich morgen würde sie sie zum Kramladen bringen, in einem Korb, nicht mit einer Huckelkiepe wie der Vater. Sie dachte daran, wie er losgezogen war, fröhlich winkend, seine Pfeife im Mund. Immerhin bewahrte sie sein Erbe. Er wäre sicher stolz auf sie.

Teresa legte seufzend ihre Hand auf den noch immer flachen Bauch. Bald würde man die Schwangerschaft sehen. Besonders Burgi ging sie schon jetzt aus dem Weg. Die alte Köchin hatte ein sehr feines Gespür für Veränderungen, und erst letztens hatte sie Teresa nachdenklich gemustert. Christian hatte so behutsam seine Hände auf ihren Bauch gelegt wie ein richtiger Vater, der sich auf seinen Nachwuchs freute. Wie sehr sie diesen Mann liebte. Er war ihr Schutzengel, Vertrauter, Liebhaber und Freund. Teresa ließ die Hand sinken. Die ersten Sterne tauchten am Firmament auf, und das Abendrot verschwand immer mehr im dunklen Blau der Nacht. Stimmen drangen zu ihr nach oben, die wieder verstummten, dann fiel das Hoftor ins Schloss. Josef war sicher in eine der Schenken gegangen, was er häufiger tat. Der Wein ist die einzige Freude für einen alten Mann wie mich, hatte er Teresa einmal schelmisch lächelnd erklärt. Der Wein und ein wenig Gesellschaft, ein Würfel- oder Kartenspiel, über die alten Zeiten reden, in denen so vieles besser gewesen war.

Teresa legte das Schnitzeisen an seinen Platz, streckte sich gähnend und griff nach ihrem Umhang. Die Übelkeit hatte in den letzten Tagen etwas nachgelassen, doch Müdigkeit und Erschöpfung waren ihre ständigen Begleiter geblieben. Sie schloss die Schnürung ihres Umhangs und wandte sich zur Tür, hielt jedoch in der Bewegung inne. Draußen würde bittere Kälte sie empfangen, die auch in ihrer Schlafkammer unter dem Dach herrschte, in der sie allein wäre, denn Magda zog es immer öfter zu Michael. Hier in der Werkstatt war es warm, da Josef jeden Morgen den kleinen Ofen in der Ecke anfeuerte, neben dem ein großer Haufen Sägespäne lag. Ein gemütliches Bett, überlegte Teresa. Sie ging neben den Spänen in die Hocke und prüfte den Untergrund. Er war nicht so weich wie die Strohmatratze in ihrer Kammer, aber neben dem Ofen war es angenehm warm. Ihre Entscheidung war gefallen. Sie rollte sich auf den Spänen zusammen, wickelte sich in ihren Umhang und schlief sofort ein.

Schützend legte sie die Hand auf ihren Bauch und folgte dem nur mit einem weißen Leinenhemd und Kniehosen bekleideten Burschen, der mit einem Kerzenständer in der Hand vor ihr die Wendeltreppe hinauf-

stieg. Auch hinter ihr lief so ein Bursche, der sie streng aus seinen blauen Augen musterte und immer wieder zur Eile antrieb. Sie stolperte über die Stufen. Die Verzweiflung in ihr wurde immer größer.

»Wo bringt ihr mich hin«, fragte sie, während es einen langen Flur entlangging, in dem ihre Schritte widerhallten. Sie erhielt keine Antwort, also fragte sie erneut: »Bitte, ich muss es wissen. Wo bringt ihr mich hin?« Die Männer schwiegen weiter. Der Sturm heulte um den steinernen Turm und ließ sie erzittern. Erst jetzt fiel ihr auf, dass sie nur mit einem Hemd bekleidet und barfuß war.

»Wo sind meine Kleider?« Erneut erhielt sie keine Antwort. Eine Tür wurde aufgemacht. Dahinter öffnete sich ein weitläufiger, von unendlich vielen Kerzen erhellter Saal. Die Flammen flackerten im kalten Wind, der durch die fensterlosen Öffnungen Schneeflocken in den Raum wehte. Am oberen Ende des Saales sahen ihr mehrere Männer entgegen. Teresa erkannte sie sofort. Christus mit seinen Aposteln. Panik stieg in ihr auf, und sie drehte sich um. Im Eingang stand plötzlich ein weiterer Bursche, vollkommen in Rot gekleidet, und grinste sie anzüglich an. Ihr wurde schwindelig, und der Raum begann, sich zu drehen. Das jüngste Gericht des Cenodoxus. Jetzt hatten sie auch sie, Teresa, geholt, die Schwester und Frau, die ihren Bruder in den Tod getrieben und sich versündigt hatte. Der in Rot gekleidete Bursche lachte gehässig, immer lauter wurde sein Gelächter, erfüllte den ganzen Raum und drang in Teresas Kopf. Sie drehte sich im Kreis und schaute in das Gesicht von Jesus Christus, in dem kein Funke Mitleid zu erkennen war. Das Kerzenlicht, die Schatten an den Wänden, die Gesichter der Männer – alles verschwamm vor ihren Augen.

Teresa schreckte hoch. Verwirrt schaute sie sich um und seufzte erleichtert. Es war nur ein Traum gewesen. Doch dann bemerkte sie, dass das hysterische Lachen noch immer erklang, Schatten über die Wände tanzten und Brandgeruch in der Luft hing. Erschrocken rappelte sie sich auf, trat ans Fenster und sah in den Innenhof. Leopold stand mit ausgebreiteten Armen vor einem Feuer, hysterisch lachend, als hätte er den Verstand verloren. Fasziniert starrte Teresa ihn eine Weile an, dann wandte sie den Blick ab und schaute auf ihre Werkbank, auf der nur noch ihr Schnitzeisen lag. Die Holzpferdchen waren verschwunden. Erneut schaute sie in den Hof hinunter, ihre Augen weiteten sich – Leopold, das Feuer: Er war hier gewesen. Sie konnte es nicht fassen. Eilig griff sie nach ihrem Umhang und rannte in den Hof hinunter. Leopold bemerkte sie erst, als sie direkt hinter ihm stand.

»Leopold, was ist in dich gefahren?«

Er starrte sie an, ein hämisches Grinsen auf den Lippen.

»Da ist es ja, das Wundermädchen, das so gut schnitzen kann. Sieh dir an, was aus deinen verdammten Pferdchen geworden ist.« Er deutete aufs Feuer und lachte laut auf.

Im flackernden Licht der Flammen wirkte sein Gesicht wie eine grausam verzerrte Fratze. Teresa trat einen Schritt zurück.

»Du verdammte kleine Hexe kommst hierher und glaubst, du kannst mir meinen Platz wegnehmen.«

»Niemals ist das dein Platz gewesen«, konterte Teresa. »Ein einfacher Handlanger bist du, der Sohn eines Ketzers, den niemand haben will. Und Talent hast du auch keins. Nur wegen eines Versprechens hat dich Thomas Stantler aufgenommen.«

Leopolds Grinsen verschwand. Wütend ging er auf Teresa los, packte sie am Arm und schleuderte sie gegen eine Wand. Hart schlug sie mit dem Hinterkopf auf, Blitze zuckten vor ihren Augen, und sie sank in die Knie. Benommen griff sie sich an den Kopf, da wurde sie schon wieder in die Höhe gerissen. Sie schaute in seine hasserfüllten Augen und wusste, sie würde sterben. Hier und jetzt würde er sie töten, damit er endlich frei wäre, wie er glaubte.

»Du verdammte kleine Hure, wärst du doch nur in der Hölle geblieben, aus der du gekrochen bist. Du zerstörst alles, willst es einfach nicht verstehen.« Seine Stimme überschlug sich, fest umklammerten seine Hände Teresas Schultern. »Aber damit wird hier und heute Schluss sein, hörst du! Einer muss es endlich beenden.«

»Und das wirst ganz sicher nicht du sein«, sagte plötzlich eine Stimme hinter ihm. Leopold wurde ruckartig von Teresa weggerissen. Erleichtert atmete sie auf. Josef, der aus der Schenke zurückgekommen war, schaute fassungslos von Leopold zu dem Feuer.

»Was ist nur in dich gefahren, Junge. Ist das deine Art, Dankbarkeit zu zeigen?«

»Dankbarkeit für dieses armselige Leben?«, erwiderte Leopold und spuckte Josef ins Gesicht.

Der alte Mann zuckte nicht einmal zusammen. Er hielt Leopold am Kragen gepackt und schüttelte ihn wie eine Marionette.

»Du verdammter Sohn eines Ketzers, der Herr hätte dich deinem Schicksal überlassen sollen. Schlechtes und sündhaftes Blut fließt in deinen Adern.«

Wütend ließ er ihn los und schlug ihm ins Gesicht. Leopold ging zu Boden, rappelte sich aber schnell wieder auf und zog ein Messer aus seinem Gürtel. Die blank polierte Klinge schimmerte im Licht des Feuers.

»Vorsicht, er hat ein Messer!«, warnte Teresa. Wie von Sinnen stürmte Leopold los, das Messer hoch erhoben. Josef machte einen Schritt rückwärts, stolperte über ein herumliegendes Holzscheit, das nicht den Weg in die Flammen gefunden hatte, taumelte und stürzte.

Siegessicher hielt Leopold einen Moment vor dem alten Mann inne. »Jeder bekommt das, was er verdient«, sagte er und lachte gehässig.

Da reagierte Teresa blitzschnell. Hastig griff sie nach einem Ziegelstein, der lose auf einer kleinen Mauer neben dem Eingang gelegen hatte, und rannte los. Mit voller Wucht schlug sie Leopold den Stein genau in dem Moment auf den Kopf, als er zustoßen wollte. Ein knackendes Geräusch erklang, Leopolds Hand erschlaffte, das Messer fiel zu Boden, und er sank tot auf Josef herab, der Teresa mit weit aufgerissenen Augen anstarrte.

Kapitel 12

Teresa stand am Ufer des Inns, in dem sich das helle Licht des Vollmonds spiegelte. Eine mondhelle, klare Winternacht, dachte sie wehmütig und schaute auf die silbern schimmernden Hügel, über denen die Sterne leuchteten. Ein Windstoß ließ sie erzittern, und sie wickelte sich fester in ihren Umhang, während Josef große Steine an Leopolds Beine band. Sie standen unweit der Donaumündung, dort, wo sich der schnell fließende Inn in das blaue Wasser der Donau schob. Stromschnellen und Untiefen würden Leopolds Körper für immer verschwinden lassen, doch ihr Gewissen würden sie nicht reinwaschen. Noch immer hörte sie das unsägliche Knacken seines Schädels, spürte sein Blut an ihren Händen und sah die Panik in Josefs Augen. Sie hatte nicht anders gekonnt, redete sie sich ein, doch Zweifel nagten an ihr. Leopold war wahnsinnig geworden. Aber war ihm das zu verdenken? Wie hätte sie sich an seiner Stelle gefühlt, von allen ausgestoßen, verschrien als Sohn eines Ketzers?

Der Stärkere gewinnt, hatte ihr Bruder einmal zu ihr gesagt, als sie im Wald beobachtet hatten, wie ein Fuchs einen Hasen gerissen hatte. Sie fühlte sich nicht wie die Stärkere. Leopold war das Opfer seines Vaters gewesen, der ihn verlassen und seinem Schicksal ausgeliefert hatte. Das war nicht stark, sondern feige.

Josef schleppte den leblosen Körper auf einen kleinen hölzernen Anlegesteg, bekreuzigte sich und stieß ihn ins Wasser. Teresa bekreuzigte sich ebenfalls und flehte den Herrgott um Vergebung an.

Josef trat neben Teresa und seufzte hörbar. »Ich hab was gut bei dir, Mädchen.«

Seine Worte taten gut, doch das flaue Gefühl in ihrem Magen vertrieben sie nicht. Übelkeit breitete sich in ihr aus. Sie nickte schweigend.

»Komm. Ich bring dich nach Hause.« Er legte den Arm um sie, aber sie schüttelte ihn ab. »Ich brauche noch einen Moment.« Er schaute noch mal aufs Wasser. »Ich habe gewusst, dass es irgendwann so kommen würde. Keiner hat es verdient, so zu leben. Morgen rede ich mit dem Herrn. Irgendetwas wird mir schon einfallen.«

Er ließ Teresa stehen und ging wortlos davon. Nach einer Weile folgte Teresa ihm. Wahrscheinlich hatte Josef recht. Niemals wäre Leopold glücklich geworden. Doch er hatte ein Leben gehabt, auch wenn es nicht gut gewesen war. Ein Leben, das sie ausgelöscht hatte. Plötzlich sah sie den erstarrten Blick ihres Bruders vor sich, der sie bis in ihre Träume verfolgte. Auch er hatte nur ein Leben gehabt, kein vollkommenes Leben, aber es war gut gewesen.

Hatten Menschen das Recht dazu, das Leben eines anderen zu beenden, oder lag das nur in Gottes Hand? Sie schaute auf ihre Hände. Die Hände einer Mörderin, kam es ihr plötzlich in den Sinn. Hände, an denen Blut klebte. Josef sah das natürlich anders, denn sie hatte ihn vor dem sicheren Tod bewahrt. Aber war das eine Leben mehr wert als ein anderes?

Sie schlüpfte durch ein kleines Tor in der Stadtmauer und lief ziellos durch die vom Licht der Laternen erhellten Gassen. Nach einer Weile kroch die Kälte unter ihren wollenen Umhang. Ruhelos lief sie über den verlassenen Kramplatz, vorbei an geschlossenen Buden und schäbigen Karren, über die sich das helle Licht des Mondes ergoss. In der Zengergasse holte die gewohnte Dunkelheit sie ein, und die hohen Mauern des Doms verstärkten ihre Beklemmung. Auf dem Pfaffenplatz blieb sie vor dem verschlossenen Domportal stehen. Die

Verzweiflung über das Geschehene brach endgültig über sie herein. Sie schluchzte laut auf, beugte sich vor und übergab sich.

Plötzlich umfingen Arme sie, und Christians Stimme drang an ihr Ohr. Sie glaubte zu träumen. Unmöglich, dass er hier war, doch die Wärme seines Körpers blieb.

»Teresa, Liebes, was tust du denn hier?«

Teresa schluckte. Ihr Hals brannte, Tränen liefen über ihre Wangen. Er richtete sie behutsam auf.

»Das kann nicht sein. Du bist nicht hier. Ich träume.«

Er hüllte sie in seinen Umhang. »Du zitterst ja. Natürlich bin ich hier. Wir waren auf dem Rückweg von der Schenke.«

Er deutete über den Platz. Teresa ließ ihren Kopf an seine Schulter sinken und schloss für einen Moment die Augen. Wieder war das Wunder geschehen. Immer dann, wenn ihre Welt auseinanderzubrechen drohte, tauchte er auf. Ihr Schutzengel, ihr Geliebter, ja, ihr Seelenverwandter. Anders konnte es einfach nicht sein. Sie legte die Hand auf ihren Bauch, und plötzlich umspielte ein Lächeln ihre Lippen.

Christian führte sie zurück in die Zengergasse. Wolken raubten unvermittelt das silberne Licht des Mondes, und ein eisiger Wind wehte ihnen ins Gesicht. Als sie die Milchgasse erreichten, blieb Teresa abrupt stehen. Verwundert schaute Christian sie an.

»Leopold – ich habe ihn erschlagen«, brach es aus ihr heraus.

Natürlich war ihm klar gewesen, dass es einen Grund für Teresas seltsames Verhalten gegeben hatte, aber diese Neuigkeit musste er erst einmal verdauen.

»Du wirst einen guten Grund dafür gehabt haben«, erwiderte er nach einer Weile.

Teresa schaute ihn überrascht an, dann nickte sie zögernd.

»Ja, den hatte ich.«

»Na, dann ist es doch gut.« Christian legte den Arm um sie und zog sie enger an sich. Teresa traf die Erkenntnis wie ein Schlag. Sie hatte getötet, aber es war nicht falsch gewesen. Wahrscheinlich hatte Josef recht gehabt. Irgendwann hatte es so kommen müssen, war nicht aufzuhalten gewesen.

Christian führte sie zum Haus. Bereitwillig ließ sie sich mitziehen.

In der Kammer angekommen, legte er zärtlich seine Hand an ihre Wange. »Ich liebe dich, Teresa. Niemals wieder will ich ohne dich sein. Mir wird das immer mehr bewusst. Und ich würde gern der ganzen Welt zeigen, dass wir zusammengehören.« Er griff zu einer Zünderbüchse und entzündete eine auf dem Fensterbrett stehende Talgkerze. In ihrem Licht wirkten seine Wangen eingefallen, doch seine Augen leuchteten. Er setzte sich aufs Bett. »Michael hat einen Plan, der gut zu sein scheint. Wir könnten zu viert fortgehen und ein neues Leben beginnen.« Er zog sie neben sich aufs Bett. »Ich will dich heiraten, Teresa. Nichts in meinem Leben möchte ich so sehr wie das.«

Teresa wusste nicht, was sie erwidern sollte. Plötzlich schlug ihr Herz vor Aufregung bis zum Hals. »Aber, dein Studium, dein Oheim …«, stotterte sie.

»Das Studium war mir schon immer gleichgültig, so gleichgültig, wie ich meinem Oheim bin.« Er machte eine wegwerfende Handbewegung, dann sah er Teresa ernst an. »Aber du, Teresa, du bist mir wichtig. Ein Mal im Leben möchte ich etwas richtig machen.«

Teresa konnte es nicht fassen. Sie schaute in seine Augen, fühlte seine Hand in der ihren. Er würde bei ihr bleiben, sie nicht verlassen. Sie würde ihn nicht verlieren. Er ließ ihre Hand los und stand auf.

»Wir haben nur ein kleines Problem.« Sein Tonfall veränderte sich, und er schaute auf ihren Bauch. Sie wusste, was kommen würde.

»Es tut mir leid«, flüsterte er.

＊

Teresa blieb am Eingang zur Grünau stehen und schaute über die schneebedeckten Wiesen. War es wirklich eine so gute Idee, ausgerechnet hierherzukommen? Sie legte beschützend die Hand auf ihren Bauch. Lange würde es nicht mehr dauern, und alle würden es sehen. Wie würde es sich anfühlen, wenn es weggemacht war? Sie hatte mit dem kleinen Wesen in ihrem Inneren zu sprechen begonnen, erzählte im oft Geschichten, während sie schnitzte. In ihrer Phantasie war es ein Mädchen, dem sie eines ihrer Holzpferdchen, ein Puppenbett und eine Armee kleiner Männchen zum Spielen schenkte. Eine Spielzeugmacherin, die ihr Kind umbringen wird, dachte sie traurig. Doch war das überhaupt schon ein Kind in ihr? Oder lebte es noch gar nicht, sondern erwachte erst am Tag seiner Geburt?

Sie schaute zu der niedrigen Mauer hinüber, die den großen Nutzgarten von Gustls Kräutergarten abtrennte. Magda hatte sie für verrückt erklärt, aber sie vertraute dem alten Kräutler. Wenn nicht er, wer sonst würde einen Ausweg kennen. Gegen jedes Leiden war doch irgendein Kraut gewachsen, jedenfalls hatte er das neulich erst gesagt. Eigentlich wollte sie das alles gar nicht, aber Christian und Michael planten ihre Flucht für das Frühjahr, und dann wäre die Schwangerschaft schon weit fortgeschritten und die unwegsame Reise zu beschwerlich. Auch würde jeder sehen, dass sie ein Kind erwartete. Wie Thomas Stantler darauf reagieren würde, wollte sie sich gar nicht ausmalen. Sie legte erneut die Hand auf ihren Bauch.

»Es hilft nichts, Kleines, so sehr ich es mir auch wünsche, ich kann dich nicht behalten.« Sie ging weiter. Die Feuchtigkeit kroch in ihre Kleider. Zitternd schlang sie die Arme um ihren Oberkörper und beschleunigte ihre Schritte. Sie öffnete die kleine Gartentür, die in Gustls Reich führte. Der Kräutergarten war von einer dicken Schneedecke bedeckt, und Eiszapfen hingen vom Dach der kleinen Hütte herab, über das der Holunderbusch seine kahlen Äste streckte.

Die Tür öffnete sich, noch ehe sie sie erreicht hatte.

»Teresa, Mädchen. Was führt dich denn zu so früher Stunde zu mir heraus? Ist wieder etwas mit der Kleinen, dem armen Ding?«

Teresa begrüßte den alten Kräutler. »Nein, dem Mädchen geht es gut. Ich komme heute« – sie zögerte kurz – »ich komme wegen mir.«

Er zog die Augenbrauen hoch, dann nickte er. »Burgi hat davon erzählt. Komm rein. Siehst ja ganz durchgefroren aus. Ein warmer Tee wird dir guttun.«

Erstaunt folgte Teresa dem alten Mann in die winzige, von Kräuterduft erfüllte Stube.

»Was hat Burgi erzählt?«, fragte sie, während sie sich auf die Ofenbank setzte.

Gustl nahm zwei Becher von einem Regal und füllte sie mit einer dampfenden Flüssigkeit. Er setzte sich Teresa gegenüber, schob ihr einen Becher hin und ging erst einmal nicht auf ihre Frage ein. »Diese Mischung habe ich erst gestern angefertigt. Ein bisschen Melisse, Pfefferminz, Anis, Johanniskraut und Brombeerblätter, auch Brennnessel und Thymian sind mit drin, sogar Hagebuttenschalen habe ich klein geschnitten, die geben dem Ganzen eine besonders fruchtige Note.« Er nippte an seinem Tee und lächelte. »Geht doch nichts über einen guten Kräutertee an einem grauen Tag.«

Teresa nippte ebenfalls an dem Gebräu, und sofort breitete sich wohlige Wärme in ihrem Bauch aus. Sogar Honig schien Gustl hineingemischt zu haben, denn der Tee schmeckte leicht süßlich.

»Der Honig ist vom Gschwendtner Ludwig, der hat drüben ein ordentliches Bienenvolk. Ich bekomme Honig, und er bekommt Tee, so ist es nur gerecht.«

Teresa stellte ihren Becher auf den Tisch. Gustl faszinierte sie immer wieder. So viel Ruhe strahlte dieser Mann aus, der stets Antworten auf Fragen hatte, die noch gar nicht gestellt worden waren.

»Burgi macht sich langsam Sorgen«, fuhr er fort. »Bald wird man es sehen, und dann bleibt Thomas Stantler nichts anderes übrig, als dich vor die Tür zu setzen, denn mit der Schande einer schwangeren Dienstmagd kann er nicht leben.«

Teresa zuckte zusammen. Alle Farbe wich aus ihrem Gesicht.

»Sie weiß also davon?«

»Aber natürlich. Du hast doch nicht wirklich geglaubt, dass du es vor ihr verheimlichen könntest?«

Teresa konnte es nicht glauben. »Aber, sie hat nie etwas gesagt.«

»Das wird sie auch weiterhin nicht tun. Auch bei Magda hat sie abgewartet. Warum alle aufscheuchen und verrückt machen, wenn sie sich selbst zu helfen wissen, hat sie zu mir gesagt. Bei Magda war es auch irgendwann vorüber, und so wird es bei Teresa auch sein. Doch allmählich beginnt sie sich Sorgen zu machen.«

Teresa hörte Gustls Worte, doch fassen konnte sie sie nicht. »Wann hat sie dir davon erzählt?«, fragte sie.

»Ist schon ein Weile her.« Er zuckte mit den Schultern. »Kotzt sich noch mal die Seele aus dem Leib, hat sie gesagt, das arme Ding.«

»Aber, ich dachte ...«

»Du hast gedacht, sie würde dich aus dem Haus jagen, wenn sie davon erfährt«, unterbrach er sie. Teresa nickte betreten. Gustl nippte wieder an seinem Tee. »Wir wissen doch beide, dass sie das nicht getan hätte, oder?« Er schaute sie einen Moment an.

Teresa nickte zögernd. »Es ist nur, ich meine, so eine Schwangerschaft, die Schande und das Gerede der Leute, das ist doch etwas anderes.«

»Ich nehme an, du liebst den Vater.«

Errötend senkte Teresa den Blick und nickte.

»Na siehst du. Das hat Burgi auch gesagt.« Gustl schüttelte lächelnd den Kopf. »Vor ihr kann niemand etwas verheimlichen, das müsste Magda allerdings wissen. Burgi hat ihre Augen und Ohren überall, und das Herz am rechten Fleck. Deshalb hab ich sie gern«, fügte er seufzend hinzu.

Teresa hörte den Schmerz in seiner Stimme. So viel Sehnsucht schwang in seinen wenigen Worten mit. Er lebt jeden Tag seine persönliche Tragödie, überlegte sie.

Schweigend saßen sie sich eine Weile gegenüber. Teresa dachte an Christians Worte, an seine Umarmung und das wunderbare Kribbeln, das sie nur in seiner Nähe spürte. Wie schrecklich es wohl wäre, wenn er sich ihr verweigern, sie niemals wieder küssen würde.

»Mindestens zehn Wochen«, sagte Gustl und deutete auf Teresas Bauch.

Sie nickte zögernd. »Mindestens, wenn nicht mehr.«

Er seufzte. »Ich kann dir nicht helfen. Ganz am Anfang, da hätte ich es vielleicht noch gekonnt, mit ein bisschen Poleiminze und Frauenwurzel, aber jetzt ist es zu spät.«

Teresa sah ihn betreten an. Magda hatte recht gehabt. Es gab nur einen Weg, um das Kind in ihrem Bauch loszuwerden. Unbewusst legte sie die Hand auf den Bauch.

Gustls Blick wurde traurig. Er setzte sich neben sie. »Es ist einfach nicht die richtige Zeit dafür.«

In Teresas Augen traten Tränen. Liebevoll legte der alte Kräutler den Arm um sie und zog sie eng an sich.

»Ist nicht schlimm, wenn du weinst. Manchmal müssen Tränen sein, sie reinigen das Herz und schärfen den Blick, damit es leichter wird.«

Teresa vergrub den Kopf an seiner Schulter und schluchzte laut auf. Trauer, Wut und Verzweiflung bahnten sich ihren Weg. Sie ließ sich in den Arm des alten Mannes sinken, der ihr behutsam über den Rücken streichelte, wissend, dass es auch schlecht ausgehen konnte und dass weinen allein nicht reichen würde, um all den Schmerz zu betäuben.

Christian warf grinsend seine letzte Karte auf den Tisch, ignorierte den wütenden Blick, den ihm sein Gegenüber aus seinem einen Auge zuwarf, und ließ die auf dem Tisch liegenden Münzen in seinen Geldsack verschwinden.

»Ein Spieler verliert gegen einen Spieler«, sagte jemand hinter den beiden, und breite Hände legten sich auf Christians Schultern.

»Fredl, alter Freund.« Christian wandte sich um. »Sieh mal einer an. Ein Gauner kehrt in sein Revier zurück.«

Der stämmige Bursche grinste verschmitzt, nickte dem Einäugigen zu, setzte sich neben Christian und bedeutete dem Schankmädchen, ihm ein Bier zu bringen. Ein Lächeln lag auf seinen Lippen, doch Christian ließ sich davon nicht täuschen. Immer mehr graue Strähnen durchzogen Ferdls schwarzes Haar und seinen buschigen, ungepflegten Bart. Um seine Augen und auf seiner Stirn hatten sich tiefe Falten eingegraben, die von den Strapazen der langen Wanderungen berichteten, die ihn auf dem Goldenen Steig bis nach Böhmen geführt hatten.

»Hat er dich wieder an der Nase herumgeführt, mein lieber Anton.«

Fredl schlug dem Einäugigen lachend auf die Schulter.

»Du musst genau aufpassen, was er mit seinen Fingern macht, aber mit dem Schauen ist es bei dir ja so eine Sache.«

Anton zog eine Grimasse, während Christian seine Unschuld beteuerte. »Niemals würde sich Anton über den Tisch ziehen lassen, dafür spielt er viel zu gut. Heute war eben das Glück auf meiner Seite.«

Der Einäugige steckte die Karten in seinen Hosensack und stand auf. »Ist schon richtig, was er sagt. Hat diesmal Glück gehabt.«

Er klopfte Christian im Vorbeigehen auf die Schulter und verschwand in dem von Zigarrenrauch diesigen Gastraum.

Fredl schaute ihm nach. »Altes Schlitzohr, ist nicht kleinzukriegen, hab ihn erst neulich auf den Schmugglerwegen rund um Hals getroffen. Wenn er so weitermacht, verliert er auch noch das andere Auge oder gleich seinen ganzen Kopf.«

»Das wird Anton gleichgültig sein, denn er kann nichts anderes außer lügen und betrügen«, erwiderte Christian schulterzuckend, trank von seinem Bier und wischte sich den Schaum von den Lippen.

»Sind wir nicht alle ums Überleben kämpfende Banditen«, sagte Fredl seufzend. »Böhmen gleicht noch immer einem Pulverfass, und auf dem Steig ist keiner mehr sicher. Eine ganze Horde Soldaten ist kurz hinter Waldkirchen über uns hergefallen, nur durch ein Wunder bin ich mit dem Leben davongekommen. Wenn du mich fragst, waren das keine normalen Männer. Ich hab ihre vom Grauen des Kampfes gezeichneten

Gesichter gesehen. Nur noch das nackte Überleben zählt für diese Männer, mehr nicht. Passau erscheint mir wie eine Insel, um die herum immer mehr Feuer lodern, die uns in den Höllenschlund hinabreißen werden.«

Christian zog eine Augenbraue hoch. »Aber die Schlacht am Weißen Berg ist doch gewonnen worden.«

»Eine Schlacht, was ist das schon wert.« Fredl machte eine wegwerfende Handbewegung. »Dort draußen brodelt es. Gerüchte machen die Runde, und die Armeen sammeln sich. Bis zur nächsten Schlacht ist es nur ein Wimpernschlag, das sage ich dir.«

»Wie viele sind gestorben?«, erkundigte sich Christian. »Alle, glaub ich. Es war ein Hinterhalt. Wir hatten gerade auf einer Lichtung Rast gemacht. Ich war pinkeln, als ich die Schreie hörte. Eine Weile habe ich dagestanden, die Hand an meinem Schwert, und beobachtet, wie dem alten Weinhändler Willy die Kehle durchgeschnitten wurde. Da bin ich einfach gerannt wie ein gottverdammter Feigling, der nur an seine eigene Haut denkt.« Er schaute Christian in die Augen. Sein Blick war durchdringend, doch kein Schmerz lag darin. »Eines weiß ich mit Sicherheit: Auf den Steig gehe ich nicht mehr zurück.«

»Aber in Passau wirst du auch nicht bleiben können«, gab Christian zu bedenken. »Wie bist du überhaupt an den Wachen vorbeigekommen? Dich alten Schmuggler müssen sie doch erkannt haben.«

»Waren zwei junge Burschen, die lieber mit den Huren tändelten, als einen Reisenden genauer unter die Lupe zu nehmen.« Christian grinste. Fredl schaute sich um. »Und hierher traut sich kein Büttel. Die Burschen sitzen mit ihrem gepolsterten Arsch lieber drüben am Pfaffenplatz in einem der herrschaftlichen Häuser, als sich in einer alten Schenke die Finger schmutzig zu machen.«

Christian lachte laut auf. »Verschrei es nicht«, warnte er. »Am Ende verirrt sich doch noch einer hierher. Wärst ein dicker Fisch an der Angel.«

»Du redest dich leicht, mein Freund. Der Herrgott hat dich mit Verstand gesegnet, was vieles leichtermacht.«

»Der mir im Moment auch nicht viel nützt.«

Fredl zog die Augenbrauen hoch. Christian schaute sich um, rückte näher an Fredl heran und legte ihm die Hand auf den Arm. »Ich brauche deine Hilfe wegen so einer Sache. Ist ein großes Ding.«

Fredl nahm einen Schluck von seinem Bier, rülpste laut und stellte den Becher auf den Tisch. »Ich bin gerade erst nach Passau zurückgekehrt, ein gesuchter Schmuggler, dem der Büttel am liebsten das Fell über die Ohren ziehen würde. Bis vor wenigen Minuten hast du nicht einmal gewusst, dass ich hier auftauchen würde. Wieso also fragst du mich?«

»Weil du der Erste gewesen bist, an den ich dachte, und der erste Gedanke ist meist der beste. Allerdings hatte ich mich schnell damit abgefunden, dass meine erste Wahl unerreichbar ist. Gibt nur wenige Halunken in dieser Stadt, denen man wirklich vertrauen kann, wenn du verstehst, was ich meine.«

»Also bin ich in deinen Augen ein guter Halunke. Das lass mal lieber nicht den Büttel hören«, feixte Fredl. Misstrauisch schaute sich Christian um. »Ist besser, wir reden draußen, nicht hier, wo die Wände Ohren haben.«

In einem Zug leerte Christian seinen Becher, griff nach seinem Umhang und verließ die Schenke in der Gewissheit, dass Fredl ihm gleich folgen würde.

*

Teresa umklammerte das kleine Holzspielzeug in ihrer Rocktasche, als sie Magda den Berg hinauf folgte. Sie kamen nur langsam voran, denn Tauwetter hatte eingesetzt, und leichter Nieselregen verwandelte den von Eis überzogenen Weg in einen rutschigen Pfad. Milder Wind schlug ihnen entgegen. Einen ersten Hauch von Frühling im Gepäck, würde er bald die Eisschollen auf dem Fluss vertreiben und den Schnee schmelzen lassen. Dann wäre ihr Weg in ein neues und vielleicht besseres Leben frei. Doch war dieses Leben wirklich so viel erstrebenswerter als das, was sie jetzt hatte. Besonders in den letzten Tagen hatte sie darüber nachgedacht. Sie hatte Freunde gefunden, durfte ihrer Leidenschaft, dem Schnitzen, nachgehen und lebte in Sicherheit. War das nicht mehr, als man vom Leben erwarten konnte? Sie kannte die Antwort. Christians Augen, seine Berührungen und sein warmer Atem auf der Haut gaben sie ihr. Er musste nicht sprechen, nichts begründen, sie zu nichts überreden. Sie würde ihm überallhin folgen, auch in ihr Unglück, wenn es sein musste. Bei ihm zu sein, seine Gegenwart zu spüren und in seinen Armen zu liegen, wog so viel mehr als alles, was Thomas Stantler ihr bot.

Sie legte die Hand auf ihren Bauch. Ein Teil von ihr, ein Teil von Christian wuchs in ihr heran. Ein Kind, das aus Liebe gezeugt worden war. Wie sollte sie es nur über sich bringen, es zu vernichten. Mit jedem Schritt, den sie den Berg hinaufliefen und die Häuser der Innstadt hinter sich ließen, wurden ihre Beine schwerer und ihre Schritte langsamer, und irgendwann blieb sie stehen. Magda bemerkte nicht, dass Teresa zurückgeblieben war. Teresa schaute ihr eine Weile nach, wie sie durch den Schnee am Wegesrand stapfte und ihr Umhang vom Wind hochgewirbelt wurde. Sie hat es schon getan, kam es ihr plötzlich in den Sinn. Magda hatte ein Kind der Liebe getötet, und

sie hatte ihre Freundin nicht ein Mal gefragt, wie es sich angefühlt und ob sie den Verlust beweint hatte.

Magda blieb stehen und drehte sich um. Wortlos schauten
sie einander eine Weile an, dann kam Magda zurück und
streckte die Hand aus. In ihrem Blick lagen Verständnis und
Mitgefühl. »Es wird schnell gehen, das verspreche ich dir.
Wenn wir erst einmal in einer neuen Stadt leben und du seine
Frau bist, dann wirst du noch viele Kinder von ihm bekommen, ganz bestimmt.«

Teresa zögerte einen Moment, dann ergriff sie Magdas
Hand und ließ sich von ihr mitziehen. Hinter den letzten
Häusern schlängelte sich der Weg in einen trostlos aussehen-
den Wald. Kahle Äste ragten in den grauen Himmel, und das
laute Krächzen einiger Krähen ließ Teresa zusammenzucken.
Sie saßen über ihr und starrten sie wie Vorboten der Hölle an.
Teresa schaute schaudernd zu den Krähen hinauf, dann ging
sie weiter. Schon bald veränderte sich der Wald. Die nackten
Laubbäume wurden von Nadelbäumen abgelöst, die das graue
Tageslicht in Dämmerlicht verwandelten. Es ging über eine
kleine Holzbrücke, unter der ein Bach zwischen schneebedeckten Steinen ins Tal plätscherte. Dahinter öffnete sich eine
Lichtung, an deren Ende ein großer, von Pferdeweiden umge-
bener Bauernhof lag. Eines der Pferde kam neugierig näher, als
wollte es die beiden Besucher begrüßen. Magda strich dem
Tier lächelnd über die Nüstern, während sich Teresa staunend
umblickte. Was hatte sie erwartet? Vielleicht eine einsame
Hütte irgendwo im Wald, damit niemand den Ort der Sünde
sehen würde?

Sie folgte Magda in den Innenhof des Anwesens, auf dem
ihnen zwei neugierige Hühner gackernd entgegenliefen. Ein
großer Hund – angekettet unter einem Karren – hielt es nicht
für nötig, den Kopf zu heben, um die Neuankömmlinge zu

begrüßen. Auf der festgetretenen Schneedecke hatten sich große Pfützen gebildet, in denen Stroh und Einstreu schwammen. Die beiden jungen Frauen machten einen großen Bogen um den Matsch und erhaschten dabei einen Blick in den Stall, wo einige Ziegen und zwei Kühe untergebracht waren. Beim Anblick der Neuankömmlinge wurden die Ziegen unruhig. Sie begannen, laut zu meckern und in der Hoffnung auf Fressbares die Hälse zu recken.

»Dieser Ort sieht gar nicht so aus, als würde hier etwas Verbotenes passieren«, sagte Teresa.

»Ist es wirklich etwas Verbotenes, was Vroni tut? Ich meine, sie hilft uns Frauen. Bald wird es offensichtlich sein, dass du ein Kind erwartest. Willst du wirklich am eigenen Leib erfahren, was mit solchen Frauen in Passau geschieht?«, fragte Magda.

Teresa blickte beschämt zu Boden. Sie wusste, dass es nicht aufzuhalten war. Schon jetzt konnte sie ihr Mieder nicht mehr so eng schnüren wie noch vor einigen Wochen.

»Aber sie tötet Leben. Ich meine, sie ist eine Engelmacherin, eine Sünderin, auch wenn du es Hilfe nennst.« Magda blieb stehen. Durchdringend schaute sie Teresa an.

»Du willst es dir einreden, oder? Du willst dich unbedingt als Sünderin sehen und gefällst dir in deiner Opferrolle. Ohne darüber nachzudenken, hast du dich deiner Leidenschaft hingegeben, und jetzt, wo du ein Kind erwartest, willst du es nicht wahrhaben. Sie ist nicht diejenige, die etwas Böses tut. Sie mag es zu Ende bringen, aber begonnen hast du es, haben wir es. Doch nicht, weil wir sündigen wollten. Wir wollten die Nähe des anderen spüren und erfahren, wie es sich anfühlt, geliebt zu werden. Der Herrgott hat uns Menschen dafür geschaffen, einander zu lieben und sich zu vereinen, auch wenn diese Stadt das mit all ihren Regeln nicht wahrhaben will. Niemand kann Gefühle oder die Liebe aufhalten, sie ist etwas Heiliges.«

»Aber warum muss ich es dann töten?«, erwiderte Teresa. Sie spürte ihre Wangen heiß werden, ihre Augen füllten sich mit Tränen. »Ich liebe dieses kleine Wesen. Warum soll ich es aus mir herausreißen lassen, ohne auch nur ein Mal in sein Antlitz geblickt und es im Arm gehalten zu haben.«

»Weil du ihm nie die Mutter sein wirst, die es verdient hat«, antwortete plötzlich jemand hinter ihr.

Teresa drehte sich um. Eine braunhaarige Frau mittleren Alters trat näher und legte Teresa wie selbstverständlich ihre Hand auf den Bauch. Teresa ließ es geschehen und blickte in das Gesicht der Frau, das so wunderschön und ebenmäßig wirkte wie das der Marienstatue in der Berchtesgadener Kirche. Als hätte ein Künstler ihre hohen Wangenknochen, die sanft geschwungene Nase und die warmen braunen Augen geschaffen. Nur eine Haarsträhne, die sich aus ihrem Zopf gelöst hatte, störte das madonnenhafte Bild.

»Schon mehr als zwölf Wochen. Es wird nicht leicht werden.« Die Frau ließ die Hand sinken. »Und es kann tödlich enden, nicht nur für das Kind.«

Teresa wich zurück. Die Frau begrüßte Magda.

»Magda, meine Liebe. Es ist schön, dich wohlauf zu sehen.« Ihr Blick blieb an Magdas Körpermitte hängen. »Wie ich sehe, hältst du dich an die Regeln.«

Magda errötete. Vroni legte Teresa die Hand auf den Arm. »Nur eine ist bisher gestorben, alle anderen haben es gut überstanden.«

Teresa schaute in das hübsche Gesicht, das so gar nichts mit ihrer Vorstellung von einer Engelmacherin zu tun hatte.

»Ich dachte, du siehst ganz anders aus«, sagte sie unsicher. Lächelnd griff Vroni nach Teresa Hand und zog sie zum Haus hinüber. »Ist auch besser so, wenn jeder etwas anderes denkt. Soll ja keiner wissen, dass die Ehefrau des Gschwendner Bernhard, der ehrenwert seinen Dienst im Heer der Katholischen Liga verrichtet, nicht nur eine Hebamme, sondern auch eine Engelmacherin ist.«

Teresa blieb abrupt stehen. Magda lief in sie hinein.

»So pass doch auf«, rügte sie die Freundin.

Vroni wandte sich um. Ruhig schaute sie Teresa an. Plötzlich kam Teresa das Gesicht der Frau nicht mehr madonnenhaft vor. Vielleicht war diese wunderschöne Frau ja auch eine List des Teufels, der sie zur Sünde verführen wollte, damit er am Ende die unschuldige Seele ihres Kindes rauben konnte. Sie senkte den Blick und atmete tief durch. Sie hatte keine Wahl. Nur ohne das Kind konnte sie mit Christian fortgehen.

»Was ist denn nun«, schimpfte Magda ungeduldig.

Teresa ballte entschlossen die Fäuste und ging weiter, den dämmrigen Flur entlang bis in eine geräumige Kammer, in der ein prasselndes Feuer in einem offenen Kamin für Wärme sorgte. Unsicher schaute Teresa zu Magda. Plötzlich kam es ihr so vor, als wäre die Freundin ein wenig blass geworden. Unter dem Fenster stand eine Pritsche, daneben ein Tisch, darauf Unmengen von Kerzen, darüber hing ein Kreuz an der Wand. Teresas richtete ihren Blick darauf.

»Er achtet auf uns und auf die Seele des Kindes. Sobald es den Körper verlässt, bringt er es hinauf in den Himmel, beschützt und behütet es«, erklärte Vroni, ohne die Frage abzuwarten. Vronis Stimme war mit jedem Wort ein wenig leiser geworden. Sie entzündete einen Holzspan im Kaminfeuer und begann, die Kerzen auf dem Tisch zu entzünden, ganz langsam, eine nach der anderen. »Ihr Licht soll den Teufel vertreiben und der Seele den Weg ins Himmelreich weisen. Wir nehmen ihr die Möglichkeit, in diesem Körper ein Leben zu beginnen, aber wir berauben sie nicht ihrer Freiheit.«

Teresa legte ihre Hand auf den Bauch, Vroni die ihre darauf. »Die Liebe einer Mutter überdauert den Tod, auch den Tod eines ungeborenen Kindes. Niemals wirst du es vergessen, stets wird es dich begleiten, ob du willst oder nicht, denn es ist ein Teil von dir.«

Teresa schaute hoch. Vronis braune Augen strahlten so viel Wärme aus, doch die tröstenden Worte konnten Teresas Unsicherheit nicht vertreiben.

Magda, die sich die ganze Zeit im Hintergrund gehalten hatte, trat jetzt näher. »Ich habe ihr gesagt, dass sie es nicht lieben soll.«

Vroni hob den Blick. »Aber du hast es doch auch geliebt? Bitterlich geweint hast du, dann bist du irgendwann in meinen Armen erschöpft eingeschlafen. Keine Mutter wird jemals ihr Kind hassen, auch wenn sie das manchmal glaubt.« Vroni schaute von Magda zu Teresa, dann aus dem Fenster.

»Es ist besser, wenn wir jetzt anfangen. Bald wird es dämmern, und dann wird es unmöglich sein, den Abort ordentlich durchzuführen. Nach Hause gehen wirst du erst morgen. Die Zeit ist schon weit fortgeschritten, da ist es besser, etwas länger zu ruhen.«

Teresa zuckte zusammen. Vronis Stimme hatte plötzlich einen sachlichen Unterton.

Vroni wandte sich an Magda. »Du kannst morgen früh wieder kommen und deine Freundin abholen.«

Magda nickte, umarmte Teresa und verließ den Raum, ohne noch etwas zu sagen. Es war, als würde sie vor diesem Ort flüchten, der ihr die ersehnte Erlösung und doch so viel Kummer gebracht hatte. Teresa schaute an sich hinunter. Wie würde es sich anfühlen, wenn es fort war? Würde sie es beweinen oder Erleichterung verspüren? Sie blickte noch einmal auf das Jesuskreuz und atmete tief durch. Gott der Herr war hier, er würde ihr beistehen und auf die Seele ihres Kindes achten. Gewiss würde alles gut werden.

Vroni trat mit einem ledernen Koffer in der Hand näher, stellte ihn auf den Boden, öffnete die Schublade einer Kommode, holte einige Leinentücher heraus und begann, die Pritsche damit abzudecken.

»Du kannst deine Röcke einfach nur hochschlagen, wenn dir das lieber ist. Das Blut werden die Leinentücher aufsaugen.«

Sie bedeutete Teresa, sich zu setzen, zog einen kleinen Hocker aus einer Ecke, öffnete ihren Koffer und legte lange Metallnadeln, die Stricknadeln glichen, einige Zangen und saubere Tücher auf den Tisch neben die Kerzen. Dann verließ sie kurz den Raum, um gleich darauf mit einer dampfenden Holzschüssel zurückzukehren. Teresa schaute auf die Gegenstände neben den Kerzen. Sie spürte Übelkeit in sich aufsteigen, und trotz der Wärme im Raum wurden ihre Hände eiskalt.

Vroni stellte die Schüssel neben die Tücher und wandte sich um. Sie trug eine Schürze, ihr Gesichtsausdruck war ernst, und eine tiefe Falte zwischen ihren Augen hatte das Madonnenhafte vertrieben. Teresa streckte sich auf der Liege aus. Vroni schob ihr die Röcke hoch und spreizte Teresas Beine. Teresa spürte die Finger der Frau, wie sie in sie eindrangen, ihre Hand auf dem Bauch. Fest presste sie die Augen zusammen und umklammerte mit der Hand das Laken. Gewiss würde es gleich vorbei sein, nur ein wenig weh tun. Gott würde die Seele ihres Kindes ins Himmelreich einlassen, behüten und beschützen.

Und wenn es nicht so war? Der Gedanke traf sie wie ein Schlag. Was, wenn er das Kind nicht haben wollte? Wenn er es als die Frucht der Sünde ansehen würde? Dann würde der Teufel es in die Hölle hinabreißen, und sie konnte es nicht beschützen, nicht retten, genauso wenig wie sie ihren Bruder hatte retten können. Sie spürte das Metall in ihrer Scheide und schreckte hoch.

»Nein, es geht nicht.« Sie richtete sich auf. »Ich kann das nicht.«

Vroni wollte nach Teresa greifen, doch sie schüttelte ihre Hand ab, lief zur Tür, durchquerte den Flur und rannte über den Hof davon.

Der Nieselregen hatte sich in einen kräftigen Landregen verwandelt, aber Teresa spürte kaum, wie er ihre Kleider durchdrang und sie bis auf die Haut durchnässte. Sie hastete den Weg entlang, durch den dichten Nadelwald, vorbei an den kahlen Laubbäumen, auf denen jetzt keine Krähen saßen. Die ersten Häuser der Innstadt kamen in Sicht. Sie durchquerte die engen Gassen, spürte, wie ihre Lungen brannten, doch sie konnte nicht zu laufen aufhören. Das Wasser des Inns war heute grau, Eisschollen trieben in der gurgelnden Strömung, in die sich kein Schiff getraute. Verwaist lag der Schaiblingsturm am anderen Ufer. Teresa durchschritt hastig das düstere Innbrucktor und rannte die Grabengasse hinauf. Der Teufel, er würde sie holen, sie und die Seele ihres Kindes, und nichts und niemand würde daran etwas ändern können. Sie hatte sich versündigt, genauso wie ihr Bruder sich versündigt hatte. Heiße Tränen liefen über ihre Wangen, als sie Thomas Stantlers Haus erreichte und den Innenhof betrat. Burgi stand im Eingang, als hätte sie auf sie gewartet. Teresa lief auf sie zu, und ohne ein Wort zu sagen, legte die Frau ihre Arme um das Mädchen und zog sie fest an sich.

»Ich konnte es nicht, ich konnte es nicht«, schluchzte Teresa laut. Beruhigend strich Burgi über Teresas Rücken und zog sie ins Haus. »Du bist ja ganz nass. Komm schnell ins Warme. Es ist gut, es ist ja vorbei. Ich weiß, es ist so verdammt schwer, loszulassen. Aber manchmal gibt es keinen anderen Weg.«

Teresa schaute hoch, direkt in Burgis Augen, und hörte auf zu schluchzen.

»Nein, ich werde nicht loslassen, es nicht gehen lassen. Diese verdammte Stadt mit all ihren Regeln liegt bald hinter mir. Ich werde es mitnehmen. Irgendwie wird es schon gehen.«

Burgi schaute sie erstaunt an, und plötzlich wurde es Teresa bewusst, was sie gerade gesagt hatte.

Kapitel 13

*L*etzte Schneereste am Ufer des Inns erinnerten an den nicht fernen Winter, der trotzdem schon Vergangenheit war. Die Tage waren länger geworden. Bald würden die Menschen in der Stadt endgültig aus ihrem Winterschlaf erwachen, und die liebgewonnene Aufbruchstimmung würde genauso zurückkehren wie die Theaterstücke am Dom, die er so sehr liebte. Christian schaute zu dem in der Dämmerung versinkenden Schaiblingsturm hinüber, der am anderen Ufer des Inns über die Händler und ihre Boote wachte. Wie sehr er diese Stadt tatsächlich liebte, wurde ihm erst jetzt bewusst, wo er sie verlassen würde, obwohl er dem Studium am Kolleg kaum noch nachging. Ein Freigeist wollte er sein und ohne Einschränkungen und Regeln leben, was im Jesuitenkolleg niemals möglich wäre. Er dachte an Teresa, an ihre braunen Augen, ihre Wärme und Nähe. Wie viele Weiber hatte er schon in sein Bett geholt, wie viele Huren geschwängert, er wusste es nicht. Sie waren in sein Leben getreten und wieder gegangen. Er hatte sie benutzt und weggeworfen, ohne etwas dabei zu empfinden. Doch bei Teresa war es anders. Zum ersten Mal im Leben bedeutete ihm ein Mensch etwas. Vom ersten Augenblick an hatte er sie geliebt. Schon damals, als sie verzweifelt auf der Brücke gestanden hatte. Sie hatte nichts von ihm gewollt, nichts eingefordert, was er ihr nicht freiwillig geben wollte. Wie ein Süchtiger suchte und brauchte er ihre Nähe, die er auch jetzt wieder unendlich vermisste. Auch er fühlte den Schmerz darüber, dass er sein Kind verlieren würde. Hatte er sich früher niemals Gedanken über Nachkommen gemacht, so sah er jetzt immer häufiger einen kleinen Jungen vor sich, der ihm die Hand reichte und ihm sein Vertrauen schenkte. Er schob den schmerzhaften Gedanken beiseite und tröstete sich mit der Zukunft. Bald schon würden sie die Mauern der Stadt hinter sich lassen und gemeinsam einem neuen Leben entgegensehen. Dann würde er Teresa für immer bei sich haben, jede Nacht bei ihr liegen, ihre Leidenschaft spüren.

»Da kommt jemand.« Michael riss ihn aus seinen Grübeleien. Christian schaute sich um. Michael hatte unweit von ihm Steine in den Fluss geworfen. Er war sein Freund, genauso gestrandet und hoffnungslos einer Frau verfallen, für die er alles tun würde. Taten sie das wirklich für Teresa und Magda? Sein Blick wanderte zum Jesuitenkolleg. Auch Michael war ein Gefangener hinter dicken Mauern. Vielleicht war es der Wille nach Freiheit gewesen, der sie von Anfang an zusammengeschmiedet hatte. Der Wunsch, allen Zwängen zu entfliehen, die einem die Luft zum Atmen raubten. Gewiss hätten sie irgendwann alle Brücken hinter sich abgerissen, das wusste er. Doch seltsamerweise erleichterten ihre Gefühle diese Entscheidung.

Michael trat neben ihn. Gemeinsam blickten sie Fredl entgegen wie eine auf Erlösung hoffende Einheit, kam es Christian plötzlich in den Sinn. Fredl blieb vor den beiden stehen. Eine Weile schaute er sie schweigend an, dann nickte er. Erleichtert seufzte Christian.

»Ich hab einen gefunden, der euch die Perlen abnimmt. Ihr kennt meinen Anteil und die Abmachung. Sollte etwas schiefgehen, wird mein Name rausgehalten.«

Christian nickte. »Wie besprochen.«

Fredl musterte Michael. »Dein Freund macht einen nervösen Eindruck.«

»Wie kommst du darauf?«, fragte Michael mit fester Stimme. Er kam sich ertappt vor. Unweit von ihnen hingen noch die Überreste der Männer am Galgen, die vor kurzem beim Perlenschmuggel erwischt worden waren. Einige Krähen stritten sich um die letzten Fleischreste an den abgefressenen Knochen.

Fredl folgte Michaels Blick, dann lachte er laut auf. »Das waren Johannes und Georg. Ich hab schon immer gesagt, dass sie mit ihrem Leichtsinn irgendwann am Galgen enden würden, und so war es auch. Einem Fredl passiert das nicht, mein Freund. Sind nicht die ersten Perlen, die ich unters Volk bringe, und werden auch nicht die letzten sein.« Er wandte sich an Christian. »Der Handel findet in drei Tagen statt, wenn die Dunkelheit vollständig hereingebrochen ist, drüben, am Ufer der Ilzstadt, gleich unterhalb vom Niederhaus. Sobald der Handel abgeschlossen ist, bringe ich euch mit meinen Männern ein Stück flussaufwärts. Von dort müsst ihr dann allein weiterkommen.«

Christian nickte, doch dann griff er nach Fredls Arm. »Und ich kann mich auf dich verlassen?«

Fredl schaute ihm beschwörend in die Augen. »Hast du eine andere Wahl?« Christian wich zurück. Der Schmuggler lachte laut auf. »Wird schon alles gutgehen, mein Freund. Seht nur zu, dass ihr die Weiber im Zaum haltet, den Rest erledige ich.«

Christian ließ Fredls Arm los. »Gut, dann also in drei Tagen.«

Fredl schaute zu Michael, der bestätigend nickte. Der alte Schmuggler verbeugte sich grinsend. »Zu Euren Diensten, meine Herrn«, dann verschwand er in der Dunkelheit.

»Und du denkst wirklich, dass wir ihm trauen können«, fragte Michael zweifelnd.

»Uns wird nichts anderes übrigbleiben«, erwiderte Christian. Die beiden Männer setzten sich in Bewegung und liefen wenig später über die Innbrücke. Sie bemerkten nicht den alten, hinter einem Mauervorsprung hervortretenden Mann, der nachdenklich hinter ihnen herschaute.

✳

Das Licht des Mondes fiel hell durch das winzige Dachfenster auf den Dielenboden. Teresa saß auf einer einfachen Strohmatratze und beobachtete angewidert eine dicke, an der gegenüberliegenden Wand hinaufkrabbelnde Spinne. Eine Erdspinne, fett und schwarz. Als Kind war sie kreischend vor ihnen geflohen, wenn sie in ihrem Zimmer an der Wand gesessen hatten. Rupert hatte sie immer ausgelacht. Einmal hatte er sogar eine eingefangen und war ihr damit nachgelaufen, bis die Mutter sie beide aufgehalten und bestraft hatte. In der alten Besenkammer waren sie eingeschlossen worden, gottlob ohne die Spinne, die die Mutter vor die Tür gesetzt hatte. Wie oft war sie damals wütend auf Rupert gewesen, denn sein Schabernack hatte ihnen mehr als einen Aufenthalt in der Besenkammer eingebracht.

Auch jetzt empfand Teresa Ekel, als sie das Tier beobachtete. Die Spinne krabbelte die Wand hinauf und verschwand in der Ritze eines Dachbalkens. Erleichtert atmete Teresa auf. Ihr Blick wanderte zur Tür, die Burgi hinter sich abgeschlossen hatte. In der Besenkammer war es dunkel und eng gewesen, und Rupert hatte oft widerlich nach Schweiß gestunken, aber immerhin war er da gewesen. Manchmal hatten sie sich Geschichten erzählt, um sich die Zeit zu verkürzen, bis die Mutter Erbarmen mit ihnen hatte und sie aus ihrem Gefängnis holte.

Sie legte ihre Hand auf den Bauch und sagte lächelnd: »Du hättest ihn gemocht, auch wenn er ab und an eine Nervensäge gewesen ist. Er konnte wunderbar erzählen. Jeden Winkel der

Berge hat er gekannt, und oft hat er mir Orte gezeigt, die wunderschön und einzigartig waren, schöner kann es in Gottes Paradies auch nicht sein. Nackt sind wir an heißen Tagen in Gebirgsseen geschwommen, sind Almwiesen hinuntergekugelt, haben im Schnee getollt. Sicher würde er dich in die Höhe werfen und lachend wieder auffangen, dich in den Schlaf wiegen und unter der Decke warm halten, so wie wir uns als Kinder gegenseitig gewärmt haben.« Tränen traten ihr in die Augen. »Er hätte gewiss nicht gewollt, dass ich dich töte. Geliebt hätte er dich, genauso wie ich es tue. Wir waren eine Familie.« Ihre Stimme stockte. »Doch jetzt sind nur noch wir beide übrig. Und ich werde dich gegen alle Widerstände beschützen. Soll Burgi mich ruhig hier oben einschließen. Wenn es sein muss, für den Rest meines Lebens. Ich werde dich nicht aufgeben, nicht loslassen, denn du bist ein Teil von mir. Es tut mir leid, dass ich das erst jetzt erkannt habe. Du wirst mir doch vergeben, oder? Ich war nicht ich selbst, als ich zu dieser Frau gegangen bin.«

Als ob ihr das Kind antworten würde, spürte sie plötzlich ein sanftes Kribbeln im Bauch. Es fühlte sich an, als würde ein Falter ihre Haut berühren, wie ein Flügelschlag so zart. Ein unglaubliches Glücksgefühl breitete sich in ihr aus.

»Und so allein sind wir beide gar nicht auf der Welt. Auch deinen Vater werden wir noch davon überzeugen, dass es besser ist, dich mitzunehmen. Er wird dich lieben, dessen bin ich mir sicher, denn er ist der beste, sanftmütigste und liebste Mensch auf der Welt. Und ich werde dir Ruperts Geschichten erzählen. Von den Bergfeen und Wichteln, den Gnomen und steinernen Riesen. Und vielleicht kommen wir eines Tages zurück nach Berchtesgaden, in die Heimat. Dann zeige ich dir all die verwunschenen Täler, die plätschernden Gebirgsbäche und hohen Gipfel, wo man glaubt, dem Himmel ein Stück näher zu sein.«

Ein Schlüssel wurde ins Schloss gesteckt. Hastig schlüpfte Magda in den Raum und schloss die Tür hinter sich.

»War gar nicht so einfach, den Schlüssel zu stibitzen«, sagte sie, ohne Teresa zu begrüßen. »Ich dachte schon, sie würde nie zu Bett gehen. Alte Leute brauchen einfach weniger Schlaf. Unsere alte Küchenmagd Anni ist früher auch immer ewig durchs Haus gegeistert und war die Erste, die morgens in der Küche anzutreffen war, um welche Uhrzeit auch immer.«

Sie setzte sich neben Teresa auf die Strohmatratze und schaute sich um. Ihr Blick blieb an der gegenüberliegenden Wand hängen, wo die Erdspinne saß.

»Ekelhafte Viecher, aber angeblich sind die Wände trocken, dort, wo sie sich aufhalten.«

»Was bestimmt hilfreich ist«, bestätigte Teresa grinsend. »Immerhin besser, als in einem kalten Kellerloch zu sitzen. So wie Burgi geschimpft hat, hätte ich ihr zugetraut, dich auch dort einzuschließen.«

»Sie ist richtig wütend, oder?«, fragte Teresa.

»Am Anfang war sie das schon. Sie hat mich an den Haaren in die Küche geschleift und wollte genau wissen, was passiert ist.« Magda warf Teresa einen kurzen Seitenblick zu. »Warum, in Herrgotts Namen, bist du fortgelaufen?«

Teresa suchte nach Worten, doch sie fand keine Erklärung. Ihr Schweigen war Magda Antwort genug. Ihr Blick wanderte zu Teresas Bauch.

»Ich habe dir gesagt, du sollst es nicht lieben.«

»Das wollte ich ja auch nicht«, verteidigte sich Teresa. »Aber es ist einfach so passiert. Es ist doch ein Teil von mir, die einzige Familie, die ich noch habe.«

Magdas Blick veränderte sich. Teresa griff nach ihrer Hand. »Du hast es doch auch geliebt, sonst hättest du nicht darum geweint.«

Magda riss sich los und verschränkte die Arme vor der Brust. »Vor Schmerz habe ich geweint, nicht, weil ich es liebte.«

»Das redest du dir nur ein, damit es dir bessergeht«, erwiderte Teresa. »So herzlos bist du nicht.«

»Woher willst du wissen, wie ich bin?« Magdas Stimme wurde lauter. »Es hätte mich ins Unglück gestürzt. Wenn ich es behalten hätte, wäre die Schande über mich hereingebrochen. Alle Welt hätte mit dem Finger auf mich gezeigt, hätte mich verhöhnt und ausgegrenzt. Und Michael, der gute Michael, der Student am Jesuitenkolleg, den ich damals kaum kannte – wie hätte er reagiert?«

»Er will dich heiraten, mit dir Passau verlassen, sein Leben deinetwegen aufgeben. Sicher hätte er es geliebt.«

»Das glaubst du doch selbst nicht. Ein Kind hätte alles zerstört, jedenfalls damals, wo unsere Liebe noch am Anfang stand. Er hätte es auch loswerden wollen, so wie Christian eures jetzt loswerden will. Er will es auch nicht haben, will, dass du es wegmachen lässt, obwohl er dich liebt. Ein Kind ist ein endgültiges Band, etwas, das zwei Menschen für immer miteinander verbindet, auch wenn die Männer uns trotzdem verlassen können.«

»Aber ich will es«, erwiderte Teresa trotzig. »Ich liebe es, denn es ist ein Teil von mir und Christian. Bald werden wir Passau hinter uns gelassen haben, und dann können wir heiraten und eine Familie sein.«

»Wenn wir Passau wirklich bald verlassen können.« Magdas Stimme klang skeptisch.

»Aber es ist doch alles geregelt. Christian hat es mir gesagt.«

»Alles geregelt. Du sitzt hier in dieser Dachkammer, eingesperrt von einer wütenden alten Köchin, die wie eine Schlange überall lauert und um mich herumschleicht. Ausgefragt hat sie mich, ob ich etwas wüsste. Wer der Vater des Kindes ist, weiß sie schon längst, von wem auch immer. Gedroht hat sie mir, dass sie mich auf die Straße setzen und anzeigen würde wegen allgemeiner Unzucht, wenn ich nicht rede. Ich werde sie nicht mehr lange hinhalten können. Wenn sie erst einmal zum Büttel geht, dann Gnade uns Gott.«

»Das wird sie nicht tun. Sie mag eigen und manchmal aufbrausend sein – vielleicht auch ein Tratschweib –, aber niemals würde sie uns etwas Böses wollen. Sicher überlegt sie bereits, wie sie uns helfen kann. Sie weiß schon die ganze Zeit davon, dass ich guter Hoffnung bin, und sie hat es auch bei dir gewusst, doch sie hat geschwiegen. Bestimmt wird sie sich auch jetzt wieder beruhigen.«

»Da wär ich mir nicht so sicher. Am Ende sperrt sie dich, bis das Kind zur Welt kommt, hier ein, damit auch ja niemand die Schande sieht.«

»Das kann sie nicht machen«, erwiderte Teresa.

»Du wirst dich noch wundern, was sie alles machen kann. Es gibt Gerüchte, die ich bisher nicht geglaubt habe. Aber langsam glaube ich, sie ist zu allem fähig.«

»Gerüchte?«

Magda winkte ab. »So eine alte Geschichte. Burgis Vorgängerin ist auf sonderbare Art verschwunden, von einem Tag auf den anderen. Burgi war damals erst kurze Zeit hier. Die beiden Frauen müssen sich nicht sonderlich gut verstanden haben, wie man hört.«

»Du denkst doch nicht etwa …«

»Was ich denke ist nicht wichtig. Aber in jedem Gerücht steckt ein wahrer Kern, auch wenn er, wie ich hoffe, bei diesem Gerücht sehr klein ist.«

»Winzig klein, hoffentlich.« Teresa schauderte bei dem Gedanken daran, dass unter ihnen eine Mörderin schlief.

»Und was machen wir jetzt?«

»Christian meinte, dass es laut Fredl übermorgen losgehen soll.«

»Fredl?«, fragte Teresa.

»Ein Schmuggler« erklärte Magda. »Bei ihm können wir die Perlen gegen bare Münze eintauschen. Sobald das geschehen ist, besteigen wir ein Schiff, das uns die Donau hinauf bringen wird, von dort aus soll es nach Nürnberg weitergehen.«

Teresa horchte auf. »Nach Nürnberg? Aber dort wohnt ja mein Oheim.«

»Genau deswegen. Auch Michael hat dort Verwandtschaft. Sicher werden wir bei ihnen erst einmal Unterschlupf finden.«

»Und ich? Wie soll ich, unbemerkt von Burgi, hier herauskommen? Du kennst sie doch. Sie hat Ohren wie ein Luchs.«

»Das lass meine Sorge sein«, erwiderte Magda grinsend. »Ich habe schon eine Idee.« Ihr Blick wanderte zu Teresas Bauch, und plötzlich umspielte ein Lächeln ihre Lippen. »Und das Kleine wird auch mitkommen, zum Wegmachen ist es jetzt zu spät.«

Teresa atmete tief durch. Magda stand auf.

»Wenn Burgi morgen kommt, dann tu einfach so, als wäre nichts geschehen. Ich muss noch einige Vorbereitungen treffen, die für die Reise wichtig sind.«

»Und du denkst wirklich, dass du Burgi überlisten kannst?«
»Ich habe sie doch jetzt auch überlistet.« Triumphierend hielt Magda den Schlüssel in die Höhe.

»Dann nimm mich jetzt mit.« Teresa stand auf. »Ich könnte mich irgendwo verstecken, so lange dauert es ja nicht mehr.«

»Damit sie uns doch noch den Büttel auf den Hals hetzt? Nein, es ist besser, wenn du hier wartest. Bis sie am nächsten Morgen bemerkt, dass du fort bist, sind wir schon über alle Berge, das ist sicherer.« Teresa verstand.

»Es wird bestimmt alles gut werden«, sagte Magda. »Bald sind wir frei und können tun und lassen, was wir wollen.«

Ihr Blick wanderte zu Teresas Bauch. »Und dann darfst du dein Kind auch vor aller Augen lieben.«

✳

Josef stand schon eine ganze Weile vor dem Jesuitenkolleg und starrte auf die klobige Eingangstür. Zweifel plagten ihn, seit er das Gespräch der Männer am Flussufer belauscht hatte. Perlen schmuggeln, was für ein Unsinn. In ihr Unglück würden die jungen Leute laufen, das hatte er im Gefühl. Erst vor ein paar Tagen waren zwei Männer aufgeknüpft worden, die der Büttel auf frischer Tat ertappt hatte. Er musste die beiden Studenten zur Vernunft bringen und ihnen klarmachen, in was für eine Gefahr sie sich und die beiden jungen Frauen brachten. Doch jetzt war er sich plötzlich unsicher. Wenn er doch nur wüsste, wo dieser Student seine Bleibe hatte. Vermutlich lebte er, wie die meisten von ihnen, irgendwo zur Untermiete.

Die Fassade des erst vor wenigen Jahren von einem Elsässer Jesuitenpater erbauten Kollegs war kunstvoll mit Ornamenten verziert worden. Der kantige Bau wirkte schlicht und doch elegant. Josef hatte ihn, wie die meisten Bürger Passaus, noch nie betreten. Die Studenten gehörten zum Stadtbild, und doch waren sie ein eigenes Volk. Aber er musste es versuchen, musste irgendwie an den Burschen herankommen und ihm diesen Irrsinn ausreden, das war er Teresa schuldig.

Die Tür öffnete sich, und eine ältere Magd mit einem Holzeimer in der Hand trat auf die Gasse. Entschlossen ging er auf sie zu.

»Grüß Gott, Gnädigste«, grüßte er freundlich.

Verdutzt schaute sie ihn an.

»Was willst?«, schnauzte sie ihn ohne Gruß an.

Josef zuckte zurück. So schnell würde er sich allerdings nicht einschüchtern lassen. »Zu einem der Studenten muss ich.«

Höhnisch antwortete die Alte: »Und du denkst, mit dir dahergelaufenem Knecht werden die feinen Herren reden?«

»Einen Versuch ist es wert.«

Die Alte beäugte ihn näher. Josef schätzte sie auf etwa sechzig Jahre; ihr Haar war ergraut, tiefe Falten hatten sich in ihr hageres Gesicht gegraben.

»Wennst meinst.« Sie griff wieder nach ihrem Eimer. »Um die Zeit sind die meisten oben in der Bibliothek.« Sie wies zur rechten Seite des Gebäudes hinüber. »Aber mach dir keine zu großen Hoffnungen. Hinausscheuchen werden sie dich, wirst schon sehen.« Ohne einen Gruß ließ sie ihn stehen.

Josef beobachtete sie dabei, wie sie die Gasse hinunterlief und um die nächste Ecke bog. Erneut wanderte sein Blick zum Eingangstor, dann straffte er die Schultern, trat darauf zu und öffnete die Tür. Wenn sie ihn rauswerfen würden, dann sollte es eben so sein. Wenigstens hatte er es versucht.

Er ging einen weiß getünchten, leeren Flur hinunter, in dem seine Schritte unheimlich widerhallten. Als er einen rechteckigen Innenhof erreichte, blieb er unsicher stehen. So viele Fenster, so viele verschiedene Stockwerke. Bereits von der Gasse aus war ihm der Bau groß vorgekommen, doch hier drinnen erschienen seine Ausmaße gewaltig. Wo, um alles in der Welt, sollte er hier die Bücherei finden, von der die Frau gesprochen hatte.

Eine Hand legte sich von hinten auf seine Schulter. Erschrocken wandte er sich um und schaute einem hageren Geistlichen mit Spitzbart und Nickelbrille ins Gesicht.

»Was führt Euch in unser Kolleg, mein Freund?«, erkundigte sich der Mann freundlich.

Josef entspannte sich ein wenig und antwortete: »Einen Studenten mit Namen Christian such ich. Seine Vermieterin schickt mich. Ist was wegen dem Zimmer.«

Die Lüge war ihm leicht über die Lippen gekommen, was ihn verwunderte. In Gedanken entschuldigte er sich sogleich dafür beim Herrgott.

Nachdenklich griff sich der Mann ans Kinn. »Christian, da haben wir mehrere. Vielleicht habt Ihr in der Bibliothek Glück, dort halten sich die meisten von ihnen zu dieser Stunde auf.« Er deutete zu einer unscheinbaren Tür am anderen Ende des Innenhofs. »Durch die Tür, rechter Hand liegt eine Treppe. Im dritten Stock, einfach den Gang entlang. Ihr könnt es nicht verfehlen.«

»Habt Dank für die Auskunft, Herr Pfarrer«, bedankte sich Josef, obwohl er sich unsicher darüber war, tatsächlich einem Pfarrer gegenüberzustehen. Das Schmunzeln des Mannes bestätigte seine Vermutung. Der falsche Geistliche verabschiedete sich ohne ein Wort der Erklärung.

Josef schaute nachdenklich hinter ihm her und murmelte: »Aber gesagt hast du auch nicht, was du bist, falscher Pfaffe.«

Er öffnete die Tür zum Innenhof und überquerte ihn. Kurz darauf erklomm er die Stufen der beschriebenen Treppe in den dritten Stock. Als er oben angekommen war, hielt er sich keuchend am Geländer fest. Treppensteigen war einfach nichts mehr für einen alten Mann wie ihn. Er wandte sich um und blickte einen kurzen Gang hinunter, an dessen Ende er eine breite, mit wunderschönen Schnitzarbeiten verzierte Tür sah. »Das ist es wohl«, sagte Josef zu sich selbst, strich sich über seine Weste und ging langsam auf die Tür zu. Als er sie erreichte, öffnete sie sich wie von Zauberhand. Zwei junge Studenten, noch reichlich grün hinter den Ohren, schauten ihn überrascht an. Doch anstatt ihn vorbeizulassen, versperrten sie ihm den Weg.

»Was will denn dieser seltsame Kauz hier«, sagte der eine Bursche, der flammend rotes Haar und viele Sommersprossen im Gesicht hatte.

»Den hab ich hier noch nie gesehen«, antwortete der andere Junge, den der Herrgott mit einer engelsgleich goldenen Lockenpracht gesegnet hatte.

»Sollen wir den Aufseher holen?« Der blonde Junge musterte Josef abschätzend.

Sprachlos starrte Josef die beiden an.

»Ich weiß nicht. Er sieht harmlos aus«, mutmaßte der rothaarige Junge.

»Vielleicht sollten wir ihn fragen, was er will«, meinte der blonde Junge. »Muss ja einen Grund dafür geben, warum er hier mit offenem Mund rumsteht.«

Jetzt wurde es Josef zu bunt. Die jungen Burschen mochten Jesuitenstudenten aus reichem Hause sein, aber diese Unhöflichkeit musste er sich nicht gefallen lassen.

»Ich habe sehr wohl einen Grund für mein Kommen«, antwortete er streng. Der blonde Junge zuckte zusammen. »Wo habt ihr Bengel eure Manieren gelassen. Anstand scheint hier nicht auf dem Lehrplan zu stehen.«

Der rothaarige Bursche schaute zu seinem Kumpan, der nickte.

»Wir sollten doch den Aufseher holen.«

»Der ist schon da«, ertönte hinter Josef eine Stimme, die er bereits kannte. Er drehte sich um und blickte in das spitzbärtige Gesicht des falschen Pfarrers. »Macht euch fort, ihr freche Bande, bevor ich mich vergesse. Gehen wir etwa so mit Gästen unseres Hauses um? Ich werde euch Beine machen.« Die beiden Jungen zogen die Köpfe ein und trollten sich eilig ins Treppenhaus. Josef seufzte erleichtert.

Der falsche Pfarrer trat neben ihn. »Ich habe vorhin vergessen, mich vorzustellen. Mein Name ist Berthold Simmermaier, Lehrer für Latein und Aufseher der Unterstufe.« Er streckte Josef die Hand hin, die der alte Klingenschmied zögernd ergriff. Auch er nannte seinen Namen und seine Tätigkeit. Bewunderung zeichnete sich auf dem Gesicht des Lehrers ab.

»Ein Klingenschmied also. Wunderschönes Handwerk, und die Wolfsklingen sind einzigartige Meisterwerke. Mein Vater besitzt eines von ihnen als Prunkschwert und hält es in allen Ehren.« Er legte Josef vertrauensvoll die Hand auf die Schulter, führte ihn zum Eingang der Bibliothek und schob die Tür auf. Ein weitläufiger, sich über zwei Stockwerke erstreckender Raum öffnete sich vor ihnen. Auf Hochglanz polierte Holztreppen führten in die oberen Bereiche der Bibliothek, es gab steinerne Rundbögen, kleine und große Holztische und Bücherregale in allen Formen und Größen. Bücherregale, wie sie Josef nie zuvor gesehen hatte, voll von in Leder gebundenen Folianten, reich verzierten Büchern, Heften und Schriftrollen, so weit das Auge reichte. Über all dieser Pracht wölbte sich eine steinerne, mit Stuck und Gemälden verzierte Decke.

»Ist schon ein beeindruckender Raum unsere Bibliothek, nicht wahr?«, fragte Berthold Simmermaier. Josef nickte wortlos. »Ich halte ihn für den Lebensmittelpunkt unseres Kollegs. Angereichert mit dem Wissen der letzten Jahrhunderte, können unsere Stundeten hier fürs Leben lernen.«

Plötzlich kam sich Josef klein und dumm vor. Er konnte kaum lesen, Latein verstand er nicht. Er war ein Mann der Tat, nicht der Bücher.

An den Tischen saßen die Studenten, die meisten in ihre Studien vertieft, aufgeschlagene Bücher vor sich, einige eine Schreibfeder in der Hand.

»Einen Christian, sagtet Ihr, würdet Ihr suchen?«, vergewisserte sich der Lateinlehrer.

Josef nickte. »Ja, einen Christian. Mittelgroß, blondes Haar.«

»Das schränkt die Suche bedeutend ein«, erwiderte der Lehrer und deutete lächelnd in das obere Stockwerk der Bibliothek. »Ihr könnt nur Christian Elsenreiter meinen. Soweit ich weiß, ist er seit den Morgenstunden in die Studien der Philosophie vertieft. Im hinteren Bereich am Fenster werdet Ihr in finden.« Der Lateinlehrer verabschiedete sich.

Josef wollte sich noch bei ihm bedanken, doch da war der Mann schon verschwunden.

Sein Blick wanderte zu der in den oberen Bereich führenden Holztreppe. Erneut verspürte er Unsicherheit. Was sollte er zu ihm sagen? Wie sollte er ihn hier in diesen ehrwürdigen Gemächern zur Vernunft bringen, in denen niemand die Stimme erheben durfte. Alles um ihn herum flüsterte oder tuschelte nur. Doch wenn er Teresa wirklich beschützen wollte, dann musste er diese Stufen nach oben gehen und mit dem Burschen reden. Jetzt war er schon so weit gekommen, umzukehren wäre mehr als feige. Er ging zur Treppe, legte die Hand auf das blank polierte Geländer, setzte den Fuß auf die unterste Stufe, gab sich einen Ruck und lief nach oben.

Er brauchte nicht lange, um Christian an einem der Tische zu entdecken. Doch er war nicht allein, wie Josef sich erhofft hatte. Ein dunkelhaariger Bursche saß ihm gegenüber. Vermutlich derjenige, mit dem er die Flucht plante, mutmaßte Josef. Trotzdem gab es jetzt kein Zurück mehr. Und vielleicht war es sogar besser, mit beiden zu sprechen. Er trat an den Tisch heran und machte durch ein Räuspern auf sich aufmerksam. Die beiden schauten hoch.

»Grüß Gott, die Herrn«, grüßte Josef mit zittriger Stimme, wofür er sich verfluchte.

Christian zog eine Augenbraue hoch. »Ich kenne dich. Bist du nicht der Knecht des Klingenschmieds Thomas Stantler.«

Durch seine vertraute Anrede stellte er sofort klar, was er von Josef hielt.

Auch Josef konnte auf Höflichkeitsfloskeln verzichten. »Der bin ich. Teresa arbeitet bei mir in der Werkstatt.«

»Ich weiß«, bestätigte Christian. »Teresa hat mir von dir erzählt. Sie hat dich recht gern. Aber sag: Was führt dich ins Kolleg und zu mir?«

Josefs Blick wanderte zu dem anderen Studenten, der sich bisher nicht am Gespräch beteiligt hatte. Michael schaute ihn abwartend an.

»Ich war neulich am Inn, in den Abendstunden«, begann Josef zögernd. Christians Miene veränderte sich. »Es ist so verdammt dumm, was ihr zwei plant«, platzte Josef heraus. Verdutzt schaute Christian ihn an.

»Was planen wir?«, mischte sich der dunkelhaarige Student ein.

»Na, die Perlen. Ihr glaubt doch nicht, dass ihr damit durchkommt. Unnötig in Gefahr bringt ihr euch selbst und die Mädchen. Teresa ist verliebt, sie wird alles für dich tun«, wandte er sich an Christian. »Doch Gefühle schalten gern mal den Verstand aus, wenn du verstehst, was ich meine.« Christian schaute von Josef zu Michael, dem alle Farbe aus dem Gesicht gewichen war.

»Wenn du so gut über alles Bescheid weißt, alter Mann, dann weißt du sicher auch, dass Teresa ein Kind von mir erwartet.« Josef riss erschrocken die Augen auf. »Ach, das hat sie dir verschwiegen.« Christian grinste. »Kommt zu uns und spielt sich wie ein Vater auf, der er doch nicht ist. Teresa ist alt genug und kann sehr gut selbst entscheiden, was sie möchte. Wir werden diesen Weg gehen und in einer anderen Stadt gemeinsam ein neues Leben beginnen, ob es dir nun gefällt oder nicht.«

»Als Perlenschmuggler und Diebe«, höhnte Josef, der sich dessen bewusst war, dass ihm die Argumente ausgingen.

»Du wirst uns gewiss nicht bei der Obrigkeit anzeigen«, fuhr Christian fort, ohne auf seine Bemerkung einzugehen. »Denn Teresa steckt in der Sache mit drin. Solltest du es doch tun, dann könnte es sein, dass ich meinen Mund nicht halten kann.«

»Das wagst du nicht.«

Christian zuckte mit den Schultern. »Entweder es gehen alle oder keiner. Nicht wahr, Michael?« Er schaute seinen Freund beschwörend an, der zögernd nickte.

»Alle oder keiner«, wiederholte Michael Christians Worte.

»Also überleg dir genau, was du unternimmst, alter Mann«, wandte sich Christian wieder an Josef.

In was war Teresa nur hineingeraten, schoss es Josef durch den Kopf. Er musste mit ihr reden, sie irgendwie zur Vernunft bringen. Doch er ahnte, dass auch das nichts nützen würde. Sie würde mit offenen Augen in ihr Unglück rennen, und er würde nichts daran ändern können. Plötzlich legte Christian ihm die Hand auf den Arm, schaute ihn eindringlich an und sagte, ohne Hohn in der Stimme: »Ist besser, wenn du jetzt gehst, alter Mann, zurück in deine Werkstatt, Klingen schmieden wie all die Jahre zuvor.«

Josef schaute ihn verwundert an. Christians Blick hatte sich verändert. »Es wird schon alles gut werden. Vertrau uns doch ein bisschen und lass sie gehen, auch wenn es dir schwerfällt.« Auch Michaels Blick zeigte jetzt Verwunderung.

»Teresa wird an meiner Seite glücklich sein. Das verspreche ich dir.«

Christians Worte klangen schmeichelnd, doch Josef wusste, was er davon zu halten hatte. Er trat vom Tisch zurück und deutete ein Nicken an. Ohne ein Wort des Abschieds drehte er sich um und eilte zurück zur Holztreppe, lief die Stufen hinunter, durchquerte den weitläufigen Raum und stürzte zur Tür hinaus.

Christian hatte verstanden, um was es Josef eigentlich ging. Er wollte Teresa nicht verlieren, denn er liebte sie mehr als sich selbst.

✳

Josef betrat mit ernster Miene die Küche und sagte zu Burgi: »Ich muss mit dir sprechen, wegen Magda und Teresa. Die beiden sind dabei, eine riesengroße Dummheit zu machen«

»Das weiß ich schon längst«, erwiderte Burgi.

»Du weißt aber nicht alles. Sie wollen geschmuggelte Perlen verkaufen und die Stadt verlassen, auf einen stadtbekannten Schmuggler haben sie sich eingelassen.«

Ungläubig schaute Burgi Josef an. »Woher weißt du davon?«

»Ich hab es zufällig mitbekommen, als ich auf dem Rückweg von der Schenke war.«

»Und da haben dir nicht Wein und Schnaps die Sinne vernebelt?«, fragte sie. Er schaute sie eindringlich an, und sie hob abwehrend die Hände. »Schon gut, schon gut. Meine Güte. Ich habe ja gewusst, dass es schlimm ist, aber so schlimm.«

Josef setzte sich. »Die beiden können doch nicht wirklich glauben, dass sie damit durchkommen. Auf Perlenschmuggel steht der Galgen. Ich will mir gar nicht ausmalen, was passiert, wenn der Herr davon erfährt.«

Burgi setzte sich zu Josef. »Nur gut, dass ich sie eingeschlossen habe, dann kommt sie wenigstens nicht auf dumme Gedanken.«

»Du hast sie also wirklich weggeschlossen?«

»Natürlich. Was sollte ich denn sonst machen? Bald wird sie den Bauch nicht mehr verstecken können. Immerhin kann sie dort oben keinen Unsinn machen. Perlenschmuggel, ich kann es nicht fassen.«

»Sie ist also wirklich guter Hoffnung.« Josef seufzte. »Meine Güte, wenn der Herr das bemerkt.«

»Der Herr merkt doch schon lange nichts mehr.« Burgi winkte ab. »Besonders in den letzten Wochen habe ich das Gefühl, als lebe er nur noch in seiner eigenen Welt, die wir alle nicht verstehen. Sogar das Essen verweigert er wieder. Wenn das so weitergeht, wird er bald mit der toten Herrin vereint sein, das sage ich dir.«

»Rede nicht so. Das darf und wird nicht passieren. Ohne den Herrn sind wir heimatlos. Niemand wird die Werkstatt weiterführen, und sein ganzer Besitz wird an die Stadt fallen.«

»Wenn er nur nicht so verdammt stur wäre.« Burgi schenkte Josef einen Becher Würzwein ein. »Schon längst hätte er wieder heiraten können. Er ist nicht der Erste, dem die Frau wegstirbt. Doch ein Erbe scheint ihm genauso unwichtig wie sein Lebenswerk zu sein.«

Josef nahm einen kräftigen Schluck Wein und stellte den Becher auf den Tisch.

»Als er Teresa aufgenommen hat, dachte ich, es würde besser werden. Er hat etwas in dem Mädchen gesehen, und zum ersten Mal seit langem haben seine Augen wieder geleuchtet. Ich dachte, jetzt würde es endlich aufwärtsgehen, aber ich habe mich geirrt. Wie sehr wünsche ich mir den Mann zurück, der voller Tatendrang seinem Tagwerk nachgegangen ist und die besten Wolfsklingen des Reichs gefertigt hat.«

Burgi schenkte sich ebenfalls von dem Wein ein. »Das Mädchen hat auch mir Mut gemacht. Teresa ist etwas Besonderes. Ein wenig erinnert sie mich an mich selbst.«

»Ja, sie hat denselben Sturschädel wie du.«

Burgi gab Josef einen Klaps auf die Schulter. »Rede du nur. Um in dieser Welt zu überleben, braucht es manchmal ein wenig Starrsinn.«

»Nein, starrsinnig ist sie nicht, vielleicht manchmal aufbrausend und eigenwillig, was ich aber gut verstehen kann. Sie ist so unsagbar talentiert. Oft schon habe ich sie beim Schnitzen beobachtet. Sie wirkt so versunken, als wäre sie in einer anderen Welt, in der es nur sie und ihre Schnitzarbeit gibt. Sie hat mir von ihrem Vater erzählt, der ihr das Schnitzen beigebracht hat. Ihren Worten nach schienen die beiden eine Einheit gewesen zu sein, wie es sie nur selten gibt. Zwei Menschen, die ein wunderbares Talent verbindet.«

»Ja, die Talente.« Burgi trank ihren Becher in einem Zug leer, stand auf und stellte ihn in den Spülstein. »Zum Kindermachen hat sie auch Talent.« Sie drehte sich zu Josef um. »Sag mir, warum lassen wir sie immer wieder gewähren? Wir haben es doch gesehen und die Gefahr erkannt.«

Josef erwiderte Burgis Blick. »Vielleicht, weil wir selbst das Gefühl, ein Teil von etwas Größerem zu sein, vermissen. Oftmals fehlt mir die Nähe eines geliebten Menschen so sehr, dass es schmerzt. In den Armen des anderen einschlafen, sich gegenseitig in einer kalten Winternacht wärmen, davon träumen wir doch alle. Wir kennen die Gefahren, das Recht der Stadt. Doch der Kummer, den wir selbst in uns tragen, hindert uns daran, sie aufzuhalten. Und glaube mir, wenn wir in ihrem Alter wären, wir würden genauso handeln. Wir schauen ihnen zu, lächeln in uns hinein und wünschten uns, die Zeit zurückdrehen zu können.«

Burgi schaute Josef eine Weile schweigend an, bis er aufstand.

»Ich geh hoch und rede mit ihr.«

»Versuch es«, erwiderte Burgi. »Vielleicht bringst du sie ja endlich zur Vernunft.«

＊

Teresa schlief, als Josef die Dachkammer betrat. Sie hatte sich fest in ihre Decke gewickelt und den Kopf auf ihren Arm gelegt. Er trat näher, ging vor ihr in die Hocke und musterte traurig ihr Gesicht. Wie hübsch Teresa war – ihre ebenmäßigen Züge, ihre sanft geschwungenen Augenbrauen, das vorwitzige Stupsnäschen, das so gut zu ihrem Charakter passte. Wie oft hatte er sie beim Schnitzen beobachtet. Dann sah sie anders aus, ihre Züge waren angespannt, ihre Stirn war gerunzelt. Jetzt, im Schlaf, erschien sie ihm wie eine von einem Künstler geschaffene Statue. Der Vergleich gefiel ihm, war sie doch auch eine Künstlerin. Er holte einen Beutel hervor, in dem ihr Schnitzmesser und einige halb fertige Arbeiten und Holz steckten. Sicher würde sie sich darüber freuen, eine Beschäftigung zu haben.

Teresa öffnete die Augen. Seltsamerweise zuckte sie nicht vor ihm zurück, sondern lächelte. »Josef, was tust du denn hier?«

»Ich dachte, du könntest etwas Ablenkung gebrauchen.«

Er zwinkerte ihr zu und öffnete den Beutel. Ihre Augen begannen zu strahlen. Sie setzte sich auf, griff nach dem Beutel und öffnete ihn. »Das ist gut, dann ist mir nicht so langweilig. Außer Spinnen gibt es hier oben nicht viel.«

»Weil du Spinnen ja so gern magst.« Er setzte sich neben sie. Eine Weile sagte keiner etwas. Plötzlich kam sich Teresa wie eine Verräterin vor. Josef hatte ihr vertraut, hatte ihr zugehört und sie gewähren lassen. Er hatte ihr geholfen, als Leopold sie angegriffen hatte. Sie erinnerte sich schaudernd an die Nacht, als sie ihn im Inn versenkt hatten. Bald würde sie Josef verlassen. Der Verlust schmerzte plötzlich, und vorsichtig berührte sie seine Hand.

»Es tut mir leid.«

»Ach, Mädchen.« Er atmete tief durch. »Wenn ich an deiner Stelle wäre, hätte ich wahrscheinlich genauso gehandelt. Die Liebe macht seltsame Dinge mit uns und schaltet den Verstand ab. Vernunft ist so eine Sache, wenn man glaubt, vor Glück zu zerspringen. Ich weiß ja, dass du den Burschen liebst, aber denkst du wirklich, dass er der Richtige ist? Was weißt du wirklich über ihn? Überlege genau, ob es nicht doch ein Fremder ist, der dein Herz gestohlen hat.«

Teresa schaute Josef verwundert an. Mit so einem Vortrag hatte sie nicht gerechnet.

»Ich trage sein Kind unter dem Herzen. Wenn er in meiner Nähe ist, dann ist alles gut. Er ist mein Schutzengel, mein Seelenverwandter, der mich immer dann auffängt, wenn ich am Abgrund stehe. Ich weiß sehr wohl, wer er ist, wen ich liebe. Wir werden eine Zukunft haben, irgendwo, wo uns niemand verbietet, uns zu lieben, wo es keine Schande sein wird, das Kind zur Welt zu bringen, das unter meinem Herzen liegt.«

»Ich meine ja nur ...«

»Was meinst du?« Teresa ließ ihn nicht ausreden. »Dass ich so wie du oder Burgi enden soll? Ihr lebt euer einsames Leben, versteckt euren Kummer, und doch kann jeder sehen, wie unglücklich ihr seid. So will ich nicht enden. Diese Stadt ist mir noch nicht Heimat genug dafür, dass ich meine Freiheit aufgebe. Niemand nennt mich eine Hure für das, was ich getan habe, denn ich liebe doch nur.«

»Aber es ist gefährlich, Teresa. Perlenschmuggel wird mit dem Tod bestraft. Was ist, wenn sie euch erwischen oder ihr betrogen werdet.«

»Woher weißt du davon?«, fragte Teresa überrascht.

Josef kam sich ertappt vor. »Ich weiß es eben«, erwiderte er knapp. Er fasste Teresa bei den Schultern, drehte sie zu sich und schaute ihr beschwörend in die Augen. »Du darfst dich darauf nicht einlassen. Ich bin mir sicher, dass alles in einem großen Unglück enden wird. Auch wenn ich ein alter Mann bin, der viele Fehler im Leben gemacht hat, so glaube mir, wenn ich dir sage, dass du ihm nicht trauen kannst, auch wenn dein Herz eine andere Sprache spricht.«

Teresa riss sich los. »Du willst es nicht verstehen. Er ist alles, was mir noch geblieben ist, ohne ihn kann ich nicht sein.«

Tränen traten ihr in die Augen. »Niemals wieder will ich jemanden verlieren, den ich so sehr liebe. Ich kann es nicht ertragen – einfach nicht ertragen.« Teresas Stimme war leiser geworden. Eine Träne kullerte über ihre Wange, und sie senkte den Blick.

Josef wusste, dass alles Zureden nichts helfen würde, denn er sah den Kummer, den er schon so oft gesehen hatte. Nichts und niemand würde Teresa von ihrem Plan abbringen.

※

Magda legte die Arme um Michaels Nacken und hauchte ihm einen Kuss auf die Wange. »Ich wünschte, wir wären schon in Nürnberg, verheiratet, und ich würde dein Kind unter dem Herzen tragen.«

Sie ließ ihn los, um sich anzukleiden. Auch er griff nach seiner Hose. Seine Hände zitterten, als er die Schnürung schloss.

»Du hast auch Angst«, sagte sie.

Er drehte sich zu ihr um, sein Lächeln wirkte gezwungen.

»Es wird schon alles gutgehen. Den morgigen Sonnenaufgang werden wir vom Deck eines Schiffes aus beobachten, und Passau wird weit hinter uns liegen.« Er zog Magda in seine Arme und schaute ihr tief in die Augen. »Niemals wieder werde ich dich allein lassen.«

Noch ehe Magda etwas erwidern konnte, legte er seinen Finger auf ihre Lippen.

»Hast du mich wirklich für so dumm und unsensibel gehalten? Ständig habe ich das Gefühl gehabt, mit dir reden zu müssen, doch ich habe es nicht fertiggebracht, ich Tölpel. Du hast gelitten, hast gesündigt und unser Kind zu Grabe getragen, und ich habe dabei wie ein Feigling zugesehen. Niemals wieder will ich dieser Feigling sein, das verspreche ich dir. Das nächste Kind werden wir gemeinsam in den Armen halten, werden es achten und lieben. Aber wir werden das kleine Wesen nicht vergessen, das wir opfern mussten, wir werden für unser Kind beten, das gewiss den Weg in Gottes Himmelreich gefunden hat.«

Magdas Augen füllten sich mit Tränen. Sie fühlte eine große Erleichterung in sich. Wenn du Schwäche zeigst, holen sie dich, hatte ihre Mutter einmal zu ihr gesagt, als sie noch ein kleines Mädchen gewesen war. Also war sie hart geworden. Sie schaute Michael in die Augen, spürte, wie er ihre Tränen abwischte. Er war hier und würde sie niemals verlassen. Gemeinsam würden sie es schaffen, das glaubte und hoffte sie.

Sie lächelte und erwiderte: »Und ich Dummerchen habe immer geglaubt, du hättest nichts davon gewusst.«

Er ließ sie los und griff nach seinem Wams. »In Zukunft keine Geheimnisse mehr, oder?«

Sie nickte zustimmend. »Keine Geheimnisse mehr, niemals wieder.«

Er blickte nach draußen. »Bald wird es dunkel werden. Soll ich dir nicht doch bei der Sache mit Teresa behilflich sein?«

Magda schlüpfte in ihren Rock und schüttelte den Kopf. »Nein, das muss ich allein machen. Du kennst Burgi nicht. Sie hat ihre Augen überall und ist schwer zu überlisten. Ich habe mir alles genau überlegt, ein zweiter Mann würde dabei nur stören. Wir treffen uns wie abgesprochen an der Donaubrücke. Bestimmt wird alles gutgehen.«

Ihre Stimme klang zuversichtlich, doch er ließ sich davon nicht täuschen. Die Sache mit Teresa war nicht einfach und drohte, ihre Pläne zu durchkreuzen. Wenn es nach ihm gegangen wäre, dann hätte er jetzt alles umgeworfen und Christian und Teresa zurückgelassen, doch das war nicht möglich. Christian war sein Freund, er hatte die Kontakte zu den Perlenschmugglern hergestellt. Allein hätte er niemals einen vertrauenswürdigen Schmuggler gefunden, obwohl er auch diesem Fredl nicht über den Weg traute. Niemals im Leben hätte er daran gedacht, dass er sich jemals mit solch verbrecherischem Gesindel einlassen würde. Er war ein Student am Jesuitenkolleg, ein ehrbarer Sohn aus reichem Haus, dem eine glänzende Zukunft bevorstand. Doch das Schicksal wollte es anders. Der neue Weg war unsicher, steinig, und Fallstricke drohten, die er nicht vorhersehen konnte. Aber er würde ihn gehen, für sich und für Magda, die er über alles liebte, die ein Teil von ihm geworden war. Am Ende war ihm die Entscheidung, alles hinter sich zu lassen, sogar leichtgefallen. Die Ungewissheit hatte mit der Zeit an Reiz gewonnen, ein Spiel mit dem Feuer.

Er nickte zögernd. »Wahrscheinlich hast du recht. Du kennst die alte Köchin und ihre Gewohnheiten. Nimm dich aber in Acht, denn sie weiß, dass etwas in der Luft liegt.«

»In der Luft liegt, das ist nett ausgedrückt. Wir wissen beide, dass sie mich nicht erwischen darf, sonst sitze ich mit Teresa in der Dachkammer fest, wahrscheinlich für den Rest meines Lebens. Wenn Teresa doch nur den Mund gehalten hätte.« Sie schüttelte den Kopf. »Ich hätte von Anfang an erkennen müssen, dass es nicht möglich ist.«

»Dass was nicht möglich ist?«

»Die Sache mit dem Kind. Sie hat es geliebt, liebt es immer noch. Niemals hätte ich mit ihr zu Vroni gehen sollen. Es musste ja schiefgehen.«

Michael schaute Teresa irritiert an. »Bedeutet das, du hast unser Kind nicht geliebt?«

Magda traf diese Frage wie ein Schlag ins Gesicht. Sie dachte an den Moment zurück, als sie ahnte, dass etwas nicht stimmte, an die Augenblicke, als sie sich übergeben hatte. Hatte sie es wirklich nicht geliebt? Wie oft war sie in ihrer Kammer gelegen, die Hand auf dem Bauch, und hatte überlegt, wie es weitergehen sollte.

»Ich weiß nicht …«, erwiderte sie zögernd. »Es war schwierig damals.« Sie verstummte und dachte an den Augenblick, als es vorbei gewesen war, als Vroni sie im Arm gehalten und sie geweint hatte. War es Erleichterung gewesen, vielleicht ein wenig. Doch damals hatte sie ihre Verzweiflung laut hinausgerufen. Nur in diesem einen Moment hatte sie die Liebe zu ihrem Kind zugelassen. »Ja, ich glaube, ich habe es geliebt«, sagte sie stockend, Tränen in den Augen.

Michael nahm sie in den Arm. Sie ließ ihren Kopf an seine Schulter sinken und weinte um das, was sie verloren hatte. Irgendwann hob sie den Kopf, löste sich aus seiner Umarmung und straffte die Schultern. »Es wird Zeit.«

Er nickte. »Ja, das wird es.«

Sie trat zur Tür. Sein Blick folgte ihr. Sie lächelte und versuchte, ihrer Stimme einen aufmunternden Klang zu geben. »Es wird schon alles gutgehen, wenn nicht ich, wer sonst sollte die alte Köchin überlisten können. Wir sehen uns dann wie abgemacht an der Donaubrücke.«

Sie wartete seine Antwort nicht ab, öffnete die Tür, verließ den Raum und wischte sich auf dem Weg nach unten die letzten Tränen von den Wangen. Mit der Vergangenheit war es jetzt genug. Ab heute zählte nur noch die Zukunft.

Teresa ließ ihr Schnitzeisen sinken und schaute zum Fenster. Schon vor einer Weile waren die hellen Kreise verschwunden, die die Sonne auf den staubigen Dielenboden der Kammer gemalt hatte, was zeigte, dass auch die letzten Tage des Winters gezählt waren. Doch heute bedeutete das Verschwinden der hellen Kreise auch, dass sich ihr Leben für immer verändern würde. Den ganzen Tag über hatte sie die Nervosität in sich gespürt, letzte Nacht kaum ein Auge zugetan. Ihre Unruhe hatte sich auf das Kind in ihrem Bauch übertragen, denn immer öfter glaubte sie, eine Bewegung in sich zu spüren. Irgendwann hatte sie, um sich selbst zu beruhigen, ein altes Kinderlied zu singen begonnen, was ihr nicht so recht gelang, da Josefs Worte in ihrem Kopf herumgeisterten. Du kannst ihm nicht trauen, hatte er gesagt. Sie hatte sie wegschieben, den Zweifel nicht zulassen wollen, aber sie schaffte es nicht. Als die Sonne die Dächer in das rotgoldene Licht des Morgens getaucht hatte, hatte sie nachdenklich am Fenster gestanden und das Schauspiel beobachtet, das die ersten Stunden des neuen Tages mit sich brachten. Die ganze Zeit über hatte sie über ihre Zukunft an Christians Seite nachgedacht, die Freiheit herbeigesehnt und die Düsternis der dunklen Gassen verflucht. Doch heute, wo die Zeit zum Abschiednehmen gekommen war, wurde sie sich plötzlich klar darüber, dass sie etwas aufgab. Niemals wieder würde sie in die Gärten der Grünau gehen können, über den Kramplatz laufen oder den Schiffen auf der Donau zusehen. Doch am meisten würde sie ihre kleine Schnitzwerkstatt vermissen, die ihr Heimat und Zufluchtsort geworden war. Sie wusste, wie sich Ungewissheit anfühlte, wusste, wie es war, heimatlos und allein zu sein. Wie sehr hatte sie noch vor wenigen Monaten dafür gekämpft, dass sie in Passau bleiben durfte, und jetzt kehrte sie dieser Stadt den Rücken, die ihr doch Heimat geworden war. Sie legte die Hand auf ihren Bauch. Sie liebte dieses Kind, und sie liebte Christian. Für ihn schob sie all ihre Zweifel beiseite, ignorierte die warnenden Worte. Er war ihr Seelenverwandter, ihr Retter in höchster Not, ihr Vertrauter.

Sie schaute auf den Dielenboden. Aus den Ecken krochen bereits die dunklen Schatten der Nacht, die sie nicht mehr hier verbringen würde. Die nächsten Sonnenstrahlen würden ihr endgültig ein neues Leben versprechen, in den Armen des Mannes, den sie über alles liebte. Nur dieser eine Gedanke zählte.

Der Schlüssel wurde ins Schloss gesteckt. Teresa zuckte erschrocken zusammen, obwohl sie wusste, wer kommen würde. Doch es war nicht Magda, die den Raum betrat, sondern Burgi. Verwirrt schaute Teresa die alte Köchin an. Was war geschehen? Warum war sie hier und nicht wie sonst um diese Zeit bei Gustl?

Die alte Köchin ließ ihren Blick durch den Raum schweifen, ihre Miene war ernst. Seufzend setzte sie sich neben Teresa auf die Strohmatratze. »Wir müssen uns was überlegen. Der Herr, ich habe ihn eben gefunden, draußen im Stall.«

Teresa ahnte, was kommen würde.

»Er hat es nicht mehr ertragen. Vielleicht ist es besser so.«

Teresa schluckte. Thomas Stantler, der Mann, der an sie geglaubt, der sie aufgenommen und gefördert hatte, hatte sich das Leben genommen. Er hatte den Freitod gewählt, weil ihn der Kummer zerfressen hatte.

»Der Herrgott möge seiner Seele gnädig sein«, flüsterte Teresa leise und bekreuzigte sich.

»Ich hab ihn noch nicht heruntergeholt«, sagte Burgi. »Er baumelt am Balken, und ich bin einfach wieder gegangen.« Sie schüttelte den Kopf. »Immer bin ich nur fortgegangen, mein ganzes Leben lang. Warum bin nie auf ihn zugegangen?«

Plötzlich standen Tränen in ihren Augen. »Ich habe gesehen, wie sehr er leidet, weiß ich doch selbst, was es bedeutet, alles zu verlieren. Ich hätte ihn wachrütteln und zurück ins Leben holen müssen, stattdessen habe ich nur zugesehen, wie er immer mehr verstummte und ihm alles, was ihm einst etwas bedeutet hatte, gleichgültig wurde.«

Sie schaute Teresa an. »Doch dann bist du gekommen. Dich hat er plötzlich gesehen. Josef hat schon recht, wenn er sagt, dass du etwas Besonderes bist. Der Herr hat für dich gekämpft, sogar bei der Zunft hat er alle Zweifel aus dem Weg geräumt. Was er auch immer in dir gesehen hat, Josef sieht es auch.« Sie nahm Teresas Hand. »Ich wusste nicht, wohin ich gehen sollte, also bin ich zu dir gekommen. Was sollen wir jetzt tun, wie wird es weitergehen?«

Teresa wusste nicht, was sie erwidern sollte. Sie öffnete den Mund, doch zu einer Antwort kam sie nicht mehr, denn Schritte auf der Treppe ließen sie beide aufblicken. Teresa stand auf. Burgi schaute sie erstaunt an. Magda tauchte in der geöffneten Tür auf. Irritiert blickte sie die alte Köchin an. Teresa trat neben sie. Sie wusste, was jetzt zu tun war. Thomas Stantler hatte den Freitod gewählt, hatte mit seiner Entscheidung endgültig alle Zweifel vertrieben und die sicheren Mauern eingerissen. Burgi erhob sich ebenfalls. Fassungslos schaute sie von

Teresa zu Magda, die immer noch nicht begriffen hatte, was vor sich ging.

»Der Herr, er hängt im Schuppen«, erklärte Teresa knapp. Magdas Augen weiteten sich.

Burgi machte einen Schritt auf die beiden jungen Frauen zu. Alle Farbe war aus ihrem Gesicht gewichen. Sie hatte verstanden, was gespielt wurde. »Ihr könnt jetzt nicht gehen, das dürft ihr nicht.« Eindringlich schaute sie Teresa an. »Er hat dich gefördert, hat dir ein Heim gegeben, dir vertraut.«

»Und trotzdem hat er mich, hat er uns alle im Stich gelassen«, konterte Teresa, der durchaus bewusst war, wie herzlos ihre Worte in Burgis Ohren klingen mochten, verlor die alte Köchin doch gerade ihre Existenz. Bald schon würde die ganze Stadt wissen, dass Thomas Stantler den Freitod gewählt hatte. Was aus seinen Besitztümern wurde, war ungewiss.

»Ihr könnt jetzt nicht gehen. Das seid ihr ihm schuldig.«

»Ich bin ihm gar nichts schuldig«, widersprach Magda. »Er war mein Dienstherr, mehr nicht.«

Ihre Stimme klang herzlos. Sie griff nach Teresas Hand. »Und auch Teresa ist ihm nichts schuldig. Es war seine Entscheidung, sie bei uns aufzunehmen, und er hat gut an ihrer Arbeit verdient. Und auch du, liebe Burgi, hast dir dein Leben schön gemacht, hast dich wie die Herrin dieses Hauses aufgespielt, die du niemals gewesen bist. Ein wenig Demut würde dir jetzt, im Angesicht seines Todes, gut zu Gesicht stehen. Komm, Teresa, wir gehen.« Sie zog Teresa mit sich in den Flur.

Es dauerte nur wenige Sekunden, bis Burgi sich gefangen hatte und laut loszupoltern begann. »Wie kannst du verdammte kleine Hure es wagen, so mit mir zu reden.«

Teresa und Magda eilten die Treppe hinunter.

»War das nötig«, sagte Teresa, als sie den unteren Flur erreichten. Magda erwiderte nichts.

Hinter ihnen war Burgis Stimme zu hören. »Ihr bleibt sofort stehen. Das könnt ihr nicht machen, ihr könnt nicht fortlaufen. Magda, ich sage dir, bleib stehen! Ich weiß, was ihr vorhabt. Ich werde den Büttel holen, hörst du! Die Stadtwache werde ich euch auf den Hals hetzen. Ihr könnt jetzt nicht gehen.«

Magda rannte mit Teresa an der Hand durch den unteren Flur. »Hört ihr. Ich werde eure Pläne durchkreuzen, und dann ist es mir gleichgültig, wenn ihr sterben werdet. Du weißt, was auf Perlenschmuggel für eine Strafe steht.«

Abrupt blieb Magda stehen und drehte sich um. Burgi stand auf der untersten Treppenstufe. Teresa stützte sich an der Wand ab und schnappte nach Luft.

»Du wagst es nicht, uns beim Büttel anzuzeigen.«

»O doch, das werde ich tun. Der Herr hat es nicht verdient, dass sein Ansehen noch im Tode von zwei so liederlichen Huren beschmutzt wird.«

»Zwei liederliche Huren sind wir also in deinen Augen?«, antwortete Magda. »Ich glaube, dass du diejenige bist, die uns all die Jahre etwas vorgespielt hat. Es gibt da Gerüchte, weißt du.«

Burgis Augen funkelten wütend. Sie machte einen Schritt auf Magda zu. »Du wagst es, darüber zu sprechen, mich zu beleidigen. Niemals habe ich so etwas getan.«

»Warum bist du dann so wütend?«, fragte Magda. »Ich habe recht, nicht wahr?« Alle Farbe wich aus Burgis Gesicht. Höhnisch lachte Magda auf. »Die brave Köchin, die so hilfsbereit den Armen hilft. Dein schlechtes Gewissen wolltest du beruhigen. Ist es nicht so?«

Da verlor Burgi die Beherrschung. Wütend ging sie auf Magda los, drückte sie an die Wand und packte sie am Hals. Teresa eilte zu den beiden. Sie zerrte an Burgis Schultern, wollte sie von Magda wegziehen, deren Augen aus den Höhlen traten. »Hört sofort mit dem Unsinn auf«, rief Teresa verzweifelt. »Burgi, lass sie los! Lass sie sofort los!«

Doch die alte Köchin drückte nur noch fester zu. Teresa zerrte verzweifelt an ihren Schultern, aber sie schaffte es nicht, die korpulente Frau wegzuziehen. Plötzlich zuckte Burgi zusammen, der Griff ihrer Hände lockerte sich, und sie taumelte nach hinten. Die Augen weit aufgerissen, schaute sie von Teresa zu Magda, die sich, nach Luft japsend, vorbeugte. Erst jetzt bemerkte Teresa das Messer, das in Burgis Brust steckte. Die alte Köchin sank in die Knie, murmelte irgendetwas Unverständliches, Blut verteilte sich auf ihrer Leinenbluse, dann brach sie zusammen.

Fassungslos schaute Teresa von Burgi zu Magda. »Du hast sie getötet.«

Magda starrte die Leiche mit weit aufgerissenen Augen an. Noch immer war sie leichenblass. »Es ging nicht anders. Du hast es doch gesehen, oder? Du hast es doch gesehen?«

Teresa wusste nicht, wie ihr geschah. Übelkeit breitete sich in ihr aus, und plötzlich tauchte Ruperts erstarrter Blick vor ihrem inneren Auge auf. Sie schloss für einen Moment die Augen, atmete tief durch, dann nickte sie. »Natürlich. Sie hätte dich umgebracht.«

Eine Weile blieben sie vor Burgis leblosem Körper stehen, dann beugte sich Magda über die alte Köchin und schloss ihr die Augen. Teresa bekreuzigte sich. Magda richtete sich auf. Die beiden jungen Frauen sahen sich an und nickten. Sie wussten, was zu tun war, machten auf dem Absatz kehrt und verließen den Flur. Ein Zurück würde es niemals wieder geben.

✳

Trutzig ragte die Veste Niederhaus hinter ihnen in den wolkenlosen Abendhimmel. Die Dunkelheit verschluckte langsam das letzte Licht des Tages. Sichelförmig stand der Mond am Himmel, neben sich den Abendstern. Teresa schaute auf das schwarze Wasser der Ilz. Unergründlich düster wirkte dieser kleine Fluss, der sich augenscheinlich nicht mit der blauen Donau vermischen wollte. Sie dachte an die klaren Gebirgsbäche und die funkelnden Wasserfälle, die von den Felsen der Berge herunterdonnerten. Ihr Wasser war rein gewesen, bis zum Grund hatte man blicken können, und es hatte köstlich geschmeckt. Das schwarze Wasser der Ilz wollte sie lieber nicht kosten, nicht einmal die Hände hineinhalten. Sie wich vom Ufer zurück und ging zu Magda, die etwas abseits unter einer Buche saß und Grashalme ausriss.

Sie setzte sich neben sie und fragte: »Glaubst du, sie haben sie schon gefunden?«

»Kann sein«, erwiderte Magda.

Teresa rückte näher an sie heran, griff nach ihrer Hand und hielt sie fest. »Du kannst nichts dafür. Keiner konnte vorhersehen, was heute geschehen ist.«

»Doch, das konnten wir«, erwiderte Magda. »Wir haben es schon lange gesehen, aber keiner von uns hat etwas getan. Der Herr ist in seiner Trauer versunken, und Burgi hat das getan, was wir vielleicht auch getan hätten. Sie hat den Laden am Laufen gehalten.«

»Glaubst du, sie hat einen Menschen getötet?«, fragte Teresa.

»Das wissen wir nicht. Wir können nur vermuten, mehr nicht.«

»Du weißt, dass sie es getan hat. Wir beide wissen es. Du hast ihren wunden Punkt getroffen, deshalb ist sie so wütend geworden.«

»Trotzdem hat sie die Wahrheit mit ins Grab genommen«, erwiderte Magda. »Vielleicht hätte ich es nicht sagen sollen, ich weiß nicht …« Ihre Stimme klang unsicher. Sie schaute Teresa an. »Ich habe noch nie einen Menschen getötet.«

Teresa wusste nicht, was sie erwidern sollte. Sie dachte an die Momente zurück, als sie das Messer in den Landsknecht gestochen, den Stein auf Leopolds Kopf geschlagen hatte. Sie hatte auch nicht töten wollen, aber sie hatte nicht anders gekonnt. Es war Selbstschutz gewesen, genauso wie bei Magda und Burgi. Die alte Köchin hätte Magda erwürgt, wenn sie nicht zugestochen hätte. Doch auch wenn diese Worte wie ein Ausweg klangen, die Absolution würden sie nicht bringen. Sie hatten getötet. Diese Tat, und mochte sie in noch so großer Not geschehen sein, würde sie für den Rest ihres Lebens begleiten.

Teresa griff nach Magdas Hand, drückte sie aufmunternd und nickte zu Michael und Christian hinüber, die unweit von ihnen am Wegesrand standen. »Sollen wir es ihnen sagen?«

»Warum? Damit sie noch unruhiger werden? Vielleicht, wenn wir weit genug von Passau fort sind, aber nicht jetzt.«

Teresa nickte. Die zunehmende Dunkelheit beunruhigte sie. Sicher würden die Männer bald kommen, um die Perlen gegen das Geld einzutauschen. Ein mulmiges Gefühl breitete sich in ihr aus. Sie und Magda sollten sich bis zum Abschluss des Handels im Hintergrund halten. Frauen wurden bei solchen Geschäften nicht gern gesehen, hatte Christian gesagt. Sie hatte seine Unruhe gespürt, die auch ihr Angst machte. Er war so anders, wirkte nicht wie der Fels in der Brandung. Plötzlich durchbrachen Stimmen die Stille, und Magda stand auf, auch Teresa erhob sich. Ihr Herz schlug ihr vor Aufregung bis zum Hals. Doch während Magda unter dem Baum hervortrat und sich einige Schritte den Männern näherte, hielt sich Teresa lieber im Hintergrund. Laternenlicht erhellte die Dunkelheit, Hufgetrappel und das Schnauben eines Pferds waren zu hören. Misstrauisch beäugte Teresa die Ankömmlinge.

»Da seid ihr ja endlich«, hörte sie Christian sagen. »Wir dachten schon, ihr taucht gar nicht mehr auf.«

Teresa spürte ihren Herzschlag, in ihren Ohren begann es zu rauschen.

Eine freundlich klingende Stimme antwortete Christian: »Wenn die Dunkelheit hereingebrochen ist, mein Freund. Nicht, dass wir noch auffliegen.«

»Wo habt ihr die Perlen.« Eine weitere, etwas ruppiger klingende Stimme war zu hören.

Teresa nahm drei Gestalten wahr, die Christian und Michael gegenüberstanden. Michael hielt einen Beutel in die Höhe.

»Wie ausgemacht, in diesem Beutel. Aber erst wollen wir das Geld sehen.« Seine Stimme klang zittrig.

Teresa machte einen Schritt nach hinten.

Einer der Burschen trat näher an Michael heran und grinste breit. »Erst muss ich die Ware prüfen. Nicht, dass du mich über den Tisch ziehst, mein kleiner Jesuit.«

Der Mann schaute in ihre Richtung. »Da sieh mal einer an. Zwei hübsche Täubchen habt ihr mitgebracht. Hat euch keiner gesagt, dass Weibsvolk Unglück bringt.«

Plötzlich blitzte die Klinge eines Messers auf, dann ging alles sehr schnell. Michael stieß einen erstickten Schrei aus und krümmte sich zusammen. Ein Bursche ging auf Christian los. Teresas Augen weiteten sich. Christian fiel zu Boden. Magda begann laut zu kreischen. Wie von Sinnen rannte sie zu Michael und warf sich über ihn. Teresa wich zurück. Sie sah Christian am Boden liegen, einer der Männer hob den Beutel mit den Perlen triumphierend in die Höhe. Ein anderer Mann zog Magda von Michael weg.

Teresa drehte sich um und begann zu laufen. Vorbei an der Veste Niederhaus, den Feldweg zurück, den sie gekommen waren. Eine Falle, es war eine Falle gewesen. Sie glaubte, Schritte hinter sich zu hören, bekam Seitenstechen und spürte heiße Tränen über ihre Wangen laufen. Trotzdem hastete sie weiter über den kleinen, in die Ilzstadt führenden Holzsteg. Sie glaubte, erneut Schritte und Stimmen zu hören. Sie folgten ihr, wollten sie holen und ebenfalls töten. Sie eilte an den Häusern vorüber und bog in eine der kleinen Gassen ein. Sie musste sich verstecken, irgendwo einen Unterschlupf finden. Doch dann ließ ein stechender Schmerz in ihrem Unterleib sie auf die Knie sinken. Teresa griff sich an den Bauch, Krämpfe raubten ihr den Atem. Noch ehe sie begriff, was vor sich ging, wurde sie in einen Hinterhof gezogen, und eine Hand legte sich auf ihren Mund, dann wurde alles schwarz um sie herum.

»Maria Hilf«

Kapitel 14

Wind rüttelte an den Fensterläden und ließ die weit heruntergebrannte Kerze auf dem Nachttisch flackern.

Josef saß auf einem Hocker neben Teresas Bett und starrte auf ihr blasses Gesicht. Tiefe Schatten lagen unter ihren Augen. Er machte sich schwere Vorwürfe. Er hätte besser aufpassen, noch mehr tun, eindringlicher mit ihr reden müssen. Vielleicht hätte sie ja doch auf ihn gehört. Er verwarf den Gedanken wieder. Liebe kannte keine Vernunft. Was zählten schon die Worte eines alten Mannes gegen Gefühle, die den Verstand raubten.

Langsam strichen seine Finger über ihren Handrücken.

Wenn er eine Tochter gehabt hätte, so wie Teresa hätte sie sein müssen. Talentiert, mutig und ehrlich. Auch Thomas Stantler hatte ihr Talent erkannt. Ein wenig Zuversicht hatte sie in sein Leben zurückgebracht, seine inneren Dämonen waren jedoch stärker gewesen. Und daran hatte auch Teresa nichts ändern können.

Ihn selbst jedoch hatte sie gerettet, wie er erst nachdem sie nicht mehr in seiner Nähe war, erkannte. Oft hatte er sie beobachtet, wie sie mit dem Schnitzeisen in der Hand am Fenster gesessen und ein kleines Meisterwerk erschaffen hatte.

Er griff in seine Tasche, holte eines der kleinen Pferdchen heraus, schaute es wehmütig an und begann zu erzählen: »Ich war heute im Kramladen und habe die übrigen Pferde hingebracht. Conrad hat sie gleich in einen Korb auf dem Tresen gelegt und wollte wissen, wer die Tierchen schnitzt, die sich wie warme Semmeln verkaufen. Ich habe geschwiegen. Niemals würde er glauben, dass eine junge Frau so etwas herstellen kann. Er wollte wissen, wie es mit der Werkstatt weitergehen würde, jetzt, nach dem Tod des Herrn. Thomas Stantlers Eigentum wird nicht an die Stadt fallen, denn sein Schwager hat Besitzansprüche angemeldet. Ob er die Schmiede weiterführen wird, steht allerdings in den Sternen. Ich glaube es ja nicht, denn er ist ein einfacher Messerer, der den Wert einer Wolfsklinge nicht einschätzen kann, was mich unendlich traurig stimmt. Immerhin haben Hanna und ihre Kinder eine neue Bleibe beim Apotheker gefunden.« Er drehte das Holzpferdchen in seinen Händen hin und her. »Wir haben auch Burgi gefunden. Alle fragen sich, was geschehen ist. Weiß Gott, ich habe sie nie sehr geschätzt, das geschwätzige Ding, obwohl sie viel Gutes getan hat. So einen Tod hat sie trotzdem nicht verdient.« Er schaute Teresa an. »Meinst du nicht auch?«

Sie reagierte nicht.

»Was rede ich nur.« Er schüttelte den Kopf. »Was stelle ich dir Fragen, hängt doch auch dein Leben am seidenen Faden.«

Die Erinnerungen an den Abend überrollten ihn. Den Augenblick, als sie in seinen Armen zusammengebrochen war, würde er niemals im Leben vergessen. Wie lange hatte er mit ihr in dem Hinterhof gesessen? Er wusste es nicht mehr. Verborgen hinter einem Stapel Weinfässer hatten sie in der Finsternis ausgeharrt, bis die Schritte und Stimmen nicht mehr zu hören waren. Erst dann hatte er das Blut gerochen, das ihre Beine hinuntergelaufen war. Auf seinen Armen hatte er sie durch die dunkle Stadt getragen, über die Innbrücke und den Berg hinauf zu dem einzigen Menschen, der ihnen jetzt noch helfen konnte. Das Kind in ihrem Leib hatte auch Vroni nicht retten können. Es war aus ihr herausgerutscht, ein halb fertiger Mensch, dem das Leben nicht vergönnt gewesen war. Vroni hatte es in seine Arme gelegt, damit er es beerdigen konnte. Teresa braucht einen Ort zum Trauern, hatte sie gesagt. Zuerst hatte er das Kind nicht ansehen wollen, aber dann hatte er es doch getan. Er hatte das Tuch zurückgeschlagen und kleine Finger und Füßchen vorgefunden, ein Gesicht mit Augen, Nase und Mund. Zart und winzig klein wirkte das unfertige Kind in seinen Armen, ein kleines Mädchen. Behutsam hatte er es nach draußen getragen und im Licht der ersten Sonnenstrahlen unter einer Linde am Waldrand beerdigt.

Er lehnte sich in seinem Sessel zurück und rieb sich die Augen. Die vielen durchwachten Nächte forderten ihren Tribut.

Wie viele Tage waren seitdem vergangen? Er wusste es nicht mehr, hatte weitergelebt, getan, was getan werden musste, und nicht darüber nachgedacht. Jeden Tag kam er den Berg herauf, doch stets fand er dasselbe Bild vor. Wie eine Wachspuppe lag Teresa in den Kissen, irgendwo zwischen Leben und Tod.

Er verschränkte die Arme vor der Brust und schloss die Augen, sein Kinn sank herab, und er schlief erschöpft ein.

Eine Berührung an der Schulter weckte ihn einige Stunden später auf. Die ersten Sonnenstrahlen des neuen Tages tanzten über die weiß getünchten Wände.

Vroni stand neben ihm. »Guten Morgen.«

Er schaute sie erschrocken an. »Wenn es nur ein guter Morgen wäre.«

Vroni deutete aufs Bett. »Ich glaube, so schlecht ist er gar nicht.«

Josef blickte zu Teresa, die die Augen geöffnet hatte und ihn ansah.

✳

Teresa drehte sich auf die Seite, zog die Beine eng an den Körper und wickelte sich in ihre Decke. Noch immer waren Müdigkeit und Erschöpfung ihre ständigen Begleiter, doch die wachen Momente wurden länger. Momente, die sich sonderbar und unwirklich anfühlten.

Teilnahmslos nahm sie wahr, wie die Tage vergingen, wie es hell und dunkel wurde. Ab und an saß Josef an ihrem Bett, erzählte Geschichten, redete von alltäglichen Dingen, die sie nicht hören wollte. Er hatte ihr das Leben gerettet, doch dankbar war sie ihm nicht. Es wäre besser gewesen, er hätte sie sterben lassen, denn was sollte sie noch mit diesem Leben, in dem alles verloren schien.

Alles war ihr genommen worden: Christian, der Mann, den sie über alles geliebt hatte, war tot, ebenso das Kind unter ihrem Herzen. Das kleine Wesen, das sie innerlich berührt, das sie geliebt, dem sie Geschichten erzählt hatte. Es war gestorben, weil sie nicht richtig aufgepasst hatte. Das Gefühl der inneren Leere hatte sich nach dem ersten Aufschrei eingestellt. Wie oft hatte sie sich ausgemalt, wie es sein würde, das Kind im Arm zu halten, zum ersten Mal in sein Antlitz zu blicken, seine warme Haut zu spüren, die kleinen Händchen zu berühren. Ihr Traum von einem Leben in Nürnberg war geplatzt. Christian, Magda, Michael, der Herr und Burgi – alle waren tot. Das Schicksal hatte nur sie geschont. Sie hatte nicht darum gebeten, allein zurückzubleiben, wollte dieses Leben nicht haben, das ihr jeden Funken Hoffnung raubte und ihr Böses wollte. Was war falsch daran, sich zu verlieben, Freiheit und ein wenig Glück zu suchen?

Vroni betrat mit einer dampfenden Schüssel in den Händen den Raum, setzte sich auf den Stuhl neben dem Bett und lächelte Teresa aufmunternd an. »Ich habe dir Hühnerbrühe gekocht, damit du wieder zu Kräften kommst.«

Teresa reagierte nicht auf ihre Worte. Sie blieb auf der Seite liegen, die Beine angezogen, und starrte auf den Boden.

Vroni musterte sie eine Weile schweigend, dann stellte sie die Suppe auf den Nachttisch. »Ich weiß, wie sich diese Leere anfühlt. Sie ist grausam und gräbt sich wie stechende Dornen tief ins Herz. Ich kann dir nicht versprechen, dass du das Gefühl jemals vergessen wirst, aber irgendwann wird es erträglich werden. Du hast dein Kind verloren, einen Teil von dir, ein Geschöpf Gottes, das er viel zu früh zu sich geholt hat. Dafür kann und wird es niemals tröstende Worte geben.« Sie strich ihrem Schützling eine Haarsträhne aus der Stirn.

Teresa zuckte zurück und rückte an die Wand.

»Ich weiß, du vertraust mir nicht. Aber ich wollte dir helfen. Als du damals weggelaufen bist, da habe ich es verstanden. Du hast dein Kind geliebt, so sehr, wie nur eine Mutter ihr Kind lieben kann. Ich hätte es in jener Nacht gern gerettet, das kannst du mir glauben. Doch das Schicksal hat es anders gewollt.« Vroni hielt kurz inne, dann sagte sie plötzlich: »Es war ein kleines Mädchen.«

Teresas Blick veränderte sich. »Ganz still ist es in meine Hände gerutscht. Zierlich wie eine Puppe hat es ausgesehen. Gewiss hat Gott die Kleine in sein Himmelreich geholt und zu einem Engel gemacht, so unschuldig, wie sie gewesen ist.«

»Wo ist sie?«, fragte Teresa leise.

»Josef hat sie begraben, oben am Waldrand, unter einer Linde. Es ist ein schöner Platz, ruhig und friedlich.« Teresa schloss die Augen, eine Träne kullerte über ihre Wange. Vroni setzte sich aufs Bett. Diesmal wich Teresa nicht vor ihr zurück. Sie ließ zu, dass Vroni die Hände nach ihr ausstreckte und sie zu sich heranzog. Teresa sollte weinen, sollte wütend werden, die Verzweiflung aus sich herausschreien, wenn sie wollte. Nur nicht schweigen, nur nicht stark sein müssen, das war wichtig.

Sonst würde sie den Kummer nicht ertragen, niemals loslassen und weitergehen können, und das musste sie, auch wenn sie sich das jetzt noch nicht vorstellen konnte.

Es dauerte lange, bis Teresas Schluchzen nachließ, doch irgendwann richtete sie sich auf und wischte sich die Tränen von den Wangen. »Ich will zu ihr«, sagte Teresa entschlossen.

»Ich bringe dich hin.«

Vroni half Teresa beim Aufstehen und Ankleiden, was nicht einfach war. Mehrmals musste sich Teresa setzen. Ihre Hände zitterten, und der kalte Schweiß brach ihr aus. Aber irgendwann hatten sie es geschafft. Mit einem wollenen Tuch über den Schultern und an Vronis Arm ging sie langsam nach draußen, wo helles Sonnenlicht und die beiden neugierigen Hühner sie empfingen, die Teresa bereits von ihrem letzten Besuch her kannte. Vroni scheuchte die Tiere mit einer Handbewegung fort.

Sie überquerten den Innenhof, schlugen aber nicht den Weg nach Passau ein, sondern folgten einem schmalen, zum Waldrand führenden Trampelpfad. Die frische Luft belebte Teresas Sinne. Am Ende des Pfades blieb Vroni stehen. »Hier ist es.«

Ein aufgeschütteter Erdhügel, mehr war es nicht. Es gab kein Zeichen dafür, dass hier ein kleiner Mensch seine letzte Ruhestätte gefunden hatte. Teresa sank auf die Knie und berührte die Erde mit ihren Fingerspitzen.

Vroni beobachtete sie eine Weile. Plötzlich kam sie sich überflüssig vor und wandte sich zum Gehen. »Ich lass dich einen Moment allein.«

Teresa antwortete nicht. Als Vroni fort war, ließ sie sich langsam neben den Erdhügel ins Gras sinken und begann, die Melodie eines Kinderliedes zu summen, die Hand auf dem Grab ihres Kindes.

✳

Josef schaute sich traurig in der Schmiede um. Bald würden die neuen Besitzer kommen und ihm seinen Lebensinhalt wegnehmen. Er hatte geahnt, dass es für seine geliebten Wolfsklingen keine Zukunft geben würde, doch wirklich wahrhaben wollte er es noch immer nicht. Sein ganzes Leben hatte er in dieser Schmiede verbracht. Wie sehr sie ihm fehlen würde, wurde ihm erst jetzt bewusst. Er würde weiterhin als Schmied arbeiten, denn Johannes Bruckner wollte ihn als Knecht behalten. Doch es würde nicht dasselbe sein. Er hatte die Verantwortung über sein eigenes Reich verloren, war kein Meister mehr, und ein einfaches Messer war bei weitem keine Wolfsklinge. Die Leidenschaft für seine Arbeit würde ihm fehlen.

Wehmütig strich er über eine unfertige Klinge an der Wand. Ein Zweihänder hätte es werden sollen, die Wolfsmarke war schon eingeprägt. Nur der Griff fehlte noch, diesmal mit Silber plattiert. Niemals würde dieses Schwert vollendet werden. Er sah im Geiste die vielen Waffen, die er hier angefertigt und oftmals in wahre Kunstwerke verwandelt hatte. Prunkwaffen, mit Edelsteinen und Gold besetzt, Zweihänder und Gerichtsschwerter. Geflammte Klingen mit mondförmigen Papierhaken hatte er genauso geschmiedet wie Richtschwerter mit goldenen Griffen, auf denen er oft den Spruch: *Es geschehe Gerechtigkeit und wenn die Welt darüber zugrunde geht*, eingeprägt hatte.

Wie Hohn kam ihm dieser Satz plötzlich vor, war er doch auf eine Waffe eingeprägt, die Menschen das Leben kostete.

Sein Blick blieb an der angelehnten Tür zur Holzwerkstatt hängen. Niemals wieder würde Teresa dort am Fenster sitzen, würde er einen Auftrag mit ihr besprechen und sie bei ihrer Arbeit beobachten. Was aus dem Mädchen jetzt werden sollte, wusste er nicht. Er hatte überlegt, für sie bei seinem neuen Herrn vorzusprechen, hatte den Gedanken jedoch wieder verworfen, denn der grobschlächtige Bursche würde kein Interesse an ihr haben. Die einfachen Griffe für die Messer schnitzte einer seiner Knechte, das reichte ihm. Von wahrer Kunst und Leidenschaft verstand dieser Mann genauso wenig wie vom liebevollen Umgang mit seiner verhärmt wirkenden Ehefrau, die wegen jeder Kleinigkeit Prügel bezog.

Wie lange würde er es in diesem neuen Leben aushalten und den Mann ertragen können, der den Tod seines Schwagers mit Genugtuung hinnahm? Als Schwächling hatte er Thomas Stantler oftmals bezeichnet, der sich von Weibern etwas sagen ließ. Seine Gattin hatte das Maul zu halten, die Kinder zu versorgen und den Haushalt zu führen, sonst nichts. Liebe, Zuneigung und Respekt wie im Haus von Thomas Stantler, das suchte Josef in seinem neuen Zuhause vergebens.

Schritte auf dem Hof ließen ihn aufhorchen. Die Werkstatt war neu vermietet worden, an einen einfachen Schmied.

Die Stimmen der Männer erinnerten ihn daran, was er hier gewollt hatte. Eilig durchschritt er den Raum, öffnete die Tür zur Holzwerkstatt, griff nach Klöppel, Schnitzeisen und Messern und packte alles in einen Beutel. Er wusste, dass es Diebstahl war, was er hier tat, doch Thomas Stantler würde ihn verstehen.

Im Nebenraum wurde es laut. Hastig öffnete er das Fenster und ließ den Beutel auf einen darunterliegenden Holzstoß fallen. Dann drehte er sich um, atmete tief durch und ging zurück in die Werkstatt, um endgültig mit seiner Vergangenheit abzuschließen.

Vroni stand am Zaun der Pferdeweide und lächelte Josef entgegen, als er wenig später den Hof erreichte. Er blieb neben ihr stehen und grüßte freundlich. Sie erwiderte seinen Gruß und deutete auf die Pferde, die übermütig über die Weide sprangen. »Sieh nur, wie sehr sie es genießen, endlich dem Stall entfliehen und wieder frisches Gras fressen zu können.«

Josef nickte. »Wie ähnlich wir uns doch sind, ob Tier, ob Mensch. Jedes Jahr genießen wir die ersten warmen Strahlen der Sonne, die das Leben zurückbringen und die Natur erwachen lassen.«

Vroni nickte zustimmend, dann wurde ihre Miene ernst. »Bis auf Teresa. Erst heute Morgen habe ich versucht, sie nach draußen zu locken. Doch sie lässt sich zu nichts bewegen. Den ganzen Tag sitzt sie in ihrer Kammer und starrt vor sich hin. Der Schmerz ist einfach noch zu groß.«

»Dann komme ich ja genau richtig«, erwiderte Josef und hielt den Beutel mit dem Schnitzwerkzeug in die Höhe. »Ich hab ihr etwas mitgebracht, was sie bestimmt aufheitern wird.«

Vroni zog ungläubig die Augenbrauen hoch, dann zuckte sie mit den Schultern. »Wenn du meinst. Ich bringe dich zu ihr. Aber sei nicht enttäuscht, wenn es nicht klappt.«

Sie ging zum Haus hinüber. Josef folgte ihr und betrat den engen Flur. An dessen Ende öffnete Vroni eine Tür und deutete zum Fenster, vor dem Teresa in einem Lehnstuhl saß. Wie immer, wenn sie diesen Raum betrat, wurde es Vroni schwer ums Herz. Sie hatte Teresa nicht gedrängt, hatte wenig mit ihr gesprochen, sie gewähren lassen. Die körperlichen Beschwerden konnte sie heilen, doch der Kummer, der sich tief in Teresa eingegraben hatte, würde sich nicht mit Heilkunde vertreiben lassen.

Meistens hatte Teresa geschlafen oder schweigend hier gesessen. Sie aß und trank, was ein gutes Zeichen war, wie Vroni hoffte.

Zu dem Grab des kleinen Mädchens war sie nicht mehr gegangen, geschweige denn aus dem Haus.

Der Frühling war mit aller Macht hereingebrochen, und die Sonne schien von einem zumeist wolkenlosen Himmel. Die Vögel vertrieben mit ihrem fröhlichen Gesang die letzten Gedanken an den grauen Winter genauso wie der milde, nach Blumen duftende Wind. Manchmal öffnete Vroni für Teresa das Fenster, in der Hoffnung, dass ihr das warme Sonnenlicht guttun würde, doch Teresa blieb teilnahmslos. Sie sprach nicht und lief wie ein Schatten durchs Haus.

Josef blickte unsicher zu Vroni, die mit den Schultern zuckte. »Ich bin im Stall, wenn du etwas brauchst.«

Sie verließ den Raum, in der Hoffnung, dass Josef eine Veränderung herbeiführen könnte. Wie Teresa auch immer reagieren würde, alles war besser als ihr trauriges Schweigen.

Langsam trat der Klingenschmied näher an Teresa heran. Ihre Wangen hatten erfreulicherweise ein wenig Farbe bekommen.

»Grüß dich Gott, Mädchen.« Er versuchte, seiner Stimme einen aufmunternden Klang zu geben.

Teresa reagierte nicht auf seine Begrüßung. Die Trauer, die in ihren Augen stand, traf den alten Klingenschmied bis ins Herz. Er setzte sich neben sie auf einen Hocker. »Vroni hat gesagt, das es dir bessergeht. Du kannst dir gar nicht vorstellen, wie sehr mich das freut.«

Sie reagierte nicht.

Sein Blick fiel auf das geschlossene Fenster. »Alles so verrammelt, derweil ist heute so ein wunderschöner Tag.« Er stand auf und öffnete das Fenster. Sofort drang milde, nach Erde und Blumen duftende Luft in den Raum. »Im Wald ist es wunderschön. Die ersten Buschwindröschen habe ich heute gesehen, auch Krokusse und Gänseblümchen wachsen bereits. Ist es nicht immer wieder ein Wunder, wie der Herrgott jedes Jahr neues Leben erschafft?«

Er gab sich alle Mühe, seiner Stimme Begeisterung zu verleihen, doch Teresa schwieg weiterhin. Seufzend setzte er sich wieder. »Ich muss dir heute etwas gestehen.«

Ihr Blick wanderte in seine Richtung, was er für ein gutes Zeichen hielt.

»Ich bin für dich zum Dieb geworden.« Er hielt den mitgebrachten Beutel mit dem Schnitzwerkzeug in die Höhe.

»Thomas Stantler hätte gewiss gewollt, dass du die Sachen bekommst.« Er öffnete den Beutel, zog ein Schnitzeisen heraus und wog es in der Hand. »Wenn es ums Schnitzen geht, ist mein neuer Herr ein rechter Stümper, was ich einem einfachen Messerer nicht unbedingt verübeln kann.« Er blickte kurz zu Teresa, die ihm jetzt tatsächlich zuzuhören schien. »Ich bin bei Johannes Bruckner untergekommen, der Besitzansprüche angezeigt hat. Immerhin ist er der Schwager des Herrn. Das Haus in der Klingergasse soll verkauft werden. Die Werkstatt hat er an einen Schmied vermietet, was nicht das Schlechteste ist, bei der guten Lage direkt am Fluss.« Er legte das Schnitzeisen vorsichtig in Teresas Schoß und holte einen Klöppel aus dem Beutel. »Ein Schmied hätte mit den Schnitzwerkzeugen sowieso nichts anfangen können. Oder was meinst du?«

Nach einer Weile hob Teresa die Hand und berührte das Eisen vorsichtig mit den Fingerspitzen, als wäre es gefährlich oder glühend heiß. Sie schloss für einen Moment die Augen. Als sie sie wieder öffnete, sah Josef Tränen aufblitzen.

Er beugte sich zu ihr hinüber, um sie in den Arm zu nehmen. Doch sie reagierte anders, wie er gedacht hatte. Sie schubste ihn weg und schleuderte das Schnitzeisen gegen die Wand, wo es krachend zu Boden fiel.

»Ich will dein Werkzeug nicht, hörst du! Gar nichts will ich, niemals wieder! Es ist vorbei, alles ist vorbei. Versteht ihr das nicht?«

Erschrocken wich Josef zurück. Teresa liefen Tränen über die Wangen, die Traurigkeit in ihren Augen war verschwunden. Sie bebte regelrecht vor Wut.

»Aber ich dachte, ich meine …«, stammelte Josef. »Verschwinde, geh mir aus den Augen!«, brüllte Teresa ihn an. »Bist du doch an allem schuld. Warum hast du mich nicht sterben lassen?«

Ihre Stimme brach. Josef beobachtete hilflos, wie sie die Hände vors Gesicht schlug und in sich zusammensackte. Eine Weile sah er ihr beim Weinen zu, dann entschloss er sich zu gehen.

Im Flur traf er auf Vroni, die von den lauten Schreien aus dem Stall gelockt worden war. Verständnisvoll legte sie dem alten Klingenschmied die Hand auf den Arm. »Es ist gut. Sie zeigt eine Reaktion, auch wenn es nicht die ist, die du dir erhofft hast. Sie soll ruhig weinen, laut schreien, von mir aus Dinge an die Wände werfen. Dann wird es vielleicht erträglicher. Ihre Welt ist zusammengebrochen, sie hat alles verloren, was ihr jemals etwas bedeutet hat, da darf man wütend sein.«

Teresas Schluchzen wurde leiser.

»Komm morgen wieder«, sagte Vroni und lächelte aufmunternd. »Du tust ihr gut.«

Erstaunt schaute Josef sie an, dann nickte er zögernd und verließ ohne einen Abschiedsgruß das Haus.

Teresa blickte auf das am Boden liegende Schnitzeisen, das ihr plötzlich wie ein Fremdkörper vorkam, der doch vertraut war. Es brachte den Schmerz und die Erinnerungen an ein Leben zurück, das sie nicht mehr haben wollte. Doch was sie wirklich wollte, wusste sie nicht. Vielleicht sterben, damit endlich alles ein Ende hatte. Sie dachte an Rupert, der in der Scheune gelegen hatte, an ihre Flucht in den Wald, die Ungewissheit, als sie in Passau eingetroffen war. Damals hatte sie den unbedingten Willen zum Überleben in sich gespürt, hatte gekämpft und ihren Platz im Leben gefunden.

Doch sie hatte sich getäuscht. Vielleicht war alles, was sie bisher gedacht, wie sie gehandelt und was sie getan hatte, falsch gewesen. Vielleicht hätte sie eine einfache Magd bleiben sollen, die nicht schnitzte, die sich nicht verliebte, die stattdessen fromm und fleißig ihren Alltag bestritt, um nicht aufzufallen. Noch während sie den Gedanken dachte, verwarf sie ihn wieder, denn niemals hätte sie so leben können. Ihr Vater hatte ihr etwas anderes beigebracht, hatte sie zu einem selbstbewussten Menschen erzogen.

Sie schaute auf das Schnitzeisen am Boden. Wie oft hatte sie es schon in der Hand gehalten, doch wirklich angesehen hatte sie es noch nie. Sie stellte fest, dass sogar das Eisen selbst ein kleines Kunstwerk war. Ein einfacher Holzgriff, gebogenes Metall, das im Licht der Sonne sanft schimmerte. Es war nicht böse, konnte nichts für das, was geschehen war. Sie hatte ihre Kunst, ihre Leidenschaft, hintangestellt, hatte sich selbst verraten. Sie stand auf, ging in die Hocke und berührte das Eisen mit der Fingerspitze, strich seine Form nach, umkreiste den hölzernen Griff, der gut in der Hand lag, wie sie wusste. Vorsichtig hob sie es hoch. Es war schwerer, als es aussah, eines der nicht ganz so feinen Schnitzeisen mit einer breiteren Klinge. Plötzlich wusste sie, was sie zu tun hatte, was die grausame Leere in ihr vertreiben konnte. Entschlossen erhob sie sich, verließ den Raum, durchquerte den Flur und trat auf den Hof. Neben der Haustür war Holz aufgestapelt. Sie wählte ein längliches Stück Buchenholz und schlug den Weg zum Waldrand ein, den die tief im Westen stehende Sonne in warmes Licht tauchte. Leichter Wind rüttelte an den Bäumen, an deren Ästen erste grüne Triebe zu erkennen waren. Am Wegesrand wuchs Löwenzahn zwischen Gänseblümchen und bereits verblühten Schneeglöckchen. Eine Schlehe, die ihre Äste bis über das Dach der Scheune streckte, stand in voller Blüte, die Wiese darunter wirkte wie weiß überzuckert von ihren Blütenblättern. Zum ersten Mal nahm Teresa ihre Umgebung wieder wahr: den milden Wind, das Gezwitscher der Vögel, den Zitronenfalter, der vor ihr durch die Luft flatterte.

Sie erreichte die große Linde und blieb vor dem schmucklosen Erdhaufen stehen. Niemand wusste von dem zauberhaften Wesen, das hier beerdigt worden war. Sie hatte es gekannt, hatte seine Berührung gespürt, hatte mit ihm geredet, still mit ihm gelächelt. Ihr Kind hatte einen Namen verdient, damit jeder Wanderer wusste, wer hier begraben lag. Auch wenn es niemals einen Atemzug getan und nicht einmal in den Armen seiner Mutter gelegen hatte.

Teresa setzte sich ins Gras neben das Grab und begann damit, die Rinde vom Holz zu entfernen, im Kopf den einzigen Namen, der dem kleinen Mädchen gerecht wurde. Maria sollte sie heißen, nach ihrer Großmutter, der sie vielleicht ähnlich gewesen wäre.

Teresa konzentrierte sich auf ihre Arbeit, spürte das Holz in ihrer Hand und war bald von Spänen umgeben. Wie von selbst, so schien es, nahm das Stück die Form eines kleinen Kreuzes an, genau so, wie Teresa es sich vorgestellt hatte.

Die Sonne versank hinter den Hügeln, und der Himmel färbte sich flammend rot. Das Zwitschern der Vögel verstummte, Teresa bemerkte es nicht. Sie entfernte Span um Span, prüfte, schnitzte, überlegte und schnitzte weiter. Erst als die Dunkelheit hereingebrochen war, hielt sie inne und schaute zum Himmel. Hell leuchteten die Sterne in dieser mondlosen Nacht. Wie klein sie im Gegensatz zu diesem wunderbaren Himmel war, dachte sie wehmütig. All ihr Kummer bedeutete nichts in dem ewigen Reich Gottes, das sie mit seiner Schönheit immer wieder von neuem betörte und für einen Moment den Schmerz vertrieb.

Sie blickte auf, das halb fertige Kreuz in ihrer Hand. Die Leere in ihr war noch da, das dumpfe Gefühl, etwas verloren zu haben. Aber seltsamerweise schien alles ein wenig leichter geworden zu sein. Plötzlich fühlte sie eine große Ruhe in sich, als hielte jemand seine schützende Hand über sie. Sie schloss die Augen, spürte den Wind auf ihrer Wange wie eine sanfte Berührung. Sie sank ins Gras, breitete ihren Umhang über sich, schaute in den Himmel und zählte die Sterne, bis ihr die Augen zufielen.

Helles Sonnenlicht fiel golden durch die Bäume auf den Waldboden und verwandelte die letzten Nebelschleier der Nacht in leuchtende, magisch wirkende Zauberwesen. Sie stand auf einem Waldweg und schaute einer Gestalt entgegen, die aus dem Licht auf sie zukam. Ihr Herz schlug schneller, und ein wunderbar warmes Gefühl der Freude erfüllte ihren Körper, wie sie es noch nie zuvor gespürt hatte. Die Gestalt kam immer näher. Sie trug einen Umhang, die Kapuze über den Kopf gezogen. Eine Frau, wie der lange Rock verriet, der bis zum Boden reichte. Direkt vor Teresa blieb sie stehen. Ihr Gesicht war so wunderschön und ebenmäßig, umrahmt von schimmerndem braunem Haar. Die Frau streckte lächelnd die Hand aus, die Teresa ergriff. Sofort schien unendlich viel Wärme durch ihren Körper zu fließen. Eine Wärme, die all ihren Kummer vertreiben würde. Sie wollte mehr davon, umklammerte die Hand wie eine Ertrinkende, die ums Überleben kämpft. Doch die Frau ließ sie wieder los. Ohne ein Wort zu sagen, drehte sie sich um und ging den Waldweg zurück. Teresa wollte ihr etwas nachrufen, sie bitten zu bleiben. Aber kein Wort kam über ihre Lippen. Die Frau verschwand im hellen Licht. Teresa schaute ihr sehnsüchtig nach. Was blieb, war das Gefühl der Wärme, das sich wie ein Versprechen des Glücks anfühlte.

✶

Laute Stimmen weckten Teresa am nächsten Morgen. Sie blinzelte. Im ersten Moment wusste sie nicht, wo sie war, doch dann kam die Erinnerung zurück. Durchgefroren und vollständig angekleidet, war sie gestern Abend unter ihre Decke gekrochen, nachdem sie im feuchten Gras aufgewacht war. Es mochte Frühling sein, aber laue Sommernächte waren noch fern. Daran hatte auch der von Licht und Sonne erfüllte Traum nichts geändert, dem sie nachspürte, um noch einmal diese wunderbare Ruhe zu empfinden und das Gesicht der Frau zu sehen.

Die lauten Stimmen verschwanden nicht. Der Traum verblasste immer mehr. Irgendwann gab sie es auf, schlug die Decke zurück, trat ans Fenster und schaute neugierig in den Hof hinunter. Drei Männer standen vor Vroni. Ein etwas Älterer – offensichtlich ein Mann der Kirche – gestikulierte wild mit den Armen. Teresa beobachtete die Szenerie eine Weile, dann trat sie vom Fenster weg. Das Gespräch schien wichtig zu sein. Ihr Blick fiel auf den Beutel mit dem Schnitzwerkzeug, den sie gestern Abend achtlos auf einen Stuhl gelegt hatte. Sie wusste, was sie zu tun hatte. Sicher würde Vroni ihr später von dem seltsamen Besuch berichten, doch jetzt musste sie vollenden, was sie gestern begonnen hatte. Sie blickte kurz in den Spiegel, richtete ihr Haar, griff nach dem Beutel und verließ den Raum.

Im unteren Flur steuerte sie die Hintertür an, die in den Gemüsegarten auf der Rückseite führte, in dem die ersten Kräuter wuchsen. Besonders der Thymian zeigte bereits grüne Spitzen, genauso wie der Schnittlauch, der in großen Mengen an dem leicht schiefen, von Ginsterbüschen überwucherten Zaun wuchs. Teresa schlüpfte durch das kleine Gartentürchen und eilte über die Wiese zum nahen Waldrand, wo sie dem Trampelpfad bis zu der großen Linde folgte. Vor dem Grabhügel blieb sie stehen. Wieder machte sich Wehmut in ihr breit, doch das Gefühl der Traurigkeit hatte sich geändert. Sie spürte nicht mehr den gleichen tiefen Schmerz wie vor einigen Tagen. Sie blickte auf das Stück Holz in ihrer Hand, auf die Konturen des Kreuzes, auf dem irgendwann der Name Maria stehen würde. Maria, überlegte sie plötzlich. Vielleicht war sie es ja gewesen, die gestern schützend ihre Hand über sie gehalten hatte. Vielleicht war ihr tatsächlich die heilige Mutter Gottes erschienen, um ihr zu sagen, dass alles gut werden würde und sie sich nicht sorgen brauchte, weder um Rupert noch um ihr Kind oder um Christian. Doch warum sollte die Mutter Gottes ausgerechnet ihr erscheinen? Ihre Liebe war unzüchtig und eine Sünde gewesen, aus der ein Kind entstanden war, das es gar nicht hätte geben dürfen. So jemandem konnte doch nicht die heilige Mutter Gottes erscheinen. Sie blickte auf das Stück Holz in ihrer Hand, auf den Beutel mit dem Schnitzwerkzeug. Über ihr rüttelte der Wind an den Zweigen, und helles Sonnenlicht ließ die Schlüsselblumen neben dem Erdhügel leuchten. Sie setzte sich ins Gras und atmete tief durch. Vielleicht war es doch nur ein schöner Traum gewesen. Ein kleiner Spatz hüpfte an ihr vorüber, trockenes Gras im Schnabel. Sie beobachtete lächelnd, wie er über die Wiese davonflog. Sie schaute zum Weg zurück. Früher, wenn es ihr schlechtgegangen war, dann war Christian gekommen, wie aus dem Nichts aufgetaucht. Er hatte sie in den Arm genommen, keine Fragen gestellt, war einfach nur an ihrer Seite gewesen, bis der Sturm vorbeigezogen war. Er hatte zugehört, ihr Geborgenheit geschenkt. Jetzt musste sie allein klarkommen.

Ihre Erinnerungen an jenen Abend, an dem ihre Welt zusammengebrochen war, waren nur vage. Sie waren unterhalb der Niederburg gewesen, das wusste sie noch. Was dann geschehen war, verschwand in einem grauen Nebel des Vergessens. Michael war zu Boden gegangen, Magda hatte geschrien.

Sie war fortgelaufen, den Feldweg zurück, gehässiges Gelächter im Ohr. Sie dachte an den gestrigen Abend und an ihren Traum, der sich so wirklich angefühlt hatte.

»Was macht Ihr denn so allein hier oben, mein Kind?«

Teresa zuckte erschrocken zusammen und schaute hoch. Der korpulente Geistliche stand vor ihr und musterte sie neugierig.

»Schnitzen«, antwortete sie und hielt ihm das Kreuz hin.

Er nahm es in die Hand, betrachtet es von allen Seiten. »Eine sonderbare Arbeit für eine junge Frau.«

Ihr Blick wurde trotzig. Sie riss ihm ihr Kreuz aus der Hand. »Es ist für Maria«, erklärte sie.

»Also habt Ihr sie auch gesehen?«, fragte er überrascht.

Irritiert schaute Teresa ihn an. Sie brauchte einen Moment, um zu begreifen, welche Maria er meinte, dann bestätigte sie zögernd: »Ja, ich habe sie gesehen.«

Plötzlich umspielte ein Lächeln die Lippen des Geistlichen. »Sie ist wunderbar, nicht wahr? Ich bin jedes Mal überwältigt, wenn sie vor mir steht.«

»Ihr habt sie schon öfter gesehen?«

Er nickte bestätigend. »Ja, und deshalb will ich ihr hier oben, genau an der Stelle, wo Ihr sitzt, eine Kapelle bauen, wenn Ihr nichts dagegen habt.«

Teresa schaute ihn erschrocken an, doch dann nickte sie, auch wenn seine Worte bedeuteten, dass das Grab ihres Kindes nicht hier bleiben konnte.

»Ihr habt den Ort gut gewählt«, erwiderte sie zögernd.

»Wollt Ihr mir Euren Namen verraten, mein Kind?«

Teresa nannte ihren Namen, dann fragte sie neugierig: »Und mit wem habe ich das Vergnügen?«

»Oh, wie unhöflich von mir.« Er zwinkerte ihr zu. »Marquard Freiherr von Schwendi, Domdekan zu Passau, mein Kind.«

Kapitel 15

Josef ließ die Schaufel sinken und schaute Teresa noch einmal fragend an. »Und du willst wirklich, dass ich das tue?«

»Es bleibt uns doch nichts anderes übrig«, antwortete sie. »Bald werden sie an dieser Stelle mit dem Bau der neuen Wallfahrtskapelle beginnen, was Marias Grab zerstören wird. Der Herr Domdekan hat es gesagt.«

Josef schaute auf das kleine, mit Schlüsselblumen geschmückte Grab. »Du hast mir gar nicht erzählt, dass du ihr einen Namen gegeben hast. Maria also. Ein hübscher Name.«

»So hieß meine Mutter, und ...« Teresa verstummte. Warum sollte sie Josef von ihrem Traum erzählen. Er würde ihr sowieso nicht glauben und es für ein Hirngespinst halten. Es reichte schon, dass sie es dem Domdekan gesagt hatte. Noch nie hatte so ein feiner Herr mit ihr gesprochen. Er war Domdekan zu Passau und offensichtlich sehr reich. Wie wäre er ansonsten in der Lage dazu, eine Wallfahrtskapelle auf dem Schulerberg zu errichten, auch wenn diese nur klein und aus Holz sein sollte.

Vroni hatte ihr von diesen Plänen berichtet und auch davon, dass ihr Bruder die Figuren für die Kirche schnitzen durfte, was eine große Ehre für ihn war. Teresa hatte nicht einmal gewusst, dass Vroni einen Bruder hatte, geschweige denn, dass er Bildhauer war. Sie musste sich eingestehen, reichlich wenig über ihre Wohltäterin zu wissen, die sie mit viel Geduld gesund gepflegt hatte und seit Wochen durchfütterte. Nach diesem Gespräch hatte sie sich zum ersten Mal Gedanken darüber gemacht, wie lange sie noch auf dem Schulerberg bleiben konnte. Vroni hatte nie ein Wort darüber verloren, doch jetzt, da sie wieder genesen war, würde das Thema gewiss bald zur Sprache kommen.

Sie blickte zum Hof zurück. Dahinter führte der Weg in die nicht ferne Innstadt. War sie wirklich schon fähig dazu, zurückzugehen? Passau, die Stadt, die ihr Heimat geworden war, machte ihr plötzlich Angst. Überall lauerten Erinnerungen an ein anderes Leben, das es niemals wieder geben würde. Allerdings konnte sie sich nicht auf dem Schulerberg verkriechen, irgendwie musste es ja weitergehen.

Josef schaute sie fragend an.

»Vielleicht sollten wir sie dort drüben im Schatten der Eiche begraben«, schlug Teresa vor. »Der Platz ist nicht ganz so schön wie der unter der Linde, aber er ist durch das kleine Fichtenwäldchen gut geschützt. Wer weiß, wie viele Menschen bald den Berg heraufkommen werden, um die neue Kapelle zu bewundern und dort zu beten, da ist es bestimmt besser, wenn ihr Grab etwas versteckt liegt. Dann trampelt wenigstens niemand auf ihr herum.«

Josef blickte Teresa irritiert an. Sie zuckte mit den Schultern. »Sie ist tot, ich muss damit leben lernen. Auch meine Wut wird daran nichts ändern. Es tut mir leid, dass ich dich neulich beschimpft und aus dem Haus geworfen habe. Das hätte ich nicht tun sollen. Wenn ich jetzt darüber nachdenke, dann ist nie etwas gut geworden, wenn ich wütend gewesen bin. Maria hat eine besonnene Mutter verdient. Wenigstens jetzt werde ich auf sie achtgeben, auch wenn das nicht so ist, wie ich es mir gewünscht habe.«

Josef setzte seine Mütze ab und kratzte sich nachdenklich am Kopf. Er dachte an Vronis Worte, die er nicht verstanden hatte, doch jetzt begriff er. Teresa hatte ihre Wut hinausgeschrien, hatte den Kummer zugelassen und ihrer Verzweiflung Luft gemacht, was ihr sichtlich gutgetan hatte. Sie hatte sogar wieder zu schnitzen begonnen. Auch wenn es ein Kreuz für das Grab ihres Kindes war, so wertete er das als gute Veränderung, denn das Schnitzen war ein Teil von ihr, und das konnte ihr niemals jemand wegnehmen.

Er stieß die Schaufel in den Erdhaufen und hielt bald darauf das kleine Bündel in den Armen, das ihn mit seinem Liebreiz, den winzigen Fingerchen und puppenartigen Gesicht betört hatte. Teresa hatte den Blick abgewandt, was er gut verstehen konnte. In ihrer Vorstellung war das kleine Mädchen lebendig, und so sollte es auch bleiben.

»Ich geh dann«, sagte er leise. »Du kannst ja nachkommen, wenn ich dich rufe.«

Teresa deutete ein Nicken an. Ihre Tränen verrieten, dass die Verzweiflung nicht besiegt war und die Wut noch längst nicht den Kummer vertrieben hatte. Sie schaute Josef nach, wie er hinter dem kleinen Fichtenwäldchen verschwand. Wenigstens einen Ort gab es, wo sie trauern konnte: das Grab ihrer Tochter. Auch wenn sie nicht in geweihter Erde beerdigt war, was Teresa nicht wichtig erschien, da sie spürte, dass Maria den Weg zu Gott gefunden hatte.

»Was macht er da?«, fragte plötzlich jemand hinter Teresa. Sie drehte sich erschrocken um. Ein kleiner blonder Junge, kaum älter als acht oder neun Jahre, stand vor ihr. Er trug eine zu kurz geratene Leinenhose, einen lustigen Filzhut, an dem eine Adlerfeder befestigt war, und etwas zu große Schnürschuhe, die auch schon bessere Zeiten gesehen hatten. Verwundert schaute Teresa ihn an. Er pflückte einen Grashalm ab, steckte ihn in den Mund und kaute darauf herum.

»Sieht so aus, als würdet ihr etwas Verbotenes tun.«

Teresa zog die Augenbrauen hoch. »Geht dich das etwas an? Steck deine Nase in deine eigenen Angelegenheiten«, antwortete sie knapp. Der Junge war zu neugierig. »Woher kommst du überhaupt? Hast du keine Eltern, die auf dich aufpassen?«

»Nur noch einen Vater, der ist aber berühmt und hat viel zu tun, weshalb ich machen kann, was ich will.«

Er entblößte grinsend eine große Zahnlücke. Teresa fehlten die Worte. So ein selbstgefälliger kleiner Bursche war ihr in ihrem ganzen Leben noch nicht begegnet. Lausbuben schon so manche, die gern und oft Unsinn anstellten, aber so einen überheblichen Tonfall hatte keiner von ihnen an den Tag gelegt.

»Bist ganz schön frech für dein Alter. So redet man nicht mit Fremden. Sieh lieber zu, dass du fortkommst, bevor ich mich vergesse.«

Der Junge runzelte die Stirn. Amüsiert beobachtete Teresa, wie er nach einer Antwort suchte. Anscheinend war er es nicht gewohnt, dass so mit ihm gesprochen wurde.

»Ist mir ja eh gleichgültig«, antwortete er patzig, machte auf dem Absatz kehrt und rannte über die Wiese davon.

Verdutzt schaute sie ihm hinterher.

»Also ich weiß ja nicht, wie du das siehst«, sagte plötzlich Josef hinter ihr. »Aber da, wo ich herkomme, hätte so einer öfter Prügel bezogen, und das nicht nur von seinen Eltern.« Teresa blickte dem Jungen nach. »Schon sonderbar, dass er gerade jetzt hier auftaucht.«

»Werden bald noch mehr werden, die seltsamen Gestalten hier oben.« Josef wischte seine Hände an der Hose ab. »Wird nicht lange dauern, bis es sich in der Stadt herumgesprochen hat, dass hier eine Wallfahrtskapelle gebaut wird.«

Er machte sich daran, das kleine Grab unter der Linde zuzuschaufeln.

Teresa ließ ihn seine Arbeit allein beenden und ging zum Hof zurück. Dort stand direkt vor dem Hauseingang ein großes Fuhrwerk. Ein ihr unbekannter Bursche brachte zwei zottelig aussehenden Pferden Wasser, während ein weiterer Bursche den Wagen ablud. Neugierig trat sie näher. Lachen drang aus dem Haus nach draußen. Teresa blieb vor dem Wagen stehen, der bis obenhin mit Möbeln, Holzbrettern und anderen Gegenständen beladen war, die darauf hindeuteten, dass hier jemand seinen gesamten Hausstand mitbrachte.

»Da ist ja noch jemand«, sagte plötzlich ein Mann hinter ihr. »Du hast mir gar nicht gesagt, dass du eine neue Magd hast, Vroni.«

»Das ist keine Magd«, erwiderte Vroni. »Das ist Teresa … eine Freundin.«

Teresa drehte sich langsam um. Der Bildhauer aus der Milchgasse stand vor ihr. Seine Augen weiteten sich.

»Aber, das ist doch …« stammelte er.

Vroni schaute von ihm zu Teresa und zurück. »Ihr kennt euch?«

Er wandte den Blick nicht von Teresa ab, während er nickte.

»Nur flüchtig«, antwortete Teresa, die als Erste ihre Sprache wiederfand. »Ich bin durch Zufall in seine Werkstatt geraten, mehr nicht.«

»Richtig, sie hatte sich verlaufen«, stimmte er zu.

»Das ist sie, Papa. Das ist die Frau, die so böse zu mir gewesen ist.« Der kleine blonde Junge trat neben den Bildhauer, der schützend den Arm um ihn legte. »Du musst sie bestrafen, musst sie ausschimpfen.«

Seine Worte klangen kindlich, doch sein gehässiger Blick sagte etwas anderes. Dieser Bursche wusste sehr genau, wie er seinen Vater um den Finger wickeln konnte. Teresa seufzte innerlich, als Vroni die beiden als ihren Bruder und Neffen vorstellte, die ab heute auf dem Hof wohnen würden.

✳

Josef hatte sich in den hinteren Teil der Schenke zurückgezogen, gleich neben den breiten Kachelofen, der nicht angeheizt worden war. Missmutig schaute er aus dem Fenster. Dass das Wetter umschlagen würde, hatte er in seinen alten Knochen gespürt, doch er hatte es nicht wahrhaben wollen. Regen prasselte in große Pfützen, der Himmel war verhangen. Auch Graupelgewitter hatte es gegeben, für den April typisch, aber in diesem Jahr verfluchte Josef das launische Wetter noch mehr als in den Jahren zuvor, als er sich in seine trockene Werkstatt flüchten konnte. Sein neuer Herr hatte ihn für Botengänge eingeteilt, was ihn immer wieder durch die ganze Stadt führte und dem Regen aussetzte. Auch jetzt hatte ihn ein Schauer in die Schenke getrieben, die trotz der frühen Stunde bereits voller Gäste war. Zumeist waren es Männer aus dem Lager der Katholischen Liga, die hier ihren trostlosen Alltag bei Bier und Wein vergessen wollten. Doch auch der eine oder andere Bürger Passaus mischte sich unter das bunte Volk der Landsknechte, die mit ihren aufgeplusterten Hosen gut von den anderen zu unterscheiden waren. Menschen, die der Spielsucht verfallen waren wie der alte Karl, der ihm gegenüber an der Wand saß, wie immer den Würfelbecher in der Hand. Haus und Hof hatte er verspielt, der ehrenwerte Herr Kaufmann, der neuerdings in einer zugigen Dachkammer hauste. Seine Frau war zurück zu ihren Eltern gegangen, ehrenwerte Kaufleute und hochangesehene Ratsbürger der Stadt. Die Ehe sollte für nichtig erklärt werden, ein Gesuch beim Bischof war eingereicht worden, wie auf den Gassen getratscht wurde. Er hatte alles verloren, und doch saß er hier, spielte weiter und legte seine letzten Münzen in die Mitte des Tisches.

»Ein Spieler wird immer ein Spieler bleiben.«

Gustl hatte sich zu Josef gesetzt.

»Da magst du recht haben, mein Freund.«

Gustl schaute zu Karl hinüber, der diesmal gewonnen hatte und die Münzen in seinen Beutel schob.

»Und ein Dummkopf bleibt ein Dummkopf.« Gustl trank von seinem Wein.

»Burgi«, sagte Josef.

Gustl nickte, sein Gesichtsausdruck wurde wehmütig.

»An einem heißen Tag im August bin ich ihr zum ersten Mal begegnet. Sie war gemeinsam mit Alma, dem schrecklichen Ding, das niemand wirklich leiden konnte, zu mir in die Grünau gekommen. Weiß Gott, selbst in jungen Jahren ist sie keine wirkliche Schönheit gewesen, aber mir hat sie vom ersten Augenblick an gefallen. Ich weiß noch genau, was sie an jenem Tag getragen hat. Ein blaues Leinenkleid mit einer beigefarbenen Schürze, ein Tuch in der gleichen Farbe bändigte ihr kastanienbraunes Haar, das sie zu einem dicken Zopf geflochten hatte, der bis auf ihre Taille herabfiel. Sie hatte mich unsicher angeblickt, hat mir aber ein Lächeln geschenkt. Für mich war es das schönste Lächeln der Welt gewesen.« Er nahm einen Schluck von seinem Wein und fuhr fort: »Von da an ist sie öfter gekommen, fast jeden Tag hat sie mich besucht. Am Anfang hat sie noch nach Gemüse oder Obst gefragt, doch später ist sie zum Reden gekommen oder zum Schweigen. An so manch sonnigem Nachmittag haben wir zwischen den Obstbäumen gesessen, haben manchmal nebeneinander im Gras gelegen. Wir träumten uns auf ein Schiff, das uns die Donau hinauf in eine fremde Welt bringen würde, beobachteten die Wolken am Himmel, die oft wie Tiere oder Fabelwesen aussahen. Weiß Gott, ich habe sie geliebt, doch angerührt habe ich sie nicht. Als ich ihr einen Antrag gemacht habe, ist sie fortgelaufen und tagelang nicht wiedergekommen. Ich dachte, ich hätte sie für immer verloren, hätte alles falsch gemacht. Doch irgendwann hat sie unter einem Apfelbaum gesessen. Stockend hat sie zu erzählen begonnen, von ihrem Ehemann, ihren Kindern, von dem heißen Sommer, in dem sich ihr Leben für immer verändert hatte. Die Pest hatte ihr alles genommen, was ihr jemals im Leben etwas bedeutet hatte. Sie ist geflohen, zuerst nach Grafenau, dann bis nach Passau gelaufen. So stark ist sie gewesen, mein Mädchen, doch sie hat es nicht fertiggebracht, jemals wieder einen Menschen zu lieben. An diesem Nachmittag habe ich sie zum ersten Mal im Arm gehalten, bis das Schluchzen weniger geworden und sie eingeschlafen ist. Wir hatten einander gefunden, das wussten wir beide, aber sie hat es nicht geschafft, über ihren Schatten zu springen.«

»Und warum bist du dann ein Dummkopf?«, fragte Josef.

»Weil ich die einzige Frau, die ich wirklich geliebt habe, niemals haben konnte. Ich habe sie nicht in den Arm nehmen und ihr nicht versprechen können, dass ich immer bei ihr bleiben und sie nicht allein lassen werde, weil ich ein verdammter Feigling gewesen bin.«

Seine Stimme war laut geworden, er schlug mit der Hand auf den Tisch. Der Wirt schaute in ihre Richtung. Gustl sackte in sich zusammen.

»Ein gottverdammter Dummkopf. Ich hatte solche Angst davor, dass ich ihr nicht gerecht werden könnte und sie im Stich lassen würde, obwohl ich sogar die Genehmigung für eine Heirat erwirkt hatte. Das werde ich mir nie verzeihen. Ich habe sie allein gelassen, habe mich nicht um sie gekümmert. In all den Jahren ist sie für mich zu einer Selbstverständlichkeit geworden, auf die ich nicht achtgegeben habe. Als sie an dem Nachmittag nicht gekommen ist, habe ich gleich gewusst, dass etwas nicht stimmt. Doch wieder bin ich feige gewesen. Ich bin nicht in die Klingergasse gegangen, um nach dem Rechten zu sehen. Vor meiner Hütte bin ich sitzen geblieben und habe gehofft, dass sich das ungute Gefühl in mir nicht bestätigen und sie sich einfach nur verspäten würde.«

Josef dachte an Teresa, an den Augenblick, als er sie zum ersten Mal gesehen hatte. Unsicher hatte sie neben dem Herrn gestanden, den Blick gesenkt. Und er hatte sie sofort ins Herz geschlossen.

»Was ist an jenem Tag in diesem Haus passiert, mein Freund? Warum nur hat Burgi sterben müssen?«, fragte Gustl.

Josef kannte die Antwort nicht. Bisher hatte er sich noch nicht getraut, Teresa darauf anzusprechen.

»Es hat Gerüchte gegeben«, antwortete Josef, »wegen Alma.«

»Ist das jetzt noch wichtig«, erwiderte Gustl.

»Wenn sie jemandem die Wahrheit gesagt hat, dann vielleicht dir. Rechtfertigen muss sie sich jetzt vor einem anderen Richter, sollte sie wirklich das getan haben, was ihr nachgesagt wird.«

»Die Leute glauben doch nur, was sie glauben wollen«, erwiderte Gustl kopfschüttelnd. »Eines Tages hat Burgi Alma nach Luft ringend auf dem Küchenboden gefunden. Sie hat sofort versucht, der alten Frau zu helfen, doch sie war zu spät gekommen. Alma war erstickt, woran, das konnte selbst Burgi nicht sagen. Als sie Alma die Augen schloss, hat eine der jungen Mägde in der Tür gestanden. Als Burgi auf sie zugehen wollte, ist sie panisch fortgerannt. Burgi ist ihr nachgelaufen, hat mit ihr geredet und versucht, sie zu beruhigen. Doch wirklich geholfen hat das nicht. Das Mädchen war am nächsten Tag fort, und als Alma zu Grabe getragen wurde, hat das Getuschel angefangen. Thomas Stantler hat sich für Burgi eingesetzt, und es ist nie zu einer Anklage gekommen, vielleicht auch, weil Zeugen für einen vermeintlichen Mord fehlten. Bis zum Schluss hat Burgi nie verwunden, dass überhaupt jemand annehmen könnte, sie wäre eine Mörderin. Aber was hat es für einen Sinn, jetzt darüber zu reden. Sollte es doch anders gewesen sein, wird es niemand erfahren, denn sie hat ihr Geheimnis mit ins Grab genommen.« Gustl leerte seinen Becher und bedeutete dem Wirt, ihm einen weiteren zu bringen.

»Ich habe gehört, die kleine Schnitzerin wohnt jetzt oben auf dem Schulerberg.«

»Woher weißt du davon?«

»Passau ist ein Dorf, das müsstest du doch wissen.«

»Was wird denn in diesem Dorf noch so alles gesprochen?«

Der Wirt kam und stellte den Becher Wein auf den Tisch, Gustl warf ihm ein paar Münzen hin.

»Magda, die andere Magd des Klingenschmieds, wird vermisst, angeblich soll sie tot sein. Es wird gemunkelt, dass sie etwas mit Burgis Tod zu tun haben könnte.«

Josef, der von seinem Wein trinken wollte, hielt in der Bewegung inne. Gustl warf ihm einen abschätzenden Blick zu. »Du weißt davon. Das Mädchen, diese Teresa, sie hat ein Kind erwartet, hat es wegmachen wollen. Am Ende steckten die beiden unter einer Decke.«

Josef stellte seinen Becher auf den Tisch. »Teresa hat nur gesagt, dass Magda fort ist«, log er. »Sie hat Burgi und den Herrn damals gefunden und ist zu mir gekommen. Die Aufregung war zu viel für sie, deswegen habe ich sie auf den Schulerberg gebracht. Was aus der anderen Magd geworden ist, weiß ich nicht.«

Josef wusste nicht, warum, aber plötzlich hatte er das Gefühl, dass ein Feind vor ihm saß. Ein Mann, der nichts mehr zu verlieren hatte und alles dafür tun würde, um den Tod der Frau zu rächen, die die Liebe seines Lebens gewesen war.

*

Teresa wich einer großen Pfütze aus, die fast über den ganzen Feldweg reichte. Der Dauerregen der letzten Tage hatte endlich aufgehört, und es war milder geworden. Der Mai war nicht mehr fern, was hoffentlich bedeutete, dass das launische Wetter ein Ende finden würde. Vroni, die immer wieder vom Weg abwich, um irgendwelches Grünzeug abzurupfen, hatte Teresa gebeten, sie in den Wald zu begleiten, was Teresa gern tat. Sie hatte sich die letzten Tage wieder in ihrer Kammer verkrochen, während Paul seine Werkstatt in der Scheune einrichtete, immer seinen schrecklichen Sohn bei sich, von dem Teresa inzwischen wusste, dass er Anton hieß. Seine Mutter war im letzten Winter einer Lungenentzündung erlegen, was dem Jungen schwer zugesetzt haben musste, wenn man Vronis Worten Glauben schenken wollte, denn dass Anton überhaupt etwas schwer zusetzen konnte, das wagte Teresa zu bezweifeln. Doch vielleicht war sie ihm gegenüber ungerecht. Ihre erste Begegnung war nicht gerade gut verlaufen. Womöglich trauerte dieser Junge wirklich um seine Mutter, und vielleicht war er gerade deswegen so vorlaut und frech. Paul Kriechbaum war ein hochangesehener Bürger Passaus, der beste Bildhauer weit und breit. Bereits sein Vater hatte diesen Beruf ausgeübt und war als Erschaffer des unvergleichlichen Keferaltars berühmt geworden. Vroni hatte dieses Kunstwerk nur ein Mal im Leben gesehen, als kleines Mädchen, als ihr Vater noch gelebt und sie zu einer Restauration mitgenommen hatte. Sie war ins Schwärmen geraten, als sie von der kostbaren Schnitzarbeit erzählt hatte. Teresa hatte sich in diesem Moment gewünscht, sie könnte den wunderschönen Altar sehen, vielleicht sogar berühren und die Konturen der Figuren nachfahren. Doch das würde niemals geschehen, denn der Altar stand in einer anderen Kirche weit von Passau entfernt.

Vroni kam zum Weg zurück, nur um ihn ein Stück weiter wieder zu verlassen. Sie winkte Teresa freudestrahlend zu sich.

»Komm und hilf mir, Teresa. Hier ist alles voller Bärlauch.« Teresa folgte ihr missmutig. Sofort hüllte sie der unangenehme Gestank ein, den die Pflanze verströmte, und sie rümpfte die Nase. Bereits als Kind hatte sie mit ihrer Mutter nur sehr ungern Bärlauch gesammelt. Auch diesmal riss sie nur widerwillig hier und da eines der grünen Blätter ab. Ihre Mutter hatte den Bärlauch oft in frischen Topfen gerührt und im Frühjahr auf den Tisch gebracht. Schon damals hatte sie den Geschmack genauso wenig gemocht wie den Geruch.

Vroni saß strahlend inmitten der Blätter, ihr Korb wurde immer voller, bald würde nichts mehr hineinpassen. Teresa wischte sich die Hände an ihrer Schürze ab, damit ihre Finger nicht so scheußlich rochen.

Vroni war so beschäftigt, dass sie Teresas Abscheu gar nicht bemerkte. »Die Feuchtigkeit mag der Bärlauch«, sagte sie fröhlich. »Gleich nachher werde ich eine Tinktur daraus anfertigen, die über das ganze Jahr ausreichen wird. Den Rest können wir heute Abend in den Topfen rühren, den wir gestern gemacht haben.«

Teresa hatte es geahnt. Doch im Gegensatz zu früher würde sie heute von dem schrecklichen Zeug essen müssen, denn sie wollte Vroni nicht beleidigen.

»Wieso wischst du dir denn die ganze Zeit die Hände an deiner Schürze ab«, fragte Vroni.

Teresa fühlte sich ertappt. »Es ist nichts«, sagte sie ausweichend.

Vroni trat neben sie. »Du hast die Blätter kaum angerührt. Du magst keinen Bärlauch.«

Teresa nickte betreten.

»Warum hast du denn nichts gesagt? Es gibt viele Menschen, die diese Pflanze nicht mögen. Paul kann Bärlauch auch nicht leiden. Bereits der Geruch verursacht ihm Übelkeit.«

Vroni ging zum Weg zurück. Teresa folgte ihr erleichtert. »Als Kind habe ich ihn immer geärgert und ihm die Blätter vor die Nase gehalten.« Vroni lächelte. »Auch heute darf ich ihm damit nicht zu nahe kommen, was gar nicht so leicht werden wird, denn bald wird das ganze Haus danach riechen.«

Sie schaute zu Teresa und seufzte. »Ich sehe schon, Bärlauch zu lieben ist eine einsame Leidenschaft.«

Sie liefen den Weg zurück, vorbei an der großen Linde, wo noch immer der Erdhaufen an das verlegte Grab erinnerte. Teresas Schritte verlangsamten sich, als sie ein Stück weiter an dem kleinen Fichtenwäldchen vorbeikamen, hinter dem ihre kleine Maria beerdigt war. Sie blieb stehen.

Vroni, die schon ein Stück weitergelaufen war, drehte sich um.

»Ich komme gleich nach, ich möchte nur ...«

Vroni verstand. Sie zögerte kurz, dann kam sie zurück.

»Kann ich mitgehen?«, erkundigte sie sich vorsichtig.

Teresa nickte. »Natürlich.«

Teresa war verunsichert. Vroni hatte Maria einst töten wollen. Sollte diese Frau wirklich vor ihrem Grab stehen?

Vroni erriet ihre Gedanken. »Ich kann verstehen, wenn du es nicht möchtest.«

Teresa schüttelte den Kopf. Sie selbst war diejenige gewesen, die ihr Kind töten wollte. Mit diesem Entschluss war sie den Berg hinaufgelaufen. Vroni hatte ihr helfen wollen, so wie sie vielen verzweifelten Frauen geholfen hatte. Sie hätte nur getan, was getan werden musste, damit Teresa der Schande entging, die über sie hereingebrochen wäre.

»Ich wünschte, ich hätte mehr tun können«, sagte Vroni plötzlich. »Ich weiß, wie sehr du das Kind geliebt hast. Ich habe es nie gesagt, weil ich es nicht für wichtig gehalten habe, aber du bist die Erste gewesen, die es nicht fertiggebracht hat, ihr eigen Fleisch und Blut zu töten. Das rechne ich dir hoch an. All die anderen Frauen, denen ich geholfen habe, waren erleichtert gewesen, nur wenige haben um ihr Kind geweint.« Sie legte Teresa die Hand auf den Arm.

»Ich konnte nichts mehr tun.«

»Ich weiß.« Teresa schluckte. »Lass uns zu ihr gehen, sie wird sich freuen, wenn wir sie besuchen.«

Gemeinsam verließen sie den Feldweg und blieben vor dem kleinen Grab stehen, auf dem Teresas Kreuz zwischen blühenden Schlüsselblumen lag.

Verwundert schaute Vroni auf die hübsche Schnitzarbeit, dann nickte sie. »Josef hat davon erzählt, dass du schnitzen kannst.«

Teresa erwiderte verlegen: »Es ist nur eine Kleinigkeit, nichts Besonderes. Dein Bruder hätte es bestimmt besser hinbekommen.« Sie atmete tief durch. Jetzt war der Zeitpunkt gekommen. Sie nahm all ihren Mut zusammen und fragte: »Was soll nun aus mir werden? Ich kann doch nicht für immer bei dir auf dem Schulerberg bleiben.«

»Warum nicht? Ich mag dich, Teresa. Es ist oft sehr einsam hier oben. An manchen Tagen glaube ich, die Stille im Haus nicht ertragen zu können.«

»Aber dein Bruder und dein Neffe sind doch jetzt da«, sagte Teresa. »Und dann ist da noch ...« Teresa wagte nicht, es auszusprechen. Seitdem sie auf dem Berg war, war kein Mädchen mehr zu Vroni gekommen, aber gewiss würde das nicht für immer so bleiben. Würde sie es ertragen können, mit einer Frau unter einem Dach zu leben, die vor ihren Augen ungeborene Kinder aus dem Leben riss?

»Die Tatsache, dass ich Kinder töte«, vollendete Vroni Teresas Satz.

Teresa nickte. Ihr Blick wanderte zu Marias Grab.

Da griff Vroni nach ihrer Hand. »Ich denke schon seit langem darüber nach, endlich damit aufzuhören. Es ist eine Sünde, habe ich mir eingeredet. Doch dann war wieder eines dieser Mädchen gekommen und hat mich um Hilfe angefleht. Ich habe es nicht übers Herz gebracht, sie fortzuschicken, und habe es getan, ohne darüber nachzudenken, dass ich Gott spiele. Was einer Todsünde gleichkommt. Doch dann bist du gekommen. Als dein Kind in meinen Armen lag, so winzig und friedlich, so wunderschön und einzigartig, da ist mir bewusst geworden, dass alles falsch gewesen ist. Vielleicht bist du ja mein Schicksal. Gott hat für alles einen Grund.«

»Auch einen Grund dafür, einem jede Hoffnung zu rauben?«, fragte Teresa. »Alles hat er mir genommen. Mein Bruder ist gestorben, als er mich schützen wollte, mein Kind durfte ich nicht in den Armen halten, und der Mann, den ich liebte, ist tot. Nur mich hat er verschont, warum auch immer.«

»Er hat gewiss einen guten Grund dafür.« Vroni drückte Teresas Hand. »Wirst du bei mir bleiben? Nicht als Magd, sondern als Freundin? Ich glaube, wir beide könnten jemanden gebrauchen, der das Lachen zurückbringt und die Einsamkeit vertreibt.«

Teresa nickte. »Aber nur unter einer Bedingung.«

»Die wäre?«, fragte Vroni.

»Ich muss Bärlauch weder sammeln noch essen.«

Vroni lachte erleichtert auf. »Abgemacht.«

Sie verließen Marias Grab und schlenderten schwatzend zum Hof zurück. Teresa konnte ihr Glück noch gar nicht fassen. Sie durfte bleiben, hatte ein neues Zuhause gefunden. Wie sonderbar Gottes Wege doch waren. Noch vor wenigen Wochen war sie voller Angst von hier geflohen, und jetzt war ihr dieser Ort Heimat und Vroni eine Freundin geworden. Sie betraten den Innenhof des Anwesens, wo sich Paul gerade mit dem Domdekan unterhielt. Die beiden Männer wandten sich um, als sie die Frauen bemerkten.

Die Augen des Domdekans weiteten sich. Er erkannte Teresa.

»Das Schnitzmädchen«, rief er. Erstaunt zog Paul die Augenbrauen hoch. Der Domdekan lief freudig auf Teresa zu, die ihn überrascht anstarrte. Er legte den Arm um ihre Schultern und zog sie zu Paul. »Sie ist mein Glücksbringer, denn auch ihr ist die heilige Mutter Maria erschienen, nicht wahr, mein Kind?«

Teresa nickte, während sich die Miene des Bildhauers verfinsterte.

»Sie soll Euch zur Hand gehen, mein Freund. Ich habe gesehen, was für Wunder sie mit ihren zarten Händen vollbringen kann. Ein Mädchen, das schnitzen kann, was für eine verrückte Welt, nicht wahr?«

»Ja, was für eine verrückte Welt«, wiederholte Paul Kriechbaum zähneknirschend. Ein Mädchen in seiner Werkstatt, das hatte ihm gerade noch gefehlt. Aber er bewahrte Haltung, ahnte er doch, dass er den Domdekan, dem er den lukrativen Auftrag verdankte, nicht von seiner dummen Idee abbringen konnte.

Teresa öffnete die Tür zu dem Stall, in dem Paul Kriechbaum seine Werkstatt eingerichtet hatte. Erste Sonnenstrahlen fielen durch die Fenster, in denen funkelnde Staubflusen tanzten. Teresa atmete den vertrauten Holzgeruch tief ein. Schon lange hatte sie keine Schnitzwerkstatt mehr betreten. Sogar ein wenig gefürchtet hatte sie sich davor, denn die letzte Schnitzwerkstatt gehörte zu ihrem anderen Leben, das sie für immer vergessen wollte. Es fühlte sich zu ihrer Erleichterung jedoch wie ein Zuhause an, obwohl es in dieser Werkstatt bei weitem nicht so ordentlich wie in der ihres Vaters oder der von Thomas Stantler war. Klöppel, Schnitzeisen, verschieden große Sägen und Schleifpapier lagen wild durcheinander auf der Werkbank, darunter viele Hobelspäne, in denen es verdächtig raschelte. Wahrscheinlich Mäuse, überlegte Teresa. Ungeliebte Gäste jeder Holzwerkstatt. Der Vater hatte sie immer verflucht. Teresa hatte seinen Ordnungssinn oft als übertrieben empfunden, doch instinktiv hatte sie ihn übernommen. Schnitzeisen, Klöppel und Messer gehörten nach getaner Arbeit an ihren Platz, und die Hobelspäne wurden täglich zusammengekehrt und in den Ofen geworfen. Ein Besen lehnte auch hier neben einer Schnitzbank an der Wand. Teresa griff danach und begann damit, die Späne auf einen großen Haufen zu kehren. Dabei legte sie ein Paar Schlappen frei, die bestimmt vermisst wurden. Bei ihrem Anblick musste sie schmunzeln. Paul Kriechbaum mochte ein großartiger Künstler sein, aber ordentlich war er nicht. Ihr Blick wanderte von den Schlappen zur Fensterbank, wo einige Statuen auf ihre Fertigstellung warteten. Eine Marienstatue war darunter, genauso wie die des heiligen Nepomuk, was an den fünf Sternen zu erkennen war, die seinen Kopf einrahmten. Teresa nahm die Statue in die Hand und strich über die akkurat herausgearbeiteten Konturen. Das Holz fühlte sich weich an und war glatt geschliffen worden, damit es glänzte. Nur der untere Teil der Statue war noch rauh. Hier konnte sie an einigen Stellen erkennen, wo das Schnitzeisen in das Holz eingedrungen war. Ihr Vater hatte früher auch Kunstwerke dieser Art hergestellt, wenn auch nicht viele, denn ihr Geschäft war das Spielzeug gewesen. Einmal hatte er eine Figur für ein Wegkreuz angefertigt, auch eine Mutter Maria mit dem Jesuskind im Arm. Sie war etwas größer gewesen als die Statue auf der Fensterbank. Teresa erinnerte sich noch genau daran, wie ihr Vater die Figur aus einem großen Holzblock herausgeschnitten und ihr Stück für Stück ein Gesicht gegeben hatte. Den Heiland hatte er in ihren Arm gelegt, seine kindliche Mimik erschaffen. Sie selbst hatte zu diesem Zeitpunkt nur kleine, meist schiefe Pferdchen geschnitzt, über die sogar Rupert gelacht hatte.

Genau in dem Moment, als sie den heiligen Nepomuk zurück auf die Fensterbank stellte, knarrte hinter ihr die Tür. Ihre Hand zuckte zurück, als hätte sie etwas Verbotenes getan. Der heilige Nepomuk wackelte ein wenig, blieb aber stehen.

»Was willst du denn hier?«, fragte Paul Kriechbaum barsch. Teresa drehte sich um, plötzlich zitterten ihre Hände. Der Bildhauer musterte sie grimmig. »Hab ich dir erlaubt, etwas anzufassen?«

Teresa senkte den Blick und fühlte sich wie damals in der Milchgasse. Doch diesmal war sie kein ungebetener Gast, keine vermeintliche Diebin. Sie straffte die Schultern, und machte einen Schritt auf ihn zu. »Der Herr Domdekan hat gemeint…«

»Was der Herr Domdekan meint, ist mir gleichgültig«, polterte Paul los. Teresa zuckte erschrocken zusammen.

»Das hier ist meine Werkstatt, mein Auftrag. Ein Weibsbild in der Werkstatt bringt Unglück, das weiß doch jeder. Verschwinde und komm nicht wieder.«

Teresa wich zurück. Mit so einem Ausbruch hatte sie nicht gerechnet. Er wandte sich von ihr ab, holte einen Hocker unter der Werkbank hervor, griff nach dem Nepomuk und betrachtete ihn von allen Seiten. Das Gespräch schien für ihn beendet zu sein.

Teresa schaute ihm eine Weile dabei zu, wie er die Konturen des Heiligen mit Schleifpapier glatt schmirgelte. Ungerührt blieb sie in der Mitte des Raumes stehen. So schnell würde sie sich nicht einschüchtern lassen. Wenn er sie wirklich loswerden wollte, dann musste er sie eigenhändig vor die Tür setzen.

Eine Weile sagte keiner von beiden etwas, dann drehte er sich zu ihr um. »Habe ich dir nicht gesagt, dass du verschwinden sollst?«

Teresa ballte die Fäuste und machte einen Schritt auf ihn zu. »Ich kann schnitzen, besser als so mancher Mann. Ihr habt die Pferdchen in dem Laden gesehen. Jedes Einzelne von ihnen habe ich geschnitzt. Mein Vater hat es mir beigebracht, und in seiner Werkstatt hat es nicht ein Mal ein Unglück gegeben, nur damit Ihr es wisst.«

Seine Miene veränderte sich nicht. »Ich habe gesagt, du sollst verschwinden. Verstehst du das nicht!«

»Ihr wisst genau, wovon ich spreche. Der Domdekan hat gesagt, dass ich Euch zur Hand gehen soll, also werde ich das tun.« Sie verschränkte die Arme vor der Brust.

»Himmelherrgottsakrament. Du willst es einfach nicht begreifen, oder? Raus aus meiner Werkstatt.«

Er stand auf, packte sie grob am Arm, öffnete die Tür und beförderte sie nach draußen. Teresa landete unsanft auf den Knien. Hinter ihr wurde die Tür laut zugeschlagen. Als sie aufblickte, sah sie in das Gesicht des kleinen Anton, der sie gehässig angrinste.

»Hätte ich dir gleich sagen können, dass das nichts wird, du dumme Gans.«

Teresa wollte nach ihm greifen, doch der Junge sprang schnell zur Seite und lief über den Innenhof davon. Wütend schaute Teresa ihm nach, dann rappelte sie sich auf und klopfte den Staub vom Rock. Ihre Hände waren aufgeschürft, die Wunden brannten, ebenso ihre Knie. Wie hatte sie auch nur einen Augenblick annehmen können, dass Paul Kriechbaum sie in seiner Werkstatt dulden würde. Bereits damals in der Milchgasse war der dunkelhaarige Mann mit den großen braunen Augen und den buschigen Augenbrauen mehr als ungerecht zu ihr gewesen.

Teresa ging zum Haus hinüber, wo Vroni in der geöffneten Tür stand und sie mitleidig anschaute. »Komm, ich sehe mir deine Hände mal an. Mit ein wenig Arnikasalbe kriegen wir das bestimmt wieder hin.«

Sie legte Teresa den Arm um die Taille und führte sie in die Küche, in der es noch immer ein wenig nach Bärlauch roch. Teresa setzte sich an den Tisch. »Warum ist er so abweisend zu mir? Er kennt mich doch gar nicht.«

»Das ist das Problem.« Vroni stellte eine Schüssel Wasser auf den Tisch, daneben legte sie ein paar saubere Leinentücher und holte einen ihrer vielen Salbentiegel, die ordentlich aufgereiht und beschriftet in der Vorratskammer auf einem Brett standen. »Fremden gegenüber ist er immer misstrauisch. Gib ihm einfach ein wenig Zeit. Irgendwann wird er damit aufhören, dich zu verscheuchen.« Sie setzte sich neben Teresa, tunkte eines der Tücher ins Wasser und reinigte vorsichtig die Schürfwunde.

»Und bis dahin lande ich regelmäßig auf dem Hof«, erwiderte Teresa missmutig.

»Genug Arnikasalbe haben wir«, antwortete Vroni trocken.

»Immerhin, das macht es bestimmt leichter.« Teresas Stimme hatte einen ironischen Unterton.

Vroni hielt in der Bewegung inne. »Jetzt mal im Ernst, Teresa. Er hat dich gern, das spüre ich. Nachdem seine Frau Hilda letzten Winter gestorben ist, hat er es nicht leicht gehabt, besonders mit Anton, der seitdem sehr eigenwillig geworden ist.«

»Dein Bruder hat eine sehr seltsame Art, einem seine Zuneigung zu zeigen. Und mit eigenwillig hast du seinem Sohn sogar ein Kompliment gemacht. Wenn du mich fragst, dann ist der Bengel einfach nur rotzfrech und bräuchte dringend eine Tracht Prügel.«

Mit so einer Antwort hatte Vroni gerechnet. Sie griff nach Teresas anderer Hand, besah sich die Schürfwunde und tauchte das Leinentuch ins Wasser.

»Ich habe nicht gesagt, dass es einfach wird. Aber wie ich dich kenne, wird er dich nicht so schnell vertreiben können, denn du hast einen ordentlichen Sturschädel, besonders wenn es um Dinge geht, die du liebst. Und wenn ich eines verstanden habe, dann, dass du das Schnitzen liebst.« Sie schaute Teresa eindringlich in die Augen. »Er braucht wieder einen Menschen, dem er vertrauen, den er vielleicht auch lieben kann.«

»Und du denkst tatsächlich, dass ich dieser Mensch sein könnte? Dein Bruder hat mich gerade aus seiner Werkstatt geworfen, und sein einziger Sohn kann mich nicht leiden.«

Vroni verteilte Arnikasalbe auf beiden Handflächen und verschloss sorgfältig den Tiegel. »Das sind doch schon mal gute Voraussetzungen, oder etwa nicht?«

Teresa zog ihre Hände zurück und schaute missmutig auf die roten Schürfwunden.

»Und wenn es sein muss, dann machen wir noch viel mehr Arnikasalbe, bis er endlich aufhört, so ein verdammter Sturkopf zu sein.« Vroni zwinkerte ihr lächelnd zu und brachte die Salbe zurück in die Vorratskammer.

Nachdenklich schaute Teresa hinter ihr her. Eine Frau, die er lieben konnte. Vor ihrem inneren Auge tauchte Christians ebenmäßiges Antlitz auf, das so anders war als das Gesicht des

Bildhauers. Schnitzen, ja, das wollte sie. Es war und konnte kein Zufall gewesen sein, dass ihr dort oben am Waldrand der Domdekan begegnet war. Und vielleicht stimmte es ja tatsächlich und ihr war in jener Nacht die heilige Mutter Maria erschienen. Aber lieben würde sie niemals wieder können, und den störrischen Bildhauer schon gar nicht, auch wenn sich das seine Schwester wünschte.

Kapitel 16

Rauhreif überzog Wiesen und Felder, als Teresa auf den Hof hinaustrat und zur Scheune hinüberging, ein wollenes Tuch über den Schultern. Der Mai brachte sonnige, aber kühle Tage, von denen Teresa nicht viel mitbekam, denn sie hielt sich nur wenige Stunden im Freien auf. Meistens saß sie bei Paul in der Werkstatt, der es tatsächlich schon bald aufgegeben hatte, sie hinauszuwerfen.

Sie hatte damit begonnen, am Ende des Tages ein wenig aufzuräumen. Sie kehrte Holzspäne zusammen und schaffte sie in einem großen Korb in die Küche, ordnete die Schnitzeisen der Größe nach und legte die Klöppel alle an eine Stelle. Die unterschiedlich großen Sägen kamen in einen Korb unter dem Tisch, genauso wie das grobe und feine Schleifpapier. Für Farbeimer und weiteres Zubehör gab es Bretter an der Wand. Eigentlich hatte es gar nicht lange gedauert, bis Paul sie duldete. Nur noch zweimal hatte er sie vor die Tür gesetzt, dann hatte er es aufgegeben, was Teresa als gutes Zeichen wertete.

Auch Anton hatte nach einer Weile verstanden, dass etwas anders geworden war. Er war immer noch gehässig, aber meistens verdrückte er sich, wohin genau, das wusste niemand. Vroni nahm ihn manchmal zum Kräutersammeln mit, was der Bengel nicht besonders mochte. Auch versuchte sie, ihm mit einer Engelsgeduld das Schreiben beizubringen, was meistens damit endete, dass Teresa neben ihr saß und ordentlich Buchstaben in ein kleines Heft schrieb, das Vroni von einem alten Buchmacher geschenkt bekommen hatte. Teresa wollte das Schreiben lernen, war wissbegierig und stolz darauf, dass sie schon erste Sätze in der Bibel lesen konnte.

Paul zog sich nach getaner Arbeit zumeist in sein Zimmer zurück und ging sogar seiner Schwester aus dem Weg. Trotzdem hatte Teresa das Gefühl, dass sie zu einer Gemeinschaft zusammenwuchsen, die ihre Sorgen und Nöte miteinander teilte.

Sie öffnete die Tür zur Scheune, hielt dann aber inne, denn sie glaubte, Schritte zu hören. Tatsächlich kam Josef über den Hof gelaufen und winkte ihr fröhlich zu.

»Du bist ja schon wach«, begrüßte er sie lächelnd und blieb vor ihr stehen. Doch Teresa ließ sich von der aufgesetzt wirkenden Fröhlichkeit nicht täuschen. Irgendetwas musste passiert sein, wenn sich Josef um diese Zeit zu ihr auf den Weg machte.

»Josef, was treibt dich denn zu so früher Stunde zu uns herauf«, fragte sie.

»Ich konnte nicht schlafen«, antwortete er ausweichend. »Die Magd neben meiner Kammer hat einen neuen Liebhaber.« Er seufzte.

Teresa war erstaunt. »Im Haus ihres Herrn?«

»Wo die Liebe hinfällt. Wenn nur die Wände nicht so dünn wären.«

Teresa lachte laut auf, dann musterte sie ihn. »Siehst durchgefroren aus. Die kalte Sophie meint es dieses Jahr besonders gut mit uns. Komm mit ins Haus, bestimmt macht dir Vroni einen Tee. Ich glaube, von dem warmen Haferbrei ist auch noch ein wenig da.«

Josef folgte ihr dankbar. In der Küche saß Paul, seinen Haferbrei essend, was ungewöhnlich war, denn normalerweise hielt er sich zu dieser Zeit noch in seiner Kammer auf.

»Guten Morgen, Paul«, begrüßte Teresa ihn höflich. »Wir haben einen Gast.«

Paul schaute hoch. »Josef, alter Freund. Was führt dich denn zu so früher Stunde schon auf den Schulerberg.«

Der alte Klingenschmied setzte sich dem Bildhauer gegenüber. »Ich wollte mal nach dem Rechten sehen«, antwortete er, während Teresa Tee in einen Becher füllte und diesen auf den Tisch stellte.

»Wieso nach dem Rechten sehen?«, erkundigte sich der Bildhauer.

»Teresa hat mir von ihrem Zusammentreffen mit dem Domdekan erzählt.«

»Hat sie das.«

»Wusstest du, dass sie früher bei mir in der Werkstatt gewesen ist? Tolle Griffe hat sie für die Wolfsklingen hergestellt, das kann ich dir sagen.«

Paul verschluckte sich an seinem Haferbrei, was Teresa voller Genugtuung bemerkte. »Sie hat was getan?«, fragte er.

»Die Griffe für die Wolfsklingen hergestellt, natürlich nur diejenigen, die aus Holz gewesen sind. Sie ist eine richtige kleine Künstlerin, das sag ich dir. Du kennst doch bestimmt die kleinen Holzpferdchen, die eine Weile in dem Laden am Kramplatz verkauft worden sind. Die, auf denen man pfeifen kann. Teresa hat sie angefertigt. Sie hat das Schnitzen von ihrem Vater gelernt. Hat sie dir noch nicht davon erzählt?« Abwartend schaute Josef Paul an, dem die Röte ins Gesicht stieg.

»Wir haben nicht viel darüber gesprochen. Weiß gar nicht so genau, von welchen Pferdchen du da redest.«

»Ach, wirklich nicht?« Josef zog eines aus seiner Hosentasche.

Teresa traute ihren Augen kaum. Sie hatte nicht gewusst, dass Josef noch eines der Pferdchen besaß.

»Sieh es dir an, es ist ein kleines Meisterwerk.« Josef setzte das Pferd an die Lippen, und ein heller Pfiff erklang. »So ein kleines Kunstwerk kann nicht jeder herstellen, sollen sogar bis in die neue Welt gereist sein.« Er hielt das Pferdchen Paul hin, der es widerwillig in die Hand nahm.

Teresa, die hinter ihm stehen geblieben war, spürte ihr Herz schneller schlagen. Was in aller Welt bezweckte Josef mit diesem Auftritt? Niemals würde Paul sie in der Werkstatt mitarbeiten lassen, auch wenn er inzwischen ihre Anwesenheit duldete. Was seine Kunst anging, war er ein Eigenbrötler, dem man während der Arbeit nicht in die Quere kommen sollte. Sie hatte Paul dabei beobachtet, wie er eine Statue erschuf, ihr im wahrsten Sinne des Wortes Leben einhauchte. In diesem Moment war er ein anderer Mensch gewesen, in seiner eigenen Welt versunken, in die niemand eindringen durfte. Wenn es doch geschah, dann konnte er richtig wütend werden. Einmal hatte er ihr sogar einen Klöppel nachgeworfen, nur weil sie es gewagt hatte, einen kurzen Moment seinen Weg zu kreuzen.

»Ja, eine gute Arbeit.« Er gab Josef das Pferd zurück.

»Nur eine gute Arbeit. Wir wissen beide, dass es ein kleines Meisterwerk ist. Thomas Stantler hat das auch gewusst, deswegen hat er sie ja auch in seine Dienste genommen.«

»Was ihm ja viel gebracht hat«, konterte Paul, dem das Gespräch offensichtlich unangenehm wurde. »Weiber in der Werkstatt bringen Unglück, das hättet ihr wissen müssen. Sieh dir an, was aus ihm geworden ist. Erhängt haben sie ihn in seinem Stall gefunden, seine Köchin ist wie ein Schwein abgestochen worden, und sein Lebenswerk, die Wolfsklingen, will niemand mehr haben.«

Paul erhob sich und ging zur Tür, doch Josef hielt ihn am Arm zurück. »Thomas Stantlers Leben mag anders geendet haben, als er es sich erhofft hat, aber damit hat Teresa nichts zu tun. Sie hat lediglich ein wenig Licht in sein trauriges Gemüt gebracht, da er den Tod seiner Frau nicht verwunden hat. Genauso wenig wie den Niedergang der Wolfsklingen. Sein Ende mag traurig gewesen sein und Burgis grausamer Tod schrecklich, aber niemals haben diese Ereignisse etwas mit Teresas Talent zu tun, das ihr von Gott geschenkt worden ist.«

Paul riss sich ohne ein Wort los und verließ den Raum. Teresa sackte in sich zusammen.

Josef zuckte mit den Schultern. »Ich habe es versucht. Vroni hat gesagt, einem wie mir würde er glauben.«

Ungläubig schaute Teresa ihn an. »Vroni hat dich auf ihn angesetzt?«

»Ja, ich habe sie gestern auf dem Markt getroffen, und sie hat mir von deinen Schwierigkeiten berichtet. Ich habe ihr meine Hilfe angeboten, und gemeinsam haben wir diesen Plan ausgeheckt. Ich dachte, es würde besser funktionieren.«

»Das wird es auch«, sagte plötzlich jemand hinter ihm. Teresa wandte sich um. Vroni stand in der Tür.

»Er mag nicht viel gesagt haben, aber ich kenne meinen Bruder. Gewiss sitzt er jetzt in der Werkstatt und denkt über deine Worte nach.« Sie ging an Teresa vorbei zum Ofen, nahm eine Schüssel vom Regal und füllte sie mit Haferbrei.

»Am besten lassen wir ihn für eine Weile in Ruhe.«

Teresa setzte sich neben Josef an den Tisch, während Vroni die Schüsseln verteilte und sich zu ihnen gesellte.

Josef begann zu essen. »Es gibt da noch etwas, was ich euch sagen wollte.«

Teresa erkannte an seiner veränderten Stimme sofort, dass etwas nicht stimmte.

»Neulich ist mir Gustl begegnet. Er machte einen recht verstörten Eindruck, was mich erschreckt hat.«

Teresa blieb der Bissen im Hals stecken. Sie dachte daran, wie er damals mit Burgi getändelt hatte. Für ihn musste eine Welt zusammengebrochen sein, als er von ihrem Tod erfahren hatte.

Vroni verstand Josefs Andeutung ebenfalls. »Du denkst, wir sollten uns in Acht nehmen?«

»Vielleicht rede ich Unsinn und übertreibe, aber ja, das denke ich. Gustl hat Burgi geliebt. Dass ihr Mörder bisher nicht gefunden wurde, das treibt ihn um. Er wird gewiss keine Ruhe geben, bis er die Wahrheit kennt.«

Teresa schluckte. Sie blickte zu Vroni, mit der sie über das Thema noch nicht gesprochen hatte, dann fragte sie: »Aber wird er die Wahrheit glauben, wenn ich sie ihm sage?«

Josef zuckte mit den Schultern. »Ganz ehrlich, das weiß ich nicht.«

Teresa stützte sich auf den Besen und schaute nachdenklich auf die Statue des heiligen Nepomuk, die inzwischen fertig war und auf ihren Einsatz in der neu erbauten Kapelle wartete. Die Figur sah so lebendig aus, als würde sie gleich zum Leben erwachen. Einen Heiligen könnte sie jetzt wirklich gut gebrauchen, dachte sie. Noch immer konnte sie nicht glauben, dass Gustl, der alte, gutmütige Kräutler, ihr plötzlich nach dem Leben trachtete. Doch sie selbst wusste nur zu gut, wie Kummer und Schmerz einen Menschen verändern konnten. Gustl hatte die Liebe seines Lebens verloren und suchte Antworten.

Sie dachte an den Abend zurück, als sie alles verloren hatte. Sie hatte nicht nach Antworten, nicht nach den Toten gesucht, sondern sich bemüht, das Geschehene im Nebel des Vergessens zu belassen, der sich trotzdem mehr und mehr lichtete und den Schmerz freigab. Sie hatte an jenem Abend die Liebe ihres Lebens verloren ... und Magda. Wie sehr sie die Freundin vermisste, war ihr erst in der letzten Zeit wirklich bewusst geworden. Ihr Lachen war ansteckend gewesen, ihre Lebhaftigkeit etwas Besonderes. Wie oft hatten sie hinter Burgis Rücken herumgealbert, hatten sich Tagträumen hingegeben. Jetzt huschte niemand mehr im Morgengrauen in die Kammer und schlüpfte unter die Decke, um noch wenige Augenblicke Schlaf zu erhaschen. Die vertrauten Geräusche fehlten Teresa. Sie lächelte bei der Erinnerung daran.

»Ich hätte besser auf Magda aufpassen müssen«, sagte sie laut zu der Nepomukstatue. »Es war mein Fehler gewesen, nicht der ihre. Niemals hätte ich Burgi etwas von unserem Plan verraten dürfen, dann hätte sie mich auch nicht auf dem Dachboden eingeschlossen. Am Ende bin wirklich ich an Burgis Tod schuld und nicht Magda, die sich nur verteidigt hat.« Magda, dachte sie traurig. Josef hatte sich danach erkundigt, wo sie und vielleicht auch Christian beerdigt worden waren. Doch er hatte nichts in Erfahrung bringen können. Wahrscheinlich waren ihre Leichen in den Fluss geworfen worden, wie Josef vermutete. Sie seufzte.

Neben dem heiligen Nepomuk stand die Marienstatue. Teresa musterte sie genauer. Irgendetwas missfiel ihr an dieser Figur. Sie brauchte eine Weile, um zu begreifen, was es war: Der Gesichtsausdruck der Statue war nicht freundlich, sondern ernst. Sie schaute sogar richtig grimmig drein. Teresa dachte an die Frau, die ihr damals im Traum erschienen war. Noch ganz genau konnte sie sich an ihre weichen Gesichtszüge und an ihr sanftes Lächeln erinnern. Eine heilige Mutter Maria musste lächeln und nicht ernst oder böse dreinblicken. In der hinteren Ecke der Werkstatt lagen einige Holzstücke, darunter auch Lindenholz, aus dem die Statuen für Kirchen gefertigt wurden. Teresa stellte entschlossen den Besen an die Wand und griff nach einem großen, länglichen Stück, das in etwa dieselbe Größe hatte wie das, aus dem die grimmige Maria gemacht worden war. Sie nahm ein Schnitzmesser, setzte sich auf einen Hocker und begann, die Rinde zu entfernen.

Sie sah die Statue genau vor sich: eine Frau mit offenem Haar, eine Kapuze über dem Kopf, in ein fließendes Gewand gekleidet, die Arme weit ausgebreitet. Nachdem sie die Rinde entfernt hatte, zeichnete sie mit einem Stück Kohle die Umrisse der Figur auf, dann spannte sie das Holzstück in einen Schraubstock an der Werkbank und begann, mit Klöppel und Schnitzeisen die groben Stücke zu entfernen. Als sie damit fertig war, begutachtete sie ihr Werk von allen Seiten. Die ersten Umrisse waren bereits zu erkennen. Natürlich waren die Kanten unsauber, es gab keine feinen Linien, und es würde noch viel Arbeit bedeuten, bis aus dem Stück Holz eine Heilige wurde, aber das war ihr gleichgültig. Sie würde Paul zeigen, dass sie dazu in der Lage war, eine Statue herzustellen. Eine Figur, die ihre eigene Handschrift trug.

Sie setzte sich auf einen Hocker und begann vorsichtig die Konturen herauszuschnitzen und die Rundungen des Kopfes zu formen. Langsam kroch die Dämmerung in den Raum, doch Teresa wollte ihre Arbeit vollenden und ihrer Maria das Antlitz geben, das sie gesehen hatte. Immer mehr vertiefte sie sich in ihre Arbeit, während vor dem Fenster die Nacht heraufzog und sich die ersten Sterne am Firmament zeigten. Sie entzündete einige Kerzen und arbeitete weiter. Sie war es gewohnt, bei Kerzenlicht zu arbeiten, war es doch an so manch winterlichem Tag in Berchtesgaden gar nicht richtig hell geworden. Sie führte das Schnitzeisen, zog Span um Span vom Holz ab, formte Nase und Kinn, prüfte den Abstand der Augen, schnitzte die ersten Konturen des offenen Haars. Gerade als sie mit der Arbeit an den Händen begann, legte sich plötzlich von hinten eine Hand auf ihre Schulter. Erschrocken wandte sie sich um. Paul stand hinter ihr. Sie hatte ihn gar nicht kommen hören.

»Wie lange seid Ihr schon hier«, fragte sie.

Er ging nicht auf ihre Frage ein. »Du musst das Eisen höher ansetzen, genau hier, sonst wird es nicht symmetrisch.«

Er führte ihre Hand. Sie ließ es geschehen, spürte die Wärme seines Körpers, seinen Atem am Hals, der nach Pfefferminztabak roch. Sie schloss die Augen und ließ sich von ihm leiten. Die Stille, der Geruch des Holzes und die sanfte Berührung seiner Hand – das alles erinnerte sie an zu Hause. Ein wohliges Gefühl breitete sich in ihr aus, wie sie es schon seit langer Zeit nicht mehr gespürt hatte. Gemeinsam arbeiteten sie den Umhang aus. Stück für Stück entstand eine Statue, die einzigartig sein und der Marienkapelle mehr als gerecht werden würde.

Nach einiger Zeit ließ der Bildhauer seine Hand sinken und richtete sich auf. »Das Licht ist zu schlecht. Es ist besser, wenn du morgen daran weiterarbeitest.« Irritiert ließ Teresa das Schnitzeisen sinken.

Er atmete tief durch. »Ich bin ein Narr und blind gewesen.«

»Josef?«, sagte Teresa.

»Nein« – er schüttelte den Kopf – »meine eigenen Augen. Ich stand schon eine Weile hinter dir und habe dich beobachtet. Ich brauche keinen alten Klingenschmied, der mir erklärt, was Talent bedeutet.«

»Aber Weiber in der Werkstatt bringen doch Unglück.«

»Wird gemunkelt«, gab er zu, »bewiesen ist es jedoch nicht.« Teresa lächelte. »Bei uns zu Hause hat eher mein Bruder Rupert Unglück gebracht. Er war ein rechter Tölpel.«

Paul erwiderte ihr Lächeln. »Frieden.«

»Frieden«, wiederholte Teresa. Sie legte die halb fertige Marienstatue auf die Werkbank neben das Schnitzeisen und blies die Kerzen aus. Dunkelheit hüllte sie ein. »Frieden im Dunkeln«, hörte sie seine Stimme, und plötzlich spürte sie seine Hand auf ihrem Arm.

»Komm, ich helfe dir, nicht, dass du noch stolperst.«

Teresa ergriff seine Hand, die sich warm und weich anfühlte. Gemeinsam verließen sie die Werkstatt und traten in die mondhelle Nacht hinaus. Teresa wollte seine Hand loslassen, aber er hielt sie fest und zog sie in seine Arme. Eine Weile blieben sie so stehen, musterten die Züge des anderen, dann berührten Pauls Lippen sanft die ihren. Sie schloss die Augen und ließ es geschehen, ohne zurückzuweichen, doch vor ihrem inneren Auge tauchte das Gesicht eines anderen Mannes auf, was den Geschmack des Kusses bitter werden ließ.

Josef lief die Höllgasse hinunter und bog in die Schrottgasse ein, wo er einige Messer an den Wirt einer Schenke ausliefern sollte, die keinen besonders guten Ruf hatte. Üble Gestalten trieben sich darin herum, und leichte Mädchen erfüllten den Gästen jeden Wunsch. Bereits mehrfach hatte der Spelunke, wie auf den Straßen getuschelt wurde, die Schließung gedroht. Doch bisher war der Wirt immer wieder davongekommen.

Vor dem Eingang blieb Josef einen kurzen Moment stehen, dann atmete er tief durch und betrat den Gastraum, der auf den ersten Blick nicht von dem einer normalen Schenke zu unterscheiden war. Tische, Bänke, die Bilder an den Wänden und den großen Kachelofen musternd, durchquerte er den Raum. Auch auf den zweiten Blick fiel ihm kein Unterschied auf. Vielleicht war tatsächlich alles nur Gerede. Diesen Gedanken verwarf er jedoch sofort wieder, als er das Mädchen hinter dem Tresen sah, das sich damit beschäftigte, Becher zu waschen, und ihm ein Lächeln schenkte. Sie war ausgesprochen hübsch. Ihr blondes Haar hatte sie kunstvoll am Hinterkopf hochgesteckt, einige Löckchen ringelten sich bis auf ihre Schultern.

Sie trug ein tief ausgeschnittenes, weinrotes Kleid, das in der Taille eng geschnürt war. So eine Magd hatte er in seinem ganzen Leben noch nicht gesehen. Eine Sünde wäre sie wert, überlegte er, während sich das Mädchen die Hände an einem Tuch abwischte. Eine verdammt junge Sünde, meldete sich sein Gewissen, denn die Kleine schien nicht viel älter als fünfzehn Jahre zu sein.

»Wir haben noch geschlossen«, flötete sie und beugte sich nach vorn, so dass er fast bis zu ihrem Bauchnabel gucken konnte. Er räusperte sich. Seine Hände begannen zu zittern. Himmel, schalt er sich selbst in Gedanken, reiß dich zusammen. Sie ist ein armes Ding, das gewiss nicht freiwillig ihre Brüste jedem dahergelaufenen alten Mann unter die Augen hält.

»Ich komme nicht wegen …« Er verstummte. Nervös wischte er sich die schweißnassen Hände an der Hose ab und fuhr fort: »Ich bringe die bestellten Messer.«

Sie zog die Augenbrauen hoch und neigte den Kopf zur Seite. Jetzt sah sie noch mehr wie ein kleines Mädchen und nicht wie eine erwachsene Frau aus.

»Ach, Ihr seid das. Die sind für den jungen Herrn bestimmt. Nella würde solche Klingen niemals bestellen.« Sie öffnete die Tür hinter dem Tresen, bedeutete Josef, ihr zu folgen, und plapperte fröhlich weiter. »Er hat heute Morgen schon geschimpft, weil das mit den Messern so lange dauert. Aber jetzt seid Ihr ja endlich da.«

Sie führte Josef durch eine geräumige Küche, wo zwei Köche bereits das Essen für den Tag vorbereiteten. Der Geruch von frischer Hühnerbrühe zog bis in den hinteren Flur. Es ging eine Treppe nach oben und einen engen Gang entlang.

An dessen Ende klopfte das Mädchen an eine Tür. »Herr, der Messerer wäre da«, sagte sie zaghaft. Ihre Selbstsicherheit war verflogen.

»Soll reinkommen«, erklang eine Männerstimme.

»Ihr könnt jetzt zu ihm«, sagte das Mädchen und ging ohne ein weiteres Wort zur Treppe zurück. Für sie war die Angelegenheit erledigt.

Verunsichert blickte Josef auf die einfache Holztür, doch dann gab er sich einen Ruck und öffnete sie. Das hätte er besser lassen sollen, denn der Raum, den er betrat, war ein Schlafzimmer und keine Schreib- oder Wohnstube, wie er angenommen hatte. Ein drahtiger Mann bedeckte seine Blöße, indem er in einen seidenen Morgenmantel schlüpfte, während sich im Bett ein junges rothaariges Ding, kaum älter als das Mädchen von unten, rekelte. Ihre rechte Brust war zu sehen, was Josef bis unter die Haarwurzeln erröten ließ. Peinlich berührt senkte er den Blick. Er hätte die Messer einfach dem Mädchen in der Gaststube geben und gehen sollen.

»Ich bringe Eure bestellten Messer«, sagte er und reichte dem Mann das Paket, das er die ganze Zeit unter dem Arm getragen hatte.

»Ach ja, endlich. Ich dachte schon, meine Bestellung wäre vergessen worden. Ich schicke dann in den nächsten Tagen das Geld mit einem Boten. Wenn es recht ist.«

»Aber natürlich ist das recht«, stammelte Josef, der noch immer nicht wusste, wo er hinschauen sollte. Er ging halb abgewandt zur Tür und tastete mit zittrigen Händen nach der Klinke, während der Mann das Päckchen öffnete, um die Ware zu prüfen.

»Sieht ordentlich aus. Richtet Eurem Herrn meine besten Grüße aus.«

Josef nickte. Eine Verabschiedung murmelnd, verließ er den Raum. Im Flur lehnte er sich gegen die Wand und atmete tief durch, während die Frau im Zimmer laut zu kreischen begann. Das hier war einfach nichts mehr für einen Mann in seinem

Alter. Wenn er es genau nahm, wäre es auch nichts für ihn gewesen, als er noch jünger war, aber das stand auf einem anderen Blatt. Natürlich hatte er schon öfter die Brüste einer nackten Frau gesehen, sie auch berührt und eine Frau leidenschaftlich geliebt. Aber so eine offen zur Schau gestellte Nacktheit hatte er noch nie erlebt. Die Frau hinter der Tür begann, lauthals zu stöhnen. Hastig eilte er den Flur zurück und die Treppe hinunter. Nichts wie raus aus diesem sündigen Haus. Er durchquerte die Küche und betrat die Gaststube. Ein Mann stand, ihm den Rücken zugewandt, am Eingang. Er küsste eine etwas ältere braunhaarige Frau auf die Wange und verließ die Gaststube. Josef schaute ihm irritiert hinterher. Irgendetwas an dem Mann kam ihm bekannt vor. Er überlegte eine Moment, dann fiel es ihm plötzlich ein. Es war die Stimme gewesen. Wo hatte er sie schon mal gehört? Die braunhaarige Frau drehte sich zu ihm um. Auch sie trug ein weit ausgeschnittenes Kleid, schien jedoch um einige Jahre älter zu sein als die beiden anderen Mädchen.

»Kann ich Euch helfen?«, fragte sie freundlich.

Er schüttelte den Kopf und antwortete abwesend: »Nein, nein.« Er wollte an ihr vorbeigehen, hielt jedoch in der Bewegung inne. »Sagt, der Mann, mit dem Ihr eben gesprochen habt, könnt Ihr mir seinen Namen nennen?«

Verwundert schaute die Frau ihn an, dann schüttelte sie den Kopf. »Wenn Ihr den erfahren wollt, mein Freund, dann müsst Ihr ihn schon selbst danach fragen.«

Irritiert stürzte Josef auf die Straße und blickte sich um. Ein Fuhrwerk, beladen mit Weinfässern, ratterte an ihm vorbei, und eine Frau trieb eine Schar Gänse vor sich her. Suchend blickte er nach links und rechts, doch nirgendwo war der Mann zu sehen. Wenn er doch nur wüsste, woher er die Stimme kannte, überlegte er. Er lief die Schrottgasse hinunter und bog in die Große Messergasse ein. Erneut glaubte er, die Stimme zu hören. Und tatsächlich, nicht weit vor ihm bog ein blonder Mann in die Kleine Messergasse ein. Da plötzlich fiel es ihm wieder ein. Aber das konnte nicht sein, oder vielleicht doch. Er wollte dem Mann folgen, entschied sich dann aber anders. Hastig lief er die Schrottgasse zurück und bog ein Stück weiter in die Höllgasse ab, auf die auch die Kleine Messergasse führte. Doch als er die Gasse erreichte, war diese menschenleer. Nach Atem ringend, blieb er stehen und stützte die Hände auf die Knie.

»Geht es Ihnen nicht gut, mein Herr?«, fragte plötzlich jemand neben ihm. Er schaute hoch und blickte in das Gesicht einer alten Dame, das ihn sorgenvoll ansah.

»Es ist nichts, mir geht es gut. Ich dachte nur« – er holte tief Luft – »ich hätte jemanden erkannt.«

»Na, dann ist es ja gut«, erwiderte die alte Dame. »In Ihrem Alter sollte man nicht mehr so schnell laufen, ist nicht gut für die Knochen, ich weiß, wovon ich rede.«

»Ich werde es beachten, Gnädigste. Vielen Dank für Eure Hilfe.«

Die alte Dame ging weiter.

Langsam richtete sich Josef auf und blickte noch einmal in die Kleine Messergasse, danach die Höllgasse hinunter, dann atmete er tief durch.

»Ich sehe schon Gespenster. Das kann nicht sein«, schalt er sich selbst und schlug den Rückweg ein. »Tut einem Mann in meinem Alter nicht gut, so viel nackte Haut zu sehen«, murmelte er vor sich hin und bog wieder in die Große Messergasse ein.

*

Teresa war an diesem Morgen früh aufgestanden, um in der Werkstatt alles für die Arbeit herzurichten. Schon bald hatte Paul die Vorzüge einer ordentlichen Werkstatt zu schätzen gelernt. Inzwischen half er ihr sogar beim abendlichen Aufräumen und trug die Holzspäne zu Vroni in die Küche.

Doch obwohl sie mehr und mehr zusammenarbeiteten, hatte sich Paul einige Eigenheiten bewahrt, die Teresa ärgerten. Sie durfte inzwischen schnitzen, allerdings nur kleinere Figuren. Oftmals setzte er sie nur an Übungsstücke, die niemals einen Platz in der Kirche finden würden. Einige Male hatte er sie sogar rüde angefahren, wenn sie ihn angesprochen hatte. Ein anderes Mal war er wieder sanftmütig wie ein Kätzchen, korrigierte geduldig ihre Arbeit und gab ihr Ratschläge, wie sie die eine oder andere Rundung oder Mimik noch besser ausarbeiten konnte.

Teresa setzte sich auf einen Hocker neben der Werkbank, stützte die Hand auf und ließ ihren Blick über das große Stück Holz schweifen, das dort lag. Es sollte ein Altarbild werden, das einige Szenen aus der Bibel zeigte. Dieser Auftrag erfüllte Paul mit Stolz, machte ihn aber auch mürrischer als sonst, denn bei dieser Arbeit wollte er nicht gestört werden. Erst gestern hatte er sie aus der Werkstatt gescheucht, nur weil ihr eine Feile zu Boden gefallen war. Vroni, die auf dem Hof die Hühner gefüttert hatte, hatte sie zu trösten versucht, aber so recht war es ihr nicht gelungen. Wo war der einfühlsame Mann geblieben, der sie erst vor kurzem in den Arm genommen und geküsst hatte? Wollte sie diesem launenhaften Menschen wirklich vertrauen? Oder redete sie sich die Zweifel nur ein? Sie strich mit den Fingern über das Holz und fuhr die Konturen der Figuren nach, die Paul bereits herausgearbeitet hatte. Das Altarbild würde wunderschön und der heiligen Mutter Maria mehr als gerecht werden.

»Was tust du da?« Teresa zuckte zusammen und drehte sich um. Paul stand hinter ihr. Sie hatte ihn gar nicht reinkommen hören.

»Ich wollte es nur mal ansehen. Es sieht schon jetzt wunderschön aus.«

»Was soll an einer unfertigen Arbeit wunderschön aussehen? Es ist ein Stück Holz, nicht mehr und nicht weniger. Wenn es vollendet ist, dann wird es wunderschön aussehen, vorher nicht. Aber was verstehst du schon davon, ein kleines Mädchen, das ein wenig Spielzeug schnitzt.«

Teresa zuckte zurück. »So denkst du also über mich. Erst vor kurzem hast du gesagt, ich hätte Talent, und jetzt habe ich keine Ahnung.«

»Von der Herstellung eines Altarbilds hast du auch keine Ahnung. So leid es mir tut, das sagen zu müssen.«

»Dann erklär es mir. Zeig mir, wie man ein solches Bild herstellt.«

»Dann sind wir nächstes Frühjahr noch nicht fertig. Ist besser, wenn du bei deinen einfachen Statuen bleibst, beim Kehren und Aufräumen.«

Fassungslos schaute Teresa ihn an. Was war heute nur in ihn gefahren?

Paul griff zu einem der Schnitzeisen und setzte sich neben Teresa. »Und jetzt lass mich in Ruhe arbeiten, ist besser so. Für ein Altarbild braucht es absolute Ruhe, verstehst du?«

Teresa erhob sich. Eine Weile schaute sie ihm dabei zu, wie er mit dem Schnitzeisen die Formen der einzelnen Figuren herausarbeitete, dann wandte sie sich ab. Auf der Fensterbank stand die heilige Barbara, an der sie seit einigen Tagen arbeitete, allerdings hatte Paul ihr die Freude am Schnitzen für heute gründlich verdorben. Sie machte auf dem Absatz kehrt und verließ die Werkstatt, schlug sogar laut die Tür hinter sich zu.

Sollte er doch erschrecken, vielleicht sogar einen Fehler machen, geschah ihm recht, wenn er so mit ihr redete. Sie stapfte über den Innenhof zum Haus hinüber. Die Sonne war hinter Wolken verschwunden, die einen Wetterwechsel ankündigten. Als sie in die Küche kam, saß Vroni am Tisch, einen Brief in der Hand, den sie schnell in ihrer Rockschürze verschwinden ließ, als sie Teresa bemerkte.

»Wieso bist du nicht in der Werkstatt?«, erkundigte sie sich.

Teresa musterte Vroni misstrauisch. »Gibt es schlechte Nachrichten, du siehst aus, als hättest du geweint.«

»Nein, es ist nichts«, sagte Vroni ausweichend.

Teresa setzte sich an den Küchentisch. Vroni stand auf und fragte: »Möchtest du einen Tee? Ich habe eben einen gekocht, Früchtetee aus Hagebutten, Brombeeren und getrockneten Äpfeln, auch Himbeerblätter, getrocknete Heidelbeeren und Trauben habe ich mit reingetan, das beruhigt die Sinne.«

»Dann sollten wir Paul reichlich davon geben«, antwortete Teresa. »Heute ist seine Laune auf dem Tiefpunkt angekommen.«

Vroni nahm einen Becher von einem Brett an der Wand, füllte ihn mit dem heißen Tee und stellte ihn auf den Tisch. »Das Altarbild.«

Teresa nickte und nippte an ihrem Tee. Der verführerische Duft des Gebräus hatte nicht zu viel versprochen, der Tee schmeckte köstlich.

»Das darfst du nicht persönlich nehmen. Bei Altarbildern ist er besonders empfindlich, denn alle seine Werke werden mit dem Keferaltar unseres Vaters verglichen, an den er nie herankommen wird. Wir waren noch Kinder, als unser Vater dieses Meisterwerk geschaffen hat. Paul hat wochenlang von nichts anderem gesprochen. Dieser Altar war der Auslöser dafür, dass er in die Fußstapfen unseres Vaters treten wollte. Aber neben einem der größten Meister unserer Zeit gesehen zu werden, das ist nicht leicht, was er sehr schnell lernen musste, obwohl der Vater ihm alles Notwendige beigebracht hat. Sei einfach in der nächsten Zeit ein bisschen nachsichtiger mit ihm oder geh ihm aus dem Weg. Wenn die Arbeiten an dem Altar beendet sind, dann wird er von allein wieder ruhiger. Das verspreche ich dir.«

»Trotzdem ist es nicht richtig«, erwiderte Teresa, die noch immer gekränkt war. »Erst macht er mir den Hof, und jetzt behandelt er mich schlechter als eine einfache Dienstmagd.«

»So ist das eben mit den Künstlern. Sie sind sensibel, damit wirst du leben müssen.«

»Gar nichts muss ich.« Teresa verschränkte die Arme vor der Brust und reckte das Kinn vor. »Nur weil er seinem Vater nacheifert, darf er noch lange nicht so mit mir umgehen, Altarbild hin oder her.«

»Heute ist es vielleicht noch etwas anderes, was ihm die Stimmung verhagelt hat«, gestand Vroni und holte einen Brief aus ihrer Rocktasche. »Er ist von meinem Gatten, der darin seine baldige Heimkehr ankündigt.«

Teresa schaute verwundert auf das zerknitterte Stück Papier in Vronis Hand.

»Bernhard wird nicht begeistert darüber sein, dass Paul hier lebt und seine Scheune eine Werkstatt für einen Bildhauer geworden ist.«

»Er kommt zurück?«

»Eine Verletzung zwingt ihn zur Heimkehr.« In Vronis Augen traten Tränen. »Wie sehr habe ich mir gewünscht, er würde niemals wiederkommen, dieser verdammte Mistkerl.«

Teresa riss erschrocken die Augen auf. Vroni knäulte den Brief in ihrer Hand zusammen. »Er hätte auf dem Schlachtfeld sterben sollen, auf welchem auch immer.« Sie hob die Hand und strich Teresa eine Haarsträhne aus der Stirn. »Gerade jetzt, wo wir dich gefunden haben, wo wir eine Familie hätten werden können. Aber so ist es wohl. Jeder von uns hat sein Schicksal, dem er nicht entrinnen kann.«

Sie ließ ihre Hand sinken.

Teresa griff nach dem Stück Papier. »Steht in dem Brief ein Datum? Wo ist er denn abgeschickt worden? Hat er geschrieben, wie schlimm die Verletzung ist?«

»Wenn er noch nach Hause zurückkehren kann, wird es nicht so schlimm sein«, antwortete Vroni. »Der Brief ist vor drei Monaten abgeschickt worden, wo genau, das weiß ich nicht.«

»Drei Monate, das ist eine sehr lange Zeit«, stellte Teresa fest. »Entweder ist er sehr weit fort, oder er ist inzwischen gestorben. Das könnte doch möglich sein. Dort draußen herrscht Krieg, erst neulich habe ich ein Flugblatt in Passau gesehen, in dem von schrecklichen Greueltaten und Krankheiten die Rede gewesen ist, soweit ich es entziffern konnte.« Sie lächelte. Auch Vroni musste jetzt schmunzeln, denn nur ihr und ihrer Geduld war es zu verdanken, dass Teresa Flugblätter lesen konnte.

»Am Ende ist er dem Blutfluss, einem Fieber oder gar der Pest erlegen. In drei Monaten kann vieles passieren.«

»Da hör sie sich einer an, das kleine Mädchen aus den Bergen. Bist anscheinend doch nicht auf den Kopf gefallen. Genau das Gleiche habe ich Vroni auch schon gesagt, aber sie wollte mal wieder nicht hören.«

Die beiden Frauen drehten sich um. Paul stand in der Tür. »Ich wollte nachsehen, wo du bleibst«, wandte er sich an Teresa. Verlegen kratzte er sich am Kopf. »Es war nicht so gemeint. Ist heute nicht unser Tag, wie du vielleicht bemerkt hast.«

Teresa wusste nicht, was sie erwidern sollte. Unsanft wurde sie von Vroni in die Seite gestoßen.

»Ich kann dir das Altarbild gern zeigen, wenn du es überhaupt noch sehen magst.« Pauls Stimme klang unsicher. Teresa stand auf, ebenso Vroni, die die Becher in den Spülstein stellte.

»Und ihr glaubt wirklich, er kommt nicht zurück?«, fragte Vroni.

Teresa wollte etwas erwidern, doch Paul sagte schnell: »Wissen tun wir es alle nicht. Wir können nur dafür beten, dass er nicht zurückkehrt, auch wenn es grausam klingt. Er würde alles zerstören. Möge der Herrgott unsere Gebete erhören und ihm sogar seine Sünden vergeben, wenn es sein muss. Hauptsache, er bleibt für immer fort.«

*

Sanft rüttelte der Wind an den Ästen der nahen Buchen, die den Weg ins Tal säumten, der von der Sonne in helles Licht getaucht wurde. Ein Stück weiter würde der Weg im gedämpften Licht des Fichtenwaldes versinken, und der Geruch von Tannennadeln und Harz würde in der Luft liegen.

Teresa stand versonnen am Wegesrand. Sie spürte den milden Wind auf der Haut, ein Schmetterling setzte sich unweit von ihr auf eine Butterblume. Überall um sie herum summten Bienen, Vogelgezwitscher erfüllte die Luft. Es war ein warmer Tag, der sich nicht mehr wie Frühling, sondern wie Sommer anfühlte. Trotzdem fröstelte sie. Eigentlich war der Entschluss, nach Passau auf den Fischmarkt zu gehen, gut gewesen. Doch jetzt konnte sie nicht weitergehen, denn der harmlos aussehende Pfad führte zurück zu den Erinnerungen, die sie nachts nicht schlafen ließen. Wie sollte sie es fertigbringen, durch die engen Gassen zu laufen, über die Innbrücke, vorbei an der Werkstatt von Thomas Stantler, die nicht mehr seine Werkstatt war.

»Wolltest du nicht nach Passau gehen? Willst hier wohl Wurzeln schlagen.«

Teresa zuckte zusammen. Es war Anton, der sie aus ihrer Erstarrung riss. »Geht dich das was an?«, erwiderte sie knapp.

Der Bengel neigte den Kopf zur Seite, plötzlich veränderte sich sein Blick. Der gehässige Ausdruck in seinen Augen verschwand. »Du hast Angst.«

Teresa kam sich ertappt vor.

»Die habe ich auch, denn in der Stadt glaube ich immer, meine Mutter zu sehen. Überall läuft sie vor mir her oder steht an irgendwelchen Ecken und winkt mir zu. Aber das wird sie niemals wieder tun, denn sie ist tot.« Seine Stimme klang plötzlich wie die eines Kindes, das er ja auch war.

Teresa schaute ihn verwundert an und bekam Mitleid mit dem Jungen, der seine Mutter verloren hatte. Doch sie war auch auf der Hut, denn bisher hatte der Bengel nichts als abwertende und freche Kommentare für sie übriggehabt.

»Vor was fürchtest du dich?«, erkundigte er sich.

Teresa antwortete nicht gleich, doch dann murmelte sie: »Vor der Erinnerung. Es gab da mal jemanden, den ich liebte, aber jetzt« – sie verstummte – »jetzt ist er tot.«

Anton trat neben sie und legte seine Hand in die ihre.

»Wenn wir beide solche Angst haben, vielleicht wird es dann leichter, wenn wir gemeinsam gehen und uns aneinander festhalten.«

Sie umschloss mit ihren Fingern seine kleine Hand. Was auch immer den Sinneswandel des Jungen ausgelöst hatte, es war schön, nicht allein hier zu stehen. Mit ihm an ihrer Seite könnte sie es wagen, dem Weg zu folgen. Er wollte loslaufen, sie hielt ihn jedoch zurück. Ihre Zweifel waren noch nicht vollständig verflogen.

»Wieso bist du plötzlich so nett zu mir?«

Er antwortete: »Weil ich kein Dummkopf bin.« Verwirrt schaute Teresa ihn an. »Ich habe doch Augen im Kopf. Bald wirst du meine neue Mutter sein. Ich habe euch gesehen, neulich, als ihr aus der Werkstatt gekommen seid. Vater ist seitdem ganz verändert, viel fröhlicher als sonst. So war er lange nicht mehr. Das gefällt mir.«

»Und wer sagt dir, dass ich deinen Vater auch heiraten möchte?«, fragte Teresa, verblüfft über so viel kindliche Offenheit.

»Weil du ihn doch geküsst hast. Nur Ehepaare dürfen sich küssen, oder die Verliebten, die dann Ehepaare werden.« Teresa lächelte. Seine kindliche Sicht der Dinge war erfrischend. »Und du denkst also, wenn ich deine neue Mutter werde, dann ist es ratsam, sich gut mit mir zu stellen?«

»Schaden kann es nicht, obwohl ich dich auch so ganz nett finde. Bist gar keine solche Ziege, wie ich am Anfang geglaubt habe.«

»Ja, dann«, erwiderte Teresa schmunzelnd.

»Gehen wir jetzt?« Er deutete den Weg hinunter.

»Ja, wir gehen«, stimmte Teresa zu. »Sonst kaufen sie uns die besten Fische noch vor der Nase weg.«

Sie liefen den Weg entlang, vorbei an den frisch belaubten Buchen, durch das dunkle Tannenwäldchen, das heute nicht mehr so dunkel war. Die ersten Häuser der Innstadt kamen in Sicht. Plötzlich freute sich Teresa sogar darüber, sie zu sehen. Sie hatte ein neues Zuhause gefunden, eine Familie und einen Menschen, mit dem sie ihre Leidenschaft fürs Schnitzen teilen und den sie vielleicht sogar lieben konnte. Noch vor wenigen Wochen hatte sie sich nichts so sehr gewünscht, als sterben zu dürfen, und jetzt lag eine neue Zukunft vor ihr.

Ein Karren, mit Brettern und Holzbalken beladen, fuhr an ihnen vorüber den Berg hinauf. Versonnen schaute Teresa ihm nach. Bald würde die Marienkapelle fertig sein und eingeweiht werden. Noch im Herbst würde ein großes Fest gefeiert werden. Sogar der Bischof würde kommen, um die kleine Kapelle zu weihen und die Statuen zu bewundern, die sie angefertigt hatte. Schon allein bei dem Gedanken daran begann es in ihrem Magen zu kribbeln.

Teresa und Anton erreichten die ehemalige Werkstatt von Thomas Stantler, doch Teresa blieb nicht stehen. Sie liefen an dem geschlossenen Tor vorüber, als würde sie das Haus nicht kennen, dann über die Innbrücke und durch das finstere Innbrucktor, in dem sie kühle, nach Urin stinkende Luft empfing. Fuhrwerke, beladen mit Salzkufen, Weinfässern und Stoffballen, kreuzten ihren Weg, ebenso lachende Kinder, Mägde und eine Gruppe junger Mönche, die in Reih und Glied hintereinander herliefen. Sie bogen in die winzige Gablergasse ein, die bergauf zur Schustergasse und dem nahen Fischmarkt führte. Teresa hatte schon beinahe vergessen, wie kühl und düster es in den schmalen Gassen war. Sie zog ihr Tuch enger um ihre Schultern und beschleunigte ihre Schritte. Auf dem Schulerberg gab es keine engen Gassen, keine Hinterhöfe, die das Licht und den Blick auf den Horizont raubten. Wie schön war es doch, dass dieser Ort ihre neue Heimat geworden war.

Sie traten auf die Schustergasse hinaus, die im hellen Licht der Morgensonne lag. Teresa schob die dunklen Gedanken fort, als sie die Gasse überquerten und in die Schrottgasse einbogen, die an der Rückseite des Rathauses vorbei und zum Fischmarkt führte.

»Welchen Fisch wollen wir denn kaufen?« Antons Stimme holte sie in die Realität zurück.

»Ich weiß nicht. Vielleicht Barbe, einen Hecht oder schöne Forellen, wir werden sehen.«

Sie tauchten in das dichte Gedränge des Marktes ein, über dem der Geruch von gebratenem Fisch lag, der vom Bratfischwinkel herüberzog. Teresa lief an den Auslagen der Stände vorbei, steckte ihre Nase in den einen oder anderen Topf und entschied sich nach einer Weile für einen großen Hecht und zwei kleinere Forellen. Anton war mit ihrer Entscheidung zufrieden. Teresa bezahlte bei der schmächtig wirkenden Marktfrau, was ungewöhnlich war, denn die meisten Marktfrauen waren kräftig gebaut, damit sie die schwere Arbeit leisten konnten. Die Frau schenkte ihr ein freundliches Lächeln, und man sah, dass ihr nur noch wenige Zähne geblieben waren. Teresa steckte ihr Restgeld zurück in den kleinen Stoffbeutel, den sie tief in ihrer Rocktasche versenkte, damit ihr niemand etwas stehlen würde. Als sie ihren Korb vom Boden hochheben wollte, griff plötzlich jemand nach ihrem Arm und zerrte sie von dem Stand weg.

Teresa schrie erschrocken auf. Schnell erkannte sie, wer sie da über den Fischmarkt in eine der engen Gassen zerren wollte. Gustl, der Kräutler, hielt ihren Arm fest umklammert und steuerte eine der schmalen Gassen an, wo es viele stille Winkel gab. Anton, der nur kurz Teresas Hand losgelassen hatte, lief laut schreiend neben ihnen her.

»Hilfe, zu Hilfe! Dieser Mann, er entführt meine Schwester. Zu Hilfe! Zu Hilfe!«

Einige Leute blieben stehen, manche wandten den Kopf. Doch wirklich eingreifen wollte keiner.

»So helft uns doch. Er ist ein Dieb, ein elender Gauner, so helft uns doch!«

Da fasste sich einer der Fischverkäufer ein Herz und stellte sich Gustl in den Weg. »Was soll das werden, Freundchen?«

Er war groß und kräftig gebaut und überragte den Kräutler um gut einen Kopf.

Der alte Mann blieb stehen. Seine Augen funkelten, doch er ließ Teresas Arm nicht los. »Aus dem Weg. Das geht Euch nichts an.«

»Er ist ein Gauner, ein Entführer.« Anton deutete mit bebendem Finger auf Gustl. Tränen blitzten in seinen Augen. »Er will ihr Gewalt antun.«

Noch mehr Menschen wurden auf die kleine Gruppe aufmerksam. Gustls Miene verfinsterte sich. Wütend schaute er den kleinen Anton an, dann ließ er Teresa los und verschwand blitzschnell zwischen zwei Ständen. Einer der Männer wollte nach ihm greifen, aber es war schon zu spät.

»Ist alles in Ordnung, Mädchen?«, fragte der kräftige Fischverkäufer und legte Teresa seine breite Hand auf die Schulter. Sie nickte, noch immer etwas blass um die Nase. »Ja, ist alles gut. Habt Dank für Eure Hilfe.«

Der Fischverkäufer warf Anton einen anerkennenden Blick zu. »Hast einen tapferen kleinen Bruder.«

Anton senkte beschämt den Kopf.

»Ja, er ist etwas Besonderes.« Teresa griff nach Antons Hand und umklammerte sie fest. »Vielen Dank für Eure Hilfe.«

Der Mann nickte, strich Anton über seinen blonden Schopf und ging zurück zu seinem Stand, wo seine Frau bereits ungeduldig auf ihn wartete.

»Held spielen muss er, während hier die Kundschaft wartet.«

Teresa und Anton verließen schweigend den Fischmarkt, in der Schrottgasse beschleunigten sie ihre Schritte, und schließlich rannten sie über die Innbrücke, den Berg hinauf, bis in den Wald, wo sie, nach Atem ringend, stehen blieben.

Der Erste, der seine Sprache wiederfand, war Anton.

»Wer war der Mann?«

Teresa wusste nicht, wie sie erklären sollte, was es mit Gustl auf sich hatte. Sie überlegte kurz, dann antwortete sie: »Er war einmal ein Freund, doch dann hat er jemanden verloren, den er sehr liebte, was ihn sehr verändert und wütend gemacht hat.«

Anton legte den Kopf schräg. »Und warum will er dich in eine dunkle Gasse ziehen?«

»Er glaubt, ich wäre schuld daran.«

»Und, bist du es?«

»Ich weiß nicht, vielleicht ein wenig. Es war ein Unfall, weißt du.«

Er schaute sie eine Weile schweigend an, dann nickte er. »Glaubst du, er kommt den Berg herauf?«

Teresa zuckte mit den Schultern. »Ich weiß es nicht.«

Sie hatte die Wut in seinen Augen gesehen, die Verzweiflung darüber, allein zurückgeblieben zu sein. So ein Mensch war zu allem fähig. Josefs Warnung kam ihr in den Sinn.

»Dann müssen wir jetzt besonders gut aufpassen«, sagte Anton und hob das Kinn. »Nicht, dass dir noch was passiert. Ich will dich nicht verlieren, weißt du.«

Teresa nickte zögernd. Er griff nach ihrer Hand, und die beiden gingen weiter. Erst nach einer Weile wurde sich Teresa der Tragweite seiner Worte bewusst, und plötzlich breitete sich, trotz der drohenden Gefahr, ein wohliges Gefühl in ihrem Bauch aus, und sie drückte die kleine Hand des Jungen ganz fest.

Teresa lag in ihrer Kammer und starrte auf den Fußboden, auf den das helle Licht des Vollmonds fiel. Schon vor einer Weile hatte sie es aufgegeben, einzuschlafen. Heute war ein schöner Tag gewesen. Paul und sie hatten Seite an Seite gearbeitet, still nebeneinandergesessen, jeder in seine Arbeit vertieft. Ab und an hatte er ihr einen Rat gegeben und auch mal ihre Hand geführt, was ein sanftes Kribbeln auf ihrer Haut ausgelöst hatte. Wenn er sie angesehen hatte, hatte sie den Blick gesenkt und ihren schneller werdenden Herzschlag gespürt. Es hatte sich alles so richtig und echt angefühlt, so besonders und wertvoll, und doch lebte tief in ihr das Gefühl für einen anderen Mann. So einfach war es nicht, die Erinnerungen zu betäuben, das Erlebte zu vergessen und neu anzufangen, auch wenn sie es sich sehr wünschte. Sie dachte an Gustl, der in seiner Verzweiflung nicht mehr ein noch aus zu wissen schien und einen Schuldigen suchte, den er aber nicht finden würde. Vielleicht sollte sie zu ihm gehen, mit ihm reden und die Sache aus der Welt schaffen. Doch würde er so reagieren, wie sie es sich erhoffte?

Auch sie hatte Menschen verloren, die sie liebte: Rupert, Christian, ihr Kind, das tot zur Welt gekommen war und nicht einen Atemzug getan hatte. Aber sie hatte wieder Hoffnung geschöpft, einen neuen Weg gefunden. Vielleicht würde das Gustl auch gelingen, wenn ihn jemand bei der Hand nehmen und ihm diesen Weg zeigen würde. War sie die Richtige dafür? Sie bezweifelte es. War sie doch die Person, gegen die sich sein Groll richtete und die er für die Wurzel allen Übels hielt. Vielleicht könnte Josef noch einmal mit ihm reden, damit Gustl seinen Frieden mit sich und der Welt machen konnte.

Teresa drehte sich seufzend auf die Seite und schloss die Augen, aber so sehr sie es sich auch wünschte, ihre Gedanken ließen sie nicht zur Ruhe kommen. Entschlossen setzte sie sich nach einer Weile auf. Vielleicht würde ein wenig frische Luft helfen, müde zu werden. Sie kleidete sich an, verließ ihre Kammer und trat kurz darauf auf den vom hellen Mondlicht erleuchteten Hof.

Der Ruf eines Käutzchens schallte vom Wald herüber. Heftiger Wind, der an den Bäumen riss, kündigte einen Wetterwechsel an. Trotzdem zog es Teresa zum nahen Waldrand, wo die Umrisse der halb fertigen Kapelle in den Himmel ragten. Sie verließ den Pfad auf der Höhe des kleinen Fichtenwäldchens, das Marias Grab verbarg. Hier im Wald war das Licht dämmrig, nur ab und an war der Mond durch die Bäume zu erkennen. Teresa sank vor dem kleinen Erdhügel auf die Knie, wie sie es immer tat, wenn sie ihr kleines Mädchen besuchte. Um sie herum raschelte es im Gebüsch, über ihr rauschte der Wind in den Bäumen, Donnergrollen kündigte ein Gewitter an.

»Maria, mein Mädchen«, begrüßte Teresa ihr Kind. »Ich weiß, es ist ungewohnt, dass ich zu dieser Stunde zu dir komme, aber ich konnte nicht schlafen.«

Sie strich mit den Fingern über das kleine Holzkreuz und blickte besorgt nach oben, wo sich die Bäume bedrohlich im Wind beugten.

»Da haben die Gnome und Wichtel gewiss wieder großen Unsinn gemacht, wenn Gott so böse mit ihnen ist und uns ein Gewitter bringt«, sagte sie und lächelte bei der Erinnerung an die Geschichte, die mit diesen Worten begann. Immer dann, wenn der Wind um ihren Hof in Berchtesgaden heulte und sie vor Angst zitternd im Bett lag, hatte Rupert sie in den Arm genommen und ihr Geschichten erzählt. Von den Rumpelzwergen im Berg, die nur die Steine hin und her werfen würden, was für sie ein Spiel, in unserer Welt jedoch der laute Donner war. Von den bösen Feen, die Freude daran hatten, ihren Zauberstab aufblitzen zu lassen. Oder von Väterchen Frost, der es liebte, die Eissterne durch die Luft zu wirbeln, gemeinsam mit seinem Freund, dem Nordwind, der so manchen Sturm heraufbeschwor.

Rupert hatte unendlich viele Geschichten gekannt, mit denen er ihr die Angst vor den Naturgewalten genommen, sie aber auch in die Welt der Prinzessinnen und Ritter entführt hatte.

»Du hättest ihn sehr gemocht«, sagte Teresa wehmütig. »Bestimmt hätte er auch dir die vielen Geschichten erzählt und dich an den Füßen gekitzelt, um dir die Angst zu nehmen.«

Erneut war Donnergrollen zu hören, und plötzlich erhellte ein Blitz die Dunkelheit. Das Mondlicht war hinter Wolken verschwunden, Teresa fürchtete sich jedoch nicht vor dem nahenden Unwetter. Sie war versunken in ihrer Welt der Erinnerungen, in der sich alles warm und sicher anfühlte. Sie hörte zwar das Rauschen des Windes und spürte auch die ersten Regentropfen auf der Haut, aber in Gedanken lag sie eng an ihren Bruder gekuschelt, eingewickelt in ihre große Decke, unter dem Dach des alten Bauernhauses und lauschte mit geschlossenen Augen seinen Geschichten.

»Teresa, Liebes, was tust du denn hier draußen?«

Eine Stimme riss sie aus ihren Gedanken, und sie schreckte hoch.

Paul stand neben ihr, die Kapuze tief ins Gesicht gezogen, vollkommen durchnässt, eine Laterne in der Hand. Erst jetzt bemerkte sie, dass der Himmel seine Schleusen geöffnet hatte und sie vollkommen durchnässt war.

»Ich konnte nicht schlafen. Da wollte ich …« Ein lauter Donnerschlag unterbrach Teresa. Erschrocken zuckte sie zusammen. »Da wollte ich mein Kind besuchen«, vollendete sie ihren Satz.

Erstaunt schaute er sie an, dann fiel sein Blick auf den Erdhügel. »Du hattest ein Kind?«, fragte er.

Teresa wusste nicht, was sie erwidern sollte. Plötzlich kam es ihr so vor, als müsste sie Maria vor ihm beschützen. Oder wollte sie nur sich selbst schützen und ihre Sünde nicht beichten?

»Sie ist gestorben, noch ehe sie ihren ersten Atemzug getan hat.«

Erneut erhellte ein Blitz die Dunkelheit.

»Vroni, sie hat mich gerettet. Doch Maria konnte niemand mehr helfen.« Ihre Stimme wurde immer leiser, schließlich flüsterte sie nur noch.

Paul verstand auch ohne jede weitere Erklärung. Wie hatte er nur einen Moment annehmen können, dass Teresa nur eine einfache Freundin war. Er wusste genau, was seine Schwester ab und an tat. Er hatte es geduldet, weil sie ihm von der Not der Frauen berichtet hatte, die auch ihm nicht fremd war. Mit eigenen Augen hatte er gesehen, wie die Frauen in Passau am Rande der Gesellschaft lebten und oftmals betteln mussten, um überleben zu können.

»Es ist nicht, wie du denkst«, erklärte Teresa. »Ich habe ihn geliebt, wir haben uns geliebt.« Tränen stiegen in ihre Augen. »Doch es war eine Sünde, unsere Liebe, unser Kind, es durfte nicht sein, obwohl wir heiraten wollten und alles gut werden sollte. Jetzt ist er tot, genauso wie mein Kind, von dem mir nur dieser kleine Hügel und eine vage Erinnerung geblieben ist.«

Sie schlug die Hände vors Gesicht. Die Erinnerung an den Moment, als sie alles verloren hatte, traf sie wie ein Schlag.

Da spürte sie Pauls Arme, wie sie sich um ihren Körper schlossen und er sie an sich zog. Wie eine Ertrinkende klammerte sie sich an ihm fest.

»Es ist gut, es ist vorbei. Du bist nicht mehr allein, niemals wieder sind wir beide allein.«

Eine Weile blieben sie eng umschlungen stehen, mitten im Regen, und nahmen den tosenden Wind, Blitz und Donner nicht mehr wahr. Nach einer Weile löste er die Umarmung, umschloss mit beiden Händen Teresas Gesicht und küsste sie, zuerst zärtlich, dann fordernd und voller Leidenschaft.

»Ist es nicht gleichgültig, was gewesen ist. Wir haben einander gefunden, heute, jetzt und hier. Lassen wir die Vergangenheit mit all ihren Geistern ruhen, ändern werden wir sie niemals können. Doch unsere Zukunft, die können wir gemeinsam leben, was ich mir mehr als alles andere wünsche, denn ich liebe und brauche dich, Teresa. Und das ist mir in den letzten Tagen immer mehr bewusst geworden. Willst du meine Frau werden? Wollen wir lernen, einander zu lieben, die Vergangenheit loszulassen und neu zu beginnen?«

Teresa nickte, zuerst ungläubig und zögernd, dann immer nachdrücklicher. Ihr »Ja« ging in einem Kuss unter, der den Schmerz betäubte und endgültig alle Zweifel vertrieb – jedenfalls für diesen Augenblick.

Kapitel 17

Vor einer Weile hatte der Regen nachgelassen, doch noch immer verdunkelten Wolken den Himmel. Wasser lief in kleinen Rinnsalen die enge Messergasse hinunter und drang in Teresas Schuhe, die sich trotz des unwirtlichen Wetters auf den Weg in die Stadt gemacht hatte, denn sie wollte Josef von ihrer bevorstehenden Hochzeit erzählen. Als sie die Schmiede betrat, stand er am Feuer, in dem von Hitze und Rauch erfüllten Raum, der sie schmerzlich an eine andere Zeit erinnerte. Unterschiedlich große Klingen lehnten an der Wand, neben einem Amboss und einer Werkbank, auf der Zangen und andere Werkzeuge kreuz und quer durcheinanderlagen. Josef drehte sich um, legte ein glühendes Stück Eisen rasch auf den Amboss und begann, es mit dem Hammer zu bearbeiten. Geübt faltete er die noch unfertige Klinge des Messers. Eine Wolfsklinge würde er niemals wieder schmieden, das wurde Teresa bei seinem Anblick schmerzhaft bewusst. Die vielen Schwerter und Messer, die es in diesem Raum gab, würden niemals an diese wunderbaren Meisterwerke heranreichen. Bald würde niemand mehr wissen, was eine Wolfsklinge zu dem gemacht hatte, was sie war. Josef schlug noch immer auf das Eisen ein, mit konzentriertem Blick in seine Arbeit versunken. Jeder einzelne seiner Schläge ließ Teresa erzittern. Sie erinnerte sich daran, wie sie vor Thomas Stantlers kleiner Schmiedekammer gestanden und ihn beobachtet hatte.

Josef steckte die glühende Klinge in ein Wasserbecken. Zischend kühlte das Eisen ab. Er hob es auf die Werkbank und drehte sich um. Als er Teresa sah, lächelte er erfreut. Er legte die Eisenzange zur Seite, wischte sich die Hände an einem Tuch ab, ging auf sie zu und schloss sie in die Arme.

»Teresa, Mädchen. Was führt dich denn zu mir. Ist das schön, dich zu sehen.«

Teresa erwiderte seine Umarmung, spürte seine heiße Haut und atmete den rauchigen Geruch ein, den er verströmte.

»Wie immer bist du in deinem Element.« Sie deutete auf die vielen unfertigen Klingen.

»Ach, ist keine große Kunst, wenn du das meinst. Immer die gleichen Messer und Schwerter schmieden kriegt jeder Tölpel hin, wenn man es ihm nur ordentlich beibringt.«

»Du musst mir nichts erklären«, erwiderte Teresa. »Sind eben keine Wolfsklingen.«

Er zog seine Lederschürze aus und deutete zur Tür. »Lass uns nach draußen gehen. Ich brauche ein wenig frische Luft.«

Auf der Gasse atmete er tief durch. »An manchen Tagen will ich es noch gar nicht wahrhaben, dass ich keine Wolfsklingen mehr schmieden und niemals wieder ein Wolfssiegel in das Metall prägen, einen der prachtvollen Griffe in Leder einbinden oder von dir in ein wahres Kunstwerk verwandeln lassen werde.« Er zwinkerte Teresa zu.

Sie liefen die Gasse hinunter und schlugen den Weg zur Donau ein. Schon seit Tagen regnete es fast ohne Unterlass, was die Flüsse anschwellen ließ und so manchem Passauer bereits Angst machte, denn ein Hochwasser konnten sie jetzt, wo der Krieg und die vielen Zahlungen die Stadt arg beutelten, nicht auch noch gebrauchen. Obwohl der Inn bisher noch in seinem Bett geblieben war und die Donau wie immer träge dahinfloss, so wiesen die aufgeweichten Böden und die immer höher anschwellenden Bäche auf das bevorstehende Unglück hin.

Die beiden überquerten den Fischmarkt und gelangten durch ein Tor in der Stadtmauer ans Ufer der Donau, die im hellen Sonnenlicht funkelte, als könnte sie kein Wässerchen trüben. Unweit von ihnen am Anleger wurden zwei Boote mit Getreidesäcken beladen, die gewiss in Böhmen gegen Salz eingetauscht worden waren. Teresa beobachtete die Männer dabei, wie sie die Säcke an Land trugen, dann blickte sie über die Donau zur Ilzstadt hinüber. Plötzlich kam es ihr so vor, als wäre ihre Zeit auf dem Goldenen Steig aus einem anderen Leben. Doch der Tag, an dem sie zum ersten Mal Passau gesehen hatte, lag nicht einmal ein Jahr zurück. Wie eine Märchenstadt aus Ruperts Geschichten hatte Passau in ihren Augen damals ausgesehen, umgeben von Wasser, in dem sich die Abendsonne spiegelte.

»Wenn es weiter so schüttet, dann werden die Flüsse nicht mehr befahrbar sein, was einer Katastrophe gleichkommt«, sagte Josef und riss sie aus ihren Gedanken.

»Hochwasser ist immer hart, aber jetzt, wo die Zeiten so schlecht sind, wird es Passau endgültig in den Ruin treiben.«

Auch Teresa war der hohe Wasserstand des Inns aufgefallen, als sie vom Schulerberg heruntergekommen war. Doch dass ein Hochwasser die Stadt bedrohen könnte, war ihr nicht in den Sinn gekommen. Passau lebte mit den Flüssen, die Bewohner kannte deren Tücken und wussten damit umzugehen. Sicherlich würden sie auch jetzt wieder einen Ausweg finden, um das Wasser aufzuhalten. Jedenfalls glaubte sie das.

»Aber du bist wahrscheinlich nicht zu mir gekommen, um mit mir über das Wetter und die Wasserstände zu reden«, meinte Josef. Er musterte Teresa von der Seite, und ihm fiel auf, dass sie sich verändert hatte. Er brauchte einen Moment, bis er begriff, was es war, dann nickte er. »Du wirst heiraten.«

Erstaunt schaute sie ihn an. »Woher weißt du ...«

»Ach, Mädchen«, unterbrach er sie, »glaubst du wirklich, du könntest mir etwas vormachen?« Sie lächelte. »Ich gratuliere. Niemandem auf der Welt gönne ich das Glück so sehr wie dir.« Er umarmte und küsste sie zärtlich auf die Wange wie ein Vater, der seiner Tochter nur das Beste wünschte. »Diesmal ist es der Richtige.«

Seine Worte trafen Teresa, das Leuchten in ihren Augen verschwand. Josef wusste, an wen sie dachte, doch sie sagte nichts. Aufmunternd drückte er ihre Hand.

Sie fuhr fort: »Im Herbst sollen wir in der Marienkapelle getraut werden, an dem Abend, bevor sie offiziell eingeweiht wird, vom Domdekan höchstpersönlich. Paul hat ihn darum gebeten, und er hat sofort eingewilligt.« Sie atmete tief durch. »Ich hoffe so sehr, dass alles gutgeht und kein Unglück passiert. Neulich, auf dem Fischmarkt, da wäre es beinahe wieder schiefgegangen.«

»Was wäre schiefgegangen?«, fragte Josef.

»Davon wollte ich dir auch noch erzählen. Gustl, er hat mich gepackt und wollte mich in eine Gasse zerren. Wenn Anton nicht so laut geschrien hätte, dann hätte er es auch geschafft.«

»Gustl.« Nachdenklich griff sich Josef ans Kinn. »Ich habe geahnt, dass er keine Ruhe geben wird. Er sucht einen Schuldigen, will unbedingt Rache nehmen. Doch zur Ruhe wird er dadurch nicht kommen, auch wenn er das glaubt.«

»Ich habe Angst, er könnte auf den Berg hinaufkommen und mir auflauern.«

»Ich werde noch einmal mit ihm reden.« Beruhigend tätschelte Josef Teresas Arm. »Er muss verstehen, dass ihm nichts auf der Welt seine Burgi zurückbringen kann und dass es ein Unfall gewesen ist.« Er warf Teresa einen kurzen Blick zu. »Es war doch ein Unfall?«

»So in der Art«, wich sie aus. »Obwohl ich mich oft frage, wer tatsächlich die Schuld an ihrem Tod trägt. Wenn ich ihr nichts von unserer Flucht erzählt hätte, dann hätte sie mich niemals auf dem Dachboden eingeschlossen, und es wäre alles anders gekommen. Magda, sie hat es nicht gewollt. Burgi hat die Nerven verloren. Sie war nicht mehr sie selbst. Sie hätte Magda getötet, wenn diese nicht ...«

Teresa verstummte.

»Ich versteh schon«, erwiderte Josef. »Der Tod des Herrn muss ein harter Schlag für Burgi gewesen sein. Alles, wofür sie lebte, ist zusammengebrochen. Da ist sie panisch geworden. Menschen tun seltsame Dinge, wenn sie Angst bekommen.«

»Oder wenn sie verzweifelt sind«, fügte Teresa hinzu, die dieses Gefühl nur zu gut kannte.

»Ich werde mit ihm reden, gleich nachher gehe ich in die Grünau hinüber. Gustl ist immer ein vernünftiger Mensch gewesen, bestimmt wird er dich in Ruhe lassen, wenn ich ihm alles erkläre.«

»Und du glaubst wirklich, er wird es verstehen? Ist es nicht zu einfach, die Schuld auf eine Tote zu schieben, die sich nicht mehr wehren kann?«

»Tust du das denn? Schiebst du die Schuld auf eine Tote?« Teresa überlegte kurz, dann schüttelte sie den Kopf. Sie mochte Burgi von ihrem Fluchtversuch erzählt haben, doch die Klinge hatte sie nicht geführt.

Zwei weitere Boote erreichten den Anleger. Die lauten Rufe der Männer schallten zu ihnen herüber, eilig wurde ihre Ladung gelöscht, denn graue Wolken verdunkelten den Horizont.

Teresa schaute zur Niederburg hinüber und seufzte. »Manchmal wünschte ich, ich könnte Christian von meiner Hochzeit erzählen und mich bei ihm dafür entschuldigen, dass ich unsere Liebe verraten habe und einen anderen heirate.« Tränen traten ihr in die Augen. Sie wischte sie schnell ab. »Es gibt keinen Ort, an dem ich um ihn trauern, keinen Platz, an

dem ich ihn besuchen kann. Ich weiß nur, dass er tot ist …
jedenfalls nehme ich das an. «

Josef dachte an den Mann zurück, den er in der Schenke
erkannt zu haben glaubte, doch er schob den Gedanken beiseite. Bestimmt hatte er sich getäuscht. Christian Elsenreiter
war tot. Wahrscheinlich war sein Leichnam in den Fluss geworfen worden, wer wusste das schon. Wie viele namenlose
Tote wurden irgendwo ans Ufer gespült. Er dachte an Leopold,
den er selbst den Fluten überlassen hatte, und schauderte.

»Ach, Mädchen, du Dummerchen«, versuchte Josef, Teresa
zu trösten. »Du musst dich nicht bei ihm entschuldigen, ver-
rätst nicht eure Liebe, denn er ist tot. Wenn du mich fragst, ist
er deiner Liebe und deiner Tränen nicht würdig gewesen, so
wie er mit dir umgegangen ist.« Er ergriff ihre Hand. »Gottes
Wege sind oft unergründlich, manchmal sind es Umwege, die
uns zu unserem größten Glück führen. Paul Kriechbaum ist ein
wunderbarer Bildhauer und Mensch, ein Künstler, genauso wie
du eine Künstlerin bist. Einen besseren Menschen konntest du
gar nicht finden.«

Teresa wusste, dass Josef recht hatte. Sie wollte es ja auch
glauben, dass Paul der Richtige war, dass sie ihn liebte und bei
ihm sein wollte. Doch tief in ihrem Inneren wusste sie, dass sie
sich selbst belog. Sie mochte Paul Freundschaft und Zuneigung entgegenbringen, aber Liebe empfand sie nicht für ihn,
auch wenn sie es sich noch so sehr wünschte. Und sie wusste
auch, dass sie nicht für den Rest ihres Lebens einem Toten
nachtrauern konnte.

Sie atmete tief durch. »Wegen der Hochzeit, da wollte ich
dich noch etwas fragen, Josef. Mein Vater ist gestorben, genauso wie mein Bruder. Mir fehlt jemand, der mich in die Kirche führt, und ich dachte, vielleicht, wenn du möchtest …«
Sie verstummte.

Er nickte freudig, seine Augen begannen zu strahlen. »Aber gern, mein Mädchen. Wenn ich das sagen darf. So ein bisschen bist du das doch, mein Mädchen, oder?«

Sie nickte, Tränen der Rührung in den Augen. »Ja, das bin ich, und nicht nur ein wenig, weißt du.«

✳

Anton wusste genau, wer derjenige gewesen war, der Teresa in die Gasse zerren wollte, denn seine Tante hatte ihn früher regelmäßig in die Grünau geschickt, um Kräuter zu holen. Der alte Mann, den alle nur den Kräutler nannten, war immer freundlich gewesen, manchmal hatte er ihm sogar Honigbonbons geschenkt, die süß auf der Zunge zergingen. Doch Antons letzter Besuch bei dem Mann war länger her, was allein schon wegen der Honigbonbons schade gewesen war, aber auch wegen der Äpfel, die er nebenbei in seinem Säckl hatte verschwinden lassen, genauso wie die eine oder andere süße Kirsche im Mund.

Völlig verändert war der herzliche, alte Mann neulich auf dem Markt gewesen. Teresa hatte mehrfach geschworen, ihm nichts Böses getan zu haben. Er glaubte ihr. Anfangs hatte er sie nicht gemocht wie all die anderen Weiber auch, die um seinen Vater herumscharwenzelt waren, damit er ja eine von ihnen zu seiner Gattin machte. Paul Kriechbaum war ein angesehener Bürger Passaus, ein talentierter, gut verdienender Bildhauer und der Sohn des berühmten Martin Kriechbaum, der den Keferaltar erschaffen hatte. Also eine gute Partie. Wie sehr es Anton gehasst hatte, wenn ihm die Weiber übers Haar gestrichen und ihn einen guten Bub genannt hatten, der es ohne die Mutter so schwer hatte. Ja, er vermisste seine Mutter und weinte um sie, wenn keiner hinsah, denn ein Mann zeigte seine Tränen nicht. Aber diese aufdringliche Art von Mitleid hatte ihn mehr als wütend gemacht. Teresa war da anders. Sie hatte ihn nie bedauert oder ihren Vater so schwärmerisch angesehen. Sie hatte seinen Vater überhaupt nicht angesehen. Ihn selbst hatte sie ständig fortgescheucht, ihm manchmal sogar eine Ohrfeige verpasst. Sie hatte hübsche braune Augen, die ihn an ein Reh erinnerten, doch scheu war sie beim besten Willen nicht. Es hatte ein bisschen gedauert, bis er begriffen hatte, dass sein Vater ihr tatsächlich den Hof machte. In Teresas Gegenwart war er so glücklich wie schon lange nicht mehr, was Anton gefiel. Teresa hatte nicht um seinen Vater geworben, als sie jeden Tag in der Werkstatt gesessen hatte, sie hatte schnitzen wollen, was sie für ein Mädchen verdammt gut konnte. Sie kam ihm auch nicht wie eine neue Mutter vor, sondern eher wie eine Schwester, auf die er aufpassen musste, so wie er auch auf Vroni und seinen Vater aufpasste, auch wenn sie es nicht bemerkten. Also würde er jetzt dem alten Mann sagen, dass er Teresa in Ruhe lassen sollte.

Anton öffnete das Tor zur Grünau, die um diese Jahreszeit ein blühender und wunderschöner Ort war. Doch an diesem grauen Tag sahen selbst die in voller Blüte stehenden Obstbäume traurig aus. Auf den Wiesen und Gemüsefeldern stand das Wasser, und die Kräuter ließen ihre Köpfe hängen. Seit dem Morgen machte der Regen eine kurze Pause, doch die Wolken hatten sich nicht verzogen. Blauen Himmel und Sonnenlicht suchten sie alle vergebens, genauso wie warme Temperaturen. Für die Jahreszeit war es ungewöhnlich kühl. Anton durchquerte den Obstgarten und hielt zielsicher auf die kleine Hütte des Kräutlers zu, die fast vollständig unter einem in voller Blüte stehenden Holunderbusch verschwand. Der kleine Garten, der die Hütte umgab, wirkte genauso trostlos wie der Rest der Anlage. Zwischen den Kräutern wucherte das Unkraut, und die einst liebevoll in Tiere verwandelten Buchsbäume hatten ihre Form verloren. Die Tür der Hütte war nur angelehnt, als Anton sie erreichte. Langsam schob er sie auf. Muffiger Gestank schlug ihm entgegen. Eine undefinierbare Mischung aus Kräutern, Holzrauch, Urin und Schweiß.

Gustl saß am Tisch, eine Flasche Schnaps vor sich. Mit glasigen Augen schaute er seinem Besucher entgegen.

»Was willst du?«, nuschelte er.

Anton blieb in einigem Abstand vor dem alten Mann stehen. Plötzlich empfand er Mitleid mit ihm, obwohl er nicht wusste, was die Veränderung ausgelöst und Gustl ins Unglück gestürzt hatte. Es musste etwas ganz Fürchterliches gewesen sein, wenn er sich so gehen und sein Lebenswerk, den Garten, so verkommen ließ. Er schob den Gedanken beiseite. Ihm konnte es gleichgültig sein, was der alte Mann für einen Kummer hatte.

»Du sollst sie in Ruhe lassen«, sagte er.

Gustl schenkte sich noch einen Becher Kirschwasser ein, prostete dem Jungen zynisch grinsend zu und leerte ihn mit einem Zug. »Wer sagt mir das? Ein kleiner Bengel, ein lausiger Dieb, der mir meine Äpfel und Kirschen stiehlt.« Antons Augen weiteten sich.

»Glaubst wohl, ich hab's nicht gesehen. Aber das hier ist mein Garten, verstehst du.« Er rülpste laut.

Anton ließ sich nicht einschüchtern. »Waren doch nur zwei oder drei Äpfel, du hast so viele, der ganze Garten ist voll.«

»Das hat der Knecht vom Tuchhändler auch gesagt, als sie ihm die Hand abgehackt haben, weil er in die Kasse gegriffen hat«, konterte Gustl. »Waren ja nur zwei Silberlinge.«

Er machte eine wegwerfende Handbewegung. »War ja nur ein Menschenleben. Hat sie das gesagt?« Anton erbleichte.

»Was hat sie dir erzählt? Hat sie dir gesagt, dass sie mir das Liebste auf der Welt genommen hat, das verdammte Luder?

Weißt du kleiner Bursche überhaupt, wie es sich anfühlt, wenn einem das Herz herausgerissen wird?«

Er schenkte sich erneut ein, seine Hand zitterte. Schnapsgeruch breitete sich im Raum aus. Gustl leerte den Becher mit einem Zug, knallte ihn auf den Tisch und stand schwankend auf.

Anton wich zur Tür zurück. »Du willst sie beschützen, den Helden spielen, doch ich sage dir, Kleiner, überleg dir genau, für wen du hier einstehst, am Ende sogar dein Leben gibst.«

Anton starrte den alten Mann an. »Sie ist keine Mörderin.« Seine Stimme klang unsicher. Wusste er das wirklich? Wenn er es genau nahm, glaubte er nur, Teresa zu kennen.

Gustl erriet seine Gedanken. »Hab ich es doch gewusst. Du weißt nichts. Bist eben doch ein dummer Junge, dem der Hintern versohlt werden sollte, weil er Äpfel stiehlt.«

Er machte einen weiteren Schritt auf Anton zu.

Anton stand jetzt mit dem Rücken zur Tür, an die plötzlich jemand klopfte.

»Gustl, bist du da?« Die Tür öffnete sich. Anton trat zur Seite. Josef betrat den Raum, schaute den Jungen überrascht an und fragte: »Anton, was tust du denn hier?«

»Aus demselben Grund wie du ist er hier aufgetaucht, wie ich annehme«, antwortete Gustl für den Jungen. »Ihr könnte beide wieder gehen. Verschwindet! Ich will es nicht hören, will nie wieder irgendetwas hören.« Plötzlich traten Tränen in seine glasigen Augen. Er schwankte und hielt sich an der Tischplatte fest. »Ihr wollt es einfach nicht begreifen«, nuschelte er. »Sie ist eine Mörderin, eine gottverdammte kleine Lügnerin, die einen Pakt mit dem Teufel geschlossen hat. Sie hat mir das Liebste auf der Welt genommen. Warum nur? Warum hat sie das getan?«

Josef machte einen Schritt auf den Kräutler zu und streckte die Hand nach ihm aus, doch Gustl wich zurück.

»Du willst mir jetzt erzählen, dass sie es nicht war, vielleicht sogar, dass es ein Unfall gewesen ist. Belügen lasse ich mich nicht, hörst du!«

Gustl begann fast schon hysterisch zu lachen. Da verlor Josef die Geduld. Er machte zwei schnelle Schritte auf den alten Kräutler zu, packte ihn beim Arm und schlug ihm ins Gesicht. Mit weit aufgerissenen Augen starrte Gustl Josef an. Der plötzliche Angriff hatte seine Wirkung nicht verfehlt.

»Es war ein gottverdammter Unfall, an einem schrecklichen Tag. Teresa hat Burgi nicht getötet, das musst du mir glauben. Deine Rachsucht und dein Selbstmitleid bringen dir Burgi nicht wieder zurück, hörst du! Also gib endlich Ruhe und schließ Frieden mit der Welt, dem Schicksal und dir selbst. Burgi würde es so wollen, dessen bin ich mir sicher.«

»Ein Unfall, dass ich nicht lache«, erwiderte Gustl und spuckte Josef ins Gesicht. Angewidert wich der Klingenschmied zurück. »Ein Messer hat in ihrem Leib gesteckt, das nennst du Unfall?«

»Du willst es nicht begreifen, oder? Burgis Welt ist an diesem Tag zusammengebrochen. Thomas Stantler hat sich umgebracht, damit ist sie nicht klargekommen. Sie hat die Nerven verloren. Die Mädchen haben sich nur selbst geholfen. Es war Magda, die zugestochen hat, um ihr eigenes Leben zu retten.«

»Es ist immer leicht, die Schuld einer Toten in die Schuhe zu schieben. Burgi hat niemals im Leben die Nerven verloren. Sie hätte immer zu mir kommen können, das hat sie gewusst.«

»Und warum hat sie es dann nicht getan? Warum hat sie dich nicht geheiratet, sondern ist die Köchin eines Klingenschmieds geblieben, obwohl ihr der andere Weg offenstand?«

Jetzt verlor Gustl die Beherrschung. Er ging auf Josef los, kam in seinem betrunkenen Zustand aber nicht weit. Josef wich ihm aus, und Gustl torkelte gegen die Wand, sank in die Knie und fiel zu Boden.

»Im Schnaps hat noch nie jemand sein Seelenheil gefunden.« Josef trat neben ihn. »Lass es endlich gut sein. Auch der Schnaps bringt dir Burgi nicht zurück.«

»Sehr wohl bringt er sie zurück«, schrie Gustl. »Sie wird wiederkommen und mich holen. Ich spür es, sie ist ganz nah bei mir. Wenn ich es nur endlich beende und diesen schamlosen Mord räche, dann wird sie bei mir sein, das weiß ich.«

Kopfschüttelnd musterte Josef den alten Mann, der wie ein Häufchen Elend zu seinen Füßen lag. »Mir scheint, der Schnaps hat dir endgültig die Sinne vernebelt. Komm Teresa nicht zu nahe, hörst du! Sonst bekommst du es mit mir zu tun.«

»Und mit mir«, fügte Anton hinzu, der sich die ganze Zeit über im Hintergrund gehalten hatte. Josef legte den Arm um den Jungen. Beide schauten noch einmal auf den Mann hinab, der zusammengekauert am Boden hockte und in seiner eigenen Welt gefangen war.

»Komm, wir gehen, Junge.« Ohne ein weiteres Wort verließen die beiden die Hütte, durchquerten den kleinen Garten und atmeten erleichtert auf, als sie wenig später auf dem Kleinen Exerzierplatz standen.

»Und ich dachte, er wäre einer von den Guten«, sagte Anton.

Josef blickte zurück. »Das ist er auch, doch er kann mit dem Schmerz nicht umgehen, und das macht ihn gefährlich.«

»Denkst du, er kommt den Schulerberg hinauf?«

Josef zuckte mit den Schultern. »Heute nicht mehr, aber vielleicht, wenn er ausgeschlafen hat.«

»Hat schon so mancher im Suff Dinge gesagt, die er am nächsten Morgen vergessen hat«, erwiderte Anton.

»Bist ein kluger Junge.« Josef fuhr Anton durchs Haar.
»Dann wollen wir mal hoffen, dass du recht hast und er wieder klar denken kann, wenn er seinen Rausch ausgeschlafen hat.«

»Und sollte er doch auf den Berg kommen, dann werde ich es ihm zeigen.« Anton ballte die Fäuste.

»Und sollte er doch auf den Berg kommen, dann holst du deinen Vater, verstanden! Er ist stärker, als du denkst. Und jetzt komm, ich bringe dich nach Hause.«

Josef legte den Arm um den Jungen, und die beiden liefen durch den einsetzenden Regen Richtung Inn.

*

Teresas Augen weiteten sich, als sie hinter Vroni die kleine Schneiderwerkstatt betrat, die versteckt in einem Hinterhof in der Steiningergasse lag. Elsbeth Rudinger war die bekannteste Schneiderin Passaus. Vroni hatte Teresa auf dem Weg hierher erzählt, dass ihre Familie bereits seit drei Generationen bei den Rudingers Kunden waren, was Teresa nicht sonderlich beeindruckte. Handelsbeziehungen, die über mehrere Generationen zurückreichten, waren auch in Berchtesgaden keine Seltenheit.

Fasziniert schaute sich Teresa in der kleinen Werkstatt um. Unmengen von Stoffballen stapelten sich in den bis an die Decke reichenden Regalen. Die Mitte des Raumes füllte ein großer Tisch aus, auf dem Stoffe, Garnrollen, Scheren, kleine Schächtelchen und Nadelkissen kreuz und quer durcheinanderlagen. Eine Ankleidepuppe stand in einer Ecke. Sie trug ein seidig schimmerndes, rosafarbenes Kleid, das an den Ärmeln mit Spitze besetzt war. So ein Kleid hatte Teresa noch nie im Leben gesehen, geschweige denn berührt oder jemals getragen. Am Tisch saßen zwei Näherinnen, die sich von den Besuchern nicht in ihrer Arbeit stören ließen. Sie hatten die Augen konzentriert auf ein Stück Stoff gerichtet, damit auch jeder Stich an der richtigen Stelle saß und die Kundschaft zufrieden war.

Jetzt war Teresa doch froh darüber, dass sie zur Stoffauswahl des neuen Kleides mitgekommen war, obwohl sie sich in den Gassen öfter ängstlich umgeschaut hatte.

Sie hatte einige Tage gebraucht, um die Neuigkeiten zu verdauen, die Anton und Josef von Gustl gebracht hatten. Anscheinend war er wirklich ein gebrochener Mann, der in seinem Schmerz zu allem fähig war. Doch Vroni hatte die Sache nicht so ernst genommen wie Josef oder Paul, der wirklich bestürzt gewesen war. Sie hatte genug Erfahrung mit betrunkenen Männern, um zu wissen, ab wann sie gefährlich wurden. Ein alter Mann, der seinen Kummer im Schnaps ertränkte, war noch lange keine ernsthafte Bedrohung, jedenfalls nicht in ihren Augen. Trotzdem waren alle auf der Hut, und Teresa verließ nur noch selten allein das Haus. Besonders Anton war ihr persönlicher Schatten geworden, der ihr überallhin folgte. Aber es passierte nichts. Gustl war nicht aufgetaucht. Nicht einen Tag nach dem Vorfall, nicht zwei Tage danach und auch keine Woche später, als endlich die Sonne hinter den Wolken hervorgekommen war. Wahrscheinlich hatte Vroni recht gehabt, und er war zur Vernunft gekommen, was Teresa mehr als alles andere hoffte, denn sie wollte die Vergangenheit endlich hinter sich lassen und ihre Hochzeit planen. Sie selbst wäre nie auf die Idee gekommen, sich für diesen Anlass ein neues Kleid schneidern zu lassen, aber Vroni sah das anders. Die Frau ihres Bruders sollte am Tag ihrer Hochzeit anständig aussehen. Paul Kriechbaum war nicht irgendjemand, sondern ein angesehener Bürger Passaus, ein bekannter Bildhauer, dem es nicht an

Geld mangelte. Die Frau an seiner Seite hatte eine gewisse Stellung inne.

Knarrend öffnete sich eine Tür im hinteren Bereich der Werkstatt, und die alte Elsbeth, eine schmale Frau mit krummem Rücken, einem faltigen Gesicht und schneeweißem Haar, betrat den Raum.

»Da sieh mal einer an, wer sich hier mal wieder blicken lässt.« Lächelnd ging sie auf Vroni zu und schloss sie in die Arme. »Vroni, meine Liebe. Hast dich auch mal wieder von deinem Berg heruntergetraut.«

Ihr Blick fiel auf Teresa.

»Das ist Teresa, eine liebe Freundin und meine zukünftige Schwägerin.«

»Ach, tatsächlich.« Elsbeth zog die Augenbrauen hoch, musterte Teresa von oben bis unten und sagte spitz: »Hätte ich nicht gedacht. So heruntergekommen, wie sie aussieht.«

Teresa senkte beschämt den Blick. Sie wusste um ihr schäbiges Kleid, das sie bereits mehrfach notdürftig geflickt hatte, aber so schrecklich war es dann auch wieder nicht, oder vielleicht doch?

Die Schneiderin hob Teresas Kinn an und schaute ihr in die Augen. »Warmes Braun wie ein Reh.« Ein Lächeln umspielte ihre Lippen. »Eigentlich ganz hübsch, wenn nur das schäbige Kleid nicht wäre.« Sie strich über Teresas Ärmel. »Ist sogar als Putzlumpen nicht mehr zu gebrauchen, Kindchen.«

Sie wandte sich an Vroni. »Wo, in Herrgotts Namen, hat Paul die Kleine aufgetrieben?«

»Immer noch dasselbe Schandmaul«, konterte Vroni seelenruhig. »Sicher wird sich etwas Passendes finden, oder?«

Elsbeth zog eine Grimasse. »Haben wir nicht immer das Richtige gefunden? Wenn ich mit der Kleinen fertig bin, wird sie nicht wiederzuerkennen sein.«

»Dann verstehen wir uns ja.« Vronis Tonfall war kühl.

Teresa stand zwischen den beiden Frauen und wünschte sich, sie könnte im Boden versinken, mitsamt ihrem schäbigen Rock, der mehrfach geflickten Bluse und der schmutzigen Schürze, die sie gestern notdürftig gewaschen hatte.

»Wir benötigen zwei neue Leinenkleider, kein rauher Stoff, und ein Sonntagskleid, das sie zur Hochzeit, aber auch später zum Kirchgang tragen kann«, erklärte Vroni. Elsbeth nickte. »Dazu benötigt sie noch drei neue Arbeitsschürzen, zwei Wollwesten und einen hübschen Umhang, vielleicht in Weinrot, das würde gut passen.«

Teresa wusste nicht, wie ihr geschah. Vroni hatte viel zu viele Kleidungsstücke aufgezählt. Sie benötigte doch nur ein sauberes Sonntagskleid für die Kirche, deswegen waren sie hergekommen.

»Mädchen, ihr habt Vroni gehört.« Elsbeth klatschte in die Hände. Die beiden Näherinnen ließen ihre Arbeit sinken. »Beeilt euch, holt mir von dem dunkelgrünen und dem blauen Leinenstoff, der gestern geliefert worden ist.« Sie drehte sich zu Vroni um. »Feinste Qualität, kann ich nur empfehlen, kratzt überhaupt nicht auf der Haut.« Sie musterte Teresa von oben bis unten. »Sie ist sehr zierlich, kleine Brüste. Wir betonen die Taille, damit wenigstens ein bisschen Weiblichkeit zu sehen ist.« Teresa errötete. »Soll es auch noch ein neuer Rock sein? Gerade gestern kam ein dünnerer Leinenstoff herein, der für den Sommer gut geeignet ist.«

Vroni nickte. »Davon hätten wir dann gern zwei. Ich benötige ebenfalls einen neuen Sommerrock. Und drei neue Hemden, die brauchen wir auch noch, wenn wir schon dabei sind.«

Teresa zupfte Vroni am Ärmel. »Ist das wirklich alles notwendig? Wir wollten doch nur ein Sonntagskleid kaufen.«

»Lass mich nur machen.« Vroni tätschelte ihr den Arm, während Elsbeth einer der Näherin eine Ohrfeige verpasste, weil sie einen Stoffballen auf den Boden fallen ließ.

»Dummes Ding, zu nichts zu gebrauchen«, schimpfte die Schneiderin und lächelte entschuldigend.

Teresa schaute den drei Frauen fasziniert dabei zu, wie sie Stoffballen um Stoffballen auf den Tisch legten und ausrollten, wie Vroni die Qualität prüfte, abwinkte oder zustimmte. Elle um Elle wurde abgemessen, auch wurde bei Teresa Maß genommen, die sich wie die Ankleidepuppe in der Ecke vorkam, ebenso zum Schweigen verurteilt, denn niemand fragte sie, ob ihr der Stoff gefiel oder nicht. Ihr Sonntags- und Hochzeitskleid sollte aus einem feinen dunkelgrünen Leinenstoff angefertigt werden, der im Licht der Sonne sanft schimmerte und sich wunderbar weich anfühlte. Spitzen sollten am Ausschnitt angenäht werden, genauso wie am Saum der weißen Schürze. Dazu kamen noch zwei neue Röcke, drei Blusen, ein Arbeitskleid aus grober Wolle und ein Umhang. Stoffe wurden drapiert, Nadeln festgesteckt, Maß genommen. Teresa drehte sich im Kreis, hob die Arme und ließ sie wieder sinken, so, wie es ihr angeschafft wurde. Eigentlich hätte ihr das Prozedere gefallen müssen, denn welchem Mädchen gefiel es nicht, neue, aus feinsten Stoffen gefertigte Kleider zu bekommen. Aber Teresa fühlte sich unwohl. Am liebsten hätte sie alles hingeworfen und wäre fortgelaufen. Es musste doch auch einen anderen Weg geben, an ein halbwegs ordentliches Sonntagskleid zu kommen. Sie dachte an früher, wo sie die abgelegten Kleider von Anni und Elfriede vom Nachbarhof erhalten hatte. Später wurden Röcke ihrer Mutter eingenäht oder gekürzt. Ihr Sonntagskleid hatte die Mutter aus einem blauen Leinenstoff genäht, den sie einem fahrenden Händler abgekauft hatte, der ab und an nach Berchtesgaden gekommen war. Wie ihren Augapfel hatte Teresa das Kleid gehütet und fein säuberlich eingepackt, als sie Berchtesgaden verließen. In der Herberge am Vendelsberg, an die sie lieber nicht mehr denken wollte, hatte sie es zurückgelassen. Wie viel Geld die Mutter für den Stoff ausgegeben hatte, konnte sie nur erahnen.

Über Geld dachte Teresa sowieso nur selten nach, denn sie besaß keines. Früher in Berchtesgaden hatte sich der Vater um alles gekümmert, später Rupert, und auch bei Thomas Stantler hatte sie kein Geld gebraucht. Darüber, wie groß das Vermögen ihres zukünftigen Gatten war, hatte sie sich noch gar keine Gedanken gemacht. Für sie war er der Bildhauer und Künstler, der jeden Tag in seiner Werkstatt saß und schnitzte. Ob er überhaupt wusste, wie viel Geld seine Schwester heute ausgab?

»In zwei Wochen könnt ihr die Sachen abholen«, sagte Elsbeth, die alle Maße und wichtigen Angaben fein säuberlich in ein kleines Heft notierte. Auch wenn der Tonfall der Frau etwas freundlicher geworden war – Teresa mochte sie nicht.

Elsbeth schlug das Heft zu und verstaute es, zusammen mit der Schreibfeder und dem Tintenfass, in einem kleinen Schränkchen. »Wann soll denn die Hochzeit stattfinden?«, erkundigte sie sich neugierig.

»Wenn die neue Kirche auf dem Berg fertig ist. In ihr sollen die beiden getraut werden«, antwortete Vroni.

»Die neue Kirche auf dem Berg. Davon hab ich schon gehört. Soll eine Wallfahrtskirche werden, gell. Überall in der Stadt ist die Rede davon, dass dem Herrn Domdekan dort oben die heilige Mutter Maria erschienen ist. Das stell sich mal einer vor, die heilige Mutter Gottes auf unserem Schulerberg, wer hätte das gedacht.«

»Ja, wer hätte das gedacht«, erwiderte Vroni. »Dann ist es bald mit der Ruhe auf unserem Berg vorbei, wenn die Pilger kommen ...«

»Und das werden viele sein, jetzt, wo es den Menschen so schlechtgeht«, fiel ihr die alte Schneiderin ins Wort. »Da ist ein Platz zum Beten wichtig. Vielleicht erhört ja die heilige Mutter Maria unser Flehen und sorgt dafür, dass dieser sinnlose Krieg bald ein Ende nimmt.«

»Wer sonst könnte das tun, außer die Mutter Gottes«, mischte sich Teresa in das Gespräch ein. »Sie ist das schönste und liebevollste Wesen, das man sich vorstellen kann. Mit ihrer Hilfe wird der Krieg bald ein Ende finden, daran glaube ich ganz fest.«

»Redet so, als wäre sie ihr schon begegnet, das Mädchen«, sagte Elsbeth zu Vroni, als wäre Teresa gar nicht anwesend. »Vielleicht ist sie das ja«, konterte Vroni und zwinkerte Teresa zu. »Warum sollte die Mutter Gottes nur dem Herrn Domdekan erscheinen und nicht auch einem einfachen Mädchen?«

Elsbeth runzelte die Stirn. »Jetzt wollen wir aber die Kirche im Dorf lassen, meine Liebe. Die heilige Mutter Maria wird sich doch kein so ärmliches Ding aussuchen.«

Teresa schaute die alte Schneiderin fassungslos an. Beruhigend legte Vroni die Hand auf ihren Arm. »Ich denke nicht, dass es uns einfachen Leuten zusteht, darüber zu sprechen oder zu urteilen. Teresa meinte nur, dass die heilige Mutter Maria wunderschön ist und wir alle ihre Anwesenheit auf dem Schulerberg spüren. Wir freuen uns schon sehr auf die Einweihung der Kirche und auf die Hochzeit der beiden, zu der du sicher auch kommen wirst.«

»Aber gewiss«, erwiderte die Schneiderin, erfreut über die Einladung. »Das werde ich mir nicht entgehen lassen.«

»Dann sehen wir uns also in zwei Wochen zur Anprobe der Kleider?«

Vroni trat zum Ausgang. Teresa, die noch immer nicht fassen konnte, was Vroni gerade getan hatte, folgte ihr und grüßte knapp, als sie die Werkstatt verließen.

Auf der Gasse atmete Vroni erleichtert auf. »Ich werde sie nie leiden können, aber sie ist nun mal die beste Schneiderin der Stadt.«

»Wenn du sie nicht magst, warum lädst du sie dann zu meiner Hochzeit ein?«, fragte Teresa schnippisch, die sich eher wie ein unnötiges Anhängsel vorkam und nicht wie die zukünftige Gemahlin von Paul Kriechbaum.

Die beiden Frauen liefen die Gasse hinauf.

»Weil es einer öffentlichen Beleidigung gleichkäme, sie nicht einzuladen. Ich habe dir doch erzählt, wie lange wir schon ihre Kunden sind, sogar das Hochzeitskleid deiner Vorgängerin hat sie geschneidert und das meinige auch.«

»Und deswegen musst du sie zu meiner Hochzeit einladen?«

»Paul wird es bestimmt so wollen.«

»Paul also. Was ich will, ist anscheinend unwichtig. Ich werde nicht gefragt, ob ich mein Kleid von ihr nähen lassen möchte. Was wäre denn gewesen, wenn wir die Kleider woanders hätten schneidern lassen?«

»Lieber Himmel, darüber will ich gar nicht nachdenken«, erwiderte Vroni.

Inzwischen hatten sie den Kramplatz erreicht, auf dem sich viele Menschen um die Verkaufsstände drängten. Das sonnige Wetter hatte die Leute aus ihren Häusern gelockt. Allerdings würde es nicht lange anhalten, denn im Westen türmten sich bereits wieder dunkle Wolken auf, die nichts Gutes verhießen. Teresa wollte etwas erwidern, dann entdeckte sie plötzlich einen blonden Mann, der in der Zengergasse verschwand, und blieb abrupt stehen. Das konnte nicht sein! Er war doch tot. Sie hatten ihn getötet, sie hatte es gesehen, oder vielleicht doch nicht? Hatte sie überhaupt etwas gesehen? Plötzlich schlug ihr das Herz bis zum Hals.

Teresa schob sich hastig durch die Menge, hörte nicht Vronis laute Rufe, vergaß alles um sich herum. In der Zengergasse angekommen, empfingen sie kühle Luft und dämmriges Licht. Eilig lief sie die enge Gasse hinunter, vorbei an einem Karren, vor den ein kleiner Esel gespannt war, einem alten Mütterchen, das die Gasse kehrte, und einem blinden Bettler, der leise vor sich hin murmelte. Auf dem Pfaffenplatz wurde sie von gleißendem Sonnenlicht geblendet. Auch hier herrschte rege Betriebsamkeit, doch der blonde Mann war verschwunden. Nirgendwo konnte sie ihn sehen. Sie lief in die Mitte des Platzes und schaute sich um, drehte sich im Kreis, lief zum Eingang des Doms.

Genau in dem Moment, als sie das Gotteshaus betreten wollte, kam japsend Vroni angelaufen. »Teresa warte, was ist nur in dich gefahren? Wo willst du denn, um Himmels willen, hin?«

»Ich dachte, ich meinte ...« Unsicher blieb Teresa stehen. »Ich dachte, ich hätte jemanden erkannt, aber ich habe mich wohl geirrt.«

»Jemanden erkannt. Und deswegen läufst du einfach davon? Ich habe mir Sorgen gemacht.« Vronis Stimme klang vorwurfsvoll.

»Ich habe doch gesagt: Ich habe mich geirrt«, antwortete Teresa knapp. Ihr gefiel Vronis Ton nicht. Alles gefiel ihr nicht, wie ihr plötzlich klarwurde. Sie wollte kein hübsches Sonntagskleid, keinen neuen Rock, keine alte Schneiderin bei ihrer Hochzeit. Doch was wollte sie wirklich? Wollte sie Paul

Kriechbaum tatsächlich heiraten, einen Mann, für den sie nicht mehr als Freundschaft und Respekt empfand? Sie spürte den Schmerz in sich aufsteigen, den sie so lange zu unterdrücken versucht hatte.

»Du weinst ja.« Vroni trat näher. Beschämt wischte Teresa die Tränen ab, doch Vroni hielt ihre Hand fest. »Es tut mir leid. Es war mein Fehler. Ich habe dich übergangen. Nicht ich werde bald heiraten, sondern du. Ich hätte dich fragen sollen, was du möchtest.«

Erstaunt schaute Teresa Vroni an. »So war das doch gar nicht gemeint. Ich habe nur ...«

»Ist schon gut. Du musst mir nichts erklären.« Vroni ließ sie nicht ausreden. »Wenn du willst, dann gehe ich gleich zur alten Elsbeth zurück und bestelle alle Kleider ab.«

Teresa dachte an den abfälligen Blick der alten Schneiderin, an ihre Hilflosigkeit zwischen all den Stoffen, Garnrollen und Schächtelchen. Sie nickte zögernd. »Das wäre mir lieber. Aber was wird Paul dazu sagen?«

»Das lass meine Sorge sein.«

»Und wo nehmen wir dann das Kleid für die Hochzeit her?«, fragte Teresa.

»Wir werden sehen. Irgendetwas wird uns schon einfallen. Wirklich leiden konnte ich die alte Elsbeth sowieso noch nie, das alte Tratschweib.« Sie griff nach Teresas Hand und drückte sie aufmunternd. »Aber dich kann ich leiden, und ich will nicht, dass du mir grollst.«

Teresa lächelte erleichtert. »Sehr erfreut wird der alte Drachen nicht sein, wenn du alles wieder abbestellst.«

»Das könnte sein«, erwiderte Vroni und legte den Arm um Teresa. »Ich glaube, ich habe da noch ein Kleid in einer meiner Kleidertruhen, das könnten wir mal ansehen.«

Teresa nickte zögernd. »Das klingt schon viel besser.«

Sie ließ ihren Blick noch einmal über den Pfaffenplatz schweifen, der im hellen Sonnenlicht so friedlich aussah. Unweit von hier hatte sie gestanden, gemeinsam mit Magda, an dem Abend der Theateraufführung, der alles verändert hatte. Sie schob den Gedanken beiseite, und ließ sich von Vroni zurück in die Zengergasse führen. Sie musste die alten Geister endlich ziehen lassen.

Als die beiden Frauen wenig später den heimischen Hof erreichten, hatte sich der Himmel bedrohlich verdunkelt. Aufkommender Wind rüttelte an den Ästen, erstes Donnergrollen war zu hören.

Anton kam ihnen entgegengelaufen. »Gott sei Dank«, sagte er erleichtert. »Ich habe mir schon Sorgen gemacht. Paul und ich, wir haben die Pferde in den Stall gebracht. Sogar Girgl, der alte Hofhund, hat sich dort verkrochen, was er noch nie gemacht hat. Wenn ihr mich fragt, wird es schlimm werden.«

Ein lauter Donnerschlag ließ Teresa zusammenzucken. Sie betraten das Haus. Stimmen waren aus der Stube zu hören. »Das sind die Arbeiter von der Baustelle, die nicht so recht wussten, wohin sie gehen sollten, den Berg hinunter schaffen sie es nicht mehr, ohne in den Sturm zu geraten«, erklärte Anton. Vroni und Teresa betraten die Wohnstube, wo sie freudig begrüßt wurden. Doch die Mienen der Männer waren sorgenvoll. Paul hatte alle mit Wein versorgt. Vroni warf ihrem Bruder einen strafenden Blick zu. Er zuckte mit den Schultern, grinsend wie ein Lausbub, der etwas ausgefressen hatte.

»Seid ihr doch zurückgekommen. Ich dachte schon, ihr hättet irgendwo in Passau Schutz gesucht.«

»Zwei hübsche Mädels hast du da«, rief einer der Männer und schlug Paul übermütig auf die Schulter. »Kannst ja vielleicht eine abgeben an einen rechtschaffenen Mann wie mich.«

»Wir sind hier nicht im Wirtshaus, Karl«, gab Paul zurück und wandte sich an Vroni. »Wenn der Sturm durchgezogen ist, sind sie wieder weg, versprochen. Ich kann sie aber nicht dort oben in der halb fertigen Kapelle stehen lassen.«

Ein Becher fiel zu Boden und ging zu Bruch. Vroni seufzte. Sie wusste, dass ihr Bruder recht hatte.

»Aber nur, bist das Schlimmste vorbei ist. Wir sind keine Herberge für irgendwelche Trunkenbolde.«

»Aber Gnädigste, niemals sind wir Trunkenbolde«, antwortete ein besonders kecker Bursche, der in Hörweite saß. »Gute und ehrenwerte Handwerker sind wir, nicht mehr und nicht weniger. Habt Dank für eure Gastfreundschaft, nicht wahr, Männer.« Er hob seinen Becher in die Höhe, Wein schwappte über den Rand und tropfte auf den Boden.

»Aber ja«, antwortete der eine oder andere. Ein lauter Donnerschlag ließ alle zusammenzucken.

Vroni schaute noch einmal missbilligend zu ihrem Bruder.

»Wir sind auf dem Dachboden, ich denke, du kommst zurecht.« Sie bedeutete Teresa, ihr zu folgen, und schloss energisch die Tür hinter sich. »Eine schöne Gesellschaft haben wir uns da angelacht. Den ganzen Wein werden sie trinken und den Schnaps auch noch, wenn Paul ihn findet. Wie die Burschen später den Berg hinunterkommen wollen, ist mir ein Rätsel.«

»Runtergekommen ist noch jeder«, erwiderte Teresa. »Er hat schon recht, wenn er ihnen Obdach gibt. Wohin hätten sie denn sonst gehen sollen?«

Vroni lief die Treppe nach oben, Teresa folgte ihr. »Vielleicht in den Stall neben die Ziegen, da wäre der Dreck, den sie machen, nicht so aufgefallen. Hast du den Fußboden gesehen? Ich werde Tage brauchen, bis die Dielen wieder so sauber wie vorher sind.«

Sie liefen die schmale Stiege zum Dachboden hinauf. Erneut ließ ein Donnerschlag das Haus erzittern.

Teresa blieb stehen. »Wollen wir nicht lieber später nach oben gehen?«

Vroni öffnete die kleine Holztür am Treppenabsatz. »Warum? Der Donner ist hier oben genauso laut wie unten in der Kammer, und trocken ist es auch.«

Sie betrat den Dachboden, Teresa folgte ihr seufzend. Sie mochte Dachböden nicht besonders, denn sie vermutete in jedem Winkel Spinnen, Fledermäuse oder Ratten. Doch ihr blieb keine andere Wahl. Wenn sie gewusst hätte, dass die Alternative zu dem neuen Kleid hier oben lag, dann hätte sie es sich vielleicht noch einmal anders überlegt. Vorsichtig tapste sie hinter Vroni her. Der Regen trommelte über ihr auf die Schindeln, der Wind heulte im Gebälk, und immer wieder erhellten Blitze den Dachboden.

Sie liefen an zwei alten Schränken vorüber, denen die Türen fehlten, genauso wie einer alten Anrichte, von der rote Farbe abblätterte. Eine Strohmatratze lag in einer Ecke, daneben einige Tonscherben. Bisher waren noch keine Ratten oder sonstiges Ungeziefer zu sehen, nur eine große Spinnwebe hing an einem Dachfenster, unter dem drei unterschiedlich große Kisten standen, auf die Vroni zusteuerte. Sie öffnete eine von ihnen und begann, eifrig darin herumzuwühlen. Einige Decken, zwei Schürzen und eine Lodenjacke kamen zum Vorschein, ebenso zwei Kinderkleidchen und ein paar löchrige Schuhe.

»Hier irgendwo muss das Kleid sein, ich bin mir ganz sicher. So ein gutes Sonntagskleid wirft man nicht einfach weg, auch wenn es ein paar Löcher hat.«

»Und warum ist es in dieser Kiste gelandet?«, fragte Teresa, die glaubte, eine Bewegung in der Ecke wahrgenommen zu haben.

Vroni zog einen mit Spitzen besetzten Stoff heraus, den sie für einen guten Fund hielt. Dann hielt sie triumphierend etwas Dunkelblaues in die Höhe, das nicht wirklich wie ein Kleid aussah. »Da ist es ja.«

Freudig drehte sie sich zu Teresa um und hielt ihr das dunkelblaue Ding an den Körper, das bei näherem Hinsehen tatsächlich etwas mit einem Kleid gemeinsam hatte.

»Könnte passen.«

Das Kleid roch muffig, Teresa rümpfte die Nase.

»Natürlich werden wir es erst einmal waschen, dann sehen wir weiter.«

Vroni faltete das Kleid zusammen, ebenso den Spitzenstoff, und die beiden Frauen verließen den Dachboden.

In der Stube saßen noch immer die Handwerker, die lautstark zu singen begonnen hatten. Anton hatte sich zu ihnen gesellt. Seine Wangen waren verräterisch gerötet, was Vroni missbilligend zur Kenntnis nahm. Langsam flaute der Sturm ab, der Donner grollte in der Ferne, aber es regnete immer noch in Strömen. Die beiden Frauen gingen in Teresas Kammer, wo schnell klarwurde, dass es sich bei dem Spitzenstoff um eine Schürze handelte, die sogar recht hübsch anzusehen war. Das dunkelblaue Kleid wies am Rock einige größere Löcher auf, die nicht so einfach zu flicken sein würden, wie Vroni gehofft hatte.

Teresa besah sich die Löcher näher. »Sind große Risse. Sieh nur, an einer Stelle scheint sogar ein ganzes Stück Stoff zu fehlen.«

Vroni wusste, dass Teresa recht hatte, doch bis auf den Rock war das Kleid noch in Ordnung. Sie drehte es um. »Hinten hat es keine Löcher.«

Teresa strich über den glänzenden Stoff, der ihr sehr gut gefiel. Bestimmt würde sich das Kleid ganz wunderbar weich auf der Haut anfühlen, fast genauso wie ein Kleid von der Näherin. »Und wenn wir die Schürze fest an den Stoff annähen, anstatt sie einfach nur um die Taille zu binden?«, schlug sie vor. »Dann würde sie die Löcher überdecken, und es würde niemandem auffallen.«

»Ein Kleid ohne Schürze«, überlegte Vroni laut.

»Tragen reiche Frauen nicht öfter Kleider ohne Schürze?«, fragte Teresa unsicher. »Das Kleid an der Ankleidepuppe in Elsbeths Werkstatt hatte auch keine Schürze.«

»Wir können es ja trotzdem wie eine Schürze aussehen lassen, auch wenn es keine ist«, sagte Vroni, ohne auf Teresas Worte einzugehen. Sie legte die Schürze auf den Rock. »Sie reicht tatsächlich bis zum unteren Saum und verdeckt alle Löcher. Die meisten von ihnen werden wir noch flicken können, bis auf das große, aber das wäre dann ja nicht so schlimm.«

Teresa fand das Kleid wunderschön, auch wenn es muffig roch, zerknittert und schmutzig war.

Vroni wandte sich zu ihr um. »Und ich werde dir Blumen ins Haar flechten. Du wirst eine wunderschöne Braut sein. Der Hochzeitstag sollte der schönste Tag im Leben einer Frau sein, weißt du.«

Ihre Stimme brach, und plötzlich schimmerten Tränen in ihren Augen.

Teresa erkannte sofort den Grund für die plötzlichen Tränen. Sie griff nach Vronis Hand und sagte: »Er wird nicht mehr zurückkommen, ganz bestimmt.«

»Das will ich hoffen«, erwiderte Vroni. »Manchmal fühle ich mich wie eine Sünderin, weil ich meinen Mann nicht liebe. Meine Tränen gelten auch nicht dem Ehemann, der mir nie Partner und Freund geworden ist. Sie gelten meinem Bruder und dir. Wie sehr ich euch diese Ehe gönne, denn ihr seid zwei Menschen, die es nicht immer leicht im Leben hatten. Die wissen, was Glück bedeutet und dass es sich lohnt, dafür zu kämpfen. Ich wünschte, ich wüsste auch, wie sich Liebe anfühlt. Aber ich weiß es nicht.«

Teresa wusste nicht, was sie erwidern sollte. Vroni war ihr Freundin und Vertraute geworden, woran sie vor wenigen Monaten nicht einmal im Traum gedacht hatte. Sie war ein besonderer und herzlicher Mensch, der es verdient hatte, geliebt zu werden.

»So ist das nun einmal mit uns braven Bürgerstöchtern. Wir sind genauso Gefangene dieser Stadt wie die Dienstmädchen, denen die Ehe, ja sogar die Liebe verwehrt bleibt. Wir werden verheiratet und meist nicht gefragt, was wir wollen. Kurz nach der Eheschließung sind meine Eltern gestorben. Wenn Paul nicht gewesen wäre, hätte ich nicht gewusst, wohin ich sollte, wenn Bernhard wieder gesoffen und mich halbtot geschlagen hat. Hoffentlich hast du recht damit, dass er auf dem Weg hierher gestorben ist, auch wenn es einer Sünde gleichkommt, sich den Tod seines Ehemanns zu wünschen.«

»Und wenn er doch noch einmal auftaucht, dann schlag ich ihn tot.«

Teresa drehte sich um. Paul stand mit ernster Miene in der Tür. Rasch rollte Vroni das Kleid auf dem Tisch zusammen.

»Keine Frau auf der Welt hat es verdient, so schlecht behandelt zu werden.« Er legte von hinten die Arme um Teresa und sagte: »Der Brief war lang unterwegs. Gewiss ist Bernhard etwas zugestoßen. Das fühle ich. Wollen wir hoffen, dass er nicht nur verwundet wurde, wenn ihr versteht, was ich meine.«

Teresa zuckte zusammen. Viel Hass war aus den wenigen Worten herauszuhören, aus dieser Andeutung, die einem anderen Menschen den Tod wünschte. Vronis Ehemann musste ein schrecklicher Mensch sein.

»Der Krieg fordert seine Opfer, doch die Schlechten lässt er meistens entkommen«, erwiderte Vroni und legte das Kleid zur Seite.

»Dann hauen wir ihm eben einen Holzscheit über den Schädel«, sagte Anton, der hinter Paul unbemerkt ins Zimmer geschlüpft war, mit einer Überzeugung, die Teresa die Sprache verschlug. Dieser Bernhard musste wirklich ein schrecklicher Mensch sein. Plötzlich erinnerte sie sich an den verschlagenen Burschen, der ihren Bruder auf dem Gewissen hatte. Vielleicht war Vronis Ehemann ein wenig wie dieser widerliche Kerl, der ihr aus purer Selbstsucht den Bruder genommen hatte. Dann hatte er nicht mehr als den Tod verdient, und seine Seele das Fegefeuer.

»Das machen wir«, sagte Paul und nahm seinen Sohn auf den Arm. »Niemand wird deiner Tante mehr weh tun, solange wir nur fest genug zusammenhalten.«

Vroni lächelte. Anton streckte die Hand nach Vroni aus, die sie ergriff. Liebevoll legte Paul den Arm um Teresa.

»Und Teresa auch nicht, dafür werde ich sorgen.«

Einen Moment standen die drei ganz still. Trotz der Geborgenheit spürte Teresa erneut den Schmerz in sich, denn noch immer empfand sie keine Liebe für Paul, was sich wie Betrug anfühlte. Aber sie würde kämpfen, nicht aufgeben und immer wieder seine Nähe suchen. Irgendwann musste Christian in den Hintergrund treten und dem neuen Mann den Platz in ihrem Herzen überlassen, das war er ihr schuldig, auch wenn er das jetzt noch nicht begreifen wollte.

✳

Teresa hatte es sich zur Gewohnheit gemacht, in den Abendstunden die Baustelle zu besuchen, wenn die Arbeiter ihr Tagwerk beendet hatten und es ruhig geworden war. Es würde nicht mehr lange dauern, bis die Kapelle fertig war. Die Wände des Kirchenschiffes standen bereits, genauso wie der Altarraum, der sogar schon bunte Fenster hatte, die ein Glaser aus der Innstadt herstellte. Auf dem Altar würde bald das Marienbild stehen, das der Domdekan extra für die Kapelle anfertigen ließ. Auch einige Gemälde würden die Kirche schmücken. Dafür war ein Maler aus Wien angereist, dem Teresa bisher nur ein Mal begegnet war. Ein überheblicher kleiner Gnom mit einer übergroßen Nase und kleinen eisgrauen Augen. Aber seine Bilder waren wunderschön.

Über dem Altarraum ragte der bereits fertiggestellte Kirchturm in den Abendhimmel, der ohne das fehlende Dach des Kirchenschiffes seltsam aussah. Die ersten Dachbalken waren bereits an Ort und Stelle gelegt, aber noch nicht befestigt worden. Für Teresa hatte dieser Ort etwas Magisches an sich, denn genau hier war ihr im Traum die heilige Mutter Maria erschienen. Was für eine besondere Ehre es war, dass sie hier getraut werden würde. Noch immer haderte sie mit ihren Gefühlen, doch mit jedem Tag, der verging, verschwand Christian etwas mehr aus ihren Gedanken, und die Zuneigung für Paul wuchs.

Vroni hatte aus dem muffig riechenden Kleid tatsächlich ein hübsches Hochzeitskleid gezaubert, das Teresa bei der gestrigen Anprobe nicht wieder ausziehen wollte. Der blaue, sanft schimmernde Stoff harmonierte ganz wunderbar mit der weißen Spitzenschürze, die Vroni so geschickt mit dem Kleid vernäht hatte, dass niemand die Löcher darunter sehen konnte. Sogar Anton hatte sie in dem Kleid gefallen. Er war inzwischen wie ein kleiner Bruder für sie geworden.

Sie atmete den Geruch des Holzes tief ein und strich mit den Fingern über eines der Bretter, die auf einem Stapel mitten im Raum lagen. Bald würden hier Kirchenbänke stehen, auf denen die Gläubigen im stillen Gebet Platz nehmen konnten. Auch sie würde dann hier sitzen, vielleicht den Traum heraufbeschwörend, der so wunderschön gewesen war und ihr neuen Lebensmut und Kraft gegeben hatte. Sie konnte die Begeisterung des Domdekans gut verstehen. Es war nur gerecht, dass die heilige Mutter Maria hier oben eine Kirche bekam, denn dieser Ort war magisch und etwas ganz Besonderes. Sie schaute in den Himmel, der sich rot verfärbt hatte. Der Abendstern war bereits zu sehen. Allmählich verstummten auch die Vögel, und bald würde die Dunkelheit hereinbrechen.

»Ich bin mir nicht sicher, ob dieser Ort wirklich gut für eine Wallfahrtskapelle ist«, sagte plötzlich jemand hinter Teresa. Sie drehte sich um. Gustl stand am Eingang der Kirche.

»Gustl.« Teresa trat einen Schritt zurück. Der alte Mann kam auf sie zu. All die Herzlichkeit, die sie früher so an ihm gemocht hatte, war aus seinem Gesicht gewichen. Tiefe Schatten lagen unter seinen Augen, in denen der Schmerz über den Verlust eines lieben Menschen stand.

»Findest du nicht auch, dass dieser Ort falsch gewählt ist? Ich denke, der Domdekan sollte darüber informiert werden, was wirklich auf diesem Berg geschieht. Ich meine, eine Wallfahrtskapelle neben dem Haus einer Engelmacherin – ist das nicht Sünde?«

Teresa wusste nicht, was sie erwidern sollte. Gustl kam immer näher. Sie wich zurück, spürte, wie ihre Hände zitterten. »Es war ein Unfall«, stammelte sie. Sie stand jetzt mit dem Rücken an der Wand.

»Soweit ich weiß, ist sie mit einem Messer in der Brust gefunden worden«, antwortete Gustl seelenruhig. »Ich weiß nicht, ob ich das für einen Unfall halten kann.« Er musterte sie von oben bis unten. »Da hat die Engelmacherin ja ganze Arbeit geleistet, das muss man ihr lassen, sie versteht ihr Handwerk.«

Teresa traf dieser Satz wie ein Schlag ins Gesicht. »Sie hat es nicht weggemacht«, sagte sie schroff.

»Burgi hat sich Sorgen um dich gemacht, wollte dich beschützen. Doch ihr jungen Dinger lasst euch nicht beschützen, nicht von ihr oder mir, einem dummen alten Kräutler, der nur wenig Freude im Leben hatte. Burgi war mein Licht gewesen, der einzige Mensch, der mich wirklich verstanden hat und den ich geliebt habe. In einem anderen Leben, da wäre es vielleicht mehr geworden, doch das war uns nicht vergönnt gewesen.«

»Sie war verzweifelt, weil der Herr gestorben ist.« Teresas Stimme klang zittrig. »Keiner weiß, was in sie gefahren ist. Sie hätte Magda um ein Haar getötet. Es ging nicht anders, ich schwöre es.«

Sie blickte Gustl in die Augen, doch er verzog keine Miene.

»Niemals hätte Burgi irgendjemandem ein Leid zugefügt, so war sie nicht.«

»Sie war wie von Sinnen, das musst du mir glauben, Gustl.« Teresa machte einen Schritt auf den alten Mann zu. »Der Tod von Thomas Stantler hat ihr Leben zum Einsturz gebracht, alles, wofür sie all die Jahre gekämpft hatte. Die Sicherheit, die sie brauchte. Sie wollte nicht, dass wir gehen, konnte es nicht mit ansehen, wie ihr Leben zerbrach und wir ein neues beginnen würden. Selbstsüchtig ist sie gewesen und stur.«

»Meine Burgi war niemals selbstsüchtig und stur. Sie war etwas Besonderes, der herzlichste und liebste Mensch auf der Welt. Sie hat euch helfen wollen, hat sie doch gesehen, in welches Unglück ihr lauft.«

»Nein, sie hat uns nicht helfen wollen.« Teresas Stimme wurde lauter. »Der einzige Mensch, dem sie helfen wollte, war sie selbst gewesen.«

Da machte Gustl einen Satz, packte Teresa am Kragen und schüttelte sie. »Das nimmst du zurück, du elende kleine Mörderin. Du hast sie auf dem Gewissen, ihr alle habt sie auf dem Gewissen, ihr verdammten Lügner und Heuchler. In der Hölle sollst du verrecken, elendig.«

»Lass sie sofort los.«

Erstaunt drehte sich Gustl um. Teresas Augen weiteten sich. Anton stand hinter ihnen, einen dicken Stock in der Hand. Entschlossenheit lag in seinem Blick. »Du sollst sie loslassen«, wiederholte er.

»Verschwinde, du Bengel, sonst passiert was«, schnauzte Gustl den Jungen an.

»Anton, geh, lauf weg, hol Hilfe«, rief Teresa. Anton zögerte einen Moment und ließ unsicher den Stock sinken. »Ja, lauf, Bürschchen, hol Hilfe, du kleiner Feigling, aber dann wird es zu spät sein.«

»Du nennst mich Feigling, alter Mann.« Anton hob erneut den Stock in die Höhe und ging auf Gustl los, der mit dem Angriff des kleinen Jungen nicht gerechnet hatte.

»Nein, Anton, nicht«, rief Teresa, doch es war zu spät. Der alte Mann ließ sie nicht los und wehrte den Jungen mit einer Hand ab. Anton fiel zu Boden, stand schnell wieder auf und griff Gustl erneut an, der jetzt genug von dem kleinen Burschen hatte.

»Gottverdammter Bengel, wer glaubst du eigentlich, dass du bist?« Er hob Anton mit einer Hand hoch und schleuderte ihn mit voller Wucht gegen die Bretterwand. Wie eine leblose Puppe sank der Junge zu Boden, eine Platzwunde am Kopf. Teresa konnte es nicht fassen. Sie spürte, wie ihre Verzweiflung großer Wut wich. Gustl mochte wütend, traurig und verletzt sein, aber Anton konnte nichts dafür.

»Was hast du getan? Bist du verrückt geworden? Die Trauer hat dir die Sinne vernebelt, alter Mann!«

Gustls Augen verwandelten sich in schmale Schlitze. »Das nimmst du zurück, du verdammte Mörderin!« Er schüttelte sie erneut, und schlug ihr ins Gesicht. Immer und immer wieder spürte sie seine Schläge. Er presste sie gegen die Wand, packte sie am Hals und drückte zu. Teresa rang nach Atem, schwarze Punkte begannen vor ihren Augen zu tanzen. Sie hob die Hände, wollte sich gegen ihn wehren, doch ihr fehlten die Kräfte. Das Letzte, was sie hörte, bevor sie das Bewusstsein verlor, waren seine gehässigen Worte. »Eine Mörderin bist du, eine verdammte Hexe, die einen Bund mit dem Teufel geschlossen hat. Nichts anderes als den Tod hast du verdient.«

Lautes Rufen und helles Licht durchdrangen die Dunkelheit, Hände griffen nach ihr, so glaubte sie jedenfalls. Der Tod, sah er so aus? Würde sie jetzt ins Fegefeuer hinabgleiten, zu ihrem Bruder in die Hölle, wie sie es verdient hatte? Der Geruch von Holzrauch stieg ihr in die Nase. Sie wurde geschüttelt und hörte eine vertraute Stimme, die ihren Namen rief. Langsam öffnete sie die Augen und sah eine Gestalt, umgeben von hell züngelnden Flammen. Sie schloss die Augen wieder. Sie musste träumen, oder sah so das Fegefeuer aus? Da wurde sie erneut geschüttelt und sogar ins Gesicht geschlagen. Wieder öffnete Teresa die Augen. »Teresa, ich bin es – Vroni. Hörst du mich! Teresa, komm zu dir!« Benommen griff sich Teresa an die Stirn. »Gustl, er war in der Kirche«, murmelte sie.

Es roch nach Feuer. Sie wandte den Kopf. Die Flammen waren keine Einbildung gewesen. Teresas Augen weiteten sich.

Männer, mit Eimern bewaffnet, liefen an ihr vorüber, laute Stimmen drangen an ihr Ohr.

»Anton, wo ist Anton?« Vroni zuckte zurück. »Anton? Ich weiß nicht. Gewiss ist er hier irgendwo.« Teresa rappelte sich auf. »Anton, er war in der Kirche. Wo ist er? Hast du ihn gesehen? Ihr müsst ihn doch gesehen haben.«

Sie rannte los, kam jedoch nicht weit. Die Kirche stand in Flammen, und die Hitze zwang sie nach wenigen Metern in die Knie. Umgeben von Männern, die hilflos Wasser in die Flammen schütteten, um etwas zu retten, das nicht mehr zu retten war, begann sie, hemmungslos zu weinen. »Anton, bitte, Anton, bitte nicht.«

Kapitel 18

Teresa verließ den Hof und bog auf den Weg ab, der zum Waldrand führte. Langsam setzte sie einen Schritt vor den anderen und atmete die kühle Nachtluft ein, die ihre Sinne belebte. Der Vollmond tauchte Wald und Wiesen in fahles Licht, der Ruf eines Käuzchens durchbrach die Stille. Ein kleiner Fuchs stand plötzlich vor ihr auf dem Weg. Sie blieb stehen und blickte ihm in die leuchtend gelben Augen, bis er sich von ihr abwandte und im Dickicht verschwand. Wenige Schritte später erreichte sie die Kirche, von der nur noch verkohlte Balken übrig geblieben waren. Sie lief zwischen ihnen hindurch und berührte einen von ihnen. Sie erinnerte sich an die Flammen, wie sie in den Himmel züngelten, spürte die Hitze auf der Haut. Dort, wo noch gestern der Altarraum gewesen war, blieb sie stehen. Hier irgendwo musste er gelegen haben, bewusstlos, und war verbrannt, weil er ihr helfen wollte. Wieso hatte er nicht auf sie gehört? Genauso wie Rupert wollte er mutig sein und war nicht fortgelaufen. Was war falsch daran, ein Feigling zu sein?

Schwindel erfasste sie, und sie schwankte. Noch immer war sie schwach, und das Schlucken tat ihr weh. Beinahe wäre sie Anton in den Tod gefolgt. Hatte sie diesen Tod nicht eher verdient als der Junge, der sie beschützen wollte? Doch das Schicksal hatte wieder einmal anders entschieden.

Sie setzte sich auf einen der Balken und schaute zum Mond hinauf. Noch gestern hatte sie an eine Zukunft geglaubt, war glücklich gewesen. Doch jetzt waren die alten Geister wieder aufgetaucht, die sie niemals zur Ruhe kommen lassen würden. Manchmal wünschte sie sich, sie wären nie aus Berchtesgaden fortgegangen, sondern auf dem elterlichen Hof geblieben, den sie so schmerzlich vermisste. Niemals hätte sie auf Rupert hören sollen, der von einer anderen, einer besseren Zukunft im fernen Nürnberg geträumt hatte. Wenn er in Berchtesgaden glücklich gewesen wäre, dann wären sie vielleicht dortgeblieben. Sie verwarf den Gedanken, denn nicht Rupert allein war es gewesen, den es aus der Heimat fortgezogen hatte. Ein besseres Leben hatten sie sich im Kontor ihres Oheims erhofft. Passau hatte ihr nur Unglück gebracht, vielleicht war jetzt endgültig die Zeit zum Aufbruch gekommen. Am Ende würde in Nürnberg doch noch alles gut werden. Sie legte die Hand auf ihren Bauch. Das Gefühl der Leere war gewichen, aber die Traurigkeit über das verlorene Leben und die verlorene Liebe war geblieben. Konnte sie überhaupt jemals wieder glücklich sein?

»Jetzt hättest du eigentlich deinen Einsatz«, sagte sie in die Dunkelheit. »Es geht mir schlecht. Früher bist du immer gekommen, wenn es mir schlechtging, warst mein Seelenverwandter, der den Kummer vertrieben und mich zum Lachen gebracht hat.«

»Wer hätte jetzt seinen Einsatz?« Teresa drehte sich erschrocken um. Vroni stand hinter ihr. »Glaubst, du könntest dich einfach so davonschleichen? Nicht mit mir, meine Liebe.« Sie setzte sich neben Teresa und schaute zum Mond hinauf, der halb von einer Wolke verdeckt wurde. »Ein Seelenverwandter also.«

»So kann man es nennen«, erwiderte Teresa. »Ohne ihn säße ich heute gar nicht hier. Was vielleicht auch besser wäre«, fügte sie leise hinzu.

»War er der Vater deines Kindes?«

Teresa nickte. »Wenn mir wenigstens das von ihm geblieben wäre. Aber selbst mein Kind ist mir genommen worden.

Ich hätte damals doch von der Brücke springen und nicht auf ihn hören sollen. Dann wäre ich jetzt wenigstens mit meinem Bruder vereint, wenn auch im Fegefeuer.«

»Dein Bruder ist im Fegefeuer?«

Teresa fasste kurz die Ereignisse auf dem Vendelsberg zusammen. Sie berichtete von ihrer Flucht, von der alten Annemarie und ihrer Ankunft in Passau.

»Wenn er nur nicht diesen verdammten Zettel gegessen hätte und nicht mutig hätte sein wollen, dann wäre er bestimmt heute noch bei mir, und wir wären in Nürnberg.«

»Zettel, die einen schützen sollen, davon habe ich noch nie etwas gehört«, sagte Vroni. »Wenn du mich fragst, hat sich diesen sogenannten Schutzzauber irgendein Gauner ausgedacht, um Geld zu verdienen.«

»Das kann schon sein«, erwiderte Teresa. »Aber derjenige, der daran glaubt und den Zettel isst, der schließt doch den Pakt mit dem Teufel. Auch wenn der Zauber nicht funktioniert oder nur eine Gaunerei ist. Rupert hat daran geglaubt. Er dachte, er wäre unverwundbar, als er dem Landsknecht gegenübergetreten ist. Seinen Mut hat er mit dem Leben bezahlt. Genauso wie Anton, der keine Hilfe holen wollte, wie ich ihm gesagt habe.«

Vroni nickte seufzend. »Anton war nie gut darin, Anweisungen zu befolgen.«

»Er ist wegen mir gestorben. Wie soll Paul mir das jemals verzeihen? Ich habe ihm seinen einzigen Sohn genommen, ich, die Frau, die er heiraten wollte.« Teresas Stimme klang verzweifelt.

Vroni griff nach ihrer Hand. »Anton mag dir nachgelaufen sein, aber er ist nicht wegen dir gestorben. Du hast ihn doch fortgeschickt, hast gesagt, dass er Hilfe holen soll. Seine Sturheit und Gustl haben ihn umgebracht, nicht du.«

»Aber wegen mir ist er doch überhaupt erst in die Kirche gekommen, weil er mich beschützen wollte. Ich hätte nicht bleiben sollen. Etwas vorgemacht habe ich mir, die ganze Zeit. Ich dachte, ich könnte deinen Bruder lieben lernen, doch das Lieben, das kann niemand lernen. Liebe kommt nicht auf Befehl, sie kennt keine Vernunft, keine Regeln, spielt mit einem, macht, was sie will.«

»Nicht doch«, beschwichtigte Vroni sie. »Ich bin froh, dass du geblieben bist. Du warst diejenige, die mich endgültig davon abgebracht hat, Kinder zu töten. Paul hat lange auf mich eingeredet, doch all seine Worte sind wirkungslos geblieben. Ich dachte, ich würde den Frauen wirklich helfen, die zu mir auf den Berg kommen, hilflos in einer Situation gefangen, die sie sich selbst eingebrockt haben. Ich war eine Hebamme, die vergessen hat, wer sie wirklich ist, und habe mich auf dem Schulerberg hinter meinem eigenen Selbstmitleid verkrochen. Doch dann bist du gekommen und hast mir gezeigt, was Liebe ist, schon an dem Tag, als du fortgelaufen bist. So gern hätte ich dein Kind gerettet, das musst du mir glauben. Ich bin jedoch zu spät gekommen. Wie es ist, sich nach einem Mann zu verzehren, weiß ich nicht, denn dieses Gefühl durfte ich nie kennenlernen, aber Paul wird dir Geborgenheit geben und dich respektieren, das verspreche ich dir.«

»Ich habe ihm seinen Sohn genommen. Das wird er mir niemals verzeihen. Antons Tod wird für immer zwischen uns stehen.« Teresa stand auf. »Mein Entschluss ist gefasst. Es ist besser, wenn ich gehe, besser für uns alle.«

»Wo willst du denn hin, so allein?«

»Vielleicht schaffe ich es ja doch nach Nürnberg zu meinem Oheim, das ursprüngliche Ziel meiner Reise. Passau, die Stadt, von der ich dachte, sie wäre mir Heimat geworden, hat mir nur Unglück gebracht. Es ist endgültig an der Zeit, sie hinter mir zu lassen.«

»Bitte, Teresa, das kannst du nicht tun. Denk noch einmal darüber nach. In ein paar Wochen sieht die Welt bestimmt wieder anders aus. Lass den Schmerz nicht gewinnen.«

»Aber er hat doch schon gewonnen, siehst du das nicht? Nein, es ist besser, wenn ich gehe. Zuvor muss ich allerdings noch etwas zu Ende bringen. Das bin ich Anton schuldig.« Sie legte Vroni die Hand auf den Arm. »Sei mir nicht böse, wenn ich morgen nicht auf den Friedhof mitkomme. Ich käme mir an seinem Grab wie eine Heuchlerin vor.«

Vroni wollte etwas erwidern, doch nach einem Blick von Teresa verstummte sie. Sie spürte, dass ihre Worte zum jetzigen Zeitpunkt sinnlos wären. Allerdings würde sie noch nicht so schnell aufgeben. Teresa war ein Teil ihrer Familie geworden, und auch wenn ein dunkler Schatten über ihnen lag, so wusste sie doch, dass Sonnenstrahlen diesen bald wieder vertreiben würden. Es brauchte nur Geduld.

Paul stand allein am Grab seines Sohnes, das gerade zugeschaufelt worden war. Es schien erst gestern gewesen zu sein, als er seine Frau hier beerdigt hatte und Schneeflocken das Grab mit einer weißen Decke zudeckten. Heute war es erneut geöffnet worden. Wenigstens war sie jetzt nicht mehr allein. Im Tod vereint mit ihrem einzigen Kind. Vroni hatte bei ihm bleiben wollen, doch er hatte sie weggeschickt. Er wollte allein sein und in seiner Trauer versinken, die sich nicht einmal mit Schnaps betäuben ließ. Der alte Mann war es nicht wert, um an ihm Rache zu üben und sich selbst zu versündigen, das wusste er, aber seine Wut redete ihm etwas anderes ein. Gustl hatte ihm seinen Sohn genommen und vielleicht auch seine Zukunft mit Teresa, die so viel Hoffnung und neuen Lebenswillen in sein Leben gebracht hatte. Teresa hatte sich in ihrer Kammer eingeschlossen und wollte mit niemandem reden. Stundenlang hatte er vor ihrer Tür auf dem Boden sitzend ausgeharrt, hatte ihrem Weinen gelauscht, oder der Stille, wenn sie eingeschlafen war. Wie viel Schmerz konnte ein Mensch ertragen, wie viel Leid mit ansehen? Er wusste es nicht. Vroni hatte ihm irgendwann aufgeholfen und Tee mit Rum gemacht, der ihn nach so vielen Stunden ohne Schlaf zur Ruhe gezwungen hatte.

Der Domdekan war gekommen. Sie waren gemeinsam über die Reste der Baustelle gestolpert. Nur noch verkohltes Holz war von dem Gotteshaus übrig, das in wenigen Wochen eingeweiht werden sollte und in dem er heiraten wollte. Er hatte geahnt, dass der alte Mann gefährlich war, aber er hatte nicht richtig aufgepasst. Schon einmal hatte er fahrlässig gehandelt. Damals, als seine geliebte Frau gestorben war, war er nicht an ihrer Seite gewesen, weil ihn der Ehrgeiz des Künstlers weit von zu Hause weggeführt hatte. Das würde er sich niemals verzeihen.

Er hatte sie tot in ihrer Kammer vorgefunden, das Gesicht blass, ihre zierlichen Hände gefaltet, Anton weinend an ihrer Seite. Ein kleiner Junge, der in diesem Augenblick so stark wie ein erwachsener Mann gewesen war. Er schloss die Augen, Tränen liefen über seine Wangen. Er wischte sie nicht ab. Anton hatte Teresa beschützen wollen, war wie ein Schatten gewesen, der ihr überallhin folgte. Genauso wie er seiner Mutter überallhin gefolgt war. Teresa ist keine von den Dummen, hatte Anton gesagt und gelächelt. Paul sank neben dem Grab auf den Kiesweg und legte die Hand auf die Erde.

»Nicht du hättest ihr Schatten sein müssen, sondern ich. Das werde ich mir nie verzeihen. Du hast so viel Mut bewiesen, mein Sohn. Du bist ein kleiner Held.«

Er blickte auf das einfache Holzkreuz, das er bald gegen das schönste Kreuz der Welt tauschen würde.

»Jetzt werde ich für dich stark und für Teresa da sein. Ich werde dich rächen, mein Junge. Das verspreche ich dir. Er wird nicht ungeschoren davonkommen, der verdammte Mörder, der er ist.« Seine Stimme klang entschlossen. Er ballte die Fäuste. »Zu Ende werde ich bringen, was du begonnen hast, mein Sohn, gleich jetzt und heute werde ich es tun.«

Er stand auf, atmete noch einmal tief durch und verließ den Friedhof. Aufkommender Nieselregen ließ die engen Gassen trostlos wirken und zwang die Händler am Kramplatz dazu, ihre Buden zu schließen, denn die Kundschaft blieb aus. Der Regen wurde heftiger, Paul spürte es kaum. Er folgte dem Steinweg, beschleunigte seine Schritte auf dem Rindermarkt und rannte beinahe über den Kleinen Exerzierplatz, auf dem ein paar entlaufenen Gänse schnatternd durch die Pfützen watschelten. Als er die Grünau erreichte, blieb er stehen. Eine Weile schaute er auf den geschlossenen Eingang. Sollte er wirklich Rache üben oder es nicht doch besser der Gerichtsbarkeit überlassen, Recht zu sprechen? Darüber hatte er noch gar nicht nachgedacht.

Gustl hatte Anton getötet und die Kirche angezündet. Sicher würde der Domdekan ihn abholen lassen. Doch was würde dann geschehen? Der alte Mann wusste von Vronis Machenschaften auf dem Berg. Obwohl seine Schwester ihr teuflisches Handwerk nicht mehr ausübte, würde er sie trotzdem anklagen. Vielleicht würden sich Zeugen finden, die seine Worte bestätigten. Paul wollte lieber nicht darüber nachdenken, was die Obrigkeit mit einer Engelmacherin machen würde. Lange Zeit hatte selbst er nicht gewusst, was seine Schwester auf dem Berg trieb. Doch irgendwann hatte er sie auf frischer Tat ertappt, sie hatte alles zugegeben und versprochen, damit aufzuhören. Aber sie hatte sich nicht an ihr Versprechen gehalten und den Frauen weiterhin geholfen. Er war wütend geworden und hatte sie angeschrien, doch Vroni hatte sich noch nie etwas von ihm, ihrem kleinen Bruder, sagen lassen.

Immerhin war er für sie da gewesen, als Bernhard immer mehr gesoffen und sie grün und blau geschlagen hatte. Er war derjenige gewesen, der seinen Schwager auf die Idee gebracht hatte, sich der Katholischen Liga anzuschließen, heldenhaft in den Krieg zu ziehen, aus dem er hoffentlich niemals wieder zurückkehren würde. Er wollte nicht auch noch seine Schwester verlieren, ebenso wenig wie Teresa, für die er kämpfen würde. Auch wenn er wusste, dass sie ihn nicht liebte und ein Unbekannter noch immer zwischen ihnen stand.

Entschlossen öffnete er das Eingangstor und betrat die Grünau. Er lief an Kräuter- und Gemüsebeeten vorüber, die einen ungepflegten Eindruck machten, was zeigte, dass Gustl sich schon länger aufgegeben hatte. Als er Gustls kleine Hütte erreichte, stand die Tür offen. Misstrauisch um sich blickend, ging er darauf zu.

Im Inneren des Hauses empfing ihn dämmriges Licht. Teresa saß auf der Ofenbank, neben sich Gustl, der den Kopf gesenkt hatte. Teilnahmslos schaute sie ihm entgegen. Auf dem Tisch stand ein Tonbecher, eine Kerze brannte in einer kleinen Schale. Kräutergeruch, vermischt mit Holzrauch, erfüllte den Raum, obwohl der Ofen kalt war.

Paul wusste sofort, dass Gustl tot war, und sank neben Teresa auf die Bank. Schweigend saßen sie eine Weile nebeneinander. Teresa war vollkommen durchnässt. Allzu lange konnte sie noch nicht hier sein, mutmaßte Paul. Er streckte vorsichtig seine Hand aus, um die ihre zu berühren. Doch sie zog ihre Hand weg.

Ohne den Blick zu heben, begann sie plötzlich zu erzählen.

»Noch vor wenigen Wochen bin ich gern hierhergekommen. Nicht mal im Traum wäre mir eingefallen, dass Gustl mir eines Tages etwas antun würde. Er war ein so friedfertiger, fröhlicher und gutmütiger Mensch, stets hilfsbereit und in seine Burgi vernarrt, die ich ihm genommen habe, wie er glaubte. Doch nicht ich war diejenige, die sie ihm geraubt hat. Das Schicksal ist es gewesen, oder Gott allein, wer weiß das schon. Dasselbe Schicksal, das mir meinen Bruder, meine Zukunft und mein Kind geraubt hat. Warum nur ist es so grausam zu mir? Wir beide hätten glücklich werden können, aber das Schicksal gönnt mir keinen inneren Frieden.« Sie schaute zu Gustl. »Er hat schon so dagesessen, als ich gekommen bin, hat den Freitod und das Fegefeuer gewählt. Die Erlösung von all dem Kummer.« Plötzlich liefen Tränen über ihre Wangen. »Es tut mir leid, es tut mir so unendlich leid.« Paul zog sie behutsam in seine Arme. Sie ließ es geschehen und begann zu schluchzen. »Ich wollte das nicht. Ich wollte dir Anton nicht wegnehmen, das musst du mir glauben.«

»Aber das weiß ich doch«, antwortete er.

»Es ist mein Schicksal, Paul. Allen Menschen, die ich liebe, geschieht ein Unglück. Es ist, als wollte Gott mich strafen. Wofür, weiß ich nicht. Es ist besser, wenn ich gehe. Irgendwohin, wo ich niemanden mehr verlieren, niemandem mehr weh tun kann.«

»Nein, diesmal wird keiner von uns gehen, keiner wegsehen oder sich verstecken. Wir werden dem Schicksal zuvorkommen und gemeinsam stark sein, um unser selbst willen. Ich werde nicht zulassen, dass es mir noch einen Menschen raubt, den ich liebe. Niemals werde ich dich gehen lassen, denn ich brauche dich, Teresa. Wir brauchen einander, das spüre ich ganz tief in meinem Herzen.«

Teresa wusste nicht, was sie erwidern sollte. Sie fühlte seine Wärme, hörte den Herzschlag in seiner Brust. Seine Nähe tat unendlich gut. Aber würden seine Worte und ihrer beider Wille ausreichen, das Schicksal zu besiegen? Sie konnten es versuchen, wünschte sie sich doch nichts mehr auf der Welt als jemanden, zu dem sie gehörte.

＊

Josef mochte Friedhöfe nicht, und Beerdigungen noch viel weniger. Stets glaubte er, zwischen den Grabsteinen und Kreuzen Gevatter Tod stehen zu sehen, der sie alle auslachte und seine knochigen Finger nach ihnen ausstreckte.

Auch ihn würde es bald treffen, das wusste er. Der Sensenmann hatte ihn schon lang im Visier, auch wenn er nicht auf den Friedhof ging.

Heute machte er allerdings eine Ausnahme, denn er wollte einem kleinen Helden einen Besuch abstatten, der es nicht verdient hatte, bereits an diesem Ort zu liegen. Mit hängenden Schultern ging er durch die Grabreihen, las die Namen der Toten, die auf den Grabsteinen und Kreuzen standen. Hier und da lagen Blumen auf einem der Gräber, oftmals waren sie aber ungepflegt. Auf einem von ihnen blühte Wiesenschaumkraut, dazwischen wucherte Löwenzahn. Der verwitterte Grabstein stand schief, und die Buchstaben und das Geburts- und Sterbedatum waren kaum noch zu erkennen. Er blieb vor dem Grab stehen und entzifferte die Namen, die er nicht kannte. Für ihn würde wohl niemand einen Grabstein oder ein Kreuz anfertigen lassen, denn er war nur der Knecht eines Messerers, und sein Leben war in dieser Stadt nicht viel wert. Josefs Blick wanderte zu der Friedhofsmauer hinüber, zum Familiengrab der Stantlers. Er war noch nicht ein Mal dort gewesen, auch bei der

Beerdigung nicht. Sein Herr war fort, was hatte es da für einen Sinn, dabei zuzusehen, wie sein Sarg in der Erde verschwand.

Seufzend ging er weiter. Als er das Grab des Jungen erreichte, blieb er stehen. Teresa saß davor und legte einen kleinen Blumenstrauß auf die vielen anderen, bereits welken Blüten. Er trat neben sie und faltete die Hände. Keiner von beiden sagte ein Wort, nur das Zwitschern der Vögel war zu hören.

Nach einer Weile stand Teresa auf und wischte sich den Schmutz vom Rock. »Ich habe es nicht über mich gebracht, zur Beerdigung zu kommen. Aber er hat es verdient, dass ich bei ihm bin, jedenfalls jetzt.« Sie schaute Josef an. »Ich dachte, du magst Friedhöfe nicht.«

»Ich mag sie auch nicht«, antwortete der alte Klingenschmied. »Aber für den tapferen Burschen kann sogar einer wie ich eine Ausnahme machen.«

Teresa nickte. »Ich hätte nicht allein auf die Baustelle gehen dürfen. Ich bin so dumm gewesen und dachte tatsächlich, Gustl kommt nicht auf den Schulerberg.«

»Niemand wusste es. Gustl war ein alter Mann und in seiner Trauer gefangen. Dass er zu so einer Tat fähig ist, konnte auch ich mir nicht vorstellen. Wut und Verzweiflung haben ihm die Sinne vernebelt, anders kann es nicht sein.«

»Weil ich sein Leben zerstört habe, wie er glaubte.«

Josef griff nach Teresas Hand. »Nein, du hast es nicht zerstört. Du trägst auch keine Schuld an Burgis Tod. Wenn jemand Schuld daran hat, dann vielleicht Thomas Stantler, der sie, der uns alle allein gelassen hat. Euer Plan hatte nichts Verwerfliches an sich, allerdings ...« Josef verstummte.

»Allerdings?«, wiederholte Teresa.

»Er war nicht der Richtige für dich, Teresa. Christian Elsenreiter war kein ehrenwerter Student, sondern ein Gauner, der sich mit Betrügereien über Wasser gehalten hat.«

Fassungslos schaute Teresa Josef an. »Das kann nicht sein. Er war doch im Kolleg, gemeinsam mit Michael, ich habe sie mit den anderen Studenten gesehen. Er hat Theater gespielt, war sogar der Hauptdarsteller.«

»Das mag sein. Trotzdem bin ich fest davon überzeugt, dass er vom rechten Weg abgekommen ist. Das musst du mir glauben.«

Teresa schüttelte Josefs Hand ab. »Er hat mich geliebt. Wir wollten in Nürnberg ein neues Leben beginnen, niemals hätte er mich belogen.«

»Mit Geld, das er durch Schmugglerware erworben hat.«

»Die Perlen hat Michael gefunden. Wieso sollte er sie nicht verkaufen? Aber was reden wir noch, Christian ist tot. Er wird nicht wiederkommen, auch wenn ich es mir noch so sehr wünsche.«

»Ja, er ist tot«, bestätigte Josef. Sie schwiegen erneut, dann gab sich Josef einen Ruck und stellte Teresa die Frage, die ihm schon die ganze Zeit auf der Zunge lag.

»Und Paul?«

Teresa zuckte zusammen. »Was soll mit ihm sein.« Ihre Worte klangen kühl und abweisend.

»Werdet ihr trotz allem heiraten?«

»Ich weiß es nicht.« Traurigkeit schwang plötzlich in Teresas Stimme mit. »Wie soll er mich heiraten, die Frau, die ihm seinen Sohn genommen hat?«

»So darfst du nicht denken, Teresa.«

»Was soll ich denn sonst denken?« Plötzlich standen Tränen in Teresas Augen. »Es ist, als dürfte ich nicht glücklich sein, nicht lieben.«

»Und was ist mit mir?«, erwiderte Josef.

»Was soll mit dir sein?«, fragte Teresa verdutzt.

»Hast du mich kein bisschen gern?«

Sie brauchte eine Weile, um seine Worte zu begreifen, dann nickte sie zögernd.

»Du hast mir das Leben gerettet, Teresa. Du bist mein Glücksbringer und wie eine Tochter für mich. Und ich stehe noch vor dir. Ich bin nicht tot, und ich lasse dich nicht allein.« Er nahm ihre Hand und schaute ihr eindringlich in die Augen. »Gib Paul ein wenig Zeit. Nimm dir selbst die Zeit, die du brauchst. Du wirst sehen, in ein paar Wochen sieht die Welt schon wieder ganz anders aus.«

»Paul ist es nicht«, erwiderte Teresa. »Er ist wunderbar, und nicht mal sein Schmerz hindert ihn daran, an meiner Seite zu stehen.«

»Was ist es dann?«

Teresa schaute ihn an, Tränen in den Augen. Josef verstand: Das Gespenst würde sich nicht so schnell vertreiben lassen.

Kapitel 19

Dunkle Wolken hatten den Horizont verfinstert, und fernes Donnergrollen kündigte ein Gewitter an. Alle hatten so sehr gehofft, dass es endlich trockener werden würde, aber Petrus hatte kein Einsehen mit ihnen. Es war kein Dauerregen mehr, der Wiesen und Felder durchtränkte und Bäche und Flüsse anschwellen ließ, doch die heftigen Regenschauer und Gewitter, die sich in der schwülwarmen Luft bildeten, waren nicht viel besser.

Teresa hatte die letzten Tage oft in ihrer Kammer gesessen, manchmal auch bei Paul in der Werkstatt. Er arbeitete noch immer an seinem Altarbild, obwohl niemand wusste, wie es jetzt mit der Kirche weitergehen sollte. Der Domdekan hatte sich alles angesehen, zusammen mit einem hageren Burschen, der ständig Notizen in ein kleines Büchlein gemacht hatte. Seitdem war er nicht mehr auf den Hof gekommen, was kein gutes Zeichen war. Immerhin war Marquard von Schwendi der Bauherr, und vielleicht war ihm das Geld ausgegangen, mutmaßte Vroni einmal außer Hörweite ihre Bruders. Paul hielt weiterhin am Bau der Kirche fest, Zweifel daran wollte er nicht zulassen.

Erneutes Donnergrollen ließ Teresa zusammenzucken, als sie mit Vroni auf den Innenhof trat. Sie wollten die Pferde in den Stall bringen, bevor das Unwetter losbrach. Als Vroni das Gatter öffnete, kamen der Domdekan und sein hagerer Begleiter den Weg entlanggelaufen.

»Gott zum Gruß, die Damen.« Der Domdekan hob kurz seinen Hut, sein Begleiter murmelte etwas Unverständliches.

Teresa und Vroni deuteten einen Knicks an. »Gott zum Gruß, Hochwürden«, grüßten sie. »Was führt Euch denn bei diesem schrecklichen Wetter zu uns herauf?«

»Sieht nicht wirklich gut aus«, bestätigte der Domdekan und blickte zum Himmel. »Als ob sich der Herrgott persönlich gegen uns verschworen hätte. Unten in Passau wappnen sich die Leute bereits für das Schlimmste. Der Inn steht sehr hoch. Wollen wir alle für trockenes Wetter beten, denn ein Hochwasser käme einer Katastrophe gleich.«

Ein Windstoß, der erste Regentropfen mitbrachte, wirbelte seinen Umhang in die Höhe. »Aber was rede ich. Wie ich sehe, haben die Damen zu tun. Ist Ihr ehrenwerter Herr Bruder im Haus?«

Ihre Frage hatte Marquard von Schwendi damit nicht beantwortet, dachte Vroni. Aber er schien guter Dinge zu sein und brachte vielleicht gute Nachrichten.

»Er ist in der Werkstatt, arbeitet am Altarbild – wie immer.«

Erneut lüpfte der Domdekan seine Kopfbedeckung. »Habt Dank für die Auskunft, meine Damen. Am Altarbild also. Da bin ich aber gespannt.« Er setzte sich in Bewegung.

Verwundert schauten ihm Teresa und Vroni hinterher.

»Denkst du das, was ich denke?«, fragte Teresa.

Vroni nickte. »Wollen wir hoffen, das wir uns nicht irren.«

Ein lauter Donnerschlag ließ sie zusammenzucken. »Heilige Maria, Mutter Gottes.« Teresa griff sich an die Brust. »Komm, lass uns schnell die Pferde in den Stall bringen. Sicher wird uns Paul nachher berichten, was der Domdekan wollte.«

Sie liefen auf die Koppel, die eher einem See als einer Pferdeweide glich. Nicht mehr lange, und das Unwetter würde mit aller Macht über sie hereinbrechen. Die beiden Pferde ließen sich widerstandslos in den Stall führen. Früher waren Caspar und Lydia auch bei Gewitter auf der Koppel geblieben, denn sie hatten unweit des Stalles einen kleinen Unterstand. Aber der schien den Tieren nicht mehr auszureichen. Beim letzten Unwetter hatten sie den Zaun zum Waldrand durchbrochen und waren panisch ins Unterholz geflohen. Es hatte Stunden gedauert, um die Tiere wieder einzufangen und zu beruhigen. Das würde ihnen nicht noch einmal passieren.

Teresa führte Caspar in seinen Pferch. Laute Donnerschläge wechselten sich mit hellen Blitzen ab. Der Wind peitschte Regen und sogar Hagel über den Innenhof, der hart gegen Scheiben und Dachschindeln schlug.

Vroni betrat vollkommen durchnässt den Stall, Lydia am Zügel. »Verdammter Gaul, elender«, fluchte sie. »Hat sich aufgeführt, als ob sie mich nicht kennen würde, nur wegen dem bisschen Donner.« Bei einem erneuten Donnerschlag zuckte Vroni zusammen. »Gut, wegen ein bisschen mehr Donner«, fügte sie hinzu. Sie führte das Pferd in seinen Pferch. »Draußen ist es so duster, als ob der Teufel persönlich aus der Hölle heraufkommen würde.«

»Über den Teufel macht man keine Witze«, erwiderte Teresa. »Wenn es doch wahr ist«, konterte Vroni, füllte Hafer in einen Eimer und stellte ihn Lydia hin, die sofort zu fressen begann.

»Jetzt bist du in Sicherheit, mein Mädchen. Ist ja alles gut.«

Teresa stellte Caspar ebenfalls einen Eimer mit Hafer hin. Doch der große Braune war nicht so schnell von seinem Glück zu überzeugen. Angst stand in seinen Augen, und er tänzelte nervös herum.

»Bald ist es vorüber, mein Dicker.« Teresa nahm eine Handvoll Hafer und hielt sie dem Tier hin.

Vroni begann, Lydias Mähne zu bürsten. »Unser Mädchen hier ist ein Geschenk eines Bauern gewesen. Paul hat ihm ein wunderschönes Wegkreuz geschnitzt, das jetzt direkt am Eingang zu seinem Hof unter einer großen Linde auf einem Stein-

sockel steht. Sie hatten eigentlich eine andere Bezahlung ausgemacht, aber dann hat der trockene Sommer die Ernte auf
den Feldern verdorren lassen. Ein Feld ist sogar in Brand geraten, was den armen Mann fast in den Ruin getrieben hätte. In
seiner Not hat er Paul Lydia gegeben, die er mir geschenkt hat,
denn in der Stadt unten ist es nicht so einfach, ein Pferd zu
halten. Bernhard hat sie zuerst nicht nehmen wollen, aber
dann hat er doch eingesehen, dass eine junge Stute gar nicht
so schlecht ist. Er hat Caspar einem Händler abgekauft und
wollte eine Fohlenzucht anfangen, obwohl er von Pferden keine Ahnung hatte. Es hat nicht lange gedauert, bis wir heraus-
gefunden haben, dass unser guter Caspar ein Wallach ist.« Sie
grinste. »Bernhard hat fürchterlich geflucht, aber immerhin
hat er diesmal den Ärger nicht an mir ausgelassen. Der Händler ist natürlich längst über alle Berge gewesen. Bernhard hat
die Tiere danach nicht mehr angesehen, was mir lieber war. Ich
hab die beiden richtig gern, obwohl sie uns wenig nutzen,
denn Feldarbeit betreibe ich kaum, und reiten kann ich mehr
schlecht als recht. Wenn wir die Äpfel ernten, dann zieht Caspar den Karren. Aber zu viel mehr ist er nicht zu gebrauchen,
da er nicht gern geritten wird. Da ist Lydia geduldiger, sogar
eine unerfahrene Reiterin, wie ich eine bin, lässt sie gewähren,
wenn nicht gerade ein Gewitter aufzieht.«

Die beiden Frauen setzten sich ins Heu.

»Pferde zum Liebhaben.« Teresa schüttelte den Kopf. »So
etwas hätte es bei uns zu Hause nicht gegeben. Jeder Esser
hatte seine Aufgaben zu erledigen. Die Katze jagte die Mäuse,
der Hund bewachte das Haus, die Kühe gaben Milch und
Fleisch, aus der Ziegenmilch machte die Mutter Käse. Der alte
Maulesel hatte den Karren zu ziehen, und die Hühner legten
Eier. So ist es nur recht und billig, hat die Mutter immer gesagt.« Teresa lächelte bei der Erinnerung daran.

»Ziegen für Käse haben wir ja auch – und Hühner.« Vroni wies über den Hof, wo die gackernde Schar unter einen Leiterwagen geflohen war und sich eng aneinanderdrückte.

»Die wir nicht mehr in den Stall bringen konnten«, erwiderte Teresa trocken. »Und zwei Katzen, eine von ihnen anscheinend trächtig, so dick, wie sie geworden ist.«

»Und den alten Hofhund, der sichtlich begeistert den Hühnern Gesellschaft leistet.« Teresa deutete zum Karren hinüber, wo der Hund gerade nach einem der Hühner schnappte. »Der alte Bursche. Ich glaube, er ist inzwischen halb blind. Lang wird er es nicht mehr machen. Bernhard meinte sowieso immer, er wäre kein Wach-, sondern ein Schoßhund.«

Teresa lachte laut auf. »Wo er recht hat.«

»Wenn er nur nicht immer so viel getrunken hätte«, sagte Vroni seufzend. »Manchmal konnte er sogar richtig nett sein, nicht oft, aber immerhin. Seine Schmiedewerkstatt ist gut gelaufen, wir hatten eine Menge Kundschaft. Doch Wein und Schnaps haben ihm den Verstand geraubt und ihn zu einem anderen Menschen gemacht. Aufbrausend ist er gewesen, oft hat er mich geschlagen und an den Haaren durchs ganze Haus geschleift. Mit der Zeit ist die Kundschaft ausgeblieben, und er ist tagelang nicht aus Passau heimgekommen. Irgendwann fing ich zu beten an, dass er sich totsaufen würde. Voller Angst habe ich jeden Abend auf ihn gewartet, jede Nacht in der Kammer auf seine Schritte gelauscht.« Teresa legte die Hand auf Vronis Arm. »Er kommt nicht wieder, ganz bestimmt. Seitdem der Brief eingetroffen ist, sind viele Wochen vergangen, sicher ist ihm etwas zugestoßen oder er hat es sich doch noch einmal anders überlegt.«

Vroni nickte. »Dafür bete ich jeden Tag.« Sie deutete zum Haus hinüber. »Der Regen hat ein wenig nachgelassen. Ich glaube, wir könnten es jetzt über den Hof schaffen, ohne pitschnass zu werden. Bestimmt ist Paul mit dem Herrn Domdekan und seinem Begleiter in die Stube gegangen.«

Teresa stand auf. Sie nahm ihr Schultertuch ab, wickelte es sich um den Kopf, und die beiden eilten durch den Regen zum Haus hinüber, wo sie bereits im Flur die Stimmen der Männer vernahmen. Die Tür zur Wohnstube stand offen. Als Paul die beiden Frauen bemerkte, winkte er sie freudig näher. Marquard von Schwendi und sein Begleiter saßen auf der Ofenbank, einen Becher Wein vor sich. Sie blickten den Frauen lächelnd entgegen.

»Da seid ihr ja endlich«, begrüßte Paul die beiden überschwenglich und holte zwei weitere Becher vom Regal. »Wir haben etwas zu feiern.«

»Richtig, das haben wir«, bestätigte der Domdekan. »Wir werden die Kirche wieder aufbauen.«

Paul schenkte Teresa und Vroni Wein ein.

»Allerdings nicht an der Stelle, wo sie vorher gestanden hat.« Paul legte Teresa die Hand auf den Arm. »Ich weiß, diese Stelle hat uns Glück gebracht, aber es ist besser, wenn wir die Kapelle ein Stück weiter unten errichten. Die heilige Mutter Maria wird uns das bestimmt nachsehen. Dort ist der Untergrund fester, und man hat einen wunderschönen Blick auf die Stadt, was den Pilgern gefallen wird.«

»Sie soll auch größer werden«, sagte Marquard von Schwendi. Erst jetzt fiel den Frauen der Plan auf, der ausgerollt auf dem Tisch lag. »Meine Architekten haben mir gestern die überarbeiteten Entwürfe gebracht. In der neuen Kirche finden gut fünfzig Besucher im Altarraum Platz, und es wird größere Fenster geben, die mehr Licht in das Gotteshaus hereinlassen. Durch ein Fenster im Dach wird ein Lichtstrahl genau auf das Marienbild fallen, hinter dem Euer Altarbild stehen wird, mein lieber Freund.« Vertraulich legte der Domdekan Paul die Hand auf die Schulter. »Ein wahres Meisterwerk, das dem Eures Vaters in nichts nachsteht, wenn ich das so sagen darf. Die Familie Kriechbaum hat sich eben schon immer auf die Schnitzkunst verstanden.« Er zwinkerte Teresa zu. »Und natürlich meine kleine Glücksbringerin. Paul war so freundlich und hat mir einige Eurer Werke gezeigt, meine Teuerste. Einen besseren Lehrmeister hättet Ihr gar nicht finden können. Besonders die heilige Mutter Maria, die Ihr angefertigt habt, hat es mir angetan. Sie wird einen Ehrenplatz in der Kirche erhalten, das verspreche ich Euch.«

Teresa errötete. So viel Lob war sie nicht gewohnt.

»Und es bleibt dabei«, wandte sich Paul an Teresa. »Am Abend vor der offiziellen Einweihung der Kirche findet unsere Trauung statt.« Teresa zuckte zusammen. Alle blickten sie an. Sie nickte zaghaft.

»Allerdings werden wir uns bis ins neue Jahr gedulden müssen, denn die Arbeiten an der neuen Kirche werden mehr Zeit in Anspruch nehmen, woran auch das Hochwasser eine Mitschuld trägt, da im Moment kein Holz über den Fluss getrieben werden kann. Aber wir sind zuversichtlich, dass die Pegel bald wieder fallen werden.« Seine Augen strahlten. Er hob seinen Becher in die Höhe und rief: »Lasst uns also auf das neue Gotteshaus anstoßen, möge es uns allen Frieden und Hoffnung bringen.«

»Dafür werde ich beten«, erwiderte der Domdekan freudig. Die Becher stießen in der Mitte des Tisches zusammen, Wein schwappte über und tropfte auf die Pläne. Wie Blut, dachte Teresa, während sie an ihrem Wein nippte. Vielleicht ein schlechtes Omen. Hastig wischte Paul die wenigen Tropfen mit seinem Ärmel weg. Sie schob den Gedanken beiseite und zwang sich zu einem Lächeln. Auf diesen Moment hatte Paul die letzten Tage sehnsüchtig gewartet, und sie wollte ihn nicht zerstören. Erneut tropfte Wein auf den Plan, diesmal wischte den Fleck niemand weg. Teresa blickte zu Vroni. Auch ihre Miene war ernst. Sie nickte ihr zu, Vroni lächelte. Teresa verstand. Sie wollten beide das böse Omen nicht wahrhaben, denn in diesem Moment sah es tatsächlich so aus, als würde das Glück zurückkehren.

✳

Wie ein reißender Strom mutete der Bach neben dem schmalen Trampelpfad an, der ansonsten nur ein schmales Rinnsal war. Teresa musste achtgeben, wo sie hintrat, denn der steile Pfad war immer noch glitschig. In den letzten Tagen hatte die Sonne ungetrübt vom blauen Himmel geschienen, was alle aufatmen und darauf hoffen ließ, dass ihre Gebete erhört worden waren. Sie begleitete Vroni gern zum Kräutersammeln, denn sie liebte die Ruhe des Waldes. Vroni, die vor ihr herlief, bückte sich hier und da, pflückte eine Pflanze, legte sie in ihren Korb und erklärte, mit welchem Grünzeug sie es zu tun hatten. Da war Frauenmantel, der gegen Frauenleiden half, Johanniskraut, das bevorzugt am Waldrand wuchs. Diese Pflanze hatte es Vroni besonders angetan. Sie erzählte Teresa, dass Johanniskraut bereits von den Germanen als Lichtbringer und Symbol für die Sonne verehrt worden war und die Stimmung hob. So ging es weiter. Sie pflückten Gänseblümchen auf einer kleinen Lichtung, die sich mitten im Wald wie ein Paradies vor ihnen auftat, ernteten Kamillenblüten, von denen sogar Teresa wusste, für was sie gut waren. Auch Wurzeln von der einen oder anderen Pflanze gruben sie aus. Als ihre Körbe gut gefüllt waren, machten sie sich auf den Rückweg, ein Kinderlied singend, das sie beide kannten. An der Pferdekoppel wurden sie von Caspar und Lydia begrüßt, die am Zaun standen.

»Na, ihr beiden.« Vroni blieb bei den Pferden stehen. »Jetzt könnt ihr endlich wieder auf eure Weide, ohne nasse Füße zu bekommen. Wollen wir hoffen, dass das schöne Wetter länger anhält. Gewitter und Regen hatten wir jetzt wahrlich genug.« Aus dem Augenwinkel nahm Teresa eine Bewegung wahr. Sie blickte zum Hof hinüber. Zwei Hühner suchten gackernd im Staub nach ein paar Körnern. Erleichtert seufzte sie. Sie musste sich getäuscht haben. Paul war bereits in den Morgenstunden zum Domdekan aufgebrochen, um mit ihm die neue Baustelle zu besichtigen, denn heute waren die ersten Balken eingetroffen. Paul war zwar kein Zimmerer oder Schreiner, aber er war neugierig, wie es auf der Baustelle voranging, was Teresa gut verstehen konnte.

In den letzten Tagen hatten sie sich einander wieder angenähert. Jeder hatte zwar für sich gearbeitet, doch Teresa genoss seine Nähe und das schabende Geräusch des Schnitzeisens, das ihr so vertraut war. In manchen Momenten waren sie noch immer unsicher und wussten nicht so recht, wie sie miteinander umgehen und was sie einander sagen sollten. Aber es wurde mit jedem Tag besser. Vielleicht würde irgendwann auch der letzte Zweifel weichen, und sie würden einander lieben lernen, was Teresa hoffte.

»Lydia, was hast du denn da?«

Besorgt strich Vroni über die Flanke des Pferdes, auf der getrocknetes Blut zu sehen war. »Woher hast du denn das?« Sie stellte ihren Korb ins Gras.

Teresa wurde ungeduldig. »Ich gehe schon mal voraus. Mein Hals ist trocken. Ich brauche dringend einen Schluck Wasser.«

Sie hob die beiden Körbe vom Boden auf, während Vroni die andere Flanke des Pferdes begutachtete. »Hast du dich wieder im Gebüsch herumgetrieben, du Dummerchen«, hörte Teresa sie noch sagen, als sie auf den Innenhof trat.

Die Tür zur Werkstatt war nur angelehnt. Sie hatte sie aber sicherlich verschlossen, als sie gegangen waren. Teresa stellte die Körbe auf den Boden und ging zur Werkstatt hinüber. Plötzlich schlug ihr das Herz bis zum Hals. Womöglich waren es Landstreicher oder, noch schlimmer, Marodeure, die sie ausrauben wollten. Vorsichtig schob sie die Tür auf und lugte in den Raum.

Vor der Werkbank stand ein bulliger Mann, die Hände in die Hüften gestemmt. Er drehte sich um. »Da ist ja endlich jemand. Vroni, bist du das?«

Erschrocken wich Teresa von der Tür zurück. Bernhard, schoss es ihr durch den Kopf. Es konnte nur er sein. Die Tür der Werkstatt öffnete sich, und der bullige Mann kam heraus. Sie sah die Klappe über seinem rechten Auge, darunter zierte eine breite Narbe seine Wange, die seine Gesichtszüge seltsam verzerrte. Ein eisblaues Auge blickte Teresa herausfordernd an. »Wer bist du? Was hast du auf meinem Hof zu schaffen? Und was soll diese Werkstatt? Kann mir schon denken, welcher Hurensohn sie eingerichtet hat.« Teresa wich ein Stück zurück. »Hat es dir die Sprache verschlagen, Mädchen? Wer bist du, und wo ist Vroni?«

Vroni. Teresa wandte den Kopf. Ihre Freundin stand noch immer am Pferdezaun und streichelte Lydia die Nüstern.

Er folgte ihrem Blick. »Da ist sie ja. Na, der werde ich was erzählen. Begrüßt man so seinen Ehemann, der aus dem Krieg heimgekehrt ist? Nur Flausen hat sie im Kopf, das dumme Ding, aber die werde ich ihr jetzt austreiben.«

Er ließ Teresa einfach stehen und stapfte zum Hofausgang.

Da kam Leben in Teresa, und sie begann laut zu schreien.

»Vroni, lauf, lauf weg!« Vroni blickte auf. Ihre Augen weiteten sich. Sie ließ die Hände sinken, dann raffte sie die Röcke und floh den Weg hinunter.

Bernhard warf Teresa einen wütenden Blick zu. »Gottverdammte Weiber. So kommt ihr mir nicht davon.« Er machte einen Schritt auf Teresa zu. Sie wich ihm aus, schlüpfte durch eine Seitentür in den Stall, durchquerte ihn und floh über die Koppel zum nahen Waldrand, auf den auch Vroni zugehalten hatte. Laut fluchend folgte Bernhard ihr.

Im Wald trafen Vroni und Teresa aufeinander. »Wir müssen den Berg hinunter zur Baustelle. Paul wird wissen, was zu tun ist.«

Sie liefen quer durch den Wald. Immer noch hörten sie Bernhard hinter sich rufen. Der Hang wurde steiler, an einer Stelle fiel er fast senkrecht zu einem kleinen Bachlauf ab. Nicht weit davon führte der Weg in die Innstadt.

Vroni stolperte über eine Wurzel und schrie laut auf. »Verdammter Mist. Ich habe mir den Knöchel verstaucht.« Teresa half ihr auf. »Ausgerechnet jetzt.«

»Wir schaffen das schon«, versuchte Teresa, Vroni zu beruhigen, obwohl sie selbst am ganzen Leib zitterte. Immer noch hörten sie Bernhards laute Rufe. Teresa stützte Vroni, die nicht richtig auftreten konnte. Bernhards Stimme kam näher.

Teresa schaute sich um. »Komm, schneller, gleich sind wir auf dem Weg, dann geht es leichter.« Doch die beiden Frauen waren zu langsam. Bernhard erreichte sie genau an der Stelle, wo die Böschung steil abfiel. Er packte Vroni am Handgelenk und zog sie zu sich heran.

»Da bist du ja, mein geliebtes Eheweib. Hast eine nette Art, deinen Gatten zu begrüßen.«

Vroni wehrte sich und rief: »Lass mich los.«

Teresa stand neben den beiden. Hilflos schaute sie sich um, doch hier oben würde niemand sie schreien hören. Sie nahm all ihren Mut zusammen. »Sie hat gesagt, du sollst sie loslassen.«

Bernhard schaute sie belustigt an. »Sagt wer?«

»Teresa hat nichts damit zu tun. Sie ist meine Freundin. Lass mich los. Du tust mir weh.«

Er warf Teresa einen kurzen Blick zu. »Eine Freundin. Musst ihr ja schöne Geschichten von mir erzählt haben, wenn sie solche Angst vor mir hat.«

»Nur die Wahrheit hab ich gesagt«, konterte Vroni.

»Die Wahrheit!« Seine Stimme wurde laut, Teresa zuckte zusammen. »Welche Wahrheit? Deine oder meine? Was für ein Schmierentheater ist das überhaupt, was ihr zwei hier aufführt?« Er holte aus und schlug Vroni ins Gesicht. Sie fiel zu Boden. »Raus mit der Sprache.«

Vroni zog den Kopf ein, doch dann stieg Wut in ihr auf.

»Was bildest du dir ein, du elender Mistkerl«, sagte sie. »Du kehrst aus dem Krieg zurück und glaubst, du könntest alles zerstören, was wir uns aufgebaut haben. Ich habe deinen Eigensinn so verdammt satt. Mir machst du keine Angst mehr, mir nicht!«

Einen Moment fehlten Bernhard die Worte. Mit dieser Art von Gegenwehr hatte er nicht gerechnet, hatte seine Frau doch stets vor ihm gekuscht, besonders dann, wenn er sie geschlagen hatte.

»Das war dein gottverdammter Bruder, dieser nichtsnutzige Dummkopf, der dir diese Flausen in den Kopf gesetzt hat. Aber damit ist jetzt Schluss, hörst du! Ich bin der Herr im Haus, und du bist meine Gattin und wirst tun, was ich befehle!« Er zog Vroni auf die Beine, schüttelte sie und schlug ihr ins Gesicht. Vronis Lippe platzte auf, Blut lief über ihr Kinn. Noch immer hielt er sie an beiden Armen fest. Sie nickte zögernd, Angst in den weit aufgerissenen Augen.

Da sah Teresa rot. Wütend ging sie dazwischen und schlug Bernhard auf den Arm. »Du sollst sie loslassen, hat sie gesagt. Hörst du schlecht, du verdammter Hundesohn!«

Von dem plötzlichen Angriff überrumpelt, verlor er das Gleichgewicht, taumelte und stürzte, gemeinsam mit Vroni, den Abhang hinunter.

»Nein, Vroni, ich hab dich.« Teresa wollte nach der Hand der Freundin greifen, aber es war zu spät. Wie erstarrt schaute sie dabei zu, wie die beiden den Abhang hinunterrutschten, direkt auf die steile Felswand oberhalb des Bachlaufs zu. Bernhard schlug mitten im Bachbett auf, traf mit dem Kopf auf einen Felsen. Vroni blieb am Ufer liegen. Mit weit aufgerissenen Augen starrte Teresa die beiden an. Blut lief über Vronis Gesicht. Sie hatte eine Platzwunde an der Stirn. Bernhard lag leblos im Bach und schaute mit erstarrtem Blick zu ihr herauf.

»Er ist tot«, sagte Teresa leise, wiederholte es dann noch etwas lauter. »Er ist tot. Vroni, er ist tot. Vroni, wach auf. Sieh ihn dir an. Er ist tot!«

Vroni bewegte sich nicht. »Vroni, so beweg dich doch. Vroni, ich komme. Ich bin gleich bei dir.«

Teresa hastete den steilen Abhang hinunter, kletterte seitlich an der Steilwand vorbei und watete durch den Bach zur Unglücksstelle. Als Erstes erreichte sie Bernhard, der tatsächlich tot war. Blut und Gehirnmasse flossen aus einer großen Wunde am Hinterkopf ins Wasser. Teresa eilte an ihm vorbei zu Vroni. Ihr Gesicht war blutüberströmt. Sie drehte sie vorsichtig auf die Seite. Ihre Augen waren geschlossen. Teresa tastete nach einem Pulsschlag am Hals, doch sie spürte keinen.

»Vroni, bitte, du darfst nicht tot sein. Das darfst du einfach nicht!«, rief sie panisch, bettete den Kopf der Freundin in ihren Schoß und weinte bitterlich. »Das wollte ich nicht, hörst du! Ich wollte das nicht. Wach auf, bitte! Wach doch bitte wieder auf.«

Aber Vroni bewegte sich nicht. Teresa blickte verzweifelt in den von Baumkronen umrahmten Himmel. »Warum nur, warum tust du uns das an. Wir waren doch glücklich, alles war gut. Hörst du, gottverdammtes Schicksal, Gott oder wer auch immer! Warum tust du uns das an? Warum hast du ihr das angetan?« Sie schluchzte laut auf, schlug die Hände vors Gesicht und sackte in sich zusammen. »Es tut mir so leid, so unendlich leid«, murmelte sie immer wieder und streichelte sanft über Vronis kalte Wange. Nach einer Weile stand sie auf, zog die Freundin ans Ufer des Baches und faltete ihre Hände über der Brust. Sicher würden sie sie hier bald finden. Paul würde nach ihnen suchen. Doch sie selbst würde er nicht mehr finden, niemand sollte sie mehr finden, niemals wieder. Es musst ein Ende haben, ein für alle Mal vorbei sein. Sie blieb noch einen Moment stehen und blickte auf die geliebte Freundin, die aussah, als würde sie schlafen. Dann nahm sie ihren Umhang ab und deckte Vroni damit zu. »Damit du nicht frierst«, sagte sie leise, drehte sich um und folgte dem Bachlauf bis zu dem Weg, der in die Innstadt hinunterführte.

Sie lief vorbei an den ersten eng beieinanderstehenden Häusern, weinte noch immer. Sie hatte doch nur helfen wollen. Paul, er würde seine tote Schwester finden. Teresa würde er allerdings niemals wiedersehen, die Frau, die ihm nur Unglück gebracht hatte. Wie sollte sie ihm jemals unter die Augen treten, ihm erklären, was geschehen war. Paul verdiente es, mit einer Frau an seiner Seite glücklich zu sein, die sich nicht versündigt hatte.

Teresa blieb vor der Werkstatt von Thomas Stantler stehen, die nicht mehr seine Werkstatt war. Das Hoftor war verschlossen. Josef – vielleicht sollte sie zu ihm gehen. Gewiss würde er alles verstehen. Doch was sollte sie bei ihm? Er war ein alter Mann, ein einfacher Knecht, der ihr sicher nicht helfen konnte. Niemand konnte die Sünde von ihr nehmen, die sie auf sich geladen hatte. So viele Menschen waren gestorben, hatten ih-

retwegen den Tod gefunden. Gott würde ihr niemals vergeben. War das die Strafe dafür, dass sie einst hoffärtig gewesen
war und geglaubt hatte, sie wäre besser als ihr Bruder Rupert,
eine begnadete Künstlerin, die ihn immer wieder verspottete.
Aber warum holte Gott dann nicht ihre Seele, warum nahm er
ihr die Menschen, die sie liebte?

Sie erreichte die Innbrücke und blieb stehen. Der Himmel
über Passau hatte sich blutrot verfärbt, das Licht der Abendsonne funkelte auf dem Wasser wie an dem Tag, als sie die
Stadt zum ersten Mal gesehen hatte. Damals war sie ihr wie
das Paradies vorgekommen, ein Garten Eden aus tausend Türmen und voller Dornen, immer auf den schönen Schein be-
dacht, wie sie jetzt wusste. Sie schaute zum Schaiblingsturm
hinüber, hinauf zum Dom, dem prächtigsten Gotteshaus, das
sie jemals im Leben gesehen hatte. Dann wanderte ihr Blick
zurück aufs Wasser. Der Inn stand hoch, ein reißender Strom.
Wie würde es sich anfühlen, dort hinunterzuspringen, überlegte sie. Gewiss wäre das Wasser kalt, wie Nadeln würde es in
ihre Haut stechen. Die Strömung würde sie mit sich reißen
und bis in die nahe Donau treiben. Wie lange würde es dauern,
bis der Tod kam? Kam er sofort, wenn sie auf dem Wasser auf-
traf, oder erst eine Weile später, wenn ihre Kräfte schwanden?
Sicher würde es schnell gehen. Ihre Lunge würde sich mit
Wasser füllen, dann würde alles vorbei und sie bei ihrem Bruder sein.

»Teresa?«

Teresa zuckte zusammen und wandte den Kopf. Christian
stand wenige Schritte von ihr entfernt. Sie musste träumen.

»Tu es nicht. Bitte, nicht springen.« Er kam näher. Sie schaute
ihn mit weit aufgerissenen Augen an. Ein Geist. Er war gekommen, um sie mit sich zu nehmen, damit endlich alles vorbei sein
würde. Sie blickte erneut in die reißende Strömung hinab.

»Teresa, hörst du mich? Bitte, nicht springen.« Wieder schaute sie ihn an. Er streckte die Hand nach ihr aus. Sie ergriff sie und ließ sich ohne Gegenwehr vom Brückengeländer wegziehen.

»Teresa, Mädchen. Wo bist du gewesen? Ich dachte, du wärst tot.« Er nahm sie in die Arme. Sie spürte seine Nähe und Wärme, atmete seinen vertrauten Geruch tief ein. Er war kein Geist, er war am Leben. Tränen verschleierten ihren Blick. Sie konnte es nicht fassen. Er war hier, war nicht tot. Sie musste träumen. Gewiss würde sie gleich aufwachen, und er wäre wieder verschwunden. Er drückte sie fest an sich und strich sanft über ihr Haar. »Jetzt ist es ja gut. Du musst nicht weinen. Alles wird wieder gut. Ich bin da, hörst du. Ich bin am Leben. Mein Gott, und ich dachte, du wärst tot. Niemals wieder werde ich dich allein lassen, das verspreche ich dir.«

Er war gekommen, tatsächlich war er am Leben. Ihr Geliebter und Seelenverwandter. Sie konnte es nicht fassen. Sanft hob er ihr Kinn an und blickte in ihre Augen.

»Diese Brücke ist unser Schicksal, glaubst du nicht auch?« Er lächelte. Sie nickte, nicht fähig zu antworten. Seine Lippen berührten die ihren. Jetzt würde alles wieder gut werden.

Kapitel 20

Vor einer Weile hatte Paul die Kerze auf dem Nachttisch entzündet, die dunkle Schatten an die weiß getünchten Wände malte. Er blickte voller Hoffnung den Medikus an, der Vronis Kopf abtastete, ihre Gliedmaßen kontrollierte und etwas vor sich hin murmelte. Er hatte sie im Wald gefunden, neben Bernhard, der tot im Bachlauf gelegen hatte. Sofort hatte er gewusst, dass etwas nicht stimmte, als er die Kräuterkörbe auf dem Hof entdeckt hatte und alles verlassen gewesen war. Die Tür zur Werkstatt hatte offen gestanden, und sämtliche Heiligenfiguren lagen auf dem Boden, auch sein Altarbild. Er hatte alles aufgehoben, und glücklicherweise war keine der Figuren ernsthaft beschädigt worden. Auch im Stall war niemand, aber die Tür zur Koppel stand offen, was ungewöhnlich war. Er war nach draußen gegangen und hatte die Pferde gemustert, die unter den Apfelbäumen grasten. Ein blauer Stofffetzen, am hinteren Zaun hängend, hatte ihn auf die richtige Spur gebracht. Ein Unglück musste geschehen sein, ein Überfall, vielleicht Räuber oder Marodeure, die die beiden Frauen überrascht hatten. Eilig war er zurück auf die Baustelle gelaufen, um Hilfe zu holen. Auch der Domdekan war aufs äußerste bestürzt gewesen. Sofort hatten sich mehrere Männer auf den Weg gemacht, um nach den beiden Frauen zu suchen. Als sie den Bachlauf erreichten, hatte er zuerst nur Bernhard gesehen. Doch dann hatte er jemanden stöhnen hören und war die Böschung hinuntergerutscht. Vroni hatte am Ufer des Baches gelegen, mit einem Umhang zugedeckt. Sie hatte etwas Unverständliches genuschelt, dann war sie bewusstlos geworden. Sie war am Leben, lag jetzt hier im Bett, hatte eine Wunde an der

Stirn und eine aufgeplatzte Lippe. Bestimmt würde sie bald aufwachen, und alles würde wieder gut werden.

Der Medikus seufzte hörbar. Mit sorgenvoller Miene schaute er ihn an. »Ich kann nicht sagen, wann sie aufwacht, ob überhaupt jemals wieder. Sie muss recht ordentlich auf den Kopf gefallen sein. Es kommt einem Wunder gleich, dass sie bei Bewusstsein gewesen ist, als Ihr sie gefunden habt.« »Aber sie hat doch gesprochen, hat mich erkannt, da bin ich mir sicher.«

»Bei so einem Schlag auf den Kopf kann man nie wissen, wie der Körper reagiert. Im Moment ist sie in eine tiefe Bewusstlosigkeit gefallen. Ich kann nichts weiter tun. Jetzt hilft nur noch beten. Es ist kaum zu glauben, dass sie einen Sturz aus dieser Höhe überlebt hat. Vielleicht ist Gott der Herr ihr gnädig, wer weiß das schon.«

Paul blickte auf Vronis Gesicht. Sie sah so friedlich aus. Der Medikus packte seine Utensilien in seine Tasche. »Wenn sie nicht bald aufwacht, dann wird sie verdursten. Hoffen wir also das Beste.« Er verabschiedete sich und verließ den Raum.

Paul sank auf einen Hocker neben dem Bett und griff nach Vronis Hand. »Bitte, du musst wieder aufwachen. Wenn ich doch nur bei euch gewesen wäre. Niemals hätte ich so lange fortbleiben dürfen. Ich habe doch gewusst, dass er zurückkommen kann. Wieder bin ich selbstsüchtig gewesen und habe nur meine Arbeit im Sinn gehabt.«

Es klopfte leise an der Tür. Ein junger Bursche betrat, ohne eine Antwort abzuwarten, den Raum. Erwartungsvoll schaute Paul ihn an. »Und?«

»Nichts, Herr. Wir haben alles abgesucht, sogar bis zur Innstadt sind wir gelaufen und haben überall angeklopft und nachgefragt, doch niemand will sie gesehen haben.«

»Aber sie kann doch nicht vom Erdboden verschluckt worden sein. Es war ihr Umhang, mit dem Vroni zugedeckt gewesen ist, also war sie dort. Womöglich ist sie ebenfalls verletzt, liegt irgendwo und stirbt. Wir müssen weitersuchen, und wenn es sein muss jeden verdammten Stein des Waldes umdrehen.«

Er stand auf.

»Aber, Herr, im Wald ist es stockdunkel, und es hat zu regnen begonnen. Es macht keinen Sinn, heute Nacht noch aufzubrechen.«

»Du willst das nicht begreifen, Junge. Sie ist meine zukünftige Gattin. Verdammt noch eins, ich liebe sie.«

»Was den Wald auch nicht heller macht«, erwiderte der junge Bursche hilflos.

Fassungslos schaute Paul ihn an. »Gottverdammter Bengel, der noch ganz grün hinter den Ohren ist. Du weißt nicht, was es bedeutet, jemanden zu verlieren, oder?«

»Das weiß ich sehr wohl, Herr. Aber es ist niemandem damit geholfen, im dunklen Wald herumzulaufen. Am Ende passiert noch ein weiteres Unglück.«

Wütend funkelte Paul den Burschen an. Ein Mann trat hinzu und legte beschwichtigend die Hand auf Pauls Schulter.

»Constantin hat recht, Paul. Lass es für heute gut sein. Wenn die Sonne aufgeht, werden wir weiter nach ihr suchen und keine Ruhe geben, bis wir sie gefunden haben. Das verspreche ich dir.«

Paul schloss für einen Moment die Augen, dann nickte er. »Du hast ja recht, Johannes. Es ist nur ...«

»Ich weiß, mein Freund«, antwortete der alte Zimmerer, der nur zu gut wusste, wie sich Paul fühlte. Einer seiner Söhne war bei einem Unfall im Wald ums Leben gekommen. Erst Tage später hatten sie ihn gefunden.

»Sie lebt, davon bin ich fest überzeugt.« Paul blickte zum Bett. »Warum ist sie nicht bei Vroni geblieben? Sie hat sie zugedeckt, also ist sie dort gewesen. Warum ist sie nicht zu uns gekommen?«

»Diese Fragen wirst du ihr gewiss bald selbst stellen können«, antwortete Johannes.

»Das will ich hoffen, mein Freund. Das will ich hoffen.«

Johannes blickte jetzt ebenfalls auf Vroni und seufzte. »Es kommt einer Sünde gleich, ich weiß. Aber Bernhard hat den Tod verdient. Möge seine Seele in der Hölle schmoren für das, was er ihr angetan hat.«

»Wäre er nur niemals zurückgekommen. Dafür haben wir jeden Tag gebetet. Sie hat es trotzdem kommen sehen, hat immer gesagt, die Schlechten kommen durch. Ich hätte ihren Worten mehr Glauben schenken müssen. Was für ein Dummkopf ich gewesen bin.«

»Gib dir nicht die Schuld an etwas, das du nicht ändern kannst. Wenn jemand Schuld auf sich geladen hat, dann vielleicht dein Vater, der seine einzige Tochter diesem schrecklichen Kerl zur Frau gab, weil er eine Wette verloren hat.«

»Ja, eine gottverdammte Wette. Mit Engelszungen habe ich auf ihn eingeredet, aber er wollte nicht hören. Wettschulden sind Ehrenschulden, hat er gesagt. Der große Bildhauer und Künstler, der am Ende seines Lebens immer mehr dem Suff verfallen ist. Wenn nur Mutter noch bei uns gewesen wäre. Sie hätte dieser Heirat niemals zugestimmt.«

»Vroni hat viel von ihr.«

Paul nickte. »Ja, das hat sie. Ich hätte ihr öfter sagen müssen, wie gern ich sie habe.« Tränen traten ihm in die Augen. Er berührte zärtlich Vronis Hand.

Johannes trat neben ihn. »Du wirst es ihr sagen, wenn sie aufwacht, was sie sicher bald tun wird. Davon bin ich überzeugt. Und morgen werden wir weiter nach Teresa suchen. Bestimmt geht es ihr gut. Das fühle ich.«

❋

Teresa saß aufrecht im Bett, ließ ihren Blick durch die vertraute kleine Dachkammer schweifen und lauschte Christians gleichmäßigen Atemzügen. Sonnenstrahlen fielen durch das winzige Dachfenster auf den alten Dielenboden, auf dem ihre Kleidung lag. Kaum hatten sie gestern die Tür der Kammer hinter sich geschlossen, hatten sie sich der Leidenschaft hingegeben. Ohne nachzudenken, ohne Fragen zu stellen. Es war nur noch wichtig gewesen, den anderen zu spüren und zu genießen, dass es den anderen noch gab. Sie hatten einander geliebt, sich zärtlich berührt, leidenschaftlich waren sie gemeinsam zum Höhepunkt gekommen. Er lag neben ihr, was sie noch immer nicht fassen konnte. Sanft berührte sie sein dunkelblondes Haar, das er jetzt etwas kürzer trug. Wie oft hatte sie sich gewünscht, die Zeit zurückdrehen zu können und in seinen Armen zu liegen. Wie viele Stunden hatte sie in ihr Kissen geweint, sich nach seiner Nähe und seinem Geruch verzehrt.

Sie dachte an den Abend am Fluss zurück, überlegte, was genau sie gesehen hatte. Michael war erstochen worden, und Magda hatte sich schreiend auf ihn geworfen, das wusste sie noch. Doch hatte sie wirklich gesehen, dass Christian zu Boden gegangen war? Sie hatte es gedacht. Sie seufzte. Ihre Erinnerungen schienen wie in Nebel gepackt, verschwommen und unwirklich. Christian öffnete die Augen. Einen Moment schauten sie einander nur an, überwältigt von ihrem Wiedersehen. Nach einer Weile schlug Christian die Decke zurück und legte zärtlich die Hand auf Teresas flachen Bauch.

»Wo hast du unser Kind gelassen? Es müsste doch längst geboren sein.«

Teresa schluckte. Gestern hatten sie nicht darüber gesprochen, doch langsam holte die Wirklichkeit sie ein und raubte den besonderen Zauber des Morgens. Sie legte ihre Hand auf die seine und sagte leise: »Sie ist gestorben.«

Er schaute ihr in die Augen, die sich mit Tränen füllten. »An dem Abend. Ich bin fortgelaufen. Michael, Magda, du, der Überfall. Ich habe Angst bekommen und bin nur noch gerannt. In der Ilzstadt bin ich zusammengebrochen. Dann weiß ich nichts mehr. Wenn Josef nicht gewesen wäre, dann wäre ich jetzt tot. Er hat mich zu Vroni gebracht, die mir das Leben gerettet hat.«

»Ein Mädchen also.«

»Ich habe sie nie gesehen. Josef hat sie beerdigt, oben auf dem Schulerberg. Er hat gesagt, dass sie wunderhübsch gewesen ist.«

Christian zog Teresa eng an sich. »Es tut mir so unendlich leid. Alles ist schiefgegangen. Wir hätten diesem Gauner niemals vertrauen sollen. Wie dumm ich doch gewesen bin. Wir hätten es ganz sicher auch ohne diese Perlen nach Nürnberg geschafft.«

»Nach Nürnberg«, wiederholte Teresa. »Diese Stadt hat mir eigentlich nur Unglück gebracht, obwohl ich sie nie gesehen habe.«

Sie dachte an Vroni, die sie am Ufer des Baches zurückgelassen hatte, tot, wie sie glaubte.

»So darfst du nicht reden«, sagte Christian nachdrücklich. »Nürnberg ist eine großartige Stadt, voller Leben und Möglichkeiten.« Er legte die Arme um Teresa und schaute sie eindringlich an. »Wir könnten es immer noch schaffen, könnten sie erreichen und gemeinsam ein neues Leben beginnen.«

Teresa schüttelte den Kopf. »Nein, nicht Nürnberg, niemals wieder will ich diesen Namen hören. Ich habe viele Menschen verloren, sie sind gestorben, weil ich diese Stadt erreichen wollte. Niemals will ich einen Fuß in sie setzen. Auch mein Leben hing am seidenen Faden, und ohne Josef wäre ich heute nicht hier.«

»Josef. Er hat dich also wirklich gerettet. Wie konnte das sein?«

»Er ist uns gefolgt. Er hat gewusst, dass es nicht gut ausgehen wird.«

Christian verzog das Gesicht. Er dachte daran, wie der alte Klingenschmied in der Bibliothek aufgetaucht war. Er hatte den neugierigen Mann noch nie leiden können, der seine Ohren überall zu haben schien. Andererseits wäre Teresa ohne seine Neugierde anscheinend gestorben, was ihn versöhnlicher stimmte.

»Trotzdem könnten wir es noch schaffen. Und ich werde dir beweisen, dass Nürnberg kein Schreckgespenst, sondern wunderschön ist. Ist es nicht eher Passau, das dir Unglück gebracht hat, und nicht die unbekannte Stadt, die stets dein Ziel gewesen ist? Dein Oheim wird uns bestimmt aufnehmen, und wir könnten endlich heiraten und eine gemeinsame Zukunft beginnen.« Er legte die Hand auf ihren Bauch. »Mit vielen Kindern, wenn du das möchtest.«

Teresa sah ihn ungläubig an. Gerade hatten sie einander gefunden, da schmiedete er bereits Pläne für ihre gemeinsame Zukunft. Wollte sie das überhaupt? Plötzlich dachte sie an Paul, den sie im Stich gelassen hatte. Sicherlich machte er sich große Sorgen. Und es war niemand da, der ihm Antworten gab, der ihm sagte, was wirklich geschehen war.

»Keine gute Idee?«, fragte Christian.

»Doch, doch«, beschwichtigte sie ihn. »Ich habe nur an etwas gedacht. Ist nicht wichtig.« Sie schluckte. Paul, Vroni, der Schulerberg und die Kapelle gehörten der Vergangenheit an. Jetzt gab es nur noch Christian und ihr neues Leben. Ein Leben, von dem sie noch vor wenigen Stunden geglaubt hatte, dass es für immer verloren war.

»Dann ist es ja gut.« Er stand auf und suchte seine Sachen

zusammen. »Allerdings wird es nicht einfach werden, denn etwas Geld werden wir für die Reise schon brauchen. Und leider gibt es noch ein Problem. Mein Oheim, Gott hab ihn selig, ist vor einigen Wochen einem Fieber erlegen. Sein gesamtes Vermögen hat seine Gattin Gertrud geerbt, die mich noch nie leiden konnte. Sie hat sofort sämtliche Zahlungen an mich eingestellt, darunter auch die Zahlungen an das Kolleg, weshalb ich nicht mehr studieren kann.«

Teresa dachte an Josefs Worte. Vielleicht hatte er ja doch recht gehabt. Aber aus welchem Grund sollte Christian sie belügen.

»Und du warst die ganze Zeit nach dem Überfall hier?«, fragte sie und schlüpfte in ihr Hemd.

»Nicht die ganze Zeit«, antwortete er ausweichend. »Als ich an dem Abend wieder zu mir gekommen bin, steckte ein Messer in meiner Schulter.« Er deutete auf eine Narbe, die Teresa erst jetzt auffiel. »Ich habe mich in die Stadt geschleppt, wo ich irgendwo zusammengebrochen bin. Erst Tage später bin ich in einer Kammer wieder zu mir gekommen. Stell dir vor, in einer der zwielichtigen Schenken. Gepflegt hat mich eine alte Hübschlerin, die es nicht übers Herz gebracht hat, mich auf der Gasse liegen zu lassen.«

Teresa riss die Augen auf. »Eine Hübschlerin.«

»Ich kann sie dir gern vorstellen. Sie ist nicht so, wie du denkst. Ihr Name ist Nella.«

»Danke, das muss nicht sein.« Teresa hob abwehrend die Hände.

»Aber wir sind Freunde geworden. Ich habe ihr von dir erzählt. Sie wird sich freuen, dich kennenzulernen.«

»Sie wird denken, ihr begegnet ein Gespenst.«

Er zog sie lachend in seine Arme. »Das wundervollste Gespenst überhaupt.« Er küsste sie, erst zärtlich, dann immer leidenschaftlicher. Sie sanken zurück aufs Bett. »Ich glaube, Nella wird noch einen Moment warten können«, sagte er, während seine Hände unter ihr Hemd wanderten.

✳

Josef hielt das Stück Eisen in die Flammen, holte es heraus und bearbeitete es mit dem Hammer, faltete es zusammen, bearbeitete es und hielt es erneut in die Flammen. Er kannte diesen Prozess, wusste genau, was er wann zu tun hatte, und spürte die Hitze des Feuers kaum noch. Doch die Leidenschaft war verloren gegangen, auch der unbedingte Wille, ein wahres Kunstwerk zu erschaffen. Sein Alltag bestand aus der Herstellung einfacher Klingen, von Messern und Schwertern, die keine Seele hatten. Jedenfalls nicht in seinen Augen. Er tauchte das Stück Eisen in das Abkühlbecken und legte es auf die Arbeitsplatte. Es war sauber geformt, die Klinge gut herausgearbeitet. Sie musste noch geschliffen und poliert und der Griff angebracht werden. Dann würde das Messer genauso aussehen wie die anderen, die er in den letzten Tagen angefertigt hatte. Ein Großauftrag von einem der Ratsbürger. Er hatte zwanzig Messer, zehn Kurzschwerter und drei Dolche in Auftrag gegeben, was die Augen des Messerers zum Leuchten gebracht hatte, der sich allerdings über mangelnde Aufträge nicht beschweren konnte. Der Krieg ist gut fürs Geschäft, hatte er zu Josef gesagt. Solange er weit fort ist, natürlich. Josef hatte genickt, mehr wollte er dazu nicht sagen. Der Krieg war tatsächlich weit fort, irgendwo im Westen wurde gekämpft, wie er in einem Flugblatt gelesen hatte. Doch war er deshalb nicht weniger schrecklich? In der Pfalz wurden die Dörfer aufs grausamste heimgesucht, stand in dem Flugblatt. Tausende Menschen fanden den Tod, und das nicht nur auf dem Schlachtfeld.

Krankheiten breiteten sich aus, allen voran die gefürchtetste von allen, der Schwarze Tod. Sollten sie nicht lieber dafür beten, dass dieser grausame Krieg bald enden würde, anstatt sich an den guten Geschäften zu erfreuen, die er mit sich brachte? Oder waren seine Zweifel nur dem Umstand geschuldet, dass er keine Wolfsklingen mehr schmieden durfte?

Erst gestern war er der alten Gewohnheit gefolgt und über die Innbrücke zu seiner ehemaligen Werkstatt gelaufen. Das Hoftor hatte offen gestanden, da konnte er nicht widerstehen und war hineingegangen. Vieles hatte sich verändert. Auf dem Innenhof liefen Hühner und Gänse herum, und ein alter Hofhund hatte ihn verbellt. Die Fenster waren gestrichen worden, was schon lange vonnöten gewesen war. Sehnsüchtig hatte Josef zur Eingangstür geblickt, hinter der seine Schmiede lag. Nach einer Weile war er wieder gegangen und hatte das Tor hinter sich geschlossen, das jetzt nicht mehr in den Angeln quietschte. Wenigstens kümmerte sich der neue Besitzer gut um das Anwesen.

Josef setzte sich an den Schleifstein und griff seufzend nach einer der Klingen. Doch dann ließ ihn das Knarren der Tür aufblicken. Johannes Bruckner betrat, gemeinsam mit einem gut gekleideten älteren Herrn, die Werkstatt.

»Hier ist der Mann, mein Herr. Ein absoluter Fachmann auf seinem Gebiet. Einen besseren werdet Ihr in ganz Passau nicht finden.«

Josef ließ seine Arbeit sinken.

»Sag guten Tag zu dem Herrn Stadtrat, Josef.«

Josef begrüßte den Herrn, an dem ihm besonders die buschigen Augenbrauen auffielen, fehlte ihm doch sonst jedes Haar auf dem Kopf.

»Ihr seid also der Klingenschmied, der in der Lage ist, Wolfsklingen zu schmieden?«

Verwundert blickte Josef zu seinem Herrn, der ihm aufmunternd zunickte.

»Das stimmt, mein Herr. Ich stand lange in den Diensten von Thomas Stantler, einem hervorragenden Klingenschmied. In guten Jahren haben wir mehr als zweihundert Wolfsklingen geschmiedet.«

»Also könnt Ihr welche herstellen, sagen wir zwanzig Stück?«

Unsicher schaute Josef zu seinem Herrn, der nur ein einfacher Messerer und kein Klingenschmied war, was bei den Regularien der Zünfte einen großen Unterschied machte. Allerdings gab es in ganz Passau, soweit er wusste, keinen einzigen Klingenschmied mehr, der Wolfsklingen herstellte. Ungeduldig trat sein Herr neben ihn. »Natürlich kann er das. Es wird ihm ein Vergnügen sein, die Waffen für Euch herzustellen. Nicht wahr, Josef?«

Josef nickte zögernd. Er spürte, wie sein Herz schneller schlug.

»Ich habe bei meinem Schwager in Regensburg gleich mehrere dieser wunderschönen Waffen gesehen und bin sofort begeistert von dieser einmaligen Handwerkskunst gewesen. Besonders diejenigen mit den hübschen Holzgriffen haben es mir angetan. Seht Ihr Euch in der Lage dazu, mir ebenfalls solche Griffe schnitzen zu lassen?«, fragte der ältere Herr Bruckner. Unsicher blickte dieser zu Josef, der an Teresa dachte und nickte. »Natürlich sind wir dazu in der Lage«, antwortete Bruckner eifrig.

»Dann wünsche ich, dass unser Familienwappen die Griffe ziert. Was für eine Freude. Ich dachte schon, ich würde niemals einen Klingenschmied auftreiben, der mir solche Waffen herstellen kann, nachdem ich vom Tod Thomas Stantlers erfahren habe.«

Der Mann streckte Josef die Hand hin, nicht seinem Herrn, was diesen wie einen nutzlosen Tölpel aussehen ließ. »Also abgemacht.«

Josef ergriff die dargebotene Hand, vor Aufregung zitternd. Er konnte es nicht glauben. Wolfsklingen, er durfte Wolfsklingen herstellen, endlich wieder dem Handwerk nachgehen, das er am allermeisten liebte.

»Wie viel Zeit werdet Ihr für die Klingen benötigen?«

Josef überlegte laut. »Zwanzig Stück mit Griffen. Sechs Wochen wird es schon dauern, vielleicht auch einige Tage länger.«

»So schnell?« Der Mann blickte ihn ungläubig an. »Das ist ja wunderbar.« Freudig klatschte er in die Hände. »Dann müssen wir nur noch den Preis verhandeln.«

Er wandte sich an den Messerer.

»Darüber können wir in der Stube bei einem guten Glas Wein sprechen«, antwortete Bruckner und deutete zur Tür. »Geht doch schon voraus, ich komme gleich nach.«

Der Kunde verließ die Werkstatt. Der Messerer wandte sich an Josef. »Wer, in Gottes Namen, soll diese Griffe schnitzen? Etwa unser Thomas, der es gerade mal hinkriegt, einen halbwegs ordentlichen Griff für ein Messer zu drechseln?«

»Diejenige, die bereits die Griffe für Thomas Stantler geschnitzt hat.«

»Diejenige?«, fragte der Messerer ungläubig.

»Sie stand eine Weile in seinen Diensten und lebt jetzt oben auf dem Schulerberg, wo sie gemeinsam mit Paul Kriechbaum an den Figuren für die neue Wallfahrtskapelle arbeitet.«

»Figuren für die Wallfahrtskapelle, eine Frau.« Der Messerer trat näher an Josef heran. »Nein, nach Schnaps riechst du nicht.«

»Es ist die Wahrheit. Sie stammt aus Berchtesgaden. Ihr Vater hat ihr das Schnitzen beigebracht. In dem kleinen Ort wird

Holzspielzeug hergestellt. Ich habe es erst auch nicht glauben können, aber sie hat wirklich Talent. Nicht umsonst hat Thomas Stantler sie in seine Dienste genommen. Ihr seid ihr gewiss schon einmal beim Kirchgang begegnet. Sie hat braunes Haar und ist von zierlicher Statur.«

Völlig überzeugt war der Messerer noch nicht, aber er konnte sich dunkel an ein junges Mädchen mit braunem Haar erinnern. Doch Mägde kamen und gingen.

»Also gut. Es bleibt uns ja nichts anderes übrig. Darum kümmerst du dich. Sie soll sagen, was sie dafür bezahlt haben will. Oder besser gesagt, Paul Kriechbaum soll das sagen, denn anscheinend steht sie jetzt in seinen Diensten, wie ich annehme.«

»So würde ich das nicht nennen«, widersprach Josef.

»Was auch immer. Hauptsache, sie schnitzt uns diese Griffe. Am besten läufst du gleich den Schulerberg hinauf, während ich den Preis aushandle.« Er ging zur Tür, doch dann hielt er noch einmal inne und drehte sich um. »Anfangs habe ich mich gefragt, was ich mit dem alten Klingenschmied anfangen soll. Beinahe hätte ich dich nicht zu mir genommen. So kann man sich täuschen, nicht wahr? Warst doch der reinste Glücksgriff. Wenn sich das herumspricht, was für eine Freude. Könnten noch ein richtiges Geschäft werden, diese Wolfsklingen.«

Er verließ den Raum. Verdattert blickte Josef ihm hinterher. Beinahe hatte Johannes Bruckner ihn nicht nehmen wollen, beinahe wäre er als Bettler auf der Straße geendet. Er schob den Gedanken beiseite. Sollte der alte Griesgram nur reden. Heute war ein guter Tag. Er durfte endlich wieder Wolfsklingen schmieden. Diese guten Neuigkeiten würde er sich nicht verderben lassen, von niemandem. Beschwingt verließ er die Werkstatt und eilte über den Hof auf die Gasse. Teresa würde Augen machen, wenn er ihr davon erzählte.

Auf dem Kramplatz wich er den großen Pfützen aus, die inzwischen zu einem vertrauten Anblick geworden waren, genauso wie die überschwemmten Uferwege und Anlegeplätze. Am Schaiblingsturm konnte schon länger kein Schiff mehr anlegen, da die Strömung des Inns zu stark geworden war. Wenn es so weiterging, musste auch bald die Brücke gesperrt werden. An der ruhigeren Donau sah es noch etwas besser aus. Doch auch hier war der Hauptanleger größtenteils gesperrt, nur noch kleinere Fischerboote konnten anlegen. Die Passauer Bewohner lebten an und mit dem Fluss, in guten wie in schlechten Zeiten, wie manch einer zu sagen pflegte.

Es war für Josef nicht das erste Hochwasser in dieser Stadt. Einmal waren sämtliche Gassen der Altstadt überschwemmt gewesen. Bis auf den Pfaffenplatz und den Dom, die etwas höher lagen, hatten fast alle Häuser nasse Füße bekommen. Jedes Haus besaß jedoch kleine Boote, und Planken wurden verlegt, auf denen man laufen konnte. Auch diesmal standen die langen Bretter schon bereit, und an einigen Stellen, besonders am Ufer des Inns, wurden sie bereits eingesetzt.

Hastig durchquerte Josef das Innbrucktor, an dessen Ende das Wasser über die Pflastersteine schwappte. Er watete hindurch und scherte sich nicht darum, dass er nasse Füße bekam. Die Innbrücke war noch nicht gesperrt, aber der reißende Strom würde die Brücke schon bald überspülen. Erleichtert lief er wenig später den Schulerberg hinauf und zog zum Schutz gegen den aufkommenden Regen seine Kapuze über den Kopf. Der schmale Bachlauf neben dem Weg war zu einem regelrechten Fluss geworden, der Blätter und Äste mit sich riss. Der Regen verstärkte sich, so dass auch die Bäume Josef keinen Schutz mehr boten und er nach kurzer Zeit nass bis auf die Haut war. Eigentlich sollte jetzt Sommer sein, die milden Tage lang und sonnig. Doch das Gegenteil war der Fall. Im Juni hatte es nur wenige trockene Tage gegeben, und oft waren die Nachmittage im tristen Grau versunken.

Josef erreichte den Hof und hielt auf die Werkstatt zu, wo er Teresa vermutete. Doch als er den Raum betrat, empfing ihn gähnende Leere. Verwundert blieb er stehen. Die geschnitzten Heiligenfiguren lagen unordentlich auf der Werkbank, daneben stand das Altarbild. Werkzeuge waren unachtsam in einen großen Korb geworfen worden, was gar nicht Teresas Art war. Und überall lagen Hobelspäne auf dem Boden. Irgendetwas stimmte hier nicht. Beunruhigt verließ er die Werkstatt und lief zum Haupthaus hinüber. Im Flur war es totenstill. Die Tür zur Stube war nur angelehnt und quietschte in den Angeln, als er sie aufschob. Doch auch hier war niemand und auch nicht in der Küche. Seine Unruhe verstärkte sich. Er ging zurück in den Flur.

»Ist da jemand?«, rief er laut. »Teresa? Bist du da? Ich bin es, Josef.«

Stille. Vielleicht waren sie auf der Baustelle. Allerdings konnte er sich nicht vorstellen, was sie dort an einem so unwirtlichen Tag wollten. Dann plötzlich hörte er Schritte über sich, und eine Gestalt erschien ihm Treppenhaus.

»Wer ist da?«, fragte jemand.

»Paul, bist du das? Ich bin es, Josef.«

Die Gestalt kam die Stufen herunter. Es war tatsächlich Paul. Josef atmete erleichtert auf.

»Paul, mein Freund, da bist du ja. Gerade fing ich an, mir Sorgen zu machen. Wo ist denn Teresa? Ich habe gute Neuigkeiten. Sie wird begeistert ...« Josef verstummte. Paul war vor ihm stehen geblieben. Sein Gesicht war fahl, tiefe Schatten lagen unter seinen Augen. »Es stimmt etwas nicht.«

»So kann man es auch sagen«, erwiderte Paul.

»Wirst du es mir erklären? Kann ich vielleicht helfen? Wo ist Teresa?« Josefs Herzschlag beschleunigte sich.

Paul machte auf dem Absatz kehrt und stieg die Treppe hinauf. »Komm. Wir reden oben weiter. Ich kann Vroni nicht so lange allein lassen.«

Verwundert folgte Josef dem Bildhauer in eine der Schlafkammern. Er blieb an der Tür stehen, während Paul auf einen Hocker neben das Bett sank und Vronis Hand nahm.

»Bernhard ist zurückgekommen. Er muss die beiden überrascht haben. Was genau passiert ist, weiß ich nicht, denn ich war auf der Baustelle. Vroni haben wir am Ufer eines Baches gefunden, Bernhard mit gebrochenem Schädel im Bachbett. Vroni lebt, aber niemand weiß, ob sie jemals wieder aufwachen wird.«

Josef trat langsam näher. Vroni war leichenblass, ihre Wangen waren eingefallen. An ihrer Stirn war eine Narbe zu erkennen.

»Und Teresa?«

»Wir wissen es nicht.« Paul zuckte mit den Schultern. »Sie muss dort gewesen sein, denn sie hat Vroni mit ihrem Umhang zugedeckt. Es ist, als hätte der Erdboden sie verschluckt. Wir haben schon überall nach ihr gesucht.«

»Auch in der Stadt?«, fragte Josef, der nicht fassen konnte, was er hörte. Teresa, sein Mädchen, die Tochter, die er nie hatte – ihr durfte nichts zugestoßen sein.

»Ich weiß es nicht genau« – Paul klang unsicher –, »aber in der Innstadt haben wir sogar an die Türen geklopft und bei allen nachgefragt, doch niemand will etwas gesehen haben.«

Josef schaute Vroni an. Sie sah aus wie eine schlafende Madonna, kam es ihm plötzlich in den Sinn.

»Du sagst, Teresa hat sie mit ihrem Umhang zugedeckt.«

»Ja, den haben wir bei Vroni gefunden.«

»Vielleicht hat sie geglaubt, Vroni wäre tot«, mutmaßte Josef. »Am Ende ist ihr gar nichts zugestoßen, und sie ist einfach nur fortgelaufen, hat geglaubt, etwas falsch gemacht zu haben.«

»Aber wieso denn?«, fragte Paul. »Es war doch Bernhard. Ich will nicht wissen, was er mit den beiden gemacht hat.«

»Was auch immer vorgefallen ist. Teresa muss geglaubt haben, dass es ihre Schuld ist. Deswegen ist sie unauffindbar.«

»Aber wenn sie fortgelaufen ist, dann kann sie überall sein.« Paul erstarrte, plötzlich wurde ihm eiskalt. Josef erriet seine Gedanken.

»Nein, das würde sie nicht tun, nicht Teresa. Niemals würde sie sich etwas antun.« Paul schüttelte den Kopf.

Josef wusste im ersten Moment nicht, was er erwidern sollte, doch dann ballte er die Fäuste. »Du hast recht. Nicht Teresa. Niemals würde sie so etwas Törichtes machen. Wir werden sie suchen. Ich werde mich in der Stadt umhören und Flugblätter verteilen mit einem Bild von ihr. Ich kenne einen Maler, bei dem hab ich noch was gut. Wenn ich sie ihm beschreibe, dann wird er ein präsentables Abbild von ihr anfertigen.«

»Die Lehrbuben von der Baustelle, die könnten die Blätter verteilen«, bot Paul an.

»Das ist gut. Ich laufe gleich hinunter und spreche mit Conrad. Wenn ich Glück habe, dann fängt er noch heute mit der Zeichnung an.«

Josef wandte sich zum Gehen, doch dann hielt ihn Paul noch einmal zurück. »Josef.« Josef drehte sich um. »Danke.«

Der Klingenschmied nickte knapp. »Es wird alles gut, das spüre ich.«

Josef verließ den Raum, eilte die Stufen hinunter und auf den Hof hinaus, wo er seinen Tränen freien Lauf lassen konnte. Er beschleunigte seine Schritte, rannte beinahe den Weg zur

Innstadt hinunter, immer den Gedanken im Kopf, dass es nicht sein durfte, nicht sein konnte. Und doch wusste er, dass Teresa dazu fähig war, sich das Leben zu nehmen, denn sie hatte schon zu viel verloren.

✳

Die Schenke unterschied sich auf den ersten Blick nicht von anderen Schenken. Teresa betrat hinter Christian die enge Gaststube, über die sich eine für Passau übliche Gewölbedecke im gotischen Stil wölbte. Durch die Butzenglasscheiben der kleinen Fenster fiel nur spärliches Licht in den Raum. Es war noch früh am Tag, deshalb saßen noch keine Gäste an den ordentlich geputzten Tischen. Hinter der Theke stand ein junges Mädchen und spülte Gläser und Becher. Sie war auffallend hübsch mit ihrem rabenschwarzen Haar und den großen Augen, die wie Kohlestücke aussahen. Als sie Christian erblickte, grinste sie breit und entblößte ihre immer noch recht ordentlich aussehenden Zähne.

»Na, mein Schöner. Traust dich auch mal wieder zu uns. Ich habe dich schon vermisst.«

Ihr Blick fiel auf Teresa. Sofort verzog sie das Gesicht. »Wer ist die denn?« Sie musterte Teresa eingehend. »Weißt aber schon, dass fremde Weibsbilder bei uns nicht gern gesehen sind.«

Christian reagierte nicht auf ihren barschen Ton. »Grüß dich Gott, Kassandra. Ist Nella da?«

»Hätte ich mir denken können, dass du nicht zu mir willst.« Sie zog eine Grimasse. »Sie ist oben, wie immer.«

Christian führte Teresa zur Hintertür und dann durch die Küche, in der bereits das Essen für den Abend vorbereitet wurde. Auch der Koch und die Küchenjungen schienen Christian zu kennen, denn sie grüßten freundlich.

Es ging eine steile Treppe nach oben in einen engen Flur mit vielen Türen. An der vordersten Tür klopfte Christian an. Als ein lautes »Herein« ertönte, betraten sie den Raum. Teresas Augen weiteten sich. So ein Zimmer hatte sie in ihrem ganzen Leben noch nicht gesehen. Es gab ein breites Bett, Kleider, Kissen, Röcke, Strümpfe und Decken darauf. Dem Bett gegenüber stand ein Toilettentisch mit einem runden, in Holz eingefassten Spiegel. Auch auf dem Tisch herrschte Unordnung. Allerlei Tiegel und Fläschchen standen darauf, Haarbänder, Kämme und Bürsten lagen herum. Schwerer Parfümgeruch lag in der stickigen Luft. Das einzige Fenster war geschlossen, es hing sogar ein Leinentuch davor.

Vor dem Toilettentisch saß eine imposante Erscheinung. Nella war etwas mollig, trug ein faszinierend schimmerndes, hellblaues Kleid, aus dem ihre fleischigen Brüste herausquollen. Ihr braunes Haar, durch das sich erste graue Strähnen zogen, war hochgesteckt, feine Löckchen fielen auf ihre nackten Schultern herab. Sie hatte es mit dem Rouge ein wenig übertrieben, was sie grotesk aussehen ließ.

Sie schürzte wie ein trotziges Kind die Lippen, als sie Christian erblickte. »Christian, du bist es, mein Liebling.«

Er trat neben sie und hauchte einen Kuss auf ihre Wange. »Nella, meine Gute. Hast dich hübsch herausgeputzt. Erwartest du noch Kundschaft?«

»Das weißt du nur zu gut. Einige Kerle werde ich in diesem Leben nicht mehr los, auch wenn so mancher nur noch der Gesellschaft wegen kommt.« Sie seufzte, dann bemerkte sie Teresa, die noch immer in der Tür stand. »Du hast Besuch mitgebracht. Hübsch ist die Kleine.« Sie winkte Teresa näher. Schüchtern betrat diese den Raum. »Schließ die Tür hinter dir. Muss nicht jeder mitbekommen, was hier geredet wird, Kindchen.« Teresa gehorchte. Nella fuhr fort: »Aufnehmen werde ich sie nicht können. Zur Zeit sind alle Zimmer belegt, solltet ihr deswegen gekommen sein. Der Krieg schwemmt viele Mädchen in die Stadt, die alles für ein sicheres Dach über dem Kopf tun. Wenn du mich fragst, alles arme Dinger.« Sie warf Teresa einen wehmütigen Blick zu.

»Nein, sie soll nicht für dich arbeiten, Nella. Das ist Teresa.«

Die alte Hübschlerin blickte Christian irritiert an. »Teresa? Die Teresa!«

»Ja, die Teresa. Sie ist nicht tot.«

»Ach, nein.« Nella schaute von Christian zu Teresa. »Komm noch ein Stück näher, Mädchen, damit ich dich richtig ansehen kann.«

Teresa gehorchte wie ein kleines Kind. Nella streckte die Hände nach ihr aus, strich sanft über ihre Wangen, streichelte über ihren geflochtenen Zopf und musterte sie von oben bis unten.

»Mädchen, Mädchen. Halb tot hat er bei mir auf dem Bett gelegen, hat tagelang im Fieber gesprochen, immer nur von dir. Ein gebrochener Mann ist er gewesen, der glaubte, die Liebe seines Lebens verloren zu haben. Plötzlich habe ich einen Unbekannten vor mir gehabt. Der verwegene Bursche, den ich bisher kannte, war verschwunden, und das deinetwegen. Ich sage dir, nicht nur seine Stichwunden hätten ihn beinahe das Leben gekostet. Auch Liebeskummer hat schon so manchen in den Tod getrieben. Ich weiß ja nicht, wie du es geschafft hast, ihn zu zähmen, aber behalt ihn gut im Auge, damit er keinen Unsinn mehr macht. Wird Zeit, dass er endlich zur Ruhe kommt.« Sie warf Christian einen warnenden Blick zu und schob Teresa von sich. »So ein hübsches Mädchen hast du kleiner Gauner und Tagedieb gar nicht verdient.«

Teresa verstand nicht, wovon Nella sprach, doch sie getraute sich nicht, nachzufragen. Nella strahlte eine ganz eigene Art von Erhabenheit aus, die sie einschüchterte.

»Du bist sicher nicht nur zu mir gekommen, um mir deine kleine Freundin vorzustellen?«

»Dich werde ich nie belügen können, Nella«, erwiderte Christian grinsend.

»In diesem Leben nicht mehr. Also, heraus mit der Sprache. Um was geht es diesmal.«

»Wir brauchen Geld, um nach Nürnberg reisen zu können. Teresas Oheim lebt dort. Bei ihm könnten wir Unterschlupf finden und ein neues Leben beginnen.«

»Geld, was sonst. Hab ich es mir doch gedacht. Du willst schon wieder Schulden machen. Wie willst du mir die Summe jemals zurückzahlen, wenn du fort bist?«

»Ich werde dir das Geld schicken, fest versprochen. Ich gebe dir mein Wort, schwöre auf unsere Freundschaft, auf was du willst.«

»Unsere Freundschaft.« Nella lachte laut auf. »Was ist die Freundschaft zwischen einer alten Hübschlerin und einem nichtsnutzigen Gauner schon wert, der die Leute an jeder Ecke betrügt.«

Teresa wusste noch immer nicht, wie ihr geschah. Nichtsnutziger Gauner und Tagedieb. Sie dachte an Josefs Worte. Sollte der alte Klingenschmied vielleicht doch recht gehabt haben? Wie hatte sie nur so blind sein können. Oder war er erst jetzt so geworden, nachdem er alles verloren hatte, und kämpfte nun auf diese Art ums Überleben?

»Bitte, Nella, du bist meine letzte Rettung. Wie soll ich denn sonst einen Händler davon überzeugen, uns mitzunehmen. Du weißt doch, wie geizig diese Burschen sind. Seitdem weniger Landsknechte in der Stadt sind, laufen die Geschäfte nicht mehr so gut.«

»Ein guter Händler muss geizig sein«, erwiderte Nella trocken. »Um welche Summe geht es denn?«

Er nannte einen Betrag und blickte sie flehend an. Sie schaute zu Teresa und seufzte hörbar.

»Gut, das könnte machbar sein. Ich überlege mir was. Aber nur der Kleinen zuliebe. Scheint dein Schicksal zu sein, das Mädchen. Gottes Wege sind unergründlich. Wenn sie dich auf den rechten Weg führt, dann ist das Geld wenigstens gut angelegt. Komm übermorgen wieder. Bis dahin ist mir bestimmt etwas eingefallen.«

»Du bist die Beste.« Christian drückte ihr einen Kuss auf die Wange.

»Schon gut, schon gut«, wiegelte Nella ab. »Bisher habe ich noch nichts erreicht.«

Christian öffnete die Tür. Erschrocken ließ ein älterer Herr, der davorstand, die Hand sinken.

»Wir sind schon weg. Treten Sie ruhig ein«, sagte Christian und schob Teresa an dem Mann vorbei. Es ging den engen Flur zurück, die Treppe nach unten, durch die Küche und den leeren Gastraum hinaus auf die Gasse. Teresa atmete erleichtert auf, als sich die Tür der zwielichtigen Schenke hinter ihnen schloss.

Heute war einer der wenigen trockenen Tage, und sogar die Sonne spitzte ab und an durch die Wolkendecke, trotzdem stand das Wasser der Donau bereits in der Höllgasse. Überall vor den Eingängen lagen Sandsäcke, und der nahe Fischmarkt war geschlossen. Sie liefen am Tanzhaus vorüber und bogen in die Milchgasse ein, wo das Wasser von einer kleinen Mauer aus Sandsäcken notdürftig zurückgehalten wurde.

Sie waren schweigend nebeneinander hergelaufen. Teresa hatte das eben Gehörte erst einmal verdauen müssen. Ein Gauner und Tagedieb, konnte das wirklich sein? Erneut dachte sie an Josefs Worte. Als sie den Hauseingang erreichten, blieb sie abrupt stehen.

»Was hat sie damit gemeint?«

Verwundert schaute Christian sie an. »Was meinst du?«

»Warum hat sie dich einen Tagedieb und Gauner genannt, und was sind das für Geschäfte, für die du Landsknechte benötigst? Ich dachte, du wärst ein Student am Jesuitenkolleg. Sollte ich mich so in dir getäuscht haben?«

Sie trat einen Schritt zurück. Er versuchte, nach ihrer Hand zu greifen, doch sie zog sie weg.

»Ich habe nichts Verbotenes getan, wenn du das denkst. Niemand ist dadurch zu Schaden gekommen.«

Misstrauisch schaute Teresa ihn an.

»Komm, ich zeige es dir.« Christian hielt Teresa die Hand hin, die sie zögernd ergriff. Sie betraten den Flur, gingen aber nicht die Stufen zur Wohnung hinauf, sondern in den Keller und durch einen muffig riechenden Gang. An dessen Ende sperrte Christian eine Tür auf. Ein großer Kellerraum öffnete sich vor Teresas Augen, in dessen Mitte eine Druckerpresse stand.

Er trat in den Raum und breitete die Arme aus. »Mein Reich. Ich drucke Ihnen alles, meine Teuerste, Flugblätter, Bücher, Kupferstiche, wenn es sein soll.«

Ungläubig blickte sich Teresa um. Papierbögen stapelten sich auf einem Tisch neben einer Gerätschaft, die anscheinend dazu diente, Papier zu schneiden.

»Und was hat diese Druckerpresse mit Gaunerei zu tun?«, fragte Teresa, während sie näher an den Arbeitstisch herantrat. In einer Kiste lagen fertig gedruckte Zettel. Neugierig griff sie danach und erstarrte. Der Zettel! Derselbe Satz, in schwarzer Schrift gedruckt.

Teufel hilf mir, Leib und Seel geb ich dir.

Ihre Hände begannen zu zittern.

Er machte einen schnellen Schritt auf sie zu und wollte ihr den Zettel aus der Hand nehmen. Doch sie wich zurück. Mit weit aufgerissenen Augen schaute sie ihn an.

»Der Zettel. Der Pakt mit dem Teufel. Der Zauber. Er ist von dir.«

Sie konnte es nicht fassen. Plötzlich sah sie Ruperts starren Blick vor sich und spürte das Papier zwischen ihren Fingern, als wäre es gestern gewesen.

»Das ist nichts. Nur eine kleine Geldquelle, kaum der Rede wert.«

Sie hörte seine Worte nicht. Kopfschüttelnd blickte sie auf den Zettel in ihrer Hand. Die Buchstaben verschwammen vor ihren Augen. »Er wollte tapfer sein«, murmelte sie. Tränen traten ihr in die Augen. »Er wollte mich beschützen. Er hat wirklich daran geglaubt.« Sie blickte auf. Plötzlich spürte sie unendliche Wut in sich aufsteigen. Unsicher wich Christian einen Schritt zurück.

»Eine Lüge, eine gottverdammte Gaunerei, eine kleine Geldquelle, weiter nichts. Sie hat meinen Bruder das Leben gekostet. Er dachte, er könnte mutig sein und wäre unverwundbar. Er hat daran geglaubt.«

Ihre Stimme wurde lauter. »Ich hätte es wissen sollen, hätte dir nicht trauen dürfen. Josef hat mich gewarnt, doch ich wollte es nicht wahrhaben.«

»Teresa, bitte.« Christian hob beschwichtigend die Hände.

»Es muss nicht sein, dass es einer meiner Zettel gewesen ist. Caspar Neidhard, der Henker, hat schon viel früher solche Zettel verkauft. Von ihm habe ich die Idee. Vielleicht stammt der Zettel deines Bruders gar nicht von mir. Das könnte doch sein.«

»Und du denkst, das ändert etwas? Du bist ein Betrüger, ein lausiger kleiner Lügner, und ich wollte es die ganze Zeit nicht wahrhaben. Aber damit ist jetzt Schluss, ein für allemal.«

Sie knüllte den Zettel zusammen und warf ihn auf den Boden. »Wie blind ich gewesen bin.« Sie wandte sich zur Tür, aber Christian hielt sie am Arm zurück.

»Teresa, bitte, geh nicht. Ich mag nicht immer ehrlich zu dir gewesen sein, aber ich liebe dich. Du bist mein Schicksal, meine Seelenverwandte, keiner von uns kann einfach so gehen.«

»Du wirst sehen, wie ich das kann«, erwiderte Teresa und wollte sich losreißen, er hielt sie jedoch fest und umklammerte ihre Schultern.

»Nein, du gehst nicht. Das werde ich nicht zulassen. Wir gehören zusammen, ob es dir gefällt oder nicht.«

Sie begann, sich zu wehren, biss ihn in den Arm, wand sich so lange, bis sie eine Hand frei hatte und ihm ins Gesicht schlagen konnte. Von dem Angriff überrascht, ließ er sie kurz los. Sie eilte zur Tür, aber er war schneller. Er griff nach ihrem Arm und zog sie zurück.

»Lass mich los!«, schrie sie laut.

»Nein, niemals wieder werde ich dich gehen lassen.«

Wütend begann sie, erneut auf ihn einzuschlagen. Er versuchte, ihre Hände festzuhalten, aber es gelang ihm nicht.

»Du gottverdammter Lügner. Wie konnte ich dir jemals vertrauen, einem Sünder, dem Teufel selbst. Lass mich los, verschwinde, du elender Mörder.« Sie kratzte und biss ihn. Irgendwann wurde es ihm zu bunt. Er holte aus und schlug ihr mitten ins Gesicht, fester, als er gewollt hatte. Teresa taumelte nach hinten, verlor das Gleichgewicht und traf mit dem Hinterkopf auf der Druckerpresse auf. Das Letzte, was sie sah, waren Christians weit aufgerissene Augen, bevor alles dunkel wurde.

Kapitel 21

Josefs Blick glitt von seiner Arbeit an der ersten Wolfsklinge zu dem kleinen, auf dem Fensterbrett liegenden Papierstapel, den ein Bursche dort hingelegt hatte. Die Flugblätter mit Teresas Porträt. Er hatte das erste Wolfssiegel in die Klinge eingearbeitet, die er in den letzten zwei Tagen sorgfältig geschmiedet hatte, obwohl er mit den Gedanken nicht bei der Sache war. Ohne Teresa würde diese Klinge nie vollendet werden.

Er legte die Klinge zur Seite und griff nach einem der Flugblätter. Conrad hatte das Abbild Teresas gut getroffen, obwohl er sie noch nie persönlich gesehen hatte. Er war ein talentierter Maler und Kupferstecher, der es leider nie zu großem Ruhm gebracht hatte. Mit seinem Bruder führte er einen kleinen Verlag in der Steingasse. Die beiden hielten sich mit der Herstellung von Flugblättern und dem Anfertigen von Kupferstichen mehr schlecht als recht über Wasser. Ab und an fertigte Conrad Zeichnungen an. Seit Kriegsbeginn saß das Geld bei den Bürgern allerdings nicht mehr so locker, so dass die Anzahl seiner Aufträge zurückgegangen war. Er hatte Josef Mut zugesprochen und den ganzen Nachmittag mit ihm gemeinsam an dem Porträt gefeilt, bis wirklich jedes Detail stimmte. Fast kam es Josef jetzt ein bisschen so vor, als würde er in das wirkliche Antlitz von Teresa blicken. Unter dem Porträt stand in großen Lettern geschrieben, dass sie gesucht wurde. Hinweise wurden von Paul Kriechbaum auf dem Schulerberg entgegengenommen. Er hatte den Burschen angewiesen, einen Stapel der Flugblätter zu Paul Kriechbaum zu bringen, was ihm plötzlich schäbig vorkam, denn eigentlich hätte er selbst zu ihm gehen sollen. Seit er von Teresas Verschwinden gehört hatte, war er nicht mehr auf dem Schulerberg gewesen. Die Angst davor, schlechte Neuigkeiten zu erfahren, hatte ihn davon abgehalten. Er wusste, dass die Suchtrupps weiterhin unterwegs waren. Doch wenn etwas Schreckliches passiert wäre, dann hätten sie es ihm längst mitgeteilt, davon war er überzeugt. Er dachte an Vroni. Sie war gefunden worden – war das aber wirklich besser. Wenn sie nicht bald aufwachen würde, dann müsste sie sterben. Aber immerhin gab es dann Gewissheit, kein Hoffen und Bangen, kein Grübeln, keine schlaflosen Nächte und wirren Träume.

»Josef, mein Freund. Wie geht es voran?«

Johannes Bruckner betrat die Werkstatt. Seit er den Auftrag für die Wolfsklingen erhalten hatte, war er übertrieben freundlich zu Josef. Eilig legte Josef den Zettel umgedreht auf den Stoß zurück. Er hatte es noch nicht über sich gebracht, seinem Herrn zu beichten, dass der Auftrag womöglich platzen könnte. Ohne Teresa würde es schwer werden, perfekt geschnitzte Griffe zu bekommen.

»Wie ich sehe, hast du schon angefangen.« Bruckner griff nach der unfertigen Klinge, die bereits geschliffen war. Vorsichtig strich er über das Wolfssiegel. »Ich habe diese Waffen schon immer für die besten gehalten. Eine Schande, dass sie keiner mehr haben will. Eine ganze Zunft geht damit zugrunde.« Er legte die Klinge zurück auf den Tisch. »Hast du schon was von Paul Kriechbaum wegen dem Preis für die Griffe gehört? Unser Auftraggeber ist ungeduldig und möchte vor seiner Abreise ein klares Angebot haben.«

»Leider noch nicht, Herr. Aber ich werde mich gleich darum kümmern«, erwiderte Josef.

»Verdammt noch eins. So schwer kann es doch nicht sein, einen Preis für Schwertgriffe festzulegen, die eine einfache Magd schnitzen kann«, polterte Bruckner los.

»Vielleicht liegt es am Hochwasser und dem steten Regen. Die Innbrücke ist teilweise gesperrt und darf nur noch wenige Stunden am Tag überquert werden, was es nicht gerade leichtermacht, vom Schulerberg in die Stadt zu kommen.«

»Verdammtes Hochwasser«, knurrte Bruckner. »Unten in der Höllgasse steht das Wasser schon in den Fluren, sämtliche Keller sind überflutet, und unsere Mauer aus Sandsäcken ist bereits aufgeweicht. Lang wird es nicht mehr dauern, und auch wir werden nasse Füße bekommen. Gestern bei der Zunftsitzung war sogar die Rede von einer Hochwasserwelle. In Linz soll es schlimm stehen. Wollen wir hoffen, dass das nur Gerüchte sind, jetzt, wo die Geschäfte so gut laufen. Noch heute legen wir ein paar Sandsäcke vor die Werkstatttür, sicher ist sicher. Aber vorher musst du noch die fertige Bestellung zur Schenke in der Schrottgasse bringen, sonst wird der Wirt ungeduldig.«

»Und das Hochwasser? Hat der Laden überhaupt noch geöffnet? Er liegt doch an der Ecke zur Höllgasse.«

»Da musst du keine Bedenken haben«, erwiderte der Messerer grinsend. »In dem Laden laufen die Geschäfte hauptsächlich im ersten Stock, und da bleibt der Kundschaft der Arsch trocken, wenn du verstehst, was ich meine.«

Josef antwortete nicht auf die Anspielung. Er hatte gehofft, diesmal nicht ausliefern zu müssen. Doch der kleine Bursche, der seit kurzem für Bruckner gearbeitet und ihm die Laufarbeit abgenommen hatte, war seit gestern unauffindbar, was nicht verwunderlich war. Johannes Bruckner ging nicht zimperlich mit seinen Lehrbuben um, und der schmächtige Junge war nicht der erste, der auf Nimmerwiedersehen verschwand.

Der Messerer wandte sich zur Tür. »Und sieh zu, dass er die Rechnung gleich bezahlt. Beim letzten Mal musste ich viel zu lange auf mein Geld warten.«

Josef griff nach dem Stoffbündel, in das die fertigen Klingen eingewickelt waren, da fiel sein Blick auf die Zettel. Entschlossen steckte er sie in seine Hosentasche. Warum nicht zwei Dinge gleichzeitig erledigen. Wenn er schon unterwegs war, dann konnte er auch gleich die Flugblätter verteilen.

✳

Christian eilte über die noch nicht gesperrte Donaubrücke, die der Baumeister so konstruiert hatte, dass sie sich wölbte, was dafür sorgte, dass sie nicht so schnell unter Wasser stand wie die Innbrücke. Auf der gegenüberliegenden Seite erhob sich die mächtige Veste Oberhaus in den Himmel, in die sich der Bischof, wie stets bei Hochwasser, zurückgezogen hatte. Sollten die einfachen Bürger der Residenzstadt nasse Füße bekommen, er und seine hochwohlgeborenen Pfaffen saßen dort oben und warteten in aller Seelenruhe ab, bis das Wasser wieder abgeflossen war. Die normalerweise träge dahinfließende Donau war ebenfalls zu einem reißenden, alles verschlingenden Strom geworden und führte Äste, ganze Baumstämme, Holzbretter, Körbe und Weinfässer mit sich. Christian dachte an Teresa, die er im Keller zurückgelassen hatte. Gleich nachher würde er sie dort herausholen und ihr alles erklären. Bis dahin hatte sie sich hoffentlich wieder beruhigt. Sie war seine Geliebte, seine Seelenverwandte, für ihn und keinen anderen bestimmt. Wenn sie erst Passau hinter sich gelassen hatten, würde alles gut werden. Er erklomm den steilen Anstieg. Es ging einen schmalen Steig nach oben, vorbei an einigen schäbigen Häusern und Hütten und einem verwahrlosten ehemaligen Weinberg. Oben auf dem Feld lagerten, wie von ihm vermutet, die Händler. Sie mussten den beschwerlichen Landweg nehmen, was ihnen nicht gefiel und sie mürrisch machte.

Trotzdem hofft er, dass einer von ihnen bereit dazu war, sie mitzunehmen. Da er den Weg nach Nürnberg nicht kannte, war es sicherer, in einer Gruppe zu reisen. Er lief an einigen Karren vorüber, die mit Tuchballen, Weinfässern, Getreide- und Gewürzsäcken, Tongeschirr, Seifen, Perlenketten, Schafswolle und feinstem Leder beladen waren. Die Männer saßen in kleinen Gruppen vor provisorischen Zelten beieinander, spielten Karten und tranken Wein. Manch einer würde hier lagern, bis das Hochwasser zurückgegangen war, doch die meisten würden schon bald auf dem Landweg weiterreisen. Christian steuerte auf die erstbeste Gruppe Händler zu. Misstrauisch schauten sie ihm entgegen.

»Grüß Gott, die Herren«, grüßte er freundlich. Niemand antwortete. Er ließ sich nicht einschüchtern. Gewiss würden sie zugänglicher werden, wenn er von dem Geld berichtete, das er zu zahlen gedachte. »Ich bin auf der Suche nach einer Gruppe von Händlern, die zwei Reisende nach Nürnberg mitnehmen könnten.« Die Männer würdigten ihn erneut keines Blickes, einer mischte die Karten und teilte aus. Unsicher fügte Christian hinzu: »Ich bezahle auch dafür.«

Einer der Männer, ein grobschlächtiger Bursche mit rotem Haar und einer hässlichen Narbe auf der Wange, reagierte.

»Wie viel?«

»Genug«, erwiderte Christian mit fester Stimme.

Der Mann schaute auf sein Blatt in der Hand, warf eine Karte in die Runde, trank einen Schluck Wein und wischte sich über den Bart. »Kann schon sein, dass ich nach Nürnberg will. Also sag mir: Wie viel?«

Die anderen Männer beachteten Christian immer noch nicht. Reihum legten sie ihre Karten ab, bis einer von ihnen breit grinste und das Spiel beendete. Fluchend warfen sämtliche Mitspieler ihre Karten auf einen Haufen.

»Er hat wohl die Sprache verloren«, mutmaßte einer von ihnen, ein kleinerer Bursche mit aschblondem, am Hinterkopf licht gewordenem Haar. »Hat wohl Angst vor dir, Johannes.«

»Wer hat die nicht«, fiel ihm ein anderer, schwarzhaariger Bursche ins Wort. »Selbst ich fürchte mich manchmal vor ihm.« Er wandte sich an Christian. »War früher mal Söldner, soll gemordet und geschändet haben, was das Zeug hält.«

Christian schluckte.

»Red nicht solchen Unsinn, Lukas«, widersprach ihm der grobschlächtige Händler namens Johannes. »Gar nichts hab ich. War nicht meins, die Armee. Einmal Händler, immer Händler.« Er schaute Christian wieder an. »Wie viel also?«

Christian nannte den Betrag. Der Händler lachte laut auf, dann nickte er. »Du hast gesagt, ihr seid zu zweit? Wer begleitet dich?«

Christian zögerte einen Moment, doch dann antwortete er: »Ein Freund.«

Der Händler fing Christians Blick auf, plötzlich umspielte ein Lächeln seine Lippen. »Wenn du lügst, dann kannst gleich hier bleiben. Ein Mädchen ist es, nicht wahr? Was sonst sollte so einen feinen Pinkel wie dich aus der Stadt treiben. Am End bist noch einer von den Jesuiten.« Er winkte ab. »Ein Mädchen ist teurer, Weiber machen immer Ärger.«

Er nannte eine Summe. Christians riss die Augen auf. »Das könnt Ihr nicht machen.«

Johannes zuckte mit den Schultern. »Willst du nun nach Nürnberg oder nicht?« Christian nickte. »Na dann. Ich bin der Einzige weit und breit, der dorthin fährt, einen anderen wirst du hier oben nicht finden. Entweder du bezahlst, oder du bleibst hier, so einfach ist das.«

Christian nickte zähneknirschend, obwohl er nicht wusste, wo er das zusätzliche Geld auftreiben sollte. »Komm in zwei Stunden wieder, dann ist Abfahrt.«

»Schon in zwei Stunden«, stotterte Christian.

»Ist's etwa nicht genehm?«, fragte Johannes.

Christian beeilte sich, den Kopf zu schütteln. »Nein, nein. Wir werden rechtzeitig hier sein. Versprochen.«

Der Händler warf ihm noch einen kurzen Blick zu, dann griff er ohne ein weiteres Wort nach seinen Karten. Für ihn war das Gespräch beendet.

Mit hängenden Schultern lief Christian wenig später über die Donaubrücke und bog in die Höllgasse ein. Wie sollte er in so kurzer Zeit so viel Geld auftreiben? Das Wasser der Donau stand hier bereits so hoch, dass Planken ausgelegt worden waren. Ein alter Mann ruderte mit einem schmalen Boot an ihm vorüber. Er erreichte die Schrottgasse und blieb vor dem Eingang zu Nellas Schenke stehen. Die Tür stand offen, Sandsäcke lagen davor, die der Flut allerdings nicht mehr allzu lange standhalten würden. Trotz des Sonnenscheins war der Pegel noch einmal gestiegen. Plötzlich dachte er an Teresa. Sie war im Keller. Allerdings lag die Milchgasse noch um einiges höher als die Schrottgasse, so dass dort hoffentlich noch alles trocken war. Lange würde es ja nicht mehr dauern, dann würde er sie aus ihrem Gefängnis befreien. Sein Blick wanderte zu den oberen Fenstern. Hinter einem von ihnen saß Nella. Er seufzte. Es würde ihm nichts anderes übrigbleiben, als sie um Hilfe zu bitten. Mit einem beherzten Schritt stieg er über die Sandsäcke hinweg und betrat die gut besuchte Schenke. Hochwasser hatte die Bewohner Passaus noch nie von ihren Vergnügungen abgehalten. Eilig durchquerte er den Raum, lief an der Theke vorüber und nahm auf der Treppe zwei Stufen auf einmal. Vor Nellas Tür atmete er tief durch, dann klopfte er an. Doch nichts geschah. Er lauschte kurz, dann klopfte er erneut an, diesmal etwas nachdrücklicher. Wieder antwortete niemand. Vorsichtig drückte er die Türklinke nach unten. Es war abgeschlossen.

»Wenn du Nella suchst, die ist schon vor einer Weile weggegangen. Wird wohl länger dauern«, sagte plötzlich eine Frau hinter ihm.

Christian drehte sich um. Ein unscheinbares blondes Mädchen stand vor ihm, das er hier noch nie gesehen hatte. »Wo sie hin ist, weißt du nicht?«, fragte er nervös.

»Nein, sie hat nichts gesagt.« Das Mädchen zuckte mit den Schultern und ließ ihn stehen.

Verdutzt blickte er ihr nach, wie sie mit einem Stapel Leinentüchern auf den Armen in einem der Zimmer verschwand. Enttäuscht ging er in den Gastraum zurück. Ohne Nella und ihre Hilfe war alles verloren. Er setzte sich an einen der Tische, bestellte einen Becher Wein und ließ seinen Blick durch den Raum schweifen. Am Nebentisch saß eine Gruppe Landsknechte und spielte Karten, an einem weiteren Tisch wurde gewürfelt. Die Männer waren ein seltener Anblick in der Stadt geworden, was er bedauerte, denn noch vor wenigen Monaten hatte er gut vom Verkauf seines Schutzzaubers gelebt. Sogar brave Passauer Bürger hatten ihm seine Zettel abgekauft, was ihm eine hübsche Summe Geldes eingebracht hatte. Im letzten Jahr war er zufällig über diese Art von Schutzzauber gestolpert. Das Haus des Scharfrichters Caspar Neidhard war nach seinem Tod ausgeräumt worden, und einer seiner Knechte hatte ihm von der wahnwitzigen Idee erzählt, nachdem er einen der Zettel auf der Straße gefunden hatte. Schon längst hatte ihm sein Oheim den Geldhahn zugedreht. Die Idee war also schnell geboren, weiterhin diese Zettel zu drucken. Es hatte ihn seine ganzen Ersparnisse und viel gutes Zureden gekostet, bis er eine Druckerpresse sein Eigen nennen und er seine Werkstatt im Keller einrichten konnte. Meist waren es Flugblätter für die Studenten und ihre Aufführungen, hin und wieder Plakate für ein Geschäft und die teuflischen Zettel, die seine Haupteinnahmequelle geworden waren. Doch der Tross war inzwischen weitergezogen, genauso wie die meisten Landsknechte, nach Böhmen oder in die Pfalz, und seine Umsätze waren eingebrochen.

Sehnsüchtig blieb sein Blick an den Spielkarten hängen. So gern hätte er sich zu den Männern gesetzt und mitgespielt. Einen Moment beobachtete er sie dabei, wie sie Karte für Karte ablegten und der Berg Münzen in ihrer Mitte anwuchs. Ein hübsches Sümmchen, das vielleicht ausreichen würde, um dieser Stadt endgültig den Rücken zu kehren. Er wandte den Blick ab. Das Glücksspiel hätte ihn beinahe Kopf und Kragen gekostet, und er wollte nicht noch einmal alles verlieren. Ein alter Mann mit struppigem grauem Haar setzte sich zu ihm. Christian kannte ihn und grüßte knapp. Der alte Toni war immer noch derselbe, nicht totzukriegen, auch wenn er kaum noch laufen konnte und auf einem Auge blind war. Er war ein Kriegsveteran und trotzdem nicht gern in Passau gesehen. Es wurde gemunkelt, dass er einst dem Passauer Volk angehört hatte, das vor einigen Jahren die Umgebung heimgesucht hatte. Doch bewiesen war seine Zugehörigkeit nicht, und Gerüchte gab es viele.

»Der alte Toni«, begrüßte Christian den Mann. »Lange nicht gesehen.«

Der Alte hielt ein Schankmädchen am Arm fest und bestellte einen Becher Wein. »Dass du dich hier noch reintraust«, erwiderte er, ohne Christian zu begrüßen, und schüttelte den Kopf. »Hast ganz schön Wirbel gemacht mit deinem Zettelzauber. So manch einer hat eine Wut auf dich. Ich an deiner

Stelle würde mich schnell wieder fortmachen, sonst kriegen sie dich am Arsch und ersäufen dich an Ort und Stelle da draußen in der Dreckbrühe.«

Verwirrt schaute Christian Toni an. Der alte Mann deutete zum Nachbartisch hinüber. »Der große Bullige, der mit dem Rücken zu uns sitzt. Er hat nach dir gefragt, mehrmals die letzten Tage. Hat dich Gauner und Halsabschneider genannt. Sollst seinen Bruder auf dem Gewissen haben. Hab mich schon gewundert, dass du ihm noch nicht aufgefallen bist, aber wahrscheinlich ist er zur sehr ins Spiel vertieft.«

»Seinen Bruder auf dem Gewissen? Wie das denn? Ich kenne seinen Bruder gar nicht.«

»Soll in einer Schlacht umgekommen sein, nachdem er den Helden spielen wollte. Glaubte, er wäre geschützt, anscheinend wegen deinem Zettelzauber. Gefunden haben sie ihn tot unter einem Baum im Schnee. Armer Kerl, hat wohl seine Seele dem Teufel verschrieben.«

Christian schluckte. Er dachte an Teresas Worte. Konnte das wirklich sein? Glaubten die Menschen tatsächlich, dass der Zettel wirkte? Teresas Bruder schien es geglaubt zu haben. Kaum hatte er sie wiedergefunden, stand diese kleine Gaunerei zwischen ihnen. Er hatte sie nicht einschließen wollen. Doch sie wäre fortgelaufen, was nicht passieren durfte, denn niemals wieder wollte er sie verlieren. Sie war seine Zukunft, sein Rettungsanker in einer Welt, die wie ein Kartenhaus einzubrechen drohte. Gewiss würde sie bald wieder zur Vernunft kommen. Wenn sie erst einmal auf dem Weg nach Nürnberg waren und das alles hinter sich gelassen hatten, dann würde ein neues Leben beginnen.

»Hast wohl nicht damit gerechnet, dass die Leute wirklich daran glauben. Aber warum sonst hätten sie dir deine Zettel abkaufen sollen? Viele von ihnen sind voller Angst in die

Schlacht gezogen und haben sich im wahrsten Sinne des Wortes in die Hosen gemacht. Da ist es doch nur verständlich, dass sie sich an jeden Strohhalm klammern, und wenn es ein Zettel ist, auf dem eine Lüge steht.«

»Das hab ich nie gewollt«, verteidigte sich Christian. »Es war nur ein kleiner Mutmacher, mehr nicht. Sie können doch nicht so dumm gewesen sein und geglaubt haben, sie wären tatsächlich unverwundbar. Das lasse ich mir nicht anhängen, ich nicht.«

Seine Stimme war lauter geworden. Einige Männer blickten in ihre Richtung. Schnell zog er den Kopf ein.

»Jetzt kannst du es sowieso nicht mehr ändern.« Toni zuckte mit den Schultern. »Wenn du es geschickt anstellst, werden sie dich nicht auftreiben. Bald schon werden wir ganz andere Sorgen haben, das pfeifen die Spatzen von den Dächern. Soll eine Flutwelle kommen. Dann versinken wir alle im Wasser. Der Herrgott möge uns beschützen.«

Irritiert blickte Christian den alten Mann an. »Aber es hat doch schon vor einigen Tagen zu regnen aufgehört. Gewiss ist es nur ein Gerücht.«

»Man merkt, dass du kein Passauer bist. Auf den Regen kommt es nicht an. Das Wasser steigt auch bei Sonnenschein. Der Inn ist randvoll, die Donau ebenfalls. Gleich hinter der Grenze sollen viele Wiesen und Felder überschwemmt sein, und Linz soll es böse erwischt haben. Bald schon werden fast sämtliche Gassen der Altstadt unter Wasser stehen, und wir werden nichts dagegen tun können.«

Christian dachte an Teresa. Als er fortgegangen war, war noch alles trocken gewesen. Aber nicht weit von der Milchgasse hatte bereits das Wasser gestanden. Er musste zurück und sie herausholen. Am Ende würde der Keller volllaufen wie die Keller in der Höllgasse, wo das Wasser schon in den

Wohnstuben stand. Wie dumm er doch gewesen war, sie dort unten zurückzulassen. Trotzdem wollte er den Weg hierher nicht umsonst zurückgelegt haben.

»Aber wie ich dich kenne, bist du gewiss nicht ohne Grund hier«, sagte Toni.

»Nein, das bin ich nicht«, antwortete Christian.

»Ich warte auf Nella, die Wirtin. Mein Mädchen und ich, wir wollen fort aus Passau und in Nürnberg, wo ihr Oheim lebt, ein neues Leben beginnen.«

»Nach Nürnberg will er, mit einem Mädchen.« Toni lachte laut auf. »Und was wollt ihr dort? In einer vollkommen fremden, von Bettlern, Witwen und Waisen überschwemmten Stadt. Der Krieg ist überall, weißt du. Er frisst sich immer mehr in unser Land und macht vor nichts und niemandem halt. Dort werdet ihr gewiss keine Zukunft finden.«

»Vielleicht ja doch.« Zweifel an seinem Plan wollte Christian nicht zulassen. »Teresas Oheim leitet ein großes Handelskontor. Bei ihm werden wir für eine Weile Unterschlupf finden.«

»Daher weht also der Wind.« Toni schüttelte den Kopf. »Denkst, wennst dich an das Mädel dranhängst, dann kriegst du deinen Arsch gerettet.« Der Alte lachte laut auf, und wieder schauten einige Männer in ihre Richtung. Diesmal auch einige Landsknechte.

Christian senkte den Blick. »Nicht so laut«, zischte er.

»Damit sie dir nicht sofort den Hals umdrehen. Also wenn ich an seiner Stelle wäre …« Toni schaute zu dem bulligen Kerl hinüber, der die typischen bunten Hosen der Landsknechte trug, dann winkte er ab.

»Aber du bist nicht an seiner Stelle«, konterte Christian. Hoffnungsvoll blickte er zur Tür und murmelte: »Wenn Nella nicht bald zurückkommt, ist eh alles verloren.«

Der Alte horchte auf, dann verstand er. »Bist pleite, was? Nach Nürnberg will er reisen, mit einem Mädchen und ganz ohne Geld.« Lachend schlug er Christian auf die Schulter. »Aber der alten Nella hast du ja den Kopf verdreht, die wird dir schon welches geben, das gutmütige Mädchen.«

Der bullige Landsknecht warf grinsend einige Karten auf den Tisch und schob triumphierend einen großen Haufen Münzen in seinen Hosensack. Er hob seinen Becher, brachte einen Trinkspruch aus und leerte ihn in einem Zug. Dann wandte er sich um und blickte in Christians und Tonis Richtung. Seine Augen weiteten sich. Christian erstarrte. Der Mann hatte ihn erkannt.

»Der Bursche, da ist er. Der verdammte kleine Betrüger.« Der Landsknecht deutete auf Christian.

Christian sprang auf und blickte sich um. Zum Ausgang würde er es nicht mehr schaffen. Hinter der Theke spülte eine Magd Gläser. Mit einem Satz sprang er über den Tresen, öffnete die Hintertür und eilte in den Hinterhof. Als er das Hoftor hinter sich zuschlug, hörte er die lauten Rufe der Männer, die ihm gefolgt waren. Panisch rannte er los, die Schustergasse und Michaeligasse hinunter, in der bereits das Wasser stand. Ein Stück weiter, wo Donau und Inn aufeinandertrafen, war schon alles überflutet. Auch hier, ein Stück oberhalb, waren überall Bretter und Bohlen von den Anwohnern ausgelegt worden. Er floh in das Jesuitenkolleg. Auf dem Innenhof stand zu seinem Schrecken ebenfalls das Wasser. Wie würde es mittlerweile in der Milchgasse aussehen? War der Keller noch trocken? Doch darum konnte er sich jetzt nicht kümmern. Erst musste er die Landsknechte abschütteln, deren Stimmen er auf der Straße hörte. Er eilte an der Hauswand entlang bis zum Eingang in die Unterrichtsräume, vor dem sich Sandsäcke stapelten, die dem Wasser allerdings nicht mehr lange standhalten würden. Zwei

Stufen auf einmal nehmend, hastete er die Treppe nach oben und in die altehrwürdige Bücherei, die menschenleer war. Sicher halfen die Studenten den Bewohnern der Stadt, wie es bei Hochwasser üblich war. Der weitläufige Raum beruhigte ihn. Er ging ins obere Stockwerk, sank auf einen Stuhl am Fenster und blickte in den Hof hinunter, wo die Landsknechte auf den Dekan einredeten, der immer wieder den Kopf schüttelte. An dem alten Griesgram würden sie sich die Zähne ausbeißen, und hier oben würde niemand nach ihm suchen. Er bräuchte nur ein wenig Geduld, denn die Männer würden die Suche nach ihm bald aufgeben, und dann konnte er endlich in die Milchgasse eilen und Teresa aus ihrem feuchten Gefängnis befreien.

✳

Ruperts Augen strahlten. Lachend spritzte er Teresa Wasser ins Gesicht. Sie ließ es einfach so geschehen und wehrte sich nicht. Sie lagen nebeneinander im seichten Wasser des Weihers, wie sie es an heißen Tagen oft getan hatten, wenn die Sonne auf der Haut brannte und es kein Entrinnen vor der Hitze gab.

»Hör mit dem Unsinn auf«, sagte sie und deutete zum Himmel. »Sonst kommt der große Bär dort oben und frisst dich.«

»Pah«, erwiderte er, »ein großer Bär, dass ich nicht lache. Er kommt mir eher wie ein fetter Karpfen vor, den ich mir in die Pfanne hauen werde.«

»Dann nimm dich aber in Acht, sonst kommt der kleine listige Fuchs, der neben ihm steht, und frisst ihn dir vor der Nase weg.«

»Vor dem Fuchs wird sich eher die dicke Gans dort drüben fürchten. Ich werde ihm eins auf die Nase geben, damit ihn der Wind verjagt, mitsamt den anderen Wolken.«

Nun war Teresa diejenige, die Rupert anspritzte.

»Du dummer Kerl, jetzt hast du unser Spiel verdorben.«

Er wich vor ihr zurück, blieb aber im Wasser liegen.

»Es ist sowieso schon vorbei, unser Spiel, hast du das noch nicht bemerkt? Die Wolken haben sich schon lange verzogen, und der Fuchs hat längst den Karpfen gefressen, der niemals wieder wie ein Bär aussehen wird.«

Ruperts Gesichtsausdruck veränderte sich. Plötzlich erstarrte sein Blick, leblos sank seine Hand ins Wasser. Teresa riss die Augen auf. Doch was sie sah, waren weder der Himmel noch die Wolken, sondern eine graue Kellerdecke. Sie brauchte einen Moment, um sich zu erinnern, dann fiel ihr alles wieder ein. Nur eine Sache war seltsam. Das Wasser war geblieben. Erschrocken setzte sie sich auf. Sie saß tatsächlich im Wasser, der ganze Boden war damit bedeckt. Panisch sprang sie auf und lief zur Tür, die jedoch abgeschlossen war.

Sie begann, am Türgriff zu rütteln, und schrie laut: »Ich bin hier unten, hört mich jemand? Bitte, hört mich jemand! Ich bin hier, hier hinten im Keller!«

Sie ließ von der Tür ab, rannte zum Fenster und versuchte, es zu öffnen, es gelang ihr allerdings nicht, den Riegel zur Seite zu schieben. Das Kellerfenster war vergittert, war also kein Ausweg, auch wenn sie die Scheibe einschlagen würde. Aber vielleicht würde jemand sie hören, der sie aus ihrer misslichen Lage befreien konnte. Sie griff nach einem herumliegenden, aus Stein gefertigten Briefbeschwerer und schlug heftig gegen die Scheibe, Glasscherben fielen ins Wasser. Sie ließ den Stein fallen und rief aus dem Fenster:

»Bitte, hört mich jemand! Zu Hilfe! Ich bin hier unten eingesperrt! Zu Hilfe, hört mich jemand!«

Doch niemand antwortete. Sie spähte nach draußen, zog sich am Rahmen hoch und schnitt sich an dem gebrochenen

Glas, zu erkennen waren aber nur das Rad eines Karrens und ein Stück Hausmauer. Anscheinend führte das Fenster nicht wie erhofft auf die Gasse hinaus, sondern in den Innenhof, in dem sich gewiss keiner mehr aufhielt. Entmutigt sank sie zurück auf den Boden und betrachtete ihre Hand. Blut quoll aus mehreren Schnittwunden. Immer mehr Wasser drang durch das zerbrochene Fenster in den kleinen Raum. Sie lehnte den Kopf gegen die Wand und ließ die Hand sinken. Die anfängliche Verzweiflung wich lähmender Angst. Wo war Christian? Warum hatte er sie hier unten eingeschlossen? Er musste zurückkommen. Er konnte sie doch nicht hier unten ertrinken lassen. Er liebte sie doch. »Verdammter Mistkerl, elender«, fluchte sie leise, dann wurde ihre Stimme lauter. Wütend schlug sie mit der flachen Hand ins Wasser. »Hörst du mich? Verdammter Mistkerl. Ein Lügner und Betrüger bist du.« Sie stand auf, durchquerte den Raum, griff nach der Kiste mit den Zetteln und schleuderte sie ins Wasser. »Und ich habe dir vertraut, hörst du! Ich hätte es besser wissen sollen, ich dummes Ding. Wie blind ich doch gewesen bin. Josef hatte recht, er hatte so verdammt recht.« Sie sank in sich zusammen und schluchzte laut auf. »Komm zurück, bitte. Das kannst du nicht tun. Du darfst mich nicht hierlassen. Das bist du mir schuldig.«

Ihre Stimme wurde immer leiser, irgendwann schluchzte sie nur noch. Ihre Hand schmerzte. Sie hob sie hoch. Blut lief aus den Schnittwunden, von denen eine in der Mitte der Handfläche besonders tief zu sein schien. Sie beobachtete die roten Rinnsale, wie sie über ihr Handgelenk liefen und ihre Bluse rot färbten. Vielleicht musste sie nur lange genug dabei zusehen, wie das Blut aus ihr heraussickerte. Verbluten, ein schöner Tod, einfach irgendwann das Bewusstsein verlieren und nicht mehr aufwachen. Doch nach einer Weile trat nur noch wenig Blut aus der Wunde aus. Der Schnitt hätte tiefer sein müssen, mutmaßte Teresa. Vielleicht direkt am Handgelenk, wo die vielen blauen Adern waren. Gewiss würde es nur kurz weh tun, so als hätte sie sich mit dem Schnitzmesser geschnitten, was oft vorgekommen war. Ihr Schnitzmesser, kam es ihr plötzlich in den Sinn. Es lag in Pauls Werkstatt. Vielleicht hatte es Paul ja bereits wieder an seinen Platz gehängt, neben die Schnitzeisen, die der Größe nach sortiert waren. Aber das bezweifelte sie. Gewiss würde wieder alles kreuz und quer auf der Werkbank liegen und die Hobelspäne überall auf dem Boden verstreut sein. Würde er sie vermissen, vielleicht sogar nach ihr suchen? Wie dachte er jetzt über sie, die Frau, die seine Schwester und seinen Sohn auf dem Gewissen hatte? Hatte sie Vroni tatsächlich auf dem Gewissen? Sie hatte ihr helfen wollen, als Bernhard sie schlug. Jeder andere wäre auch dazwischengegangen. Bernhard hatte das Gleichgewicht verloren. War das wirklich ihr Fehler gewesen? Doch wie sollte sie das Paul erklären? Würde er ihre Sicht der Dinge überhaupt hören wollen? Zweifel breiteten sich in ihr aus. Sie stand auf, griff nach einem Lappen, setzte sich auf den Tisch und zog die Beine an. Dann wickelte sie den Lappen um ihre Hand, lehnte den Kopf gegen die Wand und schloss für einen Moment die Augen. Nur das Plätschern des Wassers drang an ihr Ohr, ansonsten war es still. Keine Schritte waren zu hören, keine Stimmen, nichts. Wieso dachte sie überhaupt darüber nach, wie Paul reagieren, ob er ihr zuhören würde? Bald würde der Keller vollgelaufen und sie ertrunken sein, und dann war sowieso alles vorbei. Sie öffnete die Augen. Hätte sie doch nur auf Josef gehört. Den guten alten Josef, den sie niemals wiedersehen würde. Wie blind sie doch gewesen war. Eine Weile starrte sie in das Wasser auf dem Fußboden, dann begann sie, ein altes Kinderlied zu summen, und schlief irgendwann ein.

Kapitel 22

Paul ließ seinen Blick über das gegenüberliegende Ufer des Inns schweifen. Er hatte geahnt, dass die Brücke gesperrt sein würde, doch die Unruhe hatte ihn vom Berg heruntergetrieben. Er wollte zu Josef, um ihn nach Teresa zu fragen. Aber der ganze untere Bereich der Innstadt stand unter Wasser, genauso wie die Brücke. Hoffnungsvoll suchte er das Ufer ab, denn manchmal gab es einen gewitzten Fährmann, der ein Seil über den Fluss spannte, um sich mit dem Transport der Menschen ein hübsches Sümmchen dazuzuverdienen. Heute war jedoch kein Fährmann auszumachen. Verlassen stand der Schaiblingsturm am anderen Ufer, umspült von den aufgewühlten Fluten des Inns. Normalerweise lagen dort immer die Salzschiffe aus Hallein vor Anker, die Schifffahrt war allerdings schon seit einer Weile eingestellt worden. Der Anleger war überschwemmt, die Strömung des Flusses viel zu stark. Das Wasser zwang die Menschen zur Ruhe und lähmte ihren Alltag. Heute würde er keine Antwort auf seine Frage bekommen. Mit hängenden Schultern schlug er den Rückweg ein, wich aber schnell vom Weg ab und lief querfeldein. Der stille Wald und der Geruch nach Moos und Baumharz beruhigten ihn ein wenig. Er kämpfte sich durchs Unterholz, kletterte über Felsen, stolperte über Wurzeln. Bewegen, einfach nur irgendwohin laufen, ohne nachdenken, ohne jemanden sehen zu müssen. Zu Hause wartete die schreckliche Stille auf ihn, die er kaum ertragen konnte. Stunde um Stunde saß er an Vronis Bett und starrte auf ihr Gesicht. Er erzählte belanglose Geschichten oder schwieg. Oftmals zogen sich Minuten wie Stunden in die Länge. Besonders die Nächte waren unerträglich, wenn die Dunkelheit jede Hoffnung zu rauben und der Tod in jeder Ecke zu lauern schien.

Der Medikus kam jeden Tag. Doch auch heute hatte er nur den Kopf geschüttelt. Vronis Zustand war und blieb unverändert. Es half nur noch beten. Aber was nützte das schon. Seine geliebte Gattin und Anton waren tot, seine Verlobte war verschwunden, und seine Schwester kämpfte um ihr Leben. Noch vor wenigen Wochen hatte er geglaubt, dass sie eine gemeinsame Zukunft und ein friedliches Leben auf dem Schulerberg haben würden. Er hatte neuen Lebensmut geschöpft, sogar von einer Familie zu träumen begonnen. Doch das Schicksal hatte es anders gewollt.

Er trat auf eine vom hellen Licht der Nachmittagssonne erfüllte Lichtung und setzte sich auf einen Felsen. Mücken tanzten durch die milde Luft, Rittersporn blühte zwischen Kamillenblüten und Erika. Vroni hätte ihre wahre Freude an dieser Wiese gehabt, die den Eindruck erweckte, als wäre dieser Sommer wie all die anderen zuvor. Aber dieser Sommer war nicht wie all die anderen. Er hätte Bernhard gleich töten sollen, dachte er. Ein ordentlicher Schnitt durch die Kehle, und dieses Problem wäre erledigt gewesen. Stattdessen war er feige gewesen und hatte den leichten Ausweg gesucht. Aber war es wirklich Feigheit, die Gebote Gottes zu befolgen. Er war erleichtert gewesen, als er Bernhard tot im Bach gefunden hatte. Endlich war die Ungewissheit vorbei. Sein Blick schweifte erneut über die Lichtung. Was tat er hier eigentlich? Er musste zurückgehen, an Vronis Seite sitzen und für sie beten. Vielleicht lag Teresa nicht weit von ihm irgendwo tot im Unterholz oder kämpfte ums Überleben, ohne seine Hilfe. Tagelang hatten die Männer die ganze Umgebung nach ihr durchkämmt. Auch er hatte nach ihr gesucht, immer und immer wieder ihren Namen gerufen, aber nur die Stille des Waldes hatte ihm geantwortet. Manchmal, wenn er ein Geräusch gehört hatte, dann war er auf den Hof gelaufen, in der Hoffnung, sie würde vor ihm stehen. Doch nur Leere hatte ihn empfangen. Eine Leere, die sich immer mehr in ihm ausbreitete und zu einem dumpfen Schmerz wurde, der jede Hoffnung vertrieb. Wütend ballte er die Fäuste. Es durfte, es konnte nicht sein. Teresa war am Leben, das spürte er.

Die Sonne verschwand hinter den Baumwipfeln, und kühler Schatten fiel auf seinen Felsen. Wie lange hatte er hiergesessen? Er wusste es nicht. Er stand seufzend auf und wandte sich zum Gehen, hielt dann jedoch in der Bewegung inne. Neben ihm wuchsen Margeriten, dazwischen zarte Glockenblumen, die Vroni so sehr liebte. Einem Impuls folgend, bückte er sich, und begann, Blumen zu pflücken. Kornblumen, Margeriten, Glockenblumen, Ehrenpreis und Hahnenfuß. Beschwingt machte er sich mit den dicken Strauß in der Hand auf den Rückweg.

Als der Hof wenig später in Sichtweite war, kam ihm der Medikus aufgeregt winkend entgegengelaufen. Paul blieb wie erstarrt stehen.

»Da seid Ihr ja endlich«, sagte der Mann und rang nach Atem.

»Eure Schwester. Sie ist aufgewacht.«

Josef verstaute einen Teil seines Werkzeugs in einem großen Beutel, den er sich über die Schultern hängte, und lief nach oben. Bis zu den Knien reichte das Wasser in der Schmiede, was seinen Herrn den ganzen Tag lamentieren ließ. Auch die letzte Brücke war jetzt endgültig gesperrt worden, wie einer der Knechte berichtet hatte. Wie mochte es oben auf dem

Berg aussehen? War Vroni wieder aufgewacht? Vielleicht hatten sie Teresa mittlerweile gefunden. Die Ungewissheit brachte ihn um den Verstand. Den ganzen gestrigen Tag war er durch die Stadt gelaufen und hatte geholfen, so gut es ging. Frauen und Kindern, alten Leuten und Bettlern, die nicht wussten, wohin. Er hatte sie zum Kloster gebracht oder ihnen den Weg dorthin erklärt. Die heiligen Schwestern und Brüder würden die Menschen nicht abweisen, das wusste er. In einer Gasse hatte er geholfen, Sandsäcke zu füllen, in einer anderen gemeinsam mit zwei Männern eine bettlägrige Frau in den zweiten Stock geschafft. Und jeden hatte er nach Teresa gefragt, die Zettel verteilt und an Hausmauern aufgehängt. Der Kramplatz war verwaist, trotzdem hatte er auch hier Zettel aufgehängt. Vielleicht kam jemand daran vorbei und konnte sich erinnern. Das war die einzige Hoffnung, die er noch hatte. Er lief die Treppe nach oben. Das Wasser schwappte in seinen Schuhen. Im oberen Stockwerk legte er alle Sachen in eine winzige, ihm zugewiesene Kammer. Aus der danebenliegenden Wohnstube war Kinderlachen zu hören, eine Frauenstimme, die sanft rügte. Er blieb kurz stehen und hörte der Familie seines Herrn zu, den Kindern, die polternd durch den Raum liefen.

Schritte auf der Treppe ließen ihn aufblicken. Eine schmale Gestalt kam die Stufen herauf und blieb unsicher auf dem Treppenabsatz stehen.

»Ist da jemand?«, hörte er eine vertraute Stimme, die er im ersten Moment nicht zuordnen konnte, doch dann fiel es ihm ein.

»Hanna, bist du das?«, fragte er und ging ihr entgegen. Erleichtert seufzte sie. Er konnte es nicht fassen. Es war tatsächlich Hanna, die ihm gegenüberstand. Freudig schloss er sie in die Arme.

»Hanna, Mädchen, was ist das schön, dich zu sehen.« Er drückte sie fest an sich. »Wie ist es dir ergangen? Du bist doch beim Apotheker untergekommen, nicht wahr? Sind sie dort nett zu dir? Wie geht es den Kindern?«

Hanna löste sich aus der Umarmung und senkte den Blick. »Grete ist gestorben.«

»Nein. O mein Gott, Hanna.« Josef traf diese Nachricht wie ein Schlag. »Aber es ging ihr doch besser.«

»Es war besser und dann wieder schlimmer. Die Feuchtigkeit hat sie nur schwer vertragen.« Hanna zuckte mit den Schultern.

Er wollte sie erneut in den Arm nehmen, doch sie wich zurück.

»Eigentlich haben wir es alle gewusst. Ihre Lunge war einfach zu schwach. Nach ihrem Tod habe ich es bei dem Apotheker nicht mehr ausgehalten.« Sie stockte. »Ehrlich gesagt ist es schon vorher unerträglich gewesen. Er hat ...« Sie schlug die Augen nieder. Josef verstand. Der Apotheker war nicht der Erste, der die Notlage einer Magd ausnutzte.

Fassungslos schaute er sie an.

»Wir mussten dort weg. Verstehst du das?«

Er nickte mit betretener Miene. Was Hanna durchgemacht hatte, wollte er gar nicht wissen. »Wo bist du jetzt untergekommen?«

Sie zögerte einen Moment. »In einer Schenke unten in der Schrottgasse ...« Seine Augen weiteten sich. Abwehrend hob sie die Hände. »Ich putze nur und helfe in der Küche. Dafür haben wir eine Kammer unterm Dach und bekommen zu essen.«

Er wusste, dass sie log, doch er fragte nicht weiter nach. An ihrer Situation würde er nichts ändern können, warum sie also verurteilen. Die Frau hatte es im Leben schon schwer genug.

»Du bist gewiss nicht zum Plaudern gekommen. Was führt dich zu mir?«, fragte Josef.

»Nella hat gesagt, dass du hier wohnst.« Sie zog einen Zettel aus ihrer Rocktasche und faltete ihn auseinander. »Sie sagte, sie kennt das Mädchen, und ich kenne sie auch.« Sie hielt Josef die Zeichnung mit Teresas Porträt unter die Nase. »Sie muss neulich in der Schenke gewesen sein, in Begleitung eines Mannes namens Christian.« Fassungslos schaute Josef Hanna an. »Die beiden wollten nach Nürnberg. Christian hatte Nella um Geld gebeten.«

»Und wo Teresa ist, weiß sie nicht?«, fragte Josef ungeduldig.

»Wo genau, weiß sie nicht. Nur, dass er in der Milchgasse wohnt, das wusste sie noch.«

»In der Milchgasse. Das finde ich. Hab Dank, liebe Hanna, tausend Dank.«

Er drückte sie fest an sich, eilte die Treppe hinunter und auf die Gasse. So schnell es ging, lief er über den provisorischen Steg aus Brettern, den die Bewohner aufgebaut hatten. Es war doch immer wieder erstaunlich, wie gelassen die Passauer mit den Launen der Natur umgingen. Bald schon würde das Schlimmste vorbei sein, so wurde gemunkelt, obwohl der Himmel auch heute wieder wolkenverhangen war und es leicht nieselte. Die befürchtete hohe Flutwelle der Donau schien nur halb so tragisch gewesen zu sein, wie die ersten Schiffsmeister berichtet hatten, die über den Treidelpfad aus Linz gekommen waren, denn dort war das Wasser bereits wieder rückläufig.

Josef erreichte die Milchgasse. Leider wusste er nicht, in welchem Haus er nach Teresa suchen sollte. Nur wenige Menschen waren auf den Holzstegen unterwegs. Ein junger Mann mittleren Alters konnte ihm keine Auskunft geben, genauso wenig wie eine korpulente Dame, die den schmalen Steg fast ganz für sich beanspruchte. Irgendwann blieb Josef stehen und blickte sich hilflos um. Wo hinter den vielen Fenstern konnte sie nur sein?

Da zog plötzlich ein kleines Mädchen, kaum älter als fünf Jahre, an seinem Ärmel. »Hör mal …« Verwundert schaute Josef die pausbäckige Kleine an. »Da unten, in dem Keller, da singt jemand.« Sie deutete in einen Hinterhof. »Hörst du es auch?«

Josef lauschte in die Stille. Da hörte er es auch. Er kannte sogar die Melodie. Es war ein altes Kinderlied.

»Lang wird sie aber nicht mehr singen«, sagte das Mädchen. »Der Keller ist bald vollgelaufen.«

Josef lauschte noch einmal auf die Stimme, die ihm plötzlich vertraut vorkam. »Teresa!«, rief er laut und stürzte in den Hinterhof, gefolgt von dem kleinen Mädchen. »Teresa!«, rief er erneut. »Teresa, bist du das? Wo bist du? Ich bin es, Josef, hörst du mich?«

Der Gesang verstummte. »Josef? Ich bin hier unten, Josef. Im Keller. Die Tür ist abgeschlossen. Komm schnell. Das Wasser steht schon so hoch.«

Hilflos schaute Josef von dem Kellerfenster zum Hauseingang, in dem das kleine Mädchen auf einem Haufen Sandsäcken stand, die wie eine Insel wirkten. Plötzlich tauchte hinter ihr eine korpulente Frau auf.

»Annerl, Kind. Wie oft soll ich dir noch sagen, dass du nicht einfach davonlaufen darfst. Wenn du ins Wasser plumpst, bist du tot, du Dummerchen.« Sie nahm die Kleine auf den Arm.

»Mama, im Keller sitzt eine Frau, die tut singen. Aber sie kann nicht heraus. Ich glaub ja, da kommt gleich ein Prinz und rettet sie, so schön wie sie singt.« Die Frau blickte ihre Tochter verwundert an, dann bemerkte sie Josef.

»Ihre Tochter hat recht, gute Frau. Dort unten ist tatsächlich ein junges Mädchen eingeschlossen.«

»Eingeschlossen, ein junges Mädchen, in meinem Keller.«

Sie blickte um die Ecke. Josef deutet auf das Kellerfenster.

»Ich glaube, den Raum nutzt Christian, hat eine Druckerei für die Studenten eingerichtet. Aber er ist nicht da, jedenfalls habe ich ihn heute noch nicht gesehen. Allerdings habe ich einen Schlüssel für Notfälle.«

»Ich denke, das ist ein Notfall«, erwiderte Josef ungeduldig. »Sie wird dort unten ertrinken, wenn wir sie nicht herausholen.«

»Aber der Prinz soll doch kommen und sie herausholen«, protestierte das kleine Annerl.

»Ich glaube, auf den werden wir lange warten müssen«, erwiderte ihre Mutter. »Ich geh und hole den Schlüssel. Aber hinunter geh ich nicht. Das musst schon selber machen.«

Sie bedeutete Josef, ihr zu folgen. Erleichtert betrat er das Treppenhaus, nahm den Schlüssel in Empfang und eilte in den Keller, wo ihm das Wasser bis zur Brust reichte. »Teresa, ich bin hier. Ich öffne jetzt die Tür, hörst du. Gleich ist alles gut.« Er suchte unter Wasser das Türschloss, steckte den Schlüssel hinein und drehte ihn im Schloss um. Die Tür öffnete sich. Erleichtert schloss er Teresa in die Arme.

»Teresa, Mädchen. Ich bin so froh.«

»Josef, mein guter Josef. Wie hast du mich nur gefunden?«

Die beiden wateten zur Treppe und traten auf den Hof, wo sie vom kleinen Annerl erwartet wurden, das noch immer nicht von der Rettung überzeugt war.

»Seht ihr: Ich hab doch gewusst, dass ein Prinz kommen wird.«

Sie deutete zum Hoftor, wo Christian stand. Teresa wich zurück, schützend legte Josef den Arm um sie.

»So sieht man sich wieder«, sagte Christian und kam langsam auf die beiden zu. »Totgeglaubte leben länger, nicht wahr, mein Freund«, wandte er sich an Josef. »Oder weshalb bist du so blass um die Nase, alter Mann?«

»Lass ihn in Ruhe, Christian«, befahl Teresa. »Geh uns aus dem Weg. Wir haben nichts mehr miteinander zu schaffen.«

»Das sehe ich anders«, widersprach er und machte einen weiteren Schritt auf die beiden zu.

Erneut wandte er sich an Josef und sagte: »Sie glaubt, ich hätte sie belogen, aber dem ist nicht so. Es war alles nur ein großes Missverständnis, das sich aufklären lässt. Wenn wir erst auf dem Weg nach Nürnberg sind, dann wird sie es schon begreifen, nicht wahr, Teresa? Du bist mein Schicksal, meine Seelenverwandte, Geliebte, wie man es auch immer nennen mag. Wir sind füreinander geschaffen. Nichts und niemand wird uns jemals wieder trennen.«

»Du willst es einfach nicht begreifen«, schrie Teresa ihn an. »Du hast meinen Bruder auf dem Gewissen. Du elender Lügner und Mörder. Fahr zur Hölle, aus der du gekrochen bist!«

Annerl, die sich die Sache mit dem Prinzen anders vorgestellt hatte, begann zu weinen. Hastig zog ihre Mutter das Kind ins Haus und schloss die Tür hinter sich.

Christian nutzte den Moment der Ablenkung und riss Teresa zu sich heran. Sie schrie auf, doch es war zu spät. Triumphierend blitzte es in Christians Augen. »Sie gehört zu mir. Und wenn ich sie mit in den Tod nehme, niemals wieder werde ich sie gehen lassen.« Er zerrte Teresa auf die Gasse hinaus.

»Christian, nein!« Josef folgte ihm. Es ging über Bretter und Planken bis zum Tanzhaus, wo der Steg endete. Teresa wehrte sich, doch gegen Christians festen Griff hatte sie keine Chance. »Du wirst dir nur weh tun«, sagte er und blickte sich um. Josef war von einer Gruppe älterer Damen aufgehalten worden, die wenig Verständnis für seine Eile hatten.

Christian drängte Teresa in ein Ruderboot, das am Ende des Stegs angebunden war. Eilig löste er die Leine und fesselte Teresa damit ans Boot. »Sicher ist sicher, meine Liebste.« Er drückte ihr einen Kuss auf die Wange. Teresa wandte den Blick ab. Christian setzte sich an die Ruder.

»Das kannst du nicht tun. Es ist zu gefährlich. Wir werden sterben.« Teresa zerrte an ihrer Fessel, doch sie schaffte es nicht, den Knoten zu lösen. Christian ruderte über den Fischmarkt Richtung Anleger, als plötzlich laute Stimmen zu hören waren. Teresa wandte den Kopf. Eine Gruppe Landsknechte stand am Eingang zur Höllgasse, einer von ihnen reckte drohend die geballte Faust in die Höhe.

»Nein, das nicht auch noch«, stöhnte Christian.

»Dort vorn, da ist er. Jetzt haben wir dich, Bürschchen.« Josef, der inzwischen das Ende des Stegs erreicht hatte, war ins Wasser gesprungen, das ihm bis zur Brust reichte. »Verdammter Mist«, hörte Teresa ihn fluchen. »Christian, gib auf. Das hat doch keinen Sinn. Ihr werdet ertrinken.« Hilflos blieb er stehen und schlug mit der Faust aufs Wasser.

Doch Christian war wie von Sinnen, ruderte immer schneller. »Hör auf damit, Christian, bitte!«, flehte Teresa verzweifelt. »Ich mach alles, was du willst. Ich helfe dir auch. Aber bitte, lass mich gehen. Rudere nicht auf die Donau hinaus, das ist doch Wahnsinn!«

Ihr Flehen interessierte ihn jedoch nicht. Sie erreichten den Anleger, von dem nichts mehr zu sehen war, und trieben in die Mitte des Flusses. Er musste ans andere Ufer gelangen. Die Händler konnten es noch schaffen.

Die Landsknechte hatten ebenfalls ein Ruderboot gefunden und folgten den beiden auf die Donau. Der aufgepeitschte Fluss spielte mit den beiden kleinen Booten, als wären sie Nussschalen. Wohin Christian auch immer rudern wollte, es gelang ihm nicht, in die Nähe des anderen Ufers zu gelangen. Die Strömung war einfach zu stark. Plötzlich war ein lauter Knall zu hören, und Christian griff sich mit einem Aufschrei an die Schulter. Teresa riss erschrocken die Augen auf. Blut quoll zwischen seinen Fingern hervor. Das Boot der Landsknechte war jetzt dicht hinter ihnen, und Teresa konnte ihre lauten Drohungen hören.

»Sag, dass du mich liebst«, forderte Christian sie auf. Sein Gesicht war schmerzverzerrt, Tränen liefen über seine Wangen. »Sag, dass ich dein Seelenverwandter bin. Das bin ich doch, nicht wahr, Teresa. Wir sind füreinander bestimmt, das weißt du doch. Selbst der Tod konnte unsere Liebe nicht aufhalten.«

Teresa klammerte sich panisch an den Rand des wackelnden Bootes. Sie würden sterben, jämmerlich in den Fluten ertrinken, weil er wahnsinnig geworden war.

»Natürlich liebe ich dich, du bist mein Seelenverwandter, mein Geliebter. Niemals würde ich dich verlassen.« Ihre Stimme zitterte vor Angst.

Er hob seine blutverschmierte Hand und legte sie an ihre Wange. »Ich sehe die Lüge in deinen Augen. Die Zeit mit dir war die schönste meines Lebens. Ich liebe dich, Teresa. Für dich hätte ich alles getan, selbst die Sterne vom Himmel geholt, auch wenn ich ein Gauner und Betrüger bin. Doch es hat nicht sein sollen. Alles ist schiefgegangen. Ich werde dich immer lieben, auch über den Tod hinaus. Es tut mir so unendlich leid.«

Er ließ seine Hand sinken, griff in seine Rocktasche, holte einen Zettel heraus und steckte ihn in den Mund.

»Tu es nicht«, flüsterte Teresa, die wusste, was kommen würde.

»Aber warum? Jetzt ist doch alles gut, denn ich stehe unter dem Zauber.« Er richtete sich auf. »Wir sehen uns wieder, Teresa. Irgendwann, das fühle ich.«

Er hob die Hand zum Abschied, ein erneuter Knall ließ Teresa laut aufschreien. Christian fiel rückwärts in den Fluss. Kurz sah sie seinen Körper und wie er von der Strömung mitgerissen wurde, dann war er verschwunden. Fassungslos starrte Teresa aufs Wasser. Er war fort, einfach so hatte er sie allein gelassen. Das Boot drehte sich, eines der Ruder fiel ins Wasser. Teresa klammerte sich an den Bootsrand. Neben ihr ertönten laute Schreie. Das Boot der Landsknechte kenterte, und kopfüber stürzten die Männer ins Wasser. Wie erstarrt beobachtete sie, wie auch ihre Körper von den Fluten mitgerissen wurden, wie sie mit den Armen ruderten, um Hilfe riefen und irgendwann verstummten. Panisch zerrte Teresa an ihrer Fessel, während das Boot immer weiter den Fluss hinuntertrieb. Gleich würde es ebenfalls umkippen, und dann kam endlich das ersehnte Ende. Doch plötzlich wollte sie leben. Verzweifelt begann sie, um Hilfe zu schreien, und tatsächlich antwortete ihr jemand. Verdutzt schaute sie zum Ufer, das gar nicht so fern war. Die Strömung hatte sie Richtung Ilzstadt gedrückt, wo Hannes, der Fährmann, stand und heftig winkte.

»Mädchen, versuch das Seil aufzufangen.« Er warf ein langes Seil in ihre Richtung, das unweit ihres Bootes ins Wasser fiel. Sie streckte sich, beugte sich über den Rand, doch es war zu weit weg.

»Ich kann es nicht greifen«, rief sie Hannes verzweifelt zu. Er zog das Seil hastig zurück und warf es erneut. Diesmal klappte es. Das Seil schlug knapp neben dem Boot auf. Teresa griff danach und band es hastig an einem der Sitzbretter fest, und Hannes zog sie mit aller Kraft zum Ufer. Wenig später prallte sie unsanft gegen die Böschung. Sie war gerettet, es war vorbei.

Hannes sprang zu ihr ins Boot. »Aber dich kenn ich doch, Mädchen.« Tränen der Erleichterung liefen über Teresas Wangen. »Ist gerade noch Mal gutgegangen. Was, um Gottes willen, hattest du denn mit so einer Nussschale auf dem Fluss zu suchen?«

Er bemerkte den Strick an ihren Handgelenken und runzelte die Stirn, dann zog er ein Messer aus dem Gürtel und befreite sie.

»Ist wohl eine längere Geschichte.« Teresa nickte, und er half ihr ans Ufer. »Dann will ich sie gar nicht hören. Geht einen alten Fährmann ja auch nichts an.«

Er blickte über den Fluss. »Den anderen Verrückten konnte keiner mehr helfen. Drei Mann in so einer Nussschale. Also wenn du mich fragst, muss sie der Teufel geritten haben, sonst kommt man nicht auf so einen dummen Gedanken.«

Teresa wusste zuerst nicht, was sie erwidern sollte, doch dann dachte sie an den Zettel, der all ihr Unglück ausgelöst hatte. »Vielleicht ist es ja so gewesen«, murmelte sie.

»Wir werden es nicht erfahren«, antwortete Hannes und bekreuzigte sich. »Möge der Herrgott ihren Seelen gnädig sein.« Er legte den Arm um Teresa, die erbärmlich zitterte.

»Komm, Mädchen, ich bring dich ins Warme. Du holst dir ja hier draußen noch den Tod.«

Teresa wollte sich von ihm wegführen lassen, dann hielt sie noch einmal inne und drehte sich um. Vor ihr lag Passau, halb versunken im Wasser, überragt vom Dom. Sie fragte Hannes: »Gibt es noch einen anderen Weg über den Fluss?«

Irritiert sah er sie an, doch dann nickte er. »Dort drüben, schau genau hin. Da hat der Ludwig, der alte Fuchs, ein Seil gespannt, an dem er sein Boot hinüberziehen kann. Das macht er immer bei Hochwasser.«

Teresa bemerkte das über dem Wasser hängende Seil.

»Denkst du, er würde mich gleich jetzt hinüberbringen?«

Hannes wollte Teresa widersprechen, denn sie war pitschnass und zitterte vor Kälte. Aber er ahnte, dass er das Mädchen nicht von seinem Vorhaben abbringen konnte.

»Komm, wir gehen gemeinsam zu ihm«, sagte er seufzend. »Wenn ich mit ihm rede, dann wird er schon nachgeben.«

Er setzte sich in Bewegung. Teresa folgte ihm. Sie liefen am überfluteten Ufer durch matschige Wiesen und Gestrüpp, denn der eigentliche Weg war überschwemmt.

Ludwig schaute ihnen entgegen, eine Pfeife im Mund. Als sie ihn erreicht hatten, begrüßte er sie mit den Worten: »Heute nicht mehr.«

Teresa seufzte enttäuscht. Aber so schnell ließ sich Hannes nicht abwimmeln. »Jetzt hab dich nicht so, Ludwig. Das Mädel hier hat etwas ganz Dringendes in der Stadt zu erledigen. Da kannst doch mal eine Ausnahme machen.«

Ludwig musterte Teresa. »Wird wohl nicht so wichtig sein, dass es nicht bis morgen warten kann. Ich bin heute schon ein paarmal gefahren und mag nicht mehr.«

Teresa trat auf ihn zu.

»Bitte, ich flehe Euch an. Es geht um meinen Bruder, um Leben und Tod.«

Ludwig fing ihren Blick auf, nahm seinen breiten Schlapphut vom Kopf, kratzte sich hinter dem rechten Ohr und seufzte laut. Einem hübschen Mädchen hatte er noch nie einen Wunsch abschlagen können. »Meinetwegen«, stimmte er grummelnd zu, »aber bezahlen müsst ihr die Überfahrt, umsonst ist nicht mal der Tod.«

Hilflos schaute Teresa zu Hannes, der einige Kreuzer aus seiner Hosentasche zog und sie Ludwig mit den Worten in die Hand drückte: »Dass du mir aber gut auf sie aufpasst.«

Schnell ließ Ludwig die Münzen in seiner Hosentasche verschwinden und erwiderte: »Bisher ist es immer gutgegangen. Warum sollte es ausgerechnet heute anders sein.«

Hannes half Teresa dabei, ins Boot zu klettern. Ihre Hände waren eiskalt. Sie schlotterte am ganzen Körper. Im Boot angekommen, kauerte sie sich in eine Ecke. Ludwig griff nach den Rudern, befestigte einen Haken an dem gespannten Seil und drückte das Boot vom Ufer weg. Hannes nickte Teresa aufmunternd zu und winkte sogar zum Abschied, während Ludwig das Boot in die Mitte der Donau zog.

Wenig später schlug Teresa den Weg zum Pfaffenplatz ein. Sie lief über Planken und Bretter und watete durch knietiefes Wasser. Auf dem Rindermarkt fuhren einige Ruderboote herum, ein Schwarm Enten begegnete ihr im Steinweg, etwas weiter sogar zwei Schwäne. Menschen waren kaum unterwegs. Das Wasser zwang die Passauer in die Häuser. Ab und an schaute jemand aus dem Fenster, eine Magd nickte ihr wortlos zu. Das obere Ende der Postgasse war vom Hochwasser genauso verschont geblieben wie der angrenzende Pfaffenplatz, auf dem sich die Sonne in großen Pfützen spiegelte. Teresa schritt durch sie hindurch, den Blick auf das Eingangsportal des Doms gerichtet, vor dem ein Bettler mit seinem Hund saß und schlief. Sie ging an ihm vorbei und öffnete die Tür. Beeindruckt blieb sie am Eingang stehen. In keiner anderen Kirche verspürte sie solch eine Ehrfurcht wie hier. Auch etwas Angst mischte sich unter ihr Staunen, als sie durch den Mittelgang schritt, die einzigartige Pracht bewundernd, die von Menschenhand allein für den Herrgott gefertigt worden war. Vor dem Altar blieb sie stehen, betrachtete das mit Edelsteinen verzierte Kreuz und ließ ihren Blick zu dem dahinterliegenden Bild gleiten, auf dem die heilige Mutter Maria abgebildet war. Als sie zum ersten Mal hier gewesen war, war sie fortgelaufen, doch heute würde sie bleiben, denn sie wusste und spürte, dass sie Rupert vergeben hatte. Sie setzte sich in die vorderste Kirchenbank und faltete die Hände zum Gebet. Aber die Worte wollten ihr nicht über die Lippen kommen, so sehr schlugen ihre Zähne aufeinander. Sie ließ sich nach hinten sinken. Bleierne Müdigkeit stieg in ihr auf, sie musste jedoch noch die eine Bitte formulieren und den Herrgott um Vergebung bitten.

»Da sitzt ja mein Glücksbringer.« Teresa wandte den Kopf. Marquard von Schwendi stand neben der Kirchenbank. Sie nickte ohne ein Wort der Begrüßung. Er musterte sie kurz, dann setzte er sich neben sie und faltete die Hände. Teresa betrachtete seine Finger. Sie waren feingliedrig und lang, gepflegte Hände. Harte Arbeit hatte dieser Mann niemals verrichten müssen. Sie schaute auf ihre Hände. Die Haut an den Fingern war schrumpelig, überall waren Schrammen und Narben zu sehen, Dreck steckte unter ihren Fingernägeln.

Der Domdekan begann zu sprechen: »Ich komme immer zum Nachdenken hierher. Dieser beeindruckende Raum mit seiner Größe und seiner Stille lässt mich zur Ruhe kommen. Dann fällt es mir leichter, meine Gedanken zu ordnen und den richtigen Weg zu finden, von dem selbst ich manchmal abkomme.«

Teresa schaute ihn überrascht an. Lächelnd zwinkerte er ihr zu. »Auch ein Domdekan macht Fehler, mein Kind.« Er schwieg kurz, dann fuhr er fort: »Alle sind wegen dir in großer Sorge. Paul hat den ganzen Wald abgesucht, überall in der Stadt sind Flugblätter verteilt worden.«

Teresa senkte den Blick. Seine Worte brachten die Erinnerungen zurück. »Ich war schon einmal hier«, sagte sie. »Für meinen Bruder Rupert wollte ich beten, denn er hat einen Pakt mit dem Teufel geschlossen, weil er mich beschützen wollte. Ich war davon überzeugt, in so einem großen Gotteshaus zu beten würde ihm etwas nützen und Gott würde ihm vergeben, ihn ins Himmelreich holen. Doch dann spürte ich, dass ich ihm nicht vergeben konnte, denn er hat mich allein gelassen.« In ihre Augen traten Tränen. Sie schluckte, dann fuhr sie fort:

»Aber jetzt weiß ich, dass alles nur ein großer Schwindel war und der Pakt mit dem Teufel niemals existierte. Allerdings hat Rupert daran geglaubt. Hätte er nie diesen gottverdammten Zettel gekauft, und wären wir nur niemals von zu Hause fortgegangen.« Teresa verstummte.

Der Domdekan ahnte, wovon Teresa sprach. Erst neulich hatte ihm ein reuiger Sünder während der Beichte von einer Art Schutzzauber mit Hilfe eines Zettels erzählt.

»Ich denke, da muss der Teufel schon schwerere Geschütze auffahren als kleine Zettel, die Mut machen sollen. Der Mensch mag im Angesicht des Todes Schwäche zeigen, aber der Herrgott tut es nicht.«

Teresa schaute den Domdekan verwundert an. Er zwinkerte ihr lächelnd zu. »Gewiss ist dein Bruder im Himmelreich. Denn dieser Pakt ist eine Lüge, wie es viele gibt. Dein Bruder hat dich beschützt, sein Leben für dich gegeben. Das wiegt so viel mehr als jeder Pakt mit dem Teufel.«

Teresa wusste nicht, was sie erwidern sollte. Diese Worte aus dem Mund des Domdekans konnten nur der Wahrheit entsprechen. Rupert, ihr Bruder, war im Himmelreich, und seine Seele war gerettet. Der Domdekan sagte noch etwas zu ihr, aber sie nahm seine Worte nicht mehr wahr. Sie bemerkte auch nicht, dass Josef vollkommen aufgelöst neben ihnen auftauchte. In ihrem Kopf begann es zu hämmern. Das Kreuz auf dem Altar, die Wandgemälde – alles verschwamm vor ihren Augen, und sie kippte ohnmächtig zur Seite.

Teresa öffnete die Augen und blickte auf eine weiß getünchte Zimmerdecke, die in das goldene Licht eines späten Nachmittags getaucht war.

»Da ist sie ja wieder.«

Teresa schaute zur Seite. Neben ihrem Bett saß Nella, ein Strickzeug in der Hand, das sie sinken ließ. Verwundert blickte Teresa die Hübschlerin an, die ihr liebevoll das Handgelenk tätschelte. Die Frau sah heute ganz anders aus als bei ihrem letzten Zusammentreffen. Sie trug ein blaues, an der Taille geschnürtes Leinenkleid, darunter ein einfaches Leinenhemd, und ihr Haar war zu einem Zopf geflochten.

»Wie bin ich hierhergekommen?« Teresa setzte sich auf und blickte sich in der spartanisch eingerichteten Kammer um. Neben ihrem Bett stand ein Tisch, ansonsten gab es nur den Stuhl, auf dem Nella Platz genommen hatte. Durch ein winziges Fenster fielen Sonnenstrahlen auf die Bettdecke.

»Der alte Klingenschmied hat dich hierhergebracht, nachdem du in der Kirche zusammengeklappt bist. Der Domdekan muss außer sich und vollkommen ratlos gewesen sein. Der alte Bruckner, den ich noch nie leiden konnte, hat dich nicht aufnehmen wollen, dann ist Josef eben zu mir gekommen.«

Sie legte die Hand auf Teresas Stirn. »Immer noch kühl. Dem Herrn sei Dank. Bereits gestern Abend ist das Fieber gesunken. Das hast du Hanna zu verdanken, dem lieben Mädchen. Tag und Nacht hat sie an deinem Bett Wache gehalten und dich gepflegt. Vorhin habe ich sie schlafen geschickt, das arme Ding, konnte ja kaum noch geradeauslaufen.«

»Tag und Nacht?«, fragte Teresa. »Wie lange bin ich denn schon hier?«

»Bald eine Woche. Josef war vollkommen aufgelöst. Sogar ich habe mich aufgeregt, und das kommt nur selten vor. Aber wer hätte auch ahnen können, dass Christian zu so etwas fähig ist. Wäre der besonnene Hannes nicht gewesen, mit Sicherheit würdest du jetzt auf dem Grund der Donau liegen.«

Teresa erinnerte sich. »Er hat mir dabei geholfen, zurück in die Stadt zu kommen. An den Dom kann ich mich noch erinnern, auch an den Dekan. Wir haben uns unterhalten. Dann verschwimmt alles.«

»Das kann ich mir vorstellen. Warst in den letzten Tagen dem Tod oft näher als dem Leben, Kindchen. Ich sag ja, wenn Hanna nicht gewesen wäre.«

»Hanna«, wiederholte Teresa. »Ich kenne nur eine Hanna. Burgi hat sich um sie und ihre Kinder gekümmert. Der kleinen Grete ging es nicht gut.«

»Von Burgi hat Hanna auch gesprochen. Sie ist schon eine Weile bei uns, putzt und hilft in der Küche. Doch eine Grete hat sie nicht mitgebracht, obwohl ich mir nicht alle Namen ihrer Bälger gemerkt habe. Ist nicht die einzige Dienstmagd mit Kindern, die ich aufnehme.« Sie seufzte. »Irgendwann treibt mich meine Gutmütigkeit noch einmal in den Ruin.«

»Keine Grete.« Teresa traf dieser Satz wie ein Schlag. Sie dachte an das kleine Mädchen, dem sie ihr Pferdchen in die Hand gedrückt hatte. Konnte es wirklich sein, dass sie gestorben war? Es klopfte an der Tür.

»Das wird Josef sein.« Nella stand auf. »Er kommt jeden Tag und sieht nach dir.«

Sie öffnete die Tür, und der alte Klingenschmied betrat den Raum. Als er Teresa aufrecht im Bett sitzen saß, stürmte er sofort auf sie zu und umarmte sie überschwenglich. »Teresa, Mädchen. Du bist aufgewacht, endlich.«

Er drückte sie fest an sich. Sie spürte seine Nähe und atmete seinen vertrauten Geruch nach Schnupftabak und Wein tief ein.

»Josef, mein guter Josef.« Sie versank in seiner Umarmung. Als sich die beiden wieder voneinander lösten, setzte sich Josef auf die Bettkante. Verstohlen wischte er sich eine Träne aus dem Auge. »Guter Gott, was bin ich froh, dass es dir wieder bessergeht. Was war das nur für eine Aufregung. Du in diesem winzigen Boot, der reißende Fluss …«

»Aber jetzt ist es ja vorbei«, fiel Teresa ihm ins Wort. Er nickte ein wenig zu heftig. Noch immer war er von seinen Gefühlen überwältigt.

Teresa griff nach seiner Hand. »Ich hätte auf dich hören sollen. Du hast von Anfang an gewusst, dass er nicht der Richtige für mich ist.«

Josef schüttelte den Kopf. »Niemand folgt der Vernunft, wenn das Herz eine andere Sprache spricht.«

Teresa nickte, plötzlich wurde ihr Blick wehmütig. »Er hat mich belogen, hat mir die ganze Zeit über etwas vorgespielt. Diese teuflischen Zettel sind sein Werk gewesen. Ich kann es immer noch nicht glauben. Er war doch mein Rettungsanker in einer Zeit, in der alles verloren schien. Manchmal kam es mir vor wie ein Wunder. Immer wenn es mir schlechtging, war er plötzlich bei mir, nahm mich in den Arm und tröstete mich. Wie konnte ich mich nur so in ihm täuschen?«

»Ich glaube, er hat dich wirklich geliebt«, erwiderte Josef nachdenklich. »Er mag vom rechten Weg abgekommen sein, doch seine Gefühle dir gegenüber waren nicht gespielt. Er hat tatsächlich geglaubt, er könnte gemeinsam mit dir in Nürnberg ein neues Leben beginnen.«

Teresa dachte an den Augenblick zurück, als er sie das letzte Mal angesehen, zum letzten Mal ihre Wange berührt hatte. »Und ich habe ihn geliebt, habe alles für ihn gegeben, um am Ende zu verlieren.«

»Nein, Liebes, du hast nicht verloren. Du bist um eine Erfahrung reicher, nicht mehr und nicht weniger. So ist das mit dem Leben. Es ist voller Erfahrungen, voller Liebe, Wut, Trau-

er und Schmerz, sonst wäre es doch langweilig, oder nicht?«
Er zwinkerte ihr lächelnd zu.

»Obwohl ich auf die eine oder andere Erfahrung gern verzichtet hätte«, antwortete sie seufzend und blickte sich in der kleinen Kammer um. »Was soll jetzt aus mir werden? Ich kann doch nicht in einem Hurenhaus bleiben?«

»Das wirst du auch nicht, denn ich habe eine Überraschung für dich. Dafür musst du aber aufstehen. Glaubst du, du schaffst das schon?«

Wie aufs Stichwort öffnete sich die Tür, und Hanna betrat mit einem Tablett in der Hand, darauf ein dampfender Teller und ein Weinkrug, den Raum.

»Ohne eine Stärkung würde ich das lieber nicht versuchen«, beantwortete Hanna Josefs Frage und stellte das Tablett auf den kleinen Tisch neben dem Bett ab.

»Erst wird die Suppe gegessen, und dann geht es zu der Überraschung, die dir bestimmt gefallen wird.«

Hanna zwinkerte Teresa fröhlich zu. Teresa nickte, nicht zu einer Antwort fähig. Hanna sah so anders aus, wirkte selbstbewusst in ihrem dunkelblauen Leinenkleid. Ihr Haar trug sie hochgesteckt, ihre Augenbrauen hatte sie mit einem Kohlestift nachgezogen, was ihr hervorragend stand. Wohin war das zittrige und schüchterne Wesen aus der Dachkammer verschwunden?

Hanna wollte den Raum wieder verlassen, doch Teresa hielt sie zurück. »Hanna, warte.« Die junge Frau blieb stehen.

»Grete?« Mehr Worte brauchte es nicht. Über Hannas Gesicht huschte ein Schatten, dann lächelte sie wieder. »Sie ist jetzt im Himmel, wo es ihr endlich gutgeht. Das weiß ich bestimmt.« Ohne ein weiteres Wort verließ sie den Raum. Verdutzt blickte Teresa hinter ihr her.

Josef schenkte von dem Wein ein und hielt ihr den Becher hin. »Hanna hat recht. Erst wird gegessen und getrunken, und dann gibt es die Überraschung. Nicht, dass du mir auf der Gasse noch zusammenklappst.«

Bereitwillig nahm Teresa den Becher und trank von dem süßen Wein, der sofort ihre Sinne belebte.

Wenig später liefen Teresa und Josef die Schrottgasse hinauf, auf der reges Treiben herrschte. Das Wasser war zurückgegangen, und die Bewohner beschäftigten sich mit den Aufräumarbeiten. Vom Wasser aufgequollene Möbel standen auf den Gassen, überall wurde der Schlamm aus den Häusern gewischt, Fenster geputzt und fröhlich geplaudert. Mit großen Augen blickte sich Teresa um. An der Hauswand war noch gut zu erkennen, wie hoch das Wasser gestanden hatte. Bis ins Erdgeschoss war es gestiegen, dann hatte der Herrgott ein Einsehen gehabt. Der erste Stock war verschont geblieben. In den höher gelegenen Häusern der Schustergasse sah es besser aus. Hier waren nur die Keller überflutet worden.

Die Läden des Kramhauses waren ebenso wie die Marktstände wieder geöffnet. Auch hier gab es nur fröhliche Gesichter. Die Erleichterung über das Ausbleiben der großen Katastrophe war überall in der Stadt spürbar und griff auf Josef und Teresa über, die bald darauf das Innbrucktor durchquerten. Der Inn stand noch immer hoch, doch der Anleger am Schaiblingsturm war nicht mehr überschwemmt. Zahlreiche Schiffe löschten wieder ihre Ladung. Teresa konnte von weitem die vielen Salzkufen am Ufer erkennen. Auf der Brücke verlangsamte sie ihre Schritte und blieb dann stehen.

»Ich kann das nicht. Nicht auf den Schulerberg.«

»Aber warum denn nicht?«, fragte Josef. »Paul hat die ganze Zeit nach dir gesucht. Er war außer sich vor Freude, als ich ihm gestern sagte, dass ich dich gefunden habe. Sofort wollte er losstürmen, um dich zu sich zu holen. Ich konnte ihn nur mit Mühe bremsen.«

»Paul wartet auf mich? Aber ich dachte, er wäre mir böse, wegen Vroni, wegen der Sache im Wald.« Teresa klang unsicher.

»Wieso sollte er deshalb böse auf dich sein?« Verwirrt blickte Josef sie an.

»Aber Vroni, sie ist doch …« Teresa wagte nicht, es auszusprechen.

»Auf dem Hof und wartet auf dich.«

Teresas Augen weiteten sich. »Sie ist nicht tot?«

»Also gestern war sie es nicht«, antwortete Josef grinsend. Teresa schlug ihm auf die Schulter. »Josef. Wie konntest du nur? Warum hast du mir das nicht gleich gesagt?«

Sie rannte los. Kopfschüttelnd folgte ihr der alte Klingenschmied etwas gemächlicheren Schrittes.

Teresa rannte den Schulerberg hinauf, vorbei an den Buchen, durch das Nadelwäldchen, über das freie Feld bis zum Hof. Auf der Weide grasten die Pferde unter den Apfelbäumen. Sie eilte an ihnen vorüber, überquerte den Innenhof, riss die Tür zum Wohnhaus auf und lief in die Küche. Und tatsächlich: Vroni saß am Küchentisch, einen Berg Kräuter vor sich. Teresa rannte auf sie zu, umarmte sie stürmisch und stieß vor lauter Freude beinahe den Küchentisch um.

»Vroni, meine Vroni. Dem Herrn im Himmel sei Dank.«

Tränen der Freude traten ihr in die Augen. »Ich dachte, du wärst tot und ich wäre an allem schuld. Wie dumm ich gewesen bin.«

»Jetzt ist ja alles gut«, beruhigte Vroni sie. »Ich bin am Leben.«

Lange klammerten sich die beiden Frauen aneinander fest. Teresa atmete den vertrauten Kräutergeruch tief ein, der im

Raum, in Vronis Haar, einfach überall zu hängen schien. Erst bei einem leisen Räuspern blickte sie auf. Paul stand in der Tür. Sie ließ von Vroni ab.

»Teresa«, sagte er und kam auf sie zu. Ohne ein weiteres Wort zog er sie in seine Arme. Wie von selbst berührten sich ihre Lippen. Teresa erwidere seinen Kuss, spürte seine Barthaare auf der Wange und schloss die Augen.

Endlich war sie zu Hause angekommen.

Epilog

Teresa strich mit den Händen über das schimmernde blaue Kleid und die Spitzenschürze, die Vroni schon vor Wochen in die Sonne zum Bleichen gelegt hatte, damit auch die letzten Flecken verschwanden.

»Du sollst doch den Kopf gerade halten«, wies Vroni sie zurecht, die Teresas Haare geflochten hatte und jetzt aufsteckte. Eigentlich hatte sie Teresa versprochen, ihr Blumen ins Haar zu stecken. Doch im Februar waren einfach keine zu finden, deshalb befestigte sie am Hinterkopf ein durchsichtiges Spitzentüchlein, das auch sehr hübsch aussah und gut zu der aufgenähten Schürze passte.

»Jetzt ist es fertig«, sagte sie stolz. Teresa hob die Hand, um über ihre Frisur zu tasten, aber Vroni schlug ihr auf die Finger. »Willst du alles wieder zerstören? Hör auf damit.«

Ohne Vorankündigung wurde die Tür geöffnet, und Hanna stürzte in den Raum. »Ist Luisa bei euch? Sie ist mir schon wieder entwischt.«

»Das auch noch«, seufzte Vroni. »Wir sind sowieso spät dran. Die Männer sind schon längst weg. Kommt, wir suchen sie. Weit kann sie nicht sein.«

Vroni lief in die Küche und suchte in der Speisekammer, während Hanna noch einmal in den ersten Stock lief, um in den Schlafkammern nachzusehen, wo sich die Kleine gern mal in den Schränken versteckte. Teresa eilte über den Hof in den Stall, erleichtert darüber, dass der starke Schneefall der Nacht endlich aufgehört hatte. Es war Josef gewesen, der Teresa auf die Idee gebracht hatte, Hanna auf den Schulerberg zu holen, was gar nicht so einfach war, denn Nella wollte nur ungern auf ihre tüchtige Magd verzichten. Josef hatte ihr lange zugeredet und auf die Kinder hingewiesen, für die ein Hurenhaus nun wirklich nicht der richtige Ort war. Nella hatte irgendwann nachgegeben, und Hanna und die Kinder waren auf den Schulerberg gezogen, was das Leben aller Bewohner turbulenter gemacht, aber auch bereichert hatte.

Teresa schob die Stalltür auf. Hatte sie es sich doch gedacht. Luisa lag schlafend neben dem neugeborenen Lämmchen im Pferch, das Paul gestern Abend auf die Welt geholt hatte.

Eine Weile beobachtete Teresa die Kleine, wie sie dort mit ihrem roten Schmollmund und den niedlichen Pausbacken im Stroh lag. So hätte ihr Mädchen auch aussehen können, dachte sie plötzlich wehmütig, dann schob sie den Gedanken beiseite.

Sie ging in die Hocke und stupste die Kleine sanft an. Das Mädchen öffnete die Augen und setze sich auf. Stroh hing in seinem offenen Haar.

»Luisa, Luisa«, sagte Teresa kopfschüttelnd. »Und so willst du in die Kirche gehen? Ein Stallmädchen, das nach Ziege müffelt und Stroh im Haar hat.«

»Aber die Ziegen müffeln doch nicht«, verteidigte sich die Kleine, stand auf und deutete auf das Lämmchen, das ebenfalls wach geworden war. Teresa zupfte der Kleinen das Stroh aus dem Haar und strich ihre Schürze glatt. »So wird es gehen. Bestimmt verfliegt der Stallgeruch auf dem Weg zur Kirche.«

Sie griff nach Luisas Hand. Traurig blickte die Kleine zurück.

»Können wir das Lämmchen nicht in die Kirche mitnehmen? Es wird ganz artig sein. Das weiß ich bestimmt.«

»Nein, das wird nicht gehen«, antwortete Teresa. »Lämmchen gehören in den Stall und nicht in eine Kirche, weißt du.« Sie führte das Kind aus dem Stall.

Luisa riss sich los und verschränkte schmollend die Arme vor der Brust. »Dann will ich auch nicht in die Kirche gehen.«

»Ach wirklich? Jetzt, wo wir dich so fein herausgeputzt haben? Ich dachte, du freust dich auf das Fest.«

Die Kleine schaute an sich hinunter. Vroni hatte ihr extra für den heutigen Tag ein hübsches neues Leinenkleid nähen lassen, das sogar eine hellblaue Spitzenschürze hatte.

Die Kleine überlegte, dann gab sie nach. »Gut, aber später darf ich wieder zu dem Lämmchen.«

Teresa lächelte. »Ganz bestimmt. Ihr seid doch schon Freunde, oder?«

»Dicke Freunde«, erwiderte die Kleine strahlend.

Vroni und Hanna kamen zu ihnen.

»Da ist sie ja«, sagte Vroni erleichtert. »Dann können wir jetzt endlich los.«

Sie reichte Teresa ihren Umhang, und alle machten sich auf den Weg zur Kirche, die nicht weit von der Innstadt entfernt auf einer Anhöhe stand. Der neue Bau war um einiges größer als die alte Kirche. Feste Bohlen bildeten die Wände, und ein Kirchturm, der mit hölzernen Schindeln gedeckt war, ragte in den Himmel. Fackeln im Schnee wiesen ihnen den Weg zum Eingang, vor dem die Schreiner, Bildhauer und Zimmerer Spalier standen. Vor der Tür wartete Josef, dick eingewickelt in seinen warmen Mantel, mit strahlenden Augen. Teresa hängte sich bei ihm ein, dann atmete sie tief durch. Er schaute sie noch einmal kurz an, bevor er die Tür öffnete.

»Bereit?«

»So bereit wie nie zuvor«, antwortete Teresa, der das Herz bis zum Hals schlug.

Er musterte sie von oben bis unten. Dann schüttelte er den Kopf. »Ich glaube nicht.«

Erstaunt schaute sie an sich hinunter. »Das Kleid, die Haare, alles ist da.«

»Etwas fehlt.« Er griff in seine Tasche und öffnete seine Hand, in der eines ihrer kleinen Pferdchen lag.

Teresas Augen weiteten sich.

»Du hast gesagt, man kann darauf pfeifen.«

»Ach, tatsächlich, kann man das?«, erwiderte sie, Tränen in den Augen.

»Soll ich es dir zeigen.« Er setzte das Pferdchen an die Lippen. Ein heller Pfiff erklang.

»Ich hab mir sagen lassen, dass es Glück bringt. Also solltest du es jetzt wohl besser bei dir tragen.«

»Das sollte ich wohl«, erwiderte Teresa.

Josef legte das Pferd in ihre Hand und schloss ihre Finger darum. Dann nickte er ihr zu, öffnete die Kirchentür, und die beiden betraten den von hellem Kerzenlicht erfüllten Raum.

Geschichtlicher Hintergrund

Passauer Kunst

Es gibt zwei unterschiedliche Überlieferungen, die Passauer Kunst betreffend. Die erste besagt, dass es der Henker Caspar Neidhard gewesen ist, der sich mit Zauberzetteln, die Unverwundbarkeit versprachen, eine goldene Nase verdient haben soll.

Die zweite besagt, dass es ein Student namens Christian Elsenreiter war, der die Zettel zur Zeit des Dreißigjährigen Krieges in der Milchgasse hergestellt und verkauft haben soll. Diese Überlieferung greift der Roman auf.

Die Zettel versprachen tatsächlich Unverwundbarkeit für 24 Stunden. Sollte derjenige doch innerhalb dieser Zeit sterben, dann war seine Seele dem Teufel.

Der Spruch: »Teufel hilf mir, Leib und Seel geb ich dir«, soll tatsächlich auf dem Zauberzettel gestanden haben.

Der Lügner Christian Elsenreiter glaubte am Ende seine Lüge selbst und aß seine Zettel. Angeblich ist er eine Stunde nach dem Verspeisen eines solchen umgekommen.

Goldener Steig

Der Goldene Steig ist der historische Salzhandelsweg von Passau nach Prachatitz, Winterberg und Bergreichenstein. Erstmals wird er am 19. April 1010 indirekt in einer Waldkirchener Urkunde erwähnt. Bei dem dort aufgeführten Steig handelt es sich um jenen von Passau über Waldkirchen und den Haidel ins Böhmische nach Prachatitz. Erst später kamen in der Blütezeit Nebenstrecken hinzu. Diese Strecken wurden von den sogenannten »Säumern« genutzt.

Auch heute trifft man häufig auf den Namen »Goldener Steig«, vor allem in den Landkreisen Passau und Freyung-Grafenau. Sowohl viele Gasthäuser und Straßenzüge der Region tragen diesen Namen als auch Wanderwege, die als Teil des alten Handelswegs ausgewiesen sind.

Wallfahrtskirche Maria Hilf

Der Domdekan Marquard von Schwendi hatte im Jahr 1620 eine Marienerscheinung. Es ist überliefert, dass er Lichter auf dem Schulerberg gesehen haben will. Er hat daraufhin den Wald roden lassen und eine kleine Kapelle errichtet, in der er ein Marienbild aufstellte. Schnell wurde die Kapelle zum Wallfahrtsort und musste wenige Jahre später einer größeren Kirche weichen.

Berchtesgadener War

Berchtesgadener War ist ein ab Ende des 15. bis Anfang des 19. Jahrhunderts zu Fuß und auf Kraxen vertriebenes, kunsthandwerkliches Holzspielzeug aus dem einst fürstpröpstlich regierten Berchtesgadener Land. Im 15. Jahrhundert ist das Spielzeug mit Kolumbus sogar bis nach Amerika gelangt. Es gab Handlungskontore in Nürnberg, Antwerpen, Venedig und Genua.

In der Region wird die »War« seit 1911 wieder in allerdings geringeren Stückzahlen als Souvenir und Christbaumschmuck angeboten. Sie umfasst bemalte Spanschachteln, Holzspielzeug, Schmuckkästchen, Fein- und Grobschnitzereien, Heiligen- und Krippenfiguren.

Passauer Wolfsklingen

Als Passauer Wolfsklingen wurden die in Passau hergestellten Prunkwaffen, Schwerter und Messer bezeichnet. Sie waren im Mittelalter und in der frühen Neuzeit ein bedeutendes, europaweit vertriebenes Exportgut von höchster Qualität. Ihr Name kommt von dem messingtauschierten Wolfszeichen auf den Klingen der Waffen, eine Nachbildung des Passauer Wolfs. Thomas Stantler, der im Roman erwähnte Klingenschmied, ist einer der letzten nachweisbaren Klingenschmiede und lebte tatsächlich zu jener Zeit in Passau.

Perlenfischerei in der Ilz

Die ersten Perlen in der Ilz sollen venezianische Erzsucher im 15. Jahrhundert gefunden haben. Auch der spätere Papst Pius II. erwähnt die kostbaren Perlen der Ilz. Im 16. Jahrhundert galten die Perlen der Ilz als einer der wichtigsten Schätze Bayerns.

Das Recht zum Perlenfischen hatte allein der Landesherr inne. Mandate vom 17. und 18. Jahrhundert belegen, dass auf

Diebstahl der Perlen die Todesstrafe stand. Die Perlen wurden unterschiedlich verarbeitet. Im Passauer Domschatz fand man bei der Säkularisation einen mit Ilzer Perlen besetzten Kelch, und auch Messgewänder wurden mit den Perlen verziert.

Ihren Niedergang fand die Perlenfischerei im 19. Jahrhundert. Heute verpachtet der Bayerische Fischereiverband einige Perlbäche an wenige Perlfischer, die dieses Geschäft als Liebhaberei ausüben.

Noch ein paar Worte

Der Bayerische Wald hat mir immer sehr viel bedeutet, denn ein Teil meiner Familie stammt aus dieser wunderschönen und einzigartigen Region Deutschlands. Es hat mir große Freude gemacht, diesen Roman zu schreiben und mich ein wenig auf die Suche nach meinen Wurzeln zu begeben.

Bedanken möchte ich mich bei meiner Tante Rosa Geier, die mich bei meinen Recherchen unterstützt hat. Nicht nur mit Büchern, sondern auch mit persönlichem Einsatz, viel Geduld und Herzblut. Ohne sie hätte es den Roman in dieser Form nicht gegeben.

Wer wird die Nächste sein?

Nicole Steyer
Die Hexe von Nassau
Roman

Das Herzogtum Nassau im Jahr 1676: Hier lebt die junge Katharina mit ihrer Mutter in der Nähe der Stadt Idstein. Als Graf Johannes seine grausamen Hexenverfolgungen beginnt, geraten die beiden Frauen in Gefahr. Katharinas Mutter wird hingerichtet. Und auch das Mädchen bleibt von Verdächtigungen nicht verschont, denn sie ist in das Visier des skrupellosen Henkers Leonhard Busch geraten. Dieser schreckt vor nichts zurück, um Katharina in seine Gewalt zu bringen.

Ausgestoßen und verfemt – das Schicksal
einer Ausgestoßenen im Dreißigjährigen Krieg

Nicole Steyer

Das Pestkind

Roman

Rosenheim zur Zeit des Dreißigjährigen Krieges: Die junge Marianne lebt und arbeitet in der Brauerei, die von der Witwe Hedwig Thaler geführt wird. Die alte Frau hat Marianne bei sich aufgenommen und aufgezogen – doch das Mädchen hat von ihr nur böse Worte und Ungerechtigkeiten empfangen. Einzig der Pfarrer des Ortes begegnet Marianne freundlich und nimmt sie vor den Anfeindungen der Leute in Schutz: Diese sehen in ihr so etwas wie eine Hexe, da sie einst die Pest überlebt hat. Doch dann liegt eines Tages Hedwig Thaler erschlagen auf dem Hof – und nur Marianne ahnt, wer der Mörder ist ...

Nicole Steyer
Der Fluch der Sommervögel

Roman

Frankfurt im 17. Jahrhundert. Maria Merian ist Malerin, und vor allem Schmetterlinge, die sie liebevoll »Sommervögel« nennt, sind ihre Leidenschaft. Sie beobachtet sie genau, zeichnet jedes Detail, auch wenn ihre Familie und ihre Umgebung ihr mit Unverständnis begegnen: Schmetterlinge gelten zu ihrer Zeit als Unheilsbringer und Vorboten des Todes.
Da lernt sie den eigenwilligen Totengräber Christian kennen. Die beiden schließen Freundschaft, aus der Liebe wird. Doch Christian hat eine dunkle Vergangenheit, die auch Maria in Lebensgefahr bringt ...

»Ein historischer Roman, so spannend wie ein Krimi.«
Nicole Abraham, hr1